WOHLFARTH / LEISTUNG UND ETHOS

ABHANDLUNGEN ZUR SOZIALETHIK
Herausgegeben von Wilhelm Weber und Anton Rauscher

Band 23

1984

FERDINAND SCHÖNINGH
PADERBORN · MÜNCHEN · WIEN · ZÜRICH

KARL ANTON WOHLFARTH

Leistung und Ethos

Überlegungen zu Entstehung und Kritik der industriellen Gesellschaft

[illegible]
März 1985;
pers. Geschenk vom
Verfasser.

1984

FERDINAND SCHÖNINGH
PADERBORN · MÜNCHEN · WIEN · ZÜRICH

Als Habilitationsschrift auf Empfehlung des Fachbereichs Katholische Theologie der Johannes Gutenberg-Universität Mainz gedruckt mit Unterstützung der Deutschen Forschungsgemeinschaft

CIP-Kurztitelaufnahme der Deutschen Bibliothek

Wohlfarth, Karl-Anton:
Leistung und Ethos: Überlegungen zu Entstehung u. Kritik d. industriellen Gesellschaft / Karl Anton Wohlfarth. — Paderborn; München; Wien; Zürich: Schöningh, 1984.
(Abhandlungen zur Sozialethik; Bd. 23)
ISBN 3-506-70223-8

Gesamtherstellung: Ferdinand Schöningh, Paderborn
ISBN 3-506-70223-8

Vorwort

Die moderne Gesellschaft versteht und legitimiert sich vom Prinzip Leistung her. In ihm spiegeln sich Aufbruch, Verlauf und Gegenwart der Neuzeit, ihr stolzes Selbstbewußtsein. Deutlicher aber als jemals zuvor stößt der Mensch an die äußeren und inneren Grenzen seines Leistungsvermögens. Der wachsende Zweifel an der Richtigkeit der anhaltenden technischen und wirtschaftlichen Expansion richtet sich immer stärker gegen das Leistungsprinzip und stellt es grundsätzlich in Frage.

Die vorliegende Untersuchung nimmt das aktuelle Unbehagen an der industriellen Gesellschaft zum Anlaß, ihren sachlichen und ideengeschichtlichen Voraussetzungen und Ansprüchen auf den Grund zu gehen. Denn nur so können Maßstäbe gewonnen werden, die auf Dauer geeignet sind, sowohl der Glorifizierung als auch der Verteufelung des Leistungsprinzips argumentativ zu begegnen. Für diese dringend notwendige Ortsbestimmung von Leistung kann die christliche Anthropologie wichtige Impulse geben. Ihr obliegt es, zu verdeutlichen, — dies ist der leitende Gedanke dieser Arbeit —, daß jede instrumentelle Leistung einem Menschen- und Gesellschaftsbild zu dienen hat, das seine tiefste Begründung nicht im Prinzip Leistung findet.

Allerdings ist es mit dem bloßen Hinweis auf christliche Traditionen nicht getan. Die Verweltlichung der Ideensysteme kann nicht ignoriert werden, zumal sie gerade im Leistungsprinzip ihren Niederschlag gefunden hat. Das Ausmaß des Leistungsbegriffs repräsentiert wesentliche Etappen der europäischen Säkularisierungsgeschichte. Sie und die an ihr beteiligten Weltanschauungen, vor allem Liberalismus und Marxismus, müssen deshalb analysiert werden, will man die Hintergründe des Leistungspathos verstehen. Auch dazu will diese Arbeit beitragen.

Besonderen Dank für wissenschaftliche Begleitung, für wertvolle Kritik und Hinweise schulde ich Prof. Dr. L. Roos (Bonn), Prof. Dr. M. Rock (Mainz) und Herrn Dipl. Theol. P. Vollmer. Gleichermaßen danke ich dem Fachbereich Katholische Theologie der Johannes Gutenberg-Universität Mainz, der diese Arbeit im Jahre 1981 als Habilitationsschrift angenommen hat, sowie der Deutschen Forschungsgemeinschaft, die den Druck finanziell großzügig unterstützte. Mein Dank gilt ebenfalls Prof. Dr. Dr. Weber (†) und Prof. Dr. Rauscher für die Aufnahme dieser Untersuchung in die Reihe „Abhandlungen zur Sozialethik".

Karl Anton Wohlfarth

Inhaltsverzeichnis

A. Einleitung: Vom Zweifel an der Leistung

1. Leistung, ein stolzes Wort 11

2. Leistung, was ist das? 13

3. Verunsicherungen: Zur aktuellen Kontroverse über das Leistungsprinzip 19

4. Die ökologische Krise. Anlaß zur Besinnung auf die Grundlagen der Leistungsgesellschaft 25
4.1 Der „Club von Rom“, Kassandrarufe? 26
4.2 E. F. Schumacher: „Small is beautiful“ 28
4.3 H. Gruhl und C. Amery: Abkehr von einer destruktiven Schöpfungstheologie 29
4.4 Zusammenfassung und Ausblick 33

B. Auf dem Wege zur Leistungsgesellschaft: Zur Geschichte ihrer ideellen Bedingungen

1. Das Mittelalter 35
1.1 Die kleine Lebenseinheit 35
1.2 Arbeit als Mühsal 36
1.3 Ora et labora: der „kontemplative“ Lebensstil 37
1.4 Verbot der ruinösen Konkurrenz 38
1.5 Bedarfsdeckungswirtschaft 39

2. Renaissance, Nationalstaat, Absolutismus 41
2.1 Änderungen im Menschenbild 41
2.2 Aufbrechender Individualismus 41
2.3 Leistung als individuelles Gestalten 43
2.4 Die Anfänge der manufakturellen Arbeit 44
2.5 Nationalstaat und wachsender Bedarf an Arbeitskräften 45

2.6 Armut und Leistung: Beispiele für den Wandel sozialer Normen 46
2.7 Rückschau und Ausblick 48
2.8 Vorgriffe: Die Suche nach einer gerechten Arbeits- und Sozialverfassung als Krise privilegierter Gesellschaftsordnungen. Die Utopien des Thomas Morus, Campanella und Francis Bacon 50

3. Das reformatorische Leistungsethos 53
3.1 Luther: die konservative Heiligung des Berufes . . . 53
3.2 Calvin: der eigentliche religiöse Anstoß zur Leistungsgesellschaft 55
3.2.1 Der Prädestinationsglaube 56
3.2.2 „Sola scriptura" als Bildungsimpuls 58
3.2.3 Rationelle Lebensführung und innerweltliche Askese . . 58
3.2.4 Der „kompetitive" Christ. Die Ursprünge der Konkurrenzgesellschaft und die Anfänge der Aufklärung 59

4. Der Liberalismus 62
4.1 Erste Spuren des „Bourgeois" 62
4.2 Freiheit und Glück 64
4.3 Die egozentrische Ethik in der liberalen Eigentumsbegründung 65
4.4 „Integraler" und „funktioneller" Liberalismus. Vom Zerfall des Ethischen im Liberalismus 66
4.5 Die Entstehung des funktionellen Leistungsbegriffs . . 69

5. Die Kritik am Wirtschaftsliberalismus 74
5.1 Die politische Romantik und W. E. von Ketteler . . . 74
5.2 Der Quantifizierungsvorwurf von Karl Marx 75
5.3 Soziale Stabilität und wirtschaftlicher Expansionismus: Der „ordentliche" Bürger 77
5.4 Der „kapitalistische Sozialcharakter". W. Sombarts und J. A. Schumpeters Kritik am liberalen Kapitalismus . . 79

6. Der Neoliberalismus 86
6.1 Zerfallssymptome im liberalen Kapitalismus 86
6.2 Neuorientierungen im Liberalismus: Die „Kathedersozialisten 87
6.3 Ziele des Neoliberalismus 88
6.4 „Individualistischer" und „dialektischer" Neoliberalismus 89
6.5 Grenzen des Neoliberalismus 91
6.6 Gespaltene Leistung 96

C. Die marxistische und marxistisch beeinflußte Kritik an der industriellen Leistungsgesellschaft

1. Der Marxismus 99

1.1 Der „utopische“ Sozialismus 99

1.2 Der „wissenschaftliche“ Sozialismus: Karl Marx und Friedrich Engels 103

1.2.1 Der Ansatz 103

1.2.2 Arbeit 104

1.2.3 Humanismus als „Naturalismus“ 105

1.2.4 Natur, Arbeit und Gesellschaft 108

1.2.5 Notwendigkeit und Freiheit 109

1.2.6 Das marxistische „Jenseits“ 110

1.2.7 Theorie und Praxis 111

1.2.8 Entfremdung 112

1.2.9 Eigentum, Macht und Herrschaft. Idee und Wirklichkeit des Eigentums im realen Sozialismus 120

1.2.10 Der „arbeitende Prometheus“: Zur Kritik der Marxschen Arbeitsanthropologie 122

1.3 Rudolf Bahros Auseinandersetzung mit dem real existierenden Sozialismus — eine „Alternative“? 127

1.4 Ernest Mandel: Humanismus durch Überfluß 132

2. Die marxistisch beeinflußte Kritik an der Leistungsgesellschaft 136

2.1 Die Ausgangslage 136

2.2 Mißlungene Geschichte: Leistungs- als Gesellschaftskritik in der „Frankfurter Schule“ 138

2.3 Destruktive Leistung: Die Kritik von J. Habermas und C. Offe 140

2.4 „Euphorie im Unglück“: Herbert Marcuses Analyse der Leistungsgesellschaft 142

2.4.1 Schizophrene Wirklichkeit 143

2.4.2 Die „abgebrochene Aufklärung“ 144

2.4.3 Die instrumentelle Vernunft 145

2.4.4 Vernunft und Kultur 148

2.4.5 Glück durch Angleichung 150

2.4.6 Wahre und falsche Bedürfnisse 151

2.4.7 Die „Kehrseite der Medaille“ 153

2.4.8 Technik als Bedrohung 154

2.4.9 Destruktive Technik? 156
2.4.10 Durch die „Katastrophe der Befreiung" zur leistungsfreien Gesellschaft 157
2.4.11 Die Gewalt der Sehnsucht: Kritische Anmerkungen zu Herbert Marcuse 159
2.5 Der nekrophile Mensch: Erich Fromms Anatomie der Leistungsgesellschaft 167
2.5.1 Fromms Ansatz 167
2.5.2 Die kranke Gesellschaft 168
2.5.3 Der Mensch: Charakter als Instinktersatz 169
2.5.4 Die verlorene Harmonie 172
2.5.5 Der Sozialcharakter 175
2.5.6 Nichtproduktive Orientierungen 178
2.5.6.1 Der rezeptive Charakter und seine sadistischen Konsequenzen 178
2.5.6.2 Der hortende Charakter 183
2.5.6.3 Horten, Haben, Eigentum: Christliche Perspektiven . . 185
2.5.6.4 Der Marktcharakter 193
2.5.6.5 Kriminelle und alltägliche Nekrophilie: Das 20. Jahrhundert und der Fall Adolf Hitler 196
2.5.7 Fromms biophile Antwort: Liebe 205
2.5.8 Religiosität und Religion 211
2.5.9 Transzendieren ohne Transzendenz: Zu den Grenzen der Anthropologie Erich Fromms 215

D. Die Kritik an der industriellen Leistungsgesellschaft als Frage an das christliche Menschenbild. Versuch einer Ortsbestimmung.

1. Eine Alternative zu Erich Fromms Liebesethik: Augustins „ordo amoris" 221

2. Zur Theorie der natürlichen Orientierungen bei Thomas von Aquin: die „inclinationes naturales" 228

3. Ethik und Sinnfrage 236

4. Der Mensch, ein „Zigeuner am Rande des Universums"? 240

5. Schluß: Ethos und Leistung 246

Literaturverzeichnis 249

Sachregister 261

Personenregister 264

A. Einleitung: Vom Zweifel an der Leistung

1. Leistung, ein stolzes Wort

Über Leistung und die von ihr her sich verstehende Gesellschaft in kritischer Absicht zu schreiben, muß mit Unbehagen und Vorbehalten rechnen, wenn nicht noch mit mehr. Denn Leistung umgibt die Aura vertrauter Symbolik für die Deutung und das Selbstverständnis der wirtschaftlich und technisch hochentwickelten Kulturen. Im Begriff Leistung fließen, vergleichbar vielen anderen Worten und Schlagworten in der Gegenwart, wissenschaftlich und technisch objektivierbare Aspekte in eins mit den subjektiven, seelischen Bedürfnissen des Zeitgeistes, sich selbst auf einen identifizierbaren Nenner zu bringen. In ihm vereinigen sich stolze Zielsetzung, tröstende Stärkung und rechtfertigende Begründung zum zentralen Motto fürs Leben. Viele der gängigsten Worte, in denen sich suchendes Selbstverstehen des Menschen niederschlägt, z. B. Freiheit, Fortschritt, Friede, Gerechtigkeit, Sinn und Glück, weisen diese besondere Nähe zu den Innenhöfen des gesellschaftlichen Bewußtseins auf und reagieren deshalb besonders empfindlich auf dessen Verunsicherungen. Solche Begriffe bündeln zumeist in assoziativer Verkettung die unbewußten, affektiven und die rationalen Schichten der Menschen, ihre geheimen und offenen Wünsche, ihre öffentlichen wie privaten Seiten, eben die Vor- und Rückansichten des vielzitierten Zeitgeistes. Als kollektive Symbole, in denen ausgereifte Zustimmung, aber auch dumpfer Wille zur Anpassung und Geborgenheit zusammenkommen, vermitteln sie Bestätigung ebenso, wie sie in der Regel Zweifel und Kritik und im schlimmsten Fall Ablehnung nicht nur argumentativ, sondern auch durch gesellschaftliche Unwilligkeit und Ächtung abzustoßen suchen. Ihr Gewicht zehrt von ihrer Nähe zum Selbsterhaltungstrieb von Individuum und Gesellschaft, von der Notwendigkeit gemeinsam anerkannter Werte, Normen und sozialer Ordnungen für den Menschen im Plural, besonders dann, wenn seine instrumentalen Möglichkeiten in dem Maße zunehmen, wie herkömmliche Ordnungen und Ethiken an Einfluß verlieren. Die Stärke solcher Symbole nimmt zu, wenn sie angebliche oder echte Verwurzelung in der allgemeinen Natur des Menschen verbinden können mit seinem besonderen Interesse. Allerdings entspringt dieser Nahtstelle auch die Not ständiger Legitimation; ein Bruch oder Dissonanzen würden das gesellschaftliche Gleichgewicht empfindlich stören. Oft wird daher das Bestehende als wünschenswert gerechtfertigt, indem man den Kern und das Umfeld vertrauter Symbolbegriffe mit anthropologischer Tiefe und *zeitloser* Geltung ausstattet hin bis zum ethischen Imperativ schlechthin. Um so bedrohlicher wirkt jede Krise, um so gefährlicher rührt jeder Zweifel an solchen Fundamenten, da die ihm wesentliche Negation meistens die positive Alternative vermissen läßt. Ungewißheit und Wagnis, so menschlich und christlich sie auch sein mögen, stoßen dann auf die sichernde und aggressive Sorge für das vermeintlich Bewährte, die Gefahr läuft, das Umdenken aus dem Gesichtskreis des Erlaubten zu verbannen mit dem Hinweis auf Realitätsferne und schlimme Absicht.

2. Leistung, was ist das?

Unsere einleitenden Bemerkungen zielen auf den Begriff der Leistung in einer Gesellschaft, die ihn zum Aushängeschild macht und ihn mit Gründen verteidigt. An ihm lassen sich die geschilderten Aufgaben und Ambivalenzen von gesellschaftsprägenden Leitbildern aktualisieren. Stärker noch als das wissenschaftliche Interesse bestimmen die existentiellen Fragen, Kritiken, Krisen, Ängste und Hoffnungen der Gegenwart die Diskussion über die Inhalte, Berechtigung und die Zukunft des Prinzips Leistung in den technisch-ökonomischen Gesellschaften unserer Tage. Denn Leistung zählt zu ihren Herzstücken. In ihr konfligieren Selbstverständliches, Wohlvertrautes mit beunruhigenden Krisenanzeichen und grundsätzlichem Zweifel. Die zunehmende Verunsicherung über diejenigen Konstanten, die bisher materiell wie ideell den Erfolg der industriellen Zivilisation garantierten, weitet sich zum Unbehagen an deren Verfassung und Grundlagen schlechthin und mündet in die Überprüfung von konstitutiven Menschen- und Gesellschaftsbildern. Die Leistungsgesellschaft samt ihrer „ideellen Infrastruktur" steht zur Debatte[1]. Ihr theoretischer Anspruch und ihr technischer Aufwand halten dem Anschein nach nicht mehr das, was sie versprechen, nämlich Raum zu schaffen für die Befriedigung der wichtigsten Bedürfnisse des Menschen, für sein Streben nach materieller und ideeller Geborgenheit, nach Glück und Sinn, kurz: nach Entfaltung seiner selbst. Die tiefe, oft aber überdeckte Frage nach dem Wozu aller Leistung beruhigt sich nicht mehr mit dem Genuß des Erreichten, da Sinn und Glück erkennbar noch ausstehen oder aber als gesteigerte Fortschreibung des Bisherigen in dem Maße fragwürdig werden wie sich dessen Zukunft verdüstert. Diagnose und Therapie der aktuellen Schwierigkeiten verlangen deshalb die Analyse und das Verständnis ihrer Besonderheiten und Entstehungsgeschichte. Denn die Rede von der technisch-ökonomischen Leistungsgesellschaft impliziert Kulturvielfalt, andere Formen des sozialen Lebens, der Wirtschaft, erinnert an unterschiedliche Wertvorstellungen, Normen, Wünsche und Ideen. Die vergleichenden Kultur- und Völkergemeinschaften haben diese Reichhaltigkeit menschlichen Lebens im Blick auf noch existierende „primitive" Überreste durch die Forschungen u. a. von M. Mead, R. Benedict, B. Malinowski aufgewiesen. Ihr allmähliches Vergehen stimmt wehmütig, denn, „wo man hinblickt, verschwinden alte Traditionen, nationale Eigenheiten, lokale Idiome: Wie eine wasserdichte Gummihaut überzieht eine Art Einheitszivilisation den Erdball"[2].

[1] Vgl. *G. Hartfiel* (Hrsg.), Das Leistungsprinzip. Merkmale, Bedingungen, Probleme, Opladen 1977.

[2] *Marion Gräfin von Dönhoff,* Leben ohne Glauben. Auf der Suche nach einem Wertsystem für die Industriegesellschaft, in: Die Zeit, Nr. 52 (1979), 3.

Gegenstand unserer Untersuchung ist aber nicht eine sicherlich interessante vergleichende Kulturmorphologie oder ein rein soziologisch zu betrachtendes Problem: Gesellschaft, sondern die Gegenwart und die Entstehung der technisch und ökonomisch organisierten industriellen Gesellschaft, die sich vom Kernbegriff objektivierbarer Leistung und ihrer Tochtereigenschaften her wertrational versteht und von dort her ihre adäquaten Funktions- und Legitimationsordnungen entwirft. Ihr bisheriger Erfolg wird zumeist als Beweis ihrer zentralen Richtigkeit empfunden, wie sich die Kritik angesichts massiver Krisensymptome nicht nur mit der Oberfläche befaßt, sondern als Problematisierung des Prinzips bewußt die daran angebundene Gesellschaft selbst in Frage stellt. Die technisch meßbaren Aspekte von Leistung, insofern wertneutral, dürfen nicht darüber hinwegtäuschen, daß diese Maßstäbe, erstens, nicht die Bedeutungspalette von Leistung erschöpfen und, zweitens, noch keine Auskunft auf die Frage geben, warum und wodurch solche Kriterien soziale Wert- und Zielfelder besetzen konnten, wie es zur kulturnormativen Entstehung, Anerkennung und Verinnerlichung von Leistungsqualitäten, wie Wille zum Erfolg, Tüchtigkeit, standardisiertes und diszipliniertes Arbeiten, Gewinn und Gewinnstreben als Index und Motor wirtschaftlicher Anstrengung, produktions- und konsumorientiertes Verhalten und wie es zur sozialen Adaption von leistungsdefinierenden Bildungs-, Ordnungs- und Kontrollinstanzen und zur allgemeinen Hochschätzung technologischen Fortschritts gekommen ist. Umgekehrt signalisieren die aufbrechende Sehnsucht nach einem „Garten des Menschlichen"[3], nach einer lustbetonten neuen Harmonie und die tastenden Versuche von Arbeitsformen konvivialer Partnerschaft von Mensch und Natur eine Häufung schädlicher Auswirkungen herkömmlicher Leistung, die diese auf dem Hintergrund der globalen Krise des Ökosystems Erde selbst wiederum grundsätzlich in Frage stellen. Die sichtbaren Verunsicherungen haben eine unsichtbare, ideelle Rückseite, deren Konturen die Krise der sinn- und wertvermittelnden Selbstverständlichkeit von Leistung als Gesellschaftsfundament anzeigen. Es stellt sich in aller Schärfe die Frage, ob der bekannte Komplex Leistung nicht die äußeren und inneren Schichten des Menschen derart vereinnahmt, daß der Mensch selber Gefahr läuft, sich an ein eindimensionales Leistungsethos zu verlieren. Diese Vielschichtigkeit des Prinzips Leistung in ihrem ideengeschichtlichen Gang nachzuzeichnen und zu verstehen, die Leistungskritik hauptsächlich marxistisch-neomarxistischer Provenienz vorzustellen und auf ihre Berechtigung hin zu untersuchen und schließlich einen Weg aufzuzeigen, der die anthropologischen, technisch-wirtschaftlichen und gesellschaftlichen Strukturen von Leistung mit dem Ethos des christlichen Menschenbildes verbindet, ist das Ziel dieser Arbeit.

[3] *C. F. von Weizsäcker*, Der Garten des Menschlichen. Beiträge zur geschichtlichen Anthropologie, München [2]1977.

Die kontrovers geführte Diskussion über die Rolle und die Inhalte des Leistungsprinzips in der industriellen Gesellschaft rührt nicht zuletzt her von den Schwierigkeiten, Leistung eindeutig zu bestimmen, ohne ihre Vielfalt zu verwischen. Ihre naheliegende Selbstverständlichkeit als anthropologische Grundkategorie wird oft mit dem geschichtlich geformten und auch deformierten Prinzip Leistung verwechselt, das die technischen und ökonomischen Sektoren prägt und von dort her in andere Bereiche des privaten und öffentlichen Lebens ausstrahlt. Bevor wir uns diesen aktuellen Schwierigkeiten zuwenden, wollen wir in arbeitshypothetischer Absicht versuchen, Leistung als Grundlage der Leistungsgesellschaft zu präzisieren, zumal sich darin schon ihre Geschichte und Problematik andeutet. Die Beobachtung des Sprachgebrauchs stößt auf unterschiedliche Zusammenhänge, für die der Begriff Leistung verwendet wird:

1. Mit Leistung bezeichnen wir eine Tätigkeit, in der menschliche Anstrengung als technisch und wirtschaftlich disponible Größe enthalten ist. Max Weber subsumiert sie unter die soziologische Grundkategorie der „Nutzleistung“[4], die entweder von „nicht menschlichen (sachlichen) Trägern“ erbracht wird oder von Menschen.

2. Der „subjektiven“ Seite von Leistung korrespondiert im Falle des Gelingens Leistung als Ergebnis und als objektiver Erfolg. Erfolg dokumentiert die allgemein und öffentlich feststellbare und positiv bewertete Verwirklichung des subjektiven Leistungseinsatzes im Rahmen eines normierenden Systems von Arbeitszielen und ihrer gemäßen Vollzugsordnung.

In der Regel befindet der objektive Leistungserfolg in den industriellen Gesellschaften über die Relevanz und den Wert von subjektiver Leistung durch die Kriterien der technischen und wirtschaftlichen Verwertbarkeit, d. h. durch die Maßstäbe der Funktionstüchtigkeit und des Markterfolges. Es spricht deshalb vieles für den Austausch des Begriffes „Leistungsgesellschaft“ durch den Begriff der „Erfolgsgesellschaft“[5], will man die Mitte des gängigen Leistungsbewußtseins treffen. Ebenfalls in der Regel spiegelt sich im Erfolg die eigene Leistungstüchtigkeit, vor allem bei solchen Tätigkeiten, wo bald und unmißverständlich die Rückmeldung über die eigene Effizienz erfolgt, wo also quantitativ und qualitativ meßbare Konsequenzen die gelungene bzw. mißlungene subjektive Leistung anzeigen; dies schwerpunkthaft im wirtschaftlichen Bereich[6]. Das uns interessierende Lei-

---

[4] *M. Weber,* Wirtschaft und Gesellschaft, Tübingen [5]1972, 34; *G. Hartfiel,* Einführung, in: *Ders.,* Das Leistungsprinzip, a. a. O., 21 ff.: „Konkurrierende Prinzipien“.

[5] Diese Kennzeichnung findet sich, systematisch eingeführt, bei *Gustav Ichheiser:* Kritik des Erfolges. Eine soziologische Untersuchung, Leipzig 1930.

[6] Dazu vgl. *F. Vonessen,* Die Leistung der Danaiden, Prinzipien und Probleme der sogenannten Leistungsgesellschaft, in: Sinn und Unsinn des Leistungsprinzips, München 1974, bes. 72 ff.

stungsprinzip ist also nicht so sehr in der Qualität des subjektiven Leistungsbeitrags angesiedelt, sondern im Erfolgsergebnis, das, für sich genommen, keinen evidenten Aufschluß über die Qualität und die individuelle Kompetenz der ihn bedingenden menschlichen Faktoren garantiert, sondern die zusammenfassende Konsequenz und Konvenienz der systembildenden Elemente von subjektiver und objektiver Leistung unter der Voraussetzung einer normierenden Ordnung manifestiert. In dieser Spannung nistet die Problematik, die mögliche Dissonanz von persönlichem Einsatz und öffentlicher Bewertung. Die Tendenz zur „Ethisierung" und totalen Verbindlichkeit von Leistung als Erfolg droht ebenso wie dessen Erhebung zum einzigen Schlüssel für die Plazierung des einzelnen in der gesellschaftlichen Rangordnung und, rückwirkend, für die Selbsteinschätzung des persönlichen Lebenserfolges. Denn Leistung kann

3. eine Tätigkeit kennzeichnen, die auf dem „hervorragenden Einsatz geistiger und körperlicher Kräfte oder besonderer Begabung an Geschicklichkeit oder Ausdauer in allen übrigen, nicht primär ökonomisch orientierten gesellschaftlichen Teilbereichen beruht"[7].

Hier liegt der Akzent auf dem Binnenraum des streng persönlichen Tuns, das nicht eo ipso mit öffentlicher Aufmerksamkeit und Anerkennung rechnen kann, vielmehr oft nur im Stillen blüht und — wenn überhaupt — nur durch Zufall oder geschichtlich veränderte Sensibilität[8] wahrgenommen wird, dann eine Rehabilitierung erfährt und darin seine soziale „Normalisierung". Fehlt der öffentliche Erfolg, stellt sich oft Resignation und das Gefühl persönlicher Macht- und Wertlosigkeit ein.

4. Leistung kann weiterhin eine „Konsumleistung" meinen, wie sie in der Rede vom „Sich etwas leisten können" zum Ausdruck kommt. Prestige, das öffentliche Anzeigen der gesellschaftlichen Position des einzelnen signalisieren hier nichts anderes als die bedeutsame soziale Plazierungsaufgabe von Leistung in Massengesellschaften, die nicht mehr durch Privilegien, Anciennität, Vorteile der Geburt oder durch religiöse Zuweisungskriterien gegliedert werden. Das ehemals auch in diesen intendierte „suum cuique" an Hand schichtenspezifischer Gerechtigkeitsprinzipien wurde in der Neuzeit vom individuellen Zuweisungsbegriff Leistung übernommen mit seiner primär wirtschaftlichen Dynamik und Problematik.

---

[7] *H. Braun,* Leistung und Leistungsprinzip in der Industriegesellschaft. Soziale Normen im Wandel, Freiburg, München 1977, 196.

[8] H. Braun spricht von „transgredient-progressiver Leistung", die „aufgrund von Nonkonformität mit dem herrschenden Gesellschaftssystem zur Zeit ihrer Konzipierung und Praktizierung keine Chancen zur Realisierung fand, die gleichwohl objektiv einen Beitrag zur allgemeinen Verbesserung der Soziallage der Gesellschaftsmitglieder hätte leisten können und später auch geleistet hat" (*H. Braun,* Leistung und Leistungsprinzip in der Industriegesellschaft, a. a. O., 202). Dieser Leistungstyp spielte bei der politischen Emanzipation des wirtschaftlich erstarkten Bürgertums (tiers état) im ausgehenden 18. Jh. eine stimulierende Rolle, die uns noch besonders beschäftigen wird. (Vgl. B. 4.1)

5. Auch staatliche Zuwendungen werden als Leistung bezeichnet. Sie indizieren die erhöhte Bedeutung von Sozialpolitik als ausgleichende und subsidiäre Gerechtigkeit, die eine rein am produktiven Erfolg orientierte Wirtschaftspolitik nicht leisten kann.

6. Schließlich spricht die Betriebswirtschaft von „Leistungen" des investierten Betriebskapitals eines Unternehmens und mißt sie am „Output", dem Ergebnis des kooperativen „Inputs" von Arbeit und Kapital, ausgedrückt im Gewinn.

Wenn es zutrifft, daß die ökonomisch geprägten Gesellschaften der Gegenwart die leistungsstarke Organisation der Wirtschaft im Sinne einer permanenten Mehrung des Sozialproduktes als wesentlichen Zweck verfolgen, dann wird die Reibungsfläche sichtbar zwischen diesem allgemein quantifizierbaren Ziel und den darin nicht faßbaren Seiten von Leistung, die möglicherweise den Rahmen des Privaten und Individuellen niemals überschreiten. Hinzu kommt eine weitere Schwierigkeit: Der Anspruch demokratischer Systeme mit liberaler Grundverfassung, eine „humane Gesellschaft" zu verwirklichen, kann nicht mehr wie die Gesellschaften verflossener Epochen auf primär religiös oder nichttechnisch und nichtökonomisch beeinflußte Sinn-, Wert- und soziale Ordnungsvorstellungen zurückgreifen, sondern schöpft aus dem Reservoir streng säkularisierter Wert- und Sinnpluralität, die sich in einem weitgehend relativierenden Toleranzprinzip niedergeschlagen hat. Werte des Effizienten, feststellbarer Fortschritt, die Beherrschung und Konstruierbarkeit von Natur und Gesellschaft, Konfliktvermeidung und -regulierung durch vernünftige Planung, also Werte der „humanen" Organisation von Mensch und Menschheit, verbunden mit dem Wunsch nach allumfassender Beglückung, bewegen ebenso wie die ideologieträchtige Frage nach ihrer endgültig richtigen und rechten Gestalt die menschlichen Anstrengungen spätestens seit dem Ausgang des Mittelalters. Der technisch-wirtschaftliche Siegeszug des Leistungsprinzips beschränkte sich nicht auf die Bereiche instrumentaler Dienstbarkeit, sondern beanspruchte Allgemeingültigkeit, suchte das innere und äußere Leben der Menschen zu normieren und versprach tiefen Sinn. Solche andauernde Ausstrahlung setzte Bereitwilligkeit, Beeindruckbarkeit voraus, ein Menschenbild, das in Funktion und Erfolg, in wissenschaftlicher und vor allem in wirtschaftlicher Darstellung Wertvolles erblicken konnte und wollte. Neue Dispositionen mußten heranwachsen, um diese Ansprüche zu verwurzeln, und Tradiertes und bislang Verbindliches mußten abgestoßen werden auf dem Wege zur Leistungsgesellschaft. Ihre Geschichte, vor allem als ideeller Werdegang, kann daher bei der Beurteilung ihrer Gegenwart und ihrer Krisen nicht übergangen werden, es sei denn, man ist von der Naturwüchsigkeit, einer Art objektiver Unweigerlichkeit bestehender Leistungssysteme überzeugt. Dann hieße es folgerichtig: keine Reflexion und schon gar kein

Zweifel, weil es keine ernst zu nehmende Krise gibt. Alles ist im wesentlichen so, wie es sein soll. Der Weg kennt nur ein: „Vor uns die guten Jahre“[9], weil diese schon immer mit und hinter uns sind.

---

[9] *H. Kahn,* Vor uns die guten Jahre. Ein realistisches Modell unserer Zukunft, Wien, München 1977.

3. Verunsicherungen: Zur aktuellen Kontroverse über das Leistungsprinzip

Beim heute vorherrschenden Aktivismus gerät die kritische Überprüfung des Prinzips Leistung sehr schnell ins „Unanständige“[2], in den Verdacht, das human Vernünftige von Leistung anzutasten und dem modischen Trend alles zersetzenden Zweifels zu überlassen. Der Mainzer Soziologe H. Schoeck artikuliert den Unmut derer, für die Kritik an der gegenwärtigen Verpackung von Leistung vertraute und solide Wahrheiten ungebührlich relativiert und zusätzliche Verunsicherung bei den durch stagnierendes Wirtschaftswachstum, hohe Arbeitslosigkeit, andauernde Debatte über die Atomenergie und durch die Drohung einer globalen ökologischen Krise ohnehin schon verängstigten Bürgern hervorruft. Schoecks Kritik an der Leistungskritik erkennt richtig deren grundsätzliche Stoßrichtung und organisiert entsprechend prinzipiell die Verteidigung und die Definition des dem Anschein nach angegriffenen Leistungsverständnisses. „Leistung“, diagnostiziert Schoeck, „ist bei uns in den letzten fünf Jahren in dem Grade verdächtig geworden, in dem das Schlagwort von der ‚Leistungsgesellschaft‘ in aller Munde kam. Man knüpfte eine Grundeigenschaft des Menschen, die ihn seit jeher bei Spiel und Arbeit ausgezeichnet hat, an eine vermeintlich erst spät entstandene und im Verblassen befindliche spezifische Gesellschaftsform. Damit gelang es einer teils naiven, teils zielstrebigen destruktiven Gesellschaftskritik, Unbehagen, Schuldgefühle und Befangenheit gegenüber allem zu erzeugen, was mit Leistungen zusammenhängt. Wer sie erbringt und sich freut, wer sie von anderen fordert, wer sie objektiv zu messen sucht: sie alle seien, so heißt es, in der Fron der bösen, längst überflüssigen, ‚Leistungsgesellschaft‘ “[2]. An dieser Darstellung ist zweierlei bemerkenswert: Erstens: Ohne Zweifel gibt es eine „destruktive“, weil in ideologischer Absicht radikalisierte Leistungskritik. Wir werden auch ihr begegnen. Schoeck aber konstruiert sich seinen Gegner. Er unterstellt nämlich pauschal der Leistungskritik, sie reduziere beim „Verknüpfen“ der „Grundeigenschaft“ Leistung mit einer „spezifischen Gesellschaftsform“ jene auf diese derart, daß Leistung nur noch als Reflex gesellschaftlicher Bedingungen erscheint. Dann vernichtet die Kritik an der Leistungsgesellschaft notwendigerweise auch das Leistungsprinzip schlechthin. Zweitens: Wer könnte ernsthaft, so Schoecks implizite Folgerung, die anthropologische Bedeutung von Leistung, die den Menschen „seit jeher bei Spiel und Arbeit ausgezeichnet hat“, in Frage stellen? Mit dieser „richtigen“ Feststellung aber zielt Schoeck auf eine unproblematische Automatik bei der konkreten Verwirklichung des Prinzips Lei-

---

[1] *H. Schoeck*, Ist Leistung unanständig? Osnabrück ²1971.
[2] Ebd., 7 f.

stung in der Geschichte, auf eine Art unweigerliche Evidenz seiner anthropologischen Sollstruktur in allen Zeiten und unter allen Umständen. Die Leistungswirklichkeit ist im wesentlichen so, wie sie sein soll, und ihre Kritik deshalb von vornherein der Ideologie verdächtig.

Schoecks Apologie a limine birgt, näherhin betrachtet, ein ganzes Bündel derzeit weitverbreiteter Ängste und Fehlinformationen. Das mehr oder minder reflektierte Wissen um die bisher einmalige Krisensituation nicht nur einzelner Staaten oder gesellschaftlicher Sektoren, sondern der bisher gewohnten und als richtig und human angemessen erachteten Lebensform Leistung äußert sich anfänglich oft als aggressive Leugnung der angeprangerten Gefahren. In der Tat kann dem Menschen durch die wachsende Geschwindigkeit, mit der sich die Welt verändert, die Vertrautheit mit dieser verlorengehen, die Welt fremd werden. Unsicherheit, Orientierungslosigkeit, Resignation und Lebensangst begleiten den wissenschaftlich-technischen Fortschritt. Die Entlastung beruht oft auf der Fragmentierung des Problems, um dieses in den Griff zu bekommen. Grundsätzliche Argumente geraten dann sehr schnell zu pauschalierenden „Schlagworten“, und dem Kritiker wird schuldhaftes, weil von der Sache her nicht gerechtfertigtes Provozieren von „Schuldgefühlen“ vorgeworfen, wo doch eigentlich Stolz auf das Erreichte und leistungswilliges Vorwärtsblicken in die Zukunft am Platze wären. Dies ist auch der Tenor derer, die entweder aus Angst vor Störungen der sozialen Stabilität die Augen verschließen oder aus kurz- und mittelfristigen Vorteilserwartungen eine langfristige Umstellung von technischen und wirtschaftlichen Zielen und der ihnen zugeordneten Vollzugsfelder für inopportun halten. Ihre Alternative verbleibt im Marginalen, schreibt das Bestehende fort in der Hoffnung, durch die gezielte Steigerung der wissenschaftlich-technischen Instrumente die wirtschaftlichen und sozialen Probleme lösen zu können.

Eine solche Haltung kann sich auf vier Beobachtungen stützen:

1. Auf die weitverbreitete abwartende Grundstimmung der Bevölkerung bei drohenden globalen Gefahren. Der Mensch läßt sich um so mehr existentiell berühren, desto kleiner und sensibilisierbarer sein Erlebnisraum ist, der beeinträchtigt wird. Nur dann, wenn überhaupt, lernt er aus Erfahrung, nicht aber, wenn fernab Bedrohliches sich ereignet, das ihm dazu noch in abstumpfender Regelmäßigkeit in Bild und Ton täglich serviert wird. Goethes ironische Charakteristik „bürgerlicher“ Zufriedenheit mit ihrer robusten Beschränkung auf das Lokale trifft auch heute noch zu:

„Nichts Bessers weiß ich mir an Sonn- und Feiertagen
Als ein Gespräch von Krieg und Kriegsgeschrei,
Wenn hinten, weit in der Türkei,
Die Völker aufeinanderschlagen,

Man steht am Fenster, trinkt sein Gläschen aus
Und sieht den Fluß hinab die bunten Schiffe gleiten;
Dann kehrt man abends froh nach Haus
Und segnet Fried und Friedenszeiten“[3].

Die zunehmende „allgemeine“ Verschmutzung der Meere, saurer Regen, die Umwandlung des Amazonas-Dschungels in Rinderfarmen, Dürre- und Flutkatastrophen in der Sahelzone bzw. im Gangesdelta, die lautlose Vernichtung von „primitiven“ Kulturen fernab betreffen den Zeitgenossen nicht unmittelbar. Man liest dergleichen oder läßt sich von Prof. Grzimek informieren und zuckt bedauernd die Achsel.

2. Hinzu kommt die Angst vor dem möglichen Verlust liebgewonnener Lebensgewohnheiten, vor dem — immer in der Möglichkeitsform gesprochen — Verzicht auf materielle Bequemlichkeit. Dazu gesellt sich das Unbehagen vor aufgezwungener Konsumaskese und die träge Unwilligkeit gegenüber der Last des Umdenkens als Lernanstrengung.

3. Oft mangelt es Politikern und einflußreichen Interessengruppen am Willen, der aufziehenden Krise nüchtern und im Wissen um die harten Konsequenzen so in die Augen zu blicken, daß sie bereit wären, die Gefahren trotz möglicher Nachteile im politischen Grabenkampf öffentlich bewußtzumachen. Der feststellbare Rückzug der politischen Ethik zugunsten des soziotechnisch „Machbaren“[4] und dessen okkupatorischer Anspruch auf das Politische schlechthin bieten keinen guten Nährboden für kreative Nachdenklichkeit. Der vielfältige Spott, dem die Forderung nach einer „neuen Lebensqualität“ und nach einer „humanen Leistungsgesellschaft“ ausgesetzt war und noch ist, offenbart zusammen mit dem parlamentarischen Kleinkrieg um die Emissions- und Abwasserabgabengesetze und der Diskussion über die Kernenergie die tiefgründenden Verdrängungs- und Abwehrkräfte derjenigen, die ein bestimmtes wirtschaftliches mit dem substantiellen Interesse am Fortbestand des Status quo der industriellen Leistungsgesellschaft verbinden. Solche Verteidiger setzen oft die konkrete Erscheinungsform von Leistung mit ihrem anthropologischen und humanen Wesen gleich und sehen in der Kritik und der ethisch motivierten Relativierung von zuhandener Leistung einen Angriff auf die Freiheit der Lebensführung, der Wahl der Konsum- und Produktionsziele, auf die Demokratie selbst. Am Beispiel Auto und Zukunft der Automobilindustrie angesichts absehbarer Verknappung und Erschöpfung der Erdölvorräte und angesichts der grundsätzlichen Frage, welcher industrielle und soziale Stellenwert

---

[3] *J. W. von Goethe,* Faust, 1. Teil: „Vor dem Tore“.

[4] Vgl. *R. von Voss,* Von der Totalität der Politik. Ein Beitrag zur politischen Ethik in der Demokratie, in: Aus Politik und Zeitgeschichte. Beilage zur Wochenzeitung „Das Parlament“, B 1/1980.

dem Auto auf Dauer zukommen soll, läßt sich dieses aufschlußreiche Mißverständnis illustrieren: „Aber das Auto", beruhigte Bundeskanzler Schmidt im Wahljahr 1976 Mitarbeiter der Adam Opel AG., „hat ganz gewiß eine Zukunft vor sich; niemand sollte sich das Auto vermiesen lassen. Es sollte sich auch niemand von den Wissenschaftlern des ‚Club von Rom' anstecken lassen, der uns erzählt hat, wir sollten wieder alle zu einem einfachen Leben zurückkehren. Dazu sind wir nicht angetreten, und dafür arbeiten wir auch nicht. Diogenes konnte in der Tonne leben und war damit zufrieden. Aber er war Philosoph, und das sind wir meistens alle nicht"[5]. Von der Richtigkeit der letzten Worte des Bundeskanzlers einmal abgesehen, wird auch hier — argumentativ ähnlich wie bei Schoeck —, die spezielle Frage nach der Zukunft des Autos als Energieverbraucher großen Ausmaßes sofort in die Nähe der kleinkarierten Untugend des „Miesmachens" gerückt. Die in der Wissenschaft kontrovers aber seriös diskutierten Thesen des „Club von Rom", die in seinen Veröffentlichungen: „Grenzen des Wachstums"[6] und „Menschheit am Wendepunkt"[7] enthalten sind, fallen bei Schmidt unter die Rubrik des „Erzählens". Einfaches Leben als Gesellschaftsziel wird mit Entschiedenheit abgelehnt. Dazu sind wir, die Bürger der bundesrepublikanischen Leistungsgesellschaft, „nicht angetreten". Alternatives Denken und Tun bleiben dem „Philosophen" vorbehalten, einem wohl andersgearteten Menschen, der nichts mit der Realität zu tun hat; sollte man meinen.

Ungewollt, aber zutreffend, klingt in solchen Bemerkungen von höchster Ebene die Erkenntnis an, daß ohne eine radikale, d. h. bestimmte Grundlagenbereiche in Frage stellende Neubesinnung auf Ziele und Werteigenschaften von Leistung und ohne eine Änderung von bisher als recht und richtig erachteten Bewußtseinsstrukturen der Zug nur in die gewohnte Richtung weiterfahren kann. Und aus einem fahrenden Zug, so lehrt die Volksweisheit, springt man nicht. Daß die Fahrt vielleicht ins Verderben führt, so daß der Sprung oder eine Richtungsänderung zwar gefährlich, aber nicht chancenlos sind, wenn man sich rechtzeitig auf sie einstellt, bleibt dabei unbedacht. Das Denken verläßt auch angesichts der Krise ungern die bequemen Pfade des „So schlimm wird es schon nicht kommen" und ignoriert nur allzuleicht die Warnung von Alexander Kluge: „In Gefahr und höchster Not bringt der Mittelweg den Tod"[8]. In diesem Zusammenhang spielt das Prinzip Hoffnung, so sinnvoll und vital unentbehrlich es sonst für die gesunde Lebensführung sein mag, eine unglückliche Rolle. Es kollidiert mit

---

[5] Quelle: Der Spiegel, 7/1976.

[6] *D. Meadows.*, u. a., Die Grenzen des Wachstums, Stuttgart 1972.

[7] *M. Mesarović, E. Pestel,* Menschheit am Wendepunkt. 2. Bericht an den Club von Rom zur Weltlage, Stuttgart 1974.

[8] Titel eines seiner Filme über Frankfurt/Main.

dem „Prinzip Verantwortung“[9], indem es die Zeitgenossen verleitet, bisher geglückte Krisenbewältigung, die mehr oder minder zufällige Tatsache, daß die Menschheit überhaupt noch existiert, zur Blankogarantie für alle Zukunft zu nehmen und sich in Sicherheit zu wiegen. Weiterhin: Die Tradition pessimistischer Kulturphilosophie in Deutschland habe, so exkulpiert man den eigenen Optimismus und verkennt dabei die heute anstehende Problematik, schon um die Jahrhundertwende den „Untergang des Abendlandes“ verkündet, von Schopenhauers und Nietzsches Mißtrauen den guten Seiten des Menschen gegenüber ganz zu schweigen. Ludwig Klages Kritik am räsonnierenden „Geist als Widersacher der Seele“ beweise ähnlich wie Erich Fromms zeitgenössisch „monozerebraler“[10] und Herbert Marcuses „eindimensionaler Mensch“[11] nur die traditionell illusorische Sehnsucht vieler Philosophen nach einem heilen Menschen in einer heilen Welt, die es niemals gab und geben wird.

4. Nicht nur das Mißtrauen des „gesunden Menschenverstandes“ zweiflerischen Philosophen gegenüber, sondern auch die Vorstellung, daß jede Gesellschaft irgendwie eine Leistungsgesellschaft ist, kann den Blick für ihre spezifische Problematik in der Gegenwart trüben. Leistung als Medium und Ergebnis, als ziel- und zweckorientierte Entscheidung und ihr gemäßes Handeln realisiert die fundamentale und konstante Fähigkeit des Menschen zum Kulturwesen. Rationale Erkenntnis, sachbezogene Orientierung an den Möglichkeiten der Selbst- und Weltgestaltung, begrenzte Freiheit der Ziel-, Wert- und Mittelwahl verlangen die Anstrengung von Vernunft und Willen, sind somit humane Leistungen. All das kann der Begriff Leistung ausdrücken, ebenso wie die in Ganzheit gelungene Lebensführung: die Lebensleistung. Auch die Notwendigkeit eines Mindestmaßes an sozialen Ordnungen und Normen selbst für die einfachsten Formen des menschlichen Zusammenlebens erfordert die „Leistung“ der Anpassung, der bewußten Übernahme, also der Sozialisation und Akkulturation. Diese anthropologischen Grunddaten von Leistung, die in der Tat „seit jeher ... Spiel und Arbeit“ auszeichnen, werden zu Recht als unverzichtbar und wert der Verteidigung empfunden, oft aber fälschlicherweise als Hauptgegenstand der Leistungskritik ausgegeben. Auch die Herkunft des Wortes Leistung aus dem indogermanischen Sprachbereich[12] darf nicht über seine besondere ideen-

[9] *H. Jonas,* Das Prinzip Verantwortung. Versuch einer Ethik für die technologische Zivilisation, Frankfurt/M. 1979.

[10] *E. Fromm,* Anatomie der menschlichen Destruktivität, Stuttgart ^{3}1978, 396.

[11] *H. Marcuse,* Der eindimensionale Mensch. Studien zur Ideologie der fortgeschrittenen Industriegesellschaft, Neuwied ^{3}1970.

[12] Wir übernehmen zur Information H. Schoecks knappe Etymologie des Wortes Leistung, in: *H. Schoeck,* Ist Leistung unanständig?, a. a. O., 19 f.: „Das Zeitwort ‚leisten‘ bedeutet schon im Alt- und Mittelhochdeutschen ‚ein Gebot befolgen und ausführen, einer Pflicht nachkommen‘. Im Altsächsischen (lestian), im Gotischen (laistjan) = folgen, lassen

geschichtliche Rolle in der Bewußtseinsbildung der industriellen Leistungsgesellschaft hinwegtäuschen.

---

sich auf das germanische ‚laistian' = nachfolgen zurückführen. Letztlich gehen diese Zeitwörter auf den Begriff ‚leist, laest, leistr' für Fußspur, Fußabdruck zurück; diesem folgt man entweder auf einem Pfad oder bei der Herstellung von Fußbekleidung ... Die übertragene Bedeutung von Leistung kam wohl auch dank einer sehr frühen Wurzel ‚lis' = gehen zustande, aus der dann in die Lehre gehen, lernen und der Begriff ‚List' für geistige Verhaltensformen entstanden ist."

4. Die ökologische Krise. Anlaß zur Besinnung auf die Grundlagen der Leistungsgesellschaft

In der Vergangenheit bewegte sich das Nachdenken über die Grenzen menschlicher Leistung, oft ohne diesen Begriff zu nennen, überwiegend im Theoretischen, angestoßen beispielsweise vom Interesse am Systemvergleich von Liberalismus und Sozialismus. Das Modell Marktwirtschaft konkurrierte auf dem Felde des ökonomischen Erfolgs mit zentralen Verwaltungswirtschaften. Spätestens aber seit den vier autofreien Sonntagen im Jahre 1973 kann in der Bundesrepublik die Diskussion der Leistungsgesellschaft ihre handgreiflichen Bedingungen nicht mehr ausklammern. Die durch den Jom-Kippur-Krieg damals politisch verursachte Verknappung und Verteuerung des Erdöls verschmolz wie selbstverständlich mit dem schon lange gärenden Unbehagen an den verschwenderischen Maßstäben und Verhaltensweisen der industriell hochentwickelten Gesellschaften. Das so komfortabel und sicher eingerichtete Haus der modernen Zivilisation schien in seinen Grundfesten zu schwanken. Hinzu kam: Die ökologische Krise wurde jedermann sichtbar. Allerdings schieden sich bald die Meinungen an der Frage nach ihrem technisch-wirtschaftlichen Ausmaß und ihren Hintergründen. Zuviel an „Fortschritt" steht auf dem Spiel, als daß die Forderung nach ernsthafter „Durchleuchtung seiner einzelnen Etappen"[1] mit vorbehaltloser Unterstützung rechnen könnte. Denn die Art der Diagnose entscheidet mit über die einzuschlagende Therapie. Welt- und Menschenbilder, technische, wirtschaftliche, politische und soziale Interessen trüben leicht und nachhaltig den Blick für eine objektive Bestimmung der Krise, selbst dann, wenn quantifizierbare Anhaltspunkte reichlich vorhanden sind. Diese Bandbreite der unterschiedlichen Bewertungen soll im folgenden an einzelnen Krisentheoretikern aufgezeigt werden, denn auch in der ökologischen Krise geht es zentral um das Prinzip Leistung.

Gedanken über die „nachindustrielle Gesellschaft"[2], über ein „Jenseits der Leistungsgesellschaft"[3], apokalyptisch klingende Andeutungen wie „Ende oder Wende"[4] geben den Hintergrund ab für die bange Frage, die Papst Johannes Paul II. in seiner Enzyklika „Redemptor Hominis" stellt: „Wieso wendet sich diese Macht ... Genialität und schöpferische Macht ..., die von Anfang dem Menschen gegeben war, um damit die Erde zu beherr-

[1] *Johannes Paul II.*, Enzyklika „Redemptor Hominis", in: Verlautbarungen des Apostolischen Stuhls, hrsg. vom Sekretariat der Deutschen Bischofskonferenz, Bonn 6/1979, 32.

[2] *D. Bell,* Die nachindustrielle Gesellschaft, Frankfurt/M. ²1976.

[3] *B. de Jouvenel,* Jenseits der Leistungsgesellschaft. Elemente sozialer Vorausschau und Planung, Freiburg 1971.

[4] *E. Eppler,* Ende oder Wende. Von der Machbarkeit des Notwendigen. Berlin 1975. Vgl. auch sein Buch: Wege aus der Gefahr, Reinbek 1981.

schen, gegen ihn selbst und ruft diesen verständlichen Zustand der Unruhe, der bewußten und unbewußten Angst und der Bedrohung hervor, der sich in verschiedener Weise der gesamten Menschheitsfamilie mitteilt und vielfältige Erscheinungsformen kennt?"[5]. Es öffnet sich eine Tiefendimension innerhalb der ökologischen Krise, die von den technischen Gefährdungen und wirtschaftlichen Schwierigkeiten, über die Nahrungsmittelversorgung der mittlerweile 4,7 Milliarden Menschen, über die Probleme der ausreichenden Energieversorgung und wachsenden Umweltbelastung in die sozialen, psychologischen, philosophischen und religiösen Schichten der gegenwärtigen Menschheit reicht. Dringlicher als je zuvor fragen sich viele nachdenkliche Menschen mit dem Papst: „Macht der Fortschritt, dessen Urheber und Förderer der Mensch ist, das menschliche Leben auf dieser Erde wirklich in jeder Hinsicht ‚menschlicher'. Macht er das Leben ‚menschenwürdiger'?"[6]. Und nicht zu leugnen ist, daß der „Fortschritt der Technik und die Entwicklung der heutigen Zivilisation, die von der Vorherrschaft der Technik geprägt ist ... eine entsprechende Entwicklung im sittlichen Leben und in der Ethik"[7] vermissen läßt.

4.1 Der „Club von Rom", Kassandrarufe?

Die simple Tatsache der Begrenztheit unseres noch blauen Planeten Erde mit seinen 12 756 km Durchmesser, seinen 510 Millionen km² Oberfläche, bestehend aus 71% stets schmutziger werdendem Wasser und 29% Festland, gewinnt an hintergründiger Frag-Würdigkeit angesichts der grenzenverachtenden Eroberungspose des historisch bekannten homo sapiens. Der „Club of Rome" betont die Einzigartigkeit der ökologischen Krise. Sie habe einen „positiven" Ursprung, denn sie entspringe nicht mehr der moralischen oder technisch-medizinischen Unfähigkeit früherer Generationen, Ungerechtigkeit und Krankheit zu besiegen, sondern erwachse aus dem Zuvielvermögen der wissenschaftlichen und technoökonomischen Kenntnisse des modernen Menschen. Die Krisen der Vergangenheit „hatten in der Regel einen ‚negativen' Ursprung, wie ‚böse' Ziele rücksichtsloser Menschen — Aggressoren und Diktatoren — oder unheilvolle Ereignisse bester menschlicher Absichten zu sein, die unseren traditionellen Wertvorstellungen entsprechen, an denen bisher nicht gerüttelt werden durfte"[8]. Den wichtigsten Schritt zur Besserung, vor aller Einzeltherapie, sieht der Club von Rom, in Übereinstimmung mit *allen* noch zu behandelnden Kritikern, in der „Gestaltung

---

[5] *Johannes Paul II.*, Enzyklika „Redemptor Hominis", a. a. O., 29.
[6] Ebd., 30.
[7] Ebd.
[8] *M. Mesarović, E. Pestel,* Menschheit am Wendepunkt, a. a. O., 19.

eines neuen globalen ethischen Bewußtseins", das dem Menschen verhilft, eine „neue Konsumethik" zu entwickeln, in der „Sparen und Erhalten ... wieder Eigenschaften werden, die in der Wertschätzung höher stehen als ‚Großzügigkeit', die sich im Verschwenden und Wegwerfen manifestiert". Solche tugendhafte Rückkehr zur vernünftigen Selbstbegrenzung kann aber nur dort gelingen, wo der ökologische Imperativ gilt: „Mit der Natur soll der Mensch in Harmonie leben, statt sie rücksichtslos erobern zu wollen"[9].

Die Kritik am Modell des Club von Rom kann mit guten Gründen auf zu generalisierende Trendberechnungen in den einzelnen Scenarios, auf nicht ausreichend statistisch abgesichertes Zahlenmaterial[10] bei den Computereingaben, auf das nicht Quantifizierbare und exakt Prognostizierbare von menschlichem Verhalten und auf die grundsätzliche Möglichkeit eines durch Katastrophenerfahrung verursachten Umdenkens in globalen Maßstäben hinweisen[11]. Die deutlichen Anzeichen einer Krisenhäufung, ihre von Fortschritts-, Wachstums- und Leistungseuphorie durchströmten Quellen und damit die Notwendigkeit einer verstehenden Aufarbeitung der Ideen- und Normengeschichte der Leistungsgesellschaft kann sie jedoch nicht leugnen. Denn die allmähliche Erfahrung der ökologischen Grenze zieht ein Innewerden der Grenzen des Menschen[12], seiner anthropologischen und ethischen Möglichkeiten nach sich, sosehr er sich noch aus den unterschiedlichsten Interessen dagegen wehren mag. In der Kontroverse über das Ausmaß und die Gefährlichkeit der ökologischen Krise dokumentiert sich auch der Konflikt zwischen den unterschiedlichen Bewertungen[13] ihrer ideellen und interessebehafteten Hintergründe. Das Pathos und Ethos der verinnerlichten Herrschafts- und Überlegenheitshaltung des abendländischen Men-

---

[9] Ebd., 136.

[10] Beispiel: die Entwicklung der Erdbevölkerung. Neueste Zahlen (USA) (Vgl. Global 2 000. Der Bericht an den Präsidenten, Frankfurt, 10. Aufl. 1981, 39 ff.) sprechen von ca. 6,35 Milliarden im Jahre 2000, im Gegensatz zu den angekündigten 7,5 Milliarden des Club von Rom. Durch diese Verschiebung sind u. E. die Probleme einer ökologisch und sozial optimalen Bevölkerungszahl bei schon jetzt 4,7 Milliarden Menschen, von denen ca. 70% mittel- oder unmittelbar unter den Folgen von Hunger und Krankheit leiden, in keiner Weise „von selbst" gelöst. Vgl. dazu: O. *von Nell-Breuning*, Zukunft durch kontrolliertes Wachstum, in: Stimmen der Zeit, 196/1978, 64 ff.

[11] Zur Diskussion über die Analysen des Club von Rom vgl.: *D. Meadows*, Wachstum bis zur Katastrophe? Pro und Contra zum Weltmodell, Stuttgart 1974; *K. Scholder*, Grenzen der Zukunft. Stuttgart 1973, bes.: 27—41 und *W. Dreier, R. Kümmel* (Hrsg.). Zukunft durch kontrolliertes Wachstum. Naturwissenschaftliche Fakten, sozialwissenschaftliche Probleme, theologische Perspektiven. Ein interdisziplinärer Dialog, Münster 1977, bes.: 60 ff. und 114 ff.

[12] Vgl. *E. Biser*, Auf der Grenze zweier Welten. Zur Frage nach den Grenzen des Menschen und der Anthropologie, in: Stimmen der Zeit, 4/1979, 269 ff.

[13] Zu diesem Problem vgl.: *M. Rock*, Ökologie aus sozialethischer Perspektive, in: Trierer Theolog. Zeitschrift, 5/1974, 298 ff.; *Ders.*, Umweltschutz. Eine Herausforderung an die christliche Ethik, in: Aktuelle Information 8, Mainz 1979; *K. A. Wohlfarth*, Die Umweltkrise als Bewertungsproblem, in: Stimmen der Zeit, 197/1979, 145 ff.

schen zeigt Flagge und beansprucht Selbstverständlichkeit auch für die Zukunft. Es war „das Pathos der europäischen Geschichte, zumindest seit Beginn der industriellen Revolution, wenn nicht schon der Renaissance, die Überwindbarkeit von Grenzen immer neu zu demonstrieren; Grenzen des Wissens und Erkennens, Grenzen der Leistung, Grenzen der Geschwindigkeit, Grenzen der Produktivität und der Produktion, Grenzen des Raumes, schließlich die Grenzen des Erdballs selbst. Auch im Pathos des wirtschaftlichen Fortschritts schwang und schwingt noch mit, was die Geschichte Europas seit Jahrhunderten bestimmt hat“[14]. E. Epplers historischer Exkurs wird mit dem Widerstand derjenigen rechnen müssen, für die diese Geschichte fraglos rechtfertigt und weiterhin anspornt.

Sie nehmen es wahrscheinlich auch bloß zur Kenntnis, wenn Konrad Lorenz vom „seelischen Schaden“ spricht, den die zivilisierte Menschheit durch die wachsende Entfremdung von der Natur erleidet. Seine Diagnose läßt nicht viel Hoffnung zu: „Die allgemeine und rasch um sich greifende Entfremdung von der lebenden Natur trägt einen großen Teil der Schuld an der ästhetischen und ethischen Verrohung des Zivilisationsmenschen“[15]. Ihre Ursachen ortet der Verhaltensforscher in einem krebsartigen Wuchern technologischer Denkweisen und in der ausbeuterischen wirtschaftlichen Praxis des Menschen. Die „dümmsten Sackgassen der Evolution“[16] hätten, mitbedingt durch soziale Fehlentwicklungen, das naturhafte Aggressionspotential innerhalb der intraspezifischen Zuchtwahl beim Menschen derart dysfunktional gesteigert, daß es zu den überproportionierten „Schwingen des Argusfasans“ und dem „Arbeitstempo der westlichen Zivilisationen als Beispiele solcher Irrwege der Entwicklung“[17] gekommen sei.

4.2 E. F. Schumacher: „Small is beautiful“

K. Lorenz These von der schädlichen Dominanz der „kriegerischen Tugenden“[18] vor den „irenischen“ liegt sachlich auch der Wirtschaftskritik des britischen Ökonomen E. F. Schumacher zugrunde. Die sich anbahnende Katastrophe beruht für ihn auf der Ideologie einer vermeintlich unabschließbaren Evolution der Menschheit und des pragmatischen Verwertbarkeitspostulats von Wissenschaft. Getrieben von den bisherigen „Erfolgen“ beim Krisenmanagement tröste man sich angesichts der aktuellen

---

[14] *E. Eppler,* Ende oder Wende, a. a. O., 9.

[15] *K. Lorenz,* Die acht Todsünden der zivilisierten Menschheit, München 1973, 28.

[16] *Ders.,* Das sogenannte Böse. Zur Naturgeschichte der Aggression, Wien [25]1970, 246.

[17] Ebd.

[18] Ebd., 65.

Schwierigkeiten mit dem Zuspruch: „Schaffst du deinen Durchbruch morgen, macht die Krise keine Sorgen“[19]. Das Fehlen sinnvoller Leistungen und die Oberflächlichkeit des allgemeinen Fortschrittsoptimismus bewegt ihn zur Klage: „Wir leiden an einer metaphysischen Krankheit, und daher muß auch die Heilung metaphysisch sein“[20], nämlich durch die bewußte Hinnahme der wesenhaften Endlichkeit von Mensch und Erde und in der ihr angemessenen Entwicklung einer maßvollen „mittleren Technik“ der überschaubaren Symbiose von Natur, Wirtschaft und Kultur nach dem Motto: „small is beautiful and possible“. An Arthur Schopenhauers Hochschätzung der Natur und Mensch versöhnenden Weltanschauung des Buddhismus erinnert Schumachers Forderung nach Übernahme wichtiger Elemente einer „buddhistischen Wirtschaftslehre“: der Entwicklung und Nutzung menschlicher Fähigkeiten, dem Heraustreten aus der Ichbezogenheit, der Erzeugung von menschenwürdigen Gütern und Dienstleistungen. So vage diese Formulierungen Schumachers auch klingen mögen, so deutlich tritt in ihnen der Wunsch nach einer auf ökologische und darin auf humane Sinnhaftigkeit hin geplanten Wirtschaftsordnung als Bedingung für das Überleben zutage. Arbeit und Leistung schrumpfen in dieser Sicht zur „Dienstleistung an einer planetarisch-solidarischen Lebensgemeinschaft und sonst nichts. Als solche kann sie eine Würde beanspruchen, die ihr durch die bisherigen Ethiken der Werkelei nur mühsam vermittelt werden kann“[21].

4.3 H. Gruhl und C. Amery: Abkehr von einer destruktiven Schöpfungstheologie

Eine tief pessimistische Stimmung trägt und umgibt die Beschreibung und die Bestimmung der Ursachen der ökologischen Krise durch Herbert Gruhl. Eugen Ionescos Klage anläßlich der Eröffnung der Salzburger Festspiele im Jahre 1972 hat Gruhl nicht umsonst seinem Bestseller: „Ein Planet wird geplündert“ vorangestellt. Ionesco sagte damals dem aufhorchenden Festpublikum: „Ich predige in einer übervölkerten Wüste. Weder ich noch andere können einen Ausweg finden. Ich glaube, es gibt keinen Ausweg“[22]. Diese Worte verdeutlichen für Gruhl das Dilemma derer, die die Krankheiten der industriellen Gesellschaften erkennen, dabei aber genau wissen, daß

[19] *E. F. Schumacher,* Die Rückkehr zum menschlichen Maß. Alternativen für Wirtschaft und Technik; „Small is beautiful“, Hamburg 1977, 141.

[20] Ebd., 91.

[21] *C. Amery,* Das Ende der Vorsehung. Die gnadenlosen Folgen des Christentums, Hamburg 1972, 247 f.

[22] Mitgeteilt von *H. Gruhl,* Ein Planet wird geplündert. Die Schreckensbilanz unserer Politik, Frankfurt/M. 1975, 27.

Unverstand und Nichtwollen, das bleierne Gewicht liebgewonnener Gewohnheiten und die unvermeidlichen Zeitverzögerungen bis zum ersten Erfolg auch von augenblicklich einsetzenden Besserungsmaßnahmen eine Änderung der eingeschlagenen Bahn vereiteln können. Die Lage gleicht einem vollbeladenen Supertanker, der trotz Notbremsung angesichts der erkannten Gefahr mit tödlicher Sicherheit noch auf Kilometer seinen bisherigen Lauf beibehält.

Diese Schreckensbilanz nährt sich bei Gruhl aus zwei Wurzeln. Einmal besteht eine grundsätzliche Unverträglichkeit zwischen dem ökologischen Regelkreis[23] der Natur, einem organischen Gleichgewicht von Erzeugen und Verbrauchen auf Dauer, und dem künstlichen Produktionskreis wirtschaftlichen Wachstums, das allmählich durch den sich ständig steigernden Rohstoff- und Energieverbrauch das Ökosystem der Natur nachhaltig zerstört. Zum anderen liegen die ideellen Ursprünge dieses „teuflischen Regelkreises"[24] in der Einbildung einer Sonderstellung des Menschen über und gegen die Natur, in der Bevorzugung materieller Werte und im hemmungslosen Wachstumsfetischismus.

Für die Umkehr verlangt Gruhl die Besinnung auf bisher unterrepräsentierte Wertbereiche durch den Abbau der Vorherrschaft materieller Güterwerte. Nur dann bestehe noch Hoffnung, daß der „Entzauberung der materiellen Werte zweifellos die Entzauberung aller Ausbeuter dieser Erde folgen wird"[25]. Gruhl proklamiert eine „neue Sozialethik", da „wir von der Tatsache auszugehen haben, daß noch nie die moralischen und ethischen Werte der Zeitgenossen so weit von den objektiven Anforderungen ihrer Epoche entfernt waren wie heute"[26]. Vor allem aber muß sich der Mensch freimachen „von der lächerlichen Vorstellung, daß dieses Universum eine Veranstaltung um seiner selbst willen sei"[27].

Gruhls letzte Bemerkung stützt sich auf die provokante Forderung Carl Amerys, die von Jahwe dem Menschen geschenkte Gottebenbildlichkeit vom Herrschaftsauftrag über die Natur (Gen 1, 28)[28] zu entkoppeln und das Noah und den Seinen nach der Sintflut gegebene Versprechen: „Nicht aufhören werden Saat und Ernte mehr, Furcht und Zittern wird die Tiere nicht

---

[23] Zum Problem vgl.: *W. Dreier, R. Kümmel* (Hrsg.), Zukunft durch kontrolliertes Wachstum, a. a. O., 60 ff.: „Regelkreise".

[24] *J. W. Forrester,* Der teuflische Regelkreis, Stuttgart 1971.

[25] *H. Gruhl,* Ein Planet wird geplündert, a. a. O., 342.

[26] Ebd.

[27] Ebd., 344.

[28] Vgl. *C. Amery,* Das Ende der Vorsehung, a. a. O., 15—29, bes. 16: „Dies gilt bis heute ... Jedem möglichen Zweifel über diese absolute und totale Überlegenheit steht Gottes Auftrag entgegen. Es ist der ausdrückliche Auftrag der totalen Herrschaft. Der Mensch wird gerufen, diese Erde zu erfüllen, sie sich untertan zu machen. Magische Auflagen sind damit nicht verbunden, das heißt, es ist ihm völlig freigestellt, wie er diesen Auftrag vollzieht. Sonne und Mond sind Beleuchtungskörper, sonst nichts; Rohstoffe, Flora, Fauna sind ein Arsenal, über das er frei verfügt, sind Jagdterrain und Ernteacker."

mehr verlassen" (Gen 9, 2), der Garantie einer Hinordnung der gesamten Biosphäre auf den Menschen zu entkleiden. Im Klartext heißt das für Gruhl und Amery: „Wir müssen, theologisch gesprochen, auf diese letzte Kenosis, diese letzte Selbstäußerung hinaus: auf die Entäußerung von der garantierten Zukunft. Nur wenn wir sie verlieren, werden wir sie gewinnen; nur wenn wir handeln, als gäbe es sie nicht, wird sie uns — vielleicht — zufallen"[29]. Gruhl und Amery fordern also nichts Geringeres als die Revision einer angeblich destruktiven Schöpfungstheologie, welche die Geschichte des Abendlandes maßgeblich geprägt habe. Diese durch Macht- und Herrschaftselemente interpretierte Schöpfungsvorstellung verhindere im Ansatz ein kooperatives, weil einander respektierendes Verhältnis von Mensch und Natur und müsse durch einen bewußten Akt konvivialer Kenose ersetzt werden, in dem der Mensch sich als Teil der Natur annimmt und den Naturgesetzen unterwirft, „denen wir ebenso unterliegen wie alle anderen Lebewesen auch"[30].

Die Behauptung einer ursächlichen Mitschuld des Christentums an der ökologischen Krise und der darin mitenthaltene Vorwurf einer anthropozentrischen Leistungsideologie werfen ohne Zweifel für die Christen ernste Probleme auf angesichts der Liebesbotschaft Jesu und seiner gelebten grundsätzlichen Gewaltlosigkeit, seinem Verzicht auf Herrschaft und seinem tiefen Heilswillen allen Teilen der Schöpfung gegenüber. Lynn Whites Bemerkung: „Human ecology is deeply conditioned by beliefs about our nature and destiny — that is by religion"[31], verdient schon aus soziologischen Erwägungen über die zentrale Rolle der Religion im gesellschaftlichen Prozeß Beachtung und darf gerade in der Leistungsperspektive nicht vernachlässigt werden. Wir werden diesem Komplex am Ausgang des Mittelalters wiederbegegnen und ihm besondere Aufmerksamkeit widmen[32]. Nicht zu übersehen ist auch die frühe Geschichte des Christentums, das die jüdische Schöpfungstheologie aufnahm, sie mit Elementen der griechischen Philosophie des vernünftig geordneten Menschen (Logos) in einer geordneten Welt (Kosmos) durchsetzte und dann, eingebunden in die praktische Präzision römischen Rechtsdenkens, dem ganzen Abendland und, angetrieben durch den expansiven Eifer des Missionierungsauftrags, der übrigen Welt und den folgenden Zeiten vermittelte. Es bleibt der Exegese vorbehalten, Meadows, Amerys und Gruhls monokausale Anknüpfung der ökologischen Krise an die Versäumnisse des Christentums zu entkräften[33]. Auch dogmatisch wird man

---

29 *H. Gruhl*, Ein Planet wird geplündert, a. a. O., 344.

30 Ebd. 17.

31 *L. White jun.*, The Historical Roots of Our Ecologic Crisis, in: Science, 155 (1967), 1 205.

32 S. u., 53 ff.

33 Vgl. dazu: *N. Lohfink*, Priesterschrift und die Grenzen des Wachstums, in: Stimmen der Zeit 192 (1974), 435 ff.; *Ders.*, Macht euch die Erde untertan, in: Orientierung 1974,

vor allem Amery gegenüber schwere Bedenken gegen die Tendenz einer Mensch und Natur egalisierenden Theologie anmelden müssen, ebenso wie gegen seine „schlichte Ethik der Verursachung“, in der „Gut und Böse nichts anderes mehr als Überleben bedeuten — und zwar kollektives Überleben“[34]. Diese sachlichen Einwände gegen Amery und Gruhl entlasten das Christentum jedoch nicht von der geschichtlichen Seite des Ökologieproblems. N. Lohfink drückt es deutlich aus: „Vielleicht ist Meadows historisch im Recht. Oft genug haben Christen selbst behauptet, der große technische und welterobernde Aufbruch des Westens in der Neuzeit gehe letztlich auf einen Impuls zurück, der aus dem ersten Kapitel der Bibel stamme ... Aber Impulse können ja auch von mißverstandenen Sätzen ausgehen“[35]. Die Karriere eines exegetischen Irrtums ist also nicht von vornherein auszuschließen; hier stimmen wir Lohfink zu. Und ebensowenig zu leugnen sind „Versäumnisse des Christentums, das in der Thematisierung humaner Eigenart und Verantwortung den Menschen radikal aus der Natur herausgelöst und ihr gegenübergestellt hat. Das hat über den Prozeß der Säkularisierung dazu geführt, daß der Mensch seinen Ort in der Welt verloren hat“[36]. Uns wird dabei das Relief dieses geschichtlichen Prozesses interessieren, der Wandel von Ideen und Normen und ihre Spuren, die sie in den sich wandelnden Formen von Leistung hinterlassen haben.

Verlangt ist dringlich, hier stimmen wir Schumacher und Gruhl zu, die Besinnung auf den Maßstab Ethik, doch dies im kritischen Blick auf die engen Bindungen von Moral und Wertdefinitionen an die leitenden Interessen von Technik und Wirtschaft. Beide folgen sicherlich „Sachnotwendigkeiten“ und sind in diesem partiellen Sinn „wertneutral“, um mit Max Weber zu sprechen. Sie dienen aber auch den politischen, sozialen und wirtschaftlichen Wert- und Ordnungsvorstellungen der Gesellschaft und werden von diesen beeinflußt. Gewiß erschließen Technik und Wirtschaft dem Menschen den „sachlichen“ Rahmen für seine kulturelle Verwirklichung. Andererseits führen aber beispielsweise die bisher alle Schwierigkeiten überwindende technische Vernunft und das Erlebnis des technisch-wirtschaftlichen Sieges über die natürlichen Grenzen allzuleicht zur Illusion einer kulturell sinnvollen Grenzenlosigkeit stets wachsender Bedürfnisse und Erwartungen

---

137 ff.; *G. Remmert,* Schöpfungsauftrag und Umweltkrise, in: Stimmen der Zeit 194 (1976), 117 ff.; *G. Liedke,* Von der Ausbeutung zur Kooperation. Theologisch-philosophische Überlegungen zum Problem des Umweltschutzes, in: *E. von Weizsäcker* (Hrsg.) Humanökologie und Umweltschutz, Stuttgart 1972, 36 ff.; *O. H. Steck,* Welt und Umwelt, Berlin, Mainz, Köln 1978; *O. Jensen,* Unter dem Zwang des Wachstums. Ökologie und Religion, München 1977.

[34] *C. Amery,* Das Ende der Vorsehung, a. a. O., 233.

[35] *N. Lohfink,* Macht euch die Erde untertan, a. a. O., 137.

[36] *H. Sachsse,* Der Mensch als Partner der Natur, in: *G. K. Kaltenbrunner* (Hrsg.), Überleben und Ethik. Die Notwendigkeit, bescheiden zu werden, (Initiative 10), Freiburg, Basel, Wien 1976, 50.

und darin aber — möglicherweise — zur Enthemmung anthropologisch und ökoethisch notwendigerweise begrenzten Verhaltens. Die „Betrachtung der Welt als Beute“[37] kann nicht als unvermeidliche Konsequenz eines jeden technoökonomischen Lebensstils hingenommen werden. Das Wissen um diese komplementären Verflechtungen von Technik, Wirtschaft und Ethos weckt Vorsicht gegenüber dem einfachen Vertrauen in die Selbstheilungskräfte der modernen Zivilisation.

Allerdings wäre es verfehlt und unverantwortlich, mit einem ethisch kompletten System in der Hinterhand, den Bankrott der gegenwärtigen Leistungsgesellschaft abzuwarten, bzw. diese sozusagen von höherer Warte aus zu bekritteln. Durch eine energische Aufarbeitung der ideellen Grundlagen der Leistungsgesellschaft und in der lebendigen Begegnung mit christlichen Traditionen können die Weichen für einen langfristigen Gesinnungswandel in den instrumentalen Lebensbereichen gestellt werden. Die interne Problematik der „neuen Ethik“, ihre eigene Definitions- und Entwicklungsbedürftigkeit, darf aber nicht zur beschwichtigenden Relativierung der handgreiflichen Gefahren in der ökologischen Krise führen oder zur Leugnung ihrer historischen und ideellen Vergangenheit überhaupt. Auch die naheliegende Antwort, die Technik habe uns zwar in die Krise geführt, sie wird diese aber aus eigener Kraft überwinden, übersieht den Unterschied von Technik und ausschließlich technologisch beherrschtem Denken und Tun in Form der Technokratie. Erst die Rückbindung des geschichtlich bisher einmaligen Beherrschungspotentials der modernen Technik an die sittliche Vernunft und darin sein Gesundschrumpfen zur ausschließlich dienenden Macht werden es vermögen, der Binnenideologie stolzer Technologie: „was technisch möglich ist, muß verwirklicht werden“, Einhalt zu gebieten.

4.4 Zusammenfassung und Ausblick

Wenn wir die Auseinandersetzung über die ökologische Krise zusammenfassen, so können wir folgende Ergebnisse und offene Fragen für die anstehende Leistungsproblematik festhalten:

1. Schwere Differenzen ergeben sich schon bei der „technischen“ Bestimmung des Ausmaßes und der Bedrohlichkeit der Krise. Die Meinungen reichen von der Marginalisierung der Gefahren bis zur Ankündigung des kurz bevorstehenden ökologischen Weltuntergangs. Die Vertreter der Selbstheilungstheorie neigen in der Regel zur Annahme einer Randstörung, die durch die Steigerung von technisch-wirtschaftlicher Leistung und durch den Fortschritt der Wissenschaft beseitigt werden wird.

[37] *M. Horkheimer,* Zur Kritik der instrumentellen Vernunft, Frankfurt/M. 1974, 165.

2. Diese „optimistische" Richtung der Kritik stellt die Voraussetzungen und die Verbindlichkeit der von den „radikalen" Krisentheoretikern benutzten Diagnose- und Prognosemodelle in Frage. Ihr Gegenargument lautet: die angeführten Daten träfen so nicht zu, und: der Mensch entziehe sich einem exakt bestimmbaren Verhaltensablauf. Die Möglichkeit eines heilsamen Lernprozesses angesichts geschichtlicher Erfahrung sei nicht auszuschließen, bzw. sogar wahrscheinlich.
3. Alle vorgestellten Krisenanalytiker sehen eine „ideelle" Dimension in der ökologischen Krise, die einen problemreichen Zusammenhang zwischen religiösen, philosophischen, ethischen Komponenten und der Entstehung und Organisation der industriellen Leistungsgesellschaft anzeigt. Fragwürdig ist die Behauptung: Insbesondere das jüdisch-christliche Menschen- und Weltbild trage mit seiner aggressiven Schöpfungstheologie ein gerütteltes Maß Schuld an der Misere und präge in säkularisierter Form das technokratische Ethos der Gegenwart.
4. Durchgehend wird die Bildung eines „neuen" ökoethischen Bewußtseins gefordert. Die „konservative" Richtung will diesen Wandel erreichen durch „moderiertes" Wachstum, verbunden mit der Besinnung auf ein formal belassenes Ethos der Grenze oder der zeitgemäßen Wiederbelebung „verläßlicher Festpunkte"[38] im Geiste abendländischer Traditionen. Die „radikale" Kritik setzt auf eine strukturelle Innovation der ideellen und sozialnormativen Grundlagen der Industriegesellschaft, auf die Entwicklung „konvivialer" Organisationsformen zwischen Mensch und Natur und einer gemäßen „neuen" Leistungsethik. Dieser durch die ökologische Krise ausgelöste Impuls trifft in der Gegenwart auf den breiten Strom einer Zeit- und Leistungskritik, die sich darüber hinaus noch wesentlich aus anderen Quellen speist, nämlich aus der marxistischen Gesellschaftstheorie und aus ihren neomarxistischen Fortbildungen. Diesen Komplex werden wir im Teil C unserer Arbeit untersuchen.
5. Eine erste Übereinstimmung — zumindest verbal — besteht bei den behandelten Autoren darin, technische, wissenschaftliche und wirtschaftliche Möglichkeiten verstärkt an humanen Normen und Sinnvorstellungen zu messen. Dieser Konsens sollte aber nicht überbewertet werden, solange noch tiefe Unterschiede bei der Beschreibung der Krise, der Frage nach ihrer Überwindung und vor allem bei der Bestimmung ihrer ideellen Ursachen und geschichtlichen Entstehung vorliegen. Die beiden letzten Probleme werden wir im folgenden Teil B dieser Arbeit behandeln. In ihm wollen wir durch das Aufarbeiten seiner Geschichte einen Leistungsbegriff gewinnen, der gleichermaßen zukunftsweisend wie fähig ist, die in Teil C gegen ihn erhobenen Einwände kritisch zu sichten.

---

[38] *Th. Sonnemann*, Die Menschheit hat noch eine Chance. Alternativen für die Welt von morgen, Hamburg 1977, 212.

B. Auf dem Wege zur Leistungsgesellschaft: Zur Geschichte ihrer ideellen Bedingungen

1. Das Mittelalter

1.1 Die kleine Lebenseinheit

Wohltaten wie Entartungen der industriellen Leistungsgesellschaft überkamen den Menschen nicht als unabwendbares Schicksal. Sie sind geschichtlich herangewachsen und können zureichend durch das Verstehen ihrer ideellen Wurzeln und real gestaltenden Kräfte, insbesondere ihrer wirtschaftlichen und sozialnormativen Aspekte, nachvollzogen und für das Verständnis der Gegenwart fruchtbar gemacht werden.

Unsere Analyse beginnt mit dem Mittelalter, dem „medium tempus", wie es Petrarca nannte, weil in dieser Zeit antike Vergangenheit, alles durchdringende christliche Lebensform, erstes Aufbrechen moderner Denkweisen, frühe nationale Regungen und sich weitende wirtschaftliche und soziale Beziehungen der Menschen noch zur vielschichtigen und spannungsreichen Einheit des „sacrum imperium"[1] verschmolzen waren. Uns interessiert vornehmlich der Übergang von der agrarischen, feudalbestimmten, auf primären Nahrungserwerb und Erhaltung der standesgemäßen Lebensführung hin ausgerichteten Arbeits- und Sozialverfassung des Mittelalters zur anfänglichen und später kräftig florierenden bürgerlichen Gesellschaft mit den sie kennzeichnenden geistigen und instrumentalen Ordnungen.

Der erfolgserpichte Aktionismus des aufstrebenden städtischen Bürgertums und seine Hochschätzung der individuellen Leistung brachten die Ablösung andersartiger Wertschätzung wirtschaftlichen Tuns und der daraus entspringenden Praktiken einer bewahrenden, überschaubaren, verkehrstechnisch relativ immobilen und sozial stabilen „kleinen" Lebenseinheit und ihrer Hinterlassenschaft. Es war, wie Karl Marx bemerkte, ein „folgerich-

[1] Vgl. *A. Dempf,* Sacrum Imperium. Geschichts- und Staatsphilosophie des Mittelalters und der politischen Renaissance, Darmstadt ²1954.

tiger", aber allmählicher Prozeß, der „die buntscheckigen Feudalbande, die den Menschen an seinen natürlichen Vorgesetzten knüpften, zerriß und kein anderes Band zwischen Mensch und Mensch übrigließ, als das nackte Interesse, als eine gefühllose, bare Zahlung"[2]. „Folgerichtig" in dem Sinne, daß erst das Verblassen der im Mittelalter vorherrschenden Werte, Normen, Menschenbilder und deren Umwandlung und Ablösung durch die Ideale der humanistischen Renaissance und der Reformation die fruchtbare Ausgangslage für den dann machtvoll einsetzenden „Geist der kapitalistischen Ethik" bildeten und diesen ermöglichte. Das Orientieren am steigenden Sozialprodukt und die dafür notwendige planmäßige Grundlage disziplinierter Arbeit, gemessen an der Produktivität und am Markterfolg, führten zu einem Leistungsverständnis, welches das Ende einer über Jahrtausende hinweg relativ gleichbleibenden Auffassung vom Sinn und der Form menschlicher Arbeit einleitete.

1.2 Arbeit als Mühsal

Die mit dem Erstarken des Bürgertums versunkenen Epochen kannten vornehmlich einfache Handarbeiten, Ackerbau und Viehzucht und überwiegend hauswirtschaftlich organisiertes Handwerk, um die einfachen Bedürfnisse des Lebens zu befriedigen und den Anforderungen des Krieges nachzukommen. Die Arbeitsleistung wurde zu großen Teilen von Sklaven oder in feudaler Abhängigkeit erbracht, die einigen wenigen ein arbeitsfreies Leben ermöglichten, in dem die Wissenschaft im Sinne der artes liberales[3], die politische Beschäftigung mit der „res publica" oder das aristokratische Landleben den Lebensstil derart Privilegierter verkörperten. Die „niedere", nicht lukrative Arbeit wurde allgemein wenig geachtet und Eigentum, besonders Grundbesitz, sehr geschätzt. „Eines Mannes guter Herkunft unwürdig", schreibt Cicero, „ist die Tätigkeit von Menschen, die sich vermieten ... Besonders verabscheuungswürdig sind die Berufe, die im Dienste des sinnlichen Genusses stehen: Fischverkäufer, Brater, Köche, Geflügelhändler, Fischer, wie Terentius aufzählt; man darf hinzufügen: Parfumhersteller, Ballettänzer und Varietékünstler"[4]. Bis weit in das Mittelalter hinein wurde die Arbeit unter dem Blickwinkel des Unangenehmen, der Last (labor) und der Pein (ponos) beurteilt, die die geistige Leistungskraft ungebührlich durch körperliche oder „unfreie" Anstrengungen beschnitten.

---

[2] *K. Marx, F. Engels,* Manifest der kommunistischen Partei, in: MEW (Marx, Engels, Werke), Berlin/Ost 1972 ff., Bd. 4, 464.

[3] Den Römern vermittelt durch griechische Bildungssklaven.

[4] *Cicero,* de officiis I, 42; vgl. *F. van der Ven,* Sozialgeschichte der Arbeit, 3 Bde., München 1971, Bd. 1, Antike und Frühmittelalter, 45.

1.3 Ora et labora: der „kontemplative" Lebensstil

Die durch Last, Anstrengung, Armseligkeit wie gleichermaßen durch privilegierende Plazierungskriterien geprägte stark verinnerlichte Auffassung vom Wert bzw. Unwert menschlicher Tätigkeiten wurde zwar im ideellen, d. h. religiös-ethischen Bereich, durch den Einfluß des Christentums wesentlich verändert, nicht aber in ihrem statisch-sozialen Einfluß auf die Gesellschaftsordnung[5] und in ihrer Gleichsetzung der Arbeit mit Mühsal. In christlicher Sicht war Arbeit Folge des Sündenfalls, Mußkonsequenz und somit integraler Teil eines Geschehens, dessen letzter Sinn sich dem innerweltlichen Verständnis und dem planenden Zugriff entzog und als Ausdruck und Wille der göttlichen Heilsvorsehung hingenommen werden mußte. Die soziale Stabilität des mittelalterlichen Arbeitslebens und ihr Niederschlag im damaligen Zeitgeist finden durch diese theologische Auskunft eine zwanglose Erklärung. Die Fron, aber auch die trostvolle Deutung der täglichen Arbeit des einfachen Mannes, Bauern oder zünftigen Handwerkers schöpften ihre Kraft aus dem Bewußtsein von der gottgewollten, aber viatorischen Notwendigkeit der Arbeit unter vorindustriellen Bedingungen. Die Erzeugung von Gütern, der Erwerb von Reichtum, die wenigen Elemente einer wirtschaftlichen Systematik ordneten sich ein in eine umgreifende, hierarchisch gegliederte und von dort her wiederum das Leben bewertende Stufung der Seinsschichten und Sinnebenen. Die monastische Regel: ora et labora, läßt heute noch etwas von der damals allgemeingültigen Hinordnung aller Tätigkeiten auf die religiös und auch philosophisch interpretierte Prävalenz kontemplativer Lebenhaltung erahnen[6]. Diese sakral-transzendente Ausrichtung konnte Hand in Hand gehen mit derb-sinnenhafter Alltagsfreude[7] und gleichzeitigen Zuständen von Endzeitängsten, Sünden- und Verdammnisfurcht. Sie verwoben sich mit korporativen Arbeits- und Wirtschaftsformen, die eingebunden waren in die anschauliche Erfahrung des ruhigen Wachstums und Vergehens der Naturprozesse. Deren Gesetze und Möglichkeiten formten das Wirtschaften mit ihrem jahreszeitlich geprägten Rhythmus, der im Wechsel von Tätigkeit

---

[5] *F. van der Ven,* Sozialgeschichte der Arbeit, a. a. O., 43: „Diese arbeitsfeindliche, ruhig genießende Mentalität wurde in späteren Zeiten vor allem von jenen begriffen und geschätzt, die sich in ihrer Lebensauffassung von einem klassischen oder klassizistischen Ideal inspirieren ließen."

[6] Knapp formuliert bei *Thomas von Aquin,* S. Th., II, II, 182, 2, c.: „Vita contemplativa ex suo genere est majoris meriti quam activa." Vgl. dazu: *M. Blin,* Die veruntreute Erde. Der Mensch zwischen Technik und Mystik, Freiburg 1977; bes. 75 ff.: „Das Mittelalter — eine Kultur im Bann des Übernatürlichen".

[7] Vgl. *A. Borst,* Lebensformen im Mittelalter, Frankfurt/M., Berlin, Wien 1979, und *N. Elias,* Über den Prozeß der Zivilisation. Soziogenetische und psychogenetische Untersuchungen, Bd. 2, Wandlungen der Gesellschaft. Entwurf zu einer Theorie der Zivilisation, Baden-Baden 1976.

und festlicher Entspannung, von Mühsal und Muße das menschliche Gemüt tiefer beeindruckte als alle anderen Einflüsse. Veränderung und das Bewußtsein davon, sich ereignende und ständig erwartete Neuigkeit, in unseren Tagen alltäglich und ersehnt, gab es damals nicht. Der mittelalterliche Mensch lebte nach der Regel: „Wo man feiern kann, tut man es. Er hat zur wirtschaftlichen Tätigkeit seelisch etwa dieselben Beziehungen wie das Kind zum Schulunterricht, dem es sich gewiß nicht unterzieht, wenn es nicht muß. Keine Spur von einer Liebe zur Wirtschaft oder zur wirtschaftlichen Arbeit“[8]. Die schon im „Herbst des Mittelalters“ (J. Huizinga) sich anbahnende Überwindung des passiv-kontemplativen Verhältnisses zur Natur mittels der sich steigernden Beherrschung durch den homo faber fehlte in der Hochzeit des Mittelalters noch vollkommen, ebenso wie das aktivistische Leistungsethos des „endgültig entfesselten Prometheus“[9] kommender Epochen.

1.4 Verbot der ruinösen Konkurrenz

Wir benutzen zur Skizze mittelalterlicher Kultur, wohlgemerkt, idealtypische Kennzeichnungen, die nicht darüber hinwegtäuschen sollen, daß auch die mittelalterliche Gesellschaft sowohl in den geistigen als auch in den ökonomischen Bereichen Spannungen, gravierende theoretische wie soziale Konflikte kannte, wie sie sich u. a. in den Sektenbewegungen, den unterschiedlichen philosophisch-theologischen Schulen und der kontroversen Deutung der Über- bzw. Unterordnungsproblematik von geistlicher und weltlicher Macht äußerten. Stadtpatriziat, niederes urbanes Bürgertum, Adel und Geistlichkeit, der Lehnsadel und die monarchische Spitze in den allmählich sich formenden Nationalstaaten verfolgten oft nur ihre massiven wirtschaftlichen Interessen, auch wenn sie diese in das Gewand religiöser Grundsatzfragen zu kleiden verstanden und zumindest nach außen hin die offenkundige Sünde der Habsucht und der Unbarmherzigkeit scheuten[10]. Die Institution des kanonischen Zinsverbotes bei gleichzeitiger Tolerierung eines „kleinen“ Risikozinses war eben nur möglich im Rahmen einer Bedarfsdeckungs- und nicht einer Gewinnmaximierungsgesellschaft, die von religiös-ethischen Normen, durch die verkehrsmäßige Isolation und technische

---

[8] *W. Sombart*, Der moderne Kapitalismus, Bd. I, 1. Hälfte, München, Leipzig 1924, 36 f.

[9] *H. Jonas*, Das Prinzip Verantwortung, a. a. O., 7.

[10] Zum Problem der ideellen und institutionellen Einbettung der mittelalterlichen Wirtschaft vgl.: *J. Kulischer*, Allgemeine Wirtschaftsgeschichte des Mittelalters und der Neuzeit, Bd. 1: das Mittelalter, München, Wien [3]1965; *L. Kofler*, Zur Geschichte der bürgerlichen Gesellschaft, Darmstadt [6]1976; *W. Zorn*, Einführung in die Wirtschafts- und Sozialgeschichte des Mittelalters und der Neuzeit, München 1974.

Primitivität der häuslichen Wirtschaftseinheiten auf dem Lande derart begrenzt wurde, daß das Anliegen eines schnellen Kapitalumschlags in Form von Geld und die betont profitorientierte Ausdehnung von Produktion und Handel keinen „Sitz im Leben“ fanden.

1.5 Bedarfsdeckungswirtschaft

Mit Werner Sombart können wir die mittelalterliche Wirtschaft als „Bedarfsdeckungswirtschaft“[11] charakterisieren, welche die Produktivität am zu erwartenden Konsum ausrichtete, insofern eine nichtexpansive, ruhige Stabilität aufwies. Primärer Maßstab war die Sicherung des standesgemäßen Unterhalts, der sich die soziale Gruppe, der man angehörte, zur Richtschnur für die eigenen Konsumgepflogenheiten und die persönliche Repräsentanz nahm. Die natürliche Einheit von Lebens- und Arbeitsraum war die Regel und vollzog sich hauptsächlich in der Blutsverwandte und Gesinde umfassenden bäuerlichen Großfamilie (Hus). Gleichermaßen natürlich reguliert wurde das generative Verhalten in der mittelalterlichen Gesellschaft durch den begrenzten Rahmen landwirtschaftlicher Daseinserhaltung. G. Mackenroth und mit ihm H. Braun[12] sprechen von einer „institutionellen Sterilisierung“, d. h., ökonomisch nicht ansatzfähiger Nachwuchs, der doch entsteht, wird gewissermaßen institutionell sterilisiert, er wird in den generativ nicht vollwertigen Stellen abgefangen und wird unter die wesentlich hemmenden Bedingungen der außerehelichen Fortpflanzung gezwungen. Aus der Perspektive von heute gesehen, ein für den betroffenen einzelnen vielleicht ein sehr harter Zwang, aber Wirtschaft, Sozialaufbau und Bevölkerung sind aufeinander abgestimmt“[13].

Eine solche Gesellschaft unterwarf also in einem strukturell-normativen Ausmaß ihr wirtschaftliches Tun, ihre soziale und politische Organisation den Wert- und Sanktionsformen einer religiös geprägten Zeit, die im Mittelalter wesentlich eine transzendent[14] begründete Sinngebung des Irdischen mit der abbildhaften Hierarchie des Weltlichen verband. Erst die allmäh-

---

[11] *W. Sombart,* Der Bourgeois, München, Leipzig 1913, bes. 69 ff. und 431 ff.

[12] *H. Braun,* Leistung und Leistungsprinzip in der Industriegesellschaft, a. a. O., 19.

[13] *G. Mackenroth,* Bevölkerungsweise und Wirtschaftsweise, in: *K. H. Tjaden* (Hrsg.), Soziale Systeme, Neuwied, Berlin 1971, 396.

[14] Abschließend sei zur Charakteristik der mittelalterlichen Grundstimmung hingewiesen auf E. Troeltsch und R. Guardini. *E. Troeltsch* schreibt in: Die Soziallehren der christlichen Kirchen und Gruppen, Aalen 1977, (3. Neudruck der Ausgabe Tübingen 1922), 313: „Wie die Lebensansprüche nach Stand und Rang sich aufs stärkste unterscheiden und dem Höherstehenden auch in höherem Maße zugestanden werden müssen, wie die Berufe und Stände der Väter vom Einzelnen nicht verlassen, sondern geduldig fortgesetzt werden müssen und keiner über seinen Stand hinausstreben soll, so ergießt sich von hier aus über

liche Auf- und Ablösung dieser spirituellen Grundlagen des mittelalterlichen Corpus Christianum setzte diejenigen Ideen und Kräfte frei, die in der Folgezeit die industriell-technische Zivilisation auslösten.

---

das Ganze eine Stimmung der Geduld, der Demut und des Leidens, die mit der Berufsfreudigkeit ... nichts zu tun hat, um so mehr aber Ergebung in die Folgen des Sündenfalls und in die gottgesetzten Ungleichheiten ist." Noch grundsätzlicher formuliert *R. Guardini* in: Das Ende der Neuzeit. Ein Versuch zur Orientierung, Würzburg 1950, 30: „Die verschiedenen Bereiche der Welt und des Lebens mit ihren Stufen und Phasen stehen zueinander in reich entwickelten Entsprechungsverhältnissen, nach Urbildung und Abbildung, Grundlegung und Entfaltung, Ausgang und Rückkehr — welche Verhältnisse ihrerseits auf das Ewige bezogen sind, so daß eine universelle Symbolik das ganze Dasein durchwaltet."

2. Renaissance, Nationalstaat, Absolutismus

2.1 Änderungen im Menschenbild

Der neue Geist, der in vielen Windungen, Vorspielen und Verzögerungen sich in den großen Neuerungen der Renaissance, des Humanismus ankündigte und später in der Aufklärung voll aufbrach, bewirkte erste Änderungen in der Moral der Arbeit und des Wirtschaftens. Er zeigte eine ganz unmittelalterliche „Rastlosigkeit und Grenzenlosigkeit, die sich dem natürlichen Triebe zum Genuß und zur Ruhe, zur Erwerbung der bloßen Existenzmittel entgegensetzt. Er macht Arbeit und Erwerb zum Selbstzweck und den Menschen zum Sklaven der Arbeit um ihrer selbst willen, er bringt das ganze Leben und Handeln unter eine absolut rationalistisch-systematische Berechnung, kombiniert alle Mittel, nutzt jede Minute aus, verwertet jede Kraft, verleiht im Bunde mit der wissenschaftlichen Technik und dem alles verknüpfenden Kalkül dem Leben eine durchsichtige Rechenhaftigkeit und abstrakte Genauigkeit“[1]. Mit diesen Worten umschreibt Ernst Troeltsch mehr das Ergebnis als den Anfang und den mehrhundertjährigen Verlauf des gesellschaftlichen und ideellen Wandels von der mittelalterlichen stabilitas zur geistigen wie ökonomischen „Rast- und Grenzenlosigkeit“ der Folgezeiten. Der Mensch beginnt sein Verhältnis zur Welt und zu sich selbst zu ändern. Die Welt fängt an „sich zu dehnen und ihre Konturen zu sprengen. Man entdeckt, daß es nach allen Seiten weitergeht ... Die Astronomie erkennt, daß die Erde sich um die Sonne dreht; dadurch hört die Erde auf, Mittelpunkt der Welt zu sein ... Es entsteht ein nach allen Seiten hin endlos weitergehender Zusammenhang, welcher einerseits freien Raum gewährt, andererseits aber auch der menschlichen Existenz einen objektiven Standort verweigert. Sie bekommt offenen Bewegungsraum, wird aber auch ortlos“[2]. Diese Ortlosigkeit, von Guardini tief und treffend erkannt, wird von nun an im Guten wie im Bösen den Aufbruch des Menschen in die Moderne begleiten und alle seine Versuche, durch weltimmanente Philosophien dem Menschen Heimat durch den Menschen und sonst nichts zu schaffen und Arbeit und Leistung als Hinwege zu legitimieren.

2.2 Aufbrechender Individualismus

Als einer der ersten Schritte auf diesem stolzen Wege bildeten sich ein bisher nicht gekanntes Gefühl der Einmaligkeit und die Überzeugung vom

[1] *E. Troeltsch,* Soziale Wirkungen des Protestantismus, in: Religionssoziologie, hrsg. von *F. Fürstenberg,* Neuwied [2]1970, 357.

[2] *R. Guardini,* Das Ende der Neuzeit, a. a. O., 42 ff.

Wert und der Würde des Individuums, dessen Möglichkeiten angesichts neuer naturwissenschaftlicher Erkenntnisse und mit dem Abstreifen der beengenden Beschaulichkeit und Immobilität mittelalterlicher Verhältnisse als grenzenlos empfunden wurden. Das Aufblühen der Städte und ihre komplexer werdenden sozialen Beziehungen im Kontrast zu den relativ einfachen und stabilen Lebenseinheiten der bäuerlichen Familie und der an Bedeutung verlierenden Zünfte verbanden sich mit geographischen Neuentdeckungen und expandierendem Handel. Alles war eingebettet in ein neues Lebensgefühl, ein „Erwachen des Schönheitsdranges, Triumphzug von Weltlust und Lebensglück, Eroberung der irdischen Wirklichkeit durch den Geist, Erneuerung der heidnischen Lebensfreude, Bewußtwerdung der Persönlichkeit in ihrem natürlichen Verhältnis zur Welt“[3]. Die ritualisierten Zünfte erwiesen sich zu eng für den sich ausweitenden Bedarf und die dichter werdenden Verflechtungen der Interessen von Handwerker und Händler, der sich immer stärker fremde Märkte erschloß. Die noch strikten Zunftvorschriften wurden zunehmend als Hemmnis für die aufbrechende Wirtschaft empfunden. Mit dem Auftauchen des freien Handwerkers verloren sie immer mehr an regulativer Bedeutung. Doch führten sie noch auf Jahrhunderte ein in traditionelle Riten gebanntes Leben fort und repräsentierten die „konservativ gestimmte Organisation der wohlhabenden Meisterschaft“[4]. Der Zunftzwang geriet zum Ausdruck eines Exklusivitätsverständnisses: „Ursprünglich war wohl der Zunftzwang nur eine tatsächliche Einrichtung in dem Sinne, daß nur eine bestimmte, durch enge Bande miteinander verknüpfte Gruppe von Menschen das betreffende Handwerk ausübte und die außerhalb derselben Stehenden noch keine Versuche machten, ihr tatsächliches Monopol zu durchbrechen und Aufnahme in dieselbe zu erlangen, noch weniger, die gleichen Waren zu produzieren, ohne dem Verbande anzugehören. Erst später, als seitens Außenstehender dies Bestreben sich geltend machte, von verschiedenen Seiten Versuche unternommen wurden, in das Handwerk ‚sich einzudrängen‘ ... bildete sich der Zunftzwang zu einem Rechtsinstitut um, das bestimmt war, diese Konkurrenz zu bekämpfen“[5].

Auch die Scholastik, insbesonders die von Thomas von Aquin entwickelte umfassende Darstellung und Interpretation der gesamten Seinsordnung, hat mit ihrer Grundidee der vernünftig konzipierten Schöpfung und des vernünftigen Menschen zur „Rationalisierung“ des Lebens mit Hilfe ihrer natürlichen und gleichzeitig theozentrischen Ethik beigetragen. Im ökonomischen Bereich ist es die auf Aristoteles zurückgehende Kerntugend des vernünftigen „Haushaltens“, die Verschwendung und Müßiggang verab-

---

[3] *J. Huizinga*, Wege der Kulturgeschichte, München 1930, 99.
[4] *L. Kofler*, Zur Geschichte der bürgerlichen Gesellschaft, a. a. O., 38.
[5] *J. Kulischer*, Allgemeine Wirtschaftsgeschichte, Bd. 1, a. a. O., 193.

scheut. Werner Sombart sieht darin bereits darin die spätere Dreifaltigkeit bürgerlichen Tugenden vorbereitet, nämlich: Industry, Frugality und Honesty[6]. Sombart stellt sich damit der weitverbreiteten Ansicht entgegen, die thomistische Ethik habe sich noch voll und ganz auf dem Boden der vorkapitalistischen Zeit befunden. Demgegenüber meint er, daß man bisher den „den kapitalistischen Geist fördernden Gehalt der thomistischen Ethik"[7] übersehen habe, eben ihre Tendenz zur rationalen Analyse der Wirklichkeit und die Neigung zur Systematisierung des Wissens.

2.3 Leistung als individuelles Gestalten

Den steigenden Bedürfnissen der städtischen Gesellschaft, noch gegliedert in „convivia", organisch verstandenen Lebens- und Wirtschaftsformen, entsprach immer besser eine zunehmend rationalisierte Waren- und Geldwirtschaft anstelle der irrationalen Naturalwirtschaft. Der Renaissancemensch erfuhr in einer umbruchartigen Intensität die praktische Gestaltbarkeit von Wirtschaft und sozialem Leben durch die tatkräftige Schaffenskraft des vernünftigen Menschen. Es ist das Pathos der aufbrechenden Persönlichkeit, die uns in ihrer Frische anspricht und die allerdings noch nicht die geschichtliche Erfahrung des Scheiterns und der drohenden Unfreiheit durch die neu sich bildenden Techniken und Philosophien des Erfolges gemacht hat. Dies blieb den folgenden Zeiten vorbehalten. Noch herrschte die optimistische Grundstimmung des Wagnisses, der Entledigung als beengend empfundener Fesseln und die Verlockung neuer Horizonte. Die technische Unmittelbarkeit von Arbeit, die zeitlich überschaubaren Konsequenzen ihres Ablaufs und ihre Rückgebundenheit auf den Menschen als Ursache förderte den im Gelingen kulminierenden Gestaltungswillen (virtù) des freien Individuums und die betont ästhetische Führung seines Lebens. Der „daseinsfreudige und genießerische Zug"[8] jener Zeit verleiht in der Tat dieser Epoche einen heiteren Schimmer. Arbeit und Leistung wurden zunehmend als persönlich anrechenbare Tätigkeiten des einzelnen scharf abgegrenzt von den Pseudoleistungen und Privilegien des Blutadels. An die Stelle des Adels von Geburt, so polemisierten bereits Erasmus von Rotterdam und Poggio Bracciolini, habe der Adel der leistungsstarken Persönlichkeit zu treten. Dies alles stand noch fern der hochbürgerlichen Auffassung von der absoluten Priorität des kalkulierbaren Leistungsprinzips als durchgängig sozialen Maßstabs. Von einer „Leistungsgesellschaft" kann noch keine Rede sein.

---

[6] *W. Sombart,* Der Bourgeois, a. a. O., 314.
[7] Ebd.
[8] *L. Kofler,* Zur Geschichte der bürgerlichen Gesellschaft, a. a. O., 72.

2.4 Die Anfänge der manufakturellen Arbeit

Die einsetzende Hochschätzung von Selbständigkeit und Verantwortung des Individuums, der Aufschwung des politischen Absolutismus und die Anfänge der nationalen Volkswirtschaft im Merkantilismus mit seinen Pfeilern: Handel, Finanzkapital und nationaler Manufaktur, bereiteten einen fruchtbaren Nährboden für das heranziehende frühindustrielle Zeitalter. Der leistungsstarke und leistungsstolze Mensch wird geboren. Sein Auftreten vollzog sich auf dem Hintergrund einer geänderten Theorie und Praxis der Arbeit. Ihre neuen Merkmale systematisiert H. Braun im Anschluß an R. Bendix folgendermaßen: „Vor der Industrialisierung wurde die Arbeit entweder gemächlich geleistet oder aber in intensiven Intervallen vollzogen; immer aber stand die Entscheidung im Belieben des Arbeitgebers; — nach der Industrialisierung muß alle Arbeit mit gleichbleibender Intensität getan werden; vor der Industrialisierung wurde der gelernte Arbeiter erzogen, nach individuellen Entwürfen ordentlich und exakt zu arbeiten; nach der Industrialisierung muß das Gefühl für Genauigkeit den Erfordernissen der Standardisierung angepaßt werden; vor der Industrialisierung besaß jeder Arbeiter seine eigenen Werkzeuge, er sorgte selbst für deren Pflege; — nach der Industrialisierung pflegt und handhabt der Arbeiter fremde Werkzeuge; Pflege und Wartung sind getrennt vom Stolz, zu besitzen; — vor der Industrialisierung wurden handwerkstechnische Geschicklichkeiten von Generationen zu Generationen überliefert und daher auch individuell verändert; — nach der Industrialisierung werden alle Schritte jedes Arbeitsganges soweit wie möglich standardisiert“[9].

Auch diese Skizze einer langandauernden Entwicklung resümiert mehr deren Ende als die Anfänge, trifft aber ihre Grundtendenz. Immer klarer schält sich als Hauptziel der politischen Konzentration der Gesellschaft in den erstarkenden europäischen Nationalstaaten die Steigerung der wirtschaftlichen Produktivität heraus, d. h. die Mehrung des Reichtums der Nation durch langfristig geplante wirtschaftspolitische Mittel, ermöglicht durch erweiterte und revolutionär neue Kenntnisse auf dem Gebiet der Naturwissenschaften[10] und der geographischen Entdeckungen. Kopernikus, Bruno, Galilei, Kepler, Descartes, Pascal, Leibniz und Newton repräsentieren die dichte Folge von bahnbrechenden wissenschaftlichen Erkenntnissen[11], die oft gegen die etablierten Mächte entweder durch tragischen

[9] *H. Braun,* Leistung und Leistungsprinzip in der Industriegesellschaft, a. a. O., 38 und *R. Bendix,* Herrschaft und Industriearbeit. Untersuchungen über Liberalismus und Autokratie in der Geschichte der Industrialisierung, Frankfurt/M. 1960, 275.

[10] 1543 veröffentlicht Nikolaus Kopernikus sein Buch: „De revolutionibus orbium coelestium.“

[11] Eine ausgezeichnete Darstellung der Entwicklung von Wissenschaft und Technik seit dem Mittelalter findet sich in: *C. F. von Weizsäcker,* Die Tragweite der Wissenschaft, Bd. 1, Schöpfung und Weltentstehung. Die Geschichte zweier Begriffe, Stuttgart 1964.

Widerstand (Bruno) oder im Vertrauen auf das Durchsetzungsvermögen der Wahrheit (Galilei) mit persönlichen Leiden erkämpft werden mußten.

2.5 Nationalstaat und wachsender Bedarf an Arbeitskräften

Die Häufung manufaktureller Produktionsstätten und die Ausweitung der Märkte führten zu einem verstärkten kompetitiven Wirtschaften, zur zunehmenden Trennung des familiären Bereichs vom Arbeitsplatz und zur Lockerung des im Mittelalter geltenden Verbots der ruinösen Konkurrenz. Schon hier, in den anfänglichen Phasen der wirtschaftlichen Leistungsgesellschaft, begegnen wir der Ambivalenz von technisch-wirtschaftlichem Fortschritt und der Minderung von Lebensformen, die damals durchaus ihre humanen Aufgaben erfüllten und nach ihrem Niedergang keinen adäquaten Ersatz fanden, vielmehr als ungelöstes und mitgeschlepptes Defizit an Menschlichkeit verblieben. Die steigende Wichtigkeit manufakturell normierter Arbeit erzwang auf die Dauer sozial kongruentes Leistungsverhalten und ihre rechtlich-institutionelle Förderung und Absicherung durch den interessierten Staat. Ein mittelalterliches Solidaritätsprinzip, das aus der armseligen Diesseitigkeit des Menschen die Kraft zur misericordia auf dem Pilgerweg zum Himmelreich schöpfte, genügte mit seiner demutsvollen Gottergebenheit nicht mehr dem Elan konstruierbaren Aufschwungs und wurde sozialethisch „ortlos". Diese Entwicklung verlangte nach H. Schachtschabel[12] als erstes die rasche Steigerung der Geburten, u. a. durch die soziale und rechtliche Erleichterung der Ehegründung, Förderung der Frühehe und durch die finanzielle Unterstützung kinderreicher Familien. Der soziale Mechanismus der „institutionellen Sterilisation" wurde durchbrochen, nicht zuletzt durch den Abbau der moralisch-religiösen Ächtung des unehelichen Kindes. Der in den Anfängen sich regende Geist der Aufklärung entwickelte im vernunftrechtlich begründeten Toleranzprinzip den ideellen Hebel, um eine Lockerung der traditionellen Normen entsprechend den veränderten sozioökonomischen Erfordernissen zu bewirken. Im sich heranbildenden Industriesystem gewann immer mehr der robuste Grundsatz Raum: „Arbeitsplatz gleich Arbeitsplatz, jeder ist gleichwertig"[13]. Noch dringlicher war es, dem Mangel an Arbeitskräften in der langen Gründerphase der Industrialisierung durch den Zuzug fremder Arbeitskräfte und durch das Verbot der Auswanderung zu begegnen. Immer breitere Schichten der Bevölkerung wurden zur Arbeit herangezogen, teils sogar zwangsrekru-

---

[12] *H. Schachtschabel,* Geschichte der volkswirtschaftlichen Lehrmeinungen, Stuttgart, Düsseldorf 1971, bes. 23 f.: „Merkantilismus".

[13] *G. Mackenroth,* Bevölkerungsweise und Wirtschaftsweise, a. a. O., 395.

tiert. Bettler, Kinder und Frauen unterlagen zum ersten Male in der Geschichte einem halbwegs zeitlich geregelten Produktionsablauf. Das Tudorregime in England und Colbert in Frankreich, berichtet Maurice Dobb, erließen Gesetze, durch die sie die Arbeitslosen zur Arbeit zwangen und die Arbeitslosigkeit kriminalisierten und mit schweren Strafen verfolgten. Ein englisches Gesetz bestimmte im Jahre 1524, daß Vagabunden an die „Rückseite eines Karren gebunden ... von den Beamten des Sheriffs ausgepeitscht und an ihrem Hals runde Kragen aus Eisen befestigt werden sollen"[14]. In den Niederlanden und in Frankreich wurden regelrecht Jagden auf Arbeitslose veranstaltet, um die Galeeren mit Mannschaften zu versorgen. Der Niedergang des Feudalismus, die Verarmung und weitgehende Rechtlosigkeit der Bauern produzierten jene Massen, aus dem der absolutistische Nationalstaat das Menschenmaterial für seine politischen und wirtschaftlichen Ambitionen schöpfte. Demgemäß schrieb Karl Marx: „Eine andere Seite, die in der Geschichte der Manufakturindustrie noch nicht genügend gewürdigt wurde, ist die Entlassung der zahlreichen Gefolgschaften der Feudalherren, deren untergeordnete Angehörige Landstreicher wurden, ehe sie in die Werkstatt eintraten"[15].

2.6 Armut und Leistung: Beispiele für den Wandel sozialer Normen

Geänderte Umstände führen auf die Dauer zur Anpassung vorhandener oder zur Konstituierung neuer Normen. Die Armut[16], im Mittelalter noch resignativ-demutsvoll als Ausdruck unerforschlicher göttlicher Providenz ertragen und in den vielfältigen Weisen der misericordia und karitativen Zuwendung zum miser aufgefangen und so in die Gesellschaft integriert, trägt von nun an den Makel persönlicher Schuld und Anrechenbarkeit. Sie gilt als Leistungsdefizit und ist wirtschaftlich unerwünscht, denn die sich ausweitende Produktivität verlangt gebieterisch die Steigerung der Wünsche und Begierden und nicht die Selbstgenügsamkeit als christliche Tugend vergangener Zeiten. Wilhelm Buschs ironisch gemeinter Ratschlag: „Drum lebe mäßig, denke klug: Wer nichts braucht, der hat genug", ist nicht mehr zeitgemäß. Der Staat erschließt in einem bisher unbekannten Ausmaß seine

---

[14] *M. Dobb,* Entwicklung des Kapitalismus. Vom Spätfeudalismus bis zur Gegenwart, Mönchengladbach 1970, 235.

[15] *K. Marx,* Das Elend der Philosophie. Antwort auf Proudhons „Philosophie des Elends", in MEW, Bd. 4, 152. Zur beginnenden Proletarisierung vgl.: *F. Lütge,* Deutsche Sozial- und Wirtschaftsgeschichte, Berlin, Heidelberg, New York 3. Aufl. 1966, bes. 383; *H. Maus,* Arbeiter, in: Handwörterbuch der Sozialwissenschaften, Bd. 1, 243 ff.

[16] Zum Problem vgl.: *Th. Fischer,* Städtische Armut und Armenfürsorge im 15. und 16. Jahrhundert, Göttingen 1979, bes. 17 ff.: „Der Armutsbegriff."

nationalen Rohstoffquellen durch verbesserte Techniken[17] des Bergbaus; er steigert die Agrarproduktion durch großflächige Bewässerungsmaßnahmen und Trockenlegung der Sümpfe vor allem in Holland und England. Der Binnenhandel dehnt sich aus, nationale Handelsschranken werden allmählich beseitigt und die Münz-, Maß- und Gewichtssysteme vereinheitlicht. Hand in Hand dazu erfolgt der Ausbau der Verkehrswege (Colbertismus) und der ersten kommerziellen Beförderungsunternehmen; Blaise Pascal plant in Paris einen Droschkendienst. Eine aggressive Außenhandelspolitik, verbunden mit rigorosen Importbeschränkungen, außer von Edelmetallzufuhren, kennzeichnet den damals vorherrschenden Merkantilismus. Die Errichtung von Kolonien und Handelskompagnien brachte schnellen Reichtum und im Sklavenhandel billige Arbeitskräfte, deren Status als Menschen vorab erst theologisch geklärt werden mußte (Las Casas). Das Öl in diesem Getriebe bildete der Monetarismus als sichtbares Zeichen nationalen Reichtums und als Maßstab für den Warenpreis (Jean Bodin).

Die Einzigartigkeit und fraglos sinnsprechende Autorität der Religion wichen der im Innersten profanen Allmacht des souveränen Staates und dessen politischen Zwecken, wenn auch die Entwicklung in den einzelnen Gebieten unterschiedlich verlief und in der Regel der Pomp äußerlich sakraler Selbstdarstellung nicht fehlte; die Staatsraison jedoch gab den Ausschlag. Der traditionell verpflichtende Gedanke an die „Civitas Dei", symboltiefes Signum und hintergründiges Vorbild mittelalterlichen Staats- und Geschichtsdenkens, beginnt zu verblassen und wird durch politisches Handeln ersetzt, „das seine Normen nur in sich trägt. Was es — nicht bloß praktisch, sondern auch grundsätzlich — bestimmt, sind die Zwecke des Machterwerbs, der Machtbehauptung und -verwaltung"[18]. Noch war der „Antimachiavell" (Friedrich der Große) nicht geschrieben, noch triumphierte die „Unschuld" einer gerade erwachten und ihre Kräfte kaum überblickenden Machtphilosophie, wie sie dann in den „endlosen Kriegen zwischen den überall entstehenden Landesherrschaften"[19] praktiziert wurde. Auch der Liberalismus und Kapitalismus der folgenden Jahrhunderte hatten noch nicht zur äußeren Gestalt und zum allgemeinen Bewußtsein gefunden, aber die ersten ideellen Anfänge sind gemacht. Aus dem Naturrecht des Humanismus konnten beide die ihnen gemäße individualistische Rückbindung des Rechtes entnehmen, aus der — späteren — „deistischen natürlichen Religion die Enthemmung von den dogmatischen Bindungen, aus der Utilitätsphilosophie

[17] Zur Entwicklung der Technik, vgl. *P. Mathias*, Wer entfesselte Prometheus? Naturwissenschaft und technischer Wandel 1600—1800, in: *A. E. Musson*, (Hrsg.), Wissenschaft, Technik und Wirtschaftswachstum im 18. Jahrhundert, Frankfurt/M. 1977, 83—113. *U. Krolzik*, Umweltkrise, a. a. O., bes. 41 ff.: „Zu den historischen Wurzeln der Umweltkrise."

[18] *R. Guardini*, Das Ende der Neuzeit, a. a. O., 41.

[19] Ebd.

die Lösung von irgendwelchen sozialen Verpflichtungen ... So waren alle Vorbedingungen gegeben; indem die großen Erfindungen der Technik die Perspektiven der Kapitalverwertung ins Unermeßliche erweitert hatten, betritt der Kapitalismus den Schauplatz der Geschichte als Vollstrecker des geistigen Erbgutes der ihm vorangegangenen Generationen"[20].

Allerdings: Für die volle Entfaltung dieses Kapitalismus mußten noch weitere Bedingungen erfüllt sein. Einen Hemmschuh bildete der weiterhin unzureichende Stand der Produktionstechnik und der Märkte, verursacht durch die Primitivität der Verkehrswege und Transportmittel. Ein anderes Hindernis lag im zählebigen System der städtischen Zunftordnungen und in der „Hegemonie der großen Handelskorporationen"[21], die ihre kaiserlich-königlichen Monopolprivilegien eifersüchtig verteidigten. Bis zur liberalen Freiheit des Handels und Gewerbes[22] war noch ein langer Weg zu durchschreiten, und ein „natürliches, d. h. von politischen Protektionen unbehindertes Wachstum der kapitalistischen Industrie war nur in einem beschränkten Rahmen und ohne große Erträge möglich"[23].

2.7 Rückschau und Ausblick

Der Aufbruch des Menschen zu leistungsbetonten und am meßbaren wirtschaftlichen Erfolg orientierten Formen industrialisierter Arbeit setzte also, dies als Zwischenbilanz, den Zusammenbruch des mittelalterlichen Systems der metaphysisch-religiös verstandenen Ordnungen und Sinnbestimmungen des Menschen und der Geschichte voraus. Die neugewonnene „Freiheit" brachte Befreiung von lästigen Beschränkungen, aber auch die Risiken und Bindungslosigkeiten autonom-individueller Verantwortung mit sich. Dem beginnenden Bürger mangelte es der Sicherungen, deren sich die Menschen über Jahrhunderte in relativer Stabilität, weil Immobilität der sozialen Prozesse und Normen erfreuen konnten. War er aber auch, so können wir mit Erich Fromm fragen, „frei zum unabhängigen Denken und Handeln, frei, sein eigner Herr zu sein und sein Leben so zu führen, wie er es vermochte, nicht, wie ihm geheißen war?"[24] Oder, so stellen wir mit H. E. Richter die Frage, leidet seitdem der Mensch unter einem „kollektiven Gotteskomplex"?, d. h.: hat „der einmal eingeleitete Prozeß der Ablösung aus der vollständigen Unmündigkeit und Passivität von vornherein die

---

[20] *K. Muhs,* Geschichte des abendländischen Geistes, Bd. 2, Berlin 1954, 198.

[21] *M. Dobb,* Entwicklung des Kapitalismus, a. a. O., 189.

[22] In Preußen wurde am 28. 10. 1810 die Gewerbefreiheit gesetzlich eingeführt, in England 1835, in Frankreich 1789.

[23] *M. Dobb,* Entwicklung des Kapitalismus, a. a. O., 189.

[24] *E. Fromm,* Die Furcht vor der Freiheit, Frankfurt/M. 1970, 103 f.

Tendenz zu einem rasanten Umschlag ins Gegenteil" enthalten, in die „Identifizierung mit der göttlichen Allwissenheit und Allmacht", in eine „Flucht aus der narzißtischen Ohnmacht in die narzißtische Omnipotenz?"[25] In der Tat ist der Wandel elementarer Lebenshaltungen und Weltanschauungen vom Mittelalter zur Neuzeit nicht zu übersehen. Die „Ortlosigkeit" (Guardini) begleitet fortan den rascheren Wechsel der geschichtlichen Szenerie und die zunehmenden technisch-ökonomischen Kenntnisse des Menschen. Entsprechend wuchsen seine Kräfte der Adaption und Bejahung, kurz: sein Selbstbewußtsein. Die Freisetzung seiner als grenzenlos empfundenen Fähigkeiten aber sprengte über Jahrtausende bewährte Identitäten, innere wie öffentliche Sicherungen und Konventionen[26]. Den Verlust des religiös-metaphysischen Weltbildes im Mittelalter im Sinne von H. E. Richter als Ablösung des einen pathologischen Befundes durch den anderen zu interpretieren, verkennt den damaligen Stellenwert von Religion und die gläubige Ausrichtung aller Lebensformen auf diese Mitte und verwechselt das fundamentale mittelalterliche Bewußtsein einer tiefen Geborgenheit mit dem „modernen" Gefühl der „narzißtischen Ohnmacht".

Richters Typologie zehrt noch hintergründig vom groben Bild des „finsteren Mittelalters", das der hellen Sonne des vernünftigen Zeitalters weichen mußte. Darin verrät sich aber nur die Unkenntnis der nur mühsam nachvollziehbaren Sinnsicherheit und fehlenden Unrast des täglichen Lebens im Mittelalter, der einfachen Bescheidenheit der Menschen angesichts der Endlichkeit allen Seins. Eine solche geistige, seelische wie örtliche „stabilitas" — alles andere als eine Idylle — entzieht sich dem heutigen Verständnis, lag damals aber als Richtschnur Handel und Wandel zugrunde[27] und vereitelte für lange Zeit den konzentrierten Willen zur „Entzauberung der Welt" (M. Weber) durch Wissenschaft, Wirtschaft und geographische Entdeckungsfreude.

---

[25] *H. E. Richter,* Der Gotteskomplex. Die Geburt und die Krise des Glaubens an die Allmacht des Menschen, Hamburg 1979, 23.

[26] Zu diesem kulturellen Wandlungsprozeß vgl.: *B. Groethuysen,* Die Entstehung der bürgerlichen Welt- und Lebensanschauung in Frankreich, Band 1: Das Bürgertum und die katholische Weltanschauung, Band 2: Die Soziallehren der katholischen Kirche und das Bürgertum, Tübingen 1978.

[27] Zur zusammenfassenden Charakteristik des Mittelalters vgl.: *A. Dempf,* Ethik des Mittelalters, in: *Howald, Dempf, Litt,* Geschichte der Ethik vom Altertum bis zum Beginn des 20. Jahrhunderts, Wien 1978, 3—105, bes. 66 ff.: „Das eigentliche Mittelalter. Die objektive Lebensordnung des Mittelalters."

2.8 Vorgriffe: Die Suche nach einer gerechten Arbeits- und Sozialverfassung als Krise privilegierter Gesellschaftsordnungen. Die Utopien des Thomas Morus, Campanella und Francis Bacon

Spätestens seit den Forschungen Max Webers über die Beziehung der protestantischen Ethik zum Geist der frühkapitalistischen Aufbruchszeit kann die Interdependenz der Kulturbereiche, insbesonders die von „Unterbau" und „Überbau", selbst in streng idealistischer Sichtweise nicht mehr umgangen werden. Zu deutlich verweisen Wirtschaft, Sozialaufbau, ideelle und normative Komplexe auf ihre wechselseitige Beeinflussung, bei zugegebener Konstanz fundamentaler Bedürfnisse, Erwartungen und Wunschziele. Sichtbar wird dieses sich verschiebende Gefüge der geistigen und instrumentalen Strukturen am Beispiel der Arbeitsethik der Reformation und in den Entwürfen einer vernünftig-gerechten Gesellschaft in den frühen Sozialutopien.

Letztere stehen an der Wiege des später so nüchtern kalkulierenden und pragmatisch sich beschränkenden Wirtschaftsliberalismus, diesen vorweg schon übersteigend und korrigierend und im nachhinein erinnernd an seine kräftige geistig-religiöse Ausgangsstimmung im Humanismus und der beginnenden Aufklärung mit ihrem Hoffen auf den Sieg von Vernunft, vernünftigem Glauben und persönlicher Verantwortung. Trotz der Praxisferne und teilweisen Skurrilität der vorgeschlagenen Wege beeindruckt bei allen drei „Utopisten" der strikt sozialethische Ansatz und seine alles begleitende Normativität: das religiös-ethisch umschriebene Ziel eines individuell wie sozial harmonischen Menschen in einer durch Vernunft und den Einsatz aufkeimender Entlastungstechnik effektiv und arbeitsteilig konstruierten konfliktfreien Gesellschaft. Um dieses Ziel zu erreichen, fordert Francis Bacon in „Nova Atlantis"[28], daß alle Menschen arbeiten und alle Arbeiten von allen verrichtet werden müssen. Müßiggang ist strengstens verpönt, und bei Thomas Morus zählt zu den Hauptaufgaben der „Syphogranten" (Vorsteher von je dreißig Haushaltungen), „dafür zu sorgen und Maßregeln zu treffen, daß keiner müßig herumsitzt, sondern jeder fleißig sein Gewerbe betreibt, ohne indessen vom frühen Morgen bis tief in die Nacht wie ein Lasttier sich beständig abzurackern"[29]. Morus spricht bewußt im Kontrast zur Wirklichkeit des Landes, in dem er lebte, England. Dort schärften noch Parlamentsakte in den Jahren 1495/96 und 1514 den Handwerkern eine Arbeitspflicht von 12 bis 13 Stunden täglich ein im krassen Gegensatz zum weit verbreiteten Drohnendasein eines parasitären Adels, den Morus bitter kritisiert: „Wie groß ist doch die Zahl der Edelleute, die selber müßig wie die Drohnen von anderer Leute Arbeit leben, nämlich von

---

[28] *F. Bacon,* Neu-Atlantis, übers. von S. Gerber, Berlin/Ost 1959.
[29] *Th. Morus,* Utopia, übers. von G. Ritter, Darmstadt 1964, 49 f.

den Pächtern auf ihren Gütern, die sie bis aufs Blut schinden, um höherer Renten willen (nur diese Art von Wirtschaftlichkeit kennen nämlich diese Menschen, sonst sind sie Verschwender bis zum letzten Pfennig); obendrein aber scharen sie einen ungeheuerlichen Schwarm tagediebender Trabanten um sich, die niemals ein nützliches Handwerk gelernt haben, das seinen Mann nährt"[30].

Der Protest gegen den Müßiggang und die ungleiche Verteilung der irdischen Güter, insbesondere des Bodenbesitzes, führten Thomas Morus im Blick auf die englischen Verhältnisse unter Heinrich VIII. und Campanella in Erinnerung an christlich-chiliastische Vorstellungen von der totalen Gleichheit aller Menschen vor Gott zur „sozialistischen" Idee der Aufhebung des Privateigentums. Dieses zählt für Th. Morus zu den stärksten Quellen für „Armut, Plackerei und Sorgen": „So bin ich denn fest überzeugt", antwortet Th. Morus alias Raphael Hythlodeus seinen Freunden, „daß der Besitz durchaus nicht auf irgendeine billige oder gerechte Weise verteilt und überhaupt das Glück der Sterblichen nicht begründet werden kann, solange nicht vorher das Eigentum aufgehoben ist; solange es bestehen bleibt, wird vielmehr auf dem weitaus größten und weitaus besten Teil der Menschheit Armut, Plackerei und Sorgen als eine unentrinnbare Bürde weiter lasten ... Daß diese Übelstände geheilt werden und ein erfreulicher Zustand eintreten könnte, darauf ist durchaus keine Hoffnung, solange jeder sein Privateigentum besitzt"[31]. Der gemäßigte „Egalismus" in bezug auf die Güterverteilung in der „Utopia" darf im politischen Bereich nicht mit dem Plädoyer für Demokratie oder modernen Sozialismus verwechselt werden. In Campanellas „Sonnenstaat"[32], von den Marxisten als „kommunistische Utopie"[33] mißverstanden, herrscht streng die zentralistische Hierarchie des auf Macht, Weisheit und Liebe als Unterregenten sich stützenden „Metaphysicus", auch „Sol"[34] genannt und die für alle Bürger geltende religiöse Staatsraison.

Diese Zeitgebundenheiten sollten aber nicht die betont Zukunft und Fortschritt atmende Vision einer sozial harmonischen, auf persönliche Leistung abstellenden und mit rationaler Überlegung arbeitenden Gesellschaft überdecken. Sie verkörpert die Idee universal sich auswirkender Toleranz und verbindet sie inhaltlich mit der Wertschätzung humaner Leistung als differenzierendem sozialen Maßstab. Die öffentliche Anerkennung jeder nützlichen Arbeit, gemessen am Prinzip des Gemeinwohlbezugs, verlieh Rechte

---

[30] *Th. Morus,* Utopia, a. a. O., 15.

[31] Ebd., 39 f.

[32] *Th. Campanella,* Der Sonnenstaat. Idee eines philosophischen Gemeinwesens, ins Deutsche übers. unter Mitarbeit von G. Brauns, G. Heise, H. Mielke, A. Noelle, O. Roth, Berlin/Ost 1955.

[33] *W. P. Wolgin,* Campanellas kommunistische Utopie, in: ebd. 5 ff.

[34] *Th. Campanella,* Der Sonnenstaat, a. a. O., 33 ff.

und persönliche Ehrbarkeit, verlangte aber auch die Pflicht zur Arbeit. Der soziale und liberale Aspekt fließen in dieser Anfangszeit der Moderne noch in eins, wobei Thomas Morus den Anteil der Arbeit auf ein unumgängliches Minimum von 6 Stunden (Campanella: 4 Stunden) beschränken will, um Raum für die sittlich-kulturelle Entfaltung des Menschen auf dem Rücken der Arbeit zu gewinnen. Denn die „Behörden“ in „Utopia“ beschäftigen „die Bürger nicht gegen ihren Willen mit überflüssiger Arbeit, da die Wirtschaftsverfassung dieses Staates in erster Linie das eine Ziel vor Augen hat, soweit es die notwendigen Ansprüche des Staates erlauben, für alle Bürger möglichst viel Zeit freizumachen von der Knechtschaft des Leibes für die freie Pflege geistiger Bedürfnisse. Denn darin, glauben sie, liege das wahre Glück des Lebens“[35].

Anklänge an die Marxsche Rede vom Reich der Freiheit, das die harte Realität der Arbeit als produktiver und erhaltender Anstrengung durch planvolle Arbeitsteilung zwar nicht beseitigt, aber doch mindern und durch gesellschaftliche Sinngebung „humanisieren“ will, sind nicht zu leugnen. Die Verbindung von verantwortungsbewußter Leistung mit der gemeinschaftlichen Teilhabe an den wichtigsten materiellen Gütern, die Abschaffung der traditionellen Unterscheidung zwischen produktiver und auf feudaler Privilegierung beruhender Einkommen und, damit gekoppelt, das Eintreten für Toleranz, Fortschritt und rational einsehbare Gestaltung des Politischen machen besonders die „Utopia“, so Ernst Bloch, „zu einer Art liberalem Gedenk- und Bedenkbuch des Sozialismus und Kommunismus“[36]. Eine derartige Sicht muß aber folgendes berücksichtigen: Unangetastet bleibt bei den „Utopisten“ die umfassende Verbindlichkeit der Religion für die neu zu schaffende Gesellschaft, die Hierarchie der Werte, die transzendente Sinngebung und die daraus ursprünglich erfließende humane Einbettung und Rückbeziehung aller sozialen Perspektiven. Eine „Humanisierung der Arbeit“, wie sie heute als noch größtenteils ausstehende Aufgabe gefordert wird, sozusagen im nachhinein als ethisches Korrektiv eines wirtschaftlichen Funktionalismus, hatten diese utopischen Entwürfe nicht nötig, da ihre Überlegungen zur Arbeit die integrale und finale Ordnung eines sozialethisch klaren und sicheren Menschenbildes miteinschlossen.

---

[35] *Th. Morus,* Utopia, a. a. O., 53.

[36] *E. Bloch,* Freiheit und Ordnung, Hamburg 1969, 11 f.

3. Das reformatorische Leistungsethos

Max Weber verdanken wir die mittlerweile klassische Einsicht in die komplexen Impulse, die im Geiste protestantischer — vor allem calvinistischer — Ethik, in Verbindung mit neuen Formen der manufakturellen Arbeit, konditional in das Werden des kapitalistischen Zeitalters eingingen und ihm die nötige Anfangsdynamik verschafften[1].

3.1 Luther: Die konservative Heiligung des Berufes

Sowohl Weber, Troeltsch, Sombart, Muhs und Kofler betonen die sozial und, spätestens seit den Bauernkriegen, auch politisch stabilisierende, auf Konservierung überkommener Strukturen abzielende Theologie der Arbeit bei Luther. Zwar spricht der Reformator mit Pathos vom allgemeinen Priestertum und entsprechend allgemein-gleicher Verantwortung des Christenmenschen seinem Gott gegenüber, und er unterstreicht auch den gottesdienstlichen Charakter profaner Arbeit. Maßgeblich bleibt aber der gesellschaftlich revolutionärer Bewegung abholde Ratschlag Luthers an den Christen: „... bleibe in tuo statu, sitzt oben vel unten an, et maneto in tua vocatione"[2]. Deutlich wird daraus, zum einen, die Proklamation der theologischen Gleichwertigkeit jeder Arbeit und jedes Standes coram Deo, insofern ein Aufheben der Unterschiede auf geistlicher Ebene, zum anderen aber „war das lutherisch geprägte Berufsethos offenkundig nicht in der Lage, eine der calvinistischen Dynamisierung von Bedürfnislagen vergleichbare motivationsbildende Kraft zu entwickeln"[3]. In Verbindung mit Luthers Lehre von der Unfreiheit des menschlichen Willens, ebenfalls wieder vor Gottes Allmacht und Vorsehung, gipfelt das lutherische Arbeitsethos in eine Zweieinheit von reformatorischem Aufbruch und sich bescheidender Resignation, in eine vorbehaltlose Gehorsamspflicht gegen die Obrigkeit, die in grobes Wüten ausarten konnte, wie es Luther gegenüber Thomas Münzer und der Bauernbewegung an den Tag legte.

Sicherlich trifft es nicht den Kern der lutherischen Reformation, sie als die „Ideologie einer schwächlichen und kompromißlerischen, einerseits von humanistischen Einflüssen gestoßenen, andererseits aber von den feudalen

[1] *M. Weber*, Die protestantische Ethik und der Geist des Kapitalismus, in: *Ders.*, Gesammelte Aufsätze zur Religionssoziologie, Bd. 1, Tübingen [2]1934. Zu M. Weber vgl. *D. Käsler*, Einführung in das Studium Max Webers, München 1979, bes. 77 ff.: „Schriften zur Religionssoziologie."

[2] *Luther*, WA, XLIX, 609, 7 f. Dazu: *G. Wingren*, Luthers Lehre vom Beruf, München 1952, bes. 113 ff.: „Vocatio — Imitatio."

[3] *Ch. Gremmels*, Fragen der Arbeit und Arbeitswelt, in: Handbuch der christlichen Ethik, Bd. 2, Freiburg 1978, 367.

Verhältnissen gehemmten Handelsbourgeoisie, genauer als eine Kompromißideologie zwischen ihr und dem Feudalismus"[4] abzutun. Richtig daran ist die Erkenntnis fehlender Ermunterung, die bereits vorhandene Kapitalakkumulation und das wirtschaftliche Potential in den Manufakturen auszuweiten und zu verstärken. Insbesondere das zum Prinzipiellen erhobene Gewinnstreben, das „Mehrwert heckende Kapital", wie es später Karl Marx verdinglichte, galt bei Luther als sündhaftes Anzeichen der unchristlichen Unterwerfung unter die Gewalt des Mammons. Seine konservative, das Überschaubare, sozial Stabile und organisch Gewachsene bevorzugende „mittelalterliche" Lebenshaltung mißtraute den grenzenlosen Verlockungen des aufziehenden Zeitalters.

So hat seine Arbeitsethik bewirkt, „daß sich der Mensch mit der sozialen Situation abfand, in die er durch Gott nun einmal gestellt war"[5]. Frans van der Ven wiederholt mit diesem abschließenden Urteil die Charakteristik Max Webers, der im gleichen Sinne resümiert: „So blieb also bei Luther der Berufsbegriff traditionalistisch gebunden. Der Beruf ist das, was der Mensch als göttliche Fügung hinzunehmen, worein er sich zu schicken hat: — diese Färbung übertönt den auch vorhandenen Gedanken, daß die Berufsarbeit eine oder vielmehr die von Gott gestellte Aufgabe sei"[6]. Das Leben ist bei Luther noch ein unteilbares Ganzes und wird vom souveränen Willen Gottes beherrscht. Deshalb kann „keine Philosophie der natürlichen Vernunft, keine anthropozentrische Moral die reine Lehre Christi ersetzen. Der Mensch muß nur nach dem Geist und dem Buchstaben der Bibel leben, um zufrieden zu sein und mit einem ruhigen Gemüt durch den Wirbel des irdischen Lebens gehen zu können"[7]. Festzuhalten ist aber, bei aller stabilitas vitae in der lutherischen Theologie, die mächtige und zukunftweisende Durchdringung des gesamten Arbeitslebens mit dem Geist göttlicher Heiligung und Berufung (vocatio). Sie adelt jede Arbeit und hebt sie auf die Stufe egalitär zu nennender religiöser Gleichwertigkeit mit allen anderen menschlichen Tätigkeiten, vor allem mit der monastischen vita contemplativa und prädisponierte so den Umschwung zum allgemeinen Gleichheits-

---

[4] *L. Kofler,* Zur Geschichte der bürgerlichen Gesellschaft, a. a. O., 146.

[5] *F. van der Ven,* Sozialgeschichte der Arbeit, Bd. 2, a. a. O., 227. Ähnlich urteilt *E. Troeltsch,* Die Kulturbedeutung des Calvinismus, in: *M. Weber,* Kritiken und Antikritiken. Die protestantische Ethik II, hrsg. von J. Winckelmann. 3. Aufl., Gütersloh 1978, 188—215, 195: Luther „blieb beim kanonischen Zinsverbot und bei der scholastischen Geldlehre, bei einem agrarisch-handwerkerlichen Gesellschaftsideal, nicht aus mangelnder Einsicht oder geringer Geistesfreiheit, sondern aus innerlichsten Gründen der christlichen Ethik ... Sie forderte ihm die Ausscheidung des Kampfes ums Dasein, die möglichste Stillstellung der sozialen Bewegung, die möglichste Unmittelbarkeit der Produktion und den Zusammenhang mit den Gaben der Natur, weil das Vertrauen auf die Vorsehung und die christliche Liebe ihm dies unbedingt zu verlangen schienen".

[6] *M. Weber,* Die protestantische Ethik und der Geist des Kapitalismus, a. a. O., 77 f.

[7] *F. van der Ven,* Sozialgeschichte der Arbeit, Bd. 2, a. a. O., 224.

ideal der neuzeitlichen Gesellschaft. Ihr Eingehen in den Calvinismus und ihre besondere Umformung in der Prädestinationslehre des Genfer Reformators gaben dann den breiten Anstoß zu einem System von Handlungsmotivationen, die sich den sich fortentwickelnden Produktionskräften anpassen und selber diese wiederum anspornen konnten.

3.2 Calvin: Der eigentliche religiöse Anstoß zur Leistungsgesellschaft

Max Webers Theorien über die wechselseitigen Implikationen der calvinistischen Ethik und des frühen Kapitalismus erregten mit ihrem Erscheinen (1905) großes Aufsehen, wenngleich ihnen Werner Sombart mit seinem zweibändigen Werk: „Der moderne Kapitalismus" (1902) vorgearbeitet hatte. Mittlerweile längst wissenschaftliches Gemeingut geworden und von prominenten Sozialtheoretikern, u. a. von Ernst Troeltsch übernommen, müssen ihnen gegenüber die Einschränkungen gemacht werden, die idealtypischen Konstrukten anhaften[8]. Es handelt sich hierbei um ein Deutungsmodell, das, wie Dirk Käsler betont, keine „kausale Adäquanz"[9] zwischen den religiösen und den sozialökonomischen Ebenen der Gesellschaft behauptet, sondern die historisch effektive Vermittlung und Verzahnung von persönlichen und gruppengebundenen religiösen Zielen und objektiven Gegebenheiten und Tendenzen der vorherrschenden Produktivkräfte durch die Leithypothese der „sinnhaften Adäquanz"[10] zu analysieren sucht. Zweierlei ist damit ausgesagt: Es kommt 1. dabei nicht auf die Transparenz dieser Zusammenhänge im Bewußtsein der damaligen Zeitgenossen an, und es wird 2. keine permanente Bindung der religiösen an die instrumentalen Seiten des frühen und schon gar nicht des reifen Kapitalismus postuliert. Vielmehr gilt: „Der moderne Kapitalismus, erst einmal zur herrschenden Wirtschaftsform gelangt, brauchte nicht mehr länger das Vehikel religiöser Überzeugungen zu seiner Legitimation — ja er konnte sich sogar gegen diese wenden. Unter bestimmten Bedingungen können derartige Ideen Wirkungen hervorrufen, die ihrerseits zu Ursachen der Zerstörung dieser Ideen werden können"[11]. Wenn Wolfram Fischer in seiner kritischen Ausein-

[8] Max Weber selbst hat angemerkt, daß seine Idealtypen so nicht in der realen Wirklichkeit auffindbar sind; dies im Unterschied zu Karl Marx. Vgl. *M. Weber*, Ges. Aufsätze zur Wissenschaftslehre, Tübingen ³1968, 149 und 161. Dazu vgl. *W. M. Sprondel*, Sozialer Wandel, Ideen und Interessen: Systematisierungen zu Max Webers Protestantischer Ethik, in: *Seyfarth*, *Sprondel* (Hrsg.), Seminar: Religion und gesellschaftliche Entwicklung, Frankfurt/M. 1973, 206—224.

[9] *D. Käsler*, Einführung in das Studium Max Webers, a. a. O., 94.

[10] Ebd.

[11] Ebd., 95. Zur Ausdifferenzierung von wert- und zweckrationalen Handlungsmotivationen in der Wirkungsgeschichte des Kalvinismus vgl.: *J. Habermas*, Theorie des kommunikativen Handelns, Band 2: Zur Kritik der funktionalistischen Vernunft, Frankfurt/M. 1981, bes. 449 ff.: „Rückblick auf Max Webers Theorie der Moderne".

andersetzung mit Max Weber die „aktive Erfüllung der Pflichten, ... die Askese und Enthaltsamkeit, die Aneignung von Wissen und Fertigkeiten ... und die Sorgfalt bei der Ausübung dieser Aufgaben", kurz: den hohen Rang instrumentaler Werte im Gegensatz zu „metaphysischen und doktrinären Aspekten des Glaubens"[12], am Beispiel Japan als Gegenargument ins Feld führt, übersieht er gerade den nervus rerum bei Max Weber. Dieser leugnet zwar nicht die Affinitäten solcher Dispositionen zu „kapitalistischen" Leistungsgesellschaften, versucht aber die noch tiefer lotende Frage nach dem Ursprung und dem europäischen Spezifikum solcher Wertgruppen in der von uns schon angeführten nichtkausalen Anknüpfung an reformatorische Motivationen zu beantworten. Denn, so abschließend M. Weber, „Kapitalismus hat es in China, Indien, Babylon, in der Antike und im Mittelalter gegeben. Aber eben jenes eigentümliche Ethos fehlte ihm, wie wir sehen werden"[13], jene „bestimmte, konstitutive Komponente des *Lebensstils,* der an der Wiege des modernen Kapitalismus stand"[14].

3.2.1 Der Prädestinationsglaube

Ausgangspunkt der Weberschen Deutung ist der dogmatische Kernsatz Calvins, wie ihn die Überschrift des 21. Kapitels des III. Buches seiner 1536 verfaßten Hauptschrift: „Institutio Christianiae religionis" auf den Nenner bringt: „Von der ewigen Erwählung Gottes, kraft deren Gott die einen zum Heil, die anderen zum Verderben vorherbestimmt hat"[15]. Hier steckt die

---

[12] *W. Fischer,* Gewinn- und Leistungsorientierung in sozialhistorischer Sicht, in: *G. Hartfiel* (Hrsg.), Das Leistungsprinzip, a. a. O., 51 f. Auf S. 50 führt Fischer im Blick auf die europäische Entwicklung aus: „Die Zurückführung des kapitalistischen Geistes auf protestantische Ethik kann schon deswegen nicht voll befriedigen, weil die wesentlichen Elemente des modernen Wirtschaftssystems im vorreformatorischen Europa und in Gegenden ausgebildet wurden, die von der Reformation kaum berührt worden sind. Der Fernhandel, seine Finanzierungstechniken, wie etwa der Wechsel ‚die kapitalintensiven Manufakturen mit ihrer arbeitsteiligen, rationelleren Produktionsweise, die Umwälzung des Weltbildes ... all das entstand in vorreformatorischer Zeit vor allem im südlichen Europa, in Italien, Spanien, Portugal, Frankreich, Oberdeutschland. Und die großen ‚Kapitalisten' noch des 16. Jahrhunderts waren der Papst, die katholischen Könige und katholischen Bankhäuser, von den Medici bis zu den Fuggern. Erst in einer späteren Phase verlagerte sich der Schwerpunkt der ökonomischen Innovation in das protestantische Nordwesteuropa". Gerade dadurch beantwortet Fischer nicht, wie es zur wirtschaftlichen Akzeleration „Nordwesteuropas" und zum Zurückbleiben der zugegebenermaßen „technisch" vorentwickelten Staaten Südeuropas gekommen ist. Vgl. zu diesem Problem: *E. Fischoff,* Die protestantische Ethik und der Geist des Kapitalismus. Die Geschichte einer Kontroverse, in: *M. Weber,* Kritiken und Antikritiken, a. a. O., 346—379, bes. S. 375, Anm. 17 und S. 378, Anm. 46.

[13] *M. Weber,* Die protestantische Ethik und der Geist des Kapitalismus, a. a. O., 34.

[14] *Ders.,* Antikritisches zum „Geist" des Kapitalismus, in: *M. Weber,* Kritiken und Antikritiken, a. a. O., 149—187, 169.

[15] *J. Calvin,* Institutio Christianiae religionis, übers. und bearb. von O. Weber, Neuenkirchen 1955, 615.

Mitte der dunklen Prädestinationslehre Calvins, die vielen seiner Zeitgenossen schwer zu schaffen machte. „Unter Vorbestimmung", so Calvin, „verstehen wir Gottes ewige Anordnung, vermöge deren er bei sich beschloß, was nach seinem Willen aus jedem einzelnen Menschen werden sollte! Denn die Menschen werden nicht alle mit der gleichen Bestimmung erschaffen, sondern den einen wird das ewige Leben, den anderen die ewige Verdammnis zugeordnet"[16].

Die Auswirkungen einer derart düster gestimmten Theologie auf die Gemüter der religiös durch die Wirren der Reformation ohnehin schon tief erregten Menschen können wir heute kaum noch nachempfinden. Vielleicht stellte sich eine gewisse „Schizophrenie" des Verhaltens ein, verursacht durch die schicksalhafte Unerklärbarkeit des göttlichen Ratschlusses für die menschliche Vernunft und durch den damit verbundenen individuell wie sozialpsychologisch belastenden Druck der ständigen nach Gewißheit drängenden Frage nach der persönlichen Errettung oder Verdammnis. Denn die suchenden Energien dieser wesentlich auf endgültigen Lebenssinn hin ausgerichteten Bestimmungskrise des gläubigen Calvinisten mußten, vorsichtiger formuliert, konnten in der offenstehenden Rückwendung zur irdischen Wirklichkeit diese, ebenfalls wiederum theologisch verarbeitet, zum Gegenstand und zum Anzeichen für die jeweilige Stufe der Heiligung des einzelnen vor Gott nehmen. Luthers parallele Sakralisierung des weltlich Berufenen, denn alle Christen sind für ihn „wahrhafftig geystlichs stands", verstärkte diesen Durchbruch zur konzentrierten Bejahung von Arbeit, persönlicher Leistung und das Streben nach entsprechender sozialer Anerkennung. Die Welt verwandelte sich zur großen von Gott gewollten und auf Gott hin bezogenen Aufgabe ständiger persönlicher Bewährung[17], die es in pflichtgemäßem Eifer und unter strenger Beachtung der kirchlich vorgeschriebenen Sittenzucht aktiv und öffentlich sichtbar mit den Mitteln der praktischen Vernunft zu bewältigen galt. Der religiöse „Irrationalismus" im Auserwählungsglauben des Calvinismus und die Vorstellung vom allgemeinen Priestertum der Gläubigen bereiteten so mit ihrer auf persönliche Entlastung vom aufgestauten Bestimmungsdruck hinzielenden praktischen Interpretation des Weltlichen den „rationalen" Boden für die energische Ausweitung der keimhaft bereits vorhandenen leistungs- und erfolgsbetonten Bewußtseins- und Wirtschaftsformen[18].

---

[16] Ebd. III., 21,5 (619).

[17] *F. Rachfahl,* Kalvinismus und Kapitalismus, in: *M. Weber,* Kritiken und Antikritiken, a. a. O., 57—148, 67: „Es werden somit im Unterschiede vom Katholizismus nicht nur einzelne ‚gute Werke', d. h. nicht systematisch miteinander zusammenhängende einzelne Handlungen, verlangt, sondern ein ‚heiliges Leben', d. h. eine zum System gesteigerte Werkheiligkeit, eine konsequent ausgebildete Methode der ganzen Lebensführung."

[18] *E. Troeltsch,* Die englischen Moralisten des 17. und 18. Jahrhunderts, in: *Ders.,* Aufsätze zur Geistesgeschichte und Religionssoziologie, Tübingen 1925, 374—429, 407:

3.2.2 *„Sola scriptura" als Bildungsimpuls.*

Dieser fundamentale Beitrag des Calvinismus verwirklichte und verästelte sich zu bedeutsamen Konsequenzen. Wieder ist hier ein religiös begründeter Anstoß zu nennen: Die mit Luthers Lehre von der ausschließlichen Authentizität und Autorität der Heiligen Schrift (sola scriptura) verbundene Wertschätzung des allgemeinen Priestertums verlangte einen „wissenden" Christen, sprich, einen Christen, der die Schrift lesen konnte. Dieser Bildungsanreiz führte zusammen mit Luthers Theologie des „inneren Menschen" und dessen unmittelbarer Verantwortung vor Gott zum Abbau des vom Mittelalter überkommenen weitverbreiteten Analphabetentums. Der so Gebildete konnte in der Folge besser den intellektuellen Anforderungen einer komplizierter sich organisierenden Technik und Wirtschaft entsprechen und einsichtiger die Normen und Pflichten eines funktionsgemäßen Arbeits- und Tagesablaufes übernehmen.

3.2.3 *Rationelle Lebensführung und innerweltliche Askese*

„Scientia et potentia in idem coincidunt" stellte Francis Bacon als Motto seiner „Nova Atlantis" voran und zielte damit auf die zunehmende Valenz rationaler Faktoren im gesellschaftlichen, nicht nur im instrumentalen Prozeß. Die wichtigsten Weichen zur unumgänglichen Gewöhnung der benötigten Arbeitskräfte an Disziplin, genaues Arbeiten, Verantwortungsbewußtsein, Gehorsam vor Gott, der Obrigkeit und vor dem allmählich sich herauskristallisierenden neuen Typus des „Unternehmers" wurden gestellt. Calvin selbst nannte die Zucht (disciplina) „die Sehnen der Religion"[19], und „es hat etwas", schreibt R. N. Tawney, „wenn man sagt, der Begriff Disziplin nehme bei Calvin dieselbe zentrale Stellung ein wie bei Luther der Begriff Glaube"[20].

Nicht mehr prahlerische Verschwendungssucht und hortendes Sammeln von Reichtümern waren die gefragten Tugenden der calvinistischen Wirtschaftsethik, sondern der planvolle, auf sparsame Nutzung der Güter und Mittel bedachte saubere und nüchterne „Lebensstil" und die kluge, aber stetige Mehrung des eigenen Kapitals bei asketisch zu nennender Zurückhaltung in der Befriedigung der eigenen Wünsche. Calvins Ideal waren,

---

„Aus der Gleichheit aller vor Gott und dem allgemeinen Priestertum wird die psychologisch konstatierbare Gleichartigkeit und Gleichwertigkeit der Individuen, die sich in der Forderung der Einbeziehung der individuellen Freiheit in den Staatsorganismus, der kirchlichen Toleranz und religiösen Denkfreiheit auswirkt."

[19] *Calvin,* Institutio, IV, 12, 1, a. a. O., 842.

[20] *R. N. Tawney,* Religion und Frühkapitalismus. Eine historische Studie, Bern 1946, 127. Im selben Sinne urteilt über Calvin: *J. B. Kraus,* Scholastik, Puritanismus und Kapitalismus. Eine vergleichende dogmengeschichtliche Übergangsstudie, München, Leipzig 1930, 238: „. . . Disziplin bedeutete ihm straffste Reglementierung auch des Geschäfts- und sonstigen Wirtschaftslebens bis ins kleinste."

schreibt Kurt Seeberger, „Bürger, die arbeitsam, aber zurückgezogen lebten und ihren Reichtum ohne Auffälligkeiten vermehrten. Jedes Anzeichen von Luxus erregte seinen Argwohn. Hervorstechende Kleidung war verboten. Langes Haar bei Männern, übertriebene Frisuren der Frauen — verboten. Und Theater etwas ganz Abscheuliches — verboten. Die Liste der calvinistischen Verbote ist lang; sie wirkt wie von einem krankhaften Gehirn ausgesponnen“[21].

3.2.4 Der „kompetitive“ Christ. Die Ursprünge der Konkurrenzgesellschaft und die Anfänge der Aufklärung

Das alltägliche Leben, im Mittelalter noch eingebunden in die beschaulichen und überschaubaren Konturen der bäuerlichen und kleinstädtischen Konvivien, wird im Calvinismus durch die Dichte und die Disziplinierung seines tagesmäßigen Ablaufes gestrafft und angetrieben durch das religiös verinnerlichte unablässige Streben nach sittlicher Vollkommenheit. Die puritanische Strenge dieses Systems beanspruchte den ganzen Menschen und alle seine Kräfte. Die tiefe Sünden- und Verdammnisfurcht beruhigte sich erst mit dem sichtbaren Gelingen der Lebensleistung, wie sie in der öffentlichen Anerkennung ihre „objektive“ Bestätigung fand. Überhaupt verlagerte sich der Sinnschwerpunkt aller Anstrengung immer mehr auf das Gelingen, den Erfolg, den „man“ nicht bezweifeln kann. Er signalisierte der Umwelt Tüchtigkeit, erhob den Leistungsstarken zum Vorbild für die anderen und förderte damit die soziale Normalisierung solcher Tugenden bis hin zur normierenden Attraktivität. Die religiösen Anreize zum Erfolgsstreben erzeugten aber auch die Gesinnung der Konkurrenz, des neidvollen Blickes auf diejenigen, denen es besser gelang, voranzukommen. Es handelt sich um eine Variante des Neides, die bevorzugt auf dem Hintergrund puristischer Vollkommenheitsvorstellungen mit zwingendem Anpassungs- und Leistungsdruck gedieh, der von jedem genaue Rechenschaft darüber verlangte,

---

[21] *K. Seeberger,* Rousseau. Der Weg zum Ruhm, München 1978, 21. Noch härter in der Wahl der Worte urteilt Werner Sombart über Calvin in seinem Buch; Der Bourgeois, a. a. O., 298: „Der Gott der Kalvin und der John Knox war ein furchtbarer Gott, ein Gott des Schreckens, ein Wüterich, und die Seelenstimmung, in die die Prediger ihre Gemeinde versetzten, war die der beständigen Angst ... Religion war Wahnsinn geworden und hatte den Menschen alle Besinnung geraubt“.

Schon Voltaire spottete über den Genfer Lebensernst:

On hait le bal, on hait la comédie,
Pour tout plaisir Genève psalmodie
Du bon David les antiques concerts,
Croyant que Dieu se plaît aux mauvais vers.
Des prédicants la morne et dure espèce
Sur tous les fronts a gravé la tristesse.

(Mitgeteilt von *F. Rachfahl,* Kalvinismus und Kapitalismus, in: *M. Weber,* Kritiken und Antikritiken, a. a. O., 57).

wie er mit seinen Talenten und der ihm von Gott gnädig geschenkten Zeit umgegangen ist. Es begann die hohe Zeit derer, die penibel Tagebuch führten über ihr Tagwerk und ihre Mitmenschen und diesen detaillierte Anweisungen für die Lebensführung auf den Weg gaben, wie Max Weber am Beispiel von Richard Baxter (Pfarrer der anglikanischen Gemeinde in Kidderminster und Gründer der „Worcester Association")[22] aufzeigte. Zwar war der Wettbewerb auch in den feudalen Epochen der Geschichte bekannt. Dort äußerte er sich jedoch in erster Linie im kriegerischen Drang nach Ruhm oder in den ästhetischen Formen höfisch-spielerischer Stilisierung in Turnier und Minnesang. Nun aber gewinnt er eine pflichtgraue Allgemeinverbindlichkeit, treibt den Menschen an zur selbst- und fremdkritischen Relativierung der erreichten Position und verwandelt sehr leicht den lieben Nächsten zum Rivalen. Th. Hobbes hat auf seine nüchtern-skeptische Art die „natürliche" Neigung des Menschen zur aggressiven Verwirklichung seiner Wünsche erkannt und sie deshalb rigoros der vernünftigen Lenkung durch die gesetzliche Aufsicht des Staates unterworfen. „Der Wunsch nach Reichtum, Ehre, Herrschaft und jede Art von Macht", schreibt er im „Leviathan", „stimmt den Menschen zum Streit, zur Feindschaft und zum Kriege; denn dadurch daß man seinen Mitbewerber (competitor) tötet, überwindet und auf jede mögliche Art schwächt, bahnt sich der andere Mitbewerber den Weg zur Erreichung seiner eigenen Wünsche"[23].

Erfolg und Mißerfolg, Erwählung und Verwerfung, Konkurrenz und Rivalität zwingen fortan in einer bisher geschichtlich unbekannten Typik die Beziehungen der Menschen in eine Spannung, deren tiefster Ursprung im „geheimen Ratschluß Gottes"[24] sich dem Nachforschenden entzieht. Ideengeschichtlich irreversibel, wird der Heilsgewißheit suchende Mensch auf die Offenbarung der irdischen Wirklichkeit, damit aber in der Konsequenz auf die eigenen Fähigkeiten verwiesen und angespornt, diese Wirklichkeit durch rastloses Arbeiten und erfolgreiche Leistung der persönlichen Heiligung zu erschließen. Der Mensch als Bürger wird zum praktischen Kreator aller Dinge und der Staat zum „sterblichen Gott" (Leviathan)[25]. Die verän-

[22] *Baxter* schrieb: „A Christian Directory: or a Sum of Practical Theology and Cases of Conscience", London 1673. Zu Baxters Rolle im Puritanismus vgl.: *J. B. Kraus*, Scholastik, Puritanismus und Kapitalismus, a. a. O., 220 ff.

[23] *Th. Hobbes*, Leviathan oder von Materie, Form und Gewalt des kirchlichen und bürgerlichen Staates, übers. von J. P. Mayer, Zürich, Leipzig 1936, 138.

[24] *J. Calvin*, Institutio III, 23, 4, a. a. O., 638: „Dafür aber läßt sich kein anderer Grund anführen als die Verwerfung (reprobatio), die in Gottes geheimem Ratschluß verborgen ist (quae in arcano Dei consilio abscondita est)".

[25] *Th. Hobbes*, Leviathan, a. a. O., 206. *E. Troeltsch*, Die Kulturbedeutung des Calvinismus, a. a. O., 197: „Eine Askese oder Selbstaufopferung für Gott, der die Berufsarbeit zum methodischen Mittel der Bändigung des Fleisches und der Sinne, der Zerstreutheit und Genußsucht, der Gefühlsweichheit und Unstetigkeit wird, kann da, wo der kapitalistische Erwerb mit unter die erlaubten Berufe gehört, sehr leicht zur Hypertrophie des Erwerbslebens führen."

dernde Vernunft bringt in wachsendem Maße den rationalen Grundzug der Schöpfung zutage; mit der Vernunft „steigt das Absolute in das Zeitliche hinab“[26]. Die sich ihrer selbst bewußter werdende Vernunft konnte aber nicht nur hinabsteigen, sondern auch ihren religiösen Ursprung vergessen, sich endgültig versachlichen und verweltlichen. Während die mittelalterliche Sicht die Notwendigkeit der Arbeit primär noch aus der Universalität der Sünde ableitete und Arbeit als Strafe für den Abfall von Gott und als Buße verstand, sah der „Bürger“ in der Arbeit nicht nur Freude und Befriedigung, die auch der mittelalterliche Mensch empfinden konnte, sondern überhaupt das Natürliche, die Grundaktivität seines Lebens und darin Sinnaufgabe und persönliche Leistung. Nicht mehr die mühselige Anstrengung, eingebettet in theologische Tröstung, sondern die zweckgerichtete Leistung in der Arbeit überwiegt von nun an. Tiefer noch: Dieser Prozeß religiöser Abnabelung verstand sich in der Folgezeit immer mehr als „Ausgang der Vernunft aus ihrer selbstverschuldeten Unmündigkeit“ (Kant), deren philosophische Aufklärung über die autonomen Möglichkeiten des Menschen verbindlich die Wegzeichen steckte für den sich mächtig regenden politischen wie wirtschaftlichen Expansionismus im Liberalismus und Sozialismus.

Ungefähr seit der Mitte des 18. Jahrhunderts wird der vielschichtige Begriff: „Aufklärung“ zur Kennzeichnung der Gegenwart als des „Zeitalters der Vernunft und des Fortschritts sowie des Beginns einer neuen Epoche der Weiterführung der Geschichte der unvollendeten Freiheit verwandt“[27]. In der Behauptung: „unvollendete Freiheit“ steckt der Ideologievorwurf der Aufklärung gegenüber der bisherigen Geschichte, auf dessen eigene Ideologieanfälligkeit wir hier nicht näher eingehen können[28]. Wesentliche Merkmale der Aufklärung, die wir als gesichert im Fortgang unserer Arbeit berücksichtigen wollen, sind: Perfektibilität des Menschen als interne Logik der Geschichte, diesseitiges Reich der Freiheit, durch Analyse der universalen Vernünftigkeit des Menschen gewonnenes allgemeingültiges Naturrecht auf Humanität und Menschenglück und die Erziehbarkeit[29] der Menschheit auf einen besseren Zustand hin. Das alles verkündet mit pseudosakralem Pathos; und die Vermutung liegt nahe, es handele sich hierbei um „die entstellte Wiederkehr des verdrängten Gottes“[30] im fortan ständigen Zwang zur „Anthropodizee“ anstelle der Theodizee.

---

[26] *M. Blin,* Die veruntreute Erde, a. a. O., 152.

[27] *W. Oelmüller,* Was ist heute Aufklärung?, Düsseldorf 1972, 26.

[28] Vgl. dazu: *Th. Nipperdey,* Geschichte als Aufklärung, in: Die Zeit, 9/1980, 16.

[29] *I. Kant,* Über Pädagogik, in: Werke, hg. von *W. Weischedel,* Bd, VI, 697: „Der Mensch ist das einzige Geschöpf, das erzogen werden muß“. Vgl. *H. Böckerstette,* Aporien der Freiheit und ihre Aufklärung durch Kant, Stuttgart, Bad Cannstatt 1982, bes. 72 ff.: „Aufklärung als Epochenbegriff“.

[30] O. *Marquard,* Wie irrational kann Geschichtsphilosophie sein in? *Ders.,* Schwierigkeiten mit der Geschichtsphilosophie, Frankfurt/M. 1973, 79.

4. Der Liberalismus

Die Skizze der Arbeits- und Leistungsauffassung im Liberalismus hat es mit einer Bewegung zu tun, die, abgesehen von ihrer andauernden Wirkung auf die Politik und Wirtschaft in der Gegenwart, in der uns hier interessierenden Vergangenheit aus den Quellen der Aufklärung und der Säkularisierung schöpfte. Bei der Säkularisierung, die wie die Aufklärung als genealogische Gemeinsamkeit Liberalismus und Sozialismus zugrunde liegt, handelte es sich mit den Worten von F. Fürstenberg, um die institutionelle „Freisetzung weltlicher Verhaltens- und Bewußtseinsstrukturen aus dem Einflußbereich religiös bestimmter, meist theologisch fixierter Vorstellungen, wobei deren Formen, teilweise auch Inhalte, ihrer Heilsbedeutsamkeit entkleidet, nun als Bestandteile ‚vernünftiger Weltinterpretation' fortwirken können"[1]. Der Liberalismus spiegelt die Skala aller konstitutiven Bemühungen der Neuzeit, beginnend mit der Loslösung von religiös-kirchlicher Doktrin, über den politischen Kampf des aufkommenden Dritten Standes bis zum moralphilosophisch begründeten System einer Politökonomie, wie es Adam Smith im Jahre 1776 in seinem Hauptwerk: „An Inquiry into the Nature and Causes of the Wealth of Nations" veröffentlicht hat. Nicht zu vergessen sind die Spuren, die das religiöse Erbe von Luthertum und Calvinismus und die Utopien einer auf rationalen Prinzipien beruhenden Gesellschaft mit ihren kollektiven und geplanten Arbeits- und Eigentumsformen hinterlassen haben. Letztere gingen modifiziert in die aufgeklärt-utopischen Staatsromane der Sozialreformer des 18. Jahrhunderts ein: u. a. bei Winstanley, Meslier, Morelly, Mably, Babeuf und Godwin.

4.1 Erste Spuren des „Bourgeois"

Treibende Kraft im Spektrum der ersehnten Befreiung des Bürgers von knechtender Unterdrückung seiner vernünftigen Natur bildet von nun an

[1] *F. Fürstenberg*, Einleitung, in: *Ders.* (Hrsg.), Religionssoziologie, Neuwied, Berlin 1974, 17. Zur Säkularisierung vgl. auch: *H. Ludwig*, Die Kirche im Prozeß der gesellschaftlichen Differenzierung. Perspektiven für eine neue sozialethische Diskussion, Mainz 1976, bes. 16 ff.: „Säkularisierung und Integration". *J. S. Schapiro*, einer der besten Kenner der Geschichte des Liberalismus, schreibt: „Weil der Liberalismus solchen Nachdruck auf die Vernunft legte, wurde er in seinen Anschauungen völlig weltlich. Liberale waren ‚Freidenker', entschieden areligiös und militant antiklerikal. Religion in jeder Form mußte toleriert werden als eine Spielart individueller Meinung und von Gruppenverbänden, ob nun eine Mehrheit oder Minderheit der Nation sich zu dieser Religion bekannte" (*J. S. Schapiro*, Was ist Liberalismus?, in: *L. Gall* [Hrsg.], Liberalismus, in: Neue wissenschaftliche Bibliothek, Abt. Geschichte, Bd. 85, Köln 1976, 25).

[2] Zu einem fundierten Verständnis der Grundlagen des Liberalismus verhelfen: *H. Ch. Lüling*, Freiheit und wirtschaftlicher Liberalismus. Die innere Freiheit des Menschen — ihre Unentbehrlichkeit für die Zukunft einer freiheitsorientierten Gesellschaft, Göttingen 1979 und *L. Gall* (Hrsg.), Liberalismus, in: a. a. O.

die Idee vom gleichen Recht aller Menschen beim Verfolgen ihrer vernunftgemäßen, insofern „natürlichen" Wünsche und Bedürfnisse, sowie die Überzeugung, daß schon der Trieb zur Selbsterhaltung aus seiner vitalen Logik heraus es jedem nahelegt, „daß jeder den anderen nützlich werde"[3]. Dadurch kann, sozialanthropologisch gesprochen, ein verläßliches Geflecht wechselseitiger Erwartungen und vorhersehbarer Reaktionen entstehen, auf denen sich dann eine stabile soziale und politische Ordnung errichten läßt. Nüchterne Realistik und beherrschbare Zukunft durch vernünftige Beschränkung auf das nützlich Angemessene der menschlichen Natur formten so die Grundpfeiler für den Aufbruch des Liberalismus, klassisch auf den Nenner gebracht wiederum von Thomas Hobbes: „Von sterblichen Menschen läßt sich zwar nichts erwarten, was unsterblich ist; wenn sie indes ihre Vernunft wirklich so gebrauchen, wie sie es nach ihrem Stolze von sich wähnen, so könnte ein Staat so dauerhaft werden, daß wenigstens innere Mängel nicht imstande sein werden, ihn zugrunde zu richten"[4].

Das Recht zur Freiheit von nicht durch die Natur oder vernünfigen Nutzenserwägungen gerechtfertigten politischen Beschränkungen stand jetzt zuoberst auf der geschichtlichen Tagesordnung[5]. Denn dem kritischen Beobachter entgingen nicht die konfliktgeladenen Unterschiede von Postulat und Praxis, von sattem Reichtum in den Händen „leistungslos" Privilegierter und der durch Geburt und Adel bevorzugten wenigen auf der einen und der immer größer werdenden Zahl aufwärtsstrebender Bürger auf der anderen Seite, nicht zu vergessen die noch recht amorphen Massen jener Armen, die man als „laboring poor", als „Vierten Bürger" (Alfred Weber), bezeichnete.

Der Kampf der Leistungswilligen, aber politisch Einflußlosen, bestimmte in unterschiedlicher Intensität den Gang der Ereignisse. Kennzeichnend für die Interessenlage des kräftig aufbegehrenden Bürgertums ist der Frage-Antwort-Dialog, den der Abbé Sieyès bei Ausbruch der französischen Revolution durchspielte: „Was ist der Dritte Stand? Alles. Was ist er bis jetzt in der politischen Ordnung gewesen? Nichts! Was fordert er? Endlich etwas zu sein". Der Abbé fährt fort: „also was ist der Dritte Stand? Alles, die Gesamtheit, aber eine gefesselte und unterdrückte Gesamtheit. Was wäre er ohne den privilegierten Stand? Alles, ein Ganzes, aber ein höchst freies und blühendes Ganzes. Nichts geht voran ohne ihn. Aber alles würde

---

[3] *Th. Hobbes,* Leviathan, a. a. O., 185.

[4] Ebd., 327.

[5] I. Kant fordert in Ablehnung „erblicher Prärogative" die rechtliche Chancengleichheit für die freie Entfaltung der persönlichen „Talente" in einem Gemeinwesen: „Jedes Glied desselben muß zu jeder Stufe seines Standes ... gelangen dürfen, wozu ihn sein Talent, sein Fleiß und sein Glück hinbringen können" (*I. Kant,* Über den Gemeinspruch: Das mag in der Theorie richtig sein, taugt aber nicht für die Praxis, in: Werke, a. a. O., 147).

unendlich besser gehen ohne die anderen“[6]. Die Befreiung des dritten Standes, so die universale Absicht des Abbés beim Gebrauch des Begriffes: „ein Ganzes“, bildet eine notwendige Etappe auf dem Wege zur vollkommenen Freiheit der Menschheit überhaupt. Ein Gedanke übrigens, der später von Karl Marx aufgegriffen und als mächtige Motivation dem Kampf des Vierten Standes, dem Proletariat, zugesprochen wurde und von den Marxisten immer noch als Argument für die allgemeine Menschheitsbeglückung ihrer klassenkämpferischen Anstrengungen bemüht wird.

4.2 Freiheit und Glück

Die noch politische Ohnmacht des Dritten Standes, dem sich kleine Gewerbetreibende, Manufakturbesitzer, Händler, Juristen, Seriöse und Spekulanten in buntscheckiger Vielfalt entsprechend den neuen Erwerbsformen des 18. Jahrhunderts, dem Zeitalter wissenschaftlich-technischer Durchbrüche[7], zurechneten, entsprach nicht mehr dem bereits erreichten Reifegrad des Bewußtseins. Die Aufklärung hatte bereits die Profile erarbeitet, die es nun in Wirtschaft und Politik zu verwirklichen galt. Es war dies zutiefst das Ideal des vernünftigautonomen Menschen in einer passend einzurichtenden Umwelt. Die im Luthertum und calvinistischen Puritanismus primär noch religiös begründete Hinwendung zum Diesseits mit ihrer gesinnungsethischen Arbeitspflicht mündete auf ihrem durch die aufklärerische Kritik teilweise schon entkirchlichten Weg in das breite Bett eines allgemeinverständlichen, weil materiell bequem zu verifizierenden Ethos vom größten Glück für die größte Zahl von Menschen. Dabei vergaß man allzuleicht die Fragwürdigkeit des Prinzips Glück. Man hätte sich auf Heraklit besinnen sollen, von dem der drastische Spruch überliefert ist, daß man, falls Glück in körperlichen Genüssen bestünde, Ochsen glücklich nennen müßte, wenn sie Erbsen zum Fressen finden. Es ist in diesem Zusammenhang recht aufschlußreich, daß man sich heute nicht scheut, den Begriff „Glück“ tatsächlich dem Hornvieh zuzusprechen, wie aus dem Werbespruch der „Milch von glücklichen Kühen“ und ähnlichem hervorgeht.

„Happiness Maximation“, von Jeremias Bentham[8] popularisiert und von den schottischen Moralphilosophen der Sache nach bereits ausgearbeitet, galt nun als generelle Maxime der Lebensführung und lag den wirtschaftlichen Anstrengungen zugrunde. Ihr respektables Anliegen lag in der Hoff-

[6] Mitgeteilt von *H. Braun,* Leistung und Leistungsprinzip, a. a. O., 76 f.

[7] Dazu vgl. *H. Kellenbenz,* Deutsche Wirtschaftsgeschichte, Bd. 1, München 1977, bes. 300 ff.

[8] *J. Bentham,* An Introduction to the Principles of Morals and Legislation, London 1822, Anmerkung 1. Napoleon schrieb einen „Discours sur le bonheur“ und: verbrannte ihn.

nung auf eine harmonische Gesellschaft, die in aufgeklärter Toleranz ihrer Glieder sich auf den u. a. von Kant philosophisch in unvergänglicher Weise beschriebenen „ewigen Frieden" hinentwickelt. In ihm sollte der langangelegte, nie verschollene Gedanke eines allseitig gebildeten humanistischen Menschen in der schönen Ausgewogenheit einer konfliktlosen Verzahnung von subjektiven und objektiven Interessen zeitgemäße Gestalt annehmen, also „die Umsetzung der Idee individueller Autonomie in Prinzipien sozialer Organisation"[9]. Dieses Ziel aber konnte nur über den Abbau hindernder gesellschaftlicher, wirtschaftlicher und politischer Barrieren erreicht werden, die im vergreisenden Ancien régime mit seinem raffinierten, auf Erhaltung der Macht abstellenden Dotationen- und Privilegiensystem in üppiger Blüte standen. Konkreter gesprochen: Von nun an galt als Richtschnur die politische Losung der „Whigs": „No taxation without representation."

4.3 Die egozentrische Ethik in der liberalen Eigentumsbegründung

Der Angriff richtete sich vor allem gegen die Ungerechtigkeit bei der politischen Bewertung des Faktors Eigentum, der an allen Ecken und Enden die einengenden Merkmale überholter Gesellschaftsordnungen aufwies. Eigentum, Arbeit, Leistung und politische Repräsentanz verbinden sich im Liberalismus zu einer aufeinander angewiesenen Einheit: Arbeit erzeugt Eigentum, und Eigentum signalisiert erfolgreiche Arbeitsleistung, die als objektivierbares Marktgeschehen von der Öffentlichkeit soziale und politische Anerkennung beansprucht. Das Eigentum als anschaulicher Ausdruck der aktivistisch gedeuteten Freiheit des Bürgers wird somit zu einem der grundlegenden Rechtsgüter im liberalen Menschenbild. Die „Déclaration des droits des hommes et du citoyen" im Jahre 1789 garantierte das Recht auf privates Eigentum mit religiösem Pathos im Artikel 17: „La propriété étant un droit inviolable et sacré, nul ne peut en être privé"[10]. Wir haben hier, neben der Verwerfung der rechtlichen Abhängigkeit in allen Formen, der Sicherung der ungehinderten Äußerung oder individuellen Initiative in Unternehmungen jeglicher Art und dem Widerstandsrecht gegen Unterdrückung (Artikel 2: la résistance à l'oppression), das für die Zukunft dynamischste Herzstück liberaler Freiheiten vor uns, das am konkretesten Ernst machte mit der allgemeinen Forderung des Artikels 1: „Die Menschen werden frei geboren und bleiben frei und gleich hinsichtlich ihrer Rechte." David Ricardo schätzt im Eigentum den persönlichen Leistungserfolg und

[9] *H. Lübbe,* Theorie und Entscheidung, Freiburg 1971, 41.

[10] Dazu vgl. *V. Leontovitsch,* Das Wesen des Liberalismus, in: *L. Gall* (Hrsg.), Liberalismus, a. a. O., bes. 40.

spricht den so Begüterten die führende politische Rolle zu, den wirtschaftlichen und kulturellen Fortschritt zu fördern im Gegensatz zu den politisch unsicheren, weil sozial nicht gesicherten Elementen der Eigentumslosen. Stets achtete man sorgsam bei der näheren Bestimmung der Gleichheit auf die rechten Proportionen zum materiellen Leistungsbeitrag des einzelnen, wie ihn das Motto der von den Saint-Simonisten herausgegebenen Zeitschrift „Globe“ zu honorieren wußte: „A chacun selon sa capacité, à chaque capacité selon ses oeuvres.“ Wenn das liberale Bürgertum die Gleichheit des Menschen predigte, so resümiert H. Lübbe, wollte es „in letzter Hinsicht die Emanzipation der natürlichen Ungleichheit“.[11] Wir können hinzufügen: Als Begründung für die Rechtmäßigkeit sozialer Unterschiede und unterschiedlicher Teilhabe an der politischen Macht.

Im ersten Buch seiner „Inquiry into the Nature and Causes of the Wealth of Nations“ schreibt Adam Smith: „Das Eigentum, das jeder Mensch an seiner Arbeit besitzt, ist im höchsten Maße heilig und unverletzlich, weil es auf Arbeit beruht und weil es im Ursprung alles andere Eigentum begründet“[12]. Smith und nach ihm noch Bastiat, Chalmers und J. St. Mill unterstreichen eindeutig die Notwendigkeit moralischer Legitimierung des Eigentums durch den persönlichen Arbeitsbeitrag. Insofern stehen die Genannten noch inmitten der Tradition sittlicher Rückbindung des Eigentums an den tatkräftigen Bürger. „Das Erbe eines armen Mannes liegt in der Kraft und in dem Geschick seiner Hände, und ihn daran zu hindern, beides so einzusetzen, wie er es für richtig hält, ohne dabei seinen Nachbarn zu schädigen, ist eine offene Verletzung dieses heiligsten Eigentums, offenkundig ein Übergriff in die wohlbegründete Freiheit des Arbeiters und aller anderen, die bereit sein mögen, ihn zu beschäftigen“[13].

4.4 „Integraler“ und funktioneller“ Liberalismus. Vom Zerfall des Ethischen im Liberalismus

Smith kann also keineswegs unter die manchesterliberalen Ausbeutertypen im Kapitalismus gerechnet werden, sondern verkörperte als einer der wenigen noch das Ideal eines auf Ausgleich und moralische Vervollkommnung bedachten „integralen Liberalismus“[14], der seine „fortschrittliche“

[11] *H. Lübbe*, Theorie und Entscheidung, a. a. O., 41.

[12] *A. Smith*, Entstehung und Verteilung des Sozialproduktes, Buch 1, aus: Der Wohlstand der Nationen. Neu aus dem Englischen übertragen von H. C. Recktenwald, München 1974, 106.

[13] Ebd.

[14] *V. Leontovitsch*, Das Wesen des Liberalismus, a. . O., 51, nennt ihn „konservativen Liberalismus“.

Aufgabe in der Konservierung freiheitssichernder rechtsstaatlicher Strukturen sah und in dessen Menschenbild noch nicht die absolute Philosophie des Profits den Vorrang einnahm. Noch zeigten sich nicht die finsteren Aspekte des Kapitalismus. Noch war es nicht zur Unterwerfung unter die Letztinstanz der erfolgreichen Funktionalität von ökonomischen Systemen gekommen. Die bei Kant deontologisch akzentuierte Korrespondenz von theoretischer und praktischer Vernunft zerfiel auf breiter Front erst im Pragmatismus und Materialismus des 19. Jahrhunderts in die nur noch wissenschaftlich und instrumental relevante und deshalb zu beachtende Vernünftigkeit des homo faber, der dieser Haltung alles andere als „Köhlerglauben" (Vogt) opferte. Hier hat dann in der Tat die Wissenschaft „die Natur von allen immanenten Zwecken befreit und die Materie aller Qualitäten, mit Ausnahme quantifizierbarer, entkleidet ... und die Menschen miteinander nach quantifizierbaren Qualitäten — nämlich als Einheiten abstrakter Arbeitskraft, berechenbar in Zeiteinheiten, verbunden"[15].

Bei Adam Smith sind es noch die „sittlichen Gefühle" (moral sentiments)[16], welche die ethischen und sozialpsychologischen Bahnen für die Ökonomie bilden und deren Gesetze und Funktionsabläufe zügeln, die im nachhinein des klassischen Liberalismus sich immer mehr verselbständigten und sich die passende Moral zurechtzimmerten. Smith nennt als ethische Pfeiler für das Wirtschaften die Formen der harmonischen Beziehungen der Menschen untereinander, die er im Begriff der „Sympathy" zusammenfaßt. In ihrem sittlich vernünftigen Utilitätsgeflecht darf der Mensch seinen wohlverstandenen Eigennutz verfolgen und kann dann durch Erfahrung sicher sein, nicht nur den privaten, sondern auch den allgemeinen Zwecken (public welfare) einen respektierten Dienst zu erweisen[17]. Mehr noch: Es kommt dabei noch nicht einmal so sehr auf die sittliche Qualität der persönlichen Absicht an — Kants ausschließlich intentionale Ethik des allein guten Willens steht noch aus —; vielmehr verhilft die im von Smith deistisch interpretierten Schöpfungsplan angelegte regulierende unsichtbare Hand dem Partikulären zum allgemein Besten[18]. Damit war dem wirtschaftlichen Handeln ein solides anthropologisches Fundament mit auf den

[15] *H. Marcuse,* Der eindimensionale Mensch, a. a. O., 171.

[16] Dazu vgl. *H. Ch. Lüling,* Freiheit und wirtschaftlicher Liberalismus, a. a. O., 173 ff.: „Die theoretische Bewältigung des Egoismusproblems und ihre Bedeutung für die Freiheit".

[17] *A. Smith,* Theorie der ethischen Gefühle, bearbeitet nach der letzten Auflage von Hans Georg Schachtschabel, Frankfurt/M. 1949; 204: „Welches ist die passendste Belohnung, um Fleiß, Klugheit und Umsicht zu ermutigen? Es ist Erfolg in jeder Art von Geschäften ... Welches ist die passendste Belohnung, um die Übung der Wahrhaftigkeit, der Gerechtigkeit und der Menschlichkeit zu fördern? Es ist das Vertrauen, die Achtung und die Liebe derjenigen, mit denen wir leben. Menschlichkeit verlangt nicht, groß zu sein, sondern geliebt zu werden.

[18] Ebd., 296 ff.: „Vom allumfassenden Wohlwollen".

Weg gegeben, das sowohl eine objektive Gesetzmäßigkeit enthält, insofern Erfolgssicherheit und Planbarkeit der Aktivitäten vermittelt, als auch die im Puritanismus seit den Zeiten Calvins stets mehr oder minder quälenden Gewissenszweifel über die gottgefällige Erlaubtheit des eigenen Tuns durch dessen honorige Resonanz in der Öffentlichkeit besänftigt. Bereits sechzig Jahre vor A. Smith hatte B. de Mandeville in seiner skandalös-berühmten Bienenfabel dieses Verhältnis beider Faktoren in paradoxer, aber das Wesentliche treffenden Weise charakterisiert: „Private vices, public benefits."

Die Kontrollinstanzen in der Gesellschaft, in der Adam Smith lebte, disziplinierten zwar noch für lange Zeit den Willen zum reinen Erfolg. Die Weichen aber zur Funktionalisierung und Unterwerfung von Arbeit und Leistung unter die alles andere verdrängende Gloriole des zählbaren Erfolges waren gestellt. Die religiöse Verbrämung des nun profanisierten Erfolgsprinzips leisteten vornehmlich die Variationen des Deismus, d. h. einer „Ansicht über Gott, die ihn zwar als personal existierend glaubt und die Welt samt Naturgesetzen als von ihm geschaffen annimmt, die aber jedes weitere Mitwirken und Eingreifen Gottes in seine Schöpfung leugnet"[19]. Hier ist die Welt zwar von Gott ins Leben gerufen, bleibt sich dann aber selbst überlassen, ähnlich einem Uhrmacher, der seine konstruierte Uhr, nachdem er sie einmal in Gang gesetzt hat, nicht mehr weiter beeinflußt. Diese Auffassung, auf den Menschen und die Gesellschaft übertragen, komplimentierte in der Folge Gott völlig aus den Motivationen- und Normenkomplexen hinaus und diente nur noch dazu, den so befreiten Leistungswillen bei Bedarf religiös abzusegnen. Die Achse: privater Nutzen — allgemeines Wohl ist schon vom anthropologischen Befund her durch die Untugenden des Neides, des Egoismus und durch die reichhaltige Skala destruktiv-aggressiver Verhaltensformen des Menschen so gefährdet, daß die von Smith erhoffte Harmonie der Kräfte und der darin vorausgesetzte allgemeine Konsens über das, was nützlich ist, leicht zum Einsturz gebracht werden können. Es spiegelt damals wie heute sicherlich die durchschnittlichen Absichten im Arbeits- und Wirtschaftsalltag, wenn Smith schreibt: „Nicht vom Wohlwollen des Metzgers, Bauern oder Bäckers erwarten wir das, was wir zum Essen brauchen, sondern davon, daß sie ihre eigenen Interessen wahrnehmen. Wir wenden uns nicht an ihre Menschen- sondern an ihre Eigenliebe, und wir erwähnen nicht die eigenen Bedürfnisse, sondern sprechen von ihrem Vorteil"[20]. Dieses klassische Fundament des Smithschen Liberalismus stand aber, einmal losgelöst von seiner Einbindung in die „moral sentiments", offen für die Umformungen und Reduktionen eines

[19] *K. Rahner, H. Vorgrimler,* Kleines theologisches Wörterbuch, Freiburg, Basel, Wien ³1963, 69.

[20] *A. Smith,* Entstehung und Verteilung des Sozialproduktes, a. a. O., 17.

rigorosen „Liberalismus", der das Wort Mirabeaus vom „Laissez faire, laissez aller — le monde va de lui-même" zum Freibrief nahm für die Mißachtung von Moral und Bedürfnissen im Konfliktfall mit den Optionen des Nutzens. Denn allzuleicht, so Bert Brecht, „blamieren sich die Ideen vor den Interessen". Die ethische Verankerung utilitaristischer Rationalität konnte auf die Dauer den Zug der Zeit nicht in aller Unschuld überstehen, zumal die eigene Logik, gipfelnd im Benthamschen Glückspostulat, die Stärken, aber auch die Schwächen des Utilitarismus in vierfacher Weise teilte:

1. Die Richtigkeit von Handlungen, auch die von moralischen, bestimmt sich von den Folgen her (Konsekutivprinzip). Es gilt die Maxime, die O. Höffe so formuliert: „Handle so, daß die Folgen deiner Handlung bzw. Handlungsregel für das Wohlergehen aller Betroffenen optimal sind"[21].
2. Maßstab für die Beurteilung der Folgen ist ihr Nutzen (Utilitätsprinzip), genauer: die gesellschaftlich größte Nutzensumme[22].
3. Besonders Bentham und J. St. Mill definieren den Nutzen als maximale Bedürfnis- und Interessenbefriedigung bzw. als minimale Frustration. Kriterien wiederum für die Feststellung des Befriedigungsgrades sind meßbarer Umfang und Intensität der Lust (hedonistisches Prinzip).
4. Dieses Prinzip bezieht sich auf alle Menschen (universalistisches Prinzip) und darf nicht durch Privilegierung eingeschränkt werden (demokratisches Prinzip).

4.5 Die Entstehung des funktionellen Leistungsbegriffs

Anteil an der sich ausbreitenden ethisch verkürzten Form des Liberalismus hatten vor allem zwei Faktoren: Der eine ist in der Grundidee des Liberalismus angesiedelt, nämlich in der inhaltlichen Zieloffenheit seines Selbstverständnisses. „Die Grundmethode des Liberalismus", führt Victor Leontovitsch aus, „ist nicht das Schaffen, sondern das Abschaffen, d. h. die Beseitigung von allem, was die individuelle Freiheit in ihrem Bestehen bedroht und in ihrer Entfaltung hindert"[23]. Hinter dieser Aufbruchsphilosophie stand aber kein Programm, das die freigesetzte Aktivität des vernunftgeleiteten Eigeninteresses mit den Belangen des sozialen Ausgleichs und einem Menschen- und Gesellschaftsbild verknüpfen konnte, das mehr und anderes als nur den Erfolg und die rationale Beherrschung der wirtschaft-

[21] O. *Höffe* (Hrsg.), Einführung in die utilitaristische Ethik, München 1975, 10.

[22] Zum Problem vgl.: *J. Rawls,* Eine Theorie der Gerechtigkeit, Frankfurt/M. 1975, bes. 40 ff.: „Der klassische Utilitarismus".

[23] *V. Leontovitsch,* Das Wesen des Liberalismus, a. a. O., 37.

lichen und politischen Kräfte anstrebte. Die Befreiung der Vernunft von ideeller und institutioneller Enge eröffnete in der Geschichte ohne Zweifel bisher unbekannte Möglichkeiten und Wege. Die schon frühzeitig sich zeigende Verabsolutierung rationalskeptischer Kompetenz führte jedoch immer stärker zur Aufwertung der Vernünftigkeit zum Alpha und Omega von Geschichte überhaupt, zur Ausschaltung und auch zur Diffamierung abweichenden, insofern „unvernünftigen" Verhaltens und von Sinnvorstellungen, die nicht im stolzen Begriff des Fortschritts ihre letzte und tiefste Erfüllung sahen[24]. Der zweite Grund lag in der Popularisierung eines rein diesseitigen mechanistischen Weltbildes, wie es vor allem von den materialistisch argumentierenden Kreisen der französischen Aufklärung, u. a. von Holbach, La Mettrie, Condillac, Cabanis, Condorcet und vielen Enzyklopädisten vertreten wurde im Gegensatz zur Hauptströmung in der englischen und der deutschen Aufklärung[25]. In La Mettries Modell des „L'homme machine" schlug sich der Versuch nieder, mit streng wissenschaftlichen Maßstäben eine Totalerklärung des Menschen zu liefern, die handhabbaren medizinischen und pädagogischen Instrumente zu entwickeln, um durch die so gewonnenen „objektiven" Erkenntnisse einen individuell wie sozial sich vernünftig verhaltenden Bürger zu konstruieren, der sich den allgemeinen Zwecken des machtvoll erglänzenden Nationalstaates aus freier Einsicht zur Verfügung stellt. Im Typus des „Citoyen" fand dieser evolutionäre Optimismus seinen bekanntesten Ausdruck, des Staatsbürgers also, der in politischer Weitsicht die Beengungen der „l' amour propre", der bourgeoisen Selbstsucht, in der begrenzenden, aber freiwillig geschaffenen Autorität des Gesellschaftsvertrages (Contrat Social) als der Einheit von individuellem und allgemeinem Wohl[26] überwindet. Er konnte sich verbinden mit dem in den aufblühenden Wissenschaften so erfolgreich angewandten Prinzip der Berechenbarkeit, mit dem Aufkommen empirischer Untersuchungsmethoden

---

[24] *H. Ch. Lüling*, Freiheit und wirtschaftlicher Liberalismus, a. a. O., urteilt abschließend über den Liberalismus: „Das Menschenbild, von dem aus der Liberalismus sein System entworfen hat, ist ein Ideal. Die Praxis des Liberalismus zeigt, daß es nicht möglich ist, durch Liberalismus diesem Ideal näherzukommen. Im Gegenteil: Je mehr Liberalismus, je größer das Angebot äußerer Freiheiten für den Menschen, um so größer die Überforderung der Individuen, dieses Potential an äußeren Hilfen für die Lebensgestaltung — in eine echte zufriedenstellende Selbstverwirklichung umzusetzen. Der Mensch gerät dabei in die Fortschrittsabhängigkeit und verliert dadurch zusehends die innere Autonomie" (216 f.).

[25] Zur Differenzierung des Liberalismus durch unterschiedliche philosophische Akzentuierungen, vgl. *F. A. von Hayek*, Individualismus und wirtschaftliche Ordnung, Zürich 1952, 12 ff.; *W. Röpke*, Civitas Humana, Grundfragen der Gesellschafts- und Wirtschaftsform, Zürich 1944, 112 ff.; *K. Muhs*, Geschichte des abendländischen Geistes, Bd. 1, a. a. O., 267 ff.: „Die Entfesselung der Vernunft".

[26] *J. J. Rousseau*, Der Gesellschaftsvertrag. Oder die Grundsätze des Staatsrechts, hrsg. und eingeleitet von *H. Weinstock*, Stuttgart 1966, 1, 6 (44): „Jeder von uns stellt gemeinschaftlich seine Person und seine ganze Kraft unter die oberste Leitung des allgemeinen Willens (volonté générale), und wir nehmen jedes Mitglied als untrennbaren Teil des Ganzen auf".

und mit der schon von Hobbes[27] als zentral für die Wissenschaft erachteten Rekonstruierbarkeit von Kausalketten im Experiment. Der Zufall, das nicht Berechenbare und damit auch nicht Machbare wurden in der Konsequenz als unwissenschaftlich ebenso abgetan wie Religion und Metaphysik.

Das Leitbild rationaler Analyse erfaßte auch die Wirtschaft. Ihre Grundgesetze werden erforscht und auf den exakten Gang der Wissenschaft gebracht. Quesnays „Tableau économique" zählt zu den frühen Versuchen, eine umfassende Erklärung der wechselseitigen Beeinflussung von wirtschaftlicher Produktion und Konsumption (Kreislaufmodell) zu leisten, deren ökonometrische Konstruktion schon bald als „Logarithmentafel der Nationalökonomie"[28] bezeichnet wurde.

Wir können hier nicht auf die Details und den rektifizierbaren Wert solcher Theorien eingehen, sondern richten den Blick auf die Verschiebungen im Arbeitsethos und bei den Motivationen und Sinnvorgaben innerhalb der Wirtschaft. Und da schlägt sich deutlich der egalisierende Kern der skizzierten materialistisch-sensualistischen Aufklärungsphilosophie in Frankreich in einer entsprechend auf totale Rationalität und Funktionalität abstellenden Sicht der sozialen Normen in Wirtschaft und Technik nieder. Die Funktionalisierung der menschlichen Leistung wird jetzt das Signum des Zeitalters: als Primat des Möglichen und Machbaren vor der Wirklichkeit, Bestimmung der Wirklichkeit als Grenzfall des Möglichen und als Durchgangsstadium für die Realisierung des Möglichen. Die Dehnung des Zeitbegriffes in eine potentiale Unendlichkeit spiegelte die Begeisterung an der Entdeckbarkeit und Quantifizierbarkeit der natürlichen Prozesse und ihrer Unterwerfung unter die lenkende Voraussicht der wissenschaftlichen Vernunft. Dazu gehört die grundsätzliche Austauschbarkeit von allem gegen alles, die Definition der Dinge durch ihren Funktionszusammenhang in einem homogenen System, die Operationalisierung des Wissens und der Werte auf kognitiv restlos aufklärbare Evolutionsstränge zu höheren und stets besseren Zwecken hin: Savoir pour prévoir et prévoir pour pourvoir (Comte). Diese Umorientierung der ideellen Grundlagen brachte einen langandauernden „Nominalismus" zur Reife, in dem das Denken „statt substantialistisch orientiert zu bleiben, aktualistisch wird; daß es das Wirkliche nicht einfach als vorgegeben hinnimmt, sondern ‚ex eventu' und ‚in actu' entstehen läßt; daß nicht das Gewirkte, sondern das Wirken die eigentliche ‚Wirklichkeit' darstellt, daß Funktionsbegriffe die Substanzbegriffe ersetzen; daß endlich Vernunft nicht als ‚Factum', sondern als ‚Faciendum' in den Mittelpunkt

---

[27] *Th. Hobbes,* Leviathan, a. a. O., 89: „Durch wissenschaftliche Kenntnis wird man in den Stand gesetzt, das, was man einmal getan, nach Gefallen zu jeder anderen Zeit zu wiederholen".

[28] *H. G. Schachtschabel,* Geschichte der volkswirtschaftlichen Lehrmeinungen, a. a. O., 40.

der Philosophie tritt"[29]. Die vormals überschaubare, beständige Ordnung des Seins, Gottes Schöpfung, ist nun endgültig umgewandelt zur Welt der Sachen und ihrer Eigengesetzlichkeiten. Mehr noch: Diese Welt fordert die Tatkraft des Menschen heraus, wird somit zur Welt der Tat-Sachen.

Für die Praxis bedeutete das: Die wissenschaftlich feststellbare Richtigkeit einer Theorie durch die Kriterien der Widerspruchsfreiheit, der experimentellen Verifikation und der lückenlosen Systematisierung der spezifischen Ursachen wird nun auf das Gebiet der Wirtschaft übertragen. Dort wird sie ausgedrückt im meßbaren Erfolg ökonomischer Anstrengung, der sich niederschlägt in den Produktionsziffern, im erzielten Warenpreis und in der effizientesten Ausnutzung der Leistungsfaktoren, gleich ob Maschine oder Mensch. Nicht von ungefähr datiert die genaue Formulierung des Leistungsprinzips und seine Übernahme in die wirtschaftliche Kalkulation aus dieser Zeit des wissenschaftlichen Optimismus und allgemeiner Vernunftgläubigkeit im 18. und beginnenden 19. Jahrhundert. Der französische Physiker und Entdecker der Polabflachung, P. L. Maupertuis (1698—1759), hatte bereits das Verhältnis von Leistungseingabe (input) und Leistungsergebnis (output) auf die physikalische Formel gebracht: „le principe de la moindre action"[30]. Daraus ließ sich generell folgern: Das Leistungsergebnis, gleich wo erzielt, verlangt die intensivste Ausnutzung seiner unbedingt notwendigen Voraussetzungen — und nur dieser —, in einem möglichst kurzen Zeitraum. Das wiederum erfordert genaueste Rechenschaft darüber, welche Eingabefaktoren notwendig sind, die Ausschaltung aller unwesentlichen Inputs, die Vermeidung zeitlicher Umwege, kurz: die strikte Hinordnung des Prozesses auf das Ziel mit dem geringsten Aufwand (moindre action). Überträgt man dieses physikalisch beschriebene Gesetz auf die Ebene der ökonomischen Bewegungen, dann wird deutlich, wie sich die Leistungsbewertung immer mehr von der subjektiven zur objektiv meßbaren, weil durch den Erfolg ausgewiesenen Seite der menschlichen Arbeit verlagerte. Arbeit und Leistung werden in solcher Perspektive sichtbar und darstellbar durch die Filter quantitativer Meßbarkeit der Produktivität und durch die berechenbaren Beziehungen zwischen Nutzen und Kosten der eingesetzten Mittel. Leistung läßt sich somit als der meßbare notwendige Arbeitsbeitrag zur Produktion definieren.

Der Zeitgeist hatte sich endgültig auch im wirtschaftlichen Leben auf den Begriff gebracht. Verständlich ist diese „neue" Haltung auf dem Hintergrund der aufgezeigten philosophischen Strömungen und dem Eindringen

[29] *G. Funke*, Aufklärung — eine Frage der moralischen Haltung? in: *H. J. Schoeps* (Hrsg.), Zeitgeist der Aufklärung, Paderborn 1972, 9.

[30] *P. L. Moreau de Maupertuis*, Recherche des lois du mouvement, in: Oeuvres, Bd. IV., Hildesheim 1965 (Nachdruck der Ausgabe Lyon 1768), 42: „Le principe général, qui s'étend aux uns et aux autres, est que la quantité d'action, nécessaire pour causer quelque changement dans la nature, est la plus petite qu'il est possible".

von Maßstäben ausschließlich rechenhafter Operationalität in den Wirtschaftsliberalismus, zumal dieser schon die historisch gewachsene Bereitschaft zur Übernahme solcher Kategorien in sich trug. In der Verschmelzung von technischer Industrialisierung und „wissenschaftlicher" Objektivierbarkeit von zweckrationaler Leistung und durch ihre Verinnerlichung zum wert- und sinndefinierenden *Leistungsprinzip* vollzog sich die eigentliche Geburtsstunde der *Leistungsgesellschaft*. Erst als die Arbeit durch Leistungsnormen, gemessen am beabsichtigten Wirtschaftserfolg, exakt bestimmt und gesellschaftlich zentral plaziert werden konnte, vermochte man auch ihre genaue Vollzugsordnung zu reglementieren. Hieraus aber entwickelte sich zunehmend „als das wesentliche soziologische Problem der industriellen Gesellschaft der Sinnverlust der Arbeit"[31], der von nun an Kritik und alternatives Denken hervorrufen wird[32].

---

[31] *D. Bell*, Arbeit, in: *W. Bernsdorf* (Hrsg.), Wörterbuch der Soziologie, Stuttgart 1969, 40.

[32] Eine vorzügliche Darstellung der unterschiedlichen Strömungen der Kritik am Wirtschaftsliberalismus bietet *Hans Freyer*, Die Bewertung der Wirtschaft im philosophischen Denken des 19. Jahrhunderts, Hildesheim 1966.

5. Die Kritik am Wirtschaftsliberalismus

5.1 Die politische Romantik und W. E. von Ketteler

Nachdenklichen Beobachtern entgingen nicht die dehumanisierenden Elemente im liberalkapitalistischen Aufbruch der ersten Hälfte des 19. Jahrhunderts. Die „politische Romantik“, jene Gegenbewegung zum Liberalismus vor allem in Deutschland, kritisierte schon frühzeitig die „merkantilistische Sozietät“[1] des Altliberalen Adam Smith und konfrontierte sie mit einem „organischen“ Gesellschaftsmodell, das eingebettet ist in die „Moralität und Verpflichtung“[2] ihrer Glieder auf der wirtschaftlichen Basis von Grund und Boden. Franz von Baader polemisierte gegen die „egoistisch-internationalen Bestrebungen des Handels“ sowie gegen eine „unbedingt freie Konkurrenz“, den „Krieg aller gegen alle“[3]. Nicht Arbeitsteilung, sondern Verteilung der Arbeit, nicht Konkurrenz, sondern Wettstreit seien gefordert. Für Franz von Baader bedingten sich der „Purismus der Vernunft“ und der „Purismus der Gesellschaft“. Durch ihn werden „alle persönlichen Dienste und aller persönliche Verkehr zwischen Angehörigen und Grundherren, Dienstleuten und Dienstherren, Regierten und Regierenden durch das allgemeine, unpersönliche und alles Persönliche tilgende Geld beseitigt“. Am Ende kommt es soweit, daß „der Mensch dem Menschen nichts mehr ist, weil er als solcher ihm nichts mehr gibt. So wie etwa der Esel, welcher Silber in die Münze trägt, lediglich nach der Valuta geschätzt wird, deren zeitlicher Porteur er ist“[4].

Im Blick auf die Spaltung des Liberalismus in einen von uns als „integralen Liberalismus“ bezeichneten, mit ethischen Werten besetzten Zweig und in eine rationalistisch-materialistische Variante, die später einen fruchtbaren Boden für den wissenschaftlichen Sozialismus bot, läßt sich Bischof Kettelers Ausspruch von der „rationalistisch-liberalen Rechenmachine“[5] nachvollziehen. Kettelers Kritik am Liberalismus zielte bewußt auf dessen ideologische Abart und wußte wohl den politischen Beitrag eines ethisch fundierten Liberalismus für die Ablösung erstarrter „absolutistischer“ Strukturen zu würdigen. In einer Reichstagsrede im Jahre 1871 unterschied Ketteler zwei Wirklichkeiten liberaler Theorie: eine negative und eine positive. In

---

[1] *A. Müller,* Die Elemente der Staatskunst, Berlin 1968, 27.

[2] *F. von Baader,* Gedanken über Staat und Gesellschaft, Revolution und Reform, Darmstadt 1968, 11.

[3] Ebd., 39 f.

[4] Ebd., 42.

[5] *W. E. von Ketteler,* Die Arbeiterfrage und das Christentum, in: Texte zur katholischen Soziallehre, II, 1. Halbbd. hrsg. vom Bundesverband der katholischen Arbeitnehmerbewegung (KAB) Deutschlands, Kevelaer 1976, 136.

seinen Gedanken über die Frage: „Wie ist Bismarck ein Feind der Kirche geworden"?[6], trennte er einen „alten" Liberalismus, dem weithin der aggressive Atheismus fehlt, von einem „neuen" Liberalismus, der durch Intoleranz auf religiösem Gebiet und weltanschaulichen Totalitarismus in Form der Wissenschaftsgläubigkeit hervorsticht. Diesem und nicht jenem warf Ketteler Entmenschlichung des einzelnen wie der Gesellschaft vor wegen des Verlustes einer ethisch-religiösen Sinngebung und wegen der „Pulverisierung" aller Lebensbereiche in der ökonomischen Gesellschaft durch das Schrumpfen der menschlichen Existenz auf das produktiv Machbare und zur marktmäßig verwertbaren „Ware". Diese in den Konsequenzen einer materialistischen Aufklärungsphilosophie angelegte und historisch realisierte Deformierung des ursprünglichen Liberalismus zur handfesten Philosophie des wirtschaftlichen Erfolges, zum „Geldliberalismus"[7], einem „modernen Heidentum"[8], muß im Auge behalten werden, will man die moralischen Intentionen der frühen Kritik verstehen und den zentralen Stellenwert des Menschenbildes in der fortan breiten Auseinandersetzung mit dem Liberalismus nicht übersehen.

5.2 Der Quantifizierungsvorwurf von Karl Marx

Noch in den „rohen" Jahren der beginnenden Industrialisierung hat Karl Marx die Umwälzung der Arbeits- und Leistungsbedingungen durch den heraufziehenden Kapitalismus historisch zu deuten versucht. „Es war ein ungeheurer Fortschritt von Adam Smith", lobt Marx den Schotten, „jede Bestimmtheit der Reichtum zeugenden Tätigkeit fortzuwerfen — Arbeit schlechthin, weder Manufaktur, noch kommerzielle, noch Agrikulturarbeit"[9]. Diese Gleichgültigkeit der Arbeit einer bestimmten Form von Arbeit gegenüber resultiert aus der nur geschichtlich zu verstehenden totalen Identifizierung menschlicher Tätigkeit mit effizienter Produktivität, gleich in welcher Verpackung, wenn nur das Hauptziel der bürgerlichen Gesellschaft gewährleistet ist: „die entwickelte und mannigfaltigste historische

---

[6] *W. E. von Ketteler,* Wie ist Bismarck ein Feind der Kirche geworden?, in: *A. M. Birke,* Bischof Ketteler und der deutsche Liberalismus, Mainz 1971, 110 ff. Zum Problem vgl. u. a.: *K. H. Grenner,* Wirtschaftsliberalismus und katholisches Denken, Köln 1967, bes. 206 ff.; und *K. A. Wohlfarth,* Wilhelm Emanuel Ketteler, in: Die neue Ordnung 5/1977, 321 ff.

[7] *W. E. von Ketteler,* Christentum und Sozialdemokratie, in: Texte zur katholischen Soziallehre II, 1. Halbbd., a. a. O., 278. Ketteler, alles andere als ein Antisemit, spricht im gleichen Zusammenhang auch vom „Nationalliberalismus" oder „jüdischen Liberalismus" (ebd.).

[8] *W. E. von Ketteler,* Die Arbeiterfrage und das Christentum, a. a. O., 122.

[9] *K. Marx,* Einleitung zur Kritik der Politischen Ökonomie, in: MEW, Bd. 13, 635.

Organisation der Produktion“[10]. Die auf Leistung abstellende und auf Leistung, sprich höchste Produktivität aufbauende Gesellschaftsordnung des Bürgertums erzwingt und legitimiert so für Marx „die Gleichgültigkeit gegen die bestimmte Arbeit“ und führt zu einer „Gesellschaftsform, worin die Individuen mit Leichtigkeit aus einer Arbeit in die andere übergehen und die bestimmte Art der Arbeit ihnen zufällig, daher gleichgültig ist. Die Arbeit ist hier nicht nur in der Kategorie, sondern in der Wirklichkeit als Mittel zum Schaffen des Reichtums überhaupt geworden und hat aufgehört, als Bestimmung mit den Individuen in einer Besonderheit verwachsen zu sein“[11]. Die Abstraktion der Kategorie Arbeit ist für Marx kein nachträgliches an die Wirklichkeit herangetragenes begriffliches, sondern reales Element derselben als „Arbeit überhaupt, Arbeit sans phrase, der Ausgangspunkt der modernen Ökonomie“[12]. Die obersten Ziele des bürgerlichen Kapitalismus vereinfachen sich zunehmend zum allgemeinen Streben nach Produktivität und Gewinn. Kapitalvermehrung und Arbeit stecken die Grenzen ab, innerhalb deren sich die „Pluralität“ des Lebens entfalten darf. Die Qualitäten bisheriger Gesellschaften reduzieren sich immer mehr auf die „einfache“ Durchsichtigkeit und nützliche Härte quantitativ-ökonomischer Eigenschaften, die das Leben der Menschen äußerlich und innerlich durchdringen und alles andere verdrängen. Von nun an heißt es: „Die Zeit ist alles, der Mensch ist nichts mehr, er ist höchstens noch die Verkörperung der Zeit. Es handelt sich nicht mehr um die Qualität. Die Quantität allein entscheidet alles: Stunde gegen Stunde, Tag gegen Tag; aber diese Gleichmachung ist keineswegs das Werk von Herrn Proudhons ewiger Gerechtigkeit. Sie ist einfach ein Ergebnis der modernen Industrie“[13]. Die Analyse der gesellschaftlichen Verhältnisse und der technischen Produktivkräfte bilden in dieser von Karl Marx in den Jahren 1846/47 geschriebenen Erwiderung auf Proudhons Streitschrift über „Die Philosophie des Elends“ eine Einheit, an der später die Neomarxisten ihre Gesellschafts- und Technologiekritik anknüpfen und sie vor allem sozialpsychologisch aus-

[10] Ebd., 636.
[11] Ebd., 635.
[12] Ebd.
[13] *Ders.*, Das Elend der Philosophie, a. a. O., 85. In: Zur Kritik der Politischen Ökonomie, in: MEW, Bd. 13, 17, schreibt Marx: „Wie das quantitative Dasein der Bewegung die Zeit ist, so ist das quantitative Dasein der Arbeit die Arbeitszeit“. Mit den Auswirkungen einer „beschleunigten Kultur“ beschäftigt sich W. Sombart in seinem Werk: Der moderne Kapitalismus, 3. Bd.: Das Wirtschaftsleben im Zeitalter des Hochkapitalismus, 1. Halbbd.: Die Grundlagen — Der Aufbau, München, Leipzig 1928, 24: „Man hält es für richtig, wertvoll und notwendig, und richtet danach sein Handeln ein, rasch zu gehen und zu reisen, am liebsten zu fliegen, rasch zu produzieren, zu transportieren, zu konsumieren, rasch zu sprechen ... Mit Vorliebe setzt man das Wort ‚schnell‘ vor alle möglichen Vorgänge und Vornahmen: Schnellzug, Schnelldampfer, Schnellpresse, Schnellbleiche, Schnellphotographie“.

weiten konnten. Trotz allem humanitären Pathos, den auch er entwickelte, wie wir an den „Ökonomisch-Philosophischen Manuskripten" sehen werden, sah Marx vorab die historische Notwendigkeit derart quantifizierender „Gleichmachung" von Arbeit für die Geburt der Bourgeoisie, deren „höchst revolutionäre Rolle in der Geschichte"[14] herauszustellen er nicht müde wurde.

5.3 Soziale Stabilität und wirtschaftlicher Expansionismus: Der „ordentliche" Bürger

Der Verallgemeinerung des Arbeitslebens entsprach deren für alle geltende rechtliche Normierung. Es kam zum Arbeitsvertrag, in dem der Arbeiter, um seine Existenz fristen zu können, gezwungen war, das Angebot an Arbeit in den anonymen Normen der Arbeitsvorschriften anzunehmen, eben in der Rolle des Arbeitnehmers. Personale Arbeitskraft gegen möglichst kalkulierbare Erstattung der Ware menschliche Leistung als Kostenfaktor lautete jetzt die Übersetzung des physikalisch präzisierten Rationalitätsprinzips in die soziale Wirklichkeit. Diese systematische Ausnutzung der menschlichen Arbeitskraft konnte und wollte aufgrund der objektiven „natürlichen" Gesetzmäßigkeiten in der Wirtschaft die Fußkranken der industriellen Gesellschaft nicht berücksichtigen. Wenn „Hunderttausende von Arbeitern arbeitslos und dem Verhungern nahe waren, so war das ihr Pech — die Folge ihrer mangelhaften Tüchtigkeit oder einfach ein Sozial- und Naturgesetz, das nun einmal nicht zu ändern war. Die Ausbeutung war nicht mehr persönlich, sie war gleichsam anonym geworden. Das Gesetz des Marktes und nicht die Absicht oder die Habgier irgendeines bestimmten Menschen verurteilte einen Arbeitnehmer dazu, für einen Hungerlohn zu arbeiten. Niemand war verantwortlich oder schuldig, und ebensowenig konnte jemand diesen Zustand ändern. Es handelte sich um ein eisernes soziales Gesetz, oder jedenfalls schien es so"[15].

Es lag daher nahe, von einer zwar „grausamen", aber „ehernen"[16] Notwendigkeit zu sprechen, die aufgrund der Verbindung des ökonomischen Rationalitäts- und Gewinnprinzips mit den Malthusschen Bevölkerungsgesetzen den Arbeiter „mechanisch" dazu verdammte, nur das an Lohn zu verdienen, was seine Arbeitskraft erhielt und sie dem Arbeitgeber als Ko-

---

[14] *K. Marx,* Manifest der kommunistischen Partei, a. a. O., 464.

[15] *E. Fromm,* Der moderne Mensch und seine Zukunft. Eine sozialpsychologische Untersuchung, Frankfurt 1960, 86.

[16] *F. Lassalle,* Offenes Antwortschreiben an das Zentral-Komitee zur Berufung eines allgemeinen Deutschen Arbeiter-Kongresses zu Leipzig, in: *F. Lassalle,* gesammelte Reden und Schriften, Bd. 3, Die Agitation für den Allgemeinen Deutschen Arbeiterverein, Das Jahr 1863, Polemik, Berlin 1919, 61.

stenfaktor attraktiv machte. Dieses Ferdinand Lassalle zugeschriebene Lohngesetz wurde zwar schon von Marx seiner „ehernen“ Unbedingtheit entkleidet und durch die Entwicklung zu einem „sozial temperierten Kapitalismus“[17] neoliberaler Prägung überholt.

Es spiegelte aber treffend in jener Zeit der manchester-liberalen Sturm- und Drangperiode die hintergründige Meinung auch sozial gesinnter Unternehmer über die Vergeblichkeit einer strukturell angelegten Sozialpolitik, die nicht von der „natürlichen“ Gegebenheit des „Wir da oben — Ihr da unten“ ausging. Die persönlich oft ehrenwerten Versuche mancher Unternehmer, durch paternalistische Fürsorge und betriebsinternes Surplus an Bezahlung die Zustände zu bessern, sprengten nicht den als endgültig erachteten Gegensatz von Arbeit und Kapital; dieses als Synonym für Eigentum, Macht, gesellschaftlichen wie politischen Einfluß. Bescheidenes Sichabfinden eines jeden mit der ihm zugefallenen Lebensrolle garantierten dem wirtschaftlichen Expansionismus die nötige politische und soziale Ruhe. Im Jahre 1877 hielt Alfred Krupp eine Ansprache an seine Betriebsangehörigen, in der diese Stabilitätsphilosophie klar zum Ausdruck kam: „Genießet, was euch beschieden ist. Nach getaner Arbeit verbleibt im Kreise der Eurigen, bei den Eltern, bei der Frau und den Kindern und sinnt über Haushalt und Erziehung. Das sei eure Politik, dabei werdet ihr frohe Stunden erleben. Aber für die große Landespolitik erspart Euch die Aufregung. Höhere Politik treiben erfordert mehr freie Zeit und Einblick in die Verhältnisse, als dem Arbeiter verliehen ist. Ihr tut Eure Schuldigkeit, wenn ihr durch Vertrauenspersonen empfohlene Leute erwählt. Ihr erreicht aber sicher nichts als Schaden, wenn Ihr eingreifen wollt in das Ruder der gesetzlichen Ordnung. Das Politisieren in der Kneipe ist nebenbei sehr teuer, dafür kann man im Hause Besseres haben . . .,“[18]. Man sparte auch nicht mit frommen Ermahnungen und „unerschütterlichen“ Treuepostulaten für den Monarchen, wie sie der Industrielle Stumm-Halberg seinen Arbeitern empfahl: „Bleibt fest für alle Zeiten in der alten unerschütterlichen Treue zu unserem erhabenen Monarchen, bleibt fest in der christlichen Nächstenliebe und der echten Gottesfurcht . . ., dann wird es euch nach menschlichem Ermessen auch fernerhin wohlergehen“[19].

Das alles, hehres Pathos, väterliche Zuwendung und auch fromme Lüge änderte nichts an der objektiven Diskrepanz von rationeller Ausnutzung des Faktors Arbeit und seiner fehlenden Repräsentanz im politischen und

---

[17] O. *von Nell-Breuning*, Soziallehre der Kirche. Erläuterung der lehramtlichen Dokumente, Wien 1977, 123.

[18] *E. Schraepler*, Quellen zur Geschichte der sozialen Frage in Deutschland, Bd. 2: 1871 bis zur Gegenwart, Göttingen 1957, 90.

[19] Ebd., 93. Vgl.: *H. O. Hemmer, W. Hindrichs*, „Nicht Stillstand, sondern Fortschritt in der Sozialpolitik soll unser Kampfruf sein“. Grunddaten zur Geschichte sozialer Reformen in Deutschland, in: Gewerkschaftliche Monatshefte 7/1981, 396—417.

kulturellen Leben. Die neue ökonomische Effizienz, ob Arbeiter oder Unternehmer, bequemte sich gesellschaftlich vorerst in die wesentlich hierarchischen Bahnen traditioneller Autorität, insbesondere in Deutschland[20] und übernahm noch überwiegend die Leitbilder eines konservativ-aristokratischen Tugendkatalogs und seine gemäßen politischen Institutionen. Die „Nobilitierung des Kapitals" (Max Weber) vollzog sich bis weit in das 19. Jahrhundert hinein als eifrig erstrebte Aufnahme in die bel étage des von der Obrigkeit gezielt gewährten „Geheimratsadels". In der Figur des „königlich-preußischen Reserveoffiziers, des in den Adelsstand erhobenen Rittergutsbesitzers bürgerlicher Herkunft, des vom Kaiser zum Kommerzien-, Justiz- oder Geheimrat ernannten Bankiers, Industriellen, Rechtsanwalts oder Wissenschaftlers, des Korpsstudenten und des in Heidelberg promovierten deutschen Dr. phil. suchte das deutsche Bürgertum seine monarchisch-autoritären Ordnungsvorstellungen auch im persönlichen Lebensbereich zu verwirklichen"[21].

5.4 Der „kapitalistische Sozialcharakter". W. Sombarts und J. A. Schumpeters Kritik am liberalen Kapitalismus

Das 19. Jahrhundert ist nicht nur durch die soziale Diskrepanz zwischen Arbeit und Kapital (social lag) gekennzeichnet, sondern auch durch die Verzerrungen, die sich aus dem Anspruch der technisch-industriellen Möglichkeiten gegenüber einer noch traditionell begrenzten Leistungsmoral und ihren retardierenden Ausdrucksformen ergaben (cultural lag). Wir berühren hier ein Problem, das Erich Fromm in seinen Analysen unter dem Leitbegriff des „Sozialcharakters" behandelt und das W. Sombart Jahrzehnte zuvor unter dem Kapitel: „die bürgerlichen Tugenden" einer eingehenden Betrachtung unterzog. Er unterscheidet dort den Bourgeois des „alten Stils" vom „modernen Wirtschaftsmenschen", dessen reinste Verkörperung der „Unternehmer" sei. In ihm konzentrieren sich und kulminieren jene Eigenschaften, die seit dem ausgehenden Mittelalter, dynamisiert durch die calvinistisch-puritanische Geschäftsmoral, im klassischen Liberalismus ihren

---

[20] Zum Problem vgl. *R. Dahrendorf,* Gesellschaft und Demokratie in Deutschland, München 1967; bes. 43 ff.: Das kaiserliche Deutschland und die industrielle Revolution. *L. Gall,* Liberalismus und „bürgerliche Gesellschaft". Zu Charakter und Entwicklung der liberalen Bewegung in Deutschland, in: *L. Gall* (Hrsg.), Liberalismus, a. a. O., 162—187; *R. Koselleck.* Staat und Gesellschaft in Preußen, 1815—1848, in: *H. U. Wehler* (Hrsg.), Moderne deutsche Sozialgeschichte, in: Neue Wissenschaftliche Bibliothek, Geschichte, Bd. 10, Köln, Berlin 1966, 55—85.

[21] *H. Grebing,* Geschichte der deutschen Arbeiterbewegung. Ein Überblick, München 1966, 70; *Ch. Graf von Krockow,* Warnung vor Preußen, Berlin 1981, bes. S. 78: „Die Verjunkerung der Bourgeoisie".

ersten vorläufigen Ausdruck gefunden hatten; dort aber noch eingebunden in dessen ethisch-deistische Grundhaltung. Dieser verbrämte utilitaristische Rationalismus benötigte für seine Zwecke noch den Komfort einer harmonisierenden Weltanschauung. Ein Großteil dessen, was dem Besitzbürgertum den Vorwurf der Bigotterie eingebracht hat, läßt sich darauf zurückführen. Noch hatte der Bürger sich „in die Zwangsjacke der bürgerlichen Wohlanständigkeit gewöhnen; hat rechnen lernen müssen. Seine Klauen sind gestutzt; seine Raubtierzähne abgefeilt; seine Hörner mit Lederpolster versehen“[22]. Für den Paläoliberalen galt im großen und ganzen noch das Gebot der Grenze und der Hinordnung allen Strebens und Reichtums auf das allgemeinverständliche Ideal einer „gesunden Menschlichkeit“[23]. Bald ist es „die uralte Idee der Nahrung, bald ist es der Traditionalismus, bald sind es ethische Bedenken: immer aber ist es irgend etwas, was die freie Entfaltung des Erwerbstriebes, des Unternehmungsgeistes und des ökonomischen Rationalismus hemmt“[24]. Erst dem 19. Jahrhundert, so W. Sombart, blieb es vorbehalten, den Prozeß der Entgrenzung und darin den Durchbruch zur blanken Moral der Ellbogenfreiheit einzuleiten, die Sombart in zehn dominante „Tugenden“ oder auch „Laster“ einteilt[25]. Wir werden zu zeigen versuchen, wie diese Eigenschaften des reinen Ökonomismus wie ein roter Faden alle systematisch-kritischen Analysen des Wirtschaftsliberalismus durchziehen, wenn auch verpackt in die unterschiedlichen Prämissen und Absichten solcher Kritik.

Die allgemeinste Tugend im Gegensatz zum wirtschaftlichen Traditionalismus ortet Sombart in der „absoluten Rationalität“, d. h. Planmäßigkeit, Zweckgebundenheit und Rechnungsmäßigkeit der Wirtschaftsführung auf *allen* Gebieten[26]. Ähnlich zentral bewertet J. A. Schumpeter die Rolle der ökonomischen Rationalität im Kapitalismus am Beispiel des Geldes: „Erstens erhebt er (der Kapitalismus, K. A. W.) die Geldeinheit, die selbst keine Schöpfung des Kapitalismus ist, zu einer Recheneinheit. Das bedeutet: die kapitalistische Praxis wandelt die Geldeinheit in ein Werkzeug rationaler Kosten-Gewinn-Kalkulationen, deren überragendes Denkmal die doppelte Buchführung ist. Ohne darauf näher einzugehen, wollen wir doch beachten, daß die Kosten-Gewinn-Rechnung, ursprünglich ein Produkt der Entwicklung der wirtschaftlichen Rationalität, ihrerseits auf diese Rationalität zurückwirkt; durch Kristallisierung und zahlenmäßige Definierung fördert sie machtvoll die Logik der Unternehmung. Derart für den wirt-

---

22 *W. Sombart,* Der Bourgeois. Zur Geistesgeschichte des modernen Wirtschaftsmenschen, a. a. O., 196.

23 Ebd.

24 Ebd., 211.

25 Ebd., 212 ff.

26 Ebd., 230.

schaftlichen Sektor definiert und quantifiziert, beginnt nun diese Art von Logik oder Haltung oder Methode ihre Eroberungslaufbahn; sie unterwirft — rationalisiert — die Werkzeuge und Philosophien des Menschen, seine Tätigkeit als Arzt, sein Bild des Kosmos, seine Lebensauffassung, de facto alles, einschließlich seiner Vorstellungen von Schönheit und Gerechtigkeit und seiner geistigen Ziele"[27]. Die rigorose Anwendung dieses von uns bereits in seinem philosophischen Kern aufgedeckten, rationalen Leistungsprinzips führte nach Sombart zur „hemmungslosen" Flexibilität und Chancenausnutzung, wenn es die Geschäftslage nur zuließ. Den Willen zum objektivierbaren Erfolg bezeichnet Sombart als die zweite Konsequenz einer solchen Grundhaltung, die indifferent ist „sowohl gegen die Produktion von Schundwaren als gegen die Fabrikation von Surrogaten"[28]. Wer mit kritischen Augen heutzutage, nicht nur damals, die Flut der angebotenen Waren einmal auf ihren sinnvollen Nutzen für den Menschen sichtet, wird gewiß das weit verbreitete Gefühl des Unbehagens teilen können. Die Aufdringlichkeit des „An den Mann Bringens" mittels der Werbung prangert Sombart mit harten Worten als die dritte, hier eindeutige Untugend des modernen Wirtschaftsgeistes an. Für ihn ist es klar, „daß die moderne Reklame in ihren letzten Konsequenzen ästhetisch abstoßend, sittlich schamlos ist"[29]. Auch dem wird man vor allem der „letzten Konsequenzen" wegen aus ethischen und kulturellen Überlegungen zustimmen können. Man darf zudem die „Fortschritte" in der psychologisch raffinierten Verkaufswerbung nicht unterschätzen, mit ihren hintergründigen Anreizen zur Bedürfnisweckung und ihren Möglichkeiten ein oberflächliches, aber massensuggestives Menschenbild zu lancieren, das „mit der Zeit geht, en vogue ist". Das Wort Vance Packards von den „geheimen Verführern" hat nichts von seiner Aktualität verloren, und die Grenze zwischen Bedürfnis und Begehrlichkeit ist schnell verwischt.

In der Mitte des Tugend-Lasterkatalogs bei Werner Sombart stehen die aggressiven Eigenschaften der "Ellbogenfreiheit" und des „völlig rücksichtslosen Erwerbs"[30]. Ihren ideologischen Hintergrund erblickt Sombart in der formalisierten, inhaltlosen „Freiheit, tun und lassen zu können, was man im Geschäftsinteresse für notwendig erachtet"[31]. Diese Beliebigkeit, mit liberaler Freizügigkeit verwechselt, praktiziert die nominalistisch entleerte liberale Freiheitsauffassung in ausschließlicher Selbstverständlichkeit und ergänzt auf seiten des „Kapitals" die von Marx und der frühen christ-

---

[27] *J. A. Schumpeter,* Kapitalismus, Sozialismus und Demokratie, München [4]1975, 202.

[28] *W. Sombart,* Der Bourgeois, a. a. O., 231.

[29] Ebd., 232.

[30] Ebd., 233.

[31] Ebd.

lichen Liberalismuskritik bereits aufgezeigte quantitative Formalisierung der human ausgehöhlten Arbeit. Sombart fragt: Was ist aus den altliberalen Tugenden der kapitalistischen Anfänge, aus Fleiß (industry), Sparsamkeit (frugality) und Ehrbarkeit (honesty) in der Phase des Hochkapitalismus geworden? Seine Antwort lautet: „Sie haben aufgehört, Eigenschaften lebendiger Menschen zu sein und sind statt dessen zu objektiven Prinzipien der Wirtschaftsführung geworden“[32], in denen der geschichtliche Prozeß „der Versachlichung des kapitalistischen Geistes“[33] einen vorläufigen Abschluß gefunden hat. Mit dem Begriff „objektiv“ zielt Sombart auf die Diskrepanz zwischen der Realisierung solcher Tugenden im „Zwangsverhältnis“[34] des Unternehmens und der persönlichen Lebensführung der Unternehmer, wie sie sich auf den „Schlössern Walter Rathenaus und Rockefellers“[35] seiner Meinung nach abspielt. Insofern habe sich das subjektive Element vom objektiven in der Entwicklung des Kapitalismus abgespalten und führe mittlerweile ein Eigenleben, nicht zum Vorteil des Kapitalismus. Der darin latent enthaltene Vorwurf einer falschen Versachlichung der Lebensbereiche und ihrer Spaltung in öffentliche und private Sektoren, in Leistung und Lebensgenuß, wird später, wie wir sehen werden, von Marx und den Neomarxisten zum verwerflichsten innersten Gesetz des Kapitalismus erklärt und — im Gegensatz zu Sombart — verabsolutiert.

Sombart wendet sich an vielen Stellen seines Werkes gegen eine psychologisierende „Sinnhuberei“ bei der Analyse der „Versachlichung des kapitalistischen Geistes“. „Selbst zugegeben“, wehrt er einer „kausalen Adäquanz“ bei der Interpretation Max Webers, „daß der Sinn der kapitalistischen Wirtschaft eine innere Verwandtschaft mit der puritanischen Frömmigkeit aufweist, so ist damit noch nicht bewiesen, daß auch nur ein einziges Bergwerk abgeteuft, ein einziger Hochofen angeblasen ist aus Triebkräften heraus, die in jener Frömmigkeit ihre stärkste oder überhaupt eine Wurzel haben“[36]. Richtig vielmehr sei es, die „historisch eigenartigen Beweggründe“[37] als ein komplexes Bündel von Motiven aufzufassen, das für seine allgemeine Verwirklichung des „kräftigen Einzelwillens“[38], der erkennenden und zupackenden „schöpferischen Initiative der wenigen“[39] bedarf; im Kapitalismus ausschließlich der Initiative des Unternehmers: „ohne ihn

---

[32] Ebd., 236.
[33] *Ders.*, Das Wirtschaftsleben im Zeitalter des Hochkapitalismus, 1. Halbb., Die Grundlagen — Der Aufbau, a. a. O., 35.
[34] *Ders.*, Der Bourgeois, a. a. O., 237.
[35] Ebd., 238.
[36] *Ders.*, Das Wirtschaftsleben im Zeitalter des Hochkapitalismus, 1. Halbb., a. a. O., 7.
[37] Ebd., 9.
[38] Ebd., 10.
[39] Ebd., 12.

geschieht nichts"[40]. Sein individuelles Wollen allerdings vollzieht sich nicht als einsame Tat, ohne Beziehung zum Umfeld, sondern fußt auf den förderlichen ökonomischen Bedingungen der kapitalistischen Gesellschaft und wirkt wiederum auf diese zurück. „Die innere Struktur des kapitalistischen Wirtschaftssystems", so grenzt Sombart seine Position von einer streng voluntaristischen Sicht ab, „bringt es mit sich, daß der Entschluß- und Tatkraft der wenigen ein weiterer Spielraum gelassen ist als in anderen Wirtschaftssystemen"[41]. Diese aktivistischen Eigenschaften heben den ursprünglichen liberalen Kapitalismus als anschaulich personenbezogenen ab von späteren entpersonifizierten Verfallsformen und von den kollektivistischen Ordnungen des Sozialismus. Sombarts in kritischer Absicht festgestellte „Versachlichung des kapitalistischen Geistes" meint weder den historisch wirksamen Zwang der industrialisierten Produktivkräfte auf die sozialen Verhältnisse und das gesellschaftliche Bewußtsein (Marx), noch die notwendige und dirigierende Entäußerung eines absoluten Prinzips als Logik der Geschichte (Hegel), noch die evolutionäre Linearität der Geschichte zu höheren „Stadien" (Comte) und auch nicht die mehr oder minder zufällig gelungene Summe der ungewöhnlichen Taten von außergewöhnlichen Individuen. „Versachlichung" kennzeichnet vielmehr eine die individuellen wie die sozialen, die privaten wie die öffentlichen Schichten eines geschichtlichen Abschnitts typisierende Gestalt bestimmender geistiger wie instrumentaler Werte und Ordnungen, die darin den „objektiven Geist"[42] einer Epoche ausmachen, wie er sich in seinen „Objektivationen" vielfältig niederschlägt und darin wiederum ein verstehendes Rückschließen auf die Rolle des Zeitgeistes im Bewußtsein der einzelnen zuläßt. So meint „Versachlichung" näherhin die innere, weil verinnerlichte, lange Zeit hindurch aufgesogene wechselseitige Bedingungseinheit von Sein und Sollen wachsender Produktivität, die mittlerweile ein so kräftiges Eigenleben entwickelt hat, daß eine allgemeine Vergegenwärtigung und die Fähigkeit zur Korrektur oder Umgestaltung von der Macht der Verinnerlichung und fraglosen Geltung im Ansatz schon erschwert wird. Es bildete sich in der Tat so etwas wie ein „kapitalistischer Sozialcharakter", nicht als vorgesehene oder schicksalhaft überkommene Ablösung, sondern als allgemeiner Ausdruck und gleichzeitig motivierender Anstoß für das Zeitalter der erfolgreichen Leistung von Mensch und Maschine. Im selben Atemzug muß aber die Fähigkeit des menschlichen Geistes vermerkt werden, selbst festgefügte Grenzen und Verfestigungen des „Sozialcharakters" zu überschreiten und

---

[40] Ebd.

[41] Ebd.

[42] Zum Problem vgl. *N. Hartmann*, Das Problem des geistigen Seins. Untersuchungen zur Grundlegung der Geschichtsphilosophie und der Geisteswissenschaften, Berlin 1962, bes. 175 ff.: „Der objektive Geist".

die schon vom Anthropologischen her gegebenen Spannungen und Diskrepanzen zwischen dem Glücksstreben des einzelnen und seiner konkreten sozialen und wirtschaftlichen Erfüllung durch innovierende Nachdenklichkeit zu entschärfen.

Die „Versachlichung“ bewirkte die Ablösung der traditionellen Motive: „soziale Nützlichkeit“, „Befriedigung vitaler Bedürfnisse“, ökonomische Umsetzung einer dominant religiös-transzendenten Haltung“ oder „ästhetisch bewegte Schaffensfreude“, die sich im individuellen Gestalten verkörpert und erschöpft. An ihre Stelle trat der expansive Wille zur Nutzleistung und zum wirtschaftlichen Erfolg. Ein solcher Wille aber, gleich ob im „Unternehmer“ personifiziert oder als „objektiver Geist“ verallgemeinert, konnte sich bei der Verfolgung des vernunftgeleiteten Eigeninteresses bei Bedarf recht schnell seines philanthropischen Beiwerks entkleiden, oder im Zweifelsfall einen mißverstandenen Hobbes, Darwin oder Spencer zum Kronzeugen für die naturgewollte Richtigkeit[43] seiner Ellbogenphilosophie aufrufen. Überhaupt erblühten in der 2. Hälfte des 19. Jahrhunderts, seit dem Scheitern des politischen Liberalismus, in den wirtschaftlich zusehends erstarkenden Nationalstaaten Europas die gefährlichen Wunschbilder der Stärke, in denen alles bürgerlich Schwächliche hinweggefegt wird entweder durch den „kollektiven Prometheus“ der noch gefesselten Arbeiterklasse oder durch den „Übermenschen“ schlechthin. Die inhaltliche Blässe einer auf rationale Nützlichkeit und Rechenhaftigkeit der wichtigsten Lebensbereiche geschrumpften Weltanschauung offenbarte immer stärker die inhaltliche und auch emotionale Leere ihres Freiheitsbegriffes, der, unbeschadet seiner geschichtlichen Durchbrüche, im wesentlichen die Negation von beengenden Fesseln mit einem formal belassenen Toleranzprinzip verknüpfte, das jedem gestattete, nach seiner Façon selig zu werden. „Die Mauern des liberalen Kapitalismus bröckelten“[44], nicht so sehr durch unvorhersehbare Einwirkungen externer Wirtschaftskrisen, sondern durch die Schwäche interner Bedingungen, insbesondere des Menschen- und

---

[43] William Abraham Sumner, Professor in Yale und nach Meinung von J. K. Galbraith in Wirtschaftsfragen vielleicht der einflußreichste Mann der USA in der zweiten Hälfte des 19. Jahrhunderts, zierte sich nicht länger, das von H. Spencer formulierte Gesetz des „survival of the fittest“ generell auf Gesellschaft und Wirtschaft zu übertragen: „Die Millionäre sind das Ergebnis natürlicher Auslese. Aus diesem Grund vermehrt sich der Reichtum — ihr eigener wie auch der ihnen anvertraute — unter ihren Händen ... Mit Recht könnte man sie als die durch die natürliche Auslese eruierten Bevollmächtigten der Gesellschaft für bestimmte Aufgaben betrachten. Ihre Gehälter sind hoch, sie leben im Überfluß, aber die Gesellschaft macht ein gutes Geschäft dabei“. Mitgeteilt von *J. K. Galbraith,* in: Die Tyrannei der Umstände, München 1978, 50. Zum Problem vgl.: *G. Altner,* Der Sozialdarwinismus, in: *G. Altner* (Hrsg.), Der Darwinismus. Die Geschichte einer Theorie, Darmstadt 1981, 95—99.

[44] *J. A. Schumpeter,* Kapitalismus, Sozialismus und Demokratie, a. a. O., 213 ff.: „Bröckelnde Mauern“.

Gesellschaftsbildes. Die Zerstörung tradierter Lebensformen des Menschen war sicherlich schon durch die Veränderung der äußeren Arbeitsformen unabwendbar, nicht aber die Glättung des ganzen Menschen zum funktionierenden Leistungsträger. Das mochte für eine Weile gelingen, schon gar in Zeiten des stürmischen Aufbruchs, die der Nachdenklichkeit nicht wohlgesonnen sind. Auf die Dauer mußte dieses angeblich „objektive" Ansinnen scheitern, verursacht durch die Virulenz der übersehenen und mißachteten menschlichen Bedürfnisse und Sinnfragen, bedingt auch durch die Binnenproblematik eines Leistungsbegriffs, dessen strenge Erfolgs- und Funktionsfixierung immer deutlicher die Frage aufwarf nach den politischen und sozialen Teilnahmechancen aller Bürger, auch der Benachteiligten. Es stellte sich immer klarer heraus, daß mit einem solchen Leistungsbegriff allein keine sozial wie kulturell humane Gesellschaftsordnung geschaffen werden konnte. Im Gegenteil, die erhoffte Harmonisierung von Individual- und Gemeinwohl blieb aus. Vielmehr zeichneten sich schwere Konflikte am Horizont ab, die als Klassenkampf zwischen Arbeit und Kapital im 19. Jahrhundert die Gemüter bewegten.

6. Der Neoliberalismus

6.1 Zerfallssymptome im liberalen Kapitalismus

Die überstarke Rolle des Erfolges als Maßstab für die richtige und rechte Beherrschung der ökonomischen und sozialen Regeln, als Antwort auf die Frage nach der persönlichen Leistung und als Zuweisungskriterium für die Rolle des einzelnen in der Gesellschaft hat schon, wie wir sahen, frühzeitig Kritik bis hin zur vollständigen Ablehnung des Liberalismus in seiner Form als liberaler Kapitalismus hervorgerufen. Seine weitgehende Gleichgültigkeit gegenüber der Qualität menschlicher Bedürfnisse in der Wirtschaft, sein formalisierter Freiheits- und rationalisierter Leistungsbegriff, sein Pragmatismus und Utilitarismus zeigten sich schon vom Ansatz her „den außerrationalen Determinanten des menschlichen Verhaltens“[1] nicht gewachsen. Das „laissez-faire, laissez-aller“ als ursprünglichen Aufruf zur politisch-rechtlichen Befreiung des „Dritten Standes“ von den Fesseln des ancien régime und als vernünftige Zustimmung zur Sachlogik der Wirtschaft wurde zum kategorischen Imperativ einer ökonomischen Erfolgsmoral verkürzt, die sich geschickt des allgemeinen Vertrauens des 19. Jahrhunderts auf die Dreifaltigkeit von Fortschritt, Freiheit und Wissen bediente. Dennoch gerieten das bürgerliche Zeitalter und sein Wertsystem gerade am Punkt ihres scheinbar endgültigen Triumphs in die Krise ihrer eigenen Voraussetzungen; und es sprechen vom aufgezeigten anthropologischen Befund her gewichtige Gründe dafür, diesen zutiefst ideellen, ethischen Zersetzungsprozeß mit Schumpeter als „Tendenz zur Selbstzerstörung“[2] zu verstehen. Die bald darauf massiv einsetzenden „Anfechtungen“[3] des Liberalismus durch den Sozialismus von links und rechts stießen in weiten Bereichen auf das Vakuum einer innerlich geschwächten Position, die sich beim Ausbleiben nationaler und vor allem wirtschaftlicher Erfolgserlebnisse gerne dem in die Arme warf, der beides und dazu noch Stärkung und Tröstung versprach.

Der Wirtschaftsliberalismus verwickelt sich in den Augen von Nell-Breuning „in einen unentrinnbaren Zirkelschluß: Kennzeichen und Maß der wirtschaftlichen Leistung ist einzig und allein der Markterfolg; der Markterfolg aber soll — so verlangt es das liberale Ethos — durch echte wirtschaftliche Leistung, nicht auf wirtschaftsfremden Wegen oder mit wirtschaftsfremden Mitteln, insbesondere nicht durch Machteinsatz erzielt wer-

---

[1] *J. A. Schumpeter,* Kapitalismus, Sozialismus und Demokratie, a. a. O., 233.

[2] Ebd., 261.

[3] *K. D. Bracher,* Ende des bürgerlichen Zeitalters? Betrachtungen zur antibürgerlichen Welle der Zwischenkriegszeit, in: Aus Politik und Zeitgeschichte, a. a. O., 48/78, 14.

den“[4]. Ist es aber in der Konsequenz nicht unerheblich, fragt Nell-Breuning den Liberalismus, wie die wirtschaftliche Leistung erzielt wird, ob durch echte Arbeitsleistung oder durch geschickte bis skrupellose Ausnutzung von Marktchancen, ob durch den Einsatz persönlicher Arbeitsleistung oder durch die Macht des Eigentumsbesitzes, die in keiner erkennbaren und anrechenbaren Beziehung mehr zum Eigentümer steht? Weiterhin: „Jeder Mensch versteht, welcher Unterschied beispielsweise besteht zwischen Leistungswettbewerb und Behinderungswettbewerb. Die liberalen Begriffe aber von Wirtschaft und Leistung, folgestreng angewandt, gestatten nicht, der Behinderung des anderen Wettbewerbers die Anerkennung als wirtschaftlicher Leistung zu versagen, wenn sie Markterfolg aufweisen kann“[5].

Ähnlich kritisch beurteilt Egon Edgar Nawroth die Leistungsphilosophie des Wirtschaftsliberalismus. Es sei, schreibt es, „völlig gleichgültig, ob das nachgefragte Gut objektiv-dinglichen und kulturell wertvollen Bedarf oder beispielsweise nur einem ethisch unwertigen Luxusbedürfnis entspricht. Es ist auch unerheblich, unter welchen Voraussetzungen der wirtschaftliche Beitrag zustandegekommen ist: mit welchem Startkapital, an welchem Standort, unter welchen Arbeitsbedingungen, mit welchen Arbeitsmethoden. Einzig und allein die Nachfragebedienung, inwieweit kaufkräftige Nachfrage in ihrer tatsächlichen Gestalt befriedigt wird, gilt als Maßstab für Leistung und Produktivität. Das Maß der Leistung ist dabei in den Preisen gegeben, mit denen der Markt das Tauschverhältnis der Güter und Dienstleistungen bestimmt“[6].

6.2 Neuorientierungen im Liberalismus: Die „Kathedersozialisten“

Der sich bereits im 19. Jahrhundert abzeichnende Strukturwandel der Gesellschaft mit seiner Auflösung der bürgerlichen Identität in der Massengesellschaft, der Universalierung und ethischen Entleerung altliberaler Prinzipien, mit der Funktionalisierung nicht nur im Technisch-Wirtschaftlichen, sondern auch im Denken und Fühlen, drohte zu einer Situation zu führen, die man als das „Ende des Individuums“[7] bezeichnen kann und die Kräfte der Korrektur und Neuorientierung hervorrief. Der Versuch, die auseinanderstrebenden sozialen und wirtschaftlichen Tendenzen durch reformerische Weiterentwicklung des Liberalismus so in den Griff zu bekommen,

[4] O. *von Nell-Breuning*, Wirtschaft und Gesellschaft, Bd. 1, Grundfragen, Freiburg 1956, 114 f.

[5] Ebd., 115.

[6] *E. Nawroth*, Sozial- und Wirtschaftsphilosophie des Neoliberalismus, in: Sammlung Politeia, Bd. 14, Heidelberg 1961, 346.

[7] Dazu vgl. *M. Landmann*, Das Ende des Individuums. Anthropologische Skizzen, Stuttgart 1971.

daß eine politisch und ökonomisch spannungsfreie Gesellschaftsordnung geschaffen werden konnte, schlug sich zunächst in den Vorstellungen der „Kathedersozialisten" nieder. Sie argumentierten aus der mittlerweile gehäuften Erfahrung heraus, daß die Erwartungen auf einen sich auch sozial günstig auswirkenden Marktmechanismus und die dadurch erhoffte innerlich geeinte Nation durch die reale Entwicklung eher enttäuscht als erfüllt wurden. So begannen die Kathedersozialisten eine zweifache Auseinandersetzung: zum einen mit den Inhalten und Normen des Liberalismus, dessen geistige Vaterschaft und bleibende Verbindlichkeit für die eigene Position im wesentlichen nicht geleugnet wurde, zum anderen mit den Folgen des rohen Kapitalismus. Beide Perspektiven verbanden sich später im Neoliberalismus zur systematischen Hinwendung zu den Interdependenzen zwischen den kulturellen, sozialen und politischen Voraussetzungen und Ausstrahlungen der Wirtschaft und mündeten in die Versuche, eine umfassende gesellschaftsnormative Ordnung zu entwerfen, bis hin zur „formierten Gesellschaft" Ludwig Erhards.

6.3 Ziele des Neoliberalismus

Die Anfänge des Neoliberalismus mit seinen wissenschaftlichen Vordenkern in der „Freiburger Schule" sind bekannt[8]. Sie haben ihre personelle Fortsetzung bis in die Gegenwart hinein gefunden, so daß wir es hier mit einer lebendigen und auch künftig bestimmenden geistigen Strömung zu tun haben, deren Theorien über Arbeit und Leistung Aufmerksamkeit verlangen. Darüber hinaus verdeutlichen ihre Positionen im nachhinein das ursprüngliche Anliegen des Liberalismus und bezeugen dessen anhaltenden Einfluß auf das Selbstverständnis des Neoliberalismus.

Die Absichten der Neoliberalen erschließen sich am besten, wenn man sich die „weißen Flecken" vor Augen führt, die der sozialdarwinistisch argumentierende Liberalismus des 19. Jahrhunderts auf dem Felde der sozialen und kulturellen Auswirkungen seiner kapitalistischen Wirtschaftspraxis hinterlassen hatte. Die behauptete „natürliche" Unvermeidbarkeit sozialer Klassenschichtung der Gesellschaft und die Beschränkung auf die Moral des Stärkeren verwiesen die im Lebens- und Wirtschaftskampf Unterlegenen an die paternalistische Fürsorge verantwortungsbewußter Unternehmer oder an die staatliche Sorge um die Wahrung der Kriegstauglichkeit der jungen

[8] Vgl. dazu, *E. Nawroth*, Die Sozial- und Wirtschaftsphilosophie des Neoliberalismus, a. a. O., 3 ff.: „Der dritte Weg"; *M. Wulff*, Die neoliberale Wirtschaftsordnung. Versuch einer dynamischen Analyse der Konzeption und der Realität, Tübingen 1976; *O. Frhr. von Mering*, Inhärente Schwächen des älteren Liberalismus. Ein Beitrag zur Erklärung der nachfolgenden Entwicklung, in: Zeitschrift für die gesamte Staatswissenschaft, Bd. 119 (1963), 72—82.

Männer — so die Anfänge der preußischen Sozialgesetzgebung in der ersten Hälfte des 19. Jahrhunderts (1839)[9]. Aber die komplexer werdende Gesellschaft kam mit den hausbackenen Regeln manchesterliberaler Harmonieautomatismen nicht mehr aus und suchte nach neuen Wegen, die schweren Konflikte, die sich mittlerweile aufgestaut hatten, durch eine vorsichtige Verzahnung von Wirtschaft und staatlich gelenkter Sozialpolitik zu steuern, u. a. in der Bismarckschen Sozialgesetzgebung (1883—1889)[10].

Neben diesen sozialpolitischen Problemen spielten die ökonomischen Binnenschwierigkeiten der liberal-kapitalistischen Wirtschaft, wie sie im zunehmenden staatlichen Interventionismus und Protektionismus zum Ausdruck kamen, in Monopolbildungen, die das freie Spiel konkurrierender Kräfte auf dem Markte beeinträchtigten, eine wachsende Rolle in den ordnungspolitischen Entwürfen der Neoliberalen. Massenarbeitslosigkeit in den zwanziger Jahren des 20. Jahrhunderts, Konjunktureinbrüche und soziale Verelendung stellten dem „entarteten Liberalismus" (Rüstow) der Gründerjahre ein schlechtes Zeugnis aus und legten eine prinzipielle Bestandsaufnahme des Liberalismus nahe, die dazu noch die „große" Alternative des politisch gerade etablierten Marxismus-Leninismus als Lockung und Drohung vor Augen hatte. Wahre, d. h. dinglich wie kulturell optimale Leistung sollte als Antwort auf die neuen Herausforderungen erstellt werden durch eine marktkonforme Ordnungspolitik, in der durch hohe Produktivität ein allgemeines „Wohlfahrtsoptimum" erzielt wird, „das durch Maximierung der individuellen Wohlfahrt bei gegebener Eigentumsverteilung und leistungsgerechter Einkommensverteilung gekennzeichnet ist"[11].

6.4 „Individualistischer" und „dialektischer" Neoliberalismus

Ein Buchtitel wie W. Röpkes: „Jenseits von Angebot und Nachfrage"[12] könnte nun den Eindruck erwecken, als würde der Neoliberalismus seine Ziele durch eine Wirtschaftspolitik des „Dritten Weges" jenseits von Kapitalismus und Sozialismus zu erreichen suchen. Bei näherem Hinsehen aber stellt sich heraus, daß in der Wirtschaft im wesentlichen die Gesetze des konkurrenz- und gewinnorientierten Marktes und die individualistischen Spielräume eines Freiheitsbegriffes erhalten geblieben sind, der im Kern darin besteht, „daß niemand wissen kann, wer etwas am besten weiß"[13].

[9] Regulativ vom 9. 3. 1839 über die Beschäftigung von jugendlichen Arbeitern in Fabriken.

[10] Zu diesem Komplex vgl. *H. Lampert*, Sozialpolitik, Berlin, Heidelberg, New York 1980, bes. 35—166: „Geschichte der deutschen staatlichen Sozialpolitik".

[11] *M. Wulff*, Die neoliberale Wirtschaftsordnung, a. a. O., 55.

[12] *W. Röpke*, Jenseits von Angebot und Nachfrage, Zürich, Stuttgart 1958.

[13] *F. A. von Hayek*, Individualismus und wirtschaftliche Ordnung, a. a. O., 27.

Das Argument F. A. von Hayeks, daß die individuelle Freiheit hauptsächlich auf der Erkenntnis beruht, „daß sich jeder von uns in Unkenntnis eines sehr großen Teils der Faktoren befindet, von denen die Erreichung unserer Ziele und Wohlfahrt abhängt"[14], verzichtet in typischer Manier auf letzte Antworten gleich welcher Herkunft und beschränkt sich auf die empirisch faßbare und beeinflußbare Außenseite menschlichen Verhaltens, auf seine marktmäßig zu sättigenden Bedürfnisse und Wünsche, wie sie sind und nicht, wie sie sein sollen. „Der dynamische Neoliberalismus kann", in der Tat, „dem Menschen nicht sagen, auf welche Weise er glücklich werden kann"[15].

Wir verkennen nicht die internen Varianten des Neoliberalismus, besonders auf dem Gebiet weltanschaulicher und anthropologischer Begründung. Viele Vertreter der „sozialen Marktwirtschaft", die im ökonomischen Sektor die zentralen Überzeugungen des Neoliberalismus teilen, verankern ihr Menschenbild in metaphysischen und christlichen Sinnvorstellungen. Wilhelm Röpke, Alfred Müller-Armack und Ludwig Erhard, um einige zu nennen, repräsentieren einen Ordoliberalismus, den wir im Anschluß an M. Wulff einen „christlichen dialektischen Neoliberalismus"[16] nennen können, da diesen stärker als den „individualistischen Neoliberalismus" normative und axiologische Fragen in den Beziehungen von Weltanschauung, Wirtschaft und Politik und die wechselseitigen Beeinflussungen von Staat, Wirtschaft und Kultur im Rahmen ordnungspolitischer Konzeptionen interessieren. Allen Neoliberalen aber gemeinsam ist die Hochschätzung des Marktes als Schmelztiegel und Schiedsgericht über die individuellen Bedürfnisse und der Befriedigungsangebote. Dem Staat bleibt im wesentlichen die Aufgabe, die schlimmsten Auswüchse marktfremder Kräfte zu vermeiden durch die sichtbare Hand nach- und mittlerweile auch vorgeschalteter Ordnungspolitik, notfalls auch wirtschaftlicher Orientierungsdaten (z. B. Gesetz zur Förderung der Stabilität und des Wachstums der Wirtschaft vom 8. Juni 1967) und die beteiligten Gruppen mit ihren unterschiedlichen Interessen zumindest kurz- und mittelfristig zu harmonisieren. Hier jedoch entstehen Spannungen, die aus der Tendenz der hochkomplexen Wirtschaft resultieren, in einem immer dichter werdenden Netz internationaler Beziehungen Risiken durch politische Subventionen und Interventionen vorausschauend auszuschalten, zumal der Staat selbst ein bedeutender wirtschaftlicher Faktor ist. Rückerinnerungen an den liberalen Kern im Neoliberalismus drängten und drängen deshalb immer wieder auf die stärkere Beachtung der ökonomischen Eigengesetzlichkeiten und betonen den altliberalen Gedanken der kausalen Auswirkung der privaten Nutzenverfolgung auf das all-

[14] *Ders.*, Die Verfassung der Freiheit, Tübingen 1971, 37.
[15] *M. Wulff*, Die neoliberale Wirtschaftsordnung, a. a. O., 45.
[16] Ebd., 279 ff.

gemeine Wohl (z. B. W. Engels)[17]. So sprengt auch A. Rüstows Ratschlag: „Sorgt für euch und eure Leute so gut ihr könnt, dann braucht sich niemand um das Wohl der Allgemeinheit Gedanken zu machen“[18], nicht den Rahmen dessen, was der Liberalismus vergangener Zeiten ebenfalls beherzigen konnte, wenn er wollte.

6.5 Grenzen des Neoliberalismus

Die in solchen Worten zum Ausdruck kommende schmale Basis einer Individualethik des grundsätzlich rivalisierenden Interesses kann einfach von ihrem Ansatz her, so die übereinstimmende Kritik Nawroths und Nell-Breunings, nicht die ausreichenden Perspektiven und Normen für eine Gesellschaft liefern, die sich dazu immer stärker den Problemen der ungleichgewichtigen Verteilung der industriellen Ausrüstung und des Sozialproduktes in Nord und Süd und den völlig neuen Anforderungen einer Wirtschafts- und Sozialpolitik gegenübersieht, die auf tiefreichende Krisen der technologischen und wachstumsbestimmten Leistungsgesellschaften antworten muß.

Der Markt als „moralische Korrektionsanstalt“[19], in dem der Konkurs als letzte Instanz über marktkonformes Verhalten entscheidet, wird seine Geltung für Teilbereiche der wirtschaftlichen Erfolgsfindung beibehalten. Es ist kein besseres Instrument zur Regulierung wirtschaftlicher Interessen bekannt. Den Markt jedoch zum ausstrahlenden Grundprinzip der Gesellschaft zu erheben, käme der Reduktion des Menschen auf die Logik seiner Instrumente gleich. Der ausbleibende Markterfolg müßte auf die Dauer als schuldhaft anrechenbares Versagen des Menschen als Leistungsfaktor angesehen werden, da die Grundidee eines sich nach immanenten Gesetzen regulierenden Marktmodells sich am quantitativ feststellbaren allgemeinen Erfolg ausrichtet, der die Erwartung erfolgreich plazierter Leistungseingaben rückwirkend bestätigt. Vorausgesetzt wird dabei stets die ungestörte Funktionstüchtigkeit eines solchen Ablaufs, das Ausbleiben von verzerrenden Monopol- und Oligopolbildungen und der grundsätzliche Konsens der Beteiligten über die soziale Vernünftigkeit der verfolgten Interessen und Bedürfnisse. Deren Rationalität aber wird anhand ihrer Konstanz und ihres quantitativen Ausmaßes vermutet und *nicht* von „marktfremden“ Kriterien außerökonomischer Herkunft abgeleitet. Im Störungsfall, der von den neoliberalen Theoretikern gesehen wird, bleiben neben den begrenzten Steue-

[17] *W. Engels,* Soziale Marktwirtschaft, verschmähte Zukunft? Stuttgart 1972.

[18] *A. Rüstow,* Wirtschaftsethische Probleme der sozialen Markwirtschaft, in: Der Christ und die soziale Martwirtschaft, Stuttgart 1955, 57.

[19] *E. Nawroth,* Die Sozial- und Wirtschaftsphilosophie des Neoliberalismus, a. a. O., 394.

rungsmöglichkeiten staatlicher Wirtschaftspolitik nur noch die moralischen Appelle an die Produzenten und Konsumenten übrig, also z. B. die Ethik des „Maßhaltens". Die Eigenlogik der wirtschaftlichen Sachnotwendigkeiten kann und darf dabei nicht durchbrochen werden, da sonst das Erfolg und Initiative tötende „Abenteuer des Kollektivismus" (W. Röpke)[20] mit seiner dirigistischen Zentralverwaltungswirtschaft droht. Demgemäß verhalten sich Wirtschaftserfolg und Leistungshonorierung im Neoliberalismus in einem einbahnigen Verhältnis, das Nawroth wie folgt bestimmt: „Wir haben unter Wirtschaft einen Tauschzusammenhang isolierter, grundsätzlich autarker Individuen zu verstehen, der in seinem Kern das formalwirtschaftliche Verfahren einer rechenhaft-exakt funktionierenden Apparatur aufweist und dessen Zweck darin besteht, unter ständiger Rückorientierung an der Eigenlogik des Marktmechanismus mit möglichst geringem Aufwand ein Maximum an den durch kaufkräftige Nachfrage begehrten Gütern bereitzustellen, während die Verteilung des Sozialproduktes selbst ausschließlich nach Maßgabe der produktiven Vorleistung und nach dem Prinzip der bilateralen, austauschmäßigen Entgeltlichkeit mechanisch erfolgt"[21].

Der bewegende und entscheidende Impuls in derartiger „Eigenlogik" tritt klar erkennbar zutage als die Übertragung des bereits abgehandelten Input — Outputprinzips („Le principe de la moindre action") in die ökonomische „Apparatur" und wirft ein bezeichnendes Licht auf die Kontinuitäten zwischen Liberalismus und Neoliberalismus. Verbesserungen angesichts der sozialen und humanen Nivellierung des Leistungsfaktors Mensch und der mangelnden Transparenz der am Markt beteiligten Kräfte werden durchaus gefordert, so von A. Rüstow und W. Röpke mit ihrem Ruf nach einem Zurück zur „natürlichen Ordnung"[22]. Näherhin verstehen sie darunter verstärkte Dezentralisation, Regionalisierung der Wirtschaft, auch um kulturellem Kolorit Rechnung zu tragen, intensive Agrar-, Mittelstands- und Betriebsgrößenpolitik, die auf weite Sicht durch Verbäuerlichung und Verhandwerklichung erreicht werden soll und in eine fast sehnsüchtige Beschwörung der wohltätigen Merkmale einer konservativen Gesellschaftsordnung gipfelt, in der die berufsständischen und familialen Elemente vergangener Zeiten wieder auftauchen. Die bäuerliche Welt beschreibt Röpke als den „letzten großen Bereich menschlicher Lebens- und Arbeitsform, der innere Stabilität besitzt und vital befriedigend ist"[23]. Der Ausbruch einer solchen „rückwärtsgewandten Kultur- und Zivilisationskritik"[24] resultiert

---

[20] In: *E. Nawroth,* Die Sozial- und Wirtschaftsphilosophie d. Neoliberalismus, a. a. O., 394.

[21] Ebd., 357.

[22] *W. Röpke,* Die natürliche Ordnung. Die neue Phase der wirtschaftspolitischen Diskussion, in: Kyklos, Bd. 2 (1948), 211—231.

[23] *W. Röpke,* Die Gesellschaftskrise der Gegenwart, Zürich [4]1942, 188.

[24] *H. Braun,* Leistung und Leistungsprinzip, a. a. O., 169.

aus dem liberalen Beharren auf dem kausalen Zusammenhang zwischen marktwirtschaftlichen Kräften und gerechter Sozialordnung und aus der gleichzeitigen Erkenntnis der fehlenden oder zumindest noch lückenhaften Anpassung der nichtökonomischen Lebensbereiche an die Gesetze der auf Funktion und Erfolg abgestellten Arbeitswelt.

Es erhebt sich die Frage: Leistet der marktwirtschaftliche Kern im Neoliberalismus mit seinen konstitutiven Eigenschaften des Wettbewerbs, der individuellen Freiheit und Aktivität, der maximalen Entfaltung und Befriedigung von Bedürfnissen und dem auf rationaler und erfolgreicher Produktivität fußenden Leistungsprinzip jene erhoffte Förderung einer humanen Gesellschaft und einer Arbeit, in der die ethisch-christliche Forderung, daß „der Mensch der Träger, Schöpfer und das Ziel aller gesellschaftlichen Einrichtungen sein muß"[25], verwirklicht ist? Kann überhaupt, so muß man noch grundsätzlicher fragen, die Verfassung einer Gesellschaft und letztlich das Gemeinwohl von ökonomischen Prämissen her, und mögen sie noch so ethisiert in um- und übergreifende Ordnungskonzeptionen einmünden, begründet werden ohne nachhaltige Verkürzung des Menschenbildes? Droht nicht die Gefahr einer Hypertrophierung eines ursprünglich sektoralen Geschehens, der Wirtschaft, zum integralen Regulativ des Lebens überhaupt? Wir meinen, daß die Mehrwertigkeit menschlicher Arbeit, einmal als quantitativ meßbarer und ökonomisch verwertbarer Beitrag des Menschen und zum anderen als geistige, seelische, kulturelle Äußerung angesichts seiner vielfältigen Bedürfnisse, die im skizzierten Neoliberalismus bereitliegenden theoretischen Möglichkeiten einer befriedigenden Antwort übersteigt, ohne jedoch die partielle Richtung einer human plazierten markt-, konkurrenz- und funktionstüchtigen Wirtschaft außer Kraft zu setzen. Deutlich gesehen werden aber müssen die tatsächlichen Ausweitungs- und Entartungstendenzen derart instrumentaler Qualitäten, weil diese dazu neigen, als exklusive Interpretamente Erfolg und Leistung in vollem Umfang zu okkupieren, verursacht durch die Transparenz ihrer quantitativen Struktur und aufgrund ihrer materiellen Attraktivität.[26]

Die heute heftig geführte Diskussion über den „Wertverfall" und die allgemeine Orientierungslosigkeit unserer Gesellschaft rührt nicht zuletzt davon her, über den offenen Horizont von initiativer Freiheit hinauszugelangen zu einer materialen Antwort auf die Frage nach dem „Wozu" aller

---

[25] *Johannes XXIII.*, Enzyklika: Mater et Magistra, Ziff. 219, in: Die Sozialenzyklika Papst Johannes' XXIII. Mater et Magistra. Mit einer Einführung in die Soziallehre der Päpste von Leo XIII. bis Johannes XXIII. von *Prof. E. Welty OP.*, Freiburg 1961, 141.

[26] Vgl. *P. Koslowski*, Gesellschaft und Staat. Ein unvermeidlicher Dualismus, Stuttgart 1982, 275: „Das Vorherrschen eines ökonomischen Effizienzbegriffs, der sich auf materielle Gütermaximierung beschränkt, ist tendenziell totalitär, da nur fehlendes Wissen die Grenze der totalen Organisierbarkeit von Wirtschaft und Gesellschaft ist".

Leistung. Diese Defizite ergeben sich aber zwangsläufig aus der nominalistischen Tradition des liberalen Freiheits- und Aktivitätsverständnisses als Befreiung des Menschen zu seiner primär kausal und nicht final gebundenen Selbstbestimmung. Die formale Offenheit und der rationale Utilitarismus im de facto ökonomisch besetzten Freiheitsbegriff des Neoliberalismus erschweren es diesem, in einer Phase des krisenhaften Zweifels an dem Verlauf und den Tugenden der industriellen Wachstumsgesellschaft eine klare Auskunft zu zwei Problemkreisen zu geben. Deutlicher als in Sachen Wissenschaft naiveren Zeiten zeigt sich in der Gegenwart, erstens, die Fraglichkeit exakt prognostizierbarer Prozesse im makroökonomischen Bereich. Der Streit um die Geltung der antizyklischen Gesetze von J. M. Keynes steht u. a. dafür. Zweitens: die engen Verflechtungen von Wissenschaft, Technik und Wirtschaft haben mittlerweile eine selbstsichere Gewißheit von der natürlichen Entsprechung und damit konfliktlosen Bekömmlichkeit dieser Symbiose erzeugt, die nun immer mehr ins Zwielicht gerät. Der progressive Naturalismus in der liberalen Tradition, der sich in der Gegenwart vornehmlich im Wirtschaftlichen eingerichtet hat, nachdem die politischen Ambitionen im 20. Jahrhundert durch die globalen Katastrophen des Totalitarismus gestutzt wurden, muß auch im Ökonomischen die Relativierung seiner Prinzipien zur Kenntnis nehmen. Relativierung bedeutet näherhin: Sprengung der evolutiven Gleichläufigkeit von technischer, wirtschaftlicher und ethischer Vernunft, von Aktivität, Wachstum und Fortschritt, von Intention und Absegnung durch den Erfolg, möglicherweise von Vergangenheit, Gegenwart und Zukunft. Solcher Zweifel rührt, wie wir bei einigen Vertretern der „Frankfurter Schule" noch sehen werden, an die Logik der Geschichte überhaupt, stellt das Verhältnis des Menschen zu sich selbst grundsätzlich in Frage und führt zu einem Zustand existentieller Ratlosigkeit.

Noch aber wird wie selbstverständlich technisch-wirtschaftliches Wachstum ad infinitum durch die Philosophie der unendlichen Vernunft und durch die Erfahrung der bisher grenzenüberschreitenden Unaufhaltsamkeit wissenschaftlicher Rationalität begründet. Denn wer wollte diesen Fortschritt, in dem sich der geschichtlich unendliche Horizont des menschlichen Geistes selbst zu artikulieren scheint, in Mißkredit bringen? Und doch öffnet sich in der stolzen Phalanx von Wissenschaft, Technik und Wirtschaft täglich mehr die Kluft zwischen den bekannten Funktionswerten und den humanen Sollwerten unserer Zivilisation und offenbart mit jeder kleineren oder größeren Katastrophe die wachsende Bedrohung des einzelnen und der Menschheit. Die ökologischen Gleichgewichtsstörungen unseres noch blauen Planeten, die seelischen Verödungen durch eine pflegeleicht zur „medialen Umwelt"[27]

[27] *M. Rock*, Umweltschutz. Eine Herausforderung an die christliche Ethik, a. a. O., 6.

zugerichteten „Natur", das Wuchern von technischen, militärischen und zivilen Bürokratien, die sich immer mehr der Steuerung und Kontrolle durch den politischen Willen entziehen, betreffen mittlerweile fast jeden und legen ein anschauliches Zeugnis ab von der praktischen Normalität des an sich Unnormalen, von den innersten Bedrängnissen und Ängsten der Menschen in einer perfektionierten Daueratmosphäre des drohenden globalen Endes ganz zu schweigen. Die Verunsicherung des Menschen durch die von ihm selbst geleistete Zivilisation schreckt noch vor einer Bestandsaufnahme zurück, geblendet vom Glanz des gewohnten Fortschritts, ohne dessen tiefe Ambivalenz zu erkennen. Die in den neueren Kulturkritiken bisher erarbeiteten Deutungsbegriffe für dieses komplexe Phänomen wie: „Entfremdung" (Hegel, Marx, Johannes Paul II. in „Redemptor Hominis"), „Rationalisierung" (M. Weber), „seelische Verarmung" (G. Friedman), „innen- und außengeleiteter Mensch" (D. Riesman), „Verdinglichung" (Lukács), „Euphorie im Unglück" (H. Marcuse), „Nekrophilie" (Erich Fromm) und „Zustand der Unruhe, der bewußten und unbewußten Angst und Bedrohung" (Johannes Paul II.)[28], beziehen sich alle auf die Identitätskrise einer Gesellschaft, die in der Gegenwart den Raum zur kritischen Distanz und damit zur Ortsbestimmung durch den Verlust der Kategorie der dienenden Gegenständlichkeit von Technik und Wirtschaft verloren hat und sich noch überwiegend im Gefühl eines beruhigenden Gleichklangs mit sich und ihren Produkten wiegt. Der heutige Entfremdungsvorwurf betrifft sämtliche Lebensbereiche, nicht nur die Arbeitswelt, obwohl diese immer noch als historisch-genetischer wie aktueller Schwerpunkt von Entfremdung angesehen werden muß.

In unserem Zusammenhang interessiert als Zwischenbilanz die Feststellung, daß das ideelle Instrumentarium des Liberalismus — Neoliberalismus, das im wesentlichen durch die Expansivität ins Grenzenlose, durch das Vertrauen in die Funktionstüchtigkeit marktwirtschaftlicher Konkurrenzwirtschaft, in die Automatik zwischen Einzel- und Gemeinwohl und in die Priorität der individuellen Leistung geprägt ist, bisher nicht ausreicht, die Gefahren technologischer Ideologien, aggressiv organisierter Gruppeninteressen ohne ethische Selbstbindung an das Gemeinwohl, die seelische Verödung des Menschen durch hochtechnisierte und produktions-effizient gestaltete Arbeitsformen zu vermeiden und das Verlangen nach einer echten, nicht nur marginalen Entfaltung der Arbeit als „unmittelbarer Ausfluß der Person"[29] zu erfüllen. Die unheilvolle Spaltung des Liberalismus in die historisch versandete „integrale" Sicht des Menschen und in die „rationalistische

[28] *Johannes Paul II.*, Enzyklika: Redemptor Hominis, a. a. O., 29.

[29] Vatikanum II.: Die pastorale Konstitution über die Kirche in der Welt von heute, „Gaudium et Spes", in: *K. Rahner*, *H. Vorgrimler*, Kleines Konzilskompendium, Freiburg ²1966, Ziff. 67, 522.

Rechenmaschine" (Ketteler) ökonomischer Effizienz wurde auch durch die neoliberale Besinnung auf die humanen Folgekosten dieser Verkümmerung nicht überwunden und bleibt der sozialethischen Rückbeziehung von Arbeit und Leistung auf den Menschen als „totius vitae oeconomicae-socialis auctor, centrum et finis"[30] aufgegeben. Maßgeblich für diese Defizite sind die inneren Schwächen des liberalen Menschen- und Gesellschaftsbildes, sein Ethos des vernünftigen Nutzens und der daran angebundenen sozialen Erweiterungen, das auch den Neoliberalismus angesichts der Sinnkrise der sich so vernünftig gebenden Leistungsgesellschaft in ein tiefes „Dilemma" führt, das S. Wiedenhofer so umschreibt: „So humanitätsbezogen und vernünftig seine heutige politische Programmatik in vielem sein mag, auf die Sinnkrise und Legitimationskrise in der modernen Gesellschaft kann er selbst keine Antwort geben. Dies ist deswegen fatal, weil diese Sinnkrise immer mehr die Krise der spätbürgerlichen Gesellschaft selbst wird. Wenn aber die bürgerliche Vernunft diese neue Situation noch einmal rational zu begreifen sucht, muß sie auf eine Beantwortung der Sinnfrage verzichten. Genau darin liegt aber ein zweites Problem der spätbürgerlichen Gesellschaft. Nach den Erfahrungen der Geschichte und der Gegenwart kann sie ihren Sinn nicht mehr in sich selbst finden ... Denn die Frage ist eben", beschließt Wiedenhofer seine Problematisierung, „ob die spätbürgerliche Gesellschaft rein politisch-pragmatisch humanisiert werden kann, ob eine wirkliche Humanisierung nicht auch eine Beantwortung der Sinnfrage, eine transzendente Wertordnung und ein Menschenbild voraussetzt, das zwar die Subjektivität der Menschen nicht überspringt, wohl aber dessen faktischen Egoismus seiner Natürlichkeit und Verbindlichkeit entkleidet"[31].

Diese offenen Fragen konkretisieren sich vornehmlich in der gegenwärtigen Leistungspraxis, auf die wir anschließend zu sprechen kommen.

6.6 Gespaltene Leistung

Die angeführten Entfremdungssymptome stellen sich in der industrialisierten Arbeit oft ein als Folge einer gespaltenen Leistungsrealität, die wiederum ihre eigene Geschichte spiegelt. Anthropologisch gesprochen, vollen-

---

[30] Ebd., Ziff. 63. Unmißverständlich bereits ausgedrückt von Pius XI., Quadragesimo Anno, Ziff. 88: „At liberum certamen, quamquam dum certis finibus contineatur, aequum sit et sane utile, rem oeconomicam dirigere plane nequit; id quod *eventus* (K. A. W.) satis superque comprobavit, postquam pravi individualistici spiritus placita exsecutioni sunt mandata"..

[31] *S. Wiedenhofer,* Christentum — Bürgertum — Liberalismus. Zum zweifachen Dilemma eines neuzeitlichen Verhältnisses, in: Stimmen der Zeit 197 (1979), 373—384, 384.

det sich durch und in der Leistung die durch Vernunft und Willen zielgerecht gesteuerte Bewältigung von Aufgaben. Der persönliche Beitrag vollzieht sich als Arbeitsanstrengung und als gelungener, weil sachgemäßer Einsatz aller zweckdienlichen Mittel. Ein so gearteter Leistungserfolg wird zu Recht auch als persönlicher Erfolg bewertet, der Empfindungen der Befriedigung, des Glückes und viele Nuancen positiver Erlebnisqualitäten erzeugt. Der einzelne erfährt sich als sachlich und sittlich verantwortlicher Träger solcher Leistung. Er überblickt ihren Anfang und ihr Ende, kann mit Recht auf sie stolz sein und durch sie seine Person zur höheren Reifungsstufe der Persönlichkeit fortentwickeln.

Von dieser sinnintensiven Idealform von Leistung heben sich deutlich die im industriellen Arbeitsleben üblichen „kollektiven" Leistungsanforderungen ab, denen die Normen der hochtechnisierten und durchrationalisierten Arbeitsorganisation ihren Stempel aufdrücken und die eine Zurechnung des individuellen Leistungsbeitrags und vor allem der persönlich unterschiedlichen Leistungszustimmung in der Regel nicht mehr erfordern, sondern sich auf den marktmäßig verwertbaren und technisch einwandfreien Produktionserfolg beziehen. Das Dreigestirn: Leistung — Erfolg — Anpassung kennzeichnet verbindlich die moderne Arbeitswelt. Aber diese Verschiebung von Leistung zur standardisierten Anonymität hat noch keinen „ruhigen" Niederschlag im Bewußtsein der arbeitenden Menschen gefunden. Die spontane, bei den meisten Betroffenen vorreflexe Meinung über den Sinn von Arbeit und Leistung bewertet immer noch aus tiefer Projektion der natürlichen Erwartungen und Bedürfnisse heraus Leistung als verantwortlich-freies Tun und zentralen Ausdruck der Person im *Gegensatz* zur Zwangsläufigkeit technischer Prozesse. Diskrepanzen werden deshalb immer stärker nicht nur als vorübergehende Ausnahmen empfunden, sondern als fundamentaler Druck der Umstände moderner Technik und Wirtschaft. Der Mensch will auch in diesen die human angemessene Einheit aller Leistungsfaktoren, weil er selbst eine Einheit ist. Aber er spürt, daß es bei der „normalen" Leistung gar nicht darauf ankommt, zu leisten, was er imstande wäre, könnte er sich nach Belieben entfalten.

Die Besinnung auf die humanen Quellen von Arbeit, Leistung und Wirtschaft wird sicherlich nicht den nostalgischen Weg in eine wie immer geartete vorindustrielle Ordnung einschlagen können. Der geschichtlich errungene Grad der Ablösung von verflossenen Epochen, die in liberalen Demokratien weithin vorhandene Selbstverständlichkeit institutionalisierter Teilnahme und Kontrolle, nicht nur in der Politik, sondern auch in der Wirtschaft, die Existenz einer demokratischen, auf dem rechtlich kanalisierten Gruppeninteresse beruhenden Gesellschaft und schließlich die Fortentwicklung von Wissenschaft und Technik selbst würden ein Zurück zu vermeintlich besseren Traditionen in das „Treppenhaus der Weltgeschichte" (Hegel) verbannen. Zu verdeutlichen aber in unserer funktionsbeflissenen Zeit bleibt der Zusammenhang zwischen der Leistung als Sinn- und als operatives Prinzip, nämlich: dessen Bindung an vor- und übergeordnete Ziele und seine darin beruhende eigene sekundäre Sinnhaftigkeit für die Lebensleistung des Menschen besonders in einer instrumentalisierten Kultur. Das Verwischen beider Ebenen kommt nicht von ungefähr, sondern spiegelt die krisenhafte Zuspitzung des Verlustes an Wert- und Sinnerfahrung in Massengesellschaften, die sich immer mehr auf das angeblich Wesentliche konzentrieren: die Befriedigung des Daseins durch die rapide Ausweitung seiner materiellen Möglichkeiten. Leistung kann sich aber auf Dauer nur dann mit Sinn und Glück verbinden, wenn sie die Erfahrbarkeit von Sinn zur Voraussetzung hat und selbst glaubwürdig der Suche nach Sinn dient. Nur in den personalen Lebensbereichen, in den religiösen, ethischen, ästhetischen, d. h. schöpferischen Dimensionen des Menschen findet die Leistung ihre humanen Koordinaten. Ihnen muß sich die Leistung als Funktionsprinzip der Dingwelt wieder unterzuordnen lernen. Es gilt, eine nicht nur theoretische, sondern auch praktikable Lösung zu finden, die der Person mit ihrer unrelativierbaren und nicht standardisierbaren Individualität (individuum est ineffabile) als auch den bedingten Notwendigkeiten sozialer und arbeitstechnischer Anpassung an die allgemeinen Regeln moderner Technik und Produktion gerecht wird. Ich sehe in beiden Postulaten keinen unüberbrückbaren Gegensatz, wenn man bedenkt, welche ideellen und ideologischen Etappen die industrielle Leistungsgesellschaft auf ihrem Weg zur Gegenwart durchlaufen hat, und wenn man auf einen Restbestand transgredientinnovierender Fähigkeiten hofft, selbst für ewig erachtete Grenzen zu überschreiten. Dies sei betont im Hinblick auf wirtschaftliche und soziale „Sachzwänge" gesagt, denen ein Mindestmaß an seelischer und kultureller Zustimmung der Betroffenen korrespondieren muß, um auf Dauer akzeptiert zu werden.

C. Die marxistische und marxistisch beeinflußte Kritik an der industriellen Leistungsgesellschaft

1. Der Marxismus

1.1 Der „utopische“ Sozialismus

Den Liberalismus als Grundlage des Kapitalismus und dessen kräftigen Aufschwung im industriellen Zeitalter begleiteten spätestens seit der französischen Revolution Kritik und Ablehnung. Marx und Engels als die hervorragendsten Repräsentanten dieser Bewegung versuchten diese mit der Unterscheidung zwischen einem vorwissenschaftlich — „utopischen“ und ihrem eigenen „wissenschaftlichen Sozialismus“[1] für eine umfassende Analyse des Kapitalismus und den systematischen Ausbau der sozialistischen Gegenposition fruchtbar zu machen. Die in dieser Differenzierung mitverpackte Kritik am „Utopismus“ der frühen Sozialisten bezog sich auf deren mangelnde Erkenntnis der ökonomischen Gesetze des Kapitalismus, die Marx im wesentlichen auf das Fehlen einer dialektisch-materialistischen Geschichtstheorie und auf die daraus resultierende Beschränkung auf punktuelle Verbesserung der Arbeitsbedingungen und Verteilung des wirtschaftlichen Gewinnes zurückführte.

In der Tat verlangten die bald zutage tretenden Auswüchse des Manchesterkapitalismus eine rasche Antwort, nicht nur im Theoretischen. Die bis dahin unbekannte drastische Ausdehnung der Arbeitszeit, die damit einhergehende Eingliederung der Arbeiter in geregelte und mit Sanktionen abge-

[1] *F. Engels,* Die Entwicklung des Sozialismus von der Utopie zur Wissenschaft, in: MEW, Bd. 19. Die frühsozialistischen Theorien charakterisiert Engels als „unreife Theorien“, die dem „unreifen Stand der kapitalistischen Produktion, der unreifen Klassenlage entsprachen“ (ebd., 193 f.). Dagegen verdanke der wissenschaftliche Sozialismus seinem Begründer, Karl Marx, zwei „große Entdeckungen: die materialistische Geschichtsauffassung und die Enthüllung des Geheimnisses der kapitalistischen Produktion vermittelst des Mehrwerts. Mit ihnen wurde der Sozialismus eine Wissenschaft, die es sich nun zunächst darum handelt, in allen ihren Einzelheiten und Zusammenhängen weiter auszuarbeiten (ebd., 209).

sicherte kollektive Arbeitsprozesse, niedrige Löhne, Frauen- und Kinderarbeit, Trucksystem und vor allem die inhumanen moralischen und sozialen Folgen übermäßiger Arbeitsanstrengungen erzeugten eine Menschenklasse, die man als „laboring poor" bezeichnete. Sie rief als das große Problem des 19. Jahrhunderts Reaktionen hervor, die von sozialromantischen Integrationsversuchen in die bestehende Gesellschaft bis zur Diktatur des Proletariats und der Vision einer kommunistischen Gesellschaft reichten, die es jedem erlaubt, nach seinen Fähigkeiten und Bedürfnissen zu leben. Die in der Aufklärung erfolgte Zuwendung zur Geschichte als dem Feld der Bewährung und Entfaltung der Vernunft verband sich mit den anschaulichen Erfolgen der Naturwissenschaften und Technik bei manchen Frühsozialisten zu religiös anmutenden Entwürfen eines „wahren Sozialismus", frei von Konflikten und materieller Not und gerecht in der Bewertung von Arbeit und Leistung.

Erste Versuche wurden unternommen, Religion, Ethik und Sozialismus miteinander zu vereinbaren. Bereits Saint-Simon gebrauchte den Begriff des „christlichen Sozialismus", und seine Schüler Bazard und Enfantin verfolgten, ähnlich wie in Deutschland Wilhelm Weitling und Moses Hess, das Ziel, „in der Mitte der sich allseits auflösenden Gesellschaft eine neue Gesellschaft zu gründen, die allen künftigen Forderungen eine religiöse und friedliche Richtung gibt und die bereit ist, in ihrem Schoße die ganze Menschheit aufzunehmen für die herannahenden Zeiten, in denen, müde von Haß, Krieg und Anarchie, die Völker Gott um ein neues Gesetz der Liebe und mit ihm um das Reich des Friedens und die Herrschaft der Ordnung bitten werden"[2]. Von Robert Owen bis Charles Fourier, von den „christlichen" bis zu den atheistischen Sozialisten, von den Revolutionären der ersten Stunde, Babeuf und Buonarotti, bis zu den sozialreformerisch agierenden englischen Fabiern läßt sich der radikale Wille zur „Philosophie der Tat" (Moses Hess)[3] nachweisen, in der sich die wissenschaftlichen Erkenntnisse der Zeit mit der Forderung nach höchstem sittlichen Glück verbinden sollten. Der alleinige Maßstab für die angestrebte soziale Neuordnung ist der Mensch und seine vernünftige und produktive Leistung in einer immer stärker industrialisierten und technisch organisierten Wirtschaft. Feudaler Müßiggang, ererbter Reichtum und Privilegien, Stand und Titel wurden als Stigmata einer

---

[2] *Bazard-Enfantin,* An den Herrn Präsidenten der Abgeordnetenkammer, in: *Th. Ramm* (Hrsg.), Der Frühsozialismus. Quellentexte, Stuttgart 1968, 153 f. Zum Problem vgl. *Th. Ramm,* Die großen Sozialisten als Rechts- und Sozialphilosophen, Bd. 1, Die Vorläufer. Die Theoretiker des Endstadiums, Stuttgart 1955; *L. Kolakowski,* Die Hauptströmungen des Marxismus. Entstehung — Entwicklung — Zerfall, Bd. 1, München 1977, bes. 209 ff.: „Die sozialistischen Ideen in der Mitte des 19. Jahrhunderts gegenüber dem Marxschen Sozialismus".

[3] Dazu: *H. Stuke,* Philosophie der Tat. Studien zur „Verwirklichung der Philosophie" bei den Junghegelianern und den Wahren Sozialisten, Stuttgart 1963.

überlebten Epoche geächtet und leidenschaftlich bekämpft. Die Selbstbefreiung der Vernunft durch Aufklärung fand hier einen ersten sozialen Widerhall, in dem noch liberales und sozialistisches Gedankengut untrennbar miteinander verbunden sind und erst mit der Ausarbeitung eines spezifisch sozialistischen Eigentums- und Klassenbegriffs geschieden werden.

Die Ideale der Gleichheit und Brüderlichkeit führten noch überwiegend zur „idealistischen Entrüstung“ angesichts einschneidender Gegensätze von Pauperismus und Rechtlosigkeit der vielen und Reichtum der wenigen. In Frankreich bewegten vor allem die neofeudalen Privilegierungen des neureichen Besitzbürgertums unter Louis Philippe die Gemüter. Die nützliche Tätigkeit und nicht das parasitäre Ausruhen (oisif) auf mehr oder minder legal zusammengerafftem Reichtum galt bei den Saint-Simonisten als der einzig sittlich erlaubte, weil vernünftig einsichtige Maßstab für die gesellschaftliche Einstufung und Wertschätzung des Bürgers. Die produktive und wissenschaftliche Nützlichkeit indiziert die leistungsstarke Individualität des so Arbeitenden und weist ihn als wahren staatstragenden citoyen aus. Was würde geschehen, fragte Saint-Simon in einer berühmt gewordenen Überlegung (la parabole, 1819), wenn Frankreich einmal seine dreitausend ersten Gelehrten, Künstler und Arbeiter verlöre, beziehungsweise was würde eintreten, wenn Frankreich all seine genialen Männer in der Wissenschaft und den Künsten, dem Handwerk und dem Gewerbe behielte, aber die Mitglieder der königlichen Familie, die höchsten Würdenträger und Regierungsfunktionäre sowie die zehntausend reichsten Eigentümer von denen, die vornehm leben, verlieren würde? Seine Antwort lautet: „Dieses Ereignis würde sicherlich die Franzosen betrüben, weil sie gute Menschen sind; aber es entstünde hieraus kein Harm für die Nation. Denn diese Personen sind leicht zu ersetzen. Unter den bestehenden Umständen aber herrscht eine ganz verkehrte Welt: die Unfähigen regieren über die Fähigen; die Armen müssen freigiebig gegen die Reichen sein; die großen Übeltäter richten über die Vergehen der kleinen Sünder; die moralisch Unwürdigen maßen sich die Erziehung der Staatsbürger an“[4]. Viel zeitlos Wahres liegt sicherlich in diesen Worten, die auch heute noch etwas erahnen lassen von der ungeduldigen Stimmung des Aufbruchs zur endgültig wahren und gerechten Gesellschaft. Denn hinter der sarkastischen Kritik an den damaligen Zuständen leuchtete der „aufgeklärte“ Optimismus von der menschlichen Perfektibilität durch gemeinsame vernünftige Leistung auf. Und schon damals stellte sich die Frage, ob dieses prometheische Fundament der „ewigen Vernunft“ trägt, ob es eine humane und realistische Alternative ist oder ob sich nicht in diesem Vollkommenheitsanspruch die „narzißtische Omnipotenz“ (H. E. Richter) der Neustzeit ankündigte.

[4] Mitgeteilt von *W. Hofmann,* Ideengeschichte der sozialen Bewegung des 19. und 20. Jahrhunderts, Berlin 1962, 47.

Wir wollen diesen Zweifel noch etwas auf sich beruhen lassen und mehr die praktischen Konsequenzen des utopischen Sozialismus beachten. Abschaffung des Erbrechtes, alleinige Verteilung des nationalen Reichtums anhand seiner wirtschaftlichen, wissenschaftlichen und sozialen Nützlichkeit waren die konkreten Folgerungen der Saint-Simonisten, die sich nach dem Tode ihres Begründers sektenartig-elitär als Agenten des geschichtlichen Fortschritts fühlten und dankbar das von August Comte entworfene Dreistadiengesetz der Geschichte übernahmen. Das progressive Bürgertum, in Deutschland die „Fortschrittlichen" und „Freisinnigen", konnte seine tiefsten Wünsche und Ambitionen in solcher Hochschätzung menschlicher Produktivität, gleich ob vom Arbeiter, Wissenschaftler oder Unternehmer geleistet, wiederfinden und in politische Forderungen umsetzen. Zumal bei den Saint-Simonisten völlig diejenigen Elemente fehlten, die den Kommunismus zum Schreckgespenst für Europa machten, nämlich die schroffe und nur revolutionär zu behebende Gegensätzlichkeit der Klassen, die „wissenschaftlich" materialistische Geschichtstheorie und vor allem die Eigentumsfeindlichkeit.

Für Engels mußten alle frühsozialistischen Präludien notwendigerweise enden, weil der wissenschaftliche Sozialismus die „richtigere", sie „aufhebende" Einsicht besaß und seine Vorläufer als das dekuvrierte, was sie ihrem eigenen, ihnen selbst verborgenen Wesen nach waren, nämlich „der idealisierte Verstand des eben damals zum bourgeois sich fortentwickelnden Mittelbürgers"[5]. Eine derart stolze Endgültigkeit der Erkenntnis, wie sie sich dann im Marxismus niederschlug, konnte und wollte sich nicht mehr mit sozialreformerischen Visionen und adhoc-Experimenten begnügen, auch nicht mit „Garantien der künftigen Harmonie und Freiheit" (Wilhelm Weitling)[6], sondern forderte nichts weniger als die Befreiung des Menschen schlechthin durch die Befreiung des Proletariats: „Die Menschen, endlich Herren ihrer eigenen Art der Vergesellschaftung, werden damit zugleich Herren der Natur, Herren ihrer selbst — frei"[7]. Ein hoher Anspruch: Konnte man ihm genügen, in der Praxis, aber noch mehr, vom Menschenbild?

[5] *F. Engels,* Die Entwicklung des Sozialismus von der Utopie zur Wissenschaft, a. a. O., 192.

[6] Dazu vgl: *W. Seidel-Höppner,* Wilhelm Weitling — der erste deutsche Theoretiker und Agitator des Kommunismus, Berlin 1963.

[7] *F. Engels,* Die Entwicklung des Sozialismus von der Utopie zur Wissenschaft, a. a. O., 228.

1.2 Der „wissenschaftliche“ Sozialismus: Karl Marx und Friedrich Engels

1.2.1 Der Ansatz

Ihr Denken verstanden Karl Marx und Friedrich Engels zutiefst als Versuch, durch die kritische Aufarbeitung der bisherigen Geschichte den Klassenkonflikt als Ausdruck der mehr oder minder gelungenen Menschwerdung des Menschen durch Arbeit als Natur- und Kulturgestaltung zu verstehen. Damit sollte ein Blick hinter die wechselnden Erscheinungen der Vergangenheit auf ihre Wesensgesetze gewonnen werden, die eine prognostizierbare und praktisch sicher zu realisierende bessere Zukunft ermöglichen. Marxens Anliegen, so weiß die Forschung spätestens seit der Publikation seiner Frühschriften, vor allem der „Pariser Manuskripte“ im Jahr 1932, muß als Ringen um ein materialistisch „humanistisches“ Menschenbild verstanden werden. In dessen Verlauf gestaltete sich die Philosophie gemäß der 11. These über Feuerbach[8] zur sozioökonomischen „praktischen“ Kritik um und nahm darin in den Augen von Karl Marx einen endgültigen wissenschaftlichen *und* politischen Charakter an, in dem „die Waffe der Kritik nicht die Kritik der Waffen ersetzen kann“, denn „die materielle Gewalt muß gestürzt werden durch materielle Gewalt“[9].

Hier kann sich endlich die theoretische Erkenntnis mit ihrer praktischen Aufgabe als real vorwärtstreibendes Element der Geschichte identifizieren. Das Hoffen und Sehnen nach dem Wahren und Besseren scheint einen ursächlichen Ort in der Klassenlogik der Geschichte entdeckt zu haben. Sein und Sollen, Freiheit und Notwendigkeit finden zueinander, ohne auf eine automatische Zwangsläufigkeit des Erfolges setzen zu können, wie Marx und Engels immer wieder betonen. Alles konzentriert sich fortan auf den Menschen als geschichtlich aktives Wesen und auf die Geschichte als bisher antagonistische Offenbarung der ganzen Wahrheit des Menschen. Der Schritt zur „radikalen Immanentisierung“[10] der Wirklichkeit und ihrer Deutung ist endgültig getan; die Kräfte sind befreit zur hoffnungsvollen Gestaltung der Zukunft auf dem „wissenschaftlich“ geklärten Hintergrund ihrer Vergangenheit; die Zutaten für ein endgültiges System liegen bereit. Die „List der Vernunft“ bewegt nicht mehr von außen, sondern vollzieht sich als geschichtliche Totalität der gesellschaftlichen Vernunft in dialektischer Manier von Entzweiung, Vermittlung und Versöhnung. In der Mitte dieser Bewegung steht der Mensch als Natur- und Gattungswesen, ausge-

[8] Sie lautet: „Die Philosophen haben die Welt nur verschieden interpretiert, es kömmt darauf an, sie zu verändern“ (*K. Marx*, Thesen über Feuerbach, in: MEW, Bd. 3, 7.).

[9] *K. Marx*, Zur Kritik der Hegelschen Rechtsphilosophie. Einleitung, in: MEW, Bd. 1, 385.

[10] *H. Jonas*, Das Prinzip Verantwortung, a. a. O., 228.

stattet aber nicht mit einer autonomen Natur, allem anderen dadurch im Prinzip schon enthoben, sondern raum-zeitlich konstruiert, angelegt auf Natur als Umwelt und diese und sich verändernd zur Kultur durch vernunftgeleitete gesellschaftliche Tätigkeit, sprich Arbeit.

1.2.2 Arbeit

Thematisch konnte Karl Marx an die Traditionen der englischen Nationalökonomie, an Smith und Ricardo anknüpfen, welche die Wertschöpfung auf die menschliche Arbeit zurückführten und eine Theorie des „natürlichen Wertes“ entwickelt hatten, auf den die im Marktaustausch erzielten tatsächlichen Werte (ausgedrückt in Preisen) tendieren. Marx übernahm die darin liegende Unterscheidung des doppelten Wertcharakters von Arbeit, einmal als Tätigkeit, die individuelle Gebrauchswerte schafft, zum anderen als Ware, deren Wert sich am Maßstab der investierten durchschnittlichen Arbeitszeit am Markt in Form des Tauschwertes realisieren läßt. In dieser Doppelbödigkeit der Arbeit, die den liberalen Theoretikern noch als selbstverständliche Gegebenheit des wirtschaftlichen Lebens überhaupt erschien, zeigte sich für Marx und Engels die ganze geschichtliche Fragwürdigkeit der bekannten Menschheitsentwicklung bis zur Gegenwart, insbesondere die Geschichte der Entfremdung des Menschen von seiner wahren Aufgabe als sich selbst erschaffendes und bestimmendes Wesen in Raum und Zeit. Die Weise der Arbeit wird so für Marx zum Schlüssel für das Verständnis von Mensch und Geschichte und, gleichermaßen wichtig, ethischer Maßstab für die Bewertung des von Marx verkündeten Aufbruchs der Menschheit zu einem künftigen Zustand, in dem die Notwendigkeit von Arbeit ihren bedrückenden Zwangscharakter verloren hat, vielmehr die Arbeit selbst zu einem „Lebensbedürfnis“[11] geworden ist, und in dem die Gesellschaft auf ihre Fahnen schreiben kann: „Jeder nach seinen Fähigkeiten, jedem nach seinen Bedürfnissen!“[12]

Der Mensch wird zum Menschen durch Arbeit. Dieser rote Faden in der Marxschen Anthropologie bedarf der weiteren Erklärung. Marx betont immer wieder den nüchternen Realitätsbezug seiner Analyse: Keine metaphysischen, ideellen oder sonstige voraussetzungsbeladenen Theoreme will er gelten lassen, sondern nur die Aussage der Wirklichkeit. Er schreibt zwar: „Diese Betrachtungsweise ist nicht voraussetzungslos“. Sie geht aber „von den wirklichen Voraussetzungen aus, sie verläßt sie keinen Augenblick“[13]. Und diese vorausgesetzte voraussetzungslose Wirklichkeit begegnet uns als die konfliktgeladene Formung und Verteilung dessen, was der Mensch durch

[11] *K. Marx,* Kritik des Gothaer Programms, in: MEW, Bd. 19, 21.

[12] Ebd.

[13] *Marx/Engels,* Die deutsche Ideologie. Kritik der neuesten deutschen Philosophie in ihren Repräsentanten Feuerbach, B. Bauer und Stirner, und des deutschen Sozialismus in seinen verschiedenen Propheten, in: MEW, Bd. 3, 27.

seine Arbeit aus dem Chaos der Natur produktiv umgestaltet hat zum Kosmos der Kultur, deren ideelle Verfestigungen nun den Anspruch erheben, gleichsam von ihrer materiellen Genese ad aeternum losgelöst, das Wesen des Menschen verbindlich zu deuten, ihn damit aber von seiner wahren Natur entfremden und von der Aufgabe zur humanen Selbstfindung abhalten. In dieser Spaltung der ideellen von der realen Wirklichkeit, in der Ideologisierung des menschlichen Selbstverständnisses also, erblickt Karl Marx den Sündenfall schlechthin. Denn „auch die Nebelbildungen im Gehirn der Menschen sind notwendige Sublimate ihres materiellen, empirisch konstatierbaren und an materielle Voraussetzungen geknüpften Lebensprozesses. Die Moral, Religion, Metaphysik und sonstige Ideologie und die ihnen entsprechenden Bewußtseinsformen behalten hiermit nicht länger den Schein der Selbständigkeit ... Nicht das Bewußtsein bestimmt das Leben, sondern das Leben bestimmt das Bewußtsein“[14].

1.2.3 „Humanismus“ als „Naturalismus“

Mit ihren apodiktischen Feststellungen in der „Deutschen Ideologie“ aus den Jahren 1845/46 brachten Engels und vor allem Marx die von ihnen bereits geleistete Kritik an der Religion und am philosophischen Idealismus Hegels und seiner Nachfolger auf den zusammenfassenden Nenner und legten den Ansatz und den Weg aller künftigen Analysen in den konkreten Menschen zurück, wie es Marx schon in der „Einleitung zur Kritik der Hegelschen Rechtsphilosophie“ im Jahre 1843 angekündigt hatte: „Radikal sein ist die Sache an der Wurzel fassen. Die Wurzel für den Menschen ist aber der Mensch selbst ... Die Kritik der Religion endet mit der Lehre, daß der Mensch das höchste Wesen für den Menschen sei, also mit dem kategorischen Imperativ, alle Verhältnisse umzuwerfen, in denen der Mensch ein erniedrigtes, ein geknechtetes, ein verlassenes, ein verächtliches Wesen ist“[15].

Der so eingegrenzte und definierte Mensch stellt wiederum kein isoliertes Ereignis dar, ist schon gar nicht angesiedelt an der Spitze einer göttlichen oder sonstwie gearteten idealen Schöpfungshierarchie und nur von dort her deutbar, sondern er lebt im und als Geflecht gesellschaftlicher Beziehungen, in und durch die bewußte Begegnung mit der Umwelt, also in der Weise korrelativen und kooperativen Verhaltens zur Natur und zur Menschheit als Gattungsgröße. „Tätiges Sein auf das andere und den anderen hin“ könnte man den Menschen in ontologischer[16] Sprechweise im Sinne von Marx um-

---

[14] *Marx/Engels,* Ebd., 26 f.

[15] *K. Marx,* Zur Kritik der Hegelschen Rechtsphilosophie. Einleitung, a. a. O., 385.

[16] Zur Möglichkeit einer Interpretation der Marxschen Arbeitstheorie mit ontologischen Begriffen vgl.: *E. Fräntzki,* Der mißverstandene Marx. Seine metaphysisch-ontologische Grundstellung. Pfullingen 1978; *W. Bienert,* Über Marx hinaus zum wahren Menschsein, Frankfurt/M. 1979.

schreiben, ohne dabei zu vergessen, daß die qualitativen Bestimmungen dieser fundamentalen Relation von Marx und Engels in der Auseinandersetzung mit idealistischen Anthropologien gegensätzlich mit Inhalten der materialistischen Wirklichkeitsdeutung gefüllt werden, in denen ideale und transzendente Begriffe zwar vorkommen, inhaltlich aber streng an die sozialökonomischen Bewegungsgesetze der Geschichte gebunden bleiben. „Es ist eine Wechselwirkung aller dieser Momente, worin schließlich durch alle die unendliche Menge von Zufälligkeiten ... als Notwendiges die ökonomische Bewegung sich durchsetzt"[17], erläuterte Friedrich Engels nach dem Tode von Karl Marx dessen zentrale Lehre vom Verhältnis der materiellen zu den geistig-idealen Faktoren in der Geschichte. Ein solcher Materialismus verneint nicht das „Geistige" schlechthin, im Gegenteil. Er muß die menschliche Arbeit als vernünftige Handlung auffassen, als kulturbildende Tat und tiefes „Lebensbedürfnis", allerdings ohne den protologischen und finalen Hintergrund einer idealistischen oder religiösen Geistmetaphysik und ohne Anspruch auf eine der geschichtlichen Bewegung des Menschen selber vorgegebenen und richtungweisenden Substantialität der Person.

Natur und Mensch, zusammengeschweißt und in Gang gebracht durch die Arbeit, erweisen sich bei Marx immer wieder als die konstitutiven und umgreifenden Grundkategorien seines Denkens. Sie verleihen seinem Werk, so übereinstimmend L. Kolakowski, G. Schwan und E. Fräntzki[18], den aktivistischen Charakter prometheischer Rast- und Grenzenlosigkeit, des Aufbruchs in eine nicht abschließbare Gesellschaft der kommunistischen Humanität, in der das alte aufklärerische Ideal des höchsten Glücks für die größtmögliche Zahl nun für alle Menschen gilt. Nur von dieser immanenten Eschatologie her gewinnt der Mensch sich selbst und die Geschichte an Sinn, der die einzelnen Epochen übersteigt, da „für den sozialistischen Menschen die ganze sogenannte Weltgeschichte nichts anderes ist als die Erzeugung des Menschen durch die menschliche Arbeit, als das Werden der Natur für den Menschen, so hat er also den anschaulichen, unwiderstehlichen Beweis von seiner Geburt durch sich selbst, von seinem Entstehungsprozeß"[19]. Indem so für den Eingeweihten „der Mensch für den Menschen als Dasein der Natur und die Natur für den Menschen als Dasein des Menschen praktisch, sinnlich, anschaubar geworden ist", erübrigt sich die Frage nach einem

---

[17] *F. Engels,* Brief an J. Bloch vom 21./22. September 1890, in: K. Marx, F. Engels, Studienausgabe, hrsg.: von *I. Fetscher,* Bd. 1. Philosophie, Frankfurt/M. 1966, 226.

[18] Vgl. *L. Kolakowski.* Die Hauptströmungen des Marxismus, Bd. 1, a. a. O., bes. 470 ff.; *G. Schwan,* Die Gesellschaftskritik von Karl Marx. Politökonomische und philosophische Voraussetzungen, Stuttgart, Berlin, Köln, Mainz ²1975, 42; *H. Jonas.* Das Prinzip Verantwortung, a. a. O., bes. 275 ff.: „Der Kult der Technik im Marxismus"; *E. Fräntzki,* Der mißverstandene Marx, a. a. O., 157.

[19] *K. Marx,* Ökonomisch-philosophische Manuskripte, in: Marx/Engels, Studienausgabe, Bd. 2, Politische Ökonomie, hrsg. von *I. Fetscher,* a. a. O., 108.

„fremden Wesen, einem Wesen über der Natur und den Menschen"[20]. Sie wird zurückgeholt und eingeschmiedet in diese eherne Korrelativität, ebenso wie alles Hoffen und Ausschauen nach jenseitig Besserem, denn „ganz im Gegensatz zur deutschen Philosophie, welche vom Himmel auf die Erde herabsteigt, wird hier von der Erde zum Himmel gestiegen"[21]; zu einem recht irdischen „Himmel" allerdings, wie sich bald herausstellte.

Die Natur begegnet uns bei Marx als stofflicher Bereich und als aktiv setzende, gegenständliche Grundbefindlichkeit des Menschen selber, der in dieser Zweieinheit von gegenständlicher Objektivität und Subjektivität seine Identität, damit sein „Wesen" erschafft. Der Mensch ist in den Augen von Karl Marx zutiefst ein „tätiges Naturwesen" in seiner bewußten Ausdehnung, sprich geistigen wie sinnlichen Vergegenständlichung, so daß ein „ungegenständliches Wesen ein Unwesen", ein „unwirkliches, unsinnliches, nur gedachtes, d. h. nur eingebildetes Wesen, ein Wesen der Abstraktion"[22] wäre, vergleichbar der Unmittelbarkeit des Tieres. Nur in dieser relationalen Objektivität für den Menschen interessiert die Natur Karl Marx als Anthropologen, da die bloße „Natur, abstrakt genommen, für sich, in der Trennung vom Menschen fixiert, für den Menschen nichts ist", vielmehr „nur abstrakte Natur — aber nun mit der Bedeutung, daß sie das Anderssein des Gedankens ist, daß sie die wirkliche angeschaute, vom abstrakten Denken unterschiedene Natur ist — nur das Gedankending der Natur aus sich entlassen ... Seine Naturanschauung ist also nur der Bestätigungsakt seiner Abstraktion von der Naturanschauung, der von ihm mit Bewußtsein wiederholte Zeugungsvorgang seiner Abstraktion"[23]. Biologisch gesehen, ist der Mensch auch für Marx selbstverständlich „Natur" in seinem stofflichen, raum-zeitlichen Dasein: Der Mensch „lebt von der Natur, heißt: die Natur ist sein Leib, mit dem er in ständigem Progreß bleiben muß, um nicht zu sterben. Daß das physische und geistige Leben des Menschen mit der Natur zusammenhängt, hat keinen anderen Sinn, als daß die Natur mit sich selbst zusammenhängt, denn der Mensch ist ein Teil der Natur"[24]. Transzendentale Gegenständlichkeit der Vernunft in den strikten Grenzen geschichtlicher Vergegenständlichung durch Arbeit an der Natur erweist sich als die Mitte der Marxschen Anthropologie. Das „Gegenständliche" liegt somit im Wesen des Menschen, und die jeweiligen Vergegenständlichungen sind nur auf diesem Hintergrund möglich und verständlich. „Das gegenständliche Wesen wirkt gegenständlich, und es würde nicht gegenständlich wirken, wenn nicht das Gegenständliche in seiner Wesens-

---

[20] Ebd., 108 f.
[21] *Marx/Engels,* Die deutsche Ideologie, a. a. O., 26.
[22] *K. Marx,* Ökonomisch-Philosophische Manuskripte, a. a. O., Bd. 1, 71.
[23] Ebd., 79 f.
[24] Ebd., Bd. 2, 80.

bestimmung läge"[25]. Im Gegensatz aber zur „idealistischen" Interpretation der Subjekt-Objektspannung des Geistes, die für Marx nicht den Raum der ihr immanenten Logik des Geistes verläßt, vielmehr das Gegenständliche erschafft und in Abhebung von einem Materialismus, der die Gegenständlichkeit der Vernunft als bloß abgeleiteten, streng stofflich gebundenen Reflex der Materie versteht, sucht Marx mit der Kennzeichnung des „Naturalismus" als „Humanismus" den Menschen als „unmittelbares Naturwesen" so zu begreifen, daß erst der permanente Akt der „Entäußerung" durch Vergegenständlichung in der Geschichte konstitutiv die Einheit und Identität des Menschen bewirkt. „Wir sehn hier", resümiert Marx seine komplizierten Gedankengänge in den „Ökonomisch-Philosophischen Manuskripten", wie der „durchgeführte Naturalismus oder Humanismus sich sowohl von dem Idealismus, als dem Materialismus unterscheidet und zugleich ihre beide vereinigende Wahrheit ist. Wir sehn zugleich, wie nur der Naturalismus fähig ist, den Akt der Weltgeschichte zu begreifen"[26].

1.2.4 Natur, Arbeit und Gesellschaft

In seiner sich ihrer selbst bewußten produktiven Gegenständlichkeit überschreitet der Mensch für Karl Marx unendlich die Verhaftung an seiner biologischen „Natur" und entwirft, „leistet" sein Wesen in einer geschichtsformenden Auseinandersetzung mit der Natur, in der die ökonomischen Verhältnisse die „Basis" bilden. Es wäre allerdings ein grobes Mißverständnis, etwa den Marxschen Satz, wonach nicht das Bewußtsein der Menschen ihr Sein, sondern ihr Sein das Bewußtsein bestimmt, so zu verstehen, als ob Marx damit einem bewußtlosen Sein das Wort rede. Der Satz sagt vielmehr: Das Bewußtsein im Sinne des Habens von geistigen Gehalten, von Welt- und Menschenbildern ist ein abgeleitetes. Er sagt nicht: das bestimmende Sein sei ein bewußtloses. Zum gesellschaftlichen Sein, dem „erarbeiteten Sein", — nur um dieses geht es Marx —, gehört nicht auch noch ein aufgepfropftes Reich geistiger Inhalte; es ist vielmehr nur als Bewußt-sein in untrennbarer Einheit von Stoff und Geist existent[27]. Innerhalb dieser Einheit vermittelt sich die Natur im Menschen und der Mensch in der Natur zu einem sich immer wieder dialektisch überschreitenden Zustand der verschiedenen Kulturstufen. Dieses primär „praktische Erzeugen einer gegenständlichen Welt, die Bearbeitung der unorganischen Natur ist die Bewährung des Menschen als eines bewußten Gattungswesens, d. h. eines Wesens, das sich zu der Gattung als seinem eigenen Wesen oder zu sich als Gattungswesen verhält", indem der Mensch im Gegensatz zum Tier „universell produziert, ... frei vom physischen Bedürfnis produziert und erst wahrhaft produziert in

[25] Ebd., Bd. 1, 70.
[26] Ebd.
[27] Vgl. *E. Fräntzki,* Der mißverstandene Marx, a. a. O., 148 ff.

der Freiheit von demselben", weil er „die ganze Natur reproduziert"[28]. Aus dieser frühen Perspektive in den Pariser Manuskripten heraus wird Marxens Vision einer kommunistischen Gesellschaft, in der die Arbeit ein „Lebensbedürfnis" (Kritik am Gothaer Programm) ist, verständlich.

Sich seiner selbst bewußtes gesellschaftliches Verhalten des Menschen als Reflex der gegenständlichen Grundverfassung des Menschen als arbeitenden Wesens können wir als den Sockel des Marxschen Systems bezeichnen. Hier nistet der „Kollektivismus" im Marxismus, da der einzelne seine Individualität „nur im Zusammenhang der ihn tragenden, bedingenden und wegweisenden gesellschaftlichen Kräfte finden kann. Sich als zugehörig zur Gattung Mensch zu wissen, heißt die Gattung als das eigene Wesen zu erkennen, nicht mehr auf Einzelhaftigkeit und Vereinzelung beschränkt bleiben, sondern das Individuelle gerade in der als Gesellschaft lebenden Menschheit zu verwirklichen. Das Wesen der Menschen ist die untrennbare Einheit von Individualität und Gattungszugehörigkeit"[29]. Sie ist die „Substanz" des Menschen, die sich nicht als vorgegebenes Etwas metaphysisch erschließen läßt, um das sich nachträglich die Qualifikationen der Geschichte und des Gesellschaftlichen gruppieren, sondern diese „Eigenschaften" konstituieren den Menschen im ständigen Fluß ihrer ökonomischen Ausprägungen bis ins Mark.

1.2.5 Notwendigkeit und Freiheit

Mit zunehmender Einsicht in die Notwendigkeit gesellschaftlich-produktiver Vergegenständlichung im geschichtlichen Prozeß der „Geburt des Menschen durch sich selbst" wächst gleichermaßen die menschliche Freiheit. Im Gegensatz zum Tier vermag der Mensch kreativ und variabel die Natur zur Kultur umzugestalten, seinen „Stoffwechsel mit der Natur" rationell zu regeln. In dieser allmählichen Loslösung von der Verhaftung an die „blinde Macht" der Naturgesetze durch vernünftig-technische Beherrschung erarbeitet sich der Mensch die geschichtlichen Voraussetzungen und Konturen seiner „wahren" Freiheit, die für Marx erst „jenseits des Reichs der Notwendigkeit beginnt" und von ihm mehr erahnt als inhaltlich genau beschrieben werden kann. In seinem Hauptwerke: „Das Kapital" sucht Marx die crux von Abhängigkeit und Freiheit des Menschen als naturgebundenes Lebewesen, dem noch die Freiheit im Sinne völlig autonomer Unabhängigkeit fehlt, als Vorform des irdischen „Himmels" schmackhaft zu machen, zu dem der wissenschaftliche Sozialismus verhelfen will. Für Marx beginnt „das Reich der Freiheit in der Tat erst da, wo das Arbeiten, das durch Not und äußere Zweckmäßigkeit bestimmt ist, aufhört; es

---

[28] *K. Marx,* Ökonomisch-Philosophische Manuskripte, a. a. O., Bd. 2, 81.
[29] *G. Schwan,* Die Gesellschaftskritik von Karl Marx, a. a. O., 29.

liegt also der Natur der Sache nach jenseits der Sphäre der eigentlichen materiellen Produktion ... Mit seiner Entwicklung erweitert sich dieses Reich der Naturnotwendigkeit, weil die Bedürfnisse; aber zugleich erweitern sich die Produktivkräfte, die diese befriedigen. Die Freiheit in diesem Gebiet kann nur darin bestehen, daß der vergesellschaftete Mensch, die assoziierten Produzenten, diesen ihren Stoffwechsel mit der Natur rationell regeln, unter ihre gemeinschaftliche Kontrolle bringen, statt von ihm als von einer blinden Macht beherrscht zu werden; ihn mit dem geringsten Kraftaufwand und unter den, ihrer menschlichen Natur würdigsten und adäquatesten Bedingungen vollziehen. Aber es bleibt dies immer ein Reich der Notwendigkeit. Jenseits desselben beginnt die menschliche Kraftentwicklung, die sich als Selbstzweck gilt, das wahre Reich der Freiheit, das aber nur auf jenem Reich der Notwendigkeit als seiner Basis aufblühen kann"[30]. Erst in diesem Endstadium werden alle Mühen durch den Kommunismus belohnt, der „als vollendeter Naturalismus = Humanismus" ist, „als vollendeter Humanismus = Naturalismus; er ist die wahrhafte Auflösung des Widerstreites zwischen dem Menschen mit der Natur und mit dem Menschen, die wahre Auflösung des Streits zwischen Existenz und Wesen, zwischen Vergegenständlichung und Selbstbestätigung, zwischen Freiheit und Notwendigkeit, zwischen Individuum und Gattung. Er ist das aufgelöste Rätsel der Geschichte und weiß sich als diese Lösung"[31].

1.2.6 Das marxistische „Jenseits"

Die klassischen Texte aus dem „Kapital" und den „Pariser Manuskripten" spiegeln die ganze Reichweite des Marxschen Systems von der Empirie der zeitgenössischen Arbeitswelt bis zur prophetischen Verkündigung künftiger Harmonie auf dem Rücken der notwendigen Arbeit. Sie können einen Eindruck vermitteln von der Faszination einer „totalen" Erklärung des Menschen und der Natur, zumal diese das alleinige Feld ist, das der Mensch nach Kräften beackern kann und soll. Unverhüllt tritt uns hier die Marxsche Identitätsphilosophie von Erkenntnis und Tat, von Mensch und Natur[32], von Mensch und Menschheit, von Mensch und Geschichte entge-

[30] *Karl Marx,* Ökonomische Schriften, hrsg. von *H. J. Lieber* und *B. Kautsky,* Bd. 3, Das Kapital. Kritik der politischen Ökonomie, 3. Buch: Der Gesamtprozeß der kapitalistischen Produktion, Darmstadt 1964, 671 f.

[31] *K. Marx,* Ökonomisch-Philosophische Manuskripte, a. a. O., Bd. 2, 99.

[32] Die kommunistische Gesellschaft „ist die vollendete Wesenseinheit des Menschen mit der Natur, die wahre Resurrektion der Natur, der durchgeführte Naturalismus des Menschen und der durchgeführte Humanismus der Natur" (Ebd., 101). Natur erscheint in diesem Text als das große Betätigungsfeld des Menschen, als gewaltiger Steinbruch für die gesellschaftliche Menschwerdung durch Technik und Wirtschaft. Ein Eigenwert über diese rein funktionale Hinordnung hinaus ist nicht gegeben, darüber kann auch nicht der Begriff des „Naturalismus des Menschen" hinwegtäuschen, der sich gerade in der Aktivierung der auf naturverändernde Tat hin angelegten Gegenständlichkeit des Menschen erschöpft.

gen. Ihre Tröstung für die Gegenwart schöpft aus dem ständigen Nochnicht, Aberbald der Zukunft und aus dem Wissen, daß der Mensch in seinen Gegenständen sich selber erschafft und sich in ihnen ungebrochen wiederfinden kann, wenn er, geleitet durch den wissenschaftlichen Sozialismus, nicht nur dem Begriffe nach, sondern in der revolutionären Praxis die „wirkliche Aneignung des menschlichen Wesens durch und für den Menschen"[33] vollzieht. Die Arbeit als Ausdruck des tätigen Menschen besetzt daher den Innenraum des Humanen, auch im „jenseitigen Reich der Freiheit", dort nur überwiegend ausgestattet mit den Attributen des Ästhetischen und Freiwilligen. Arbeit hat in solcher Perspektive die vertikale Qualität der Gottebenbildlichkeit verdrängt durch die horizontal transzendierende Rastlosigkeit der „Geburt des Menschen durch sich selbst", die aber im marxistischen „Jenseits" die gleichen endgültigen Eigenschaften der Sinnhaftigkeit, Finalität und Humanität aufweist, nur eben profanisiert. Und der bereits von René Descartes formulierte Imperativ, der Mensch müsse sich zum „maître et possesseur de la nature"[34] aufschwingen, hat durch das Marxsche „Werden der Natur für den Menschen" seine endgültige, weil anthropologische und historische Absegnung gefunden.

1.2.7 Theorie und Praxis

Über die eschatologischen Aussichten künftiger Eintracht von Freiheit, Notwendigkeit und Arbeit sollte bei Marx nicht dessen vorherrschendes Interesse an den konkreten Umständen der Arbeit und ihrer wirtschaftlichen und sozialen Repräsentation übersehen werden. Die Menschheitsentwicklung spiegelt für ihn alles andere als einen abstrakten Humanisierungsprozeß, sondern den bisher antagonistischen Konflikt der wirtschaftlichen Mächte. Für Marx ist „diese Summe von Produktionskräften, Kapitalien und sozialen Verkehrsformen, die jedes Individuum und jede Generation als etwas Gegebenes vorfindet, der reale Grund dessen, was sich die Philosophen als Substanz und Wesen des Menschen vorgestellt, was sie apotheosiert und bekämpft haben"[35]. In der gegenständlichen Struktur der menschlichen Natur liegt für Marx auch der tiefere Grund für die unauflösliche Einheit von Theorie und Praxis. Nur in der abstrahierenden Perspektive gibt es eine gesondert zu fassende Theorie als nachträgliche Überlegung. Sie

[33] Ebd., 99. Der „Kommunismus" entwickelt sich für Marx aus der realen Tendenz realer Geschichtsbewegung, ist somit keine Utopie oder sozialethisches Postulat: „Der Kommunismus ist für uns nicht ein Zustand, der hergestellt werden soll, ein Ideal, wonach die Wirklichkeit sich zu richten haben wird. Wir nennen Kommunismus die *wirkliche* Bewegung, welche den jetzigen Zustand aufhebt" (*Marx/Engels*, Die deutsche Ideologie, a. a. O., 35.).

[34] *R. Descartes,* Discours de la méthode, übers. und hrsg. von *L. Gäbe,* Hamburg 1960, 100.

[35] *Marx, Engels,* Die deutsche Ideologie, a. a. O., 38.

hat jedoch die Bedingtheit ihres Anspruchs vom konkreten Zustand des Reflektierenden zu beachten, wird selbst darin wieder zum praktischen Impuls und sich selbst durchsichtigen Baustein innerhalb der historisch-materialistischen Bewegung der Gesellschaft, oder aber entartet zur „Ideologie", dem vermeintlich autonomen Eigenleben des Geistes. Die „wahre" Theorie verkörpert in den Augen von Karl Marx stets die gelungene Synthese von Gedanke und Tat und ihre vorwärts treibende Einbindung in die dialektische Ausfaltung des Gesellschaftsprozesses. Diese Synthese ist die Arbeit selbst, die weit mehr leistet als die bloße Sicherung der Existenz, vielmehr die Produktion und Reproduktion des Menschen selbst. Für Marx steht fest: „Die Weise der Produktion ist nicht bloß nach der Seite hin zu betrachten, daß sie die Reproduktion der physischen Existenz der Individuen ist. Sie ist vielmehr schon eine bestimmte Art der Tätigkeit dieser Individuen, eine bestimmte Art, ihr Leben zu äußern, eine bestimmte *Lebensweise* derselben. Wie die Individuen ihr Leben äußern, so sind sie. Was sie sind, fällt also zusammen mit ihrer Produktion, sowohl damit, *was* sie produzieren, als auch damit, *wie* sie produzieren. Was die Individuen also sind, das hängt ab von den materiellen Bedingungen ihrer Produktion"[36]. Unmenschliche Arbeit führt deshalb nicht nur zum persönlichen Leid, das durch mannigfaltige Hilfe ad hoc gelindert werden kann, sondern vereitelt den Durchbruch der Geschichte zu ihrer humanen Bestimmung, zeigt einen universalen Mangel an, den Marx unter dem Stichwort „Entfremdung" ausführlich und zentral behandelt.

1.2.8 Entfremdung

Entfremdung als Kainsmal der bekannten Geschichte durchzieht als roter Faden in vielen Modifikationen die Schriften von Karl Marx von den Anfängen bis zum „Kapital" und hat wie kaum ein anderer Begriff des Marxismus die nachfolgende Diskussion angeregt. Die von Marx kritisierten Ursachen der Entfremdung können wiederum zu einem vertieften Verständnis seiner positiven Arbeitstheorie verhelfen, die er nirgends in systematischer Geschlossenheit dargestellt hat. Auch für die Beurteilung der Kontinuitätsproblematik zwischen dem „frühen" und dem späteren „ökonomischen Marx spielt die Entfremdungstheorie eine wichtige Rolle, bildet sie doch nach Meinung vieler Marxkenner[37] den inhaltlich gleichbleibenden Hintergrund und ethischen Impuls für den „Wirtschaftswissenschaftler" Marx

[36] Ebd., 21.

[37] So: *L. Kolakowski,* Die Hauptströmungen des Marxismus, a. a. O.; *G. Schwan,* Die Gesellschaftskritik von Karl Marx, a. a. O.; *E. Fräntzki,* Der mißverstandene Marx, a. a. O.; und *E. Fromm,* Das Menschenbild bei Marx, Frankfurt 1963. Im Gegensatz dazu behauptet E. Mandel einen Bruch zwischen dem „frühen" und dem „späten" Marx; die Entfremdung spiele in seinem Spätwerk keine Rolle mehr. Vgl. *E. Mandel,* Entstehung und Entwicklung der ökonomischen Lehre von Karl Marx, Frankfurt/M. 1968.

in den „Grundrissen", in „Zur Kritik der politischen Ökonomie" und im „Kapital".

Mit seinen Überlegungen zur Entfremdung bewegt sich Marx im Schnittpunkt zweier Wege: der eine führt zurück zur fundamentalen Anthropologie der Beziehungen von Mensch, Natur und Gesellschaft, der andere lenkt den Blick auf die historisch-materialistische Darstellung des geschichtlichen Entfremdungsprozesses der Gesellschaft, gipfelnd in die höchste und letzte Stufe der Entfremdung im kapitalistischen „Warenfetischismus". Dessen Aufdeckung wiederum enthüllt im nachhinein das Wesen der Geschichte und damit des Menschen, wirft aber auch die schwierige Frage nach dem Ursprung der Entfremdung auf, denn die eindeutige Erkenntnis ihrer Ursachen würde die Wahl der Wege zur Überwindung erleichtern.

In den „Pariser Manuskripten" entspringt die Entfremdung unmittelbar und notwendigerweise der menschlichen Arbeit unter den „nationalökonomischen, gegenwärtigen"[38] Umständen. Hier ortet Marx die Entfremdung in der Produktion von „Waren": „Der Gegenstand, den die Arbeit produziert, ihr Produkt, tritt ihr als ein fremdes Wesen, als eine von dem Produzenten *unabhängige* Macht gegenüber". Und weiter: „Das Produkt der Arbeit ist die Arbeit, die sich in einem Gegenstand fixiert, sachlich gemacht hat, es ist die Vergegenständlichung der Arbeit. Die Verwirklichung der Arbeit ist ihre Vergegenständlichung". Dieses anthropologische Grunddatum der Vergegenständlichung aber „erscheint in dem nationalökonomischen Zustand als Entwirklichung des Arbeiters, die Vergegenständlichung als Verlust und Knechtschaft des Gegenstandes, die Aneignung als Entfremdung, als Entäußerung". Die Arbeit produziert in dieser Sicht „nicht nur Waren, sie produziert sich selbst und den Arbeiter als eine *Ware*, und zwar in dem Verhältnis, in welchem sie überhaupt Waren produziert"[39]. Es gilt die abschließende Formel: „Mit der Verwertung der Sachenwelt nimmt die Entwertung der Menschenwelt in direktem Verhältnis zu"[40]. Unterbrechung also des „Stoffwechsels mit der Natur", Umschlag der „Verwirklichung" zur „Entwirklichung", Verdinglichung von Arbeiter, Arbeit und Produkt zur Eigenwelt human zusammenhangloser Sektoren und die damit einhergehende Verkümmerung der Geschichte zur Habenphilosophie der Besitzenden und Ausklammerung der wirklich Arbeitenden kennzeichnen für Marx die historisch feststellbare Entfremdung. Schon die ersten Spuren der privaten Eigentumsbildung veranschaulichen für Marx in der geschichtlichen Rückschau diese einengende Reduktion der menschlichen Unendlichkeit auf die Kategorien des Unterschieds. Marx schreibt: „Das Privateigentum ist also das Produkt, das Resultat, die not-

---

[38] *K. Marx,* Ökonomisch-Philosophische Manuskripte, a. a. O., Bd. 2, 76.

[39] Ebd.

[40] Ebd.

wendige Konsequenz der entäußerten Arbeit ... und die entfremdete Arbeit ist die unmittelbare Ursache des Privateigentums"[41]. Wodurch aber entsteht die Entfremdung? Im Gegensatz zu Hegel resultiert für Marx die Entfremdung nicht aus der Notwendigkeit des Geistes, sich selbst nur in der Entzweiung von Subjekt und Objekt vollziehen zu können. Für Hegel ein Akt, der darin dialektischer Logik folgt und zudem der geschichtlichen Objektivierung bedarf, um über diesen „Umweg" zum „Anundfürsich" des absoluten Geistes zu finden. „Werden zu sich"[42] kennzeichnet bei Hegel die Vorläufigkeit des noch nicht in vermittelter Unmittelbarkeit zu sich selbst gekommenen Geistes. Entsprechend ist auch das „Selbstbewußtsein nur etwas, es hat nur Realität, insofern es sich selbst entfremdet; hierdurch setzt es sich als allgemeines, und diese seine Allgemeinheit ist sein Gelten und Wirklichkeit"[43]. Marx dagegen macht die materiellen Bewegungsgesetze der Geschichte als Weg des Menschen zu sich selbst für die Entfremdung verantwortlich, denn die „Geschichte ist die wahre Naturgeschichte des Menschen"[44]. Entfremdung entspringt deshalb für ihn einem historischen Stadium und historischen Ursachen innerhalb der geschichtlichen Gesamtbewegung und wird deshalb von dieser als Menschenwerk in den Phasen des Sozialismus überwunden werden. Und nur die Geschichte kann eine zureichende Antwort auf die Frage nach der Entstehung der Entfremdung geben. Sie lautet: Arbeitsteilung als dialektisch „unverzichtbare Bedingung künftiger Emanzipation"[45].

In der „Deutschen Ideologie" gibt Marx nähere Auskunft: „Mit der Teilung der Arbeit, in welcher alle diese Widersprüche gegeben sind und welche ihrerseits wieder auf der naturwüchsigen Teilung der Arbeit in der Familie und der Trennung der Gesellschaft in einzelne, einander entgegengesetzte Familien beruht, ist zur gleichen Zeit auch die Verteilung, und zwar die *ungleiche*, sowohl quantitative wie qualitative Verteilung der Arbeit und ihrer Produkte gegeben, also das Eigentum, das in der Familie, wo die Frau und die Kinder die Sklaven des Mannes sind, schon seinen Keim, seine erste Form hat ... Übrigens sind Teilung der Arbeit und Privateigentum identische Ausdrücke — in dem Einen wird in Beziehung auf die Tätigkeit dasselbe ausgesagt, was in dem Anderen in bezug auf das Produkt der Tätigkeit ausgesagt wird"[46]. Hier also findet der Sündenfall mit dem Privatei-

[41] Ebd., 84 f.

[42] Dazu: *U. Guzzoni,* Werden zu sich. Eine Untersuchung zu Hegels Wissenschaft der Logik, Freiburg 1963.

[43] *G. W. F. Hegel,* Phänomenologie des Geistes, in: Sämtliche Werke, hg. von *J. Hoffmeister,* Bd. 5, Hamburg 6. Aufl. 1952, 351.

[44] *K. Marx,* Ökonomisch-Philosophische Manuskripte, a. a. O., Bd. 1, 72.

[45] *L. Kolakowski,* Die Hauptströmungen des Marxismus, a. a. O., 160.

[46] *Marx/Engels,* Die deutsche Ideologie, a. a. O., 32. Fast 40 Jahre (1882) später bekräftigt F. Engels nochmals die Ursächlichkeit der Arbeitsteilung für die „verkehrte" Geschichte. Er schreibt in: „Die Entwicklung des Sozialismus von der Utopie zur Wissen-

gentum statt; dieses verstanden als Kehrseite einer Arbeitsteilung, die selber wieder auf der „naturwüchsigen Teilung der Arbeit“ in der Familie beruht. Der technische Differenzierungsprozeß bedingte für Marx schon in der Anfangsphase der Menschheit den sozialen, wobei ungeklärt bleibt, warum eine so „naturwüchsige“ Arbeitsteilung und Distribution schon bei den einfachsten Verrichtungen der Daseinssorge zur dehumanisierenden Entfremdung führte und schließlich, wie eine „vornaturwüchsige“ und „vorarbeitsteilige“ Gesellschaft wohl ausgesehen haben mag, ob es sie überhaupt jemals gab. Das goldene Zeitalter, wo jeder alles machte und alles gleichermaßen in jeder Hinsicht auf jeden rückbezogen war, hat niemals existiert, bzw. ist historisch in Reinform nicht nachzuweisen. Derartige Retrospektiven in die Vergangenheit spiegeln bei Marx mehr dessen harmonistische Zukunftserwartungen und enthüllen sein Bild von Geschichte als teleologisches Geschehen, in dem auf die ursprüngliche, aber vorreflexe Einheit der Gesellschaft notwendigerweise die Phasen der Entfremdung folgen, die selbst wiederum auf Erlösung durch die revolutionär-bewußte Auflösung der antagonistischen Gegensätze zu einem neuen, nun aber endgültigen Reich der Harmonie und Freiheit drängen. So voraussetzungslos streng empirisch, wie Marx versprach, kann er seine Geschichtsphilosophie nicht durchhalten. Marxens spezieller „Utopismus“ offenbart sich nicht von ungefähr in den Anfangs- und Endstücken der Geschichte, dort, wo es um den endgültigen „Sinn“ von Geschichte geht, den Marx nicht von außerhalb erheben kann, sondern nur in ihr, indem er die anthropomorphe Totalität seines Konzeptes historisiert, ohne den Anspruch auf eine totale Deutung aufzugeben. Entsprechend visionär umreißt Marx in Abhebung von der Vergangenheit die Aufhebung der Entfremdung im Kommunismus: „Sowie nämlich die Arbeit verteilt zu werden anfängt, hat jeder einen bestimmten ausschließlichen Kreis der Tätigkeit, der ihm aufgedrängt wird, aus dem er nicht heraus kann; er ist Jäger, Fischer oder Hirt oder kritischer Kritiker und muß es bleiben, wenn er nicht die Mittel zum Leben verlieren will — während in der kommunistischen Gesellschaft, wo jeder nicht einen ausschließlichen Kreis der Tätigkeit hat, sondern sich in jedem beliebigen Zweige ausbilden kann, die Gesellschaft die allgemeine Produktion regelt und mir eben dadurch möglich macht, heute dies, morgen jenes zu tun, morgens zu jagen, nachmittags zu fischen, abends Viehzucht zu treiben, nach dem Essen zu kritisieren, wie ich gerade Lust habe, ohne je Jäger, Fischer, Hirt oder Kritiker zu werden“[47]. Der idyllhafte Klang der letzten Zeilen sollte nicht über ihre Folgerichtigkeit innerhalb der Marxschen Arbeitsanthropologie hinwegtäuschen. Der Kommunismus bildet den erlösenden Abschluß difizitärer

schaft“, a. a. O., 225: „Es ist also das Gesetz der Arbeitsteilung, das der Klassenteilung zugrunde liegt.“

[47] *Marx/Engels,* Die deutsche Ideologie, a. a. O., 33.

Geschichte; er setzt als konstitutives Zielelement der dialektischen Grundverfassung der Geschichte notwendigerweise Entfremdung voraus und muß sie mit Notwendigkeit aufheben, um dem anthropozentrischen Sinnanspruch der Marxschen Geschichtsphilosophie zu genügen. Wenn schon nicht Gott, dann muß dem Menschen die Vollkommenheit gelingen. Diese „Alternative“ ist zwingend, und Marx kann und will ihr nicht entkommen.

Näherhin gilt für den Kommunismus: Die Aufhebung der zwanghaften Notwendigkeit der „naturwüchsigen Teilung der Arbeit“ führt zu einem frei-spielerischen Menschen, einem kommunistischen „homo ludens“, der dieses Hoch- und Letztziel mittels der historisch-kritisch gewonnenen Erkenntnis erreichen kann, die herkömmlichen Formen der Arbeitsteilung, sprich Entfremdung, durch eine neue Unmittelbarkeit der frei gewollten gesellschaftlichen Organisation von Arbeit zu überwinden. Dies kann nur durch die „Regelung der allgemeinen Produktion“ geschehen, d.h. durch die Beteiligung *aller* an der unumgänglichen wirtschaftlichen Befriedigung der allgemeinen Bedürfnisse. Auf dieser „ökonomischen Demokratisierung“ des Reichs der Notwendigkeit kann dann das Reich der freien Variabilität aufbauen, in dem bekanntlich jeder seinen Fähigkeiten und Bedürfnissen gemäß sich entfalten darf. Es fehlen dann auch, um in der Logik der Marxschen Perspektive zu bleiben, die neuerdings von Rudolf Bahro[48] und M. S. Voslensky[49] an marxistischen Maßstäben gemessenen neuen Klassen im „real existierenden Sozialismus“ samt ihren Eigengesetzlichkeiten und parasitären Machtansprüchen, ihren hierarchisch gegliederten Funktionärskasten, die nur noch dem eigenen, nicht mehr dem sozialistischen Wohl dienen.

Marx hat schnell die problematischen Reflexionen über den Ursprung der Entfremdung verlassen zugunsten einer Darstellung ihrer Auswirkungen, wie sie sich seinen Augen in seiner Zeit zeigten. Zunehmende Arbeitsteilung, Waren- und Geldwirtschaft, Spaltung der Gesellschaft in Kapital und Arbeit, kollektive Verelendung und wachsender Reichtum der wenigen bilden den Hintergrund seiner konkreten Entfremdungs- sprich Kapitalismuskritik. Der Kapitalismus ist für Marx die entwickeltste und gleichermaßen die allgemeinste Stufe der Entfremdung. Er ist ein Sozialsystem und nicht eine beliebige Weise unter den funktionalen Möglichkeiten von Wirtschaft. „Wir haben gesehen“, schreibt Marx im „Kapital“, daß „der kapitalistische Produktionsprozeß eine geschichtlich bestimmte Form des gesellschaftlichen Produktionsprozesses überhaupt ist. Dieser letztere ist sowohl Produktionsprozeß der materiellen Existenzbedingungen des menschlichen Lebens, wie ein in spezifischen, historisch-ökonomischen Produktionsver-

48 *R. Bahro,* Die Alternative. Zur Kritik des real existierenden Sozialismus, Frankfurt/M. 1977, bes. 277 ff.: „Partei und Bürokratie.“

49 *M. S. Voslensky,* Nomenklatura. Die herrschende Klasse der Sowjetunion, Wien, München, Zürich, Innsbruck 1980; bes. 483 ff.: „Die parasitäre Klasse.“

hältnissen vor sich gehender, diese Produktionsverhältnisse selbst, und damit die Träger dieses Prozesses, ihre materiellen Existenzbedingungen und ihre gegenseitigen Verhältnisse, d. h. ihre bestimmte ökonomische Gesellschaftsform produzierender und reproduzierender Prozeß ... Wie alle seine Vorgänger, geht der kapitalistische Produktionsprozeß unter bestimmten materiellen Bedingungen vor sich, die aber zugleich Träger bestimmter gesellschaftlicher Verhältnisse sind, welche die Individuen im Prozeß ihrer Lebensproduktion eingehen. Jene Bedingungen, wie diese Verhältnisse, sind einerseits Voraussetzungen, andererseits Resultate und Schöpfungen des kapitalistischen Produktionsprozesses; sie werden von ihm produziert und reproduziert"[50]. Weil der Kapitalismus eine alles umfassende und prägende geschichtliche Phase der Menschheitsentwicklung verkörpert, beeinflußt die Entfremdung als Wesensmerkmal sämtliche Seiten der Gesellschaft und des einzelnen, sowohl innerlich wie öffentlich, von den rechtlosen Seiten des Arbeitsvertrages bis zu den seelischen Tiefen des privaten Lebens. Es geht Marx darum, „jetzt den wesentlichen Zusammenhang zwischen dem Privateigentum, der Habsucht, der Trennung von Kapital, Arbeit und Grundeigentum, von Austausch und Konkurrenz, von Wert und Entwertung des Menschen, von Monopol und Konkurrenz etc., von dieser ganzen Entfremdung mit dem Geldsystem zu begreifen"[51].

Als erstes konzentriert sich Marx auf die Entfremdung des Arbeiters von seinen *Produkten*. In der Privilegierung der ökonomischen und kulturellen Wohltaten der gemeinsamen Arbeit für wenige, also in der Trennung von Produktion und Genuß, identifiziert Marx das Erzübel der Entfremdung. „Die Arbeit produziert Wunderwerke für die Reichen, aber sie produziert Entblößung für den Arbeiter. Sie produziert Paläste, aber Höhlen für die Arbeiter. Sie produziert Schönheit, aber Verkrüppelung für den Arbeiter. Sie ersetzt die Arbeit durch Maschinen, aber sie wirft einen Teil der Arbeiter zu einer barbarischen Arbeit zurück und macht den andern Teil zur Maschine. Sie produziert Geist, aber sie produziert Blödsinn, Kretinismus für den Arbeiter"[52]. Plastischer und aggressiver könnte man auch heute kaum die Gefahren und tatsächlichen Entartungen der industriellen Arbeit und das Verständnis vieler Arbeiter von ihrem Tun verdeutlichen. Nur: Solche Entfremdungen sind nicht untrennbar an die kapitalistischen Produktionsverhältnisse gebunden, wie Marx als sicher annahm. Sie finden sich in allen technisierten und hochindustrialisierten Gesellschaften mit dem Schwerpunkt dort, wo keine unabhängigen Rechtsinstanzen, keine freie Organisation der Arbeitnehmer und keine demokratische Vielfalt der Interessenvertretung erlaubt sind, vielmehr in perverser Manier der manipulierte

[50] *K. Marx*, Das Kapital, a. a. O., 669 f.
[51] *K. Marx*, Ökonomisch-Philosophische Manuskripte, a. a. O., Bd. 2, 76.
[52] Ebd., 78.

Gleichschritt der Gesellschaft noch als ureigenes Anliegen des „sozialistischen“ Menschen behauptet wird. „Die Ausbeutung auf marxistischer Grundlage“[53] war zwar von Marx nicht eingeplant, ist aber dennoch eine massive Realität, ebenso wie die Abrichtung des Menschen zur bloßen Funktion spätestens dann in real-sozialistischen Systemen Wirklichkeit wurde, als man z. B. 1920 in der UdSSR den Taylorismus einführte, den Lenin noch kurz zuvor „ein wissenschaftliches System zur Schweißauspressung“[54] genannt hatte. Schon bei Marx ist Jammern und Mitleid über den entfremdeten Arbeiter fehl am Platz, denn er verwirklicht nur seine dialektisch vorgesehene Aufgabe im geschichtlichen Gesamtprozeß per aspera ad astra. Die Geschichte mußte für Marx „Paläste“ produzieren, es mußte zur „Epidemie der Überproduktion“[55], zur Zersplitterung in Klassen kommen, damit die Arbeiter ihre „Höhlen“ als solche erkennen und in wohnlichere Behausungen umwandeln können. Das leidenschaftliche Pathos in den „Pariser Manuskripten“ und im „Kommunistischen Manifest“ sollte nicht über die historische Notwendigkeit der antagonistischen Geburtswehen einer klassenlosen Zukunft hinwegtäuschen. Die „funktionale“ Unmenschlichkeit des späteren Bolschewismus gründet hier in der Sache.

Einen zweiten Aspekt im korrellierenden Geflecht von Entfremdungen bietet der *Akt* der Produktion, den Marx als „Entäußerung“ im Sinne der Entwesentlichung des Arbeiters beschreibt. Auch hier bringt Marx anschauliche Hinweise, insbesondere im Blick auf das Verhältnis von Arbeit, privates Dasein und Freizeit. Entäußerung heißt, „daß die Arbeit dem Arbeiter *äußerlich* ist, d. h. nicht zu seinem Wesen gehört, daß er sich daher in seiner Arbeit nicht bejaht, sondern verneint, nicht wohl, sondern unglücklich fühlt, keine freie physische und geistige Energie entwickelt, sondern seine Physis abkasteit und seinen Geist ruiniert. Der Arbeiter fühlt sich daher erst außer der Arbeit bei sich und in der Arbeit außer sich. Zu Hause ist er, wenn er nicht arbeitet, und wenn er arbeitet, ist er nicht zu Haus ... Es kommt daher zum Resultat, daß der Mensch (der Arbeiter) nur mehr in seinen tierischen Funktionen, Essen, Trinken und Zeugen, höchstens noch Wohnung, Schmuck, etc., sich als freitätig fühlt, und in seinen menschlichen Funktionen nurmehr als Tier. Das Tierische wird das Menschliche und das Menschliche das Tierische“[56]. Die Trennung der Lebensbereiche, ihre „Abstraktion“[57], verarmt den Menschen auf den Tiefpunkt kapitalistischer Erniedrigung, deren schlimmes Elend die Kräfte zur positiven Überwindung auch hier mit Notwendigkeit hervorruft. Die Geschichte erlebt so ihren Wendepunkt, ihre

---

53 *M. S. Voslensky,* Nomenklatura, a. a. O., 253.
54 Mitgeteilt von *M. S. Voslensky,* Ebd., 257.
55 *Marx/Engels,* Das kommunistische Manifest, a. a. O., 468.
56 *K. Marx,* Ökonomisch-Philosophische Manuskripte, a. a. O., Bd. 2, 79.
57 Ebd.

große „Kehre“. Richtig hat Marx erkannt, daß eine „Humanisierung“ der Arbeit, die sich nur auf die externen Sektoren wie Entlohnung und Freizeit bezieht und nicht auf den Arbeitsvollzug selbst, an den Bedürfnissen der arbeitenden Menschen vorbeigeht.

Entfremdung als umfassende Perversion entzweit den Menschen auch von seiner Bestimmung als *Gattungs*wesen. In dieser dritten Unterscheidung betont Marx den gesellschaftlichen Charakter der Arbeit, den er aus der Allgemeinheit der Vernunft, aus ihrer Grenzenlosigkeit und evolutiven Höchst- und Sonderstellung gegenüber den biologisch festgelegten Trieben und Bedürfnissen der Tierwelt herleitet. Die Vernunft als die „Natur“ des Menschen konzentriert wie in einem Brennpunkt die Struktur der außermenschlichen Natur, übersteigt sie in ihrem reflexiven Gegenstands- und Selbstbewußtsein unendlich und bleibt doch auf sie rückbezogen (die außermenschliche Natur als „unorganischer Leib des Menschen“). Dieser „universelle“ Zusammenhang muß sich bei Marx in der konkreten Arbeit wiederfinden, oder der Mensch entfremdet sich von der Natur und sich selbst. „Das Tier formiert nur nach dem Maß und dem Bedürfnis der species, der es angehört, während der Mensch nach dem Maß jeder species zu produzieren weiß und überall das inhärente Maß dem Gegenstand anzulegen weiß; der Mensch formiert daher auch nach den Gesetzen der Schönheit“[58]. Das ästhetische Element der Marxschen Arbeitsanthropologie tritt in diesen Zeilen deutlich zutage, obwohl es im Lärm der ökonomischen Auseinandersetzung mit Marx oft vergessen wird.

Der Verlust des Gattungsbezuges in der entfremdeten Arbeit wirkt sich, viertens, auf die Beziehungen der Arbeiter *untereinander* aus. Es kommt zur Vereinzelung des Arbeiters, der als gehandelte Ware im Mitarbeiter den Konkurrenten und nicht den Mitmenschen erblickt und alle Kräfte für das nackte Überleben im Kampf um die Erhaltung seines Arbeitsplatzes aufbraucht. Der wesenhaft grenzenlos und solidarisch angelegte Tätigkeitsdrang verkümmert zur punktuellen Not der Daseinssorge, zum vitalen Egoismus. In dieser erzwungenen Rückwendung zum eigenen Ego überträgt der Arbeiter die vorhergegangene Entäußerung seines Ichs, die Kluft von Arbeit und Ware auf die Ebene der zwischenmenschlichen Beziehungen. Auch hier handelt es sich um eine sozialnormative Auswirkung des ökonomischen Verdinglichungsprozesses, der sich brennpunkthaft in der Ordnung des Privateigentums niedergeschlagen hat, dem für Marx historischen Resümee der Entfremdung. „Das Privateigentum“, so zieht Marx eine Zwischenbilanz seiner Entfremdungstheorie, „ist also das Produkt, das Resultat, die notwendige Konsequenz der entäußerten Arbeit, des äußerlichen Verhältnisses des Arbeiters zu der Natur und zu sich selbst“[59].

[58] Ebd., 81 f.
[59] Ebd., 84.

Die Aufhebung der Entfremdung erfordert mit marxistischer Logik im künftigen Sozialismus die Unterbrechung des dehumanisierenden Zusammenhangs von Arbeitsteilung und privater Verteilung des gesellschaftlich erwirtschafteten Sozialproduktes. Die Änderung der Produktionsverhältnisse zieht eo ipso die Neuordnung der sozialen Verhältnisse nach sich und erzeugt den neuen Menschen, der so ist, wie er sein soll und wie er sein will. Friedrich Engels umschrieb nochmals kurz vor dem Tode seines Freundes diesen Schluß- und Befreiungsakkord des Marxismus: „Mit der Besitzergreifung der Produktionsmittel durch die Gesellschaft ist die Warenproduktion beseitigt und damit die Herrschaft des Produkts über die Produzenten. Die Anarchie innerhalb der gesellschaftlichen Produktion wird ersetzt durch planmäßige bewußte Organisation. Der Kampf ums Einzeldasein hört auf. Damit erst scheidet der Mensch, in gewissem Sinn, endgültig aus dem Tierreich, tritt aus tierischen Daseinsbedingungen in wirklich menschliche. Der Umkreis der die Menschen umgebenden Lebensbedingungen, der die Menschen bis jetzt beherrschte, tritt jetzt unter die Kontrolle und Herrschaft der Menschen, die zum ersten Male bewußte, wirkliche Herren der Natur, weil und indem sie Herren ihrer eigenen Vergesellschaftung werden. Die Gesetze ihres eigenen gesellschaftlichen Tuns, die ihnen bisher als fremde, sie beherrschende Naturgesetze gegenüberstanden, werden dann vom Menschen mit voller Sachkenntnis angewandt und damit beherrscht. Die eigene Vergesellschaftung der Menschen, die ihnen bisher als von Natur und Geschichte aufgenötigt gegenüberstand, wird jetzt ihre freie Tat. Die objektiven, fremden Mächte, die bisher die Geschichte beherrschten, treten unter die Kontrolle der Menschen selbst. Erst von da an werden die Menschen ihre Geschichte mit vollem Bewußtsein selbst machen, erst von da an werden die von ihnen in Bewegung gesetzten gesellschaftlichen Ursachen vorwiegend und in stets steigendem Maß auch die von ihnen gewollten Wirkungen haben. Es ist der Sprung der Menschheit aus dem Reich der Notwendigkeit in das Reich der Freiheit“[60].

1.2.9 Eigentum, Macht und Herrschaft. Idee und Wirklichkeit des Eigentums im realen Sozialismus

Die Idee universaler, „schöner“ Entfaltung aller menschlichen Eigenschaften durch gesellschaftliche Selbstbestimmung bildet den Hintergrund und die Leitidee der Marxschen Kritik am Privateigentum, an der Entfremdung und am Kapitalismus. Die drei Begriffe sind für Marx auswechselbar, mit dem einen fallen auch die anderen. Kritik an der Entfremdung vollzieht sich in diesem Kontext immer als Gesellschaftskritik und vice versa. Eine gesonderte Perspektive kann es hier nicht geben. Alles spielt sich, dramaturgisch

[60] *F. Engels,* Die Entwicklung des Sozialismus von der Utopie zur Wissenschaft, a. a. O., 226.

gesprochen, als Einakter ab mit stets totaler Kulisse. Dieser radikale Tenor übrigens kennzeichnet auch die neomarxistische Gesellschaftskritik, die sich nicht nur darin als Erbe des Marxismus erweist. Am anschaulichsten ist die Institution des Privateigentums, auf die sich die Auseinandersetzung mit Marx vorwiegend konzentriert. Private Verfügungsgewalt über Eigentum kann ohne Zweifel zum Machtmißbrauch führen, denn — hier liegt der problemreiche Kern der Eigentumsdebatte — Eigentum *kann* Macht in allen privaten und gesellschaftlichen Schattierungen mit sich bringen. Macht, die zur Herrschaft des Menschen über den Menschen entarten und so die sozialen Verhältnisse dehumanisieren kann. Und es soll auch nicht bestritten werden, daß insbesondere die Figur des privaten Eigentums den Verlockungen des Mißbrauchs unterliegen, seine Gemeinwohlpflichtigkeit vergessen und zum Vehikel einer Habenphilosophie verkümmern kann, die in der Tat den Menschen zum „raffenden" und „hortenden" Fetischisten seiner eigenen Erzeugnisse degradiert. Die Beziehung des Menschen zum Eigentum signalisiert sicherlich immer auch mehr als die Oberfläche rechtlich verfaßter Eigentumsverhältnisse; vielmehr spiegelt sich darin der Zustand des Menschen selbst, sein Selbstverhältnis. Nur: Eigentum und Macht, Eigentums- und Machtmißbrauch sind nicht untereinander und schon gar nicht mit der Form des Privaten von vornherein und unauflöslich verbunden. Die Zustände im realen Sozialismus kommunistischer Staaten, die bekanntlich das private Eigentum in allen wirtschaftlichen Großbereichen abgeschafft haben, beweisen zur Genüge die Herrschaftsfunktionen auch von kollektivem Eigentum, zumal dieses alles andere als im marxistischen Sinne „vergesellschaftet" ist, vielmehr die anonyme Eigentumsmacht politisch und wirtschaftlich privilegierter Klassen, der „Nomenklatura",[61] repräsentiert. Hier tritt der „private" Gruppencharakter an die Stelle des individuellen Eigentumsbesitzes im Kapitalismus, ohne aber die exklusive, „willkürliche" Verfügungsgewalt und ohne das gesonderte und besondere Genußprivileg zu verlieren. Ganz im Gegenteil: derartige Klassenbildung im Marxismus wirkt deshalb so verlogen, weil nach außen hin, vergleichbar mit den bürgerlichen Phrasen im Manchesterliberalismus, stets der Eindruck völliger Übereinstimmung mit den Absichten der marxistischen Kirchenväter vorgegaukelt wird, ohne zu bedenken, daß schon Marx und Engels die „Privat-

[61] Vgl. *M. S. Voslensky,* Nomenklatura, a. a. O., bes. 207 ff.: „Die Nomenklatura, die Ausbeuterklasse der Sowjetgesellschaft." Am besten über die Zustände im realen Sozialismus informiert immer noch die Auskunft des fiktiven „Radio Eriwan" auf die Frage nach dem Unterschied zwischen Kapitalismus und Sozialismus: „Man fragt uns: Im Kapitalismus wird der Mensch durch den Menschen ausgebeutet. Und im Sozialismus? Wir antworten: Im Sozialismus ist es umgekehrt!" Vgl. noch: *W. Strauss,* Wer Schmarotzer ist, bestimmt die Partei. Erscheinungsformen des Parasitismus in der Sowjetunion, in: Schmarotzer breiten sich aus. Parasitismus als Lebensform, in: INITIATIVE 43, Freiburg, Basel, Wien 1981, 154—173.

heit“ des Eigentums nicht an den individuellen Besitzer gebunden hatten, sondern an die „Klasse“ des „Gesamtkapitalisten“. Und eine solche „Klasse“ kann auch, wie Voslensky zutreffend bemerkt[62], der Staat selbst sein, zumal Marx und Engels den Staat stets als den Apparat der herrschenden Klasse definierten, der im Kommunismus dazu verurteilt ist, „abzusterben“[63]. Nicht die de jure-Abschaffung des Privateigentums bewirkt für Marx die Aufhebung der Entfremdung, sondern die de facto — Überwindung realer Verhältnisse, d. h. der *Klassen*struktur einer Gesellschaft[64]. Von diesem klassenlosen Zustand ist aber der reale Sozialismus meilenweit entfernt, ebenso weit wie von den übrigen Endvisionen seiner geistigen Urheber.

Unsere kritischen Anmerkungen zur Eigentums- und Entfremdungsproblematik, auf die wir im Zusammenhang der Sozialpsychologie Erich Fromms noch einmal zu sprechen kommen[65], verkennen nicht die fruchtbaren Impulse, welche von den Ökonomisch-Philosophischen Manuskripten auf die Nachfolgediskussion ausgegangen sind. Der Neomarxismus und diejenigen, die als Marxisten mehr als kritisch dem realen Sozialismus gegenüberstehen, wären ohne die Marxsche Arbeitsanthropologie in ihrem eigenen Anliegen nicht zu verstehen. Und doch meinen wir, daß die Pervertierungen im realen Sozialismus nicht nur bedauerliche Fehlentwicklungen sind, wie sie immer wieder in jedem politischen System vorkommen, sondern kräftige und aufweisbare Wurzeln im klassischen Marxismus selbst besitzen. Um dem nachzugehen, wollen wir die Grundzüge der Arbeitstheorie bei Karl Marx in kritischer Absicht zusammenfassen und dann ihre Fortdauer bei marxistischen Denkern der Gegenwart aufzeigen.

1.2.10 Der „arbeitende Prometheus“: Zur Kritik der Marxschen Arbeitsanthropologie

Der tatsächliche Gang des Sozialismus hat bisher neben seinen „menschlichen“ Schwächen den systemimmanenten konstruktivistischen Charakter der Marxschen Anthropologie aufgedeckt. Das ist unsere primäre These. Die Hauptstützen des Marxschen Menschenbildes können wir so charakterisieren: Die Grundidee zeigt sich als vorwärtsgerichteter Entwurf einer zu sich selbst findenden Menschheit, die sich mit historisch-dialektischer Notwendigkeit entfremdet hat und mit derselben Notwendigkeit, durch die Antagonismen der Klassenkämpfe vermittelt, zu einer neuen Form von humaner

---

[62] Vgl. *M. S. Voslensky,* Nomenklatura, a. a. O., 209.

[63] *F. Engels,* Die Entwicklung des Sozialismus von der Utopie zur Wissenschaft, a. a. O., 224: „Der Staat wird nicht ‚abgeschafft‘, er *stirbt ab*“, bzw. „schläft dann von selbst ein“.

[64] In „Die deutsche Ideologie“, a. a. O., 63, schreiben Marx und Engels: „Eigentum ... wird erst im Verkehr und unabhängig vom Recht zu einer Sache, zu wirklichem Eigentum.“

[65] S. u. 183 ff.

Unmittelbarkeit im Kommunismus strebt. Das Ziel ist die Aufhebung von Gegensätzlichkeit und Parzellierung der Lebensbereiche durch die „Waffe" der sozialistischen Kritik, die in die „Kritik der Waffe", d. h. in die revolutionäre Umgestaltung der gesellschaftlichen Verhältnisse mündet. Die Achse dieser Umwälzung bildet die Veränderung der ökonomischen Zustände durch das historische Novum der Identifizierung des Menschen mit seiner Arbeit. Arbeit ist sowohl Ursprung, Mittel und Ausdruck seiner Selbsterschaffung in prozessualer Unabschließbarkeit, als auch die Quelle der Entfremdung in der Arbeitsteilung. In der Arbeit verschmelzen Freiheit und Notwendigkeit, deren jeweilige Anteile den erreichten Reifungsgrad des Menschen anzeigen. Den logischen Schlüssel in der totalen Gleichsetzung von Mensch und Arbeit bildet die von Hegel übernommene Dialektik, die es Marx gestattet, das Wesen des Menschen als geschichtliches, sprich materialistisches „ensemble der gesellschaftlichen Verhältnisse"[66] so zu verstehen, daß der Entfremdung mit Sicherheit ihre Aufhebung und der Eingang in das „Himmelreich" kommunistischer Provenienz folgen wird. Der Determinismus in der Geschichte verliert dadurch für Marx seinen bedrückenden Charakter, wird selbst zum erklärbaren Bestandteil der gesellschaftlichen Vernunft, die bei Marx den jüdisch-christlichen Gott, bzw. die absolute Vernunft Hegels ersetzt hat. Aus dieser horizontalen Zuversicht fließt die Hoffnung, daß sich der Mensch in der Zukunft vollenden kann, und zwar im Gleichklang seiner individuellen und gesellschaftlichen Kräfte. Mit der Abschaffung des Privateigentums fallen in der Marxschen Komplementärlogik allmählich sämtliche fragmentierenden Hindernisse, und es kommt zu einer Synthese von Ich und Gegenstand, von Innen und Außen des Menschen, von Theorie und Praxis, kurz: es kommt zur Harmonie des vermittelt unmittelbaren „Naturalismus" im kommunistischen „Humanismus". Teile der Arbeit besitzen zwar auch dann noch die Eigenschaften des Notwendigen, auch des körperlich und seelisch Anstrengenden, werden aber durch freie Einsicht und allgemeinen Konsens auf ein unumgängliches Minimum reduziert und auf alle verteilt. L. Kolakowski ist sicherlich im Recht, wenn er hier den sozialistischen „Humanismus" gegenüber folgendem Vorwurf in Schutz nimmt: „Die Vermutung, Marx habe sich den Sozialismus als Gleichschaltung der personalen Konkreta in einem unpersönlichen, Comteschen allgemeinen Sein vorgestellt, als Eliminierung der realen Subjektivität, ist eine der monströsesten Verirrungen, zu denen es in der Rezeption seines Werkes kam. Wahr ist nur soviel, daß für Marx die Individualität sich nicht durch den bloßen Akt ihres Selbsterlebens bestimmte, d. h., daß er das wirkliche Dasein nicht auf Kartesische Weise aus dem cogito ableitete, weil er der Meinung war, daß der Akt des reinen Selbstbewußtseins, der

---

[66] *K. Marx,* Thesen über Feuerbach, (6. These), a. a. O., 6.

sich vom Bewußtsein des gesellschaftlichen, die Individualität konstituierenden Lebens trennt, eine Täuschung ist"[67].

Welches aber sind die problematischen Elemente in dieser „humanistischen" Arbeitsphilosophie? Denn an einem besteht kein Zweifel: „Die kommunistische Bewegung trat an mit dem Versprechen, die Grundprobleme der modernen Menschheit zu lösen, die Antagonismen der menschlichen Existenz zu überwinden"[68]. Rudolf Bahros einleitende Worte zu seiner Abrechnung mit dem real existierenden Sozialismus in der DDR berühren unmittelbar den Nerv der Marxschen Theorie, nämlich den Versuch, eine *endgültige* Deutung des Menschen und der Geschichte durch eine *totale* Arbeitsanthropologie zu leisten. Total deshalb, weil in ihr sämtliche substantiellen Unterscheidungen der nichtmarxistischen Tradition von Sein und Sollen, Jenseits und Diesseits, Ich, Natur und Umwelt, Theorie und Praxis, Individualität und Gesellschaftlichkeit, Wirtschaft und Kultur, historisch relativiert, d. h. auf den arbeitenden und sich darin selbst entwerfenden Menschen zurückgeführt und in der höheren Einheit des kommunistischen „Naturalismus" aufgehoben werden. Das logische Gerüst zu dieser Identitätsphilosophie[69] — der bisher letzten und wirksamsten — liefert die von Marx umgestülpte Hegelsche Dialektik mit ihrem Herzstück: der fundamentalen Subjekt-Objektkorrelativität in der Spirale ihrer Vermittlung und Aufhebung. Die liberale Pluralität der Gesellschaft, ihre Vielfalt natürlicher Lebenskreise, ausgestattet mit limitierten, aber unaufhebbaren Grundrechten, die Annahme, daß Freiheit vor allem im privaten, individuellen Bereich angesiedelt ist, erfährt im Marxismus ebenso eine Absage wie die Beschränkung des Staates auf politische Garantie- und Schutzaufgaben für den einzelnen wie für die Gruppe. Eine solche „Autonomie der Kulturbereiche" signalisiert für Marx keine fruchtbare Pluralität des Lebens, sondern die Pseudoeigenständigkeit der „naturwüchsigen" und fortentwickelten Arbeitsteilung, den Klassencharakter, den es revolutionär zu überwinden gilt.

Möglich ist solche „Überwindung" allerdings nur auf dem Hintergrund des fragwürdigen Naturverständnisses von Marx. Natur als auf den Menschen hin dynamisierter „unorganischer Leib" im Sinne des Außermenschlichen und, wesentlicher, als Material gegenstandserschaffender Vergegenständlichung des Menschen, damit dieser zu sich selbst finde. Natur also als Mittel zum Zweck, Element anthropomorpher Dialektik und als Selbstbespiegelung in letzter Konsequenz des „kollektiven Prometheus" Mensch. Im Marxschen Naturalismus kann der Mensch seinen humanistischen An-

[67] *L. Kolakowski,* Die Hauptströmungen des Marxismus, a. a. O., 352 f.

[68] *R. Bahro,* Die Alternative, a. a. O., 7.

[69] Auch bei Marx liegt die totalen Deutungen eigene „Erpressung mit der einzigen Alternative" vor, die einer echten Pluralität und Eigengesetzlichkeit der Lebensbereiche keinen Raum läßt. (Vgl. *L. Kolakowski,* Der Mensch ohne Alternative, München 1960, 80).

spruch nur durch die Tat verwirklichen, als „maître et possesseur de la nature“ durch ihren Umbau zur gewaltigen Skulptur sozialistischer Kultur. In dieser „Produktion“ erarbeitet der Mensch sein eigenes Wesen, auf sie ist er notwendig angewiesen, sonst bliebe er ein Torso. Die Entwicklungsstufe der Produktionskräfte enthüllt also den Entfaltungsgrad des Menschen: „Die Geschichte der Industrie und das gewordene gegenständliche Dasein der Industrie ist das aufgeschlagene Buch der menschlichen Wesenskräfte“[70]. Der Mensch definiert sich somit von seinen Gegenständen als Produkte seiner Vergegenständlichung und bleibt in ihnen auf sich selbst zurückgeworfen, unentrinnbar. Er übersteigt zwar die Natur, ist ihr aber vermittelt verfallen als reflex-aktives Element der materiellen Gesamtentwicklung.

Dieser „Naturalismus“ des Marxschen Systems, der sich als „Stoffwechsel mit der Natur“ vollzieht, führt zu weitreichenden Konsequenzen. Er begründet den bekannten „faustisch-prometheischen“[71] Fortschritts- und Bewältigungs-Optimismus im Marxismus, seine fast euphorische Hochschätzung von Wissenschaft und Technik, noch konkreter: seinen Industrialismus. In ihm realisiert sich der Grundgedanke, daß der Mensch seine „Geburt durch sich selbst“ nur instrumental bewerkstelligen kann durch die konzentrierte und ständige Steigerung seiner Produktivkräfte, um der Entfremdung zu entrinnen und durch hohe Produktivität eine „universelle Entwicklung“ zu erreichen, auf der sich dann das „Reich der Freiheit“ entfalten kann. Marx drückte seine Abscheu gegenüber einer Gesellschaft, die bloß den Mangel verwaltet, mit drastischen Worten aus: „Diese Entwicklung der Produktivkräfte ... ist auch deswegen eine absolut notwendige praktische Voraussetzung, weil ohne sie nur der Mangel verallgemeinert, also mit der Notdurft auch der Streit um das Notwendige wieder beginnen und die ganze alte Scheiße sich herstellen müßte, weil ferner nur mit dieser universellen Entwicklung der Produktivkräfte ein universeller Verkehr der Menschen gesetzt ist“[72]. Daß eine bestimmte Form von Technik zur Quelle einer „technizistischen Entfremdung“ werden kann, — ein zentrales Problem vieler Neomarxisten —, entging Marx völlig. Von Interesse wäre es auch, sein Urteil über den Entwicklungsstand der Produktivkräfte im realen Sozialismus der Gegenwart zu hören, der sich, vom Rüstungssektor und Bereichen der Schwerindustrie einmal abgesehen, für große Teile der Bevölkerung sicherlich als „verallgemeinerter Mangel“ und nicht als der ersehnte und propagierte Überfluß darstellt. Und richtig ist auch, daß wir uns eine solche Utopie wachsender Produktion, die auf Kosten der Natur und des Menschen geht, „heute nicht leisten können, daß sie auch an und für sich ein

---

[70] *K. Marx,* Ökonomisch-Philosophische Manuskripte, a. a. O., Bd. 2, 105.
[71] *L. Kolakowski,* Die Hauptströmungen des Marxismus, a. a. O., 470.
[72] *Marx/Engels,* Die deutsche Ideologie, a. a. O., 34 f.

falsches Ideal ist"[73]. Bedenken gegenüber der vor allem im Stalinismus praktizierten erbarmungslosen Industrialisierung und der anhaltenden Ausbeutung der Natur werden in der Regel im Kommunismus als reaktionäre Romantik abgetan. Und dies systemkonsequent, denn die technische Entwicklung spiegelt die gesellschaftliche, das Äußere das Innere, es sei denn, man konzediert die Möglichkeit einer dehumanisierenden Technik. Dieser Gedanke aber lag und liegt dem Marxismus fern, bzw. wird erst neuerdings von einigen Marxisten in Erwägung gezogen. Die angestrebte Freiheit im Marxschen Fortschrittsmodell, ihre finale Harmonie von Mensch und Natur entläßt allzuleicht das Ideal des beherrschenden Menschen. Aber je mehr Identität durch die arbeitende Vernunft gesetzt wird, desto mehr Unrecht widerfährt dem Nichtidentischen, Nichterschaffbaren. Absolute Naturbeherrschung reduziert den Menschen auf die verabsolutierte Zugriffskompetenz seines Intellektes und den marxistischen „Humanismus" zur Diktatur des homo laborans. Der antreibende Fortschrittsgedanke in der dialektisch vermittelten Identität der gesamten Wirklichkeit im Menschen schlägt in der marxistischen Realität um in die Unterwerfung des Ethos unter die hypertrophe Macht des Konstruierbaren. Gerade der Marxismus bestätigt Guardinis Angst, „der Mensch werde die Macht falsch gebrauchen". Denn, „da es ein wirkliches und wirksames Ethos des Machtgebrauchs noch nicht gibt, wird die Neigung immer größer, diesen Gebrauch als einen Naturvorgang anzusehen ... Mehr: die Entwicklung macht den Eindruck, als ob die Macht sich objektiviere; als ob sie im Grunde überhaupt nicht mehr vom Menschen innegehabt und gebraucht werde, sondern sich selbständig aus der Logik der wissenschaftlichen Fragestellungen, der technischen Probleme, der politischen Spannungen weiterentfalte und zur Aktion bestimme"[74]. Die Loslösung vom Menschen im Namen menschlicher Identitätsfindung kennzeichnet vornehmlich den Marxismus — aber nicht nur ihn — und drängt ihn in der Konsequenz seines gegenständlichen Ansatzes zur Unterwerfung unter die Macht der selbstgeschaffenen Apparate, im Politischen, Technischen wie im Wirtschaftlichen[75].

---

[73] *H. Jonas,* Das Prinzip Verantwortung, a. a. O., 286.

[74] *R. Guardini,* Das Ende der Neuzeit, a. a. O., 89 f.

[75] Schon im Jahr 1934 schrieb *Max Horkheimer* in seinem Buch: „Dämmerung" (Zürich 1934, 185): „Wenn Marx recht habe, werde sich die ganze Welt in ein riesiges Arbeitshaus verwandeln." Tatsächlich lassen sich die technologischen Alpträume, welche die selbsternannten Nachfolger von Karl Marx permanent in die Welt setzen, nicht von der Logik seiner Arbeits- und Leistungsanthropologie abtrennen. Zutreffend bemerkt *H. Klages* (Technischer Humanismus, Philosophie und Soziologie der Arbeit bei Karl Marx, Stuttgart 1964, 108): „Marx' ‚realer Humanismus' ist Chiffre einer technisch-szientifischen Eschatologie, bestimmt sich konkret als technischer Humanismus".

1.3 Rudolf Bahros Auseinandersetzung mit dem real existierenden Sozialismus — eine „Alternative"?

Die in der kommunistischen „promesse de bonheur" steckende Leistungsmanie, die Hoffnung auf die befreienden Wirkungen ständig sich steigernder Produktion und Technik gewinnen in unseren Tagen eine besondere Fragwürdigkeit angesichts der aufdämmernden Grenzen des Biotops Erde und der wachsenden Einsicht in die Begrenztheit des Menschen. Auch marxistische Sozialisten stellen immer eindringlicher die Praxis kommunistischer Staaten in Frage und versuchen die Idee des Fortschritts mit den kulturphilosophischen Gehalten der Marxschen Theorie anzureichern, welche die bewußte Organisation der Arbeit und der Güterproduktion an den Bedürfnissen der Menschen zu messen vorgibt und keine „blinde" Mechanik der fortschreitenden Geschichte kennt. Die gegenwärtige Erscheinung des Fortschritts ruft bei Bahro schwere Zweifel an dessen Vergangenheit hervor: „Die sogenannte wissenschaftlich-technische Revolution, die jetzt noch überwiegend in dieser gefährlichen Perspektive eines sich selbst lösenden Fortschritts von Wissenschaft und technischer Arbeit vorantreibt, muß von einer neuen gesellschaftlichen Umwälzung her umprogrammiert werden. Die Idee des Fortschritts überhaupt muß radikal anders interpretiert werden, als wir es gewohnt sind"[76]. Doch wird Bahro hier nur wenige — wenn überhaupt — Anknüpfungspunkte und wegweisende Lösungen bei Marx finden. Dessen Blick war auf die stürmische Aufbruchsstimmung der technisch-industriellen Gründerjahre, auf die kraftvolle Jugend des Kapitalismus gerichtet, dessen Beitrag für die notwendige Fortentwicklung der Produktivkräfte und der Gesellschaft er pries. Marx glaubte nicht an die fundamentale Endlichkeit und Begrenztheit des Menschen, nicht an prinzipielle Grenzen seiner Schaffenskraft. Ebensowenig war in seinem Menschenbild Platz für biologische Determinanten oder für eine theologisch-ethische Deutung der Phänomene wie das Böse, das Versagen, Scheitern oder das Leid. In seiner Sicht ist Erlösung ein rein menschliches Werk, ist Selbsterlösung. Sie ist „weder das Werk Gottes noch das der Natur, sondern ausschließlich das Werk des kollektiven Prometheus, der *grundsätzlich* fähig ist, über alles seine Herrschaft auszuüben und die eigenen Existenzbedingungen gänzlich in seine Gewalt zu bringen". In diesem Sinne „ist die *Freiheit* des Menschen sein *kreatives Schaffen,* der Siegeszug eines Konquistadoren, der die Natur und sich selbst erobert"[77].

---

[76] *R. Bahro,* Die Alternative, a. a. O., 311.

[77] *L. Kolakowski,* Die Hauptströmungen des Marxismus, a. a. O., 473. Zur Rolle der Religion im Marxschen System, vgl.: *W. Bienert,* Der überholte Marx. Seine Religionskritik und Weltanschauung kritisch untersucht, Stuttgart 1974.

Für diese Fehlform des Marxschen Aktivismus macht Bahro die Fortdauer des Profitantriebs im real existierenden Sozialismus haftbar. „Vom ökonomischen Prinzip der Profitmaximierung her, das mächtig in den real existierenden Sozialismus hineinregiert, ist es ein wesentlich quantitativer Progreß mit dem Trieb ins schlecht Unendliche"[78]. Im Rückblick auf Marx meinen wir im Gegensatz zu Bahro, daß im realen Sozialismus nicht nur die an sich systemfremde Dominanz des Profits und eine expansive Machtpolitik die von Bahro zu Recht beklagte Ausbeutungshaltung der Erde gegenüber verursachen, sondern daß ebenfalls der anthropozentrisch angelegte unendliche Aktivismus in der permanenten Vergegenständlichung der Natur durch Arbeit, die zugrunde liegende dynamische Identitätsphilosophie von Mensch und Natur und das konstruktivistische Zukunftsideal dazu beitragen. Alle drei Elemente können vom Marxismus nicht ohne dessen Selbstaufgabe hinweggedacht werden, und sie erzwingen den Humanisierungsprozeß durch wachsende Technik und Produktion, wenn auch nur in der Theorie.

Bedenkenswert bleibt allerdings Bahros Rückerinnerung an die Marxsche Forderung nach gesellschaftlicher *Selbst*bestimmung. Sie kann als marxistisches Argument nutzbar gemacht werden, um die Übermacht technisch-bürokratischer Apparate nicht nur im realen Sozialismus anzuprangern, und sie kann zu einer Umorientierung der bisherigen „Reise nach außen" zu einer „Reise nach innen"[79] verhelfen, in der die traditionelle Unterwerfung der Natur unter die Fraglosigkeit wachsender Produktion und ihrer Verwaltung abgelöst wird durch eine neue Haltung bewußter Zielfindung und der ihr gemäßen gesellschaftlichen Organisation. Marx und Bahro als „Marxisten" aber sind gehalten, der absoluten Zuständigkeit der historischen Vernunft des Gattungswesens Mensch zu vertrauen. Die faktische Konsequenz dieser Grundidee zeigt sich bis heute, auch im Neomarxismus, Marcuse steht dafür, als intensiviertes Erfassen der menschlichen Bedürfnisse durch definierende Instanzen der sozialistischen Gnosis. Bedürfnisse, geprägt außerdem durch die Strukturen einer industriellen Zivilisation, für die es in der marxistischen Tradition keinen Weg zurück in die „Idiotie des Landlebens" (Marx) mehr gibt. Die große Zahl Mensch, das demographische Problem, für dessen Behandlung durch Malthus Marx nur Spott übrig hatte, in Verbindung mit der allgemeinen Sucht nach immer mehr materiellem Wohl-

---

[78] *R. Bahro,* Die Alternative, a. a. O., 310.

[79] Ebd., 315: „Die extensive Phase der Menschheit geht so oder so zu Ende, im Guten wie im Bösen. Die Gattung kann und wird ihre materielle Basis weiter qualifizieren, aber ... sie muß kollektive Rücksicht gegenüber dem Naturzusammenhang lernen, den sie bisher eher zu stören als zu verbessern vermocht hat. Sie muß ihren Aufstieg fortsetzen als eine ‚Reise nach Innen'. Der Sprung ins Reich der Freiheit ist nur denkbar auf dem Untergrund eines Gleichgewichts zwischen Menschengattung und Umwelt, dessen Dynamik sich entschieden aufs Qualitative und Subjektive verlegt."

stand, das Ganze dazu noch abgesichert durch mächtige Militärapparate, bedeuten für die Bahrosche Alternative einer freiautonom sich gestaltenden kollektiven und gleichzeitig individuellen Lebensform des humanen Sozialismus ein gewaltiges Hindernis. Der eherne Zwang zur instrumentalen Vergegenständlichung des sozialistischen Menschen, Marxens Dogma, zwingt Bahro zur Quadratur des marxistischen Kreises, nämlich: einmal die behauptete marxistische Tradition der eigenen Alternative zu wahren, zum andern aber auf die von Marx nicht gesehenen neuen Probleme technologischer und ökologischer Entfremdung eine Antwort zu geben, ohne aber den Marxismus vollends zu verlassen.

Die Schwierigkeiten dieser Aufgabe führen Bahro zu radikalen Vorschlägen. Die bisherige Perversion des realen Sozialismus ortet er nicht in allzumenschlichen Unzulänglichkeiten der Verantwortlichen, die durch sektorales Gegensteuern behoben werden könnten. Das Hauptübel sieht Bahro vielmehr in der „gesamten modernen Produktionsweise", die „daher nur mit ihrer Umgestaltung überwunden werden kann"[80]. Bahros Überlegungen zielen auf ein Aufbrechen des Zusammenhanges zwischen Leistung und der Vereinheitlichung und Bürokratisierung der menschlichen Bedürfnisse, zwischen der vermeintlichen „Sachnotwendigkeit" normierter Arbeit und dem Verlust an persönlicher Kreativität und Verantwortung, zwischen wachsender beruflicher Spezialisierung und entsprechender geistiger Einengung, dem Zeichen kulturloser Unterwerfung unter die Diktatur hierarchisch gestufter Wissens- und Entscheidungskader. Den Leitgedanken für seine marxistische Rekonstruktion einer „wahren" sozialistischen Gesellschaft entnimmt Bahro dem Entwurf einer kommunistischen Arbeitsverteilung, wie ihn Marx in der „Deutschen Ideologie" konzipiert hatte. Dort war bekanntlich von der allgemeinen Regelung der notwendigen Produktion durch die Gesellschaft die Rede, auf der die Varianten individueller Arbeit aufbauen können. Das Ziel realer Gleichheit in der sozialistischen Gesellschaft verlangt auch bei Bahro zuerst „eine Umverteilung der Arbeit nach dem Prinzip, daß alle gleichen Anteil an den Tätigkeiten auf den verschiedenen Funktionsniveaus leisten und die soziale Gleichgeltung der Ausführenden bei aller notwendigen Arbeit dadurch hergestellt wird, daß sich kein Mensch mehr in die Funktion einer bestimmten beschränkten oder suborientierten Tätigkeit verwandeln kann"[81]. Diese Absage an ein vorzeitiges und sozial differenzierendes Spezialistentum erfordert in der Konsequenz den universal gebildeten und dennoch spezifisch kompetenten „Arbeiter" neuen Stils, der durch die Neuorientierung des Bildungssystems erst geschaffen werden muß. Entsprechend fordert Bahro die „Eröffnung des unbeschränkten Zugangs zu einer Natur und Technik, Gesellschaft und Künste

[80] Ebd., 324.
[81] Ebd., 325.

umfassenden Allgemeinbildung höchster (universitärer) Stufe für alle als Alternative zur Schichtendifferenzierung nach Bildungsgraden und zu sozial inkompetentem Spezialistentum"[82]. Der Grundstock für dieses life-long-learning-Ideal sozialistischer Arbeit wird schon in der Kindheit gelegt, in der pädagogisch gezielt der universale Menschentyp des Sozialismus vorbereitet wird, für den das zur Selbstverständlichkeit wird, was noch Goethes Faust für sich als Privileg beanspruchte: „Und was der ganzen Menschheit zugeteilt, will ich mit meinem innern Selbst genießen". Wir können in unserem Zusammenhang nicht weiter auf die Voraussetzungen der Bahroschen Pädagogik eingehen. Wichtig ist noch der Hinweis auf die zentrale Rolle der sozialen Konditionen im skizzierten Bildungsweg, für den die Menschen im wesentlichen gleiche Voraussetzungen mitbringen, die erst durch die Umstände zur Ungleichheit deformiert werden. Der sozialistische Mensch ergibt sich also bei Bahro als Funktion des gesamtgesellschaftlichen Bildungswillens mit stark ästhetischer und überhaupt kultureller Einbettung der politischen und wirtschaftlichen Bereiche; eine klare Linie zum Marx der ökonomisch-philosophischen Manuskripte.

Um die nötige Bewegung in die für Bahro vergreisten Hierarchien des real existierenden Sozialismus zu bringen, muß es zu einer Welle der Demokratisierung der gesellschaftsprägenden Bestimmungsinstitutionen an der Basis kommen. D. h., die vorhandene fragmentierende Arbeitsteilung in Wirtschaft und Politik muß der Herstellung von Bedingungen für ein neues Gemeinschaftsleben auf der Grundlage autonomer Gruppenaktivitäten weichen, „um die sich erfüllte menschliche Beziehungen kristallisieren können, um von hier aus der Isolierung und Vereinsamung der Individuen in den Einzelzellen der modernen Arbeits-, Schul-, Familien- und Freizeitwelt eine Grenze zu setzen"[83]. Diese „schöpferische Initiative" von unten ergibt sich ebenfalls zwingend aus dem Ansatz der Marxschen Arbeitsanthropologie. Für den Bestand aber der etablierten sozialistischen Systeme bedeuten Bahros Forderungen eine „gefährliche Erinnerung" an den Geist des gemeinsamen Begründers. Bahro selbst macht sich über die Chancen seiner Vorschläge keine Illusionen. „Es besteht weder die Hoffnung noch die Gefahr", schreibt er ironisierend, „daß diese Ziele, von denen keines das erste und keines das letzte, keines ohne die anderen erfüllbar ist, zu schnell erreicht werden. Damit kann man die Gesellschaft nicht überrumpeln wie mit einem Staatsstreich. Man kann nicht über Nacht das spontane Mengenwachstum der Produktion, die alte Arbeitsteilung, die Rationierung der höheren Bildung, die patriarchalische Erziehung, das Leistungsprinzip bei der Verteilung der Einkommen, die Gemeinschaftslosigkeit und den Büro-

---

[82] Ebd.,

[83] Ebd. Vgl. zu den Einzelheiten Bahros Buch: Plädoyer für schöpferische Initiative. Zur Kritik von Arbeitsbedingungen im real existierenden Sozialismus, Köln 1980.

kratismus abgewöhnen wollen. Ein solcher Versuch ergäbe zweifellos Zusammenbruch, Chaos, Anarchie, Verzweiflung, am meisten bei den bisher Zukurzgekommenen — alles, was sich die Verteidiger des bestehenden Zustandes nur zum Angstmachen wünschen können. Vielmehr gilt es zunächst, die politischen und geistigen Voraussetzungen dafür zu schaffen, daß die grundlegenden Nöte unseres Lebens nicht weiterhin als endgültige Tugenden behandelt und von Leuten, die nicht wissen, was sie tun, in die Zukunft weiterentwickelt werden können"[84]. Den ersten, politischen, Schritt hat Bahro bekanntlich durch seinen Eintritt in die Partei der „Grünen" getan.

Das Fragwürdige in Bahros Überlegungen resultiert aus der Logik eines Menschen- und Gesellschaftsbildes, das Traditionen aufklärerischer Emanzipation von denaturierenden Normen und Instanzen in marxistischer Weise aufnimmt und mit Marx an die gesellschaftlich konstruierbare Totalität der Zukunft glaubt. Bahros Alternative atmet das Marxsche Ethos des autonomen Menschen, der sich in freier Einsicht und Vereinbarung durch die soziale Vermittlung und das Soziale durch seinen individuellen Rückbezug zur Stufe der sozialistischen Gesellschaft fortentwickelt. Persönliche Freiheit, Glück und Sinn haben keine substantiellen Wurzeln, sondern entstehen durch die wechselseitige Verschmelzung von wirtschaftlichen, sozialen, politischen und ideellen Momenten zur prozessualen Einheit der streng historisch-materialistisch verstandenen Gesellschaft. Arbeit und Leistung müssen deshalb bei Bahro wie bei Marx letztlich als anthropologisch totale Grundkategorien interpretiert werden, in denen der Mensch in dialektischer Manier zu sich selbst findet: also Leistung als Selbst-Leistung des Menschen, bzw. der Mensch erarbeitet den Menschen. Die graue, oft ganz und gar undialektisch horizont- und hoffnungslos erfahrene Arbeit, ihre anstrengenden Eigenschaften hauptsächlich in den primären und sekundären Bereichen der Wirtschaft, sollen durch die Verteilung auf alle und durch die Einsicht in ihre zivilisatorische Notwendigkeit ertragen und im Blick auf das lockende Ziel der geistig-sittlichen Erhöhung der Menschheit im „wahren Sozialismus" zur technisch-ökonomischen Moralität veredelt werden. Veredelung heißt für Bahro genauer: Streben nach Harmonie und Selbstbestimmung, komplexe Einheit aller Lebensformen, Überwindung der Aufspaltung des Lebens in Klassen, Institutionen, „Zellen" zugunsten eines basisdemokratischen Zusammenschlusses „von unten" (Marx: die „freie Assoziation"). Weder die Gewaltenteilung noch das Individualitätsprinzip des Liberalismus, noch die konkurrenz- und eigentumsorientierten „Partikularinteressen" liberaler Wirtschaftsordnungen bleiben in einer solchen Alternative erhalten, ebensowenig wie ihre „undemokratischen" Leistungsnormen und Konsumgewohnheiten mit ihren anreizenden und absichernden Wertvorstel-

---

[84] *R. Bahro,* Die Alternative, a. a. O., 325 f.

lungen. Mit ihnen fallen alle regulierenden und beherrschenden Instanzen und Bürokratien. Der Staat, jenes Symbol übermächtiger Entfremdung seit den Tagen von Karl Marx, stirbt auch bei Bahro allmählich ab und wird durch strenge Dienstleistung ersetzt. Leistung drückt zwar auch dann noch den objektiv meßbaren Arbeitsbeitrag der einzelnen für das wirtschaftliche Gesamtergebnis aus, wird aber bewertet und entlohnt nach Maßstäben, welche die Gesellschaft, der „Gesamtarbeiter", von ihren kollektiv und basisdemokratisch beschlossenen Gesamtzielen ableitet und insofern transparent und gerecht aufstellt. Leistung unterliegt daher essentiell der Definition durch den politischen Willen der sozialistischen Gesellschaft und, erst durch ihn vermittelt, den Sachnotwendigkeiten hocharbeitsteiliger, weil technisierter Arbeit. Für diese kommunistische Neuordnung von Arbeit und Leistung fordert Bahro als Initialmaßnahmen: „die Liquidierung der bürokratischen Korruption von oben, ... die Abschaffung der Arbeitsnormung und des Stücklohns; die planmäßige periodische Beteiligung des gesamten leitenden und intellektuellen Personals der Gesellschaft an der einfachen ausführenden Arbeit, die durch eine sofort einzuleitende, aber etwas längerfristige konsultative Diskussion an der Basis vorzubereitende rigorose Berichtigung des Lohngefüges nach einfachen, übersichtlichen Kriterien mit dem Ziel eines entscheidenden Fortschritts zur Lohngerechtigkeit innerhalb des Gesamtarbeiters"[85].

1.4 Ernest Mandel: Humanismus durch Überfluß

Rudolf Bahros „Alternative" nimmt im Spektrum der realmarxistischen Theorie einen häresieverdächtigen Randplatz ein. Sein Zweifel an der Richtigkeit der „gesamten modernen Produktionsweise", seine Attacke gegen die Existenz und Ignoranz von neuen Klassen der sozialistischen Bürokratie und sein Plädoyer für ein Zurück zu Marx sind für die herrschende „Nomenklatura" fraglos ein Ärgernis. Insofern handelt es sich auf der Ebene des Vergleiches zwischen dem Marxismus als Theorie und als gegenwärtige Wirklichkeit in der Tat um eine Alternative, nicht aber in bezug auf Marx, dessen System mit allen Stärken und Schwächen Bahro teilt. Einen „Fortschritt" dem orthodoxen Marxismus gegenüber verkörpert Bahros Zweifel an der vorbehaltlosen Bejahung von Wachstum und technologischer „Humanisierung" der Natur. Aber auch in diesem Punkt muß sich Bahro, zusammen mit Wolfgang Harich[86], wie ein Rufer in der sozialistischen Wüste vorkommen, denn zu stark schlagen immer wieder die

[85] *R. Bahro,* Die Alternative, a. a. O., 455 f.

[86] Vgl. *W. Harich,* Kommunismus ohne Wachstum? Babeuf und der „Club of Rome", Reinbek 1975.

Koppelung von Vergegenständlichung mit technoökonomischer Steigerung der Produktion auf Kosten der Natur und die Gleichsetzung beider mit humanem Fortschritt durch.

In diese Perspektive paßt auch E. Mandels Glaube, daß bereits die „unentgeltliche Verteilung von Brot und Milch und allen Grundnahrungsmitteln eine psychologische Revolution ohne Beispiel in der Geschichte der Menschheit auslösen"[87] würde. Fragwürdig an dieser Auffassung ist nicht die Forderung nach Sicherstellung der lebensnotwendigen Güter — wer wollte hier bei millionenfachem Hunger[88] und Hungertod überhaupt streiten —, sondern die mit apodiktischer Gewißheit behauptete umfassende humane Wende der Menschheit zum Besseren durch die Beseitigung der „Unsicherheit und Instabilität der materiellen Existenz"[89]. Denn mit ihr verschwinden für Mandel automatisch auch „die Furcht und die Frustration, die bei allen Individuen ... durch ebendiese Unsicherheit hervorgerufen werden"[90]. Durch die „Anpassung" der Menschen an die erhoffte Überflußgesellschaft „würde die Grundlage für den ‚neuen Menschen', für den sozialistischen Menschen geschaffen, für den die Solidarität und das Zusammenwirken der Menschen ebenso ‚natürlich' wäre wie unter den heutigen Bedingungen des Strebens nach persönlichem Erfolg auf Kosten anderer. Die Brüderlichkeit zwischen den Menschen wäre nicht länger nur ein frommer Wunsch oder ein heuchlerischer Vorwand. Sie würde zur natürlichen und tagtäglichen Wirklichkeit, auf der in zunehmendem Maß alle gesellschaftlichen Beziehungen aufbauen könnten"[91].

Mandel predigt im Grunde genommen nichts anderes als die vulgärmarxistische Lehre von der steng monokausalen Abhängigkeit der menschlichen Verfassung von den ökonomischen Strukturen der jeweiligen Gesellschaft. Um seinem Schema treu zu bleiben, muß Mandel die Aggressivität, Feindseligkeit, Destruktivität, kurz, das „Nichtangepaßte", das „Böse" durch die kapitalistische Gesellschaftsform, näherhin durch deren Neigung zur wirtschaftlichen und kulturellen Nivellierung erklären. „In Wahrheit ist es einzig und allein die kapitalistische Gesellschaft, die die Masse der Menschen zu jener hoffnungslosen Angleichung an das Grau des Alltags verdammt. Denn gerade die kapitalistische Gesellschaft hat diese Tendenz durch ihre Serienproduktion bis zur letzten Konsequenz getrieben"[92].

---

[87] *E. Mandel,* Marxistische Wirtschaftstheorie, Frankfurt 1971, 714.
[88] Die Weltbank schätzt, daß die Zahl der unterernährten Menschen in den unterentwickelten Ländern von 400—600 Mill. (Mitte der siebziger Jahre) auf 1,3 Mrd. im Jahre 2000 steigen wird. Vgl. dazu: *Global 2000,* a. a. O., 58.
[89] *E. Mandel,* Marxistische Wirtschaftstheorie, a. a. O., 715.
[90] Ebd.
[91] Ebd.
[92] Ebd., 720.

So einfach ist das: die „Serienproduktion" im Kapitalismus (als gäbe sie es nur dort) entpuppt sich als die Wurzel des gegenwärtigen Übels. Sie prägt für Mandel den homo faber et consumens im Gegensatz zum wahren Menschen, dem homo ludens des Sozialismus. Mandels „Alternative" einer „schöpferischen Praxis universell entwickelter und gesellschaftlich integrierter Persönlichkeiten"[93] stimmt mit Bahros Schilderung der künftigen kommunistischen Gesellschaft überein. Auch Mandel pflegt, in der marxistischen Tradition stehend, die prospektive „Romantik" einer geschichtlich vermittelten „neuen" Unmittelbarkeit aller Lebensformen im Kommunismus. Und auch bei ihm, wie bei Marx, hatte sich das zu erkämpfende Endziel der Geschichte als unschuldiges Präludium bereits ereignet in den Wildbeuterzeiten der Jäger- und Sammlerkulturen ohne organisierte Arbeitsteilung und ohne konfliktträchtige Klassenbildung. Es waren Kulturen mit einfachen Bedürfnissen, die entsprechend einfach befriedigt werden konnten und so zum „Glück" führten. Die Befriedigung der Bedürfnisse, jenes pseudosakrale Schlüsselwort im Marxismus-Neomarxismus, empfiehlt Mandel auch als Lösung anstehender und künftiger Probleme moderner Massengesellschaften. Denn nur sie genügt seinem materialistischen Grundansatz, den man in Anlehnung an Bert Brecht so formulieren könnte: „Erst kommt das Fressen, dann die Moral". In Mandels Version: „Je mehr sich der Mensch von seinen Bedürfnissen befreit, indem er sie befriedigt, desto mehr weicht das Reich der Notwendigkeit dem Reich der Freiheit"[94]. Gewiß kann die Befriedigung des Nahrungsbedürfnisses eine höchst sittliche Tat sein. Ständiger Hunger, Mangel an Eiweiß und Kohlehydraten führen zu körperlichen und geistigen Schäden. Aus der Befriedigung der Bedürfnisse aber das Grundgesetz für die Freiheit schlechthin und damit für die Ethik abzuleiten, ist nur auf dem Boden eines materialistischen Sozialeudaimonismus möglich, für den Humanität darin gipfelt, daß „der Mensch bereits nach den Sternen greift, daran geht, Leben im Reagenzglas zu erzeugen und morgen mit dem Elan universeller Brüderlichkeit die gesamte Menschheitsfamilie umarmen wird"[95].

Fragwürdig an Mandels euphorischem Ausblick ist nicht die Hoffnung auf den Fortschritt menschlicher Erfindungskraft und auf verbesserte Lebensmöglichkeiten durch die Technik, sondern die Überzeugung von der sicheren Humanisierung des Menschen und seiner Sinnerfüllung durch die Entfaltung seiner instrumentalen Möglichkeiten. Diese kausale Koppelung beider Bereiche ist nicht durch den bisherigen Verlauf von Technik und Wirtschaft zu rechtfertigen, sondern schöpft aus der marxistischen Verabsolutierung von Produktivität und Fortschritt und aus der Rückbindung aller

[93] Ebd., 737.
[94] Ebd.
[95] Ebd., 738.

Lebensäußerungen des Menschen auf seine infinite Geschichtlichkeit. Arbeit und Leistung verklammern sich in dieser Sicht mit dem bekannten Evolutionsoptimismus, der alle Rückschläge, das „Böse" als total abbaufähig an den Rand schiebt und voll und ganz auf die dialektische Logik der historischen Tatkraft des Menschen setzt. Bahro und Mandel stimmen in der Rückführung der aktuellen Schwierigkeiten der industriellen Leistungsgesellschaft auf die „chaotischen" Produktions- und Sozialformen der spätkapitalistischen Systeme überein, „einer widerspruchsvollen Kombination von Teilrationalität und Gesamtirrationalität"[96]. Konsequenterweise stellt auch für Bahro die ökologische Frage nur einen Reflex unter vielen auf die fundamentale Verkehrtheit der kapitalistischen Ideologie dar und kann deshalb auf Dauer nur durch deren Abschaffung gelöst werden. Mandel wie Bahros Alternativen stimmen im Wesentlichen überein; sie eint der gemeinsame Rückgriff auf Karl Marx. Ihr Ansatz wird deshalb von vornherein auf die Kompetenz und den „Legitimationsrahmen"[97] des so fixierten Menschenbildes festgelegt, das alles weitere in seine Bahnen zwingt. Ihre Antworten beschränken sich im großen und ganzen auf die Palette des genuinen Marxismus, in dessen Mitte der stolze Glaube an die Konstruierbarkeit der Geschichte durch die sozialistische Vernunft steht.

Bahros Zweifel an der Erfolgsgarantie der wachstumszentrierten Technik und Wirtschaft fristet neben der grundsätzlichen Skepsis einiger Repräsentanten der „Frankfurter Schule" ein marginales Dasein im breiten Strom des marxistischen Denkens. Die Konkurrenzhaltung zum kapitalistischen Westen und die durch den materialistischen Historizismus bedingte Ausschließlichkeit der ökonomischen Fundierung und Vergegenständlichung der Kultur lassen dem realen Sozialismus keine andere Wahl als die verstärkte Anstrengung in Technik und Wirtschaft. Angesichts seiner fragwürdigen „Erfolge" wundert es allerdings nicht, wenn dieser Expansionsmarxismus bei vielen marxistisch beeinflußten Denkern auf Skepsis und auch Ablehnung stößt. Ihnen wollen wir uns im folgenden zuwenden, da ihre Auseinandersetzung mit der Leistungsgesellschaft in Ost und West den Anspruch erhebt, eine generelle Abrechnung mit der Gegenwart zu sein, die das Instrumentarium marxistischer Kritik mit philosophischen und psychologischen Überlegungen nichtmarxistischer Herkunft verbindet.

---

[96] *Ders.*, Der Spätkapitalismus. Versuch einer marxistischen Erklärung, Frankfurt/M. 1972, 453.

[97] Zutreffend resümiert *Werner Becker* (Die Freiheit, die wir meinen. Entscheidung für die liberale Demokratie, München 1982, 22): „Das Überlegenheitsgefühl derer, die im Namen von Marx und des politischen Marxismus auftreten, stammt nicht aus ihrer Parteinahme für ein Bild von Demokratie, sondern aus ihrer Überzeugung von der Richtigkeit des rationalistischen Legitimationsrahmens im Marxschen und marxistischen Sinn."

2. Die marxistisch beeinflußte Kritik an der Leistungsgesellschaft

2.1 Die Ausgangslage

Bahros streng marxistische Kritik an der Blindheit der realsozialistischen und kapitalistischen Systeme gegenüber den Grenzen des technoökonomischen Wachstums, seine Warnung vor dem unkontrollierten Ausufern ziviler und militärischer Bürokratien und vor allem die immer wieder aufbrechende grundsätzliche Frage nach dem Wert und Sinn von funktionsintensiven Gesellschaften überhaupt, angesichts schwerer Ausfälle auf dem Feld ihrer dienenden Rückbindung an den Menschen, verstärken den ernsten Verdacht, es gebe eine Grundlagenkrise der modernen Leistungsgesellschaft.

Die Gegenwart erleichtert diese Verunsicherungen und das allgemeine Unbehagen an dem äußerlich und, im geschichtlichen Vergleich, zweifellos „perfekten" Zustand solcher Gesellschaften. Die oft als Vereinsamung erlebte Ohnmacht des persönlichen Gestaltungswillens trotz feststellbarer institutioneller und materieller Möglichkeiten der industriellen Massengesellschaft erzeugt ein Gefühl zusammenhangloser Existenz und reduzierter Freiheit, das sich im reibungslosen Anpassen an die Spielregeln des herkömmlichen Erfolges, im zerstörerischen Protest gegen die vermeintlich überwältigende Macht des Systems oder im Eskapismus, dem Herausspringen aus dem Bestehenden in eine Welt alternativer Abkapselung äußern kann. Weit verbreitet ist der angstbesetzte Zweifel an der Humanität und Zukunft der Gegenwart. Aversionen und Ablehnung stellen sich angesichts quantifizierbarer Grenzen eher ein als in der Phase des allgemeinen Aufschwungs.

Je mehr Wohlstand und dessen soziale und politische Organisation, desto weniger — so hat es den Anschein — fühlt sich der Mensch in ihm zu Hause. Kaum ein Tag vergeht, an dem sich die Medien nicht mit dem weithin als undurchsichtig empfundenen Syndrom der „verunsicherten Republik"[1] samt ihrem „unbehaglichen Bürger"[2] beschäftigen.

Mit dem allgemeinen Anwachsen der Zukunftssorgen gehen meßbare Veränderungen in der Einstellung der Bevölkerung zur Arbeit und Leistung einher. Während ein marktwirtschaftliches System Bereitschaft zum Risiko, Wille zum Erfolg, Mobilität und Anpassung an neue Anforderungen verlangt, gibt es Befunde, die daran zweifeln lassen, ob solche Eigenschaften bei

[1] *K. Sontheimer,* Die verunsicherte Republik. Die Bundesrepublik nach 30 Jahren, München 1979.

[2] *Ders.,* Der unbehagliche Bürger. Vom deutschen Umgang mit der Demokratie, Osnabrück 1980.

der Mehrzahl der Bevölkerung noch ausreichend zu finden sind[3]. Die zunehmende Skepsis gegenüber der realen Geltung des Leistungsprinzips in der Wirtschaft und im öffentlichen Dienst und die wachsenden Versuche, „postmaterialistische"[4] und damit entlastende und „befreiende" neue Arbeits-und Lebensmotivationen und -praktiken zu finden, treffen in der Gegenwart auf eine weithin noch wachstums- und konsumorientierte Gesellschaft, die sich im „Wettlauf mit sich selbst" (K. Lorenz) am eigenen Schopf zu noch besseren und perfekteren Horizonten zieht. Solche täglich erfahrbaren Dissonanzen verstärken wiederum die latente Verunsicherung der Gesellschaft. Die lineare Fortschreibung von Technik, Wissenschaft und Wirtschaft kann heute nicht mehr mit problemloser Zustimmung rechnen, im Gegenteil. Das Tempo technischer Innovationen, vor allem auf dem Gebiet der Kernenergie, Genforschung und der Elektronik, steigert sich derart, daß viele Menschen nicht mehr in der Lage sind, Wohltaten und Gefahren zu überblicken. Das Mindestmaß an rationaler, emotionaler und ethischer Zustimmung zu solchen Prozessen ist mittlerweile derart gefährdet, daß oft Pauschalierungen die Argumente ersetzen und es zu politisch gefährlichen Verweigerungen der fundamentalen Spielregeln demokratischer Willensbildung kommt. An die Stelle überprüfbaren und mehrheitlich herbeigeführten Konsenses drängt immer mehr die totale Konfrontation von vorbehaltloser Bejahung und radikal-apokalyptischer Verwerfung der technisch-industriellen Zivilisation. Solche Generalisierungen signalisieren in der Regel tiefreichende Desorientierungen, Zustände aggressionsgeladener Ratlosigkeit, in denen der Mensch neue Anforderungen kulturell noch nicht verarbeitet hat (cultural lag) oder glaubt, sie anthropologisch nicht ertragen zu können (human lag). Zu diesen Schwierigkeiten gesellt sich die historisch bekannte Auseinandersetzung zwischen den Neophoben und den Neophilen, die beide denselben Wunsch haben: sich vom Zivilisationsdruck möglichst zu befreien, entweder durch Verweigerung oder in der Erwartung, daß jede Form der Technik in eine angenehm sich auswirkende „Organentlastung" oder „Überbietung" (A. Gehlen) mündet, bzw. sich mit Ortega y Gasset problemlos als „Anstrengung" verstehen läßt, „um Anstrengung zu vermeiden". Vielfach ist einfachhin auch die bloße Vorstellungskraft der Zeitgenossen überfordert, und es kommt zu spontanen Angstreaktionen

---

[3] Vgl. dazu das Zahlenmaterial und die Erläuterungen in: Allensbacher Jahrbuch der Demoskopie 1976—1977, Bd. VII, hrsg. von *E. Noelle-Neumann*, Wien, München, Zürich, Innsbruck 1977, bes. XXVII ff.: „Arbeitsfreude und Lebensfreude". Zu ihrer Interpretation und deren Schwierigkeiten vgl.: *F. Vilmar, L. Kißler*, Arbeitswelt: Grundriß einer kritischen Soziologie der Arbeit, Opladen 1982, bes. 118 ff.: „Einstellungen zur Arbeit".

[4] Vgl. dazu: *R. Inglehart*, Wertwandel und politisches Verhalten, in: *J. Matthes* (Hrsg.), Sozialer Wandel in Westeuropa, Frankfurt/M., New York 1979 und *P. Kmieciak*, Wertstrukturen und Wertwandel in der Bundesrepublik Deutschland, Göttingen 1976, bes. 334 ff.: „Bedeutungsminderung traditioneller Berufs- und Leistungswerte."

gegenüber der Schnelligkeit des technologischen Wandels. Viele fragen sich konkret: Wie wirkt sich der Einsatz der elektronischen Datenverarbeitung, von Bildschirmtext, von Kabelrundfunk- und -fernsehen auf den Arbeitsplatz und die alltäglichen Lebensumstände aus?

2.2 Mißlungene Geschichte: Leistungs- als Gesellschaftskritik in der „Frankfurter Schule"

Die sektoralen und oft vorreflexen Sorgen und Verunsicherungen über die Folgen des technologischen Fortschritts stoßen auf einen Strom systematisch durchgeführter Gesellschaftskritik, die sich als Erbe und Weiterentwicklung derjenigen Analysen versteht, die Karl Marx im Blick auf das 19. Jahrhundert entworfen hatte. Seine Auseinandersetzung mit den frühkapitalistischen Verhältnissen bildet den fruchtbaren Boden füt eine generelle und endgültig gemeinte Abrechnung mit der spätkapitalistischen „Hölle der Gesellschaft im Überfluß"[5] und ihren praktischen und theoretischen Legitimations- und Sicherungsmechanismen. Dieser Angriff auf die existierenden Industriegesellschaften konzentriert sich auf ihr Herzstück, das Leistungsprinzip als durchgängiges Funktions- und *Sinn*prinzip, das weit über die ökonomisch deutbaren Hintergründe der Marxschen Kritik hinausreicht. Auch die Tendenz zur Psychologisierung demonstriert die beabsichtigte Tiefe der neomarxistischen Attacke, aber auch ihre Schwierigkeiten, die behauptete negative Totalität der Gegenwart so in den Griff zu bekommen, daß Wegzeichen zur Besserung aufgezeigt werden können und das Ganze nicht in den Verdacht historisch bekannter pessimistischer Abkehr von der Welt gerät.

Das Überwiegen der negativen Kritik, bzw. der kritischen Negation bei den wichtigsten Vertretern der „Frankfurter Schule"[6] resümiert zudem — Adorno, Horkheimer, Marcuse und Fromm stehen dafür —, die entsetzlichen Erfahrungen mit den totalitären Formen von Technokratie in den Ideologien des Faschismus und Stalinismus. Die Genannten ziehen Verbindungslinien zu den gegenwärtigen Formen sublimer „Repression" in der industriellen Leistungsgesellschaft in Ost und West. Deren in Funktionsherrschaft gegossene Mißachtung des Menschen sei nichts anderes als die Fortschreibung der bürgerlich-egoistischen Interessen mitsamt ihren latent vor-

---

[5] *H. Marcuse,* Der eindimensionale Mensch, a. a. O., 44.

[6] Zu Geschichte, Personenkreis und Theorie der Frankfurter Schule vgl. *M. Jay,* Dialektische Phantasie. Die Geschichte der Frankfurter Schule und des Instituts für Sozialforschung 1923—1950, Frankfurt 1976. Zur Kurzinformation dient: *P. Vranicki,* Geschichte des Marxismus, Bd. 2, Frankfurt/M. 1974, 817 ff.; Zur Auseinandersetzung mit der Frankfurter Schule: *G. Rohrmoser,* Das Elend der kritischen Theorie. Theodor W. Adorno, H. Marcuse, J. Habermas, Freiburg [2]1970.

handenen reaktionär-gewaltsamen Tendenzen des faschistischen und stalinistischen Typus. Der Nationalsozialismus ist demnach in dieser Perspektive alles andere als ein einmaliger Unglücksfall in der Geschichte. Die Schwierigkeit, nach Auschwitz guten Gewissens noch Gedichte schreiben zu können, zielt bei Th. W. Adorno auf das Mißlingen der Geschichte in ihrem bisherigen Verlauf, entlarvt die Menschheit an ihrem moralischen Wende- und Endpunkt, im Zustand hemmungsloser Erniedrigung durch die pervertierte Macht ihrer instrumentalisierten Vernunft[7]. „Universalgeschichte", schreibt Adorno, „ist zu konstruieren und zu leugnen. Die Behauptung eines in der Geschichte sich manifestierenden und sie zusammenfassenden Weltplans zum Besseren wäre nach den Katastrophen und im Angesicht der künftigen zynisch ... Das perennierende Leiden hat soviel Recht auf Ausdruck wie der Gemarterte, zu brüllen; darum mag falsch gewesen sein, nach Auschwitz ließe kein Gedicht mehr sich schreiben. Nicht falsch aber ist die minder kulturelle Frage, ob nach Auschwitz noch sich leben lasse, ob vollends es dürfe, wer zufällig entrann und Rechtens hätte umgebracht werden müssen"[8]. Als einziges systembildendes Element einer Geschichtsphilosophie und des Sichzurechtfindens verbleibt die Negation. Weil die Geschichte als Gegenstand einheitlicher Theorie, als Konstruierbares, nicht das Gute, sondern eben das Grauen ist, so kann sich wahres Denken für Adorno und Gleichgesinnte nur als negierendes und nur so als künftiges Element vollziehen. Jegliche positive Aussage muß durch die Katharsis des Furchtbaren hindurch, verliert dabei sein abendländisches Pathos des positiv-logischen Zusammenhangs und mündet notwendigerweise in eine an Verzweiflung grenzende Geste des Trotzdem in aller Diskontinuität. Das Entsetzen vor dem geschichtlichen Auftritt des Unmenschlichen bildet den immer wieder einholenden und bedrückenden Hintergrund der Gesellschaftskritik der Frankfurter Schule und begründet, neben ihren marxistischen Wurzeln, ihr Mißtrauen gegen-

---

[7] Zutreffend charakterisiert Klaus von Beyme die Hintergründe der Frankfurter Schule: „Die Kritische Theorie entstand aus den Erfahrungen von Faschismus und Stalinismus zugleich. Ohne die Pervertierung des Marxismus im Stalinismus wäre sie nicht verständlich, denn sie führte zu kritischen Fragen an den Marxismus, wie sie bisher keine revisionistische sozialistische Theorie gestellt hatte, da diese ihre Bemühungen auf Einzelprobleme des Machterwerbs beschränkten, ohne zu einer Theorie größter Reichweite vorzustoßen, die einige verhängnisvolle Entwicklungen sowohl im Kapitalismus wie im Sozialismus hätte erklären können. Man könnte diese Ausgangserfahrung eine erste Konvergenztheorie nennen, jedoch eine *negative Konvergenztheorie*, da sie nicht wie die meisten anderen davon ausgeht, daß die Annäherung der beiden wichtigsten Gesellschaftsordnungen aufgrund der Industrialisierung und der sie begleitenden Sozialprozesse nur positiv zu bewerten ist. Die Kritische Theorie sah vor allem die negative Konvergenz im Vordringen der instrumentellen Vernunft auf beiden Seiten des Eisernen Vorhangs" (*K. von Beyme*, Die politischen Theorien der Gegenwart. Eine Einführung, München 4. Auflage 1980, 51 f. Vgl. noch: *J. Habermas*, Theorie des kommunikativen Handelns, Bd. 2, a. a. O., 555 ff.).

[8] *Th. W. Adorno*, Negative Dialektik, in: Gesammelte Schriften, hrsg. von *R. Tiedemann*, Bd. 6, Frankfurt/M. 1973, 314 ff.

über einer existential-ontologischen Begrifflichkeit, die vom Ansatz her für H. Marcuse zu einer vielsagenden Neutralität den Menschen gegenüber verurteilt ist. Wenn nämlich „Philosophie kraft ihrer existential-ontologischen Begriffe vom Menschen oder als Freiheit imstande ist, den verfolgten Juden und das Opfer des Henkers als absolut frei und Herr der selbstverantwortlichen Wahl seiend und bleibend festzustellen, dann sind diese philosophischen Begriffe auf die Ebene barer Ideologie herabgesunken“[9]. Diese Trauer um die verlorene Humanität sollte ganz ernst genommen werden; ohne sie würde die neomarxistische Gesellschaftskritik, insbesondere die der Frankfurter Schule, als ad-hoc-Auseinandersetzung mißverstanden.

2.3 Destruktive Leistung: Die Kritik von J. Habermas und C. Offe

Einen scharfen Angriff gegen die ideologieträchtige Allianz von Technologie, Industrie und funktionalisierter Leistung trägt J. Habermas vor. Sie sei der bewegende Kern in der studentischen Protestwelle am Ende der sechziger Jahre gewesen, die zum ersten Mal den fundamentalen Zweifel am Sinn von Leistung und Erwerbsstreben und ihren Untugenden vorgetragen habe. Aus solchen ersten Formierungen eines exemplarischen Ungehorsams gegenüber den gängigen Idolen schöpft er Hoffnung für eine grundlegende Umwandlung des gesellschaftlichen Bewußtseins. Es „könnte sich ein prinzipielles Unverständnis für die sinnlose Reproduktion überflüssig gewordener Tugenden und Opfer herausbilden, ein Unverständnis dafür, warum das Leben des einzelnen trotz des hohen Standes der technologischen Entwicklung nach wie vor durch das Diktat der Berufsarbeit, durch die Ethik des Leistungswettbewerbs, durch den Druck der Statuskonkurrenz, durch die Werte der positiven Verdinglichung und der angebotenen Surrogatbefriedigung bestimmt ist, warum der institutionalisierte Kampf ums Dasein, die Disziplin der entfremdeten Arbeit, die Tilgung der Sinnlichkeit und ästhetischer Befriedigung aufrechterhalten werden“[10].

An diese grundsätzliche Ablehnung der herkömmlichen Leistungsmaßstäbe knüpft J. Habermas seinen soziologischen Zweifel an der Möglichkeit, individuelle Leistung in hochorganisierten Industriegesellschaften überhaupt noch bestimmen, geschweige denn sozial gerecht honorieren zu können. Der Grund dafür liegt in der ausufernden Produktivität und der mangelnden Transparenz der stets komplexer werdenden technischen Zivilisation im „entfalteten Kapitalismus“. Das Maß „des gesellschaftlichen Reichtums, den ein entfalteter Kapitalismus hervorbringt, und die technischen wie organisa-

---

[9] *H. Marcuse,* Existentialismus: Bemerkungen zu Jean Paul Sartres L'Être et le Néant, in: Kultur und Gesellschaft, Bd. 2, Frankfurt/M. 1965, 65.

[10] *J. Habermas,* Technik und Wissenschaft als Ideologie, Frankfurt/M. 1968, 102 f.

torischen Bedingungen, unter denen dieser Reichtum produziert wird, machen es immer schwieriger, die Statuszuweisung auch nur subjektiv überzeugend an die Mechanismen der Bewertung individueller Leistung zu binden“[11].

Claus Offe zieht die für ihn naheliegende Konsequenz und verknüpft den neomarxistischen Aspekt der aggressiven Lebensunterdrückung mit dem des mangelnden Individualbezugs zum Vorwurf, das Leistungsprinzip diene nicht mehr dazu, unterschiedliche Arbeitsbeiträge objektiv zu bewerten, sondern wirke nur noch als soziale Disziplinierungstechnik, welche „die Loyalität und den Schein einer objektiven oder technischen Begründbarkeit organisatorischer Hierarchien hervorbringt und stabilisiert“[12]. Angetrieben werde dieser Prozeß durch drei Entwicklungen: 1. Der Umfang des initiativen Einflusses auf das Arbeitsgeschehen nimmt ab; 2. der Anteil regulativer Normen nimmt zu und 3. in komplexen Arbeitsorganisationen wird die Frage nach der unterschiedlichen individuellen Produktivität ebenso unentscheidbar wie die nach der unterschiedlichen funktionalen Bedeutung einer Position. Der Leistungserfolg des Ganzen gibt letztlich den Ausschlag für die Leistung von Mensch und Maschine und unterwirft das Besondere dem Totalitätsanspruch der reibungslosen Funktionalität.

Schon hier wird deutlich, wie sich nur auf dem Hintergrund wertrationaler Koordinaten der Geltungsanspruch dieser soziologischen Analysen verstehen läßt. Das „Wie es sein könnte, weil es so sein sollte“[13] kann man bei den Neomarxisten immer wieder zwischen den Zeilen lesen, obgleich die negative Dialektik ihrer Gesellschaftskritik einen positiv faßbaren Beitrag zur Überwindung der angeprangerten Zustände nicht erkennen läßt. Diese Bemerkung will den Neomarxismus nicht voreilig be- und verurteilen, sondern die Grundstimmung hervorheben, die im wesentlichen auf die künftige Positivität in der artikulierten Macht der Verneinung setzt und dies von ihrem marxistischen Hintergrund her, verbunden mit dem Element der geschichtlichen Trauer und Verzweiflung, auch nicht anders kann. Das Positive in der kritischen Theorie deutet sich in der „integrierenden“ Absicht an, welche die Zerlegung von Erkenntnis, Wissen und Ethik in autonome Exklusivitäten und den vermeintlich wertneutralen Operationalismus als einzig zuverlässigen Maßstab strenger Wissenschaftlichkeit ablehnt und auf eine geläutert aufgeklärte Totalität der Vernunft hofft. Die gegenwärtige Wirklichkeit allerdings gibt es für die negative Dialektik nur als pervertierte Identität aller Sektoren, die zureichend nur in entsprechend totaler Aufdeckung ihrer Entstehung und Strukturen verstanden werden kann. Der

---

[11] Ebd., 103.

[12] *C. Offe,* Leistungsprinzip und industrielle Arbeit, Frankfurt/M. 1970, 166.

[13] *A. Wellmer,* Kritische Gesellschaftstheorie und Positivismus, Frankfurt/M. 1969, 136: „Die Neomarxisten ergreifen Partei für die Tugend und gegen den Weltlauf.“

von Hegel und Marx behauptete Zusammenhang zwischen Geschichte und Ausfaltung der Vernunft in der Vergegenwärtigung der Menschheit bleibt zwar gewahrt, verliert aber seinen positiven Zukunftsanspruch in der neomarxistischen Kritik der Leistungsgesellschaft. Das „Ganze“ dominiert weiterhin, nur eben mit schlimmem Vorzeichen[14]; der „reziproke“ Zusammenhang in dieser „Logik des Zerfalls“[15] aber bleibt erhalten und muß bei der Gesellschaftskritik beachtet werden. Denn sowenig „jenes Ganze vom Leben, von der Kooperation und dem Antagonismus seiner Elemente abzusondern ist, sowenig kann irgendein Element auch bloß in seinem Funktionieren verstanden werden ohne Einsicht in das Ganze, das in der Bewegung des Einzelnen selbst sein Wesen hat. System und Einzelheit sind reziprok und nur in ihrer Reziprozität zu erkennen“[16].

2.4 „Euphorie im Unglück“: Herbert Marcuses Analyse der Leistungsgesellschaft

Ihren angriffsfreudigsten Ausdruck findet die Dialektik der Verneinung in den Schriften Herbert Marcuses. Die radikale Schärfe seiner Kritik mit ihren oft überspitzten, aber griffigen Formulierungen übte einen nachhaltigen Einfluß auf die Gesellschaftskritik der späten sechziger und frühen siebziger Jahre in der Bundesrepublik aus. Marcuse gelang es, aktuelles und latentes Unbehagen auf einen apodiktischen Nenner zu bringen; seine Vehemenz erleichterte — gegen seinen Willen — die Umsetzung der „Waffe der Kritik“ zur „Kritik der Waffe“ (Marx). Trotz geänderter Umstände fordern auch heute noch seine Gedanken heraus und müssen ernst genommen werden.

Marxens Wunsch, „sich den ganzen alten Dreck vom Hals zu schaffen“, wirkt fort in Marcuses Kompromißlosigkeit seiner Urteile und Verurteilungen und erschwert gerade bei ihm eine emotionsfreie Begegnung. Die Angst vor dem revolutionären Potential in seinem Aufruf zur „großen Verweigerung“ verschmilzt bei vielen Bürgern oft mit der eigenen uneingestandenen Furcht vor der Schwere der angeprangerten Probleme und mit dem weitverbreiteten Unvermögen, den Blick über den engen Horizont üblicher Daseinsberuhigung zu erheben. Marcuse war und bleibt heftiger als alle ande-

---

[14] In den „Minima Moralia“ stülpt Adorno Hegel um. Nicht mehr „das Ganze ist die Wahrheit“, sondern „das Ganze ist das Unwahre“ (*Th. W. Adorno*, Minima Moralia, Reflexionen aus dem beschädigten Leben, in: ges. Schriften, Bd. 4, Frankfurt/M. 1980, 55).

[15] *J. F. Schmucker*, Adorno — Logik des Zerfalls, Stuttgart, Bad Cannstatt 1977.

[16] *Th. W. Adorno*, Zur Logik der Sozialwissenschaften, in: *H. Maus*, *F. Fürstenberg* (Hrsg.), Der Positivismusstreit in der deutschen Soziologie, Neuwied, Berlin 1970, 127. Vgl. noch: Spätkapitalismus oder Industriegesellschaft. Verhandlungen des 16. deutschen Soziologentages, hrsg. von *Th. W. Adorno*, Stuttgart 1969, bes. 153 ff.: „Methodische Probleme gesamtgesellschaftlicher Analysen“; *J. Habermas*, Zur Rekonstruktion des Historischen Materialismus, Frankfurt/M. ^{2}1976, bes. 144 ff.

ren der Frankfurter Schule umstritten. Kurz und zutreffend umriß Werner Post in seinem Nachruf „Zum Tode von Herbert Marcuse“ dessen eigenwillige Stellung zwischen Marx und der Frankfurter Schule: „Vom lupenreinen Marxismus trennen ihn nicht nur die unorthodoxe Denkweise, sondern auch freudianische und phänomenologische Elemente; von der kritischen Theorie Horkheimers und Adornos unterscheidet ihn schon äußerlich der direktere, zupackende Duktus seiner Sprache und die geringere Scheu vor politisch-praktischer Einmischung“[17].

2.4.1 *Schizophrene Wirklichkeit*

Am Sicherungs- und Perfektionswahn der „fortgeschrittenen industriellen Zivilisation“ in ihrer „komfortablen, reibungslosen, vernünftigen, demokratischen Unfreiheit“[18] setzt Marcuse die Sonde seiner Kritik am „Eindimensionalen Menschen“ an. Im Gegensatz zur konfliktgeladenen Klassengesellschaft des 19. Jahrhunders mit ihren offen zutage tretenden Antagonismen versandet in der Gegenwart die Differenz zur „Konvergenz der Gegensätze“[19], die es erlaubt, „die zentrifugalen Kräfte mehr auf technischem Wege als mit Terror zu besiegen; auf der doppelten Basis einer überwältigenden Leistungsfähigkeit und eines sich erhöhenden Lebensstandards“[20].

Die veränderten Umstände veranlassen Marcuse, über Marx hinauszugehen, dessen Klassenbegriff zu revidieren, der ein klares Klassenbewußtsein enthielt, das die revolutionäre Umwälzung als sicher erwarten ließ. Heute dagegen werden kapitalistische und realsozialistische Systeme von der Tendenz zur Konvergenz gleichermaßen betroffen und nähern sich gemeinsam einer perfekt verwalteten Friedhofsruhe. Denn die Entwicklung der technologischen Gesellschaft hat „die Struktur und Funktion der Klassen derart verändert, daß sie nicht mehr die Träger historischer Umgestaltung zu sein scheinen. Ein sich über alles hinwegsetzendes Interesse an der Erhaltung und Verbesserung des institutionellen Status quo vereinigt die früheren Antagonisten in den fortgeschrittensten Bereichen der gegenwärtigen Gesellschaft. Und in dem Maße, wie der technische Fortschritt Wachstum und Zusammenhalt der kommunistischen Gesellschaft gewährleistet, weicht gerade die Idee der qualitativen Änderung den realistischen Begriffen einer nichtexplosiven Evolution“[21]. Es herrscht für Marcuse die „Euphorie im Unglück“[22], jene verkehrt „glückliche“ Erscheinung eines objektiv dehumani-

---

[17] *W. Post,* Zum Tode von Herbert Marcuse, in: Herder Korrespondenz 9 (1979), 475.

[18] *H. Marcuse,* Der eindimensionale Mensch, a. a. O., 21.

[19] Ebd., 39. S. o. S. 139, Anm. 7.

[20] Ebd., 12.

[21] Ebd., 15.

[22] Ebd., 25.

sierenden gesellschaftlichen Seins. Der so schizophren lebende Mensch bringt aber nicht mehr die kritische Kraft auf, die Scheinharmonie seiner Oberfläche zu durchstoßen und sich der wahren Ursachen und Entstehung seiner manipulierten Zufriedenheit bewußt zu werden. Der Grund dafür liegt in der zwanghaft „sachlichen" Ausstrahlung derjenigen Strukturen in die Psyche der Menschen, die das technisch-wirtschaftliche Rückgrat der leistungsintensiven Gesellschaft bilden und gleichermaßen ihre Lust- und Sinnquellen, ihre verführenden Motive, falschen Bedürfnisse und sichernden Normkomplexe. Die Techniken der Leistungsgesellschaft sind als interessenbehaftete schon „politische Techniken"[23], zwar rechtlich institutionalisiert, aber im Kern von „repressiver Toleranz"[24], die jeden Versuch einer kritischen Durchleuchtung durch „introjizierte"[25] Befriedigung und Wecken systemstabilisierender Bedürfnisse im Ansatz vereitelt. Derartige „Toleranz" verschleiert als modernes „Opium des Volkes" die objektiv weiterbestehende Klassenstruktur in doppelter Weise: einmal als „passive Duldung verfestigter und etablierter Haltungen und Ideen, auch wenn ihre schädigende Auswirkung auf Mensch und Natur auf der Hand liegt" und, zum anderen, „als aktive, offizielle Toleranz, die der Rechten wie der Linken gewährt wird, Aggression ebenso wie pazifistischen Bewegungen, der Partei des Hasses ebenso wie der Menschlichkeit"[26]. Diese schlechte Äquidistanz führt in der Folge zur okkupierenden Definition der „Toleranz" durch die ökonomischen Interessen mittels des sie repräsentierenden politischen Apparates.

2.4.2 *Die abgebrochene „Aufklärung"*

Die grundverfälschte Wirklichkeit unserer Industriegesellschaften kann Marcuse nur noch mit paradoxen Begriffen beschreiben, um die innere Irrationalität in ihrer äußeren Rationalität aufzudecken. Die totale Verkehrung der Vernunft in ihr Gegenteil, der instrumentalen Vernünftigkeit des homo faber, konzentriert in sich die lange Geschichte der wachsenden Entfremdung des Menschen von der Natur, von der Gesellschaft, von sich selbst. Die Leistungsstärke der technischen Gesellschaft erzeugt nichts anderes als die „Hölle der Gesellschaft im Überfluß". Produktivität und Destruktivität sind historisch, nicht notwendigerweise, zur imperativen Einheit gelangt. Ihre proklamierte Selbstverständlichkeit schöpft aus ihrer angeblich zwingenden Rationalität, die für Marcuse aber nichts anderes als den abge-

[23] Ebd., 38.

[24] *Ders.*, Repressive Toleranz, in: *R. P. Wolff, B. Moore* und *H. Marcuse*, Kritik der reinen Toleranz, Frankfurt/M. 1968.

[25] *Ders.*, Der eindimensionale Mensch, a. a. O., 30.

[26] *Ders.*, Repressive Toleranz, a. a. O., 96 f.

brochenen Gang der Aufklärung in den Käfig von Macht und in die totale Unterwerfung unter die Herrschaft der pragmatischen Vernunft spiegelt.

In diesem Schema bedeutet die Geschichte der Kultur „sukzessives Verdrängen potentieller Erfüllung zugunsten einer Unterwerfung des Menschen unter die Logik bloßer Selbsterhaltung“[27]. Die Ernte dieser „Verdrängung“ dokumentiert sich im gängigen Leistungsverständnis, unter dessen Herrschaft „die Gesellschaft entsprechend der konkurrierenden ökonomischen Leistung ihrer Mitglieder geschichtet ist“[28]. Der Aspekt des produktiven Erfolges ist hier mit sozialer Verbindlichkeit und den höheren Weihen universeller Humanität versehen, der sich deshalb alles andere zu fügen hat. Solche Qualifizierung wirkt sich verheerend aus. Sie betrifft den ganzen Menschen, sein Fühlen und Denken, seine Erotik und Sexualität, seine Sprache und Gestik, individuelles wie kollektives Verhalten, Beruf wie Freizeit. Realität und mögliches lustbetontes Leben fallen auseinander. Der Leiststungserfolg erzeugt seine gemäßen Idole, die nie alternden Figuren karrierebewußter Streberlinge, jene auswechselbaren Typen des Vorwärtskommenmüssens.

2.4.3 *Die instrumentelle Vernunft*

Die Identifizierung der Zeit mit dem für unüberwindbar erachteten Jetzt verstellt die Einsicht in die Geschichte und damit die Erkenntnis der Gegenwart und Zukunft. Sie nimmt dem Menschen seine Entwicklung und seinen Tod, indem sie ihn verharmlost durch die umgreifenden Gaukelbilder einer siegreichen Prolongierbarkeit aller Prozesse durch Wissenschaft und Technik. Ihren ideologischen Ausdruck findet diese ruinöse Spirale der Machbarkeit in der Operationalisierung des Denkens vor allem in der Sprache und, darin vermittelt, in der Verkürzung der Vielfalt menschlicher Erfahrungsmöglichkeiten. A. N. Whiteheads Forderung, daß es der Vernunft zukommen müsse, „die Kunst des Lebens zu befördern“, die Marcuse als „befriedetes Dasein“[29] umschreibt, hat unter der Herrschaft der gegenwärtigen „vorteilhaften Destruktivität“[30] keine Chance. Sie versteht es zu gut und kaum mehr dekuvrierbar, sich als „natürliche“, weil als logisch und erfolgreich darzustellen und das alltägliche Bewußtsein des einzelnen in Beschlag zu nehmen. So entsteht für Marcuse ein Automatismus in den Beziehungen zwischen Werten und Instrumenten; Sprache und Denken reduzieren sich zu einem Werkzeug unter anderen im Produktions- und Konsumapparat der Leistungsgesellschaft. Die Sprache wiederum rächt sich, indem sie sich zum herrschaftlichen Jargon aufwirft, der den Geist in die Einbahnigkeit tech-

---

[27] *G. Rohrmoser,* Das Elend der kritischen Theorie, a. a. O., 71.
[28] *H. Marcuse,* Triebstruktur und Gesellschaft, Frankfurt/M. 1967, 49.
[29] *H. Marcuse,* Der eindimensionale Mensch, a. a. O., 246.
[30] Ebd., 108.

nischer Rationalität zwingt und nur noch Klischees einer vermeintlichen Spontaneität und Zwecklosigkeit der Intimbereiche zuläßt, die aber nur die umfassende Instrumentalisierung des Menschen spiegeln.

Auch für Max Horkheimer gibt es in der „Philosophie" des durchschnittlichen Intellektuellen nur noch eine Autorität: die Wissenschaft, verstanden als Klassifizierung von Tatsachen und Berechnung von Wahrscheinlichkeiten, an denen sich das Handeln auszurichten hat. Die Behauptung, „daß Gerechtigkeit und Freiheit an sich besser sind als Ungerechtigkeit und Unterdrückung, ist wissenschaftlich nicht verifizierbar und nutzlos" und werde somit „gerade so sinnlos wie die Feststellung, Rot sei schöner als Blau"[31]. Der Pragmatismus triumphiere in der Hinordnung aller Sinnaussagen auf die politische, praktisch-wissenschaftliche und vor allem wirtschaftliche Nutzenüberlegung. „Indem der Pragmatismus versucht, die Experimentalphysik zum Prototyp aller Wissenschaft zu machen und alle Sphären des geistigen Lebens nach den Techniken des Laboratoriums zu modeln, ist er das Pendant zum modernen Industrialismus, für den die Fabrik der Prototyp des menschlichen Daseins ist und der alle Kulturbereiche nach der Fließbandproduktion oder nach dem rationalisierten Bürobetrieb modelt. Um zu beweisen, daß er mit Recht gedacht wird, muß ein jeder Gedanke ein Alibi haben, muß er seine Zweckmäßigkeit verbürgen"[32]. Deweys Glauben an die Macht der Intelligenz, sich eine Zukunft vorzustellen, die die Projektion des in der Gegenwart Wünschenswerten wäre, schreibt in der Sicht Horkheimers und Marcuses nur die traditionellen Linien der pragmatischen „happiness maximation" fort, in der Gegenwart allerdings verfeinert durch die komplexen und kaum mehr durchschaubaren Absicherungen des neopositivistischen Wissenschaftsideals gegenüber anderen Lebensdeutungen.

Das „repressive" Wesen der „instrumentellen Vernunft" besteht in der Degradierung der Natur zur „Beute" durch die „kalkulierende Betrachtung der Welt"[33] schon in den frühesten Objektivierungen, die den Aufbruch des Abendlandes vom Mythos zur Wissenschaft begleiteten. „Der Animismus hatte die Sache beseelt, der Industrialismus versachlicht die Seelen"[34].

---

[31] *M. Horkheimer,* Zur Kritik der instrumentellen Vernunft, a. a. O., 33.

[32] Ebd., 56. Für Horkheimer und Adorno war Odysseus der Prototyp des pragmatisch-ökonomischen Menschen. Seine treulose Reise antizipiere die bürgerliche Ideologie vom Risiko als der moralischen Rechtfertigung des Profits. Noch in seiner Ehe mit Penelope stecke das Tauschprinzip: ihre Treue und ihr Abweisen aller Bewerber im Tausch gegen seine Rückkehr. Zur Entwicklung vom Mythos zum Logos vgl. *H. Staudinger, W. Behler,* (Hrsg.) Chance und Risiko der Gegenwart. Eine kritische Analyse der wissenschaftlich-technischen Welt, Paderborn 1976, bes. 11 ff.: „Vorgeschichte des modernen Denkens."

[33] *M. Horkheimer,* Zur Kritik der instrumentellen Vernunft, a. a. O., 165.

[34] *H. Marcuse,* Triebstruktur und Gesellschaft, a. a. O., 49.

Der Versachlichung entspricht die „repressive Entsublimierung“[35] des Menschen durch die verdinglichende Ausrichtung seiner seelischen Kräfte auf technisch-wirtschaftliche Ziele. In ihr vergröbert sich für Marcuse in unheilvoller Weise die Feststellung von C. F. von Weizsäcker: „Die pragmatische Wissenschaft hat das Bild von der Natur, das einem technischen Zeitalter gemäß ist“[36]. Natur verkümmert hier zum planvoll bewegbaren und so beherrschbaren Entwurf der „kalkulierenden Vernunft“ und dient nur noch als Mittel ihrer fortschreitenden Selbstbespiegelung. Die richtige Einstellung zum Mittel „Natur“ ist dann „der technische Ansatz, der richtige Logos ist Technologie, die eine technologische Wirklichkeit entwirft und eine Antwort auf sie ist“[37]. Und während so „die Wissenschaft die Natur von allen immanenten Zwecken befreite und die Materie aller Qualitäten, mit Ausnahme quantifizierbarer, entkleidete, befreite die Gesellschaft die Menschen von der ‚natürlichen‘ Hierarchie persönlicher Abhängigkeit und verband sie miteinander nach quantifizierbaren Qualitäten — nämlich als Einheiten abstrakter Arbeitskraft, berechenbar in Zeiteinheiten“[38]. Der Übergang von der Theorie zur Praxis ist somit für Marcuse zwingend hergestellt, ebenso wie der Brückenschlag zu Marxens Ausspruch im „Das Elend der Philosophie“: „Die Quantität allein entscheidet alles“[39].

Einer bestimmten „Beherrschung“ der Natur durch Wissenschaft und Technik allerdings spricht Marcuse befreiende Kraft zu. Er hält nichts von der romantischen Verklärung der Natur zur sinnspendenden Allmutter. Die menschliche Vernunft muß sich von den Determinierungen und Abhängigkeiten der naturhaften Prozesse lösen und diese ihrer freien, spielerischen Entfaltung dienstbar machen. Auch bei Marcuse baut das „Reich der Freiheit“ auf dem der „Notwendigkeit“ auf. Erst die Verkehrung dieser richtigen Mediatisierung zur Selbstinstrumentalisierung nach „innen“ verursacht die von Marcuse beklagte Fehlentwicklung: „der instrumentalistische Horizont der Vernunft eröffnet sich zu einer auf rationale Art totalitären Gesellschaft“[40].

---

[35] *Ders.*, Der eindimensionale Mensch, a. a. O., 76.

[36] *C. F. von Weizsäcker*, Die Geschichte der Natur, Göttingen 1962, 51.

[37] *H. Marcuse*, Der eindimensionale Mensch, a. a. O., 170. Differenzierender vorgehend, aber im Tenor mit Marcuse übereinstimmend, urteilt *J. Habermas* in seiner „Theorie des kommunikativen Handelns“, Bd. 1: Handlungsrationalität und gesellschaftliche Rationalisierung, Frankfurt/M. 1981, 102: „Nicht die wissenschaftliche Rationalität als solche, wohl aber ihre Hypostasierung scheint zu den idiosynkratischen Zügen der westlichen Kultur zu gehören und auf ein Muster der kulturellen und der gesellschaftlichen Rationalisierung zu verweisen, das der kognitiv-instrumentellen Rationalität nicht nur im Umgang mit der äußeren Natur, sondern im Weltverständnis und in der kommunikativen Alltagspraxis insgesamt zu einseitiger Dominanz verhilft.“

[38] *H. Marcuse*, Der eindimensionale Mensch, a. a. O., 171.

[39] *K. Marx*, Das Elend der Philosophie, a. a. O., 85.

[40] *H. Marcuse*, Der eindimensionale Mensch, a. a. O., 173.

2.4.4 *Vernunft und Kultur*

Den Weg in seine eigene Pervertierung hat der Mensch in der Geschichte selbst eingeschlagen und zeichnet dafür verantwortlich. Die Gründe dafür liegen für Marcuse im Bestreben des Menschen, sich vom Druck der Realität zu entlasten, das aber auch zum Sicheinrichten im Erreichten, zur Angst vor dem Neuen, Unerwarteten, vor dem Wandel schlechthin führen kann. Damit wäre aber die geschichtliche Transzendenz des Menschen gekappt und er auf die Zeitlosigkeit des vermeintlich für immer Bewährten zurückgeworfen. Diese Verkümmerung sucht Marcuse sozialpsychologisch mit Hilfe des von Sigmund Freud entwickelten Antagonismus von Realitäts- und Lustprinzip zu erklären. Die von Freud aufgestellte These, daß das Realitätsprinzip in jeder Kulturbildung eine verdrängend-sublimierende und darin kultivierende Organisation der menschlichen Triebstruktur leiste, wird auch von Marcuse nicht bestritten. Im Gegensatz aber zu Freud spricht Marcuse nur von einer historisch und sektoral beschränkten Notwendigkeit, die nicht zur kulturellen Allgemeingültigkeit hypostasiert werden dürfe. Auch seiner Meinung nach gibt es unvermeidliche Trieb-, sprich Lustbeschränkungen auf der Ebene der vitalen Selbsterhaltung des Menschen im Kampf mit der Natur. Solche Begrenzungen heben sich aber scharf ab von der „zusätzlichen" Triebunterdrückung durch interessengebundene Institutionen im Lauf der Geschichte. Diese „zusätzliche Lenkung und Machtausübung, die von den besonderen Institutionen der Herrschaft ausgehen, sind das, was wir als zusätzliche Unterdrückung bezeichnen"[41]. Ganz im Fahrwasser der Marxschen Anthropologie führt Marcuse so den alles verursachenden und alles erklärenden großen Sündenfall der Menschheit in sein eigenes System ein: den Widerstreit von Herrschaft und „rationaler Machtausübung". „Letztere, die jeder gesellschaftsformenden Arbeitsteilung innewohnt, stammt aus dem Können und beschränkt sich auf die Verwaltung von Funktionen und Einrichtungen, die für die Förderung des Ganzen notwendig sind. Im Gegensatz dazu wird die Herrschaft von einer bestimmten Gruppe oder von einem einzelnen ausgeübt mit der Absicht, sich selbst in einer privilegierten Position zu erhalten und seine Macht zu steigern"[42]. In der Neuzeit führt die Verwissenschaftlichung und Industrialisierung der Gesellschaft zum Verschmelzen von politischer und ökonomischer Herrschaft und zum konvenienten Instrumentalisieren des Denkens durch die entsprechend lancierten Sachnotwendigkeiten. Die Totalisierung aller Lebensbereiche erforderte für Marcuse die total biegsame, weil konturlose, sekundäre Vernünftigkeit derer, die das denken und tun, was ihnen vorgegeben wird. Am vorläufigen Ende dieses „Fortschritts" triumphiert wiederum die ins Objek-

---

[41] *Ders.*, Triebstruktur und Gesellschaft, a. a. O., 42.
[42] Ebd., 41.

tive rückprojizierte und so mit dem Anschein des Unvermeidlichen versehene „Versachlichung der Seelen", ein Teufelskreis. Die kritische Kraft zur Grenzüberschreitung durch die grundsätzlich mögliche „dialektische Phantasie" ist der berechenbaren und deshalb „vertrauenswürdigen" Gradlinigkeit der positiven Vernünftigkeit gewichen; wir „leben und sterben rational und produktiv"[43].

Die Verdrängung des Todes als des absoluten Endes aller Leistung erweist sich als der Tiefpunkt dieser Entwicklung. Und dennoch ist der Tod da, zwar hinausgezögert mit der präzisen Routine geplanten Sterbens in den Intensivstationen, dem normalen Leben entzogen und diesem doch unlösbar verhaftet in der technischen Handhabbarkeit bis zum letzten Atemzug. Die weitgehende Beherrschbarkeit des Lebens muß als zutiefst inhumane in den Grenzbereichen lückenhaft bleiben. Wo die wortlose Technik versagt, herrscht am Ende das vielsagende Schweigen eingespielter Dienstleistungsapparate. Im Ausbleiben der Sprache angesichts der menschlichen Nöte meldet sich innerhalb aller Perfektion die Sinnlosigkeit als gefürchteter Hinweis auf Sinn, den es, um seine Herausforderung abzuwehren, technologisch zu vereinnahmen gilt. Heute „verewigt und erweitert sich die Herrschaft nicht nur vermittels der Technologie, sondern als Technologie, und diese liefert der expansiven politischen Macht, die alle Kulturbereiche in sich aufnimmt, die große Legitimation"[44]. Schon in seinen Eingangsüberlegungen im „Eindimensionalen Menschen" bestreitet Marcuse die „Neutralität" der Technik mit dem Hinweis auf ihre ideologische Funktion: „Angesichts der totalitären Züge dieser Gesellschaft läßt sich der traditionelle Begriff der ‚Neutralität' der Technik nicht mehr aufrechterhalten. Technik als solche kann nicht von dem Gebrauch abgelöst werden, der von ihr gemacht wird; die technologische Gesellschaft ist ein Herrschaftssystem, das bereits im Begriff und Aufbau der Techniken am Werk ist"[45].

Die Glorifizierung des nur technisch Denkbaren schafft eine von den meisten nicht durchschaute Klaustrophilie, die sich als der einzig wirkliche und sinnvolle Zusammenhang der Dinge präsentiert. Die Geschlossenheit der Erscheinung manifestiert für Marcuse das tiefe Ausmaß des „beschädigten Lebens", das er wie Adorno nur als Apokalypse des Negativen, als Zusammenhang der „Gaskammern und Konzentrationslager, von Hiroshima und Nagasaki, von amerikanischen Cadillacs und deutschen Mercedeswagen, von Pentagon und Kreml, nuklearer Städte und chinesischen Kommunen, von Kuba, von Gehirnwäsche und Massakern"[46] zu fassen vermag. Aber die geschichtliche Wirklichkeit ist nicht nur die faktenmäßige Ansammlung

---

[43] *Ders.*, Der eindimensionale Mensch, a. a. O., 160.
[44] Ebd., 173.
[45] Ebd., 18.
[46] Ebd., 194.

von grausamen Sinnlosigkeiten, sondern zugleich die, „in der diese Dinge als selbstverständlich hingenommen werden, ... in der die Menschen frei sind. Es ist eine Welt, in der der Besen in der Ecke oder der Geschmack ‚von etwas wie Ananas' recht wichtig sind, in der tägliche Mühe und tägliche Bequemlichkeiten vielleicht die einzigen Tatbestände sind, die alle Erfahrung ausmachen. Und dieses zweite, beschränkte empirische Universum ist ein Teil des ersten; die Mächte, die das erste beherrschen, gestalten auch die beschränkte Erfahrung"[47].

2.4.5 Glück durch Angleichung

Das von dem „größeren Zusammenhang von Erfahrung"[48] abgeschnittene subjektive Wohlbefinden summiert sich zum „glücklichen" Bewußtsein einer „harmonischen" Gesellschaft, die wiederum jedem einzelnen das befriedigende Gefühl gelungener Existenz durch Funktionserlebnisse vermittelt, welche die als „vernünftig" geltende soziale Integration definieren und so empfunden werden. Die persönliche Selbsteinschätzung spiegelt in der Regel diese konfliktfreie Einfügung in den Zusammenhang. Sein und Bewußtsein verschmelzen — hier im Gegensatz zu Marx — zur (fast) bruchlosen Synthese. Es instrumentalisiert sich die Vernunft und es rationalisiert sich die instrumentalisierte Gesellschaft. Mögliches Aufbäumen wider den bequemen Zwangscharakter dieses Gleichklangs kann daher nicht auf allgemeinen Zustrom rechnen. Die „Glückseligkeit" des integrierten Arbeiters hindert ihn trotz der objektiv fortbestehenden Klassengegensätze an der kritischen Artikulation. Wenn „der Arbeiter und sein Chef sich am selben Fernsehprogramm vergnügen und dieselben Erholungsorte besuchen, wenn die Stenotypistin ebenso attraktiv hergerichtet ist wie die Tochter ihres Arbeitgebers, wenn der Neger einen Cadillac besitzt, wenn sie alle dieselbe Zeitung lesen, dann deutet diese Angleichung nicht auf das Verschwinden von Klassen hin, sondern auf das Ausmaß, in dem die unterworfene Bevölkerung an den Bedürfnissen und Befriedigungen teilhat, die der Erhaltung des Bestehenden dienen"[49]. Für Marcuse ist es daher kein Wunder, daß die sozialen Kontrollen in den fortgeschrittensten Bereichen der industriellen Zivilisation „derart introjiziert worden sind, daß selbst individueller Protest in seinen Wurzeln beeinträchtigt wird. Die geistige und gefühlsmäßige Weigerung ‚mitzumachen', erscheint als neurotisch und ohnmächtig"[50]; und dies als Ergebnis des permanenten Verfalls der ehemalig fortschrittlichen, weil befreienden Kräfte des Liberalismus. Die Gegensätze verschwimmen, so daß die vormals entlarvende Sonde der Aufklärung, die

[47] Ebd., 194 f.
[48] Ebd., 194.
[49] Ebd., 28.
[50] Ebd., 29.

als „Priestertrugstheorie“ geschichtlich wirksame Veränderungen auslöste, für die Gegenwart nichts mehr taugt. Heinrich Heines ironischer Vers aus der „Deutschlandreise“:

> Ich kenne die Weise, ich kenne den Text
> Ich kenn auch die Herren Verfasser,
> Ich weiß, sie tranken heimlich den Wein
> Und predigten öffentlich Wasser,

weckt angesichts der verschleiernden Konvergenz aller Gegensätze in unseren Tagen nur noch Erinnerungen; der gefährliche Stachel jedoch ist längst gezogen.

Somit zeigt die *Entfremdung*, die bei Marx noch die offenkundige Spannung von objektiver Ungerechtigkeit und subjektiver Vergegenwärtigung enthielt, bei Marcuse die Oberfläche glatter Identität. Entfremdung ist „gänzlich objektiv geworden: das Subjekt, das entfremdet ist, wird seinem entfremdeten Dasein einverleibt. Es gibt nur eine Dimension, und sie ist überall und tritt in allen Formen auf“[51]. Die eindimensionale Realität, normativ im Leistungsprinzip verdichtet, hat alles ihrem pseudoegalitären Anspruch unterworfen und darin den Aufbruch des Abendlandes zur aufgeklärt-emanzipierten Menschheit in ihr Gegenteil verkehrt, ohne jedoch dabei auf das Vokabular der Freiheit und der Rechte zu verzichten. Diese falsche Identität von Sein und Sollen beendet den Gang der „repräsentativen Philosophie der westlichen Kultur, die einen Vernunftbegriff entwickelt hat, der die hervorstechendsten Züge des Leistungsprinzips enthält“[52].

2.4.6 *Wahre und falsche Bedürfnisse*

Die wachsende Vereinnahmung des Lust- oder besser: Lebensprinzips durch die Funktionswerte und -tugenden der Leistungsgesellschaft vollzieht sich als Verdrängung der „wahren“ durch die „falschen Bedürfnisse“[53]. Wir stoßen hier auf ein Kernstück der kritischen Theorie Herbert Marcuses und finden dort die meisten seiner sonst spärlichen positivierbaren Aussagen über den Menschen. Der Zwang zur ständigen Ausweitung und Nutzung der Produktionsmittel treibt die industrielle Gesellschaft, stets neue und breitere Bedürfnisse des Konsums zu wecken, um dadurch die Steigerung der Produktion zu gewährleisten. An sich ein normaler Vorgang einer jeden auf Bedürfnisbefriedigung abgestellten Wachstumsgesellschaft. Bedürfnisse hier verstanden „als eine subjektive Mangelempfindung, die in ihrer Ausprägung und ihrer Intensität ausschließlich dem einzelnen Subjekt in seiner

---

[51] Ebd., 31.
[52] *Ders.*, Triebstruktur und Gesellschaft, a. a. O., 130.
[53] *Ders.*, Der eindimensionale Mensch, a. a. O., 25.

moralischen Verantwortung aufgegeben ist"[54]. Spätestens seit J. M. Keynes versucht die Volkswirtschaftslehre die wechselseitigen Beziehungen zwischen Produktion und Konsumption auf Gesetzmäßigkeiten zu untersuchen, um durch die Instrumente einer prospektiv ökonomischen Steuerung soziale und politische Krisen zu vermeiden. Bei Marcuse jedoch signalisiert dieser zentrale Sektor der liberalen Theorie, der in der Tat die freie Selektions- und Entscheidungskompetenz des Bürgers voraussetzt, nichts anderes als die depravierende Tendenz zur Identifizierung des Menschen mit seinen ausschließlich verwertbaren Bedürfnissen, die dazu noch künstlich erzeugt werden. „Wahre" Bedürfnisse hingegen sind mit der menschlichen Natur verbunden, aber auch mit dem historischen Ausmaß ihrer Befriedigung, das stets neu erkämpft werden muß. Es handelt sich hierbei im wesentlichen um kulturelle Werte und politische Rechte, die die spontane, lustbetonte Entfaltung der rationalen, libidinösen, ethischen und ästhetischen Anlagen des Menschen möglichst umfassend sichern und repräsentieren sollen. Abgelöst von ihrer besonderen geschichtlichen Gestalt, kann Marcuse diese Bedürfnisse nur formal-negativ in der Abhebung von ihrer pervertierten konkreten Erscheinungsweise angeben. Denn die „Intensität, die Befriedigung und selbst der Charakter menschlicher Bedürfnisse, die über das biologische Niveau hinausgehen, sind stets im voraus festgelegt gewesen. Ob die Möglichkeit, etwas zu tun oder zu lassen, zu genießen oder zu zerstören, zu besitzen oder zurückzuweisen als ein ‚Bedürfnis' erfaßt wird oder nicht, hängt davon ab, ob sie für die herrschenden gesamtgesellschaftlichen Institutionen und Interessen als wünschenswert und notwendig angesehen werden kann oder nicht. In diesem Sinne sind menschliche Bedürfnisse historische Bedürfnisse"[55].

Die Entfaltung des Menschen erfordert als Reaktion auf die Kanalisierung der Bedürfnisse zweierlei: als Fernziel, erstens, den phantasievollen Entwurf neuer Weisen des bewußten Daseins, das aber, zweitens, unter den waltenden Umständen vorerst nur in der kritischen Verneinung des Bestehenden, als Freiheit *von* der etablierten Realität in allen Formen der Verweigerung ihrer Spielregeln beginnen kann. So würde derzeit „ökonomische Freiheit Freiheit *von* der Wirtschaft bedeuten — von Kontrolle durch ökonomische Kräfte und Verhältnisse; Freiheit vom täglichen Kampf ums Dasein, davon, sich seinen Lebensunterhalt verdienen zu müssen. Politische Freiheit würde die Befreiung *von* der Politik bedeuten, über die sie keine wirksame Kontrolle ausüben. Entsprechend würde geistige Freiheit die Wiederherstellung des individuellen Denkens bedeuten, das jetzt durch Massenkommunikation und -schulung ausgesogen wird, die Abschaffung der ‚öf-

[54] *J. H. Müller,* Das wirtschaftliche Wachstum und die Kirche, in: Kirche und Gesellschaft heute. Franz Groner zum 65. Geburtstag, hrsg. von *F. Böckle* und *F. J. Stegmann,* Paderborn, München 1979, 232.

[55] *H. Marcuse,* Der eindimensionale Mensch, a. a. O., 24.

fentlichen Meinung' mitsamt ihren Herstellern. Der unrealistische Klang dieser Behauptungen deutet nicht auf ihren utopischen Charakter hin, sondern auf die Gewalt der Kräfte, die ihrer Verwirklichung im Wege stehen"[56].

2.4.7 Die „Kehrseite der Medaille"

Die von Marcuse erwartete Gewalt der „repressiven Toleranz" gegen den erhofften Aufbruch verbliebener Reste von kritischer Vernunft unterstreicht in seinen Augen nur die Notwendigkeit einer Aufklärung, die sich nicht den gängigen Spielregeln von Konfliktlösung unterwirft. Auch die Therapie von Symptomen hilft nicht weiter, sondern nur die Umwälzung der Grundlagen. Damit ist der evolutionäre Weg des permanenten „trial and error" in einer „open society" (Karl Popper) für Marcuse von vornherein verstellt. Für ihn bleibt nur die Revolution: anfänglich zwar nicht mit der unwiderstehlichen Gewalt der von Marx erhofften proletarischen Massenbewegung, sondern im kleinen, in vorerst nonkonformen Randgruppen und losen Verbindungen der Gesellschaftskritik, von den Studenten über die Intellektuellen in den Metropolen der Dritten Welt bis zu den Zivilisationsmüden und -kranken in den reichen Ländern des Kapitalismus. Ihr Erfolg ist von der Geschichte nicht als unwiderstehliche Tendenz klassenmäßig organisierter Kräfte verbrieft. Er ist keimhaft enthalten in der Bestätigung und Befriedigung eines vorerst noch existentiellen Engagements, das mit seinen vitalen Energien und einem zu allem entschlossenen Willen zum ganz anderen die Zwänge des „Systems" zu durchbrechen sucht, vor jeder eigenen Organisation.

Marcuses Hoffen ist mehr ein Anhoffen wider die Realität, eine Trotzreaktion gegen die zuvor von ihm beschriebenen facta bruta der verkehrten Gesellschaft, die — hier liegt der Keim solcher Hoffnung —, als menschliches Gebilde wesenhaft die Zweieinheit von positiven wie negativ-destruktiven Möglichkeiten, stets eine „Kehrseite der Medaille"[57] aufweist. In ihr bestätigt sich die fundamentale Ambivalenz der Geschichte, ihre Herkunft vom Menschen, denn die Autonomie der kritisierten Sozialprozesse, so Th.W. Adorno, „ist selber kein An-sich, sondern gründet in Verdinglichung; auch die den Menschen entfremdeten Prozesse bleiben menschlich"[58]. Dieser Rekurs auf den „Menschen" steht den Neomarxisten am Ende immer noch offen, teils im starken Hoffen auf den noch ausstehenden Menschen (Bloch: S = noch nicht P), teils mit der Geste des an der Geschichte fast Verzweifelnden (Adorno). Bis auf weiteres jedoch gilt: „Auschwitz lebt immer noch fort, nicht in der Erinnerung, wohl aber in den vielfältigen Leistungen des Men-

[56] Ebd.
[57] Ebd., 236.
[58] *Th. W. Adorno,* Zur Logik der Sozialwissenschaften, in: a. a. O., 141.

schen"[59]. Kaum eine andere Aussage Marcuses resümiert treffender die Düsternis seines Gemäldes der technologischen Leistungsgesellschaft. Sie läßt dem Anschein nach keine vernünftige Hoffnung zu, dem so überaus effizienten Teufelskreis von Produktion und Konsum, von positivistischer Verdinglichung und seelischer Verkümmerung zu entrinnen.

2.4.8 Technik als Bedrohung

Die Bedrohung des inneren Menschen durch die Macht seiner äußeren Kräfte, konzentriert in der Technik, bewegt in einem auffälligen Maß die Kulturkritik im 20. Jahrhundert. Sie bezieht sich auf gravierende Probleme in der Wirklichkeit, die teils auch die Ausstrahlung der Technologieanalysen im Neomarxismus, besonders bei Marcuse erklären. Auch bei ihm verkörpert sich etwas vom traditionsreichen „Unbehagen an der technischen Kultur", die schon in den Augen von Ludwig Klages den Menschen in einen seelenlosen Automaten verwandelt und die Erde in ein „Superchicago". Zwar würde es Marcuse ablehnen, grundsätzlich den „Geist als Widersacher der Seele" (Klages) zu verstehen, aber auch er ortet in der faktischen Vernünftigkeit die Entsublimierung der Seele. Ebenso findet sich Marcuses Vorwurf der bemäntelnden Konvergenz der Gegensätze nicht nur bei den Neomarxisten, sondern auch in den Äußerungen kulturkritischer Theologen, allerdings auf dem Hintergrund einer anderen Weltanschauung und eines anderen Theorieansatzes. „Die Neuzeit liebt es", prophezeite kurz nach dem Ende des II. Weltkrieges Romano Guardini, „die Maßnahmen der Technik mit ihrem Nutzen für die Wohlfahrt der Menschheit zu begründen. Damit deckt sie die Verwüstungen zu, welche ihre Skrupellosigkeit anrichtete. Die kommende Zeit wird, glaube ich, anders reden. Der Mensch, der sie trägt, weiß, daß es in der Technik letztlich weder um Nutzen noch um Wohlfahrt geht, sondern um Herrschaft; um eine Herrschaft im äußersten Sinne des Wortes, sich ausdrückend in einer neuen Weltgestalt. Er greift nach den Elementen der Natur, wie nach denen des Menschendaseins"[60]. J. B. Lotz knüpft an die hypertrophe Engführung der Technik ebenfalls seine Vorbehalte: „Der technische Mensch ist ganz von seinen Formeln und Erfindungen, seinen Plänen und Zielen eingenommen, die wie ein Filter vor seinen Augen und seinem Geist wirken"[61]. Für diesen Menschen „verblaßt, ja verschwindet, was über den engen Umkreis seiner Maschinen hinausliegt, was die Natur darüber hinaus ist und zu sagen hat. Ganz von den Werken seiner eigenen Hand hingerissen, hat er keine lebendige Beziehung mehr zu

---

[59] *H. Marcuse,* Der eindimensionale Mensch, a. a. O., 258.

[60] *R. Guardini,* Das Ende der Neuzeit, a. a. O., 65 f.

[61] *J. B. Lotz,* Von der Einsamkeit des Menschen. Zur geistigen Situation des technischen Zeitalters, Frankfurt/M. [2]1956, 36. Vgl. *Ders.,* Die Religionen in ihrer Bedeutung für die technische Kultur, München 1979.

den Werken ... Welch Ungeheures so verlorengeht, zeigt Heideggers Hinweis auf den Gegensatz, der sich in den beiden Titeln ausspricht: der Rhein verbaut in das Kraftwerk, und, der Rhein, gesagt aus dem Kunstwerk der gleichnamigen Hymne Hölderlins ..."[62]. Weil der Mensch für Lotz alles in diese Entwürfe als Ausdruck seines Wesens umsetzt, „begegnet er in der Technik immer nur sich selbst, aber nicht seinem innersten Selbst, das immer schon jedes Gefängnis sprengt und zum anderen hin geöffnet ist, sondern eben nur seinem technisch eingeengten Selbst. So läßt die Technik ihr Schaffen gleichsam als eisernen Vorhang vor der Natur herunter, wodurch sie dem Menschen auf eine bisher unerhörte Weise den Zugang zu dieser verschließt. Deshalb sind ihm auch deren tragend-bergende Kräfte entzogen und ist er von dieser Seite her so vereinsamt wie noch nie"[63].

Guardini und Lotz bestimmen als Christen die hintergründigen Ursachen dieser „Skrupellosigkeit und Verwüstungen" technokratischen Hochmuts anders als Marcuse. Im Gegensatz zu diesem machen beide den Verlust der religiös-transzendenten Sinngebung, die Verdrängung christlicher Demut durch die autonome Vernunft, also die Leugnung der viatorischen Existenz des Menschen verantwortlich. Bei Guardini ist darüber hinaus eine kulturmetaphysische Nähe und Sehnsucht zur heilen Ordnung des Mittelalters nicht zu verkennen: „Die mittelalterliche Anthropologie ist, im Grundlegenden wie im Ganzen gesehen, der neuzeitlichen überlegen. Die Sitten- und Lebenslehre sieht ein volleres Sein und führt zu höheren Verwirklichungen"[64]. Gemessen am Kriterium der Fülle von sakralen Werten und Lebensdeutungen im Mittelalter, kann man Guardini zustimmen und konstrastierend die Verkümmerungen durch das technologische Menschenbild in der Neuzeit feststellen. Im Vorwurf, der mögliche integrale Humanismus verkümmere zum eindimensionalen Menschenbild, berühren sich Guardini, Lotz und Marcuse, auch wenn sie die Frage nach den Inhalten und den Koordinaten eines solchen Humanismus konträr beantworten. Marcuse kennt keine theonome Bestimmung des Menschen. Es fehlt ihm völlig, im Gegensatz zu anderen marxistisch beeinflußten Denkern (z. B. Horkheimer, Machovec, Kolakowski und Garaudy), das Gespür für die Fruchtbarkeit von Religion und christlicher Transzendenz für humanes Transzendieren[65]. Sein strikt dialektisch-historisches Menschenbild muß gegenüber jedem autonomen anderen den marxistischen Verdacht ideologischer Ver-

[62] *Ders.*, Von der Einsamkeit des Menschen, a. a. O., 36. Vgl. *M. Heidegger*, Die Frage nach der Technik: die Künste im technischen Zeitalter, München 1954.

[63] *J. B. Lotz*, Von der Einsamkeit des Menschen, a. a. O., 38 f.

[64] *R. Guardini*, Das Ende der Neuzeit, a. a. O., 25.

[65] Zum Problem, vgl.: *W. Spülbeck*, Neomarxismus und Theologie, Freiburg 1977; *H. Rolfes*, Der Sinn des Lebens im marxistischen Denken, Düsseldorf 1971; *J. Oelinger*, Christentum und Neomarxismus. Konfrontationslinien ihres gesellschaftlich-politischen Denkens, in: Die Neue Ordnung 3/1978, 173 ff.

ewigung von Aspekten erheben, die nur im ständigen Fluß von Negation und Vermittlung des geschichtlichen Gesamtprozesses ihren gemäßen Ort finden.

2.4.9 Destruktive Technik?

Nicht zu übersehen sind Marcuses Schwierigkeiten, Technik und destruktive Technologie so zu unterscheiden, daß eine Verteufelung der Technik sicher vermieden werden kann. Marcuses sozialkritisches Klischee von Technokratie = Herrschaft schlechthin vermag u. E. nicht zureichend in der geschichtlichen Entwicklung der Technik ihre Entartungen zum Herrschaftsinstrument von ihrer „Normalität" als zweckrationales Handeln zu scheiden. Technik muß nicht von vornherein „als Technokratie" zu Unterdrückungsmechanismen führen. Jürgen Habermas, der dem Neomarxismus nicht fernsteht, urteilt zu Recht: „Wenn man sich vergegenwärtigt, daß die technische Entwicklung einer Logik folgt, die der Struktur zweckrationalen und am Erfolg kontrollierten Handelns, und das heißt doch der Struktur von Arbeit, entspricht, dann ist nicht zu sehen, wie wir, solange die Organisation der menschlichen Natur sich nicht ändert, solange wir mithin unser Leben durch gesellschaftliche Arbeit und mit Hilfe von Arbeit substituierenden Mitteln erhalten müssen, auf Technik, und zwar auf unsere Technik, zugunsten einer qualitativ anderen sollten verzichten können"[66]. Sein tiefer Historizismus, auch in der Theorie der Technik, treibt Marcuse dazu, selbst die letzten Reste von Unabhängigkeit der Technik dem innerlichen Definitionszwang durch das gesellschaftliche System zu opfern. Zwar „ist die Rationalität reiner Wissenschaft wertfrei und setzt keinerlei praktische Zwecke fest"[67] und, „so etwas wie Herrschaft per se gibt es nicht"[68]. Dieser Grundsatz gilt sowohl für die wissenschaftliche als auch für die gesellschaftliche Rationalisierung. Dennoch *mußte* die pure Logik der wissenschaftlichen Vernunft für Marcuse umschlagen zur instrumentalen Herrschaft durch ihren spezifischen Ansatz: den Entwurf einer „bloßen Form oder bloßen Materie", die gerade wegen ihrer funktionsbereiten Neutralität dem Konkreten gegenüber schon „*vor* aller Anwendung"[69] die Bedingung der Möglichkeit bot für „gesellschaftliche Praxis", d. h. für Marcuse ideologische Konkretisierung. Das technische Apriori, die Umgestaltung der

---

[66] *J. Habermas*, Technik und Wissenschaft als Ideologie, Frankfurt/M. 1968, 56 f. Auf derselben Linie argumentiert *J. Bergmann*, Technologische Rationalität und spätkapitalistische Ökonomie, in: *J. Habermas* (Hrsg.), Antworten auf H. Marcuse, Frankfurt/M. 1968, 96: „Es ist nicht einsichtig, daß allein schon die technologische Form der Naturerkenntnis auch die Art und Zielsetzung ihrer Anwendung determiniere: produktive und destruktive Verwendung unterscheiden sich nicht im gesellschaftlichen Sinne des Apriori der vorausgegangenen Erkenntnis."

[67] *H. Marcuse*, Der eindimensionale Mensch, a. a. O., 171.

[68] Ebd., 172.

[69] Ebd., 171.

Natur, hatte „die des Menschen zur Folge"[70], aber erst dann, als die Natur als Materie zum möglichen Gegenstand des Menschen umgewandelt wurde. Die dabei entstehende abendländische Wissenschaft entwickelte sich durch die Anreicherung von Umsetzungsmöglichkeiten zur Technik und, ideell auf das Bewußtsein der Menschen rückwirkend, zur Technologie. Der „Logos" selbst kündigte sich bereits frühzeitig „als Logik der Herrschaft" an; denn indem die „Logik ... gedankliche Einheiten zu Zeichen und Symbolen reduziert", sind „die Denkgesetze schließlich zu Techniken der Kalkulation und Manipulation geworden"[71]. Das „Mittel" Technik verkehrte sich zum Herrn über den Menschen. Verbindungslinien der Technologiekritik Marcuses, sieht man einmal von der marxistischen Herleitung und den unterschiedlichen Folgerungen ab, zur Technokratiethese Helmut Schelskys treten deutlich hervor. Auch für ihn gewinnt die Technik in der wissenschaftlich-technischen Zivilisation eine neue Qualität, die auf den Menschen rückwirkt: die Sachgesetzlichkeit ersetzt den Naturzwang[72]. Weil sich der Mensch aber in der Produktion von Wissenschaft selbst als technischen Menschen reproduziert, ist es ihm unmöglich, diesen Prozeß zu transzendieren. Auch bei Schelsky durchdringen Staat und Technik einander zum technischen Staat. Und wenn Sachgesetzlichkeiten die Herrschaft von Menschen über Menschen ersetzen, bedeutet Technokratie nicht nur die Herrschaft der Techniker, sondern die Herrschaft des technischen Sachzwanges, dem auch die Experten und Politiker unterliegen. Der demokratisch relevante „Volkswille" wird angesichts dieser Massivitäten gegenstandslos; die Demokratie verzichtet zugunsten der Herrschaft von Funktion und Kompetenz.

2.4.10 Durch die „Katastrophe der Befreiung" zur leistungsfreien Gesellschaft

Angesichts der alles egalisierenden Entfremdung durch Technologie und technischer Herrschaft in der abendländischen Geschichte und im Angesicht des Erfolges von technisch-wissenschaftlicher Leistung kann die so entmündigte und innerlich verarmte Vernunft bei Marcuse nur auf die „Katastrophe der Befreiung"[73] vom Gegebenen hoffen. Katastrophe nicht — im Gegensatz zu Marx — im Sinne des vernichtenden Untergangs der herrschenden Mächte durch die Gewalt der proletarischen Revolution, sondern

---

[70] Ebd., 168.

[71] *H. Marcuse*, Triebstruktur und Gesellschaft, a. a. O., 112.

[72] Vgl. *H. Schelsky*, Demokratischer Staat und moderne Technik im Atomzeitalter, Köln 1961; *Ders.*, Auf der Suche nach Wirklichkeit, Düsseldorf, Köln 1965. Zur Auseinandersetzung mit der Technologiekritik von Schelsky und Marcuse, vgl. *G. Ropohl*, Zur Technokratiediskussion in der Bundesrepublik Deutschland, in: *H. Lenk* (Hrsg.), Technokratie als Ideologie, a. a. O., 58 ff.; *H. Lübbe*, Bemerkungen zur aktuellen Technokratiediskussion, in: Ebd., 94 ff.; *H. Lenk*, Technokratie und Technologie. Notizen zu einer ideologischen Diskussion, in: Ebd., 105 ff.

[73] *H. Marcuse*, Der eindimensionale Mensch, a. a. O., 236.

im Aufkeimen und allmählichen Sichdurchsetzen jener „natürlichen" und hartnäckigen Reste von Vernunft, die Marcuse annehmen muß, will er nicht einem abgrundtiefen Pessimismus verfallen, der ihn in eine „deutsche" Tradition stellen würde, die ihm fremd ist. Geschichte ist ihm nicht, wie Theodor Lessing in der Weimarer Republik schrieb, „die Sinngebung des Sinnlosen", eher umgekehrt, was ihren bisherigen Gang betrifft. Katastrophe auch als Hinweis auf die radikale Andersartigkeit des Erstrebten, das vorerst nur durch Verneinung und in Abhebung vom status quo angedeutet werden kann. Als „Katastrophe" in der „nichtexplosiven Evolution"[74] von Fortschritt, Technik und „euphorischem" Bewußtsein setzt sie die Möglichkeit einer dialektischen Umwandlung der unterdrückenden zur dienenden Technik voraus. Denn in dem Maße, „wie die Arbeitswelt als eine Maschine verstanden und entsprechend mechanisiert wird, wird sie zur potentiellen Basis einer neuen Freiheit für den Menschen", weil — hier meldet sich die seit Marx wohlvertraute anthroponome Bindung aller Vergegenständlichung zu Wort —, „die Macht der Maschine im wesentlichen nur die aufgespeicherte und projektierte Macht des Menschen ist"[75]. Es ist ganz einfach: die ansonsten alles erdrückende und beglückende „vorteilhafte Destruktivität"[76] der technologischen Gesellschaft versagt, so Marcuse, vor dem Innersten des Menschen, denn sie „schließt das Bestehen einer inneren Dimension ein, die von äußeren Erfordernissen verschieden und ihnen gegenüber sogar antagonistisch ist — ein individuelles Bewußtsein und ein individuelles Unbewußtes, unabhängig von der öffentlichen Meinung und dem öffentlichen Verhalten. Die Idee der ‚inneren Freiheit' hat hier ihre Realität: sie bezeichnet den privaten Raum, worin der Mensch ‚er selbst' werden und bleiben kann"[77]. Dies also ist die genauere Auskunft Marcuses über die „Kehrseite der Medaille": die nach der nur Trostlosigkeit verbreitenden Abrechnung in toto doch überraschend eingeführte Behauptung des resistenten individuellen „Unbewußten" als Ursprung und Adressat der objektiv gegebenen Möglichkeit eines dialektischen Umschlags der unterdrückenden zur befreienden Technik. Diese Hoffnung ist bei neomarxistisch orientierten Gesellschaftsanalytikern weit verbreitet. Ihr Dreh- und Angelpunkt, die totale Kompetenz der Vernunft im Guten wie im Bösen, läßt ihnen auch keinen anderen Ausweg. So schreibt Iring Fetscher: „Das Idealbild einer fleißig vor sich hin produzierenden, ständig nach Konsumsteigerung gierenden, in ihrer kontinuierlichen Unbefriedigtheit zufriedenen Gesellschaft, deren Massen die Steuerung des Gesamtprozesses getrost ökonomischen Gesetzmäßigkeiten und korrigierenden Steuermännern an der

---

[74] Ebd., 15.
[75] Ebd., 23.
[76] Ebd., 108.
[77] Ebd., 30.

Spitze überlassen, gehört der Vergangenheit an. Die Entpolitisierung des Bewußtseins, die Passivierung des Verhaltens, die Eindimensionalität des Denkens und Fühlens, Vorstellens und Hoffens wird von dissentierenden Minderheiten nicht mehr hingenommen ... Die domestizierte ‚Natur' des Menschen erweist sich als widerstandsfähig; das scheinbar Unveränderliche als änderbar ... Zumindest erweist es sich als ein Problem von zunehmender Schwere, wie es möglich sein soll, immer höhere und massenhafte Fachqualifikationen zu produzieren, ohne zugleich — als ungewolltes Nebenprodukt höherer Bildung, längerer Freizeit, billigerer Informationsquellen, leichterer Kommunikation — Widerstand, Kritik und Auflehnung zu verstärken"[78]. Marcuse wie Fetscher, der letzte mehr soziologisch vorgehend, schöpfen ihren Glauben an ein Weitergehen der Geschichte aus der stets ergiebigen Quelle der marxistischen Dialektik, und zwar aus dem dringend erhofften Umschlag der Quantität in eine neue Qualität. Genauer lautet der „Katalysator", auf den Marcuse setzt: Automation. „Einmal zum materiellen Produktionsprozeß schlechthin geworden, würde Automation die ganze Gesellschaft revolutionieren. Zur Perfektion getrieben, würde die Verdinglichung der menschlichen Arbeitskraft die verdinglichte Form dadurch zerstören, daß sie die Kette durchschnitte, die das Individuum an die Maschinerie bindet — den Mechanismus, wodurch seine eigene Arbeit es versklavt. Vollständige Automation im Reich der Notwendigkeit würde die Dimension freier Zeit als diejenige eröffnen, in der das private und gesellschaftliche Dasein sich ausbilden würde. Das wäre die geschichtliche Transzendenz zu einer neuen Zivilisation"[79]. Hand in Hand mit der Steigerung technischer Effizienz durch Automation müsse die drastische Verkürzung der Arbeitszeit gehen, die „Verteilung lebenswichtiger Güter ohne Rücksicht auf Arbeitsleistung" und die „allseitige Erziehung zur Austauschbarkeit der Funktionen"[80]. Nichts anderes tritt uns in diesen Worten entgegen als die Neuauflage der Marxschen Vision einer Gesellschaft der zwanglosen Variabilität aller Tätigkeiten, die es jedem gestattet, „heute dies, morgen jenes zu tun"[81].

2.4.11 *Die Gewalt der Sehnsucht: Kritische Anmerkungen zu Herbert Marcuse*

Marcuse müßte mehrere Fragen beantworten, um schwerem Zweifel an seinem System und seinem Ausblick zu begegnen. Der *erste* bezieht sich auf seine optimistischen Andeutungen einer geläuterten Technik. Nun hat aber

---

[78] *I. Fetscher*, Arbeit, in: *Ders.* (Hrsg.), Veränderung der Gesellschaft — Sechs konkrete Utopien, Frankfurt/M. 1970, 50 f.
[79] *H. Marcuse*, Der eindimensionale Mensch, a. a. O., 57.
[80] Ebd., 64.
[81] *Marx/Engels*, Die deutsche Ideologie, a. a. O., 33.

gerade die reale Geschichte der Wissenschaft und Technik nach Marcuse zur destruierenden Herrschaft der verdinglichten Leistungsidole in Theorie und Praxis geführt. Der Verdacht liegt doch nahe, statt der ersehnten humanen Technik in der „neuen Zivilisation" stehe uns die eigentliche Apokalypse pervertierter „Automatik" in Wissenschaft und Technik noch bevor. Die Dialektik könnte im Negativen abbrechen, das „introjizierte" Glück technologischer Herrschaft tiefer reichen als die aufbegehrenden Kräfte des individuell „Unbewußten". Können nicht Lewis Mumfords Warnungen vor dem schrecklichen Ausmaß der sich schon andeutenden automatisierten „Megatechnik" mehr Wahrscheinlichkeit beanspruchen als Marcuses Gebilde seiner dialektischen Phantasie? Dann aber hieße es: „Mit diesen neuen ‚Megatechniken' wird die herrschende Minderheit eine einheitliche, allumfassende, superplanetarische, automatisch funktionierende Struktur schaffen. Anstatt als autonome Persönlichkeit zu handeln, wird der Mensch ein passives, zielloses, von Maschinen abhängiges Tier werden, dessen eigentliche Funktionen nach Ansicht der modernen Techniker der Maschine übertragen oder zum Nutzen entpersonalisierter, kollektiver Organisationen strikt eingeschränkt und kontrolliert werden"[82]. Marcuses „Katastrophe" könnte sich als eine echte und endgültige herausstellen, deren Konturen sich bereits im beginnenden Chaos der überall verletzten Grenzen von Mensch und Natur anschaulich zeigen. Nicht Befreiung, sondern „ruhige" Vernichtung wäre dann das „stille" Ende, denn selten merkt eine Epoche, welchen Fortschritt im Menschlichen sie nicht gemacht hat. Diese mehr pessimistischen Anmerkungen zu Marcuse sollen die realhistorische Grundlosigkeit, nicht die grundsätzliche Unmöglichkeit seiner erhofften Metanoia durch automatisierte Technik aufdecken. Ein derartiges „neues" Bewußtsein ist der starke Reflex seines marxistischen Ansatzes, der auf die Vernunft in der Geschichte als letzte, aber sichere Instanz setzt. Daß sich diese so verhält und vor allem die dialektischen Spielregeln respektiert, liegt außerhalb jeden Zweifels. Ausschließlich angewiesen auf die Zukunft der vom Menschen und sonst niemandem zu konstruierenden Geschichte, verbleibt für den Menschen kein anderer Ort und keine andere Hoffnung als er selbst. Marcuse fehlt Adornos an Verzweiflung grenzender Zweifel am Fortgang humaner Geschichte nach Auschwitz, trotz seiner Lippenbekenntnisse. Es fehlt ihm das christliche Hoffen und Vertrauen auf die gnadenhafte Kraft zur Umkehr durch den alles tragenden göttlichen Heilswillen und die „umkehrende" Heilstat Christi. Bemerkenswert bleiben Marcuses Erinnerungen an die dienende Technik und der Protest gegen die zerstörerischen ideologischen, nicht nur praktischen Tendenzen technologischer Eindimensionalität des Lebens. Die Idee des „Lebensganzen" bewegt auch bei Marcuse, wenn wir hinter aller marxi-

[82] *L. Mumford,* Mythos der Maschine. Kultur, Technik und Macht, Frankfurt/M. 1977, 13.

stischen Verpackung darunter ein integrales Menschentum verstehen, in dem sich „Mensch und Natur, Einzelne und Gesellschaft, Arbeit und Fest, Leben und Sterben, Immanenz und Transzendenz als ein Lebensganzes frei entwickeln könnten"[83]. Denn Leben heißt soviel „wie Hin-Leben auf eine umfangende Welt, von der wir fühlen oder ahnen, daß sie eine Ganzheit ist" (Ortega y Gasset). Das Aufheben des Bruchstückhaften der technologischen Welt durch die einende Kraft humaner Wertsetzung und Wertanerkennung in freier Entscheidung aber trägt in christlicher Sicht das Risiko des historischen Scheiterns, nicht aber der endgültigen Sinnlosigkeit der Geschichte[84]. Der Verlust solcher heilender Transzendenz begrenzt und erklärt gleichzeitig Marcuses letztlich rational-irrationalen Glauben an die Zukunft der Menschheit, sein stolzes, von Marx überkommenes Pathos der Selbstverwirklichung.

Zweitens: Die von Bahro und Marcuse geforderte leistungsfreie Verteilung der lebensnotwendigen Güter und die Befreiung vom Druck repressiver Leistungsnormen lassen die Frage nach den Kriterien der Unterschiedlichkeit von Leistung und der entsprechenden Teilhabe an den ökonomischen und sozialen „Belohnungen" durch die Gesellschaft unbeantwortet. Zwar betont Marcuse den Fortbestand von Ungleichheit auch in der neuen Zukunft. Sie „ergibt sich notwendig aus wirklichen gesellschaftlichen, technischen Erfordernissen und aus den körperlichen und geistigen Unterschieden zwischen den Individuen. Die ausführenden und Überwachungsfunktionen gingen jedoch nicht mehr mit dem Vorrecht einher, das Leben anderer in irgendeinem partikulären Interesse zu beherrschen"[85]. Spätestens hier stellt sich doch die Frage, worin sich eigentlich solche Ungleichheit vom liberal-demokratischen Gesellschaftsbild unterscheidet. Denn gerade dieses respektiert, zumindest in der Theorie, die natürliche Ungleichheit und sucht das „partikuläre Interesse" durch gleiche Teilnahme aller an den politischen Prozessen und Entscheidungen, durch Schaffung sozialer „Chancenfairness" und durch unabhängige Instanzen des Rechtes zu steuern. Evolutionäre Verbesserung und nicht die revolutionäre Sehnsucht nach dem ganz Anderen wäre demnach die gemäße Forderung, der sich Marcuse aber verschließt durch seine marxistische Aufteilung der Wirklichkeit in Gut und Böse und durch das imperative Ideal einer realmöglichen Identität von Geschichte und Wahrheit im Namen der aufgeklärten Vernunft. Marcuses Hoffen nährt sich zutiefst wie bei Marx aus der Überzeugung, die Geschichte als die Logik der wahren ge-

---

83 *B. Welte,* Der neue Humanismus und die Dialektik von Integration und Fortschritt, in: *Ders.,* Zeit und Geheimnis, Freiburg 1975, 76.

84 Dazu vgl.: *H. Herion,* Utopische Intention und eschatologische Perspektive. Marcuses Herausforderung an die christliche Sozialethik. Mit einem Vorwort von Wilhelm Dreier, Frankfurt/M. 1979.

85 *H. Marcuse,* Der eindimensionale Mensch, a. a. O., 64.

sellschaftlichen Bedürfnisse auf seiner Seite zu haben, als Faktum wie als Weltgericht. Eine derartige Gewißheit suggeriert notwendigerweise die Chance einer kompletten Umsetzung der Theorie in die allgemeine Praxis und übersieht geflissentlich die Gefahren einer solchen „direkten“ Selbstregulierung. Sein abstrakter Optimismus vermag nicht das Problem von Institutionalisierung und Ordnungskompetenz in einer pluralistischen Gesellschaft auch nur anfänglich zu lösen; der totale Ansatz seiner Identitätsphilosophie zwingt alle weiteren Überlegungen sofort in seinen Bann.

Drittens: Die Annehmlichkeiten einer spielerisch-lustvollen „Leistung“ unbestritten, fragt es sich doch, wie ein permissiver Anarchismus vermieden werden kann, wenn jeder im Vertrauen auf die aufgeklärte Harmonie der libidinösen Gesellschaft das tun kann, was ihm gefällt. Das Modell der körperlichen Lust[86], das Marcuses Philosophie der sensiblen Unmittelbarkeit zugrunde liegt, reibt sich mit der Notwendigkeit regulativer, und darin den einzelnen entlastenden Ordnungen für das Leben in einer Massengesellschaft. Marcuses marxistisches Mißtrauen gegenüber Institutionen verkennt ihre besonders von A. Gehlen herausgestellte „bienfaisante certitude“ für das Individuum, ihre „wohltätige Fraglosigkeit oder Sicherheit, eine lebensnotwendige Entlastung, weil auf diesem Unterbau innerer und äußerer Gewohnheit die geistigen Energien sozusagen nach oben abgegeben werden können; sie werden für eigentlich persönliche, einmalige und neu zu erfindende Dispositionen frei“[87]. Für Marcuse aber verkörpern Institutionen Herrschaft des Menschen über seinesgleichen, sind geschichtlich gewachsene Abirrungen vom Pfad der Unmittelbarkeit, also auch geschichtlich zu begreifen und zu überwinden. In ihnen verdichten sich die Instanzen der Unterdrückung zu normierenden Tugenden der Ordnung, Tüchtigkeit und des Erfolges. Denn „Tüchtigkeit und Unterdrückung reichen sich die Hand“[88]. Marcuses eindimensionale Hochschätzung des Lustprinzips muß zu dieser Gleichsetzung führen, da er im Gegensatz zu Sigmund Freud nur solche Leistung anerkennt, die libidinöse Befriedigung mit sich bringt. Dem asketischen Element in *jeder* Kultur, die im selektiven Verzicht auf Möglichkeiten von Lusterfüllung Zusammenleben zu gewährleisten sucht, steht Marcuse ablehnend gegenüber. Freuds Ja zur generellen Notwendigkeit sublimierender Askese gelte nur für die westliche Zivilisation

---

[86] *H. Marcuse,* Triebstruktur und Gesellschaft, a. a. O., 216: „Wenn die Lust tatsächlich im Arbeitsakt und nicht irgendwo außerhalb liegt, dann muß diese Lust aus den sich betätigenden Körperorganen und dem Körper selbst stammen und die erogenen Zonen aktivieren oder den Körper als Ganzes erotisieren; mit anderen Worten: sie muß libidinöse Lust sein.“ Vgl. noch *Ders.,* Zur Kritik des Hedonismus, in: Kultur und Gesellschaft, Bd. 1, Frankfurt/M. 1965.

[87] *A. Gehlen,* Mensch und Institutionen, in: *Ders.,* Anthropologische Forschungen. Zur Selbstbegegnung und Selbstentdeckung des Menschen, Hamburg 1961, 72.

[88] *H. Marcuse,* Triebstruktur und Gesellschaft, a. a. O., 155.

und resümierte ihre „Glorifikation von Tüchtigkeit und Arbeit“[89]. Demgegenüber differenziert Hans Sachsse zu Recht: „Genaugenommen stehen wir bei jeder Entscheidung im Konflikt, ob wir die schnelle lustvolle Erfüllung unserer Wünsche oder das langfristige Wohlergehen vorziehen sollen. Das beruht nicht auf der Gesellschaftsstruktur, sondern auf der Tatsache, daß unser Bewußtsein uns andere Möglichkeiten gewährt und daß jede Wahl Verzicht auf die nichtgewählten Möglichkeiten ist.“ Und realistisch bemerkt Sachsse: „Allein schon das Interesse an der Selbsterhaltung veranlaßt den Menschen häufig, auf die lustvollere Möglichkeit zu verzichten“[90]. Auch die latente Destruktivität in der triebgebundenen Lustbefriedigung nimmt Marcuse, wiederum im Gegensatz zu Freud, nicht ernst genug. Die Sexualität z. B. kann selbst unter den vollkommensten gesellschaftlichen Bedingungen zur zwanghaften Sucht ausarten und die Persönlichkeit zerstören. Die „Harmonie der Triebe“ und Glückserlebnisse erschöpfen sich nicht in der hedonistischen Kultivierung sinnlicher Erfahrungen, ganz abgesehen von der Frage nach dem Wesen von „Lust“. Unbeantwortet bleiben auch in Marcuses Anthropologie der Lust die Fragen nach dem Sinn des Leides, des Schmerzes, nach dem Sinn des faktisch Sinnlosen und nach dem Sinn des Todes, dem Ende aller lustvollen Entfaltung. Der überwältigende Ernst und das tiefe Leid gerade in den menschlichen Grenzsituationen sprengen das Angebot einer gesellschaftlichen Lustgarantie und rühren an andere Dimensionen, die Marcuse und anderen a limine verschlossen bleiben.

Viertens: Marcuses Unterscheidung zwischen „wahren“ und „falschen“ Bedürfnissen birgt ein Nest von gefährlichen Konsequenzen. Die Abkehr von der Destruktivität manipulierter Bedürfnisse ruft nicht nur den Widerstand des betroffenen „Apparates“ hervor, sondern verlangt die klärende und richtende Instanz, die über die „Wahrheit“ der Bedürfnisse befindet. Die Problematik ergibt sich nicht so sehr aus der Frage nach der Tatsächlichkeit solcher Wünsche und Sehnsüchte in der Konsumgesellschaft. Ein wacher Blick auf die dreisten Verführungen durch mehr oder minder raffiniertes Wecken von angeblich lebens- und kulturnotwendigen Bedürfnissen und ihre soziale Verinnerlichung beweist dies zur Genüge[91]. Pasolinis Kritik am italienischen „Consumismo“ deckt stellvertretend das weit verbreitete Symptom einer allgemeinen Konsumnötigung auf: „Der Zwang zum Konsum ist ein Zwang zum Gehorsam gegenüber einem unausgespro-

---

[89] *H. Marcuse,* Die Gesellschaftslehre des sowjetischen Marxismus, Neuwied, Berlin 1964, 20.

[90] *H. Sachsse,* Technik und Verantwortung. Probleme der Ethik im technischen Zeitalter, Freiburg 1972, 91.

[91] Vgl. dazu: *K. A. Ruf,* Werbung und Ethik, in: Die Neue Ordnung 28 (1974), 136 ff. und: *W. Kerber,* Manipulierung des Menschen durch die Werbung? in: Stimmen der Zeit 186 (1970), 313 ff.

chenen Befehl. Jeder in Italien steht unter dem entwürdigenden Zwang, so zu sein wie die anderen: im Konsumieren, im Glücklichsein, im Freisein; denn das ist der Befehl, den er unbewußt empfangen hat und dem er gehorchen ‚muß', will er sich nicht als Außenseiter fühlen. Nie zuvor war das Anderssein ein so schweres Vergehen wie in unserer Zeit der Toleranz"[92]. Auch dem Ruf zum kritischen Konsumverhalten als Teil einer umfassenderen kulturellen und humanen Askese kann man nur zustimmen. Hieraus schöpft in unserer Zeit der Maßlosigkeiten jede „Verweigerung" ihre Berechtigung. Die Gefahr droht vielmehr von der Konzentration der Differenzierungsbefugnis auf ein von Marcuse wie so oft unbestimmt belassenes Gebilde von Wissenden, die das Recht in Wort und Tat beanspruchen, im Namen der aufgeklärten Sehnsucht zur befreienden Gewalt wider die Mächte des falschen Bewußtseins und der verkehrten Geschichte aufzurufen. Dieser neognostisch-elitäre Zug in Marcuses Konfliktstrategie bildet den aggressiven Hintergrund seiner palliativen Theorie der Gegenwart. Mit Unbehagen spürt man die fatale Nähe zu den mittlerweile zahlreichen Versuchen in der Geschichte, durch eine Erziehungsdiktatur[93] das Glück der Menschen zu erzwingen. Die „Gegenadministration" zum Bestehenden, die Marcuse empfiehlt, „wird Aug' um Aug', Zahn um Zahn beseitigen, was die bestehende Administration an Schrecken verbreitet hat"[94]. Kommt dem Schrecken im „euphorischen Unglück" der Leistungsgesellschaft ein quasi unbewußter Charakter zu, der aber gerade als solcher den Menschen unterdrückt, so handelt jetzt die kontrastierende Gewalt der Befreiung mit gezielter Überlegung und doch in der moralischen Unschuld des vermeintlich gerechten Zorns. „Ethisch gesehen", räumt Marcuse ein, sind sowohl revolutionäre wie reaktionäre Formen von Gewalt „unmenschlich und vom Übel — aber seit wann wird Geschichte nach ethischen Maßstäben gemacht?"[95] Recht hat er, leider, muß man bitter hinzufügen. Nur rechtfertigt sich Marcuses Ethik der Gegengewalt gerade mit dem, was er bekämpft: mit dem Talionsrecht des momentan Stärkeren. Denn „ethisch" protestieren wäre unter den gegebenen Umständen die unkluge Wahl des falschen Augenblicks und der falschen Mittel, hieße, „zu dem Zeitpunkt mit ihrer Anwendung zu beginnen, wo die Unterdrückten gegen die Unterdrücker aufbegehren, die Armen gegen die Verfügenden, heißt dem Interesse der tatsächlichen Gewalt dadurch dienen, daß man den Protest gegen sie schwächt"[96]. Die möglicherweise blutigen Konsequenzen sucht Marcuse durch die relativierenden Hinweise auf die „befreienden" Wirkungen der

[92] *P. P. Pasolini,* Die anthropologische Revolution in Italien, München 1978, 37 f.
[93] Ebenfalls *W. Harich,* Kommunismus ohne Wachstum, a. a. O.
[94] *H. Marcuse,* Das Ende der Utopie, Berlin 1967, 33.
[95] *Ders.,* Repressive Toleranz, a. a. O., 114.
[96] Ebd.

französischen Revolution, der englischen Bürgerkriege, der chinesischen und kubanischen Revolution abzuschwächen. Die einfache Moral: die Geschichte wird schon die Wunden heilen. Alles läuft bei Marcuse auf die „naturrechtliche“[97] Legitimation der Gegengewalt durch den Notstand der behinderten Zukunft hinaus. Nicht mehr die Offenkundigkeit des öffentlichen Verbrechens an der Menschenwürde, wie in den klassischen Naturrechtslehren, legitimiert den Widerstand unter sorgsamer Abwägung seiner Folgen, sondern die unzeitgemäße Verfassung der Geschichte selbst ist es, die sich durch die Subjekte in marxistischer Manier ihrer Beengungen entledigt; die Waffe der Kritik ersetzt eben nicht die Kritik der Waffe. Die Feststellung, wann und wie das zu geschehen hat, trifft die wissende Minderheit im Namen der unbewußten Mehrheit. Hier kommt ein Dezisionismus zum Tragen, der schon Robespierres Unterscheidung zwischen dem „Terror der Freiheit“ und dem „Terror des Despotismus“ zugrunde lag. Ethik im Fahrwasser des revolutionären Kairos ist bei Marcuse zum nachhinein der gelungenen Tat verkommen. Sein utopisches Versprechen künftiger Humanität kann nicht über die sittliche Orientierungslosigkeit bei der Wahl der Mittel hinwegtäuschen. Solcher Ethik fehlt die abwägende, nicht feige Geduld bei der Entscheidung über den legitimen Gebrauch von Gewalt gegen Sachen und Personen. Sie benötigt die Hektik des allesversprechenden Augenblicks, um den oft nur theoretisch entfachten revolutionären Eifer zu befriedigen. Als negativer Dialektik fehlt ihr das Mindestmaß an jener positiven Anthropologie, die im Metaphysischen gründet und von dort her weiß, um was es beim Menschen geht, ohne deshalb aus der Geschichte zu springen.

Unsere Anmerkungen zu Marcuse schmälern nicht den anregenden Wert seiner Analysen für das Verständnis der Gegenwart. Wir haben uns in der Tat „seit der Renaissance ... immer mehr nach außen gewendet, auf die Unterwerfung und Umgestaltung der Umwelt ... wir haben uns immer mehr der Machbarkeit der Welt und des Menschen verschrieben“[98]. Die „Reise nach innen“ ist das Gebot der Stunde, und sie regt an, Marcuses Leitmotiv der „Erotisierung der Gesamtpersönlichkeit“[99] positive Seiten abzugewinnen. Der Mangel an emotionalen, ästhetischen, freud- und leidvollen Erlebnisqualitäten in der technisierten Arbeit, ihre rationale und rationelle Unanschaulichkeit, ihre tiefreichende seelische Leere rechtfertigen den Ruf nach Rückbindung an die psychischen und körperlichen Bedürfnisse des Menschen nicht nur auf dem Feld der sinnlichen Erotisierung, soweit die

[97] Ebd., 127.

[98] *H. Sachsse,* Technik und Verantwortung, a. a. O., 92. Vgl. auch *Ders.,* Der Mensch als Partner der Natur. Überlegungen zu einer nachcartesianischen Naturphilosophie und ökologischen Ethik, in: *G. K. Kaltenbrunner* (Hrsg.), Überleben und Ethik. Die Notwendigkeit, bescheiden zu werden, (Initiative Bd. 10), Freiburg, Basel, Wien 1976.

[99] *H. Marcuse,* Triebstruktur und Gesellschaft, a. a. O., 205.

verwissenschaftlichte Großtechnik diese überhaupt zuläßt, sondern vor allem auf dem eigentlichen humanen Gebiet der geistigen Gefühle und des Sinnverlangens nach Lebensganzheit. Marcuses Gespür für die Verirrungen und Ausblendungen funktionalisierter Wissenschaft und Technik und ihrer positivistischen Absicherungsphilosophien erweisen hier ihren ideengeschichtlichen Wert als Anstoß für das Umdenken. Fragwürdig und realitätsfern erscheint jedoch Marcuses Rückruf in die Unmittelbarkeiten eines lustvollen Laissez faire — laissez aller des spontanen Hedonismus. Geist, Vernunft, Wille, Trieb und Streben verknoten sich bei ihm zum harmonischen Menschen, der dieses Ziel, seinen wahren Ursprung, durch die radikale Weigerung gegenüber einer fabrizierenden Geschichte wiederherstellen soll. Solche Radikalität im Namen des Künftigen muß versagen angesichts der Not des Lebens, der Masse Mensch und der Komplexität moderner Gesellschaft. Auch kann die faktische Existenz von Wünschen und Bedürfnissen, wie Erich Fromm zu Recht bemerkt, „keine ethische Norm darstellen“[100]. Wäre dem so, käme dem Reizmittel, der Droge, die Rolle eines ethischen Prinzips auf dem Wege zum Glück zu. Casanova, La Mettrie, Marquis de Sade zählten zu den großen Ethikern. Die von Marcuse bekämpfte Omnipotenz des leistungsstarken Menschen geht, wie so oft in radikalutopischer Kritik, in veränderter Gestalt ein in die Totalitätsvorstellung des libidinös omnipotenten neuen Menschen. Im spielerischen, nicht pathologischen Narzißmus entledigt sich für Marcuse der Mensch jeglicher beengenden Organisation, wird, so H. E. Richter, „gewissermaßen eine sanftere, ästhetischere und erotischere Variante des Nietzscheschen Übermenschenbildes“[101]. Gewandelt aber hat sich nur die Szenerie, geblieben ist die Absicht, nämlich: „in der neuesten und vorläufig letzten Verkleidung den Traum von der gottähnlichen Zentralposition des Individuums“[102] zu verwirklichen.

So bleibt von Marcuses Anstößen, das Ganze der industriellen Leistungsgesellschaft im Namen der Befreiung hinwegzufegen, am Ende mehr Fragwürdiges als Hilfreiches. Die wenigen positiven Merkmale, die er als Hohepriester der Utopie zu bieten hat, verblassen vor seinem Appell zur großen Verweigerung. Anstelle der bestimmten Negation in einer jeden fruchtbaren Dialektik herrscht bei ihm der Wille zum postulierten Endsieg der geschichtlichen Gesamtdialektik. Diese kennzeichnende Gläubigkeit marxistischer Provenienz neigt dazu, ihrer Verwirklichung alles andere zu unterwerfen und die Konsensbedingungen der Kantschen Maxime zu mißachten. Indem „nicht mehr in concreto nein zu sagen ist, sondern en bloc, werden Energien

---

[100] *E. Fromm,* Haben oder Sein. Die seelischen Grundlagen einer neuen Gesellschaft, Stuttgart 1976, 14.

[101] *H. E. Richter,* Der Gotteskomplex, a. a. O., 72.

[102] Ebd., 73.

frei, die in irrationaler Haltlosigkeit als Naturgewalt, als Gewalt eines eigenen, rationaler Begründung enthobenen Rechts erscheinen"[103]. Ein so fixierter Wille im Namen des Menschlichen führte in der Folge seiner internen Logik zu einem „Spiel mit dem Terror mit faschistischen Implikationen", zu einer „Ideologie, die man linken Faschismus nennen muß"[104].

2.5 Der nekrophile Mensch: Erich Fromms Anatomie der Leistungsgesellschaft

2.5.1 Fromms Ansatz

Die von Marcuse eingeschlagene Fortführung und Modifikation der Marxschen Kritik mit Hilfe psychologischer Erkenntnisse Sigmund Freuds gelangen bei Erich Fromm zu einer beeindruckenden Entfaltung und münden bei ihm, über Freud[105] hinausgehend, in eine Rückwendung zum „humanistischen Marx" und in eine „humanistische Religiosität". Fromms Untersuchungen über die industrielle Zivilisation orten im herrschenden Leistungsprinzip den zentralen Ausdruck eines geschichtlichen Deformierungsprozesses des gesellschaftlichen Sozialcharakters, der im wesentlichen diejenigen Eindrücke spiegelt, die das ökonomische Erfolgsdenken in der Psyche und Kultur des abendländischen Menschen hinterlassen hat. Frühzeitig hat Fromm im Verzicht auf marxistische Doktrinen schon vor dem 2. Weltkrieg die Geschichte der wachsenden Destruktivität und ihrer sozialen und politischen Verkörperungen im Nationalsozialismus und Stalinismus und in der „normalen" Atmosphäre der „geistesgestörten Gesellschaften"[106] der produktions- und konsumorientierten Zivilisationen aufzudecken versucht. Fromms Anreicherung der Marxschen Anthropologie mit den kritisch gesichteten Trieb- und Aggressionstheorien Sigmund Freuds brachte ihm nicht nur Anerkennung, sondern auch Kritik und Ablehnung von seiten der Frankfurter Schule. Sein Vertrauen in die Möglichkeit von künftiger vernünftiger Gesellschaft, die fähig ist, zerstörerische Aggressivität abzubauen durch Einsicht und psychosoziale Pädagogik, um damit zu einer human gebesserten Identität zu gelangen, rieb sich mit den apokalyptischen Untergangsvisionen

---

[103] *W. F. Haug,* Das Ganze und das ganz Andere. Zur Kritik der reinen revolutionären Transzendenz, in: *J. Habermas* (Hrsg.), Antworten auf H. Marcuse, a. a. O., 58.

[104] *J. Habermas,* Diskussionsbeitrag, in: Bedingungen und Organisation des Widerstands. Der Kongreß in Hannover, (Voltaire Flugschrift 12), Berlin 1967, 78.

[105] Sein wissenschaftliches Verhältnis zu Sigmund Freud, seine Abhängigkeit, Differenzen und Modifikationen schildert *E. Fromm* in seinem Buch: Sigmund Freuds Psychoanalyse — Größe und Grenzen, Stuttgart 1979. Zur umstrittenen Bedeutung S. Freuds für den Neomarxismus vgl. *K. von Beyme,* Die politischen Theorien der Gegenwart, a. a. O., 60 ff.

[106] *E. Fromm,* Anatomie der menschlichen Destruktivität, Reinbek [3]1978, 400.

vieler seiner Frankfurter Kollegen. Psychologie nach Freud habe es, bemängelte Adorno an Fromm, ausschließlich mit jenen Teilen der Gesellschaft zu tun, die prima facie irrational sind. „Diese Dichotomie bedeutet, daß wir einen sozio-psychologischen Ansatz à la Fromm nicht gutheißen, sondern eher in Termini von rationalen und irrationalen Motivationen denken, die ihrem Wesen nach auseinanderzuhalten sind“[107]. Über Freud, assistierte Max Horkheimer, darf nicht mehr hinausgeschritten werden. Adorno betont zwar auch den Wert psychologischer Erkenntnisse für das Verständnis der Gesellschaft; er hebt aber die Gefahren hervor, die bei ihrer Verzahnung mit der soziologischen und ökonomischen Betrachtungsweise entstehen, dann, wenn „wir vorschnell ökonomische und soziologische Oberflächenursächlichkeiten dort ins Spiel bringen, wo wir es mit dem Unbewußten zu tun haben, welches mit der Gesellschaft auf viel indirektere und kompliziertere Weise verknüpft ist“[108]. Fromm habe, so lautet das abschließende Urteil Adornos und Gleichgesinnter, die Reste von Nichtidentität zwischen Psyche und Gesellschaft hinweggewischt, die Freuds konsequenter Biologismus bewahrt habe. Fromms Trennung von der Frankfurter Schule im Jahr 1939 unterstrich seine Absicht, Freuds pessimistische Fixierung von libido und destrudo zu biologisch konstanten Strukturen der Psyche zu überwinden zugunsten einer relationalen und relativierenden Zusammenschau von biologischen und sozio-ökonomischen Elementen zu einer Charaktertypologie der unterschiedlichen Gesellschaftszustände. Denn wenn die sozialen Konditionen den Menschen wesentlich mitprägen, dann besteht auch Hoffnung auf seelische Veränderung und Besserung durch gesellschaftliche Kreativität. Und wenn Fromm recht hat, daß der Mensch von Natur aus nach Selbsterhaltung und Entfaltung seiner vitalen, seelischen und geistigen Biophilie strebt, so steht vom anthropologischen Befund her der Weg offen für eine Geschichts- und Gesellschaftstheorie, die im großen und ganzen vom „Mut zum Menschen“[109] getragen wird.

2.5.2 Die kranke Gesellschaft

Zum Frommschen Ansatz innerhalb der Frankfurter Schule muß noch ergänzt werden, daß Fromm viele seiner sozialkritischen Theoreme sorgfältig durch empirische Fallstudien abstützt und daß er trotz seiner anthropologisch optimistischen Grundauffassung in manchem den Pessimismus Marcuses und Adornos über den Zustand und die Zukunft der technologischen Gesellschaften teilt. An Marcuses Vorwurf der vorteilhaften

---

[107] *Th. W. Adorno,* Memorandum zum Labor Project vom 3. 11. 1944, 43 ff., mitgeteilt von *M. Jay,* Dialektische Phantasie, a. a. O., 272 f.

[108] Ebd.

[109] Vgl. *R. Funk,* Mut zum Menschen. Erich Fromms Denken und Werk, seine humanistische Religion und Ethik. Mit einem Nachwort von Erich Fromm, Stuttgart 1978.

Destruktivität erinnert Fromms Feststellung der durchgehenden „Pathologie der Normalität“[110] im derzeitigen „technokratischen Faschismus mit einem lächelnden Gesicht“[111]. Nicht so sehr die individuelle Seite solcher Morbidität interessiert ihn, sondern ihre sozial „unauffällige“ Erscheinung, die ihn zur modifizierten Übernahme der klassischen Opiumstheorie von Marx und der Euphorievariante von Marcuse veranlaßt. Objektives Sein und Erscheinung verhalten sich auch bei Fromm zueinander in der paradoxen Weise der Euphorie im Unglück, da sich „das kranke Individuum bei allen ähnlich kranken Individuen in bester Gesellschaft fühlt“[112]. Fromms Schlußurteil über die gegenwärtige Verfassung der ökonomisch-technischen Gesellschaft legt gezielt den Finger auf den sie kennzeichnenden Sinnanspruch, der im Namen des Lebens und Fortschritts sein nekrophiles Innere zu verhüllen sucht, das nichts anderes als die bisher mißlungene Geschichte der biophilen Anlagen des Menschen verkörpert. „Wir kommen notwendigerweise zu dem Schluß“, lautet Fromms Verdikt, „daß die leblose Welt der totalen Technisierung nur eine andere Form der Welt des Todes und des Verfalls ist. Diese Tatsache ist den meisten nicht bewußt, aber — mit Freud zu reden — oft kehrt das Verdrängte zurück, und die Faszination durch Tod und Verfall wird ebenso sichtbar wie im bösartigen analen Charakter“[113].

2.5.3 Der Mensch: Charakter als Instinktersatz

Der Aufweis nekrophiler Realität setzt die Einsicht in ihre Pathogenese voraus, die Fromm auf dem anthropologischen Feld von „produktiven“ und „nichtproduktiven Orientierungen“ des Menschen zu fassen sucht. Seine Beschreibung der Gegenwart beginnt mit der Feststellung eines katastrophalen Zustandes: „Wir sind eine Gesellschaft notorisch unglücklicher Menschen: einsam, von Ängsten gequält, deprimiert, destruktiv, abhängig“[114]. In dieser Aussage resümiert Fromm, wie Agnes Heller[115] notiert, seine Erfahrungen mit totalitären Systemen, vor allem mit dem Nationalsozialismus und der amerikanischen Konsumgesellschaft, dem Prototypen der „friedlichen“ totalitären Nekrophilie. Im Gegensatz zu Freud und K. Lorenz lehnt Fromm für die Erklärung der Nekrophilie eine konstante und

---

[110] *E. Fromm,* Anatomie . . ., a. a. O., 401.
[111] *Ders.,* Haben oder Sein, a. a. O., 171.
[112] *Ders.,* Anatomie . . ., a. a. O., 401.
[113] Ebd., 395.
[114] *E. Fromm,* Haben oder Sein, a. a. O,, 15.
[115] *A. Heller,* Aufklärung und Radikalismus. Kritik der psychologischen Anthropologie Erich Fromms, in: *A. Reif* (Hrsg.), Erich Fromm, Materialien zu seinem Werk, Wien, München, Zürich 1978, 163. Zu den Quellen des Frommschen Denkens vgl. *R. Funk,* Mut zum Menschen, a. a. O., 231 ff. und *H. P. Balmer,* Befreiung von der Destruktivität?, Erich Fromm in der Debatte und die menschliche Aggression, in: *A. Reif* (Hrsg.), Erich Fromm, Materialien zu seinem Werk, a. a. O., bes. 116 ff.

deshalb nur marginal durch kulturelle Anstrengung zu bändigende destruktiv-aggressive „Natur“ des Menschen ab, ebenso wie die strikt externe Ableitung der Aggressivität vom bedingenden Milieu durch den Behaviorismus (Skinner). Der Mensch ist die *Möglichkeit* zum Guten, lautet Fromms abschwächende Erinnerung an Rousseaus Spruch: der Mensch ist gut. Möglich gut deshalb, weil er aus der Dynamik seiner biologischen und geistigen Anlagen auf die Entfaltung seines Lebenspotentials in der Begegnung mit der Welt (Assimilation) und den Menschen (Sozialisation) angewiesen und hier dem Risiko des Scheiterns ausgesetzt ist. Assimilation der Dinge und Hinwendung zum anderen führen im Normalfall zur Organisation und Fortbildung des Ichs und befriedigen die menschliche Liebe zum Leben, die Fromm in seinen Büchern: „The sane Society“[116] und „Anatomie der menschlichen Destruktivität“[117] sechsfach auffächert: das Bedürfnis nach Bezogenheit (relatedness), das Bedürfnis nach Transzendenz im Sinne steten Transzendierens des Erreichten, das Bedürfnis nach Verwurzeltsein (rootedness), nach Identitätserfahrung (sens of identity) und das Bedürfnis nach Orientierung und nach einem Objekt der Hingabe (frame of orientation and an object of devotion). In der „Anatomie der menschlichen Destruktivität“ interpretiert Fromm den „sense of identity“ näherhin als Sehnsucht nach „Einheit“ (unity) und führt das Bedürfnis nach „Wirkmächtigkeit“[118] (need for effectiveness) neu ein. Dieses Geflecht von biophil-produktiven Bedürfnissen erwächst aus dem Zusammenwirken von Trieben und geistig-seelischen Anlagen in wechselseitiger Beeinflussung, die einen unüberwindbaren, tragischen Dualismus der menschlichen Natur ausschließt. Da dem Menschen die instinktive Lebenssicherheit des Tieres abgeht, — insofern „dichotomisch“ im Gegensatz zur „Harmonie“ der tierischen Lebenseinheit —, fällt der vernünftigen Organisation der biophilen Anlagen die Rolle des kompensierten Mangels, also des Instinktersatzes[119] zu, allerdings auf der evolutiv höherstehenden Stufe der geistigen Selbstbestimmung. Diese sekundäre „Harmonie“ als naheliegendes Ergebnis solcher Steuerung darf allerdings nicht über die ihr drohenden Gefahren hinwegtäuschen. Die Besonderheit der Vernunft: ihre Unsicherheit, auf Impulse der Bedürfnisse und Objektbereiche richtig reagieren zu können, verleihen ihr eine chamäleonhafte Offenheit zum Guten, aber auch zum human Nichtangemessenen. „Bewußtsein seiner selbst, Vernunft und Phantasie haben die

---

116 *E. Fromm,* Der moderne Mensch und seine Zukunft, a. a. O., 25 ff.

117 *Ders.,* Anatomie . . ., a. a. O., 259 ff.

118 Ebd., 264 ff.

119 *E. Fromm* schreibt in „Haben oder Sein“, a. a. O., 134 f.: „Angesichts dieser Fakten (Wachstum des Gehirns, speziell des Neocortex, K. A. W.) kann die Spezies Mensch als jener Primat definiert werden, welcher an dem Punkt der Evolution auftrat, als die instinktive Determinierung ein Minimum und die Entwicklung des Gehirns ein Maximum erreicht hatte.“

‚Harmonie' zerstört, welche die tierische Existenz kennzeichnet. Durch ihr Erscheinen ist der Mensch zu einer Anomalie, zu einer grotesken Laune des Universums geworden. Er ist Teil der Natur, ihren physikalischen Gesetzen unterworfen und unfähig, sie zu ändern, und doch transzendiert er die Natur ... Da er sich seiner selbst bewußt ist, erkennt er seine Ohnmacht und die Begrenztheit seiner Existenz. Er ist nie frei von der Dichotomie seiner Existenz. Er kann sich nicht von seiner Denkfähigkeit freimachen, selbst wenn er es wollte"[120]. Diese Fragilität auf der Ebene der Ichfindung des Menschen, fährt Fromm fort, „führt zu einer ständigen Störung seines inneren Gleichgewichts ... Das existentiell und daher unvermeidlich gestörte innere Gleichgewicht des Menschen kann ‚relativ' stabil sein, wenn er mit Hilfe der Kultur auf mehr oder weniger adäquate Weise mit seinen existentiellen Problemen fertig geworden ist"[121]. „Ich glaube nicht", beschließt Fromm seine Überlegungen zu den anthropologischen Konstitutiva des Menschen, „daß man die menschliche Natur mit einer bestimmten Eigenschaft positiv definieren könnte, wie etwa mit Liebe, Haß, Vernunft, dem Guten oder dem Bösen, sondern nur mit den fundamentalen Widersprüchen, die die menschliche Existenz charakterisieren"[122].

Der Mensch ist also gezwungen, „verdammt", um mit Sartre zu reden, „das Entsetzen vor seiner Isoliertheit, seiner Machtlosigkeit und seiner Verlorenheit zu überwinden und neue Formen des Bezogenseins zur Welt zu finden, durch die er sich zu Hause fühlen kann"[123]. In der geschichtlichen Anstrengung zur Kompensation fehlender Lebenssicherheit durch den Versuch zur „Einhausung" durch Wille und Vernunft formt sich der *„Charakter"* des Menschen, den Fromm als ein „relativ permanentes System aller nichtinstinktiven Triebe" definiert, „durch die der Mensch sich mit der menschlichen und der natürlichen Welt in Beziehung setzt"[124]. Charakter also als zweite, bewußt erarbeitete Natur des Menschen, ein „Ersatz für den fehlenden tierischen Instinkt"[125], ihm jedoch qualitativ überlegen in seiner Prozeß- und Ergebnisstruktur als geistige Assimilation und Sozialisation. Im Charakter formuliert der Mensch seine spezifisch menschliche — humane oder inhumane — Antwort auf das Möglichkeitswesen Mensch. Erst die Charakterbildung hebt den Menschen auf die Stufe personaler Existenz, verleiht ihm individuelle und geschichtliche Konturen und stellt ihn unentrinnbar in das Geflecht sozialer Beziehungen. Charakter, auch als individuelle Konstante, in Abhebung vom „Sozialcharakter" als gesellschaftlichem Durchschnittshabitus, ist bei Erich Fromm ohne die „soziale Perichore-

120 *E. Fromm,* Anatomie ..., a. a. O., 253.
121 Ebd.
122 Ebd., 254.
123 Ebd.
124 Ebd., 255.
125 Ebd.

se“ von „naturalen Unbeliebigkeiten“[126] (Fromm: vitale Bedürfnisse und produktive Orientierungen; Korff: Bedürfniserfüllung, Selbstbehauptung und Fürsorgebereitschaft) und ihrem gesellschaftlichen Befriedigungspotential nicht erklärbar, ist also eine gesellschaftsbezogene und zum konkret Guten wie Schlechten hin offen angelegte Größe. Deshalb muß bei Fromm die Ethik in ihrem Ansatz gleichwertig die natürlichen und die sozialen Dimensionen bei der Normfindung berücksichtigen. Eine von der Sache herrührende Unterscheidung zwischen Individual- und Sozialethik ist daher bei ihm unangebracht.

2.5.4 Die verlorene Harmonie

Fromms Ausführungen zur existentiellen Dichotomie des Menschen werfen ein klareres Licht auf seine Annahme der „Liebe zum Leben“ (Biophilie). Sie bedeutet keine robuste Konstante, ausgestattet mit Erfolgsgarantie im Konfliktfall mit der Wirklichkeit, sondern eine lebendige Tendenz, die jedoch angewiesen ist auf die bewußte Realisierung, in der der Mensch sich eine förderliche Umwelt und Kultur schafft, die seine Lebenssehnsucht materialisieren und tragen. Auch hier zeigt sich Fromms tiefe relationalistische Deutung des Menschen als eines Wesens im Spannungsfeld von Möglichkeit und Wirklichkeit: „die Fragen und nicht die Antworten sind des Menschen Wesen“[127]. Er ist der Einsame, „heimatlos ... ewiger Wanderer“[128]. Abgetrenntheit und Isolation von der Natur kennzeichnen seine Existenz und verlangen menschlich und kulturell befriedigende Antworten. Das Wesen des Menschen bedarf der Geschichte ganz im Sinne von Karl Marx; es benötigt die Objektivationen in der Kultur als Einheit von sozialer und dinglicher Vergegenständlichung und deren formende Rückimpulse. Dennoch wäre es verfehlt, Fromm einen fundamentalen Dualismus von biophilen und destruktiven Kräften im Menschen zu unterstellen. Das Zerstörerische, Negative ist nur die mißlungene Antwort auf ungelebtes Leben, dessen „Kehrseite der Medaille“. Für Fromm steht fest: „Die Summe zerstörerischer Tendenzen steht im direkten Verhältnis zu dem Ausmaß, in dem die Lebensentfaltung geschmälert ist ... Der Trieb zum Leben und der Trieb zur Zerstörung ... stehen zueinander im umgekehrten Verhältnis ... Der Zerstörungstrieb ist die Folge des ungelebten Lebens“[129]. Gewordene Abgründigkeit, sekundäre, reaktive Destruktivität kennzeichnen demnach den

---

[126] *W. Korff*, Norm und Sittlichkeit. Untersuchungen zur Logik der normativen Vernunft, Mainz 1973, 97: Die soziale Natur des Menschen ist „triadisch strukturiert, also gleichermaßen auf Bedürfniserfüllung, Selbstbehauptung und Fürsorgebereitschaft hin ausgerichtet. Insofern kann also die Natur des Menschen als soziale nicht anders begriffen werden denn in der Weise einer Perichorese eben jener sich gegenseitig bedingenden und korrigierenden Bezugskomponenten“.

[127] *E. Fromm, R. Xirau*, The Nature of Man. Readings selected, New York 1968, 9.

[128] *E. Fromm*, Psychoanalyse und Ethik, Stuttgart, Konstanz ²1954, 55 f.

[129] *Ders.*, Die Furcht vor der Freiheit, Frankfurt/M. 1966, 181 ff.

Menschen. Sie sind das mißlungene Werk und die fehlgeleitete Energie seiner Suchen nach Heimat sowohl als destruierender Einzelcharakter wie als zerstörerische Kultur. Mit der stets bedrohten Prävalenz des Biophilen in der dichotomischen Existenz des Menschen sucht Fromm die Unentrinnbarkeit des Zerstörerischen im Freudschen Todestrieb zu überwinden und einen „Weg zwischen den Fronten von dogmatischem Naturrechtsdenken und völligem Relativismus"[130] einzuschlagen. Fromm als „Prophet einer biophilen Ethik"[131] verzichtet darauf, das Wesen des Menschen eindeutig zu fassen im Rahmen absoluter Konstanten in und über der Geschichte. Das „Substantielle" im Menschen entzieht sich ihm und es bleibt, wie Funk[132] zutreffend anmerkt, die Summe von potentialen Wesensmerkmalen, deren soziale und ökonomische Geschichte das Wesen des Menschen prozessual konstituiert. Die Hinwendung von Freud zu Marx ist hier im Grundsätzlichen von Fromm vollzogen und bestimmt die weiteren Analysen seiner sozialen Charaktertypologie.

Nicht zu übersehen ist jedoch bei aller Gemeinsamkeit zwischen Marx und Fromm folgender Unterschied: Für Erich Fromm üben die technische und soziale Differenzierung und Instrumentalisierung in der wachsenden Arbeitsteilung einen unheilvollen Einfluß auf das Aggressionspotential des Menschen aus. Den entscheidenden Impuls in der Entwicklung von der defensiven, insofern gutartigen, weil lebenserhaltenden Aggressivität als Antwort auf drohende Gefahren zur destruktiv bösartigen Aggressivität des „Mörders Mensch"[133] löste der allmähliche Übergang der Menschheit von der naturwüchsigen Arbeitsteilung in den paläolithischen Sammler- und Jägergemeinschaften zu den frühen klassengeschichteten Stadtkulturen aus. Der Weg zur institutionellen Verfestigung von Herrschaft verbog für Fromm, wie für Rudolf Bahro[134], die ursprüngliche Freiheit des Menschen durch den Despotismus der Minderheit, der nicht eo ipso gleichgesetzt werden kann mit der Tyrannei des Privateigentums. In Anlehnung an J. J. Bachofen[135] lokalisiert Fromm im Übergang vom Matriarchat zur patriarchalischen Gesellschaftsordnung mit ihrer „männlich" ökonomischen und bürokratischen Verwaltung des allmählich entstehenden wirtschaftlichen Überschusses den Keim der vertikalen sozialen Gliederung, dessen Ausfaltung bis in die Gegenwart die aggressive Achse der Geschichte bildet. Fromm geht es, um mit Bahro zu sprechen, um drei große, bisher unaufgearbeitete „historische Rückstände" der Menschheit: erstens, um die „Ausbeu-

---

130 *R. Funk,* Mut zum Menschen, a. a. O., 86.

131 *A. Auer,* Erich Fromms Anatomie der Destruktivität aus theologischer Sicht, in: *A. Reif* (Hrsg.), Erich Fromm, Materialien zu seinem Werk, a. a O., 131.

132 *R. Funk,* Mut zum Menschen, a. a. O., 86, Anm. 26 und S. 175 ff.

133 *E. Fromm,* Anatomie ..., a. a. O., 173.

134 *R. Bahro,* Die Alternative, a. a. O., 54 ff.

135 Vgl. *J. J. Bachofen,* Das Mutterrecht, Frankfurt/M. 1975.

tung und Unterdrückung der Frau in der ganzen damit zusammenhängenden patriarchalischen Familienstruktur", zweitens, um die „Herrschaft der Stadt über das Land, das sie mit der Mehrarbeit seiner Bevölkerung ernähren und luxurieren mußte", und schließlich drittens, um die „Ausbeutung und Unterdrückung der Handarbeiter durch die Kopfarbeiter"[136]. Die von Marx nüchtern konstatierte Notwendigkeit dieser Entwicklung gerät bei Fromm zum Sündenfall schlechthin an der Biophilie. Marx erblickte im wesentlichen in der ungenügenden Teilhabe der Vielen an der gesellschaftlichen Organisation der wachsenden Produktivkräfte den Kern der Entfremdung. Fromm belebt darüber hinaus Rousseaus emphatische Vision einer vergangenen Harmonie von Natur, Mensch und Gesellschaft mit einer Fülle von Hinweisen auf Untersuchungen über das soziokulturelle Leben in frühen Kulturen. Sein abschließendes Urteil, das sich hauptsächlich auf die Forschungen Marshall David Sahlins, Quincey Wrights, Ruth Benedicts und Lewis Mumfords stützt, lautet: „Die ausführliche Beschreibung des Lebens der primitiven Jäger und Sammler hat gezeigt, daß der Mensch — wenigstens seit seinem vollen Auftauchen vor 50 000 Jahren — höchst wahrscheinlich nicht das brutale, destruktive, grausame Wesen und daher auch nicht der Prototyp ‚Mensch, der Mörder' war, den wir in den fortgeschrittenen Phasen der Evolution antreffen"[137]. Lust- und Realitätsprinzip bildeten damals eine unverstellt anschauliche Lebenseinheit ohne große Ambitionen und ohne über die vitalen Bedürfnisse hinausgehende wirtschaftliche und religiös-kulturelle Anstrengungen des neolitischen Menschen. Fromm teilt Lewis Mumfords wehmütig klingende Beschreibung dieser versunkenen Welt: „Die tägliche Arbeit in dieser Zivilisation vereinigte nicht nur das Realitätsprinzip mit dem Lustprinzip, indem sie das eine zur Voraussetzung des anderen machte; sie brachte auch das äußere und das innere Leben miteinander in Einklang, indem sie die Fähigkeiten des Menschen maximal nutzte, aber weder zuviel von ihm verlangte noch eine Art von Leistungen auf Kosten anderer überbewertete ... Essen und Lieben, Singen und Tanzen, Plaudern und Geschichtenerzählen waren integrale Bestandteile des Arbeitslebens; so hatten die Menschen die Freude, eins mit sich selbst und mit ihrer Welt zu sein; nicht wie die wachsende Masse der Unglücklichen heute, die durch eine sterile Umwelt, schmutzige Routine und unechte Vergnügungen und Erregungen entfremdet sind"[138]. Fromms Vision einer künftigen „Stadt des Seins"[139], in der alle die skizzierten Merkmale des „primitiven" Humanismus im Gewand einer geläuterten Religiosität und Wissenschaft wiederaufstehen sollen, hat seiner Meinung nach historische

---

[136] *R. Bahro,* Die Alternative, a. a. O., 54.
[137] *E. Fromm,* Anatomie ..., a. a. O., 173.
[138] *L. Mumford,* Mythos der Maschine, a. a. O., 189 f.
[139] *E. Fromm,* Haben oder Sein, a. a. O., 198.

Vorläufer in den matriarchalischen Siedlungen von Çatal Hüyük und Hacilar. An ihnen lasse sich nachweisen, „daß die neolithische Gesellschaft zumindest in Anatolien im wesentlichen nichtaggressiv und friedlich war ... ohne Hierarchie, ohne Ausbeutung“[140]. Und für Fromm liegt der Schluß nahe, daß die darauf folgende „Geschichte der Zivilisation von der Zerstörung Karthagos und Jerusalems bis zur Zerstörung von Dresden und Hiroshima und der Vernichtung der Menschen, der Erde und Bäume von Vietnam ein tragisches Dokument des Sadismus und der Zerstörungslust“[141] ist, das seine Fortsetzung finden wird.

Fromm relativiert sich zwar selbst, indem er die Schwierigkeiten eingesteht, eine scharfe Grenze zwischen Destruktion und Biophilie auf dem Felde des historischen Vergleichs ziehen zu können: „Ich bin nicht der Ansicht, daß man eine so verallgemeinernde Behauptung aufstellen kann. Wir besitzen nicht genug Daten, um sie zu belegen“[142]. Seine Theorie des *Sozialcharakters,* die ein vorherrschendes psychisch-mentales Syndrom mit Anspruch auf sozialnormative Geltung beschreibt, unterscheidet Habgier, Haß, Neid und Ausbeutung als individuelle „Abweichungen“ von ihrer Form als Typus der gesellschaftlichen Verfassung und unterteilt auf diese Weise die Geschichte in humane bzw. inhumane Abschnitte. Beim „Typus“ bilden Tugenden und Laster einen konstitutiven Bestandteil des sozialen Charakters, „das heißt ein Syndrom, das bei der Mehrheit der Bevölkerung zu finden ist“. Bei der ersten Variante „handelt es sich um individuelle Abweichungen von der Norm, die kaum eine Chance haben, die Gesamtgesellschaft zu beeinflussen“[143]. Der prospektive Optimismus bei Karl Marx ist Fromms rückwärtsschauender Trauer um das verlorene Paradies gewichen. An die Stelle „des friedlich zwischen den Schafen liegenden, seine Flöte blasenden Pan und des zierlichen Hirtenmädchens“[144] ist nun der produktions- und konsumorientierte Leistungsmensch getreten. Das „Es war einmal“ begleitet als melancholischer Unterton die weiteren Analysen Erich Fromms zur gegenwärtigen Gesellschaft, die er nur als „Histographie der Aggression“[145], und zwar der destruktiven, zu schreiben vermag.

2.5.5 Der Sozialcharakter

Auf dem Wege zur destruktiven Gesellschaft — das Hauptthema, um das Fromms Denken immer wieder kreist — gesellten sich schrittweise zur gutartig-defensiven Aggressivität immer mehr die sadistischen und nekrophilen

---

[140] *E. Fromm,* Anatomie ..., a. a. O., 180.
[141] Ebd., 189.
[142] Ebd., 183.
[143] Ebd.
[144] *A. Heller,* Aufklärung und Radikalismus, a. a. O., 212.
[145] *H. P. Balmer,* Befreiung von der Destruktivität?, a. a. O., 115.

Formen pathologischer Aggressivität, welche die hochtechnisierten Zivilisationen der Gegenwart kennzeichnen. In allen Untersuchungen über die Entwicklung des homo sapiens stellt Fromm sich immer wieder die bange und von ihm verneinte Frage: „Sind wir geistig gesund?“[146] Fromms sozialpsychologischer Anspruch, eine „Pathologie der kulturellen Gemeinschaften“[147] zu schreiben, eingedenk der Forderung Freuds, darf nicht darüber hinwegtäuschen, daß es ihm wie Marx um die Analyse der wirtschaftlichen und sozialen Umstände geht, um dadurch die Ursachen für die geistig-seelischen Mißbildungen aufzufinden, die für ihn ohne Zweifel die modernen Industriegesellschaften prägen. Fromm vermeidet zwar eine monokausal mißzuverstehende Abhängigkeit des ideellen vom materiellen Unterbau schon durch die Vielzahl seiner Perspektiven und Methoden[148]. Er macht aber den selektiven und weithin bestimmenden Einfluß deutlich, den die realen Umstände auf das durchschnittliche Bewußtsein der Menschen ausüben, die ihr Selbstverständnis, ihre Bedürfnisse und Erwartungen an den Möglichkeiten der instrumentalen Herrschaft über die Dinge ausrichten. Die Gewichtung von „Geist“ und materiellem Sein, einer der neuralgischen Punkte im Marxismus, verlagert sich bei Fromm auf die psychologisch relevanten „dunklen“ Seiten des gesellschaftlichen Bewußtseins, zur Genese seiner latenten Motivationen und ihrer Ursachen. Erst dann stellt sich das „helle“ Problem von Idee und Wirklichkeit sozioökonomischer Realität. Im Unterschied aber zu Wilhelm Reich bestimmt für Erich Fromm nicht ausschließlich die Triebstruktur das menschliche Verhalten. Ganz im Sinne von Karl Marx kommen vielmehr „im Wechselspiel des Aufeinanderwirkens der psychischen Antriebe und der ökonomischen Bedingungen ... letzteren ein Primat zu“[149].

So wird mit psychologischen Begriffen für Fromm die gesamte reale Entwicklung der modernen Zivilisation faßbar in den pathologischen Varianten der nichtproduktiven, sprich lebensfeindlichen Charaktereigenschaften, die sich im 19. Jahrhundert immer stärker ankündigten und sich schließlich im 20. Jahrhundert zum Syndrom kriegerisch-eruptiver oder alltäglich-instrumentaler Nekrophilie verdichteten. Dabei bestätigt sich für Fromm seine charakterologische Wahrscheinlichkeitstheorie, nämlich: „Im historisch-bio-

---

[146] *E. Fromm,* Der moderne Mensch und seine Zukunft, a. a. O., 8.

[147] Ebd., 23.

[148] E. Fromm strapaziert sicherlich nicht die Methodenfrage. Als Neomarxisten interessiert ihn vornehmlich die Wirklichkeit als totaler Zusammenhang des Besonderen. Die positivistische Beschränkung auf streng empirische Methoden und sektorale Ausschnitte lehnt er ebenso ab wie einen idealistischen Konstruktivismus des Prinzips. Vgl. dazu: *R. Funk,* Mut zum Menschen, a. a. O., 26 f.

[149] *E. Fromm,* Über Methode und Aufgabe einer analytischen Sozialpsychologie. Bemerkungen über Psychoanalyse und historischen Materialismus, in: *Ders.,* Analytische Sozialpsychologie und Gesellschaftstheorie, Frankfurt/M. 1970, 39.

logischen Sinne entwickelt sich der Charakter der Menschen so, daß sie in einer bestimmten Gesellschaft das tun wollen, was sie tun müssen, kurz gesprochen, daß sie vom Charakter her getrieben werden, so zu reagieren, wie das unter den gegebenen gesellschaftlichen Bedingungen für die Erhaltung der Gesellschaft als Ganzes — und nicht nur für die Erhaltung der spezies — notwendig ist. Zum Beispiel muß der Mensch in einer Gesellschaft von Kriegern einen kriegerischen, aggressiven Charakter haben ... Derselbe Mensch aber wäre sehr unangepaßt in einer Gesellschaft von kooperativen Ackerbauern, dort wäre er kaum existenzfähig, denn für diese Qualitäten gibt es in einer solchen Gesellschaft keinen Platz"[150]. Fromm präzisiert sich, indem er Ausnahmen von der Regel zugesteht: „Es ist richtig, zu sagen, daß es in jeder Gesellschaft Menschen gibt, die nicht in sie hineinpassen. Der Gesellschaft gelingt nämlich die Anpassung ihrer Mitglieder nur im Durchschnitt ... Aufgrund individueller oder konstitutioneller Faktoren gibt es immer Menschen, die dem sozialen Charakter der Gesellschaft nicht entsprechen"[151]. Wie bei den meisten Neomarxisten, insbesondere bei Marcuse, findet die Geschichte für ihren Fortgang in dem ansonsten zwingenden Gleichklang von Bewußtsein und gesellschaftlichem Sein eine individuelle Nische, ihren „privaten Raum"[152], breit genug, um sich weiterzuentwickeln. Vor allem der heutige Mensch stellt für Fromm ein Gebilde von Widersprüchen dar, worin ursprüngliches und entfremdetes, erscheinendes Wesen in ein Verhältnis zueinander treten, derart, daß das Wesen zum Schein bzw. der Schein zum Wesen verkehrt ist, ohne daß aber der eigentümliche Anspruch des Humanen, dort Wesen und hier Schein zu bleiben, endgültig verschwindet. Man sieht, ganz ohne die „Substanz" des verschütteten Menschen kommt Erich Fromm nicht aus. Der Mensch wird nie ganz zum Ding, sondern verdinglicht sich in einem mehr oder minder schmerzhaft bewußten Selbstwiderspruch. Der Prozeßcharakter solcher Entäußerung beläßt der aufklärenden Aufhebung grundsätzlichen Raum: *das* Grundgesetz des Marxismus-Neomarxismus überhaupt. Nonkonformes Verhalten, Kritik und Überwindung des Bestehenden, das „Transzendieren" in eine bessere Welt zehren von dieser anthropologischen „Schwäche" eines jeden Systems. Leistung, heute in der Regel funktionale Anpassung an die herrschenden Normen und ihre soziale und ökonomische Organisation, vollzieht sich dann, andersartig, als grenzüberschreitende Richtungsänderung, als „transgredient-progressive Aktivität"[153]. Mit ihr kennzeichnet Hans

[150] E. Fromm in *A. Reif,* Charakter und Aggression. Aufzeichnungen nach einem Gespräch mit Erich Fromm, in: *A. Reif* (Hrsg.), Erich Fromm. Materialien zu seinem Werk, a. a. O., 56 f.

[151] Ebd., 57.

[152] *H. Marcuse,* Der eindimensionale Mensch, a. a. O., 30.

[153] *H. Braun,* Leistung und Leistungsprinzip in der Industriegesellschaft, a. a. O., 202. S. o. S. 16, Anm. 8.

Braun eine Qualität des Verhaltens, „die aufgrund von Nonkonformität mit dem herrschenden Gesellschaftssystem zur Zeit ihrer Konzipierung und Praktizierung keine Chancen der Realisierung fand ... Allgemein gilt", führt Braun weiter aus, „daß das Anwachsen der Realisierungschancen transgredient-progressiver Leistung die zunehmende ‚Insuffizienz' des herrschenden Systems signalisiert und damit die Nähe einer Ablösung durch ein neues"[154]. Gesellschaftskritiker mit stark finaler Geschichtsphilosophie und Ethik können im Blick auf dieses soziologische Gesetz der „Verwerfungen" innerhalb eines sonst stabilen Gefüges ihr „Prinzip Hoffnung" kausal begründen. Sie müssen es auch, um überhaupt noch auf künftige Geschichte vertrauen zu können. Es führt keine Brücke von Schopenhauers abgrundtiefem anthropologischen Pessimismus zur marxistisch-neomarxistischen Logik des konstruierbaren Sozialen. In dieser Logik gehen von der Plastizität und fehlenden Instinktsicherheit des Geistes nicht nur destruktive sondern auch positiv revolutionäre Impulse aus. Ob mit Erfolg, steht dahin.

2.5.6 *Nichtproduktive Orientierungen*

Kehren wir zu Fromm zurück. Für ihn bestimmen noch gemäß der durchschnittlichen Zwanghaftigkeit des Sozialcharakters die „nichtproduktiven Orientierungen" die heutige Gesellschaft und überlagern ihre innovierenden Enklaven. Er unterscheidet fünf verschiedene Ausprägungen, die alle als nichtproduktiv, lebensfeindlich anzusprechen sind: die rezeptive, die ausbeuterische, die hortende, die marktorientierte (marketing-character) und die nekrophile Orientierung als Modifikation und Steigerung des sadistischen Charakters. Im Menschen bilden sie oft eine dichte Einheit, in welcher der eine oder andere Zug, je nach den Zeitumständen, hervorsticht.

2.5.6.1 Der rezeptive Charakter und seine sadistischen Konsequenzen

Am weitesten verbreitet, weil am bequemsten, ist der *rezeptive* Charakter. Er formt diejenigen Zeitgenossen, die in konformer Hinnahme der gel-

---

[154] Ebd., 202 f. E. Fromm kennzeichnet dieses dynamische Element in der Ruhe etablierter Gesellschaften mit dem Begriff der Utopie. Er schreibt (Anatomie ... a. a. O., 296): „Trotzdem hat es immer Visionäre gegeben, die die Ziele der gesellschaftlichen und individuellen Entwicklung des Menschen klar erkannt haben. Aber ihre ‚Utopien' waren nicht in dem Sinne ‚utopisch', daß sie unrealisierbare Tagträume gewesen wären; sie fanden im ‚Nirgendwo' statt, aber ‚nirgendwo' ist nicht ‚nirgendwann'. Damit will ich sagen, sie waren utopisch, weil sie im Augenblick nirgends existieren und vielleicht auch nicht existieren konnten, aber ‚utopisch' hieß nicht, daß sie nicht in der Zeit verwirklicht werden konnten." Für den Kapitalismus gesteht Fromm zu, daß er „in sich selbst eine so widerspruchsvolle und sich ständig verändernde Struktur hat, die einem noch eine gewisse Nicht-Konformität und persönlichen Spielraum läßt", (*E. Fromm,* Die Kunst des Liebens, Frankfurt, Berlin, Wien 1979, 168).

tenden gesellschaftlichen Werte und Normen ihr Leben einrichten, unfähig zur eigenen Initiative und Verantwortung und leicht führ- und verführbar. Subalterne Leistungsbereitschaft kennzeichnet sie ebenso wie Kritiklosigkeit und tiefe Ichschwäche als Ergebnis ihrer mangelnden Auseinandersetzung mit dem Über-Ich der Gesellschaft. Dieser rezeptive Konformismus erzeugt seine Ersatzautoritäten, die nichts mehr mit dem personalen Gewissen der humanistischen und religiösen Traditionen zu tun haben. An Alexander Mitscherlichs Analyse der Ersatzidole in der „vaterlosen Gesellschaft"[155] erinnern Fromms Bemerkungen über die lautlose Umkehrung der Werte: „Tugendhaft ist, wer sich anpaßt und den übrigen gleich ist; lasterhaft, wer sich unterscheidet"[156]. Die rezeptiven Erwartungen an die Gesellschaft drängen diese —typisch für die nicht überwundene orale Herkunft und Abhängigkeit des rezeptiven Charakters — in die Rolle einer nie versiegenden Amme. Die an sie herangetragenen Bedürfnisse schlagen sofort um in aggressive Frustration, wenn sie nicht umgehend befriedigt werden. Es breitet sich dann eine gereizte Langeweile aus, die allzugern dem Nächstbesten folgt, der Lust verspricht, gleich welcher Art. Jedermann ist glücklich, nach außen hin, wenn er bekommt, was er begehrt; aber er begehrt nur das, was er bekommt. Die konfliktträchtige „Doppelung" der Gesellschaft durch „Verallgemeinerung" der Bedürfnisse und ihres Befriedigungspotentials, von Hegel im Paragraph 243 seiner „Grundlinien der Philosophie des Rechts"[157] beschrieben, mündet bei Fromm in die auch von Marcuse behauptete falsche Passivität des homo consumens und seiner falschen Identitätsphilosophie, bleibt aber latent erhalten als Ort für weitere Destruktion. Fromm schildert einen Menschen, der sich derart um seinen „Spaß" am Leben sorgt, daß dieser ihm besorgt werden muß: „Spaß haben besteht hauptsächlich im Vergnügen des Verbrauchens und des ‚Einvernehmens': Waren, Landschaften, Essen und Trinken, Zigaretten, Menschen, Vorträge, Bücher, Filme — alles wird verzehrt, verschlungen. Die Welt ist ein großes Objekt für unseren Appetit, ein riesiger Apfel, eine mächtige Flasche, eine große, runde Brust. Wir sind die ‚Saugenden', die ewig Erwartungsvollen, ewig Hoffenden und ewig Enttäuschten. Wie können wir anders als enttäuscht sein, wenn unsere Geburt an der Mutterbrust steckenbleibt, wenn wir nie entwöhnt werden, wenn wir großgewachsene Kleinkinder bleiben, wenn wir über die rezeptive Orientie-

---

155 *A. Mitscherlich,* Auf dem Weg zur vaterlosen Gesellschaft. Ideen zur Sozialpsychologie, Berlin 1963.

156 *E. Fromm,* Der moderne Mensch und seine Zukunft, a. a. O., 142.

157 Hegel schreibt dort: „Durch die Verallgemeinerung des Zusammenhangs der Menschen durch ihre Bedürfnisse, und der Weisen, die Mittel für diese zu bereiten und herbeizubringen, vermehrt sich die Anhäufung der Reichthümer, denn aus dieser gedoppelten Allgemeinheit wird der größte Gewinn gezogen — auf der einen Seite, wie auf der anderen Seite die Vereinzelung und Beschränktheit der besonderen Arbeit und damit die Abhängigkeit und Noth der an diese Arbeit gebundenen Klasse."

rung nie hinauskommen?"[158] Die infantile Rezeptivität kennzeichnet also ein Übermaß an passiven, reizbedürftigen Erwartungshaltungen zur Welt, zum Ich und zur Gesellschaft. „Passivierende Stimulation" bzw. die „einfachen Reize"[159] dominieren und drängen den Menschen in die Rolle des „Saugenden", dessen Fähigkeit, aktiv sein Leben zu führen und produktiv den latenten Reichtum seiner biophilen Anlagen zu entwickeln — die „aktive Stimulation" —, zur bloßen Reaktion verkümmert. Spinozas Maxime: „Je mehr Vollkommenheit jedes Ding hat, um so mehr ist es tätig und um so weniger leidet es. Und andererseits, je mehr es tätig ist, um so vollkommener ist es"[160], hat die Konsequenzen von Fromms Beschreibung der passiven und aktiven Reize vorweggenommen. „Unser heutiges Leben in der Industriegesellschaft" arbeitet nach Fromms Meinung „fast ausschließlich mit derart ‚einfachen Reizen'. Stimuliert werden dabei Triebe wie sexuelles Begehren, Gier, Sadismus, Destruktivität und Narzißmus. Vermittelt werden diese Reize durch Filme, Fernsehen, Radio, Zeitungen, Magazine und den Gebrauchsgütermarkt ... Der Mechanismus ist immer der gleiche: einfache Stimulation → direkte und passive Reaktion. Hierin liegt der Grund, weshalb die Reize sich ständig ändern müssen, um nicht ihre Wirkung zu verlieren"[161]. Es handelt sich um ein Charaktersyndrom, das Fromm scharf von der Notwendigkeit neurophysiologischer Reize unterscheidet, die u. a. René Spitz für die gesunde Entwicklung des Kleinkindes herausgestellt hat. Der moderne Mensch *kann* mittlerweile aufgrund seines historisch gewachsenen rezeptiven Sozialcharakters in der Regel nicht mehr anders, als in reaktiver Reizerfüllung seine Befriedigung suchen. Am stets vorläufigen Ende aber stehen Hektik und ein tiefes Gefühl mangelhafter Befriedigung: das berühmte „und im Genuß vergeh ich vor Begierde". Wachsende Abstumpfung im endlosen Wechsel mit rastlosem Aktivismus verschmelzen zum Prototyp des gelangweilt-reizsüchtigen Menschen. Er erlebt die falsche Befriedigung als qualvolle Leere, als Hohlheit seines Lebens, die er schnellstens zu überwinden sucht. Derartige Aktivität erschöpft sich in sinnlosem Streben ohne Ziel und Maß, weil die Einsicht in die begrenzte Bedürftigkeit des Menschen durch die Grenzenlosigkeit seiner oberflächlichen Bedürfnisse überdeckt wird.

Fromm beschreibt mit seiner Theorie des rezeptiven Charakters Phänomene, denen schon immer in der Tradition des Nachdenkens über den Menschen größtes Interesse gegolten hat. Die Antworten weisen eine reichhaltige Vielfalt auf: von der stoischen Askese bis zum hedonistischen Ausleben, vom

---

[158] *E. Fromm,* Der moderne Mensch und seine Zukunft, a. a. O., 149; ebenfalls: *Ders.,* Die Kunst des Liebens, a. a. O., 117 f.

[159] *Ders.,* Anatomie ..., a. a. O., 267 ff. und: Haben oder Sein, a. a. O., 76 f.

[160] *B. Spinoza,* Lehrsatz 40 der Axiome, in: Die Ethik, revidierte Übersetzung von J. Stern, Stuttgart 1977.

[161] *E. Fromm,* Anatomie ..., a. a. O., 271.

Harmonieideal des „consonanter vivere“ bis zu den Spontaneitäten „repressionsfreier“ Lusterfüllung nach dem Motto „Wie es euch gefällt“. Pessimistische und optimistische Lebensdeutungen bilden den Hintergrund auf diesem Felde ebenso wie die Alternative von heteronomer oder autonomer Ethik als Versuche, eine Antwort zu geben. Schopenhauers „humanistischer Pessimismus“ (Thomas Mann) bezog sich ebenso auf den Willen zur glückhaften Erfüllung der Bedürfnisse wie die klassischen Lehren der Antike und des christlichen Mittelalters, die im wesentlichen die Tugend der „temperantia“ in die Mitte ihrer Antworten stellten. Schopenhauer versuchte in stolzer Misanthropie den Konflikt zwischen Streben und Erfüllung durch bewußte Entsagung jeglicher Dynamik, ganz im Gegensatz zu Erich Fromm, zu lösen. „Wenn nun ein Mensch“, schreibt Schopenhauer in seinem Hauptwerk: „Die Welt als Wille und Vorstellung“, von einem „überaus heftigen Willensdrange erfüllt ist, mit brennender Gier alles zusammenfassen möchte, um den Durst des Egoismus zu kühlen, und dabei, wie es nothwendig ist, erfahren muß, daß alle Befriedigung nur scheinbar ist, das Erlangte nie leistet, was das Begehrte versprach, nämlich die endliche Stillung des grimmigen Willensdranges; sondern durch die Erfüllung der Wunsch nur seine Gestalt ändert und jetzt unter einer anderen quält, ja endlich, wenn sie alle erschöpft sind, der Willensdrang selbst, auch ohne erkanntes Motiv, bleibt und sich als Gefühl der entsetzlichen Oede und Leere, mit heilloser Quaal kundgibt: wenn aus diesem Allen, was bei den gewöhnlichen Graden des Wollens nur in geringerem Maaß empfunden, auch nur den gewöhnlichen Grad trüber Stimmung hervorbringt, bei Jenem, der die bis zur ausgezeichneten Bösheit gehende Erscheinung des Willens ist, nothwendig eine übermäßige innere Quaal, ewige Unruhe, unheilbarer Schmerz erwächst; so sucht er nun indirekt die Linderung, deren er direkt nicht fähig ist, sucht nämlich durch den Anblick des fremden Leides, welches er zugleich als eine Aeußerung seiner Macht erkennt, das eigene zu mildern. Fremdes Leiden wird ihm jetzt Zweck an sich, ist ihm ein Anblick, an dem er sich weidet: und so entsteht die Erscheinung der eigentlichen Grausamkeit, in den Neronen und Domitianen, in den Afrikanischen Deis (Janitscharenführern), im Robespierre u.s.w.“[162].

Der eigenwillige, herbe Stil Schopenhauers sollte nicht von der Akualität seiner Worte, insbesondere seiner Ableitung sadistischer Ersatzbefriedigung aus der unersättlichen Gier nach abwechslungsreicher Stillung des „grimmigen Willensdranges“ ablenken. Das „omnia vanitas, vanitatum vanitas“ in der Absage der Schopenhauerschen Mitleidsphilosophie an die hedonistischen Erwartungen entzieht sich dem Verständnis des „normalen“ Zeit-

---

[162] *A. Schopenhauer*, Die Welt als Wille und Vorstellung, in: Werke in 10 Bänden (Zürcher Ausgabe), historisch-kritische Ausgabe von Arthur Hübscher, Zürich 1977, Bd. 2, 452 f.

genossen. Er vermag auch nicht den Königsweg demutsvoller Entsagung einzuschlagen, den Schopenhauer empfiehlt. Ihm verbleiben oft nur die Auswege und Irrwege zerstörerischer Befriedigung in den offenen und verdeckten Schattierungen des Sadismus, den Schopenhauer wie Fromm, bei aller Unterschiedlichkeit ihrer Philosophie, aus der unbewältigten Erfahrung menschlicher Begrenztheit und dem daraus erfließenden Gefühl der Ohnmacht herleiten. Denn die „Äußerung seiner Macht", die „der Anblick ... fremden Leides" als Schmerzwollust beim Menschen hervorruft, ist nichts anderes als die uneingestandene und personal nicht integrierte Erkenntnis der eigenen existentiellen Endlichkeit, Fromms „Heimatlosigkeit". Ein so unausgewogener Mensch spiegelt den destruktiven Antagonismus zwischen dem Trieb ins Unendliche, Maßlose und der mit ihm einhergehenden Erfahrung von Begrenzung, die Leid hervorruft. Leid entsteht durch das Erlebnis des endgültigen Widerstandes, den die Dinge und die Menschen dem Menschen gegenüber leisten, weil dieser aus sich selbst die humannotwendige Bejahung seiner Endlichkeit nicht mit „instinktiver" Sicherheit vollziehen kann. Am Ende gesteht Schopenhauer, „wie wesentlich alles Leben Leiden ist"[163], das für ihn nur den Weg in die mitleidende Epochè von allem „Willensdrange" offenläßt.

Der Mensch flieht vor dieser schmerzlichen Grenze, indem er, um Fromms Gedanken wiederaufzunehmen, seine existentielle Dichotomie — seine spezifische Ohnmacht — zu kompensieren sucht durch Herrschaft über den Menschen. Nichts anderes nämlich meint Fromms Charakteristik des *Sadismus,* wenn wir von den klinischen Einzelheiten absehen. Sadismus, definiert Fromm, „ist die Verwandlung der Ohnmacht in das Erlebnis der Allmacht. Er ist die Religion der seelischen Krüppel"[164], eine „Leidenschaft, absolute und uneingeschränkte Herrschaft über ein lebendes Wesen auszuüben, ob es sich nun um ein Tier, ein Kind, einen Mann oder eine Frau handelt"[165]. Im Sadismus gibt der Mensch eine lebensfeindliche Antwort auf das Problem, „als Mensch geboren zu sein, wenn keine besseren Lösungen zur Verfügung stehen"[166]. Also kein unüberwindbarer, naturhaft programmierter Sadismus, sondern Reflex der negativen Korrespondenz der Umstände zur biophilen Orientierung. Der sadistische Mensch ängstigt sich vor der Unsicherheit des Lebens, vor dem Unvorhersehbaren, vor dem, was sich seiner sorgenden Planung entzieht und ihn vor die Aufgabe stellt, selbst produktiv-verantwortlich sein Leben zu bejahen und zu gestalten mit dem Mut zum Risiko und dem Wissen um mögliches Scheitern. Sadismus verkörpert demnach den aggressiven Versuch zur Einhausung, zur Ichfindung durch Herr-

---

[163] Ebd., 389.
[164] *E. Fromm,* Anatomie ..., a. a. O., 327.
[165] Ebd., 326.
[166] Ebd., 327.

schaft über den andern durch dessen Instrumentalisierung für das eigene Ego.

2.5.6.2 Der hortende Charakter

Mit seinen soziologischen Übertragungen des psychologischen Befundes von Sadismus leitet Fromm über zu einem weiteren Typus des modernen Menschen in der industriellen Gesellschaft, der seiner Meinung nach durch die Normen und Zwänge der kapitalistischen Entwicklung vom 16. bis zum Ende des 19. Jahrhunderts geformt wurde: zum *„hortenden* Charakter". Die rezeptive Passivität des oralen Charakters bleibt erhalten, da auch der hortende Mensch seine aktiv-reife Erfüllung nicht erreichen kann und da in der Ordnung der nichtproduktiven Orientierungen diese mit wachsender Destruktivität die schwächeren Deformierungen in sich aufnehmen und intensivieren. Neu hinzu kommt nun aber das ausgreifende Habenwollen aller Dinge, die Sammlerleidenschaft der Dingsüchtigen, die ihren Sinn und ihr Glück in der sterilen Mehrung von Gütern suchen, die durch die verbesserten Produktionsweisen und erweiterten Märkte der kapitalistischen Expansion ins Unendliche gesteigert erscheinen. Der herrschsüchtige Zug, dem wir bereits in der sadistischen Variante des rezeptiven Menschen begegnet sind, verallgemeinerte sich in der Geschichte des Kapitalismus zum „normalen" Hamstercharakter von Haben und Horten, deren Kehrseite Ausbeutung als Wegnahme der Lebensmöglichkeiten der anderen ist, also aggressiver Egoismus im Gewand der autoritären Biedermannsmoral des 19. Jahrhunderts. Auf Gold, Geld und Eigentum richten sich für Fromm die Anstrengungen des hortenden Bürgers, der seine beengenden Bindungen an die Ordnungs- und Sauberkeitsimperative seiner analen Kindheitsphasen auf gesellschaftsfähigere Objekte überträgt. Fromm übernimmt hier im wesentlichen die Freudsche Typologie[167], die für ihn „in der Tat eine scharfe Kritik der bürgerlichen Gesellschaft des 19. Jahrhunderts" war, in der „die Wesenszüge des analen Charakters die Normen des menschlichen Verhaltens konstituierten ... Freuds Gleichung: Geld = Fäzes ist eine implizierte, wenn auch unbeabsichtigte Kritik des Funktionierens der bürgerlichen Gesellschaft und ihrer Habgier und kann mit Marx' Erörterungen der Rolle des Geldes in den Ökonomisch-Philosophischen Manuskripten verglichen

---

[167] S. Freud vertritt folgendes Dreiphasenmodell der sozialen Auswirkungen von analer Fixierung: 1. Phase: Fäkalienbesitz weitet sich zur Liebe von Besitz schlechthin. 2. Phase: Befohlene Sauberkeit wird mit Ordentlichkeit identifiziert. 3. Phase: die Erfahrung von mütterlicher, hauptsächlich aber väterlicher Autorität führt zur Identifikation mit Normen und, bei Verweigerung, zu Schuldgefühlen. Unterordnung bedeutet in der Regel Normbefolgung und den „sozialen" Normalfall, der mit subalterner Lust besetzt ist und so erstrebt wird. Zum Problem vgl.: *A. L. Baldwin,* Theorien primärer Sozialisationsprozesse, Weinheim, Basel 1974, bes. 71 ff.: Sozialisation und Reinlichkeitserziehung bei Sigmund Freud.

werden"[168]. Warum, könnte man Erich Fromm fragen, kam es erst seit dem 16. Jahrhundert zum hortenden Sozialcharakter? Die Antwort ergibt sich aus seinem marxistischen Geschichtsbild, in dem erst die entgrenzten Produktionskräfte des Kapitalismus den Horizont für eine Moral der grenzenlosen Expansion und der Heiligung des „Habens" eröffneten. Als latente Gefahr in der Ambivalenz menschlicher Existenzsorge war diese Tendenz zwar schon immer vorhanden, äußerte sich zuvor aber nur in punktueller Entartung ohne Absicherung durch öffentliche Normen. Geld und Gold sind als die großen Versucher aus der Geschichte spätestens seit den Tagen des sagenhaften König Midas nicht mehr wegzudenken. Midas, so berichtet die Legende, sei durch seine Gier nach Gold elend umgekommen, denn die Götter straften ihn, indem sie seinen Wunsch erfüllten und alles, was ihm in die Hände kam, zu Gold erstarren ließen, selbst die Nahrung. Dieses Ereignis aus fernen Zeiten legt symbolhaft einen der pathologischen Faktoren des hortenden Charakters bloß: das eindimensionale Streben nach äußerlichen Gütern und die ihm gemäße Ersatzfixierung der inneren Kräfte. Es handelt sich hier um das von Max Scheler beschriebene und von Horst Eberhard Richter aufgegriffene „Gesetz der Tendenz nach Surrogaten bei negativer Bestimmtheit der ‚tieferen' emotionalen Ich-Bestimmtheit"[169]. Je heftiger sich ein solches „Ich", so lautet der Kerngedanke Schelers, in ekstatischer Gier nach Äußerlichkeiten konzentriert, desto nachhaltiger zerfallen die integrierenden Schichten seiner Persönlichkeit. Dies gilt bei Scheler für sämtliche Formen des Eudaimonismus, der zum Hedonismus verflachen muß, „da die sinnlichen Gefühle die ... am leichtesten herzustellenden sind"[170], ihre lustvolle Befriedigung aber nur die peripheren Zonen der Person berührt, in der Tiefe jedoch Langeweile und die unfrohe Grundstimmung einer chronischen Depression hinterläßt. „Ja man kann sagen", führt Scheler aus, „daß das Aufgebot der Mittel, die sinnliche Lust hervorzurufen ... um so größer zu sein pflegt, als die Freudlosigkeit und negative Bestimmtheit als Lebensgefühl überhaupt zur inneren Grundhaltung einer Gesellschaft wird"[171]. Umgekehrt gilt: Je geschlossener und ausgereifter die Integrationsdichte der Persönlichkeit ist, desto unabhängi-

---

[168] *E. Fromm,* Haben oder Sein, a. a. O., 86. In den Ökonomisch-Philosophischen Manuskripten (Hrsg. von *I. Fetscher,* Bd. 2, der Marx/Engels-Studienausgabe, a. a. O., 103) schreibt Marx: „Das Privateigentum hat uns so dumm und einseitig gemacht, daß ein Gegenstand erst der unsrige ist, wenn wir ihn haben, er also als Kapital für uns existiert ... An die Stelle aller physischen und geistigen Sinne ist daher die einfache Entfremdung aller dieser Sinne, der Sinn des Habens getreten."

[169] *M. Scheler,* Der Formalismus in der Ethik und die materiale Wertethik. Neuer Versuch der Grundlegung eines ethischen Personalismus, Bern 4. Aufl., 1954, 357 ff. Vgl. *H. E. Richter,* Der Gotteskomplex, a. a. O., 166 ff.

[170] *M. Scheler,* Der Formalismus ..., a. a. O., 357.

[171] Ebd. Zum Verhältnis von Langeweile und Depression vgl.: *E. Fromm,* Anatomie ..., a. a. O., 273 ff. und: *R. Bleistein,* Therapie der Langeweile, Freiburg 1973.

ger und unerschütterlicher durchlebt sie die „Wechselfälle des äußeren Lebensganges“[172]. Ihre passive Reizabhängigkeit und innere Langeweile vergeht dann ebenso wie ihre Unfähigkeit, Leid zu ertragen und in das persönliche Lebensschicksal hineinzunehmen. Die herrschsüchtig — hortende Haltung Menschen und Dingen gegenüber baut sich dann in dem Maße ab, wie die Angst vor dem Unbekannten und vor künftigem Leid keine aggressive Sicherungs- und Vermeidungsmanie mehr hervorruft. Die Manipulierbarkeit der Gefühle des modernen Menschen, seine bekannte und oft kritisierte Ichschwäche, wird nach H. E. Richter der Alternative autonomer Selbstbestimmung weichen, wenn wir die „Brüchigkeit des modernen Hedonismus“[173] durchschauen und durch neue Weisen der schöpferischen Askese den Innenraum unserer „geistigen Gefühle“ (Scheler) so stärken, daß wir wieder mehr „wir selbst selber sind“[174] und nicht nur Schattenbilder einer technisch verkleideten und im Namen angeblicher Triebbefreiung daherkommenden Freiheit von allem Leid, aller Anstrengung und Leistung.

2.5.6.3 Horten, Haben, Eigentum: Christliche Perspektiven

Die „innere Grundhaltung einer Gesellschaft“, der Frommsche Sozialcharakter, haftet im anal-hortenden Stadium vor allem am Fetisch Eigenum. An die Marxsche Tradition anknüpfend, gipfelt für Fromm im Eigentum der private Herrschaftsanspruch des habenbesessenen Menschen, und zwar im ursprünglichen Wortlaut von privare = berauben. Geschichtlich betrachtet: Die Kapital- und Besitzanhäufungen des 19. Jahrhunderts waren für Fromm, in Übereinstimmung mit Marx, zusammengerafft durch die wirtschaftliche und politische Unterdrückung der jeweilig Schwächeren und durch die Ausplünderung der riesigen Kolonien. Entsprechend tief saß die Angst des Besitzbürgertums vor den eigenen Schandtaten, die durch die politische und rechtliche „Nobilitierung“ des Eigentums legitimiert werden sollten. Das änderte aber nichts an den solipsistischen Zügen hinter der Fassade des neu entstehenden Geheimrats- und Kommerzienratsadels, der nur oberflächlich, aber sozial wirksam, über die Unfähigkeit hinwegtäuschen konnte, den mächtig entfachten Leistungs- sprich Eigentumsstolz mit dem ebenso gewaltigen Ruf nach sozialer Gerechtigkeit zu verbinden. Man hatte jetzt die Dinge, und die Dinge hatten den Menschen, und alles drängte nach immer schnellerer und intensiverer Befriedigung der anschwellenden Bedürfnisse. Noch mußte sich im vergangenen Jahrhundert, im Gegensatz zu heute, der Bürger in die relativ starren Ordnungs- und Stabilitätsethiken des viktorianischen Zeitalters bequemen. Man gab sich damals

[172] *M. Scheler,* Der Formalismus . . ., a. a. O., 358.
[173] *H. E. Richter,* Der Gotteskomplex, a. a. O., 171.
[174] Ebd.

„praktisch, sparsam, sorgfältig, zurückhaltend, vorsichtig, beharrlich, unbeirrbar, ordentlich, methodisch und loyal“[175]. Doch diese Tugendfassade hatte ihre lasterhafte Rückseite in „Phantasielosigkeit, Geiz, Argwohn, Kälte, Ängstlichkeit, Eigensinn, Stumpfheit, Pedanterie, Besitzhunger, Habgier“[176], kurz: in den spießbürgerlichen Äußerlichkeiten einer inneren Leere. Der Kapitalismus des 19. Jahrhunderts, so Erich Fromm, war noch „wirklicher Privatkapitalismus“[177] des Habens und „Hamsterns“ von Eigentum, der sich aufs engste mit dem Unüberwindlichkeitswahn des Nationalismus verband. Man glaubte, mit der Geschichte zu sein, oder zumindest als ihr „Geschäftsführer“ (Hegel) zu handeln. Allerdings: die Ethik des Erwerbs richtete sich weniger nach den Regeln einer universalen Geschichtslogik als vielmehr nach dem „Gesetz des Dschungels“[178] der kräftig gedeihenden Wachstums- und Rivalitätsgesellschaft, in der der Neid unter der Maske von Floskeln und Konventionen für die notwendige Rastlosigkeit sorgte.

Die schon früh entstehende Zeitkritik, u. a. von Sombart, Weber, Troeltsch und Schumpeter, versuchte, wie wir gesehen haben, hinter das Äußere der bürgerlichen Wohlanständigkeit zu leuchten und den robustgnadenlosen Kern des ökonomischen Darwinismus bloßzustellen. Bekannt ist auch die pathetische Anklage Proudhons: „La propriété, c’est le vol“, in genauer Umkehrung der Emphase Hegels, der 1820 in seinen „Grundlinien der Philosophie des Rechts“ (§ 45) Eigentum und Freiheit untrennbar miteinander verknüpft hatte. Der Mangel an sozialer und sozialethischer Verantwortung der privatistischen Eigentumstheorie wird heute noch hintergründig sichtbar in der klassisch liberalen Definition des Eigentums im Bürgerlichen Gesetzbuch (BGB). Der Paragraph 903 bestimmt es dort noch vom „privare“ her, wenn vom Recht des Eigentümers die Rede ist, „mit der Sache nach Belieben zu verfahren und andere von jeder Einwirkung auszuschließen“. Diese Formulierung bedeutet mehr den problematischen Abschluß einer bestimmten ideengeschichtlichen Entwicklung als den gottgewollten Ausdruck naturrechtlich „ewiger“ Normen, die dem Wandel entzogen wären. Erst die Weimarer Verfassung (Art. 154) und das Grundgesetz unterstreichen deutlich die Sozialpflichtigkeit des Eigentums (GG. Art. 14, 2), das Recht zur entschädigungspflichtigen Enteignung (Art. 14, 3) und die Möglichkeit, Grund und Boden und industrielle Produktionsmittel in die Rechtsfigur des Gemeineigentums (Art. 15) zu überführen[179]. Noch das Mittelalter kannte weithin den Grundsatz: „Nulle terre sans Seigneur“, d. h., erst die tatsäch-

---

175 *E. Fromm,* Der moderne Mensch und seine Zukunft, a. a. O., 85.

176 Ebd.

177 Ebd., 84.

178 Ebd., 80.

179 Zum Problem vgl. *W. Wertenbruch,* Eigentum und Verfassungsrecht, in: Eigentum und katholische Soziallehre, Köln 1970, 43 ff.

liche Nutzung von Grund und Boden führte zu einem an den Gebrauch gebundenen Eigentumsrecht.

Es ist an dieser Stelle aufschlußreich, und es kann der Grenzbestimmung in der Eigentumsfrage dienen, die mittlerweile reiche Tradition der christlichen Ethik zu skizzieren, die das Eigentum als Sachfaktor immer wieder auf humane Belange, formuliert im Gemeinwohlprinzip, hinzuordnen und eine Skala der unterschiedlichen naturrechtlichen Verbindlichkeit von funktionalen und ethischen Aspekten des Eigentums zu entwerfen suchte. Immer wieder geschah es, daß Christen erschraken vor dem anstößigen Satz Jesu vom Kamel, das leichter durch ein Nadelöhr kommen kann als ein Reicher ins Himmelreich (Mk 10, 25), und es beeindruckte Jesu Forderung: „Macht euch Geldbeutel, die nicht alt werden, einen unerschöpflichen Schatz im Himmel, an den kein Dieb herankann und den keine Motte frißt. Denn wo euer Schatz ist, da ist auch euer Herz“ (Lk 12, 33 f.). Schon früh keimte die Vermutung, daß „eigentlich“ der Mensch im „paradiesischen“ Zustand vor dem Sündenfall keine Besitzansprüche kannte und daß, so der Mailänder Bischof Ambrosius, „die Erde allen, nicht den Reichen gehört“, so daß „du auch im nachhinein nicht von dem Deinen den Armen gibst, sondern du gibst ihm von dem Seinen zurück. Denn du beanspruchst für dich allein, was zum gemeinsamen Gebrauch aller gegeben ist“[180]. Diese Worte besagen in der Interpretation von Papst Paul VI. „deutlich, daß das Privateigentum niemandem ein solches Recht einbringt, welches als oberstes zu gelten und keiner Bedingung sich zu beugen hätte“[181].

Das Wissen um die Reibungsflächen zwischen privatem Besitz und sozialtheologischer Bestimmung aller irdischen Güter, nicht nur des Überflusses (superfluum), zum Wohle aller Menschen, beeinflußte wesentlich die christlichen Überlegungen zum primären und sekundären Naturrecht. Sie waren Versuche, durch Normhierarchien die unterschiedlichen natürlichen Rechte des Menschen zu erhellen. Durch diese ethischen Grenzziehungen sollte möglichen sozialen Konflikten vorgebeugt und das Zusammenleben durch allgemeingültige sittliche Imperative geregelt werden. Es ging dabei nur vordergründig um eigentums-*rechtliche* Differenzierungen, hintergründig um ihre anthropologische Rechtfertigung und um ihre Relevanz für eine gottgefällige soziale Friedensordnung. Es galt, Neid und Haß zu vermeiden und die tiefe Idee der Heilsordnung aller Geschöpfe zu verwirklichen. Das viato-

---

180 *Ambrosius*, De Nabuthe, in: PL 14, 747. Erinnert sei auch an die schroffe Ablehnung des Privateigentums bei Thomas Morus.

181 Papst *Paul VI.*, Rundschreiben über den zu fördernden Fortschritt der Völker (Populorum Progressio). Übersetzt und eingeleitet von L. Berg und M. Rock. Leutesdorf 1968, Ziff. 23. Die harten Mahnungen Jesu haben in „Rerum Novarum“ ihren Niederschlag gefunden: „Erschrecken müßten die Reichen, wenn sie die ungewöhnlichen Drohungen Jesu Christi hören, denn vor Gottes Gericht werden sie einst strenge Rechenschaft über den Gebrauch ihrer Güter ablegen müssen“ (RN, Ziff. 18).

rische Menschenbild des Christentums vertrug sich nicht mit den horizontalen Versteinerungen einer ausschließlich auf den privaten Genuß bezogenen Eigentumsordnung. Das Maß der vertikalen Lebensganzheit und Sinnbestimmung des christlichen Kosmos verlangte aus sich heraus die Integration des Irdischen durch die strukturelle Transzendenz seiner Teile, auch in der Praxis. Für die Eigentumsordnung bedeutet dies, wie Nell-Breuning zutreffend bemerkt: „Da ihr Sinn kein anderer sein kann als dieser, die göttliche Widmung der Erdengüter an alle in Vollzug zu setzen, versteht es sich von selbst, daß die von uns zu entwerfende und ins Werk zu setzende Einrichtung sich nach Kräften zu bemühen hat, diesem *Sinngehalt* der göttlichen Widmung so treu wie nur menschenmöglich zu entsprechen“[182].

Entsprechend wehrte sich Thomas von Aquin gegen die Auffassung, das Privateigentum durch überzeitlich geltendes, aus der Natur des Menschen unmittelbar erfließendes, insofern *primäre*s Naturrecht abzusichern. Vielmehr stellt sich für die private Form des Eigentums die Frage nach der stets temporären Legitimation ihrer Dienstaufgabe, die es allerdings geraten sein läßt, unter bestimmten Umständen in der Menschheitsentwicklung das Privateigentum als die beste Form der Verteilung und Verwaltung der irdischen Güter anzusprechen. Thomas von Aquin ist kein Feind des privaten Eigentums, im Gegenteil. Im Anschluß an Aristoteles würdigt er in der Quaestio 66 der Summa Theologiae (II, II) ausführlich die guten Seiten der privaten Güternutzung. Analog dem Grundsatz: Selbstliebe motiviert die Nächstenliebe, sorgt ein jeder, erstens, für das Seine mehr als „für das, was allen oder vielen gehört“[183]. Zweitens: Das private Eigentum schärft die individuelle Verantwortung durch die pflegliche Sorge (cura) für das Jemeinige, und schließlich fördert, drittens, der zufriedene Respekt vor Mein und Dein (unusquisque re sua contentus est) das friedliche Zusammenleben der Menschen. Wichtiger noch als diese Aufzählung von Vorteilen, die den Menschen, wie er leibt und lebt, nüchtern und frei von jeder Sozialromantik einzuschätzen vermag, sind die ethischen Schlußfolgerungen, die Thomas mit der Differenzierung von Eigentumsgebrauch und Eigentumsrecht in Parallelität zum ius naturale und ius gentium bzw. ius positivum trifft: „Die Gemeinsamkeit der Dinge geht auf das Naturrecht zurück, nicht als ob das Naturrecht gebieten würde, alles in Gemeinschaft und nichts als Eigen-

[182] O. *von Nell-Breuning*, Gerechtigkeit und Freiheit, a. a. O., 197. Zur Geschichte der christlichen Eigentumsbegründung und zum Problem von primärem und sekundärem Naturrecht auf diesem Gebiet vgl. O. *Schilling*, Die Eigentumslehre des Hl. Thomas von Aquin und Leos XIII., in: Xenia Thomistica, Rom 1924, 461 ff.; *J. B. Kraus*, Scholastik, Puritanismus und Kapitalismus, a. a. O., bes. 24—43: „Die typisch mittelalterliche Lehre vom Eigentum“.

[183] *Thomas von Aquin*, S. Th. II, II, 66, 2, c: „... quia magis sollicitus est unusquisque ad procurandum aliquid quod sibi soli competit quam aliquid quod est commune omnium vel multorum“.

tum zu besitzen; sondern weil es aufgrund des Naturrechts keine Unterscheidung des Besitzes gibt, sondern mehr aufgrund menschlicher Verfügung, und das gehört in den Bereich des positiven Gesetzes ... Deshalb ist der Eigenbesitz nicht gegen das Naturrecht, sondern wird dem Naturrecht hinzugefügt aufgrund der Hinzufindung durch die menschliche Vernunft"[184]. Diese zentrale Stelle in der christlichen Literatur ortet also im Spannungsfeld von primärem, absoluten Naturrecht und sekundärem, positiven Recht die „Gemeinsamkeit der Dinge", ihren Gemeinwohlbezug, im Bereich des ersten und die private Eigentumsform im Bereich des zweiten. Dabei ist folgendes noch zu beachten: Ein unrückführbares, autonomes Recht auf Eigentum überhaupt steht für Thomas von Aquin nur Gott zu als dem, „der erste Oberherrschaft über alle Dinge ausübt (... ergo dicendum, quod Deus habet principale dominium omnium rerum)"[185]. Der Mensch übt dieses „Dominium" nur als Mandatar aus, stets Gott verantwortlich für den rechten Gebrauch der Dinge durch die sittlich-religiös begründete, naturrechtlich primäre Verpflichtung zum Gemeinwohlbezug. Wir heben eigens den Beitrag des Religiösen für das zureichende Verständnis des Gemeinwohls bei Thomas von Aquin hervor. Denn Thomas versteht unter „bonum commune" das universale zeitliche Glück der menschlichen Gemeinschaft, als notwendige Grundlage zur Entwicklung und Förderung der Tugenden, ohne die das höchste Ziel der Gesellschaft: die „fruitio" Gottes, nicht erreicht werden kann[186]. Menschliches Recht auf Eigentum als von Gott überantwortetes primäres ius naturale bedeutet demnach nichts anderes als die treuhänderische Herrschaft des Menschen über die Dinge und ihren Gebrauch zum Wohle der menschlichen Gemeinschaft (... homo habet naturale rerum dominium quantum ad potestatem utendi ipsis)"[187]. Diese Berechtigung liegt als primäres Recht noch vor dem sekundären Recht auf die „distinctio possessionum" in private bzw. nicht-private Eigentumsformen. Die Güter der Erde gehören nicht von vornherein irgendwelchen Individuen oder Gruppen, die sich dabei auf göttliche Weisung berufen könnten, sondern sind der Menschheit in ihrer Gesamtheit zum Gebrauch (ad usum) überlassen und nur in dieser Perspektive eigentumsmäßig zu nutzen. Der Gesamtheit der Güter korrespondiert die Gesamtheit der Menschen. Das aber heißt: es korrespondiert allen Gütern die ganze, auf humane Nutzung

[184] Ebd., ad 1: „... ergo dicendum quod communitas rerum attribuitur iuri naturali, non quia ius naturale dictet omnia esse possidenda communiter et nihil esse quasi proprium possidendum: sed quia secundum ius naturale non est distinctio possessionum, sed magis secundum humanum condictum, quod pertinet ad ius positivum ... Unde proprietas possessionum non est contra ius naturale, sed iuri naturali superadditur per adinventionem rationis humanae".

[185] Ebd., 66, 1, ad 1.

[186] *Ders.*, De reg. princ., I, 14: „Non est ergo ultimus finis multitudinis congregatae vivere secundum virtutem, sed per virtuosam vitam pervenire ad fruitionem Dei".

[187] *Th. von Aquin*, S. Th. II, II, 66, 1 ad 1.

der kosmischen Ordnung hin angelegte Wesensnatur des Menschen. Hier entscheiden nicht allein der wirtschaftliche Erfolg und die technische Leistung; sondern die Förderung des Menschseins, die Entfaltung seiner geschöpflichen Anlagen repräsentieren in der Formel des Gemeinwohls die unrelativierbare norma normans für die rechte Form des Eigentums. Auf dieser Ebene der Reflexion kann man bei Thomas von Aquin, ohne seine Beweggründe zu verkennen, von einem „negativen Kommunismus" (Fridolin Utz)[188] sprechen, denn „es wäre — jedenfalls in der Denkweise des hl. Thomas — grundweg falsch, die private Eigentumsordnung als ein Apriori aufzufassen im Sinne des unwandelbaren, ewig gleichbleibenden Naturrechts"[189]. „Negativ" deshalb, so können wir den Gedankengang von Utz erläutern, weil erst durch die „Hinzufindung der menschlichen Vernunft (per adinventionem rationis humanae)" auf der Ebene des sekundären Naturrechts diejenigen positiven Daten und Argumente für das private Eigentum auftreten, die auf der Stufe des primären Naturrechts, der allgemeinen Nutzungsherrschaft, noch fehlen. Negativ auch, weil im Falle des Konfliktes zwischen Gemeinwohlwidmung und jeweiliger Eigentumsform diese jener sich anzupassen hat. „Adinventio" umschreibt — genauer — die konkreten Nutzenserwägungen, selegiert die Vielzahl der praktischen Wege und entscheidet sich dann für die evident oder wahrscheinlich beste Lösung. Im „Hinzufinden" äußert sich die praktisch-ethische Vernunft im Hinblick auf die unrelativierbare Apodiktik des obersten Grundsatzes: der Gemeinwohlpflichtigkeit aller geschichtlichen Einrichtungen des Menschen. Zusammenfassend ergibt sich somit folgendes Schema: die Gemeinwohlverpflichtung sämtlicher Eigentumsformen bildet in einem sozialethischen Bewertungsmodell den Obersatz, die jeweilige konkrete Situation und ihre Ansprüche an den Menschen den Mittelsatz, so daß die Handlungsanweisung, der konklusive Untersatz, sich als ein Entsprechungsurteil darstellt, das die Übereinstimmung von praktischer Form und ethischer Norm in einem synthetischen Urteil aposteriori zum Ausdruck bringt[190].

Thomas von Aquin hatte noch die kleinstädtischen, insofern einfachen und überschaubaren Formen der Eigentumsbildung vor allem in den oberitalienischen Regionen vor Augen. Diese kleinen Lebenskreise sind mittlerweile der wachsenden Konzentration des Eigentums in der Hand von

---

[188] *F. Utz,* Kommentar zu Band 18 der deutschen Thomasausgabe, Heidelberg, Graz 1953, 517.

[189] Ebd., 527.

[190] Vgl. auch die Klarstellungen Nell-Breunings gegenüber den immer wieder auftretenden Mißverständnissen des naturrechtlichen Status des Eigentums: *O. von Nell-Breuning,* Eigentum in der katholischen Soziallehre, in: Stimmen der Zeit 197/1979, 347 ff.; Ebenfalls: *A. P. Verpaalen,* Der Begriff des Gemeinwohls bei Thomas von Aquin, Heidelberg 1954; und: *F. Klüber,* Katholische Gesellschaftslehre, 1. Band: Geschichte und System, Osnabrück 1968, bes. 168 ff.

anonymen Kapitalgesellschaften und Konzernen gewichen. Eine persönliche Verantwortung und Haftung und auch die von Thomas erhoffte Zufriedenheit der Menschen durch die private Überschaubarkeit des Eigentums ergeben sich nicht mit Selbstverständlichkeit. Eigentum und Macht finden allzuoft zueinander als direkte oder mittelbare Verfügungsgewalt nicht nur über Dinge, sondern auch über Menschen. Die katholische Soziallehre hat sich immer gegen die Loslösung des Eigentums aus dem Zusammenhang humaner Dienstbarkeiten und gegen seine Trennung von der anthropologisch tiefer liegenden Kategorie der Arbeit gewandt. Es entspricht dem ursprünglicheren Wert von Arbeit, wenn Papst Johannes XXIII. in „Mater et Magistra" schreibt: „Man schätzt das Einkommen, das auf Arbeitsleistung ... beruht, höher als das Einkommen aus Kapitalbesitz oder daraus abgeleiteten Rechten. Das entspricht vollkommen dem eigentlichen Wesen von Arbeit. Denn diese ist unmittelbarer Ausfluß der menschlichen Natur und deshalb wertvoller als Reichtum an äußeren Gütern, denen ihrer Natur nach nur der Wert eines Mittels zukommt"[191]. Wegen dieser Perspektive verbleiben kritische Vorbehalte gegenüber den tatsächlichen Verhältnissen, wenn auch die grundsätzliche Berechtigung der privaten Eigentumsformen auch in zentralen Wirtschaftsbereichen mit der aufgezeigten Tradition der thomanischen Eigentumslehre nicht bestritten werden soll. Aber: die Dienstaufgabe an der „Freiheit des Menschen"[192], an seinem „wahren humanen Fortschritt"[193], kurz: an der integralen Entwicklung des Menschseins, bildet die normative Leitlinie schlechthin, die es unbeirrbar und nachhaltig allen Pressionen und „Sachnotwendigkeiten" gegenüber durchzuhalten und korrektiv zu verteidigen gilt. So warnt Papst Paul VI. mit drastischen Worten vor den Gefahren eines ungezügelten Liberalismus auf dem Felde der Eigentumsbestimmung, aber nicht nur dort: „Nun haben sich ... Auffassungen eingeschlichen, gemäß denen der Profit als hauptsächlichstes Anreizmittel zur Förderung des wirtschaftlichen Fortschritts, der freie Wettbewerb als oberste Norm des Wirtschaftens , das Privateigentum an den Produktionsmitteln als ein uneingeschränktes Recht betrachtet wurde, das keine Grenzen und keine Bindung an die Gesellschaft kennen soll. Solche Form des ungezügelten Liberalismus bereitet einer Tyrannis den Weg, die von unserem Vorgänger Pius XI. mit vollem Recht verworfen wurde, da er (der Liberalismus) die Quelle des ‚Internationalismus der Hochfinanz bzw. des interna-

---

[191] *Papst Johannes XXIII.*, Mater et Magistra. Mit einer Einführung in die Soziallehre der Päpste von Leo XIII. bis Johannes XXIII. von E. Welty, Freiburg 1961, Ziff. 106 f.

[192] Ebd., Ziff. 111: „Das Privateigentum muß das Recht des Menschen auf Freiheit schützen und zugleich einen unentbehrlichen Beitrag leisten zum Aufbau der rechten gesellschaftlichen Ordnung".

[193] *Papst Paul VI.*, Populorum Progressio, a. a. O., Ziff. 14.

tionalen Finanzimperialismus' sei"[194]. Schon Pius XI., auf den sich Paul VI. beruft, bemerkte in „Quadragesimo Anno" ausdrücklich: „Am auffallendsten ist heute die geradezu ungeheure Zusammenballung nicht nur an Kapital, sondern an Macht und wirtschaftlicher Herrschgewalt in den Händen einzelner, die sehr oft gar nicht Eigentümer, sondern Treuhänder oder Verwalter anvertrauten Gutes sind, über das sie mit geradezu unumschränkter Machtvollkommenheit verfügen"[195]. Wir stellen abschließend fest: Die katholische Eigentumslehre kennt diejenigen Richtlinien, die notwendig sind, um die ethischen und sozialen Gefährdungen einer autistischen Haben-Haltung gegenüber dem Eigentum zu vermeiden[196]. Dienstcharakter, Vorläufigkeit und Einordnung in einen umgreifenden und bestimmenden Sinnzusammenhang und schließlich die dem „sekundären" Naturrecht überlassene Aufgabe, die jeweils beste Eigentumsform zu finden, bilden die Wegzeichen für die rechte Orientierung beim Eigentumsgebrauch.

Allerdings: Die Gefahren, die von der besonderen Nähe des Eigentums zur Herrschaft über Sachen und Menschen ausgehen, mahnen zur Vorsicht. Es liest sich wie ein biblischer Lasterkatalog, was Thomas von Aquin über die schädlichen Auswirkungen der sündhaften Eigentumsfixierung zusammengestellt hat: Hartherzigkeit, Neid, Ungerechtigkeit, Zinswucher (usura), Geiz (avaritia) als Gegenteil der Freigiebigkeit (liberalitas) und die Knickerigkeit (parvificentia)[197] spiegeln die auffälligsten Zerstörungen egozentrischen Eigentumsmißbrauchs und erinnern an die Pathologie des hortenden und habenden Sozialcharakters bei Erich Fromm. Abgesehen von den zeitlich geänderten Umständen, ist beiden, Thomas von Aquin und Erich Fromm, eines gemeinsam: Beide sehen im Mangel an innerer Unabhängigkeit des Menschen von den Dingen, in der Verkümmerung des personalen Reichtums, in der Surrogatverschiebung von Dingwerten zu Sinnwerten und in der Reduktion menschlichen Transzendierens zum punktuellen Dasein den destruktiven Kern der überstarken Eigentumsbindung. Diesem Persönlichkeitsabbau entspricht dabei proportional der Aufbau einer Scheinwelt. Der vermeintliche Reichtum korrespondiert dem Mangel an Ich-Identität, an Tiefe und Vielfalt der emotionalen und kognitiven Schichten und

---

194 Ebd., Ziff. 26: „... utpote ex quo rei nummariae internationalismus seu imperialismus internationalis originem duceret".

195 *Papst Pius XI.*, Quadragesimo Anno, in: Die sozialen Rundschreiben Leos XIII. und Pius XI. Text und Übersetzung von G. Gundlach, Paderborn 1931; Ziff. 105: „Atque in primis omnium oculos percellit, nostris temporibus non modo coacervari opes, sed immanem accumulari potentiam et despoticum potentatum oeconomicum penes paucos, qui plerumque non domini, sed depositae rei custodes tantum et administratores sunt eamque nutu suo arbitrioque regunt".

196 Vgl. *A. Rauscher,* Die Bestimmung der Erdengüter für die Menschen und ihre Verwirklichung in der modernen Wirtschaft, in: Oeconomia Humana. Beiträge zum Wirtschaftskapitel der pastoralen Konstitution, Köln 1968, 223 ff.

197 Vgl. *Thomas von Aquin,* S. Th., II—II, q. 117 ff.

Fähigkeiten des Menschen. Seine zwanghafte Sucht nach Äußerlichem führt zur Entäußerung seines Wesens, zur Entfremdung. Die ersehnte Freiheit durch den Besitz der Dinge enthüllt sich als die Unfreiheit des in sich selbst verkrümmten einzelnen (incurvatus in se). Der „am Besitz kranke Mensch"[198] klammert sich in falscher Lebensgier an zum Toten erstarrten Dinghaften im Gegensatz zu den ständig fließenden Formen des lebendigen Seins. Doch auch dieser Habenmodus garantiert keine endgültige Sicherheit. Tod, Krieg und Schicksalsschläge bedrohen den starren Sicherungswahn und treiben zu immer neuen angstvollen Vermehrung. Am Ende steht aggressives Mißtrauen gegenüber der Welt, den anderen und sich selbst, der für Fromm kleinmütige, reaktionäre Habitus der jüngsten Vergangenheit, ressentimentgeladen und süchtig nach stärkenden und aufrichtenden Symbolen und Personen der Macht. Im Problemfeld Eigentum klingt in dieser Perspektive des Hortens und Habens weit mehr an als die juristisch und ökonomisch faßbaren Beziehungen des Menschen zu den Dingen. Eigentumsfixierung steht hier als Signum des neuzeitlichen Menschen und seiner Versuche, sich zurechtzufinden in einer Welt der technisch-wirtschaftlich rasanten Veränderungen, indem er verstärkt Herrschaft ausübt, um seine Einhausung ins Leben zu bewältigen. Gleich, ob im „Gotteskomplex" Horst Eberhard Richters oder in der Skala der nichtproduktiven Orientierungen Erich Fromms: im Verhältnis des Menschen zum Eigentum kristallisiert sich eine seiner Antworten auf die Möglichkeiten seiner Macht. Es geht „um das Kernproblem, um das die künftige Kulturarbeit kreisen und von dessen Lösung alles, nicht nur Wohlfahrt und Not, sondern Leben und Untergang abhängen werden, die Macht. Nicht ihre Steigerung, die geht von selbst vor sich; wohl aber ihre Bändigung, ihr rechter Gebrauch"[199]. Macht bedroht die Humanität durch den Verlust jenes „Einklangs des Gewollten und Gekonnten"[200] mit den objektiven Möglichkeiten und Grenzen des Menschen und der Welt, der jenes Humanum herbeiführt, in dem „das Gewußte und Bewirkte auch durchlebt"[201] werden kann. Das aber erfordert, die Macht in allen ihren konkreten Erscheinungsweisen zu ethisieren und, als ersten Schritt, sie in allen Pseudorechtfertigungen, seien sie ökonomischer, technischer, rechtlicher oder politischer Art, zu entlarven.

2.5.6.4 Der Marktcharakter

Die instrumentale Inbrunst in den Ersatzkulten der Neuestzeit veranlaßt Erich Fromm, eine weitere Steigerung in der negativen Charaktertypologie der modernen Gesellschaft festzustellen: den *„Marktcharakter"* (marketing

[198] *H. Krieger,* Krank an Besitz, in: *A. Reif* (Hrsg.), Erich Fromm. Materialien zu seinem Werk, a. a. O., 253 ff.

[199] *R. Guardini,* Das Ende der Neuzeit, a. a. O., 97.

[200] Ebd., 77.

[201] Ebd.

character)“[202]. In ihm äußert sich der aktuelle Geist der Zeit, ihre eigentümliche Atmosphäre. Nicht mehr die hortende Beziehung des Bürgers zum Eigentum steht in der Mitte des Tugend-Lasterkataloges, sondern der zur Ware im wirtschaftlich-technischen Leistungsprozeß umgewandelte Mensch als kalkulierbarer Tauschwert. Die Nähe dieser Grundaussage Fromms zur Entfremdungstheorie Marxens liegt auf der Hand und zeigt sich schon in den einleitenden Bemerkungen sowohl inhaltlich als auch bei der Wahl der Worte. Der Waren- erweitert sich zum „Persönlichkeitsmarkt“[203], der Gebrauchswert des Menschen tritt hinter seinem Wert als ökonomisches Tauschobjekt zurück. Die Unterwerfung des Subjektes unter die schablonisierenden Standards der hochtechnisierten Arbeit und des marktmäßig verwertbaren Leistungserfolges mit ihren entfremdenden Folgen für den ganzen Menschen signalisiert für Fromm die fortwährende Berechtigung der Marxschen Kritik. Die Notwendigkeit ihrer sozial-psychologischen Verfeinerung verlangt den utopischen Entwurf einer biophilen, insofern neuen Gesellschaftsordnung, die sich von der bestehenden fundamental unterscheidet, weil in ihr die „Kunst des Liebens“ und nicht der Kult der Leistung zur Blüte kommen soll. Gegenwärtig jedoch herrscht nicht das Individuum Mensch, sondern seine kollektive Abart, der Typus: „Arbeitnehmer“, „Leistungsträger“, „Mitarbeiter“, „Kollege“; funktionale Begriffe, die weithin auch so und nur so verstanden werden. Sie entsprechen dem Geiste technologischer Effizienz, seinem Menschenbild und sozialen Erwartungen, die vorwiegend nur das „positiv“ Verwertbare und Erscheinende im Menschen, nur das Leistungswillige und nur in diesem Rahmen „Humanisierbare“ honorieren. Fromm interpretiert im wesentlichen den jungen Marx der Pariser Manuskripte, teilt allerdings nicht dessen Wertschätzung des technischen Fortschritts. Ihn behütet vielmehr historisch gerechtfertigte Skepsis vor leichtfertiger Hoffnung auf die human-universalen Auswirkungen sich steigernder Technik und Wirtschaft. Fromm fürchtet den „outerdirected“ Zeitgenossen, die Herrschaft des Stereotypen und den Abbau des Individuellen durch die Mächte des unpersönlich Objektiven. Gerade das Kapitel über den Marktcharakter verdeutlicht eindringlich Fromms aufklärerischen Mut zum Menschen. Vornehmlich die Ichleere des Markttyps reizt ihn zur Kritik. Erinnern wir uns an Sigmund Freuds klassischen Imperativ: Wo Es ist, soll Ich werden. Aber genau diese Entwicklung kann für Fromm unter den herrschenden Umständen nicht gelingen, da das Freudsche Ich ständig ersetzt wird durch das monozerebrale „Es“ von Produktion, Funktion und Effizienz. Das bewegende Gesetz des Marktcharakters, „optimales Funktionieren unter den jeweiligen Umständen, bewirkt, daß er auf die Welt vorwiegend zerebral reagiert“, in der Weise der „manipulativen

[202] *E. Fromm,* Haben oder Sein, a. a. O., 144.
[203] Ebd.

Intelligenz", die mit Notwendigkeit in die „Atrophie der Gefühlswelt"[204] mündet. H. E. Richters Urteil über die „Neurose der Allmacht" stimmt sachlich überein mit Fromms Deutung: „Wir haben die Maschine zur Gottheit erhoben und werden selbst Gott gleich, indem wir sie bedienen"[205]. Der krasse Intellektualismus in diesem Bedienen wirkt sich unheilvoll auf den „Be-Diener" Mensch aus; der „Marktcharakter liebt und haßt nicht"[206]. Er verzichtet auf unnötige Gefühle, auf zweck- und nutzloses Fragen nach dem Sinn hinter Funktion, Leistung und Erfolg. Er vermag keine tieferen Bindungen mehr zu Personen und Idealen einzugehen, keine spielerischen Lebensweisen des l'art pour l'art mehr zu entwickeln. Sympathien, Enpathien, der geistig-seelische Reichtum von Glück und Leid, sittliche, religiöse und ästhetische Werte, Askese und dienende Entäußerung, das Aufgehen für und am anderen bleiben ihm im Wesen verschlossen oder finden nur umwegig über den kalkulierten Nutzeffekt sein Interesse. Denn die Einstellung des Marktcharakters „zur gesamten Umwelt und zu sich selbst ist intellektuell. Er möchte wissen, wie die Dinge beschaffen sind, wie sie funktionieren und wie sie konstruiert sind oder manipuliert werden. Die Wissenschaft hat diese Einstellung gefördert, und sie ist seit dem Ende des Mittelalters dominant geworden. Sie macht das Wesen des modernen Fortschritts aus, sie ist die Basis der technischen Beherrschung der Welt und des Massenkonsums"[207]. Der kybernetische Mensch geht für Fromm auf im Regelkreis der berechenbaren Faktoren; er sucht sich den jeweiligen Sachimpulsen anzupassen, indem er seine Rolle spielt. Insofern ist er selbstlos, als ihm das eigenständige Ich fehlt, das sich aktiv und verantwortlich zur Umwelt verhält. Ichschwäche und funktionsgerechte Plastizität finden zueinander im Prinzip: „Ich bin so, wie du mich haben möchtest"[208] und nicht anders.

Ähnlich wie Fromm urteilt mit kargen Worten über den modernen Menschen Nicolai Hartmann in seiner Einleitung zur „Ethik": „Der moderne Mensch ist nicht nur der rastlos Hastende, er ist auch der Abgestumpfte, Blasierte, den nichts mehr erhebt, ergreift, zuinnerst packt. Er hat schließlich für alles nur noch ein ironisches oder müdes Lächeln. Ja, er macht am Ende gar eine Tugend aus seinem moralischen Tiefstande. Das nil admirari, seine Unfähigkeit zu Verwunderung, Staunen, Begeisterung, Ehrfurcht erhebt er zum stehenden, gewollten Lebenshabitus. Das unberührte Hinweggleiten über alles ist ein bequemer modus vivendi. Und so gefällt er sich in der Pose des Darüberstehens, die sein inneres Leerausgehen verbirgt"[209]. Wenn

---

[204] Ebd., 146 f.
[205] Ebd., 149.
[206] Ebd., 145.
[207] *Ders.*, Anatomie . . ., a. a. O., 396.
[208] *E. Fromm,* Haben oder Sein, a. a. O., 145.
[209] *N. Hartmann,* Ethik, Berlin [4]1962, 16 f.

Max Schelers Auffassung zutrifft, daß „die Freude ein Wesensmoment allen guten Seins und Lebens ist und bleibt"[210], dann offenbart die Freudlosigkeit des marktorientierten Charakters seine innere Fremdheit zu sich und der ihn umgebenden Wirklichkeit, die ihn zu immer heftigeren Ersatzquellen von Freude, wie Reiz, Hektik, Illusion[211] oder zur Herrschaft über die Dinge und die Mitmenschen treibt oder aber in die dumpfe Langeweile der Freizeitkultur, in der man im Grunde genommen keine Zeit für sich hat, weil man sie fürchtet und totschlägt. Gerade in der Langeweile zeigen sich die Schattenseiten der leistungsstolzen Industriegesellschaft. Ihrer Konzentration auf den Erfolg antwortet die rastlose Suche nach Zerstreuung in den Zeiten des Frei-seins von Arbeit und Leistung. Aber das offiziell Gemiedene, die professionelle Leistung, prägt hintergründig viele Formen der Freizeitgestaltung, die oft nichts anderes sind als die organisierte Flucht vor der Unfähigkeit zur Selbstsammlung. Dem Unvermögen zum nachdenklich entspannten Bei-sich-selbst-Sein entspricht die „inhaltlose Ewigkeit" (Kierkegaard) der üblichen Freizeitmonotonie, die Aneinanderreihung von träger Erschlaffung und hektischem Aufbruch nach orgiastischer Abwechslung. Der Verlust sinnvoller Werte und Lebensformen schlägt immer wieder durch in den gereizten Stimmungen angeklebter Wochenendmentalität, deren leeres Einerlei oft nur dem Üblichen vorgreift in unfroher Erwartung des Montags. Homogenität des Lebens und Reifung des integrierenden Ichs finden hier nur mühsam Ansätze. Die unbewältigte Kluft zwischen den Lebensbereichen führt am Ende zur Verinnerlichung von Langeweile, zur „existentiellen Langeweile", dem Ergebnis seelischer Anpassung an ihre externe Herkunft. Ihr Kennzeichen ist die oft zu beobachtende „gleichmäßige" Wurstigkeit vieler Menschen den anderen und den Ereignissen gegenüber. Sie spiegelt jedoch nicht die reife Stabilität der Persönlichkeit in den Wechselfällen des Lebens, sondern die wurzel- und ziellose Resignation vieler Menschen angesichts der Gleichförmigkeit weithin wertloser Angebote. Roman Bleistein hat recht: „Den Langweiligen wird alles gleichgültig, weil ihnen alle Werte, Dinge, Situationen gleichgültig sind"[212]; jedoch nicht von Natur aus, fügen wir hinzu, sondern als Spiegelbild einer wert- und sinndefizitären Umwelt.

2.5.6.5 Kriminelle und alltägliche Nekrophilie: Das 20. Jahrhundert und der Fall Adolf Hitler

Die tiefe Abhängigkeit des modernen Menschen von äußeren Bestimmungen, sein fremdgesteuertes Ich, das wiederum instrumental seine Ohnmacht

[210] *M. Scheler,* Vom Verrat der Freude, in: Schriften zur Soziologie und Weltanschauungslehre, in: Gesammelte Werke, Bd. 6, Bern ²1963, 76.

[211] *E. Fromm* (Die Kunst des Liebens, a. a. O., 28 ff.) spricht von „orgiastischen Erlebnissen".

[212] *R. Bleistein,* Freizeit — wofür?, Würzburg 1978, 32.

und innere Leere im Erlebnis der technisch-wirtschaftlichen Allmacht zu kompensieren sucht, veranlaßt Erich Fromm, noch genauer die Abgründe des destruktiven Verfallenseins an die Lustquellen und Werkzeuge der Leistungsgesellschaften zu untersuchen und eine Typologie des „*nekrophilen* Sozialcharakters" zu entwerfen, in dem die zerstörerische Aggressivität aller nichtproduktiven Orientierungen eine gegenwartsspezifische Steigerung findet, sowohl in der kriminellen als auch in der pathologisch „normalen" Weise des Alltäglichen.

Der düstere Klang des Begriffes rührt von seiner klinischen Herkunft aus der Ecke pervertiertesten Verhaltens des Menschen: der kranken Lust von Männern, mit weiblichen Leichen Geschlechtsverkehr auszuüben, sie zu berühren oder zu zerstückeln[213]. Erich Fromm will nun kein weiteres Kapitel der medizinischen Analyse des Nekrophilen hinzufügen, sondern diejenigen Merkmale herausarbeiten, die er für seine Beschreibung des nekrophilen Sozialcharakters verwenden kann, nämlich: 1. die manifeste Lust am Toten, Abgestorbenen (nex), weniger am Vorgang des Sterbens (thanatos/mors); 2. die Lust am Zerstören und Vernichten, das süchtige Versinken in Phantasien und Taten der Destruktion, das sich weniger dramatisch als „normale" Lust an technisch-wirtschaftlicher Macht, im Haben von leblosen, aber funktionierenden Gegenständen äußern kann. Die gesellschaftliche Relevanz solcher „Liebe zum Toten" hat Erich Fromm zusammen mit seinem Kollegen M. Maccoby[214] in den Jahren 1957 bis 1970 empirisch nachzuweisen versucht und das Ergebnis in drei Punkten zusammengefaßt: 1. Das Vorhandensein eines nekrophilen Syndroms, 2. die Meßbarkeit von nekrophilen und biophilen Tendenzen und 3. den Zusammenhang der individuellen Nekrophilie und Biophilie mit bestimmten „soziopolitischen Belangen". Maccoby und Fromm kamen zu dem Ergebnis: „... die Interviewer stellten bei vielen derartigen Leuten (ca. 10—15 Prozent der befragten Personen) und in den jeweiligen Familien eine ausgesprochene Sterilität fest. Sie lebten in einer abgestorbenen, freudlosen Atmosphäre"[215]. Mehr als diese Feldstatistik, deren Einzelheiten wir nicht überprüfen können, interessieren uns Fromms Fallstudien zu eklatant nekrophiler Kriminalität, weil sich dort in personaler Dichte die sozialbedeutsamen Kennzeichen von Nekrophilie anschaulich aufzeigen lassen. Im Blick auf diese Niederungen furchtbarster Nekrophilie und schlimmsten Sadismus, verkörpert in Hitler,

---

[213] Zur Pathologie von Nekrophilie vgl. *H. von Hentig*, Der nekrotrope Mensch, in: Beiträge zur Sozialforschung, Heft 30, Stuttgart 1964.

[214] *E. Fromm und M. Maccoby*, Psychoanalytische Charakterologie in Theorie und Praxis. Der Gesellschaftscharakter eines mexikanischen Dorfes, in: *E. Fromm*, Empirische Untersuchungen zum Gesellschaftscharakter, in: *E. Fromm*, Gesamtausgabe, hrsg. von *R. Funk*, Bd. III, Stuttgart 1981.

[215] *E. Fromm*, Anatomie ..., a. a. O., 384.

Himmler und Stalin — die beiden letzten als Prototypen für den nichtsexuellen Sadismus —, entwickelte Fromm seine doppelte Theorie des Nekrophilen: 1. Im Gegensatz zu Sigmund Freud[216], der den Todestrieb neben den lebenserhaltenden Trieben auf derselben biologisch fundamentalen Stufe ansiedelt, bestimmt ihn Fromm als abgeleitete Form, als regressive Antwort auf die mißlungene Menschwerdung des einzelnen wie der Gesellschaft. Verfehltes Leben rächt sich proportional im Haß auf das Leben durch die Zuwendung zum Toten, in der Lust am Zerstören, in Grausamkeit (Sadismus) und — sozial erweitert und losgelöst vom sexuellen Ursprung — in der umfassenden Unfähigkeit, Sympathien und Liebe zu empfinden und zu verschenken. Schon hier klingt an, daß es 2. in der Nekrophilie Fromm um das gegenwartsspezifische „Böse" schlechthin geht, um die Ätiologie des malum morale et sociale im 20. Jahrhundert, das er durch Hinweise auf dessen kulturelle und politische Katastrophen zu fassen sucht.

Die Konzentration des Schrecklichen, die Fromms Meinung nach den bisherigen Gang des 20. Jahrhunderts im Bolschewismus und hauptsächlich im Nationalsozialismus auszeichnet, veranlaßt ihn, die allgemeine Geltung seiner nekrophilen Charaktertheorie am individuell anschaulichsten Beispiel schlimmster Nekrophilie zu demonstrieren, am Fall Hitler. Fromms Analyse dieses Mannes, die bis in dessen Kindheit zurückgreift, zählt zu den interessantesten Abschnitten der „Anatomie der menschlichen Destruktivität", weil hier ad personam das Allgemeine am Außerordentlichen vor Augen geführt und damit eine klinische Folie für sozialpsychologische Erweiterungen geschaffen wird. In Hitler verdichtete sich in der Tat die Nekrophilie zur Faszination des Bösen, da sie mit den dämonischen Ausstrahlungen seiner zwanghaften Persönlichkeit verschmolz. Seine Fähigkeit und Fertigkeiten zur sprachgewaltigen Massensuggestion durch Selbst- und Fremdfanatisierung[217] schöpften aus der unheilvollen Quelle seines aus „Verbrechen, Krämpfen, Vernichtungswahn und Tod"[218] zusammengeballten Charakters. Joachim Fest[219], John Toland[220] und Sebastian Haffner, um nur einige zu nennen, betonen immer wieder den wahnhaft „pa-

---

[216] Dazu vgl. *E. Fromm*, Das Menschliche in uns. Die Wahl zwischen Gut und Böse, Zürich 1967, 37 ff.; und: Ders., Anatomie ..., a. a. O., 492 ff.: „Freuds Aggressions- und Destruktionstheorie".

[217] Albert Speer spricht sogar von Hitlers „magischen Fähigkeiten" im Umgang mit Menschen (Sebastian Haffner: „hypnotisch"), die aber, so Haffner, Hand in Hand gingen mit seiner totalen Unfähigkeit zu herzlichen Beziehungen, insbesondere zu Frauen. Vgl.: *A. Speer*, Erinnerungen, Frankfurt/M. 1969, bes. 426; *S. Haffner*, Anmerkungen zu Hitler, München 1978, bes. 11 ff.: „Hitlers Intimitätsscheu"; und *M. Broszat*, Der Staat Hitlers, München 6. Aufl., 1976, bes. 41.

[218] *S. Haffner*, Anmerkungen zu Hitler, a. a. O., 55.

[219] *J. Fest*, Hitler. Eine Biographie, Frankfurt, Berlin, Wien 1973.

[220] *J. Toland*, Adolf Hitler, Bergisch-Gladbach 1977.

ranoiden"[221] Zug in Hitlers Psyche, seine „Mordlust", wie sie in der „fabrikmäßigen Massenvertilgung von Polen, Russen, Juden, Zigeunern und Kranken"[222], im „mörderischen Allotria"[223] der Kriegsjahre zum Ausbruch kam. Hitlers „Führerbefehl" vom 19. März 1945, der sogenannte „Nerobefehl", war die letzte Steigerung dieses Befundes, als Hitler dem deutschen Volk, das er über sechs Jahre bis aufs Blut drangsaliert hatte, durch die Vernichtung aller „militärischen, Verkehrs-, Nachrichten-, Industrie- und Versorgungsanlagen sowie der Sachwerte innerhalb des Reichsgebietes" die einfachsten Lebensgrundlagen rauben wollte. Auf Geheiß Hitlers war bereits einige Monate zuvor, am 7. September 1944, im „Völkischen Beobachter" ein Leitartikel erschienen, der die kommende „Explosion des Vandalismus"[224] ankündigte: „Kein deutscher Halm soll den Feind ernähren, kein deutscher Mund ihnen Auskunft geben, keine deutsche Hand ihnen Hilfe bieten. Jeden Steg soll er zerstört, jede Straße gesperrt vorfinden — nichts als Tod, Vernichtung und Haß wird ihm entgegentreten". Die „Lust des Killers"[225] brach sich an seinem Ende freie Bahn, nahm keine Rücksicht mehr auf Gesetz und Moral und stellte für jedermann sichtbar das bloß, was Hitler zuinnerst war, das vernichtende Nichts eines Menschen, dem niemand nahekommen konnte, „eben weil er tot, weil er leer war"[226]. Noch Hitlers Rückzug in die Bunkergewölbe neben der Reichskanzlei in den letzten Tagen des „Tausendjährigen Reichs" und schließlich sein Selbstmord symbolisieren die Dunkelheit und Todessucht dieses Mannes. In der Isolation der Betongruft besiegelte sich endgültig Hitlers Abkehr von der Wirklichkeit, zu der er seit seiner Jugendzeit ohnehin nur Zugang fand in Gigantomanien, in monumentaler Architektur und später im Schwelgen in „Blitzkriegen", Parteitagsaufmärschen, Sondermeldungen, im nächtlichen Totengedenken unter dem düsteren Dom von Flakscheinwerfern und im martialischen Protzen mit überschweren Geschützen, Panzern usw. Die Berichte von Augenzeugen darüber sind zahlreich und eindeutig. Hitlers Nekrophilie, die stark sadistische Züge aufwies (Hitler ließ sich behaglich den Film über die viehische Hinrichtung der Männer des 20. Juli vorführen), verband sich mit seiner Vorliebe für die Möglichkeiten und Details der hochtechnisierten Kriegführung und gipfelte immer wieder in der Freude an der von ihm lebhaft ausgemalten Vernichtungswirkung moderner Waffen, mit denen er „eiskalt" (eines seiner Lieblingsworte),, ohne Zögern „zuschlagen"

---

221 *S. Haffner,* Anmerkungen zu Hitler, a. a. O., 121.
222 Ebd., 158.
223 Ebd., 180.
224 *A. Speer,* Erinnerungen, a. a. O., 412.
225 *S. Haffner,* Anmerkungen zu Hitler, a. a. O., 182.
226 *A. Speer,* Erinnerungen, a. a. O., 474.

würde[227]. Auf den Tod und seine effizienten Instrumente richteten sich Hitlers seelische und geistige Kräfte; nur in ihrem Bannkreis vermochte er in steriler Abwegigkeit das „Leben“ zu genießen.

Hitler war ohne Zweifel nekrophil, Tod und Vernichtung krankhaft, aber wirkungsvoll verfallen. Denn „Leistung“ war ihm nicht fremd, weder im Positiven noch auf seinem ureigensten Gebiet, dem Destruktiven. Sebastian Haffner versieht deshalb u. E. zu Recht ein ganzes Kapitel seiner „Anmerkungen zu Hitler“ mit der Überschrift: „Leistungen“. Die Beseitigung der Massenarbeitslosigkeit, Hitlers national-sozialistisches „Wirtschaftswunder“, eine monetäre Stabilitätspolitik unter Hjalmar Schacht, eine wirkungsvolle Wiederaufrüstung und die expansiven „friedlichen“ politischen Erfolge vor dem Polenfeldzug[228] regen mit Haffner zum Nachdenken darüber an, ob Hitler bei einem plötzlichen Tod, z. B. Ende 1938, im nachhinein nicht als der größte aller Staatsmänner gegolten hätte. Hitler habe sich, so S. Haffner, „als eine Leistungskanone größten Kalibers erwiesen“[229], vornehmlich allerdings im Katastrophalen. Aber „man darf nicht außer acht lassen, daß sein Weg in den Abgrund über hohe Gipfel führte“[230]. Am „kräftigen Ruinierer“ (Jakob Burckhardt) Adolf Hitler offenbarte sich in schrecklicher Weise die ethische Bindungslosigkeit eines destruktiv-funktionalen Leistungsdenkens und die Gefährdungen einer Gesellschaft, die der Blendung durch Erfolg und Macht in allen Lebensbereichen nicht mehr die Kraft und die Maßstäbe sinnhaft-ethischer Rückbindung an den Menschen entgegenzusetzen vermochte.

Hitlers Nekrophilie ist offenkundig, weil krankhaft zugespitzt. Kann man aber, so stellt sich jetzt die Frage, mit Erich Fromm von einem sozialnormativen Syndrom des Nekrophilen in der Gegenwart so sprechen, daß deren alltäglicher Charakter sichtbar wird? Den historischen Aufhänger für seine Gedanken über die sozial „normale“ Variante der Nekrophilie bietet Fromm ein Ereignis kurz vor Ausbruch des spanischen Bürgerkrieges im Jahr 1936. Damals rief der falangistische General Millán Astray am Ende seiner Rede aus: Viva la muerte! (Es lebe der Tod). Inmitten der aufwogenden Begeisterung erhob sich der spanische Philosoph Miguel de Unamuno und sagte: „Gerade eben habe ich einen nekrophilen und sinnlosen Ruf ge-

---

[227] Aufschluß darüber gibt die Lektüre von: Adolf Hitler. Monologe im Führerhauptquartier 1941—1944. Die Aufzeichnungen H. Heims, hrsg. von *W. Jochmann*, Hamburg 1980.

[228] S. Haffner bringt einen längeren Auszug aus einer Hitlerrede vom 28. April 1939, in der Hitlers Stolz auf seine Leistung klar zum Ausdruck kommt: „Ich habe das Chaos in Deutschland überwunden, die Ordnung wiederhergestellt, die Produktion auf allen Gebieten unserer nationalen Wirtschaft ungeheuer gehoben ... Ich habe dies ... als ein noch vor 21 Jahren unbekannter Arbeiter und Soldat meines Volkes aus eigener Kraft geschaffen“ (*S. Haffner*, Anmerkungen zu Hitler, a. a. O., 44).

[229] Ebd., 54.

[230] Ebd.

hört: es lebe der Tod. Und ich, der ich mein Leben damit verbracht habe, Paradoxe zu formulieren, ... ich muß ihnen als Fachmann sagen, daß mich dieses ausländische Paradoxon abstößt. General Millán Astray ist ein Krüppel. Ich möchte das ohne jeden abschätzigen Unterton sagen. Er ist Kriegsversehrter. Das war auch Cervantes ... Es schmerzt mich, denken zu müssen, daß General Millán Astray uns die Psychologie der Massen diktieren würde. Ein Krüppel, dem die geistige Größe eines Cervantes fehlt, sucht sich gewöhnlich dadurch eine fragwürdige Erleichterung, daß er alles rings um sich her verstümmelt"[231]. Da hielt es Astray nicht länger, und er schrie: „Abajo la inteligencia! (Nieder mit der Intelligenz)".

Losgelöst von den zeitgeschichtlichen Umständen dieser Episode knüpft Fromm an den Begriff der „Verstümmelung" seine Überlegungen zur sozialpsychologisch bedeutsamen Verkrüppelung des Menschen in der Gesellschaft der Gegenwart, wenn er die Nekrophilie definiert als eine „Leidenschaft, das, was lebendig ist, in etwas Unlebendiges umzuwandeln ... das ausschließliche Interesse an allem, was rein mechanisch ist. Es ist die Leidenschaft, lebendige Zusammenhänge zu zerstückeln"[232]. Am „mechanischen" und am „zerstückelnden" Element der Nekrophilie entzündet sich Fromms Zeitkritik. In der Sprache und in der „Vergötterung der Technik" manifestiert sich für ihn schwerpunkthaft die Umsetzung der sadokriminellen Nekrophilie in jene Bereiche, wo der Teufel keine Hörner trägt und keine soziale und moralische Ächtung dem alltäglich Nekrophilen entgegentritt. Es sind dies die Liebe zum Leblosen, sprich zum dinghaft Nützlichen, die Begegnung mit der Natur und der menschlichen Umwelt ausschließlich in den Perspektiven des Habens und Beherrschens, das süchtige Leisten von immer mehr an Produktion und Konsum, letztlich das Schrumpfen der Vernunft zur apparativen Intelligenz, die für Fromm den nekrophilen Sozialcharakter prägen. Deutlich wird hier, wie in der normalen Nekrophilie verstärkt alle jene Merkmale wieder auftauchen, denen wir schon beim rezeptiven, hortenden und marktorientierten Charakter begegnet sind, und die sich alle auf einen gemeinsamen nekrophilen Nenner bringen lassen: den tödlichen Verlust an biophilen Eigenschaften durch die regressive Bindung an die Außenwelt des Produzierten. Regressive Bindung nicht im Sinne des notwendigen Benützens und auch nicht im Sinne der möglichen Schönheit technischer Konstruktion, durch die der Mensch Mühsal vermeidet und seine Erfindungskraft dokumentiert, sondern Bindung als Modus der Entäußerung, der ungenügenden Entfaltung seiner biophilen Anlagen. Die Welt verkehrt sich zur Summe lebloser Artefakte: „Von der synthetischen Nahrung bis zu den synthetischen Organen wird der ganze Mensch zum Bestandteil der totalen Maschinerie, welche er kontrolliert und die gleichzeitig ihn kontrol-

[231] Mitgeteilt von *E. Fromm,* Anatomie ..., a. a. O., 372.
[232] Ebd., 373.

liert. Er hat keinen Plan, kein Lebensziel, außer daß er das tut, wozu die Logik der Technik ihn veranlaßt"[223]. Fromm kommt so „notwendigerweise zu dem Schluß, daß die leblose Welt der totalen Technisierung nur eine andere Form der Welt des Todes und des Verfalls ist. Diese Tatsache ist den meisten nicht bewußt, aber — mit Freud zu reden — oft kehrt das Verdrängte zurück, und die Faszination durch Tod und Verfall wird ebenso sichtbar wie im bösartigen analen Charakter"[234].

Offenkundig reiht sich Fromm mit diesem vernichtenden Urteil ein in die „seelische" Gesellschaftskritik des Neomarxismus; bei ihm noch stärker verpackt in psychologische Begriffe mit soziologisch faßbaren Konsequenzen. Und nicht von ungefähr, wenn wir uns an Horkheimer und Marcuse erinnern, stellt er den zwanghaften Komplex von Technik, Technologie und Technokratie in den Mittelpunkt seiner Überlegungen zum nekrophilen Normalfall, da sich für ihn in der Logik der Technik die Entmündigung der biophilen Logik des Humanen kristallisiert und dort mit objektiver Prägnanz herausgearbeitet werden kann. Im Alltäglichen, z. B. in der kollektiven Beschäftigung mit dem Auto oder im Fotografieren erblickt Fromm schon nekrophile Anzeichen. Wenn die Außenwelt, die Natur nur noch in technischer Vermittlung durch die Kamera ins Blickfeld gerät, verrät sich für ihn schon der Verlust biophil-ästhetischer Unmittelbarkeit der Sinneserfahrungen. Verobjektivierte Umwelt besetzt dann, alles andere verdrängend, das Feld des natürlich Gegebenen und verbiegt es zur selbstverständlichen Erscheinungsform, die das Wesen vereinnahmt. Distanz wird unmöglich, und die Differenzierung in Wesen und Erscheinung findet keinen Anhalt mehr. Alles ist so, wie es erscheint und wird in dieser falschen Identität hingenommen; die Beherrschung des Innen durch das Außen hat sich vollendet. Aber „Hinsehen ist nicht Sehen. Sehen ist eine menschliche Funktion ... es erfordert Aktivität, inneres Aufgeschlossensein, Interesse, Geduld und Konzentration. Einen Schnappschuß machen (die aggressive Bezeichnung ist aufschlußreich) bedeutet seinem Wesen nach, daß man den Akt des Sehens zu einem Objekt macht — dem Foto"[235]. Bereits im „Manifest des Futurismus", verfaßt vom italienischen Faschisten F. T. Marinetti im Jahr 1909, konkludierte für Erich Fromm die zeitgemäße latente Destruktivität und Liebe zum leblos-technischen Instrument. Marinetti besang dort die „Liebe zur Gefahr, die Vertrautheit mit Energie und Verwegenheit ... Wir erklären, daß sich die Herrlichkeit der Welt um eine neue Schönheit bereichert hat: die Schönheit der Geschwindigkeit. Ein Rennwagen, dessen Karosserie große Rohre schmücken, die Schlangen mit explosivem Atem gleichen ... ein aufheulendes Auto, das mit Kartätschen zu laufen scheint, ist schöner als die

[233] Ebd., 394.
[234] Ebd., 395.
[235] Ebd., 385 f.

Nike von Samothrake". Da stand der Weg offen zu weiteren nekrophilen Verklärungen, die bald tödliche Wirklichkeit wurden: „Wir wollen den Krieg verherrlichen, diese einzige Hygiene der Welt, den Militarismus, den Patriotismus, die Vernichtungstat der Anarchisten, die schönen Ideen, für die man stirbt, und die Verachtung des Weibes"[236]. Derart faschistoide Ästhetik fällt zwar schon aus dem Rahmen der durchschnittlichen Nekrophilie, stellt aber mit ihrem gespreizten Stil die politisch gefährlichen Metastasen und historisch wirksam gewordenen Beweggründe des Nekrophilen bloß, das, was Günther Schiwy zutreffend den „schönen Schein des Dritten Reichs"[237] nennt, der dem aus Frustration entspringenden Erlebnis- und Erwartungshunger, nicht nur der Deutschen, in den ersten Jahrzehnten unseres Jahrhunderts entsprach. Gewaltsüchtige Ekstase und Lust an den Instrumenten einer machtvollen Technik gingen im Pathos Marinettis, und nicht nur bei ihm, eine irrationale Ehe ein, die nach Meinung Fromms andauert. Um beim Auto zu bleiben: Das häufig anzutreffende lüsterne Warten vieler Zuschauer von Autorennen auf die mögliche Katastrophe, auf das kleine Chaos von berstendem Metall, brennendem Benzin und lodernden Leibern indiziert die abwegige Freude an der Zerstörung ebenso wie die enthemmte Selbstaufheizung mancher Fans auf dem Fußballplatz, die nur noch in wahlloser Zerstörung dessen, was ihnen unter die Finger gerät, sich selbst helfen können. Die Häufigkeit derartiger Vorkommnisse auf dem Gebiet des Wettkampfes relativiert den hilfreich gemeinten Ratschlag von K. Lorenz, man möge den kompetitiven Massensport als friedliches „Ventil" für die angestaute Aggressionsbereitschaft der Menge nutzen[238].

Von Novalis über Nietzsche bis zu den Barden des Nationalsozialismus, so G. Schiwy, wurde der Kult des brutal Schönen fortgeschrieben, als dessen „legitimes Kind sich der Nationalsozialismus verstand und von vielen Deutschen auch anerkannt wurde"[239]. Dieser Kult, von Nietzsche in düsterer Vorausschau entworfen, mündete schon bei ihm in einen entschlossenen Immoralismus: „Wenn jemand einen Genius der Kultur imaginieren wollte, wie würde dieser beschaffen sein? Er handhabt die Lüge, die Gewalt, den rücksichtslosesten Eigennutz so sicher als seine Werkzeuge, daß er nur ein

---

236 Mitgeteilt von *E. Fromm* in: Ebd., 387.

237 *G. Schiwy*, Der „schöne Schein" des Dritten Reiches. Warum Hitler gerade die Deutschen faszinierte, in: Stimmen der Zeit 197/1979, 403 ff.

238 *K. Lorenz*, Das sogenannte Böse, a. a. O., 388: „Die Fairness oder Ritterlichkeit des Sports, die auch unter stark aggressionslösenden Reizwirkungen aufrechterhalten wird, ist eine wichtige kulturelle Errungenschaft der Menschheit. Außerdem wirkt der Sport segensreich, indem er wahrhaft begeisterten Wettstreit ermöglicht. Er öffnet nicht nur ein ausgezeichnetes Ventil für gestaute Aggression in der Form ihrer gröberen, mehr individuellen und egoistischen Verhaltensweisen, sondern gestattet ein volles Ausleben auch ihrer höher differenzierten kollektiven Sonderform". Zumindest Zweifel an der „segensreichen" Wirkung heutiger Wettkampfpraxis seien angemeldet.

239 *G. Schiwy*, Der „schöne Schein" . . ., a. a. O., 411.

böses dämonisches Wesen zu nennen wäre; aber seine Ziele, welche hie und da durchleuchten, sind groß und gut. Er ist ein Kentaur, halb Tier, halb Mensch, und hat doch Engelsflügel am Haupte"[240]. Die glänzende Ausdruckskraft solcher Worte sollten nicht über den ethischen Verfall und die heroische Kraftmeierei in den zitierten Texten Marinettis und auch Nietzsches hinwegtäuschen. Nietzsches „Sonne eines neuen Evangeliums"[241] projizierte die aggressiven und ungestümen Elemente eines zu seiner Zeit weit verbreiteten imperialen Menschen- und Gesellschaftsbildes in den Heros des „Übermenschen", dessen autonome „Moral" die scheinbar grenzenlosen Horizonte biologischer, wirtschaftlicher, technischer und nationaler Stärke in eine ersehnte bindungslose Ethik des „Jenseits von Gut und Böse" umsetzte. Nietzsches Blick war von daher in zeitspezifischer Weise auf die Zukunft gerichtet und weit mehr als, wie G. Lukács meint, nur ein Reflex der Verteidigungsphilosophie des Kapitalismus in der „imperialistischen Periode"[242], der mit ihrem Untergang verschwindet. Richtig an der Kritik Lukács ist jedoch der Gedanke, daß jede Omnipotenzüberzeugung „ohne Illusionen nicht auszukommen vermag"[243]. Die Verführungen zur Macht und zum Ethos der Überstärke drängen stets zum Absegnen durch die Illusion des absoluten Menschen, der aber in Wirklichkeit nur mühsam seine tiefe existentielle Schwäche und Angst in seiner angestrebten Ermächtigung verbergen kann. Die „irrationale Ehe" (Schiwy) von nationaler, wirtschaftlicher und militärischer Stärke zerbrach innerlich nicht mit den Katastrophen der Weltkriege, sondern „normalisierte" sich für Fromm zur grauen Alltäglichkeit der Technokratie und ihren auf Anpassung drängenden sozialen und seelischen Imperativen. Ihre rationale Oberfläche und behauptete humane Vernünftigkeit enthüllen aber bei genauerem Hinsehen den traditionellen Kern der Liebe zum Toten und zum Bruchstückhaften in sterilen Konstrukten und der ihnen gemäßen konstruktivistischen Haltung. Die seelische Bereitschaft zur „vernünftigen" Hingabe an das Machbare spiegelt für Fromm nur die inhaltliche Entleerung und Formalisierung des so bereitwilligen Menschen. In dieser Hingabe flieht der moderne Mensch vor der Erkenntnis seiner wesenhaften Endlichkeit, er ängstigt sich vor Leid, Einsamkeit und Tod und sucht sie zu verdrängen. Diese aggressiv-destruktive Angst im entgrenzten Transzendieren ist mit dem neuzeitlichen Fortschrittsglauben untrennbar verbunden, ist dessen selbsterstellte Hölle. Die seelisch-

---

240 *F. Nietzsche,* Menschliches, Allzumenschliches. Ein Buch für freie Geister, 1. Band, in: Friedrich Nietzsche, Kritische Studienausgabe in 15 Bänden, hrsg. von *G. Colli* und *M. Montinari,* Band 2, München/Berlin/New York 1980, 202.

241 Ebd., 105.

242 *G. Lukács,* Die Zerstörung der Vernunft. Der Weg des Irrationalismus von Schelling zu Hitler, Berlin 1955, bes. 244 ff.: „Nietzsche als Begründer des Irrationalismus der imperialistischen Periode".

243 Ebd., 317.

sittliche Reifung des so fortschreitenden Menschen hat nicht Schritt gehalten mit der rasanten Entwicklung seiner instrumentalen Einhausung. Je mehr der Mensch auf diese Weise hat, desto nachhaltiger verliert er sein Sein. Auch das legitime Verlangen, sein Innerstes kennenzulernen, ist in der Folge der abendländischen Geschichte zur Apotheose des monozerebralen Solipsismus samt seinen vielfältigen Schattierungen verkommen. Es fehlt die Kraft, Ich, Umwelt, Natur und Gesellschaft so zu integrieren, daß das Ethos des Seins die Macht des Habens bricht.

Sadismus und Nekrophilie, rezeptive, hortende und marktorientierte Gesellschaftstypen und ihre zahlreichen Kombinationen kommen alle darin überein, daß sie als fehlgeschlagene, aber andauernde Versuche zu bezeichnen sind, die Zerbrechlichkeit des Menschen durch die zeitlos-zeitliche Stabilisierung eines grenzenlos wachsenden Beherrschungspotentials zu überwinden und so das Suchen nach Sinn und Erkenntnis durch inneren wie äußeren Ersatz[244] zu befriedigen. Der Sinn für den Menschen aber liegt im Menschen. Darin stimmen Marx, Fromm und sämtliche vorgestellten marxistisch beeinflußten Denker überein. Hier finden sie ihre gemeinsame Grundlage, obwohl sie sich teils beträchtlich unterscheiden in den Wegen zum Menschen und beim Gewichten derjenigen Faktoren, die das Wesen des Menschen konstituieren. In der strengen Anthropozentrik aller Sinn- und Wertaussagen allerdings zeichnet sich auch die Grenze ab zu anderen Anthropologien, vornehmlich zur christlichen. Denn, wie Fromm selbst es mit einem Wort von Laotse anrührt: „Der Sinn, den man ersinnen kann, ist nicht der ewige Sinn“[245]. An der näheren Bestimmung dieses Satzes trennen sich die Wege eines radikal anthropozentrischen Humanismus à la Marx, Marcuse und Fromm und die christliche Deutung des Menschen, obwohl sie weite Strecken auf dem Felde der Zeitkritik gemeinsam zurücklegen können.

2.5.7 Fromms biophile Antwort: Liebe

Als Zwischenbilanz der Gesellschaftsanatomie Erich Fromms ist festzuhalten: Seine sozialhistorischen und psychologischen Analysen zur Entwicklung und Verfassung des technisch-industriellen Zeitalters münden in die düstere Erkenntnis einer umfassenden Habenphilie in der Gegenwart. Ihre alles durchdringende Präsenz zwingt Fromm zum einzig ihm verbleibenden Ausweg, nämlich postulativ auf die elementare Kraft der biophilen Orientierungen des Menschen zu hoffen, eine Sozialanthropologie des Trotzdem zu wagen, wie sie im Schlußteil von „Haben oder Sein“ und in beeindruckender Weise in seiner kleinen Schrift über „die Kunst des Liebens“ enthalten ist. Nicht als bräche nun der helle Sonnenschein der biophilen

[244] Dazu *E. Fromm* in: Die Kunst des Liebens, a. a. O., 51: Selbst „die Grausamkeit hat ein tieferes Motiv: den Wunsch, das Geheimnis der Dinge und des Lebens kennenzulernen“.

[245] Ebd., 102.

Alternative unwiderstehlich durch die trüben Wolken der Gegenwart, und auch nicht, als würde Fromm ein bis ins Detail ausgearbeitetes neues Gesellschaftssystem anzubieten haben, das nur in die Praxis umgesetzt zu werden brauchte. Im Gegenteil: Fromm bewegt sich bewußt auf den Pfaden von Utopia als Nirgendwo, aber nicht im Sinne von Nirgendwann; und seine spärlichen Hinweise auf die künftige „Stadt des Seins" werden immer wieder von seiner massiven Kritik an der Gesellschaft hic et nunc überlagert; in der „Kunst des Liebens" von der Abrechnung mit dem „Kapitalismus" als Synonym des Habenprinzips. Und nicht von ungefähr beginnt und endet Fromms Liebesphilosophie mit der Verurteilung der sozioökonomischen und der mit ihnen eng verwachsenen kulturellen Hindernisse für die Kunst des wahren Liebens, die Fromms Meinung nach heute die Ausnahme und nicht die Regel ist. Menschen, „die der Liebe fähig sind, bilden innerhalb des gegenwärtigen Systems eine Ausnahme; die Liebe ist notwendigerweise in der heutigen westlichen Gesellschaft ein seltenes Phänomen"[246]. Die liebesreife Gesellschaft muß erst noch „organisiert werden", und zwar so, „daß die soziale, liebende Natur des Menschen nicht von seiner gesellschaftlichen Existenz getrennt, sondern mit ihr vereint wird"[247]. Nur dann wird für Fromm wirklich, was bereits Karl Marx über die volle Entfaltung des Menschen im gegenseitigen Austausch seiner Liebesbedürfnisse und liebenden Akte geschrieben hat: „Setze den Menschen als Menschen und sein Verhältnis als ein menschliches voraus, so kannst du Liebe nur gegen Liebe austauschen, Vertrauen nur gegen Vertrauen etc. ... Jedes deiner Verhältnisse zum Menschen — und zur Natur — muß eine bestimmte, dem Gegenstand deines Willens entsprechende Äußerung deines wirklichen individuellen Lebens sein. Wenn du liebst, ohne Gegenliebe hervorzurufen, das heißt, wenn dein Lieben als Liebe nicht die Gegenliebe produziert, wenn du durch eine Lebensäußerung als liebender Mensch dich nicht zum geliebten Menschen machst, so ist deine Liebe ohnmächtig, ein Unglück"[248]. Sowohl der „sentimentalen Liebe" als auch ihrer Privatisierung zum trauten Glück zu zweit allein sind für Fromm mit den Worten Karl Marx eine endgültige Grenze gesetzt. Liebe verwirklicht sich demgemäß nur in der wechselseitigen Beziehung von Geben und Erhalten, von Ich und Du. Beide jedoch nicht verstanden im Sinne einer Ontologie personaler Exklusivität, sondern als Träger und Adressaten von sozialen Koordinaten, also als „offene", im Menschen die Menschheit liebende Personen. Liebe ohne liebesfördernde Gesellschaft entginge auch im gutwilligsten Narzißmus nicht den negativen Folgen: der Unzeitgemäßheit, kommunikativen Isolation und der Flucht ins Rollenspiel. Die rechte Liebe bedeutet für Fromm noch Zukunftsmusik und

[246] Ebd., 169.
[247] Ebd., 170.
[248] *K. Marx,* Ökonomisch-Philosophische Manuskripte, a. a. O., Bd. 2, 129.

nicht die gegenwärtige Kultur, „in der der kaufmännische Sinn vorherrscht und in der der materielle Erfolg von überragendem Wert ist" und in der es „eigentlich keinen Grund gibt, davon überrascht zu sein, daß die menschlichen Liebesbeziehungen den gleichen Grundzügen folgen, die den Waren- und den Arbeitsmarkt beherrschen[249]. Die Verwechslung der Liebe mit Sex, die leistungs- und erfolgserpichte Demonstration von permanenter Vitalität und Virilität im Intimbereich passen nahtlos in das Schema angstverdrängender Surrogathandlungen der Zeitgenossen, denen wir bei Fromms Beschreibung der aktuellen Sozialcharaktere begegnet sind. Die zur handhabbaren Ware entwürdigte Liebe spiegelt die Erniedrigung von verobjektivierten „Partnern", die nur durch reizsüchtige, ständige Abwechslung im „Partnertausch", im ungeniert annoncierten Wunsch nach einer „toleranten" Urlaubsgefährtin oder in der Potenzprotzerei der ewig Jugendlichen ihren Zugang zur „Liebe" finden, getrieben von der ständigen Sorge, geliebt zu werden, ohne aber willens zu sein, selbst Liebe zu schenken. Das unreiforale Stadium solcher Liebe schlägt hier durch, wie es nicht anders zu erwarten ist bei unreifen gesellschaftlichen Zuständen. Die egozentrische Variante sagt: „Ich liebe dich, weil ich dich brauche". Die reife Liebe hingegen: „Ich brauche dich, weil ich dich liebe"[250].

Hand in Hand mit der Regression der Liebe zur berechenbaren Orgiastik infantiler Prägung vollzieht sich die Umformung der *Familie* zum „Schutzhafen vor der Einsamkeit"[251], in dem durch sozial gekappte Intensivierung der emotionalen Bedürfnisse der Trost und die Freude gesucht werden, welche die Außenwelt weithin nicht bietet. Der Druck des Arbeitslebens mit seinen nüchternen und kollektiven Leistungsanforderungen verleitet zum Rückzug in die Gefilde scheinbar unverstellter Spontaneität und entspannter Intimität in der Familie, wo man sich geben kann, wie man will. Sehr schnell aber zeigt sich das Verkrampfte solcher Abriegelung, da das Individuum nicht ohne Schaden zu nehmen aus den informierenden und formenden Verflechtungen seines familialen Ichs mit dem sozialen Umfeld herausspringen kann. Helmut Schelsky[252] und René König[253] u. a. haben die in der Familiensoziologie bekannten und nicht nur die Familie betreffenden Folgen derartiger Privatisierungstendenzen der Familie zum Refugium

---

[249] *E. Fromm,* Die Kunst des Liebens, a. a. O., 18. Sehr deutlich wird Fromm auch auf Seite 113: „Wenn wir von der Liebe in der zeitgenössischen westlichen Gesellschaft sprechen, wollen wir damit die Frage stellen, ob die gesellschaftliche Struktur der westlichen Zivilisation und der aus ihr resultierende Geist der Entwicklung der Liebe förderlich sind. Diese Frage zu stellen bedeutet, sie im negativen Sinn zu beantworten".

[250] Ebd., 63.

[251] Ebd., 124.

[252] *H. Schelsky,* Die Familie — ein Stabilitätsrest in unserer Gesellschaft, in: *F. Filser,* Einführung in die Familiensoziologie, München, Wien, Zürich 1978, 283 ff.

[253] *R. König,* Die Familie der Gegenwart, München 1974.

Kernfamilie unter dem Leitbegriff der „Desintegration" abgehandelt. Unter Desintegration versteht Schelsky „vor allem die Erscheinungen, die man einerseits als Verlust der modernen Familie an Funktionen, so z. B. als Abbau ihrer ökonomisch-produktiven, religiösen, erzieherischen Tätigkeiten, ihrer Unterhaltungs- und Unterstützungsaufgaben beschrieben hat, dem auf der anderen Seite ein Gewichtigerwerden der gefühls- und gesinnungsbetonten Beziehungen der Individuen in der Familie entspricht"[254]. E. Fromm betont stärker als die angeführten Familiensoziologen die liebesgefährdenden Folgen der sozial eingeengten Familie. Der einzelne wird in ihr oft gezwungen, eine Intimrolle neben seinen sonstigen zu spielen mit allen ihren unwahrhaftigen, weil künstlichen Verstellungen und Übertreibungen[255]. Die Liebe richtet sich für Fromm, wie der Mensch überhaupt, auf die Einheit seiner privaten wie öffentlichen, seiner individuellen wie sozialen Bedürfnisse. Deshalb müssen die strikt auf die privatisierende Familie bezogenen Haltungen zur Zusammenhangslosigkeit verkümmern, zu einem Benehmen, das man nach Dienstschluß einigen wenigen gegenüber pflegt, in anderen Lebensbereichen aber nicht.

Trotz aller Fehlentwicklung der Liebe in der Gegenwart gibt es für Erich Fromm keinen Zweifel daran, daß sich der Mensch in einem leidenschaftlichen Ausmaß nach wahrer Liebe sehnt. Denn nur sie vermag ihn zu allen Zeiten und unter allen Umständen in den Gefährdungen seiner existentiellen Einsamkeit und Angst vor dem Nichts am Leben zu erhalten, humane soziale Ordnungen zu tragen und immer wieder neu zu beleben[256], vor allem das Streben des Menschen nach Einigung (tendence for unity). Er würde sonst „wahnsinnig werden, könnte er sich nicht selbst aus seinem Gefängnis befreien und es sprengen, könnte er sich nicht in dieser oder jener Form mit Menschen, mit der Umwelt vereinen"[257]. In der Liebe steuert der Mensch in bewußter, emotional reichhaltiger Weise die Zwiespältigkeit seines Wesens durch den Austausch seiner nach Einheit, Harmonie und Hingabe strebenden produktiven Orientierungen. Erich Fromm hebt die Liebe scharf ab von den üblichen „orgiastischen" Versuchen, Einigung und Befriedigung zu erlangen. Orgiastik ist zwar das meiste, was heute unter Liebe mißverstanden wird, unterscheidet sich aber von ihr durch die aktgebun-

---

[254] *H. Schelsky,* Die Familie ..., a. a. O., 291. Auskunft über die soziale und wirtschaftliche Lage der Familien in der Bundesrepublik Deutschland gibt der „Dritte Familienbericht" der Bundesregierung, in: Deutscher Bundestag, 8. Wahlperiode, Drucksache 8/3120 vom 20. 8. 1979.

[255] Zum Problem vgl. *A. Y. Napier, C. A. Whitaker,* Tatort Familie. Beispiele einer erfolgreichen Familientherapie. Düsseldorf, Köln 1979.

[256] Oft vergessen wird über der Gerechtigkeit die fundamentale Rolle der sozialen *Liebe* in der katholischen Soziallehre, die von Papst Pius XI. klar herausgestellt wurde: „Caritas vero socialis quasi anima esse debet huius ordinis ..." (Quadragesimo Anno, Ziff 88).

[257] *E. Fromm,* Die Kunst des Liebens, a. a. O., 24.

dene, zeitlich begrenzte und sich darin ruhelos erschöpfende Hektik mit der Tendenz, möglichst oft wiederholt zu werden. Sie stellt das Ego in den Mittelpunkt und braucht den Erfolg, den heftig reizintensiven Höhepunkt, der vor allem die sexuellen und rauschmittelabhängigen Erlebnisse kennzeichnet. Auch die „symbiotischen" Formen biologisch gesteuerter Bindungen und Zugehörigkeiten, wie die Beziehungen zwischen Mutter und Säugling, genügen nicht dem Anspruch reifer Liebe, ebensowenig wie das schöpferische Verhältnis des Künstlers zu seinem Werk, seinem „Geschöpf". Orgiastik und symbiotische Bindungen sind zwar notwendig im Entwicklungsgang menschlicher Bedürfnisse und Ausdrucksformen, vereiteln aber das Reifen wahrer Liebe dann, wenn sie den Menschen im oralen Stadium der passivierenden Befriedigung festhalten. Die reife Liebe nämlich umfaßt vier gleichwesentliche Elemente: Fürsorglichkeit, Verantwortlichkeit, Respekt und Wissen; alle getragen von der menschlichen Freiheit, denn „l'amour est l'enfant de la liberté"[258]. Alle vier Eigenschaften der wahren Liebe halten sich durch in den von ihren Objekten herrührenden Modifikationen: Nächstenliebe, Mutterliebe, erotische Liebe, Selbst- und Gottesliebe.

Im Begriff der *Fürsorge* artikuliert Erich Fromm deutlich den biophilen Grundzug der Liebeskunst: „Liebe ist die aktive Fürsorge für das Leben und das Wachsen dessen, was wir lieben"[259]. Wir lieben von Natur aus das Leben. Somit entfaltet sich in der Fürsorge die innere Positivität des Lebens selbst, die sich vorzüglich in der Notwendigkeit der *Selbstliebe* darstellt, als Voraussetzung für ihre soziale Ausstrahlung. Schon hier fällt das „Organische" und „Soziale" der Frommschen Liebesphilosophie auf, die das Ekstatische, Verströmende rückbindet an die Ziele und Organisation des universal und fundamental verstandenen „Prinzips Leben". Liebe hat nicht mehr Gott, sondern ausschließlich dem *Leben* zu dienen, das Fromm mit sakralem Pathos feiert. Der neue Mensch in der neuen Gesellschaft der Liebe versteht sich zentral als Pontifex Vitae. Ihn bewegt das Grundgebot, „Liebe und Achtung gegenüber dem Leben in allen seinen Manifestationen zu empfinden und sich bewußt zu sein, daß weder Dinge noch Macht noch alles Tote heilig sind, sondern das Leben und alles, was dessen Wachstum fördert"[260]. Deutlich kommt in diesen Worten Fromms humanistischer Panentheismus zum Vorschein, der allen seinen konkreten Aussagen zur Gesellschaft und Kultur als transzendentales Prinzip zugrunde liegt, besonders aber, wie wir noch sehen werden, seinem Gottesbild.

Der Aspekt pluraler Ausfaltung des Lebens verstärkt sich noch hinsichtlich der *„Verantwortlichkeit"*. Sie ist die Antwort auf den anderen, weil ich wiederum angewiesen bin in meiner Selbstliebe auf die Antwort des ande-

---

[258] Ebd., 49.
[259] Ebd., 46.
[260] *E. Fromm*, Haben oder Sein, a. a. O., 167.

ren. Verantwortlichkeit erfließt also unmittelbar aus der biophilen Sozialnatur des Menschen: homo hominis amicus.

Selbstliebe als Selbstverwirklichung der Natur des Menschen kann sich nur im Kontext der Fremdverwirklichung vollziehen und verlangt daher den *Respekt* vor dem Anders-Sein des anderen, die Anerkennung der unaufhebbaren Zweiheit in der Einigung der Liebe. Der Respekt, das dritte Merkmal der reifen Liebe, realisiert „das Streben, daß der andere wachsen und sich entfalten kann. Dem Respekt fehlt daher jede Tendenz der Ausbeutung"[261].

Respekt setzt *Wissen* voraus, das als weiteres Element in der Liebe enthalten ist und im Wissenwollen ihre Dynamik mitträgt. Das Wissen sollte keine Fixierungen an Gegenstände und bestimmte Personen kennen. Seine Grenzenlosigkeit schöpft aus dem Transzendieren des Geistes und teilt dieses der Liebe mit. Sie erschöpft sich deshalb nicht im Akthaften, sondern weitet sich aus zur Haltung (habitus), einer „Orientierung des Charakters, die das Verhältnis einer Person zur Welt als Ganzes, nicht aber zu einem einzigen ‚Objekt' der Liebe bestimmt"[262]. Wissende Liebe sehnt sich nach der Bereicherung des Selbst durch die kognitiv-emotionale Vereinigung mit dem Reichtum des anderen, im Eröffnen des eigenen Reichtums und in der transzendierenden Synthese beider Ströme, die sich auf das Wohl der Menschheit schlechthin richtet[263]. Der Liebe sind deshalb alle Formen verfügender Macht fremd, ebenso wie die subtil unaufrichtigen Weisen forcierter Selbstlosigkeit und Nächstenliebe. Die Liebe begnügt sich aber nicht mit objektiven Kenntnissen über den anderen, sondern sucht in ihrem Einigungsverlangen immer tiefer in das Geheimnis des anderen einzudringen. Auf dem Gipfel ihrer Entfaltung allerdings, in der Weisheit, muß sie den unaufhebbaren Geheimnischarakter des Menschen erkennen und demütig wissend sich bescheiden. Insofern ist sie dem zuhandenen Wissen immer voraus und unterscheidet sich darin grundsätzlich von diesem. Ihr eigentümlicher Erschließungs- und Vertrautheitscharakter, der aus der personalen Intensität ihrer Einigungsdynamik erwächst, rechtfertigt die Rede von einem besonderen „ordre d'amour". Er darf nicht im schroffen Gegensatz zum „ordre de la raison" gesehen werden, sondern unter dem Aspekt humaner Personalisation und der nach totaler Sinnerfüllung strebenden Zusammenfassung und Steigerung *aller* menschlichen Kräfte. Darin ist die Liebe zugleich mater et finis omnium virtutum, Wissen und Wissenwollen, Erkenntnis und docta ignorantia, Erfüllung und stets aufbrechende Sehn-

---

261 *E. Fromm,* Die Kunst des Liebens, a. a. O., 48.

262 Ebd., 69.

263 Ganz deutlich wird dieser universal-philanthropische Grundzug auf Seite 70 (Ebd.): „Wenn ich zu einem anderen sagen kann: Ich liebe dich, muß ich auch sagen können: Ich liebe in dir alle Menschen, ich liebe in dir die Welt, ich liebe in dir auch mich selbst".

sucht. Der kognitive Zug in der Liebeskunst bewahrt Erich Fromm vor Sentimentalitäten, aber auch vor jenen Deutungen, die in der Liebe die verfeinerten Ausfaltungen libidinöser oder allgemeiner hedonistischer Lebenskunst oder bloß die sublimen Verästelungen eines biologisch gesteuerten Selbsterhaltungstriebes der Menschheit (Überlebensethik) sehen. Fromms Nähe jedoch zur universalen Philantropie und ihre Anbindung an den ethisierten Entfaltungsprozeß des totalen Prinzips Leben mit seiner — möglichen — feinen und oft verdeckten Egozentrik (nicht Egoismus) und eine gewisse „Machbarkeit" der Liebe durch gesellschaftliche Einflüsse können a limine nicht ausgeschlossen werden. Vor allem in Fromms Analyse der Gottesliebe und der Religion werden die fundamentale Anthropozentrik seiner Liebesethik und darin die Unterschiede zur christlichen caritas und religio deutlich.

2.5.8 Religiosität und Religion

Der universale Zug in Fromms Kunst der Liebe, die im Menschen die Menschheit umspannende und liebende Tendenz, deutet auf ihre besondere Nähe zu „eschatologischen" Fragen, die Fromm in seinen Gedanken über Gott und die Gottesliebe behandelt. In diesen Überlegungen dokumentieren sich am hellsten die humanistische Zielsetzung seiner Sozialanthropologie, sein spezifischer Gottes- und Religionsbegriff und seine Vorbehalte monotheistischen Religionen, insbesondere dem Christentum gegenüber. Es begegnen uns mystisch anmutende Interpretationen der menschlichen Sinnsuche im Wechsel mit pessimistischen Urteilen über die Wirklichkeit der Gottesliebe in der gegenwärtigen Gesellschaft; Hand in Hand wiederum mit Reminiszenzen an traditionsreiche Vorstellungen über Gott und Gottesliebe, die für uns die Frage nach dem eigentümlichen Gehalt christlicher Liebe aufwerfen, um im Kontrast Erich Fromm besser zu verstehen. Diesen Versuch werden wir am Beispiel der augustinischen Liebesmetaphysik unternehmen.

Das religiöse Element in der menschlichen Liebe bindet Fromm streng an die anthropomorphen Strukturen des menschlichen Bedürfnisses nach einem „frame of orientation and devotion". Als natürliche Tendenz läßt dieses sich anwenden auf „jedes System des Denkens und Tuns, das von einer Gruppe geteilt wird und das dem Individuum einen Rahmen der Orientierung und ein Objekt der Hingabe gewährt"[264]. Schon hier wird der nicht-theistische Charakter solcher „Religiosität" offenkundig, wenn wir unter Theismus „die Lehre von Gott als einem persönlichen, weltüberlegenen Wesen, das durch seinen Schöpfungsakt die Welt aus dem Nichts ins Dasein gerufen hat"[265], verstehen. Ersichtlich aber ist auch, daß jede geschlossene Weltan-

---

[264] *E. Fromm,* Psychoanalyse und Religion, Zürich 1966, 21.

[265] *M. Rast,* Artikel: Theismus, in: *W. Brugger* (Hrsg.), Philosophisches Wörterbuch, Freiburg [9]1962, 325.

schauung den Frommschen Merkmalen von Religiosität entspricht und damit ihren Gegenstandsbereich problematisch erweitert. Wir stimmen deshalb R. Funk zu, der Fromms Auffassung von Religion wie folgt kennzeichnet: Sie umfasse ein „breites, von der ursprünglichen Wortbedeutung relativ unabhängiges Spektrum von Erscheinungen", und ihr Wesen werde aus ihrer Bedeutung als Reaktion auf ein Bedürfnis verstanden — Religion also nur funktionalisiert gesehen"[266]. Zwar wehrt Fromm ausdrücklich dem klassischen Ideologieverdikt, Religion sei „Opium des Volkes" oder die „gewaltsame Fixierung eines psychischen Infantilismus und Einbeziehung in einen Massenwahn"[267] (Freud); der grundsätzlichen Anthropozentrik und der damit eng verbundenen Projektionsdeutung von Religion kann er jedoch nicht entgehen. In einer Studie aus dem Jahre 1930 lag Fromm noch genau auf der Linie derer, die in der Religion ein Hindernis für die vernünftige Entfaltung des Menschen sehen und sie deshalb abschaffen wollen. Fromm meinte damals, der Glaube an einen Gott käme dort zu Ende, wo der Mensch Herr über sich, die Gesellschaft und die Natur würde[268]. In seinen späteren Schriften, die in unserem Zusammenhang mehr interessieren, hat Fromm diese Untergangs- bzw. Ablösungstheorie marxistischer Herkunft zwar überwunden, sein Projektionsmodell und seine humanistische Limitierung jeder Gottesvorstellung aber beibehalten und verstärkt. In der Religion geht es Fromm vornehmlich — so können wir festhalten — um die Religiosität als anthropologisches Grunddatum, dessen Strukturen und Anforderungen über den Sinn und Wert von Religion entscheiden. Die religiöse Erfahrung „gründet bei dieser Art Religion in der eigenen Bezogenheit zur Welt, wie sie mit dem Denken und mit Liebe erfaßt werden kann"[269]. Religion in diesen Grenzen spielt somit eine notwendige Rolle in der Entwicklung des Menschen zu einer integrationsfähigen Persönlichkeit. Sie reflektiert seine tiefe Sehnsucht nach Geborgenheit und Glück, nach der Harmonie aller Lebensbereiche, kurz: nach dem Sinn seines Daseins. Als Funktion seiner produktiven Bedürfnisse resümiert und konzentriert sie nichts anderes als Ludwig Feuerbachs projektive Deutung der Religion als Entwurf des Menschen von seiner eigenen Vollkommenheit und darin „das Verhalten des Menschen zu seinem eigenen Wesen — darin liegt ihre Wahr-

---

[266] *R. Funk,* Mut zum Menschen, a. a. O., 136.

[267] *S. Freud,* Das Unbehagen in der Kultur, in: *Ders.,* Abriss der Psychoanalyse, Das Unbehagen in der Kultur, 12. Aufl. Frankfurt, Hamburg 1965, 82. auf Seite 71 schreibt Freud: „Für die religiösen Bedürfnisse scheint mir die Ableitung von der infantilen Hilflosigkeit und der durch sie geweckten Vatersehnsucht unabweisbar ...".

[268] *E. Fromm,* Die Entwicklung des Christusdogmas. Eine psychoanalytische Studie zur sozialpsychologischen Funktion der Religion, in: *Ders.,* Das Christentum und andere Essays, München 1965, 9 ff., bes. 22.

[269] *Ders.,* Psychoanalyse und Religion, a. a. O., 37.

heit und sittliche Heilkraft“[270]. Um nochmals Fromm durch Feuerbach zu interpretieren: „Wie der Mensch denkt, wie er gesinnt ist, so ist sein Gott: So viel Wert der Mensch hat, so viel Wert und nicht mehr hat sein Gott. Das Bewußtsein Gottes ist das Selbstbewußtsein des Menschen, die Erkenntnis Gottes die Selbsterkenntnis des Menschen“[271]. Die von uns behauptete sachliche Übereinstimmung beider Denker, die durch Fromms deutlichere Bindungen an Marx und Freud überlagert wird, tritt in Fromms Ablehnung des Theismus offen zutage: „Nachdem ich von der Liebe zu Gott gesprochen habe“, schreibt er in der „Kunst des Liebens“, „möchte ich klarstellen, daß ich persönlich nicht in theistischen Konzepten denke und daß der Gottes*begriff* für mich nur historisch bedingt ist; in ihm hat der Mensch das Erlebnis seiner höchsten Kräfte und sein Streben nach Wahrheit und Einheit in einer bestimmten historischen Periode ausgedrückt“[272]. Die Beschränkung auf die rein human-evolutive Rolle der Religion und ihre kulturgeschichtliche Hebammenaufgabe; weiterhin: der Verzicht auf transzendente Bestimmungen von Mensch und Gott und die Hinwendung zum individuellen und sozialen Erlebnis- und Lebenswert der Religion erlauben es Fromm, den Wahrheitsanspruch unterschiedlicher Gottesbilder entsprechend zu harmonisieren: „Ich glaube aber auch, daß die Konsequenzen des konsequenten Monotheismus und eines nicht-theistischen Erlebnisses der spirituellen Realität zwei Konzepte sind, die zwar verschieden sind, sich aber gegenseitig nicht bekämpfen müssen.“[273] Die Nähe zu Lessings Ringparabel ist unverkennbar. „Gott“ steht nicht über dem Menschen, existiert nicht in transzendenter Subsistenz und Vollkommenheit seines Seins, sondern symbolisiert einzig und allein die geheimnisvolle Sinntiefe der raumzeitlichen Wirklichkeit als allumfassendes Prinzip, das Gute, Wahre, Schöne, das Leben schlechthin. Darum bedeutet die wahre Liebe zu Gott, „nach der Erreichung der vollen Fähigkeit des Liebens zu streben, nach der Verwirklichung Gottes in uns selbst“[274]. Der Mensch entwirft und liebt in Gott nichts anderes als diejenigen Eigenschaften, die seine eigene biophile Natur bestimmen. Alle Aussagen über Gott als transzendentes Objekt unterliegen deshalb den Regeln der Frommschen „paradoxen Logik“[275], d. h., es lassen sich keine eindeutigen Aussagen über Gott machen, erstens, weil es ihn als vom Menschen gesondertes Sein nicht gibt und, zweitens, weil der Mensch selbst in seinem unabschließbar evolutiven Ausmaß als Subjekt und Objekt solcher Aussagen nicht endgültig feststellbar ist. In den Aussagen über Gott spiegeln sich nur

---

270 *L. Feuerbach,* Das Wesen des Christentums, in: *Ludwig Feuerbach,* Sämtliche Werke, Bd. 6, hg. von *Wilhelm Bolin,* Stuttgart, Bad Canstatt, 2. Aufl. 1960, 238.

271 Ebd., 15.

272 *E. Fromm,* Die Kunst des Liebens, a. a. O., 99 f.

273 Ebd., 100.

274 Ebd., 99.

275 Ebd., 100 ff.

diejenigen Erkenntnisse des Menschen, die auf seinen historischen Erfahrungen mit sich selbst beruhen und mehr das Ausstehen des Menschlichen im Menschen als dessen vollendete Humanität anzeigen. Die klassische Theologia negativa gerät in dieser Sichtweise zum Kronzeugen für die reale Absenz Gottes, nicht nur für die Schwierigkeiten einer positiven Aussage über Gottes Wesen. Während aber noch die Theologia negativa die ontologische Differenz zwischen endlichem und unendlichem Sein gerade durch den Hinweis auf die Unzulänglichkeit prädikativer Aussagen herausstellte, interpretiert und mißversteht Erich Fromm solche Bescheidenheit als Argument und Aufforderung zur Rücknahme Gottes in den Unendlichkeitsradius des Menschen. Für ihn entspricht die ideengeschichtlich zunehmende Negation in den Aussagen über Gott dessen realem Verschwinden, spätestens seit Kant. Gott ist tot; seine Ortlosigkeit ging Hand in Hand mit der Realisierung des Menschen, in der Umkehrung getreu dem von Marx formulierten Gesetz der Wirklichkeitsverkehrung: „Die Religion ... ist die phantastische Verwirklichung des menschlichen Wesens, weil das menschliche Wesen keine wahre Wirklichkeit besitzt"[276]. Ergänzen können wir Fromms anthropozentrische Gottesvorstellung durch die Worte Feuerbachs: „Das göttliche Wesen ist nichts anderes als das menschliche Wesen, oder besser: das Wesen des Menschen ... vergegenständlicht, d. h. angeschaut und verehrt als ein anderes, von ihm unterschiedenes, eigenes Wesen — alle Bestimmungen des göttlichen Wesens sind darum Bestimmungen des menschlichen Wesens"[277]. Und Fromm könnte auch der naheliegenden Schlußfolgerung Feuerbachs zustimmen: „Die Religion ist das kindliche Wesen der Menschheit"[278]. Fromm würde dieses Urteil auf die theistischen Gottesvorstellungen beziehen, in denen Gott seiner Meinung nach nur mit positiv verdinglichten Eigenschaften gedacht wird. Für sie gilt die notwendige Korrektur durch den aufklärenden „Feuerbach", da die „Bestimmungslosigkeit und die mit ihr identische Unerkennbarkeit Gottes eine Frucht der neueren Zeit, ein Produkt der modernen Ungläubigkeit ist"[279]. In seinem Buch: „You shall be as Gods"[280] formuliert Fromm seinen humanistischen Imperativ schon im Buchtitel und interpretiert den biblischen Sündenfall — ähnlich wie Ernst Bloch[281] — als die erste Tat der Befreiung des Menschen zu sich

---

[276] *K. Marx*, Zur Kritik der Hegelschen Rechtsphilosophie. Einleitung, a. a. O., 378.

[277] *L. Feuerbach*, Das Wesen des Christentums, a. a. O., 17.

[278] Ebd., 16.

[279] Ebd., 18. Zum Problem vgl.: *M. Xhaufflaire*, Feuerbach und die Theologie der Säkularisation, München, Mainz 1972.

[280] *E. Fromm*, You shall be as Gods. A radical Interpretation of the Old Testament and its Tradition, New York 1966. Deutsch: Die Herausforderung Gottes und des Menschen, Zürich 1970.

[281] Vgl. *E. Bloch*, Atheismus im Christentum. Zur Religion des Exodus und des Reiches, in: *E. Bloch*, Gesamtausgabe, Bd. 14, Frankfurt/M. 1968. Dort besonders S. 116 ff.: Blochs Interpretation von Gen. 3, 22: „Siehe Adam ist worden wie unsereiner und weiß,

selbst, als Aufbruch zur Gottwerdung des Menschen durch die Vermenschlichung Gottes.

2.5.9 *Transzendieren ohne Transzendenz: Zu den Grenzen der Anthropologie Erich Fromms*

Wir stellen fest: Religion legitimiert sich bei Erich Fromm einzig durch die produktive Orientierung der Religiosität, und diese wiederum entspringt dem natürlichen Streben des Menschen nach einem ihn erfüllenden heilen Sinn, verstanden primär als streng historisch aufgegebener Horizont in den Schattierungen biophiler Aspekte. Der Mensch ist Ausgangs- wie Endpunkt dieser Sinndimension, ein Transzendieren ohne Transzendenz. Erich Fromm schöpft aus der Tradition der aufklärerischen Religionskritik, ohne jedoch ihr systematisches Interesse an der rationalistischen Dekuvrierung und am materialistischen Atheismus zu teilen. Vielmehr richtet er sein Hauptaugenmerk auf die ethischen und sozialen Seiten der unterschiedlichen Religionen, um sie am Maßstab seiner Typologie des Biophilen zu bewerten. Und hier spielt die Religion als Religiosität eine positive, weil natürliche Rolle. Sie repräsentiert die Sinnerfahrung und Sinnsuche des Menschen, die Fromm an anderer Stelle als *X-Erfahrung* umschreibt. Sie ist das Gemeinsame in allen produktiven Orientierungen, nicht gebunden an eine bestimmte Gestalt der Religion und schon gar nicht an eine Konfession, diese vielmehr negierend und übersteigend. Fromm wird ganz deutlich: X-Erfahrung heißt: „Konversion zu einer humanistischen Religiosität, ... deren Wegbereiter die nontheistischen Bewegungen vom Buddhismus bis zum Marxismus waren“[282]. Als produktive Orientierung der Gottesliebe unterliegt die X-Erfahrung wie alle anderen Tendenzen den Formierungen und Deformierungen durch die Zeitumstände. Seinem negativen Bild der Gegenwart entsprechend, überwiegen bei Fromm die Mißbildungen von Religiosität, wie es für ihn nicht anders sein kann unter Verhältnissen der „indu-

was gut und böse ist“. Dazu Bloch: „Der Freiheitsglanz der Sache ist aber gerade an dieser Stelle schlecht verhehlt, der auffallendsten in dem, was unterirdische Bibel genannt werden darf“ (117), nach dem Motto: „Wer mündig wird, läßt nicht mehr über sich verfügen“ (116).

[282] *E. Fromm,* Haben oder Sein, a. a. O., 197 f. Einen ähnlichen Universalismusbezug der Religiosität vertritt M. Machovec, der ihn mit vielen Neomarxisten teilt, die den Mangel an Sinnproblematik im orthodoxen Marxismus durch den „Dialog meines Seins mit dem universalen Sein“ (*M. Machovec,* Vom Sinn des menschlichen Lebens, Freiburg 1971, 230), oder durch die Reflexion über die „Geschichte als Ganzheit“ (*L. Kolakowski,* Vom Sinn der Geschichte, in: Neues Forum 13 (1966), 337—340 und 479—481) zu beheben suchen. Bemerkenswert an Kolakowski im Unterschied zum strengen historischen Materialismus ist sein Versuch, metaempirische und metahistorische Ideen in der Geschichte als conditio sine qua non der Sinnsuche des Menschen aufzuzeigen, wie sie z. B. in Hegels Theorie des absoluten Geistes, im Husserlschen „Eidos“ oder in der Marxschen Vorstellung des naturalistischen Humanismus enthalten sind (Vgl. dazu, *L. Kolakowski,* Der Priester und der Narr, in: *Ders.,* Der Mensch ohne Alternative, München 1976).

striellen Religion"[283], die selbst nur die inneren Verkehrtheiten des „marketing characters" und der allgemeinen Nekrophilie an den Tag bringt. Die Elemente des Beherrschens und der aggressiven Omnipotenz des leistungs- und erfolgssüchtigen Sozialcharakters finden für Erich Fromm in der gegenwärtigen patriarchalisch-autoritären Gestalt des Christentums eine passende „Fassade"[284]. Hinter ihr steckt nichts anderes als „die Angst vor männlicher Autorität und die Unterwerfung unter diese; Heranzüchtung von Schuldgefühlen bei Ungehorsam; Auflösung der Bande menschlicher Solidarität durch die Vorherrschaft des Eigennutzes und des gegenseitigen Antagonismus. ‚Heilig' sind in der industriellen Religion die Arbeit, das Eigentum, der Profit und die Macht ... Durch die Umwandlung des Christentums in eine rein patriarchalische Religion war es möglich, die industrielle Religion in christliche Terminologie zu kleiden"[285]. Vom Standpunkt seines historizistischen Ansatzes, seiner universalen Anthropozentrik und seiner Kritik an der Geschichte der destruktiven Aggressivität konnte dieser Vorwurf Fromms an die Adresse des Christentums nicht ausbleiben, berücksichtigt man noch die anthropomorphe Struktur seiner eigenen X-Religiosität, die sich von vornherein gegen jegliche Verfestigung durch einen theistischen Gott, durch institutionalisierte Religion oder konfessionelle Festlegung sperrt. Vor allem Fromms gezielte Absage an die Untugenden der Leistungsgesellschaft, an ihre oral und anal unausgestandenen Ordnungs-, Erfolgs- und Konsummechanismen führt ihn in der Perspektive ihrer geschichtliche Pathogenese zur Hochschätzung matriarchalischer Elemente im sozialen Leben; alles aber wesentlich postulativ und konkret nicht greifbar. Fromms schroffe Kritik am Luthertum entzündet sich an der irrationalen Zweieinheit von Gerechtigkeit, sprich „patrizentrischem" Prinzip und Milde bzw. Gnade, sprich „matrizentrischem" Prinzip. Spuren beider Prinzipien finden sich für Fromm noch im Katholizismus, seien aber im Protestantismus der Hochschätzung aggressiv „männlicher" Tugenden und der Eliminierung des mütterlichen Elementes gewichen. Niedergeschlagen habe sich dieser Prozeß in der Ausbeutung der Natur und in der übersteigerten Herrschaftshaltung des schon skizzierten „monozerebralen" Menschen. Fromms dualistische Deutung erklärt sich aus seiner Neigung, die den Marxismus/Neomarxismus kennzeichnet, Ideen und Geschichtsabläufe schroff zu typologisieren, um die Deviationen vom Menschen, wie er sein soll, mit Gewißheit zu erklären und um so heller die „Eigentlichkeit" des Biophilen herauszustellen wider alle ungünstigen Umstände.

Fromms Unverständnis gegenüber dem Offenbarungsanspruch des Christentums, seine Ablehnung einer menschen- und weltübersteigenden Tran-

---

[283] *E. Fromm,* Haben oder Sein, a. a. O., 141.
[284] Ebd., 143.
[285] Ebd., 143 f.

szendenz, seine marxistisch bedingte Auflösung von Religionen zugunsten eines religiös gefärbten Humanisierungsprozesses und seine Behauptung eines antagonistischen Widerspruchs zwischen „autoritärer" christlicher Religion und X- Religiosität prägen wiederum seine Liebesethik und versehen auch sie mit den bekannten Vorzeichen des prometheischen Humanismus. Seine Kritik der Leistungs- und Erfolgskategorien kann nicht darüber hinwegtäuschen, daß seine Ethik den Maßstäben eines immanentistischen Menschenbildes unterliegt, das den einzelnen und die Gesellschaft in wechselseitiger Förderung zur absoluten Selbstvervollkommnung zwingt. Der christliche Gedanke eines von Gott geschenkten Sinnhorizontes, der menschliche Aktivität und Leistung zwar fordert, sie aber hineinnimmt in eine zutiefst vom Menschen nicht zu erstellende Sinnquelle und Sinnerfüllung, bleibt Erich Fromm verschlossen. An die Stelle gnadenhafter Erlösung und Vollendung ist bei ihm die individuelle und soziale Dynamik permanenter Selbsterlösung durch die geschichtliche Humanisierung getreten. „Das Pathos dieses Frommschen Humanismus", resümiert Gunda Schneider-Flume zutreffend, „steht unter einem ungeheuerlichen Zwang: der Mensch *muß* leben, als einzigem Lebewesen ist dem Menschen sein Leben ein Problem, das er lösen *muß*, er *muß* fortschreiten zu seiner eigenen Geburt, andernfalls verfällt er der Unmenschlichkeit, er *muß* sich erschaffen und so den Sinn des Lebens produzieren, sonst verfehlt er das Leben. Das Leben des Menschen, wie Fromm es versteht, ist gekennzeichnet durch den Verlust der Dimension des Dürfens. Leben ist für Fromm nicht eine Gabe, über die man sich freuen kann und für die man dankbar sein kann; anfänglich ist Leben Fluch, der Mensch selbst muß diesen Fluch in Segen umschaffen, einen Segen allerdings, den der Mensch selbst leisten und gewährleisten muß"[286]. Leben als „Fluch", so müssen wir diese sehr kantige Feststellung Schneider-Flumes modifizieren, bei Fromm nicht im Sinne eines vorgängigen Makels oder schweren Defizits, sondern als existentielles Nichtfestgestelltsein, als Offensein des Menschen seinem Wesen und seinem Sinn gegenüber, die er, bewegt durch die Kraft seiner biophilen Orientierungen, voll und ganz erschaffen muß: der Mensch als Schöpfer seiner selbst.

Vornehmlich Fromms „Liebe zum Nächsten" manifestiert diese Merkmale seines anthropozentrischen Humanismus. Rückbezogen auf die Selbstliebe und nur zusammen mit ihr „komplett" erlebbar und verständlich, verbleibt der Frommsche Entwurf der Nächstenliebe in den produktiven Bahnen menschlicher Selbstentfaltung, und nur in diesen. „Wenn ein Individuum in der Lage ist, schöpferisch zu lieben, liebt es sich selbst auch; wenn es

---

[286] *G. Schneider-Flume*, Leben dürfen oder leben müssen. Die Bedeutung der humanistischen Psychoanalyse Erich Fromms für die theologische Anthropologie, in: *A. Reif* (Hrsg.), Erich Fromm, Materialien zu seinem Werk, a. a. O., 144.

jedoch *nur* den anderen lieben kann, ist es unfähig zu lieben"[287]. Auch die Nächstenliebe reflektiert die Liebeswürdigkeit des Prinzips Menschheit: „Die grundsätzliche, in der Liebe enthaltene Bejahung ist auf die geliebte Person als Verkörperung des Menschen und seiner menschlichen Eigenschaften gerichtet. Die Liebe zu einem Menschen umfaßt die Liebe zu den Menschen als solche"[288]. Auch hier wird die Liebe einem umfassend verpflichtenden allgemeinen Prinzip angebunden, ihm gegenüber geleistet, objektiviert und in den Dienst individueller und sozialer Steigerung der biophilen Eigenschaften der Menschheit gestellt. Die „Verkörperung" des Lebens durch den Menschen als Repräsentanten wiederum der Menschheit übernimmt bei Fromm die Rolle des Grundprinzips Gesellschaft bei Karl Marx. Damit wird der Eigenwert und die Unableitbarkeit jeder einzelnen Person durch die überstarke Betonung konstitutiver sozialer und geschichtlicher Beziehungen relativiert. Es kann daher bei Fromm keine völlig selbstlose Liebe geben, auch nicht die Hingabe des eigenen Lebens für den anderen im Glauben an die Liebe Gottes den Menschen gegenüber — eine Hingabe, die nicht zu verobjektivieren und nicht mit sozial-biophilen Maßstäben zu interpretieren und abzufordern ist, die aber dennoch geschah, z. B. in den Konzentrationslagern des Hitlerregimes. In der Liebe wie in der Religiosität kreist der Mensch bei Erich Fromm um sich selbst, versehen zwar mit allen positiven Zeichen sozialer Erweiterungen, dennoch aber ehern rückgebunden an die Egozentrik seiner eigenen produktiven Entfaltung. Um möglichen Mißverständnissen vorzubeugen: Auch die christliche Sicht der Liebe kennt die enge Verwandtschaft von Selbst-, Nächsten- und Gottesliebe. Sie bestimmt jedoch die ursprunghaften und finalen Quellen und Ziele anders als Erich Fromm. Im Gegensatz zu ihm bejaht sie gläubig, aber nicht devot und willkürlich die Herkunft menschlicher Liebe aus der Liebe Gottes, diese sowohl als wesenhafter Modus des innergöttlichen Seins wie als Hinwendung Gottes in Christus zum Menschen. Theologische Anthropologie stimmt mit Fromm zwar überein, daß die Nächstenliebe aus dem Reichtum des Menschen erfließt und gewissermaßen den einzelnen Adressaten überflutet hin auf das Wohl aller Menschen, ohne dabei die jeweilige Person in universaler Philanthropie zu verflüchtigen. Aber der Mensch ist nicht das absolute Zentrum in der Bewegung dieser Liebe, denn ihre Möglichkeit und ihr Reichtum liegen darin begründet, daß der Mensch vor aller Eigenaktivität und Leistung, vor seiner Selbst-, Nächsten- und Fernstenliebe, von Gott geliebt ist. Aus dieser Geborgenheit heraus erwächst das christliche Vertrauen in die fundamentale Sinnhaftigkeit von konkreter Liebe, ohne die sonst die Verzweiflung über die Welt und den Menschen dieselbe Berechtigung beanspruchen könnte wie das philanthropische Trotzdem. Liebe als sinnspen-

[287] *E. Fromm,* Die Kunst des Liebens, a. a. O., 86.
[288] Ebd., 85.

dende und vertrauenweckende Herkunft des Menschen von Gott, als lebendiger und integraler Ausdruck der Geschöpflichkeit des Menschen, befreit diesen vom Druck zur perfektionierenden Liebesanstrengung als Selbsterschaffung. Sie bindet auch sein Scheitern ein in das unrelativierbare Ja Gottes zum Menschen, das den verläßlichen Zusammenhang zwischen Schuld und Vergebung im einzelnen stiftet, ohne jedoch zur trägen Rechtfertigung angesichts der massiven Lieblosigkeiten im Alltag zu führen. Christliche Liebe ist demnach getragen von der umgreifenden Wirklichkeit Gottes in der Schöpfung, seiner Treue zu ihr, die ihren Sinn ausmacht. Und nur so kann die Liebe zureichend begriffen werden: als Gabe Gottes, dem Menschen gegeben und aufgegeben zur viatorischen Verwirklichung in allen Teilen der Schöpfung, vornehmlich als Liebe des Menschen zu seinesgleichen. Hierin, und nicht primär in den ethischen, psychologischen und sozialen Nuancierungen der Liebe, die Erich Fromm meisterhaft und bedenkenswert mit feinem Einfühlungsvermögen zu zeichnen versteht, unterscheidet sich wesentlich seine von der christlichen Sicht der Liebe. Die Differenz ergibt sich aus der unterschiedlichen theologischen Ontologie der Kunst des Liebens, aus der Verschiedenheit des fundierenden „Ordo amoris". Auch um Fromms Position einmal mittels der Differenz nachträglich zu verdeutlichen, wollen wir bei Aurelius Augustinus exemplarisch aufweisen, wie sich die christliche Liebe als transzendierende abhebt vom biophilen Relationengeflecht der Frommschen Liebesdynamik. Darauf aufbauend, werden wir versuchen, eine christliche Alternative zu den marxistisch-neomarxistischen Humanismen aufzuzeigen, die anhand der Grundzusammenhänge zwischen Anthropologie und Ethik den Leitfaden eines christlichen integralen Humanismus verfolgt, der wiederum dazu führen könnte, die Tugenden und Untugenden der industriellen Leistungsgesellschaft an ihren Wurzeln zu orten und zu bewerten.

D. Die Kritik an der Leistungsgesellschaft als Frage an das christliche Menschenbild. Versuch einer Ortsbestimmung

1. Eine Alternative zu Erich Fromms Liebesethik: Augustinus „ordo amoris"

Gewiß ist: Fromm und Augustinus sprechen der Liebe die höchste und tiefste Kraft zu, den Menschen in seiner mächtigen Sehnsucht nach Vollendung und Kommunikation mit dem personalen Du des anderen zu tragen und so ein sinnvolles, heiles Leben zu ermöglichen. Auch für Augustinus ist das glückliche Leben (beata vita) das Formalobjekt der Liebe und durchwebt und lenkt ihr ruheloses Streben, das den Menschen — Augustin spricht in metaphorischer Rede vom „Herzen" als der Mitte des Menschen —, zutiefst bewegt, ihn verzehrt und immer wieder antreibt. Der berühmte Satz aus den „Confessiones": „Inquietum est cor nostrum, donec requiescat in Te, Domine"[1], bringt in zeitlos eindrucksvoller Weise die Absicht und die Spannweite der augustinischen Liebesdynamik auf einen präzisen Nenner, der im „Domine" schon den Unterschied zur Frommschen Liebestendenz anklingen läßt. In der Liebe erfährt der Mensch in einer sehr persönlichen, ja leidenschaftlichen Intimität seine tiefe Sehnsucht nach einem Sinnhorizont, der ihn übersteigt und dabei erfüllt; nicht in der Weise externen Glückes durch äußere Güter, aber auch nicht in spekulativer Selbstvervollkommnung nach Art der neuplatonischen Mystik, sondern als innerlichstes Prinzip seiner selbst, das ihn lockt und leitet, bis er in Gott glückselige Ruhe findet. Der Mensch erlebt sich als einen „Suchenden und Nichtwissenden,

---

[1] Conf. I. 1. 1 (CSEL 33, 1. 8 f.). Die Literatur zu Augustinus ist überaus zahlreich. Vgl. *C. Andresen,* Bibliographia Augustiniana, Darmstadt 1973, und *R. Lorenz,* Zwölf Jahre Augustinusforschung (1959—1970), in: Theologische Revue 38 (1973), 293 ff. Verwiesen sei auf: *Th. Klose,* Quaerere Deum — Suche nach Gott und Verständnis Gottes in den Bekenntnissen Augustins, in: Theologie und Philosophie 54, Heft 2, 1979, 183 ff.; und: *K. A. Wohlfarth,* Der metaphysische Ansatz bei Augustinus, Meisenheim 1969, bes. 170 ff.

wenn er sich sucht, um sich zu kennen"[2]. Diese „suchende Unruhe, der nichts Kontingentes genügt"[3], wendet sich nach innen, den Tiefenschichten der Seele zu und verzichtet auf die Möglichkeit, durch kausale Analyse der äußeren Dingzusammenhänge sich selbst und Gott zu erschließen[4]. Die „abgründige Tiefe"[5] der Seele bildet in heuristischer wie in inhaltlicher Hinsicht den exklusiven Gegenstand des augustinischen Suchens und erschließt sich als dreifach gegliederte Einheit komplementärer Vermögen, als: intelligentia, memoria und voluntas. Wissen, Erinnerung und Wille spiegeln den Reichtum der Ideen im Geiste des Menschen, der erkennend (intelligentia), mehr erkennen will (voluntas), sich als kontinuierliches Ich-Substrat seiner Akte weiß (memoria) und will, der immer mehr wissen will und der — entscheidend — diesen fortlaufenden Prozeß kognitiv-voluntativer Selbsterschließung vollenden möchte durch die vervollkommnende Teilhabe an der Vollkommenheit schlechthin, Gott. Alle Formen und Stufen des Wissens, Wollens und Erinnerns können aber nicht den wesenhaft kontingenten Charakter des menschlichen Geistes sprengen. Der zureichende Grund unseres Wissens um absolute Wahrheit, Gutheit und Schönheit, um die wichtigsten Ideen (rationes aeternae) der introspektiven Metaphysik Augustins zu nennen, übersteigt die immanenten Möglichkeiten des endlichen Geistes und verlangt zur Erklärung eine unbedingte Tendenz der geistigen Seele (animus). Sie läßt den Menschen auf der Stufe der Weisheit bewußt über sich selbst hinauswachsen, sich „entäußern", um in demütiger Bescheidung Gott als den Grund allen Seins, allen Wissens und aller seelischen Dynamik zu erkennen und zu lieben. Bezeichnenderweise deutet Augustin die Person Jesu Christi vornehmlich unter dem Aspekt der Demut (humilitas)[6], da seine gnadenhafte Kenose die existentielle Bedingung der Möglichkeit für die äußerste Hingabe des Menschen an Gott bildet. In der Liebe „verliert" sich der Mensch, je mehr er sich ihrer „Schwerkraft"[7] hingibt, um darin schließlich wesenhaft und endgültig zu sich selbst zu finden. Auch in der suchenden Bewegung seines Liebesverlangens kreist der Mensch um sich selbst, aber der eröffnende Mittelpunkt und das Ziel dieser sehnsüchtigen Bewegung ruht nicht in ihm, sondern in Gott. In dem Maß, in dem der wissend-liebende Mensch mit allen Kräften diesen ordo amoris bejaht und so seine „Liebesleistung" erbringt, erfährt er sich getragen und geborgen von

[2] De Trin. X, 3, 5 (PL 42, 976): „Novit enim se quaerentem atque nescientem, dum se quaerit ut noverit".

[3] *Th. Klose,* Quaerere Deum, a. a. O., 197.

[4] Ver. rel. 39, 72 (PL 34, 154): „Noli foras ire, in teipsum redi; in interiore homini habitat veritas; et si tuam naturam mutabilem inveneris, transcende et teipsum".

[5] De Trin. XIV, 7, 9 (PL 42, 1043): „abditum mentis". De Trin. XV, 21, 40 (PL 42, 1088): „abstrusior profunditas".

[6] Conf. X, 43, 68: I, 11, 17; VII, 9, 13.

[7] Conf. XIII, 9, 10 (CSEL 33, 351, 24 f.): „pondus meum, amor meus". Vgl. dazu *Th. Klose,* Quaerere Deum, a. a. O., 301.

der umfassenden Liebe Gottes, die und den er nicht mehr begreifen[8], sondern nur erahnen kann im Transzendieren des unendlichen, insofern „maßlosen" Verlangens seiner eigenen Liebe. Je tiefer der Mensch in introspektiver Konzentration sich selber auf den Grund geht, desto klarer erkennt er seine Abgründigkeit als Abkunft von einem Seins- und Sinnzentrum, das er nicht „leisten" kann. Den geschenkhaften Charakter solcher offenen Abkünftigkeit, ihren unverdienten und doch so tief human angemessenen Wert, sucht Augustinus durch das Bild der „Einstrahlung" (illuminatio) zu verdeutlichen. Von ihm in erster Linie für die transzendentale Notwendigkeit des Absoluten für die menschliche Erkenntnis und Geltung von Wissensprinzipien (Ideen) gebraucht, kommt darüber hinaus in der illuminatio die seinshafte Abhängigkeit und Verwiesenheit des Menschen von und auf Gott zum Ausdruck. Der illuminatio antwortet der Mensch mit der „zartesten Form"[9] tangentialer Gotteserkenntnis und existentieller Hingabe an die verströmende Überfülle Gottes in der vertrauenden Bitte: „Coram Te est firmitas et infirmitas mea; illam serva, istam sana. Coram Te est scientia et ignorantia mea; ubi mihi aperuisti, suscipe intrantem; ubi clausisti, aperi pulsanti. Meminerim tui, intelligam te, diligam te, auge in me ista, donec me reformes ad integrum"[10].

In dieser theozentrischen Sicht der seelischen Kräfte, insbesondere der Liebe, ergibt es sich, daß Augustinus die caritas in ihrer ursprünglichen Bedeutung nur als Liebe zu Gott und, darin vermittelt, als Liebe zum Nächsten deutet. Die Liebe vollzieht sich als die zusammenfassende (integrierende) und brückenschlagende Antwort des Menschen auf die vertikale Ordnung des Seins, indem er diese bejaht und liebend auf den Schöpfer bezieht: „Qui novit veritatem, novit eam lucem incommutabilem; qui novit eam, novit aeternitatem, caritas novit eam. O aeterna veritas et vera caritas et cara aeternitas! Tu es Deus meus, tibi suspiro die ac nocte"[11]. Nur dann aber verwirklicht sich die Liebe in der rechten Weise, „wenn der Schöpfer wahrhaftig geliebt wird, d. h. wenn er selbst und nicht etwas, was er nicht selbst ist, geliebt wird"[12]. Erst im Lichte dieses rückhaltlosen Ja zu seiner abkünftigen und abgründigen Ich-Dimension kann der Mensch sich und den Nächsten in der Ordnung lieben, die zum glücklichen, weil tugendhaften Leben führt. Im Blick auf diese Theozentrik der Liebe koordiniert der Mensch seine einzelnen seelischen Akte und Kräfte zu einer wohlgeordneten

---

[8] In ps. 85, 12 (PL 37, 1090): „Deus ineffabile est; facilius dicimus quid non sit, quam quid sit". In Joh. 13, 5 (PL 35, 1495): „Omnia possunt dici de Deo, et nihil digne dicitur de Deo".

[9] Lib. arb. II, 15, 39 (CSEL 74, 75, 20 f.): „tenuissima forma cognitionis attingimus".

[10] De Trin. XV, 28, 51 (PL 42, 1098).

[11] Conf. VII, 10, 16 (CSEL 33, 157, 14 ff.).

[12] Civ. Dei, XV, 22 (CSEL 40, Bd. II, 109, 1 f.): „Creator autem si veraciter ametur, hoc est si ipse, non aliud pro illo quod non est ipse, ametur ...".

Einheit (ordo amoris), die selber wiederum erstrebt und geliebt werden kann[13]. Erst eine solche Ordnung gestattet es Augustinus, den kühn klingenden und oft mißverstandenen Satz auszusprechen: „dilige et quod vis, fac“[14]. Hier resümiert Augustinus in treffender Kürze nichts anderes als die wesenhafte Selbstvertrautheit als Gottvertrautheit des menschlichen Geistes von der Stufe seines unreflektierten Daseins an bis zur bewußten Höhe der introspektiven Selbsterkenntnis, die in die „tenuissima forma“ der Gottannäherung gipfelt. Mit dem „quod vis, fac“ stellt Augustinus keinen Freibrief für eine libertinistische Ethik aus, sondern zieht die Folgerung aus der Einsicht, daß der Mensch, wenn er liebt, die wahre Ordnung des Seins[15] respektiert und, darin vermittelt, die eigene Grundstimmigkeit von Wissen und Wollen in die ethisch richtige Erkenntnis und sittliche Tat umsetzt. In seiner unabschließbaren Selbstbewegung konzentriert der Geist die Folge seiner gegenstandsspezifischen Akte auf ihren Grundakt, das Ja zu Gott, so daß Augustin zu Recht die Ordnung der Tugend mit der Ordnung der Liebe und diese wiederum mit der rechten Ordnung des Geistes identifizieren kann[16]. So enthüllt sich bei Augustinus im *rationalen* Diskurs seiner introspektiven Metaphysik das zutiefst *praktische* Anliegen seines Denkens: den Menschen zur einsichtigen Liebe seiner gottbezogenen Existenz zu führen, eine Ethik der Spannung des Endlichen zum Unendlichen zu entwerfen, die es ermöglicht, in ihrer Normativität Gott, sich und den Nächsten zu lieben.

Damit haben wir in großen Zügen die Hauptpfeiler der augustinischen Liebesmetaphysik anhand ihrer theozentrischen Anthropologie aufgezeigt und können an diesem Modell christlicher Liebe ihre Unterschiede zu Erich Fromms Kunst des Liebens besser verfolgen. *Erstens:* Augustinus spricht zwar der Liebe die höchste personale Dignität „produktiver Orientierungen“ zu, verknüpft sie aber unlösbar mit der Wahrheit suchenden Seins- und Sinndynamik des menschlichen Geistes zu Gott als seinem tiefsten Grund. In der Liebe gipfelt die spirituelle Spitzenstellung des Menschen unter den vielfältigen Formen des Seienden. „Der Mensch irrt aber nicht“, bestätigt im Geiste Augustins das II. Vatikanum in der pastoralen Konstitution über die Kirche in der Welt von heute (Gaudium et Spes), „wenn er seinen

---

[13] Civ. Dei, XV, 22 (CSEL 40, Bd. II, 109, 3 f.): „Nam et amor ipse ordinate amandus est, quo bene amatur quod amandum est, ut sit in nobis virtus qua bene vivitur“.

[14] In Epist. Joan. ad Parth. VII, 7, 8 (PL 35, 2033).

[15] De Trin. VIII, 7, 10 (PL 42, 956): „Haec est autem vera dilectio, ut inhaerentes veritati juste vivamus“.

[16] Vgl. Civ. Dei, XV, 22 (CSEL 40, Bd. II, 109, 5 f.): „Unde mihi videtur, quod definitio brevis et vera virtutis ordo est amoris . . .“. Deutlich zeigt sich hier die Austauschbarkeit der augustinischen Grundbegriffe. In Lib. arb. II, 18, 50 (CSEL 74, 84, 27 ff.) hatte Augustin bereits die Tugend als „seinsgerechte Vernunft“ (recta ratio) bestimmt. So ergibt sich die gnoseologische und ethische Entsprechung: recta ratio = ordo amoris = virtus.

Vorrang vor den körperlichen Dingen bejaht und sich selbst nicht nur als Teil der Natur oder als anonymes Element in der menschlichen Gesellschaft betrachtet, denn in seiner Innerlichkeit übersteigt er die Gesamtheit der Dinge. In diese Tiefe geht er zurück, wenn er in sein Herz einkehrt, wo Gott ihn erwartet, der die Herzen durchforscht, und wo er selbst unter den Augen Gottes über sein eigenes Geschick entscheidet"[17]. Das „In die Tiefe gehen" vollzieht der Geist als reflektierende Analyse und Bewertung der Wirklichkeit im Vergleich mit den eigenen Akten und ihren Wesensmerkmalen. Das Ergebnis ist die Erkenntnis der unauflösbaren Zusammengehörigkeit von Geistigkeit und Personalität. Deshalb kann im eigentlichen Sinne nur eine geistige Person bzw. ein personaler Geist den Anspruch erheben, geliebt zu werden. Kein positives Prinzip, keine verallgemeinerte Menschennatur, keine pantheistische oder naturalistische Verdinglichung Gottes, keine projektive Erweiterung menschlicher Religiosität zur universalen X-Religion, kein geistiger Ersatz der fehlenden Instinktbindung und auch keine weltliche Utopie kommender Harmonie und Freude, und mag sie noch so sehr als Realutopie auftreten, als wahre Heimat (E. Bloch), von der wir bis jetzt nur einen Traum besitzen (K. Marx), können deshalb das liebend-religiöse Verlangen nach personaler Antwort auf die personale Sinnsuche des Menschen befriedigen.

Zweitens: Mit der Personalität des Geistes verbindet die christliche Liebeskunst das Transzendieren des Menschen untrennbar mit der Transzendenz Gottes: Transzendieren zur und durch Transzendenz. Nicht, um der Menschlichkeit und Verantwortung des Menschen vorzeitig den Abschied zu geben im Namen einer „illusionären" Hingabe an den „Urvater"[18], nicht, um ihm leichter über die Widrigkeiten des entfremdeten Daseins hinwegzuhelfen (Marx) und ihn dabei am wahren Genuß des Lebens (Marcuse) oder an der Entfaltung seiner biophilen Anlagen (Fromm) zu hindern, sondern um der „heilen" Menschlichkeit, d. h. einer unverkürzten, reichen Humanität willen, ist für den Christen alles auf Gott hin und von Gott her integriert. Diesen integralen Grundzug in der christlichen Anthropologie und Liebesethik, der wesentlich mit ihrer transzendenten Ausrichtung zusammenhängt, hat eindringlich Jacques Maritain herausgearbeitet. Für ihn heißt „ein Wesen in Gott und für Gott lieben ... nicht, es als bloßes Mittel und eine bloße Gelegenheit zur Gottesliebe ansehen, sondern heißt, dieses Wesen lieben und es als eine Aufgabe anzusehen, weil es verdient, geliebt zu werden ... So ist die paradoxe Tatsache zu verstehen, daß am Ende der Heilige mit einer universalen Liebe der Freundschaft und Frömmigkeit ...

---

[17] In: *K. Rahner, H. Vorgrimler,* Kleines Konzilskompendium, Freiburg 2. Aufl. 1966, Ziff. 14, 461.

[18] Vgl. *S. Freud,* Die Zukunft einer Illusion, in: *Ders.,* Massenpsychologie und Ich-Analyse / Die Zukunft einer Illusion, Frankfurt/Hamburg 5. Aufl. 1971, 122.

alles umfaßt, was in der Zeit vorgeht, alle Schwäche und Schönheit der Dinge“[19]. Nur in dieser „Universalität“ der Liebe, prophezeit Maritain ganz im Sinne von Erich Fromm und doch durch das „Heilige“ in der Liebe zutiefst von ihm geschieden, „vermag der Mensch seine verlorene Einheit wiederzugewinnen ... und auf Erden ein Leben zu ermöglichen, auf das die unumschränkte Liebe herabkommen und im Menschen selber wie mit ihm ein menschliches Werk auf göttliche Weise vollbringen kann“[20].

Die Personalität der Liebe und ihres Gegenstandes, weiterhin ihre transzendente Dynamik und Sinnquelle werfen, *drittens*, ein deutliches Licht auf die Rolle der menschlichen Leistung in der christlichen Anthropologie im Unterschied zu Erich Fromm. Bei ihm entspringt Leistung als produktive Aktivität der zentralen Aufgabe des Menschen zur humanen Selbstdefinition und Selbstkonstitution durch seine geschichtliche Einhausung in Natur und Gesellschaft. Der Mensch macht sich zum Menschen, ist, ganz im Sinne von Karl Marx und der besprochenen marxistisch beeinflußten Autoren, Anfangs- wie Endpunkt des historischen Ringens um seine eigene Gestalt, die Summe seiner Bemühungen. Und nicht von ungefähr lehnt Erich Fromm eine metahistorische, insofern auch metaphysische Dimension des Menschen ab, um dem „Muß zum Leben“, der „grotesken Laune des Universums“ die förderlichen Möglichkeiten abzugewinnen, die der Mensch für seine autonome Lebens- und Sinnkreativität benötigt. Die christliche Anthropologie dagegen setzt diesem infiniten Leistungsvermögen klare Grenzen, zwar nicht durch willkürlichen Eingriff in die Logik seiner natürlichen Kompetenzen, sondern auf der Ebene ihrer ethischen, theologischen und sinnstiftenden Hintergründe. Der Christ weiß sich aus dem Glauben heraus getragen von der trostvollen Abkunft und Hinneigung seiner Existenz und Leistungen von und auf Gott und antwortet dieser inneren Tendenz durch die gemäße responsorische Leistung. Deshalb verliert sich der Christ auch nicht in abgrundtiefer Verzweiflung, wenn die Geschichte seiner eigenen Leistungen dem Anschein nach erfolglos bleibt und wenn das Übel weltweit die Oberhand behält[21]. Christliche Existenz kann vom Ursprung und Ziel des Ganzen her sich selbst vertrauen und daraus den — nicht leichten — Mut zum stets erneuten Aufbruch in die Zukunft, ihr „Prinzip Hoffnung“ schöpfen. Denn Geschichte ruht in der theonomen Geschichtlichkeit der Schöpfung, nicht in sich selbst. Solche Grenzziehungen wehren sämtlichen Versuchen einer streng anthropomorphen Liebesethik und ihrem immanenten Lei-

[19] *J. Maritain,* Christlicher Humanismus. Politische und geistige Fragen einer neuen Christenheit, Heidelberg 1950, 56 f.

[20] Ebd., 58.

[21] So schreibt O. *von Nell-Breuning* zutreffend (Das Recht auf Arbeit, in: Stimmen der Zeit 8/1978, 525 f.): Der Christ „darf das Bewußtsein haben, auch wenn seiner Arbeit jeglicher Erfolg versagt bleiben sollte, das Seinige getan zu haben und vor sich selbst, vor seinem Gewissen und vor Gott bestehen zu können“.

stungsprinzip, das den autonomen Menschen voraussetzt und nur von ihm aus schlüssig entwickelt werden kann. Den christlichen Humanismus stützt die reiche Tradition christlicher Weisheit, das Wissen um die Gefahren anthropozentrischer Unendlichkeit und ihrer mittlerweile heillosen Geschichte, nicht nur auf dem Felde der Ideen, sondern vornehmlich als technisch-wirtschaftliches Instrumentarium, das die Definitionsversuche des Menschen in die Logik und „Ethik“ seiner Vergegenständlichung verlagert hat. Als theonomer Humanismus mit seinen eigenen Gefährdungen weiß die christliche Anthropologie aber auch um die Verlockungen bequemer Weltflucht, des privatistischen „Rette deine Seele“, wie um die Verführung zur anpasserischen Absegnung der Zustände.

2. Zur Theorie der natürlichen Orientierungen bei Thomas von Aquin: die „inclinationes naturales“

Auf dem Hintergrund des skizzierten „ordo amoris“ im christlichen Kontext werden nachträglich und zusammenfassend die Unterschiede zu Erich Fromms Anthropologie deutlich. Wir begegneten Fromms Verzicht auf eine auch nur andeutungsweise substantiale Wesensbestimmung des Menschen und seiner Hinwendung zum geschichtlichen Schauplatz, auf dem sich erst herausstellen muß, was der Mensch mit der biophilen Grundausstattung seiner produktiven Orientierungen macht. Sein Geist ist hier sein Kainsmal in doppelter Hinsicht: Einmal mangelt seiner reflexen Fragilität und fehlenden Instinktbindung die Harmonie mit der Natur, mit sich selbst und mit seiner Zukunft. Der Mensch „weiß nicht, wohin er kommt, wenn er vorwärts geht. Der existentielle Widerspruch im Menschen führt zu einer ständigen Störung seines inneren Gleichgewichts“[1]. Zum anderen aber stellen sich dem Menschen, positiv, seine vielfach gefächerten Tendenzen zur Selbsterhaltung und zur harmonischen Entfaltung seines Lebenspotentials als humane und kulturelle Aufgabe; er besitzt die reale Chance zum Menschlichen, keine Garantie. Fromms Theorie der produktiven Orientierungen und ihrer destruktiven Entartungen verdient besonderes Interesse von seiten der christlichen Anthropologie aus folgenden Gründen: Fromm versucht eine Ortsbestimmung des Menschen, die eine Phänomenologie der „natürlichen“ Lebensbejahung mit der Analyse ihrer sozialen Geschichte und Bedingungen verbindet. Der individuelle und der soziale Aspekt werden von ihm gleichermaßen gewürdigt und somit der u. E. korrelative Zusammenhang von Individual- und Sozialethik gewährleistet. Eng damit verbunden ist der praxisorientierte Zug seiner Ethik. Deren normative Perspektiven dienen der sozialen Organisation einer humaneren Gesellschaft und gleichzeitig als kritische Sonde zur Bewertung der bestehenden. Die Ethik Fromms versteht sich als Teil seiner humanistischen Sozialontologie; die Frage nach dem Sollen setzt den Einblick in das Sein des Menschen, in seine biophile Lebenssehnsucht voraus und zeichnet den Weg für ihre produktive Entfaltung. Auch bei Fromm gibt es die Idee des „Ganzen“, das aber im Gegensatz zur christlichen Sicht als prozessuales Ergebnis aus der geschichtlichen Entwicklung und Steigerung des anthropozentrischen Prinzips Leben resultiert. Beide, Fromm wie die christliche Ethik, gehen von einer realistischen Perspektive aus. Sie beziehen sich in der Normfindung auf den konkreten Menschen und sein empirisch faßbares Verhalten und nehmen die „Natur“ des Menschen im Sinne von realen Strukturen und Tendenzen zum Ausgangs- und Bezugsfeld von Soll-Überlegungen. Für beide ruht das

[1] *E. Fromm*, Anatomie . . ., a. a. O., 253.

Wertvolle im Menschen in seinem Sein, und das Ausmaß der Werte wie des Gesollten spiegelt die Tiefe und die Weite des menschlichen Seins. An dieser Maß-Problematik allerdings trennen sich dann die Wege von Fromm und der christlichen integralen Ethik, deren Eigentümlichkeit wir beispielhaft am Modell der „natürlichen" Ethik Thomas von Aquins und seiner Anthropologie der „natürlichen Neigungen" (inclinationes naturales) herausstellen wollen.

Im ethischen Teil seiner Summa Theologiae entwickelt Thomas von Aquin eine Ordnung von „produktiven Orientierungen" der menschlichen Natur, um das materiale Feld seiner Ethik: „bonum est, quod omnia appetunt"[2] derart zu klären, daß das sittliche Grundpostulat: „bonum est faciendum et prosequendum, et malum vitandum"[3] seinen realistischen Bezug und darin seine „natürliche" Normativität erweist. Aufweis und Beweis folgen aufeinander. Im corpus des 2. Artikels der quaestio 94 (I, II) beantwortet Thomas die aufgeworfene Frage: „Utrum lex naturalis contineat plura praecepta, vel unum tantum?" mit der Parallelisierung der theoretischen mit der praktischen Vernunft. Dabei verhalten sich die Gebote der praktischen Vernunft (ratio practica) wie die allerersten Beweissätze (principia prima demonstrationum) der theoretischen Vernunft (ratio speculativa). Letztere kennt wiederum zwei Klassen von principia per se nota, d. h. aus sich selbst einleuchtende (evidente) Grundsätze, die als Axiome nicht mehr weiter beweisbar sind: „principia per se nota secundum se" und „principia per se nota quoad nos". Bei den ersten handelt es sich um logische Prinzipien, bei denen sich das Prädikat unabhängig von jeder Erfahrung ganz aus dem Umfang des Subjektes ableiten und verstehen läßt. Solche Prinzipien sind beispielsweise Sätze wie: das Ganze ist größer als sein Teil. Mit diesen Prinzipien sind die das Sein und Denken zutiefst prägenden Ordnungselemente gemeint, ohne die die Vernunft, will sie nicht in unaufhebbare Widersprüche geraten, überhaupt nicht erkennen und denken kann. Ihren Ausdruck finden diese Zusammenhänge im Identitätsprinzip, im Satz vom ausgeschlossenen kontradiktorischen Widerspruch und im Satz vom ausgeschlossenen Dritten[4]. Die zweite Klasse von principia per se nota ist

---

[2] S. Th. I, II, 94, 2, c.

[3] Ebd. Aus der zahlreichen Literatur zur Ethik des hl. Thomas von Aquin sei auf ein Buch hingewiesen, das wichtige Einzeluntersuchungen und unterschiedliche Interpretationen enthält: Sein und Ethos. Untersuchungen zur Grundlegung der Ethik. Hrsg. von *P. Engelhardt,* in: Walberberger Studien. Philosophische Reihe, Bd. 1, Mainz 1963.

[4] Zur Evidenzproblematik solcher Seins- und Erkenntnisprinzipien, die engstens mit der Frage nach der Möglichkeit von Metaphysik verbunden ist, die wir hier nicht weiter verfolgen können, vgl. *O. Muck,* Die transzendentale Methode in der scholastischen Philosophie der Gegenwart, Innsbruck 1964; *J. de Vries,* Der Zugang zur Metaphysik. Objektive oder transzendentale Methode? in: Scholastik 36 (1961), 481 ff.; und: *R. Lay,* Grundzüge einer komplexen Wissenschaftstheorie, 2 Bde., bes. Bd. 2: Wissenschaftsmethodik und spezielle Wissenschaftstheorie, Frankfurt/M. 1973, dort: 494 ff.: „Sachverhalte an sich".

an die Erfahrung gebunden, die unser Wissen vom Inhalt und Umfang dieser Prinzipien prägt (principia per se nota quoad nos). Wenn wir z. B. durch Erfahrung wissen, was ein Mensch ist, dann wissen wir auch, daß die Vernunft mit Notwendigkeit zum Menschen gehört. Beide Klassen von Prinzipien sind nicht mehr beweisbar durch Rekurs auf vorgelagerte Prinzipien, sondern nur aufzeigbar durch den Nachweis ihrer operativen Notwendigkeit, selbst im Falle ihrer Leugnung (retorsive Evidenz).

Nach dem Exkurs über die theoretische Vernunft führt Thomas die praktische Vernunft in die Überlegungen ein. Ihr Formalobjekt ist das Gute: „So wie Seiendes (ens) das schlechthin Ersterfaßte ist, so ist Gutes das, was die praktische Vernunft zuerst erfaßt"[5]. Das Gute motiviert als objektives Ziel die Tendenz allen erfahrbaren Strebens (appetitus)[6]. Und vom Akt des Strebens her kann Thomas das Gute definieren als das, „quod omnia appetunt"[7]. Hier liegt eine operative Definition des Guten vor, die sagt, daß das bonum als motivierende Werthaftigkeit von Zielen das „Streben" des Seienden, nicht nur der praktischen Vernunft, ermöglicht und leitet. So werden Objekt, Akt des Strebens und sein Subjekt durch die tragende und verbindende Gutheit des Seins in eine transzendentale Beziehung zueinander gesetzt, die den vertrauenswürdigen Grund abgibt für alle Aktivität, vorzüglich für die des Menschen. Denn nur er vermag durch vernünftiges Überlegen und freie Entscheidung die realen Möglichkeiten dieses komplexen Ordo auszuschöpfen und darin seine „Orientierungen" als grundsätzlich sinnvoll zu erfahren und im einzelnen der sittlichen Ordnung zu verwirklichen. Ziele aber werden nur angestrebt, wenn sie eine doppelte Bedingung erfüllen: Sie müssen einmal in einer realisierbaren Beziehung zum Strebenden stehen und, zweitens, für den Strebenden eine Vervollkommnung des eigenen Seins mit sich bringen. Vervollkommnung bedeutet näherhin die Befriedigung des im Strebenden angelegten Verlangens nach Mehr-Sein, das er in actu noch nicht ist, wozu er aber aus dem Potential seiner „Natur" heraus fähig ist und dessen Fehlen er als Mangel empfindet. Die ratio practica versteht also das Streben als Ausrichtung des Menschen auf die ihm angemessenen Ziele und kann deshalb sein Hinwollen als gesollt, d. h. als möglichen actus humanus[8] fordern, wie es im Grundpostulat der thomanischen Ethik zum Ausdruck kommt: „bonum est faciendum et prosequendum". So verpflichtet der sittliche Imperativ zur seinsgerechten Tat, weil der Mensch, sein Streben und seine Ziele in die sie umgreifende und in diesem Sinne „integrierende" Ordnung des Seins gestellt sind und nur von dieser Ordnung her verstanden

---

[5] S. Th. I, II, 94, 2, c: „Sicut autem ens est primum quod cadit in apprehensione simpliciter, ita bonum est primum quod cadit in apprehensione practicae rationis".

[6] S. Th. I, II, 8, 1, c: „Omnis appetitus non est nisi boni".

[7] S. Th. I, II, 94, 2, c.

[8] S. Th. I, II, 1, 3, c: „Idem sunt actus morales et actus humani".

und legitimiert werden können[9]. Diese transzendentale und produktive Zuordnung des Seins zum und für den Strebenden — ermöglicht durch die Idee sinnhafter Ordnung — geht als konditionales Element in jeden sittlichen Akt ein. Das ethisch bedeutsame „appetere" ist daher weit mehr als eine instinktmäßig, oder als Instinktersatz fungierende Charaktertendenz, ist mehr als ein biologisches oder soziales Regulativ und kann nicht mit dem Menschen als lustsuchenden Narziß oder mit dem Durchsetzen und Absichern der Selbsterhaltung gleichgesetzt werden, sosehr es auch von diesen Orientierungen beeinflußt und differenziert wird. Die Einheit von ens und bonum besagt nicht, daß der *Begriff* des Guten analytisch aus dem Seinsbegriff oder einfachhin im Blick auf die bestehende Realität gewonnen werden kann. Vielmehr bedarf es, erstens, der Reflexion über die Ordnung des Seins, um dann, zweitens, im vergleichenden Urteil der Vernunft mit der Natur des Menschen die wahren und guten Ziele und Mittel für die Vervollkommnung des Strebenden ausfindig zu machen: „bonum dicit rationem appetibilis, quam non dicit ens"[10]. Gut bedeutet für den Menschen ein „completivum sui ipsius"[11], die Entfaltung seiner ihm gegebenen Möglichkeiten, hier: der menschlichen Natur. Diese gewinnt im Fortgang der Überlegungen über den richtigen Ordo der Sittlichkeit eine zentrale Rolle. Kommt beim Menschen doch eine Größe ins Spiel, die ihn auszeichnet und vom anderen Seienden abhebt, seine geistige Natur, die geprägt ist von der Freiheit ihres Wesens und ihrer Akte. Der Geist als intellektuell-voluntatives Vermögen ist unlösbar an den onto-logischen Aspekt der Gutheit des Seins und damit seiner eigenen Natur gebunden: „bonum in communi in quod voluntas naturaliter tendit"[12]. Dieses Gute ist für das Streben die Basis, die dem sittlichen „Guten" (bonum honestum), dem Akt und Ziel menschlichen, d. h. selbstbestimmten Strebens, zugrunde liegt. Welche Ziele aber im einzelnen und unter bestimmten Umständen diese „na-

[9] Wir meinen, daß der Begriff des „ordo" wie kein anderer geeignet ist, den Kern der thomanischen Weltanschauung wiederzugeben, sowohl als methodischer als auch inhaltlicher Schlüssel. Deshalb stimmen wir Hans Meyers Urteil über das Grundprinzip im Werke Thomas von Aquins zu: „Die philosophische Weltanschauung, die dem christlichen Gesamtdenken des Aquinaten zugrunde liegt, ist die theistisch-teleologische, in der der Ordobegriff die Führung hat. Kein einzelner Begriff reicht jemals aus, um das Wesen eines großen Systems voll zu erfassen. Sucht man nach einem Grundterminus, der am tiefsten an den Kern des thomistischen Denkens rührt, so ist der geeignetste der Ordobegriff. Wenn auch der Ordo zuweilen zu anthropozentrisch gesehen ist und die Tragweite des Gegensätzlichen, des Disharmonischen zu kurz kommt, im Prinzip befand sich Thomas auf dem richtigen Wege. Die Auffassung der Welt als eines Ordo bedeutet die Voraussetzung für ... eine sinnvolle Erkenntnis der Welt und ihrer Bestandteile, die richtige Leitlinie für Einstieg und fruchtbaren Fortgang in der Weltbetrachtung" (*H. Meyer,* Thomas von Aquin. Sein System und seine geistesgeschichtliche Stellung, Paderborn ²1961, 667 f.).

[10] S. Th. I, 5, 1, c.

[11] S. Th. I, II, 1, 5, c.

[12] S. Th. I, II, 10, 1, c.

türliche" Neigung des Geistes zur sittlich richtigen Entscheidung bewegen, kann nur durch die Besinnung auf die Vernunftnatur des Menschen und im Blick auf seine geschichtliche Entwicklung und die konkreten Umstände erschlossen werden. Diese Einsicht in seine Natur und die selektierende Entscheidung für bestimmte wertvolle Ziele vollzieht der Mensch in Freiheit, die — negativ — die fehlende Determination des Geistes durch biologische Programmierungen und umweltbedingte Einflüsse und — positiv — Selbstbestimmung und Selbstbindung, also Autonomie ohne Willkür anzeigt. Für den modus procedendi der Ethik bedeutet dies: Sie greift zurück auf eine unverkürzte Anthropologie, die eingebettet ist in eine empirische und metaphysische Explikation des Seins und die, darin vermittelt, eine Ortsbestimmung des Menschen durch Wert- und Sinnkoordinaten ermöglicht. In dieser universalen Perspektive des Gesamtdaseins können wir A. Auers Begründung einer „autonomen Moral" zustimmen: „daß es ohne humanwissenschaftliche Grundlegung und anthropologische Integrierung keine ethische Normierung gibt"[13].

Thomas von Aquin legt den Grundakzent auf das natürliche appetere, in dem sich der Mensch den Dingen, dem anderen, sich selbst und Gott gegenüber äußert. Im appetere öffnet sich der Mensch der Ordnung des Seins und gibt seine eigene Bedürftigkeit nach Entfaltung und Bereicherung zu erkennen[14]. Das appetere zeigt die Werthaftigkeit seiner Objekte an, denn „die

---

[13] Vgl. *A. Auer,* Autonome Moral und christlicher Glaube, Düsseldorf 1971, bes. 39—48.

[14] *O. H. Pesch* gibt der „Offenheit des Seins" in seinem Kommentar zur Quaestio 94 (I, II) der Summa eine u. E. überzogen „subjektive" Wendung durch den Begriff des „Horizontes". Pesch schreibt zur Abwehr des Heteronomieverdachtes: „Am Anfang steht der Mensch selbst mit der Offenheit seines ‚Seinkönnens' (Wolfgang Kluxen), das es zu erfüllen gilt. Diese Offenheit äußert sich in Strebungen und Tendenzen — selbstverständlich auch solchen, die auf die Beziehung zur Außenwelt abzielen, aber einer Außenwelt, die den Menschen nicht kraft *eigenen* Rechts normiert, sondern dadurch, daß sie als *seine* Welt in den Horizont seines Seinkönnens eintritt ... Diese und andere Beobachtungen sind der Grund dafür ... daß, *philosophisch* betrachtet, bei Thomas kein Weg, kein Ableitungsgefälle von der Metaphysik zur Ethik führt" (*O. H. Pesch,* in: Deutsche Thomasausgabe, Bd. 13, Heidelberg 1977, 577). Diese Interpretation ist aus zwei Gründen mißverständlich: 1. Thomas spricht zwar von der „regulierenden" Funktion der Vernunft bei der ethischen Normauffindung in den inclinationes naturales, insbesondere bei ihrer Rückführung auf die Grundnorm: „bonum est faciendum et malum vitandum" (S. Th. I, II, 94, 2, ad 2: „... omnes inclinationes ... secundum quod regulantur ratione, pertinent ad legem naturalem, et reducuntur ad unum primum praeceptum, ut dictum est"). Aber: diese Vernunft findet die umgreifende Ordnung des Seins vor, in sich, außer sich und „über" sich. Sie erkennt sie wirklichkeitsgetreu und antwortet ihr in realistisch korrespondierenden ethischen Urteilen und sittlichem Verhalten. Und es ist eine Welt, 2. — nicht nur „Außenwelt" (dieser Begriff taucht bei Thomas von Aquin im vorliegenden Zusammenhang überhaupt nicht auf) —, die als Seinsordnung das Ich, die anderen und das andere bedingt und trägt und so den Menschen informiert und *normiert,* nicht aber von Anfang an *seine* Welt. Erst durch die von *Anfang* an metaphysisch relevante Konstitution des Formalobjektes der praktischen Vernunft: das Gute, gewonnen durch die Analyse des natürlichen appetere und seiner Ziel-

Vernunft faßt alles, wozu der Mensch von Natur aus geneigt ist, als gut auf und folglich als in die Tat umzusetzen"[15]. Der Schichtung des Seins in anorganische, vegetative, animalische und geistige Formen entspricht die Ordnung der menschlichen Natur und ihrer inclinationes. In der Neigung zur Selbsterhaltung („... appetit conservationem sui esse ..."), zur Vereinigung von Mann und Frau und zur Erziehung der Kinder usw. bis hin zur ausschließlich menschlichen, weil geistigen „inclinatio ad bonum secundum naturam rationis"[16] äußert sich die geordnete Vielfalt menschlicher Begegnungsweisen mit allen Formen des Seins. Vor allem die „inclinatio ad bonum secundum naturam rationis" verdient besonderes Interesse. In ihr entfaltet die Geistnatur des Menschen ihre spezifische Tendenz, „die Wahrheit über Gott zu erkennen" (... quod veritatem cognoscat de Deo") und „in Gemeinschaft zu leben (... quod in societate vivat)"[17]. Es gibt also für Thomas von Aquin ein natürliches Verlangen und entsprechend eine natürlich erfüllbare Fähigkeit des Menschen zur Transzendenz und zur sozialen Kommunikation, die durch eine gemäße ethische Ordnung normativ dargestellt werden kann.

Dieses Gefüge von natürlichen Neigungen — und hier kommen wir auf die Unterschiede zur Anthropologie und Ethik Erich Fromms zurück — repräsentiert bei Thomas von Aquin die grundsätzlich „heile", weil auf die *ganze* Seinsordnung bezogene Natur des Menschen. In diesem Punkt sehen wir den tiefsten Gegensatz zu Fromm, der sich in allen weiteren Differenzierungen durchhält. Der Mensch „muß" zwar auch in der Sicht Thomas von Aquins leben, sein Dasein einrichten, Not wenden. Seiner Freiheit sind im Physischen, Kognitiven und im Sittlichen Grenzen gesetzt, die er ohne Schaden für sich und die Gesellschaft nicht überschreiten darf. Sein Lebenssinn, das Woraufhin und Wozu seines Strebens jedoch sind getragen von

---

eigenschaften, bereitet Thomas den sicheren Boden für diejenigen Normen, welche die sittliche Tat des Menschen und darin *seine* Welt ermöglichen. Diese actus humani beziehen sich alle auf die vorgängig wahre und gute Ordnung des Seins, setzen Empirie *und* Metaphysik voraus, um die Gesetze dieser umfassenden Ordnung zu erschließen; denn: „omne ens est verum et bonum" und „verum et bonum convertuntur"; alles zutiefst metaphysische Strukturen und Erkenntnisse. Und nochmals Thomas von Aquin: „Manifestum est, quod actus humani regulari possunt ex regula rationis humanae, quae sumitur ex rebus creatis, quas naturaliter homo cognoscit" (S. Th. I, II, 74, 7, c). Vgl. auch *W. Kluxen*, Thomas von Aquin: Zum Gutsein des Handelns, in: Philosophisches Jahrbuch der Görresgesellschaft 87/1980, 2. Halbbd. 327—339, 329: „Immerhin bleibt bestehen, daß gerade die Zuordnung von Metaphysik und Ethik ein Stilmerkmal der thomistischen Synthese ist, ja sogar läßt sich in der Metaphysik des Handelns — bei Wahrung der Eigenständigkeit praktischer Wissenschaft — eine entscheidende Leistung des Thomas sehen".

[15] S. Th. I, II, 94, 2, c: „... inde est quod omnia illa ad quae homo habet naturalem inclinationem, ratio naturaliter apprehendit ut bona, et per consequens ut opere prosequenda ...".

[16] Ebd.

[17] Ebd.

einer vorgängigen, begleitenden und leitenden grundsätzlichen Sinnhaftigkeit des Seins und von der trostvollen Hoffnung, daß die Schöpfung und seine eigene kreatürliche Existenz nicht ausschließlich vom Willen zum geschichtlichen Erfolg und von der perfekten Organisation seiner biophilen Bedürfnisse abhängen. Arbeit und Leistung als anthropologische Grunddaten verlieren daher im christlichen Kontext der Schöpfungsordnung ihre zwanghafte Exklusivität, die ihnen in den Ideologien anthropozentrischer Menschwerdung anhaftet. Arbeit und Leistung eignet zwar eine natürliche Notwendigkeit, die sich aber einordnet in die Taxonomie der Seinsformen und ausschließlich der Wert- und Sinnverwirklichung des Menschen dient. Entsprechendes gilt für das Verständnis des menschlichen Geistes. Er ist für Thomas von Aquin nicht zureichend erklärbar als Instinktersatz, mag er noch so eindeutig die Spitze der biologischen Evolution verkörpern, sondern ist seinem Wesen nach Abbild des göttlichen Geistes und mikrokosmischer Ort der Schöpfungsteleologie, die er im einzelnen widerspiegeln, erkennen und durch sittlich geordnetes Verhalten praktisch bejahen und lieben kann. Der Geist bildet in seiner wirklichkeitsoffenen, sich selbst bewußten Ordnung den Erkenntnisschlüssel für die humane Begegnung mit der Natur und den Menschen. Nicht die „Heimatlosigkeit“, auch nicht die Dichotomie ihrer Existenz kennzeichnen für Thomas die Mitte der menschlichen Vernunft, so realistisch er ihre Verhaftungen und Grenzen auch sieht. Vielmehr zeichnet es die Vernunft aus, auch im Unvollkommenen an der geistigen Ordnung des Seins teilzuhaben und dadurch unendliche Sinnhaftigkeit als endliche Ordnungskraft zu offenbaren. Denn die empirisch erfahrbare Weltordnung ist bei Thomas noch nicht zum infima pars universi verflacht, sondern ruht, wie bei Augustinus, in der vorgängigen, abbildhaften Beziehung der einzelnen Seienden zur göttlichen Schöpfungsidee. Der menschliche Geist verhält sich daher seiner Natur gemäß, wenn er die vertikal-teleologische Achse der generellen Kreatürlichkeit mit der horizontal-pluralen Erfahrung seiner Weltoffenheit und distinkten Welterfahrung verbindet und in die entsprechende sittliche Ordnung umsetzt; dies ist seine eigentliche und vornehmste Leistung. Eine solche Sicht kann individualistischen Verkürzungen auf die jemeinige Sorge ebenso wehren wie der Verflüchtigung des Personalen zugunsten des kollektiven Individuums. In ihr ist auch kein Platz für eine Arbeits- und Leistungsethik, die, gleich unter welchen Vorzeichen, in rastloser Aktivität, steter Vermehrung der Güter und vermeintlich grenzenloser Konstruierbarkeit von „Welt“ durch Wissenschaft und Technik fraglose Höchst- und Letztwerte sieht und ihnen alles andere unterordnet. „Richtschnur für das menschliche Schaffen“, so resümiert das II. Vatikanum, „ist daher, daß es gemäß dem Plan und Willen Gottes mit dem echten Wohl der Menschheit übereinstimme und dem Menschen als Einzelwesen und als Glied der Gesellschaft gestatte, seiner ganzen Berufung nachzukommen und sie zu erfüllen"[18]. Es ist fast überflüssig zu betonen, daß dieser Hinweis auf die Sinnbestimmung des Menschen keinen verklausulierten Verzicht auf den „konkreten" Menschen bedeutet, keine schönende Metaphysik der traurigen Realität und auch keine belehrende Tröstungsgeste à la Opium des Volkes. Das Konzil hat die verantwortliche Gestaltung der irdischen Wirklichkeit als unverzichtbares Element der persönlichen Heiligung hervorgehoben und dem Christen zur strengen Auflage gemacht: „Ein Christ, der seine irdischen Pflichten vernachlässigt, versäumt damit seine Pflichten gegenüber dem Nächsten, ja gegen Gott selbst und bringt sein ewiges Heil in Gefahr. Die Christen sollen vielmehr froh sein, in der Nachfolge Christi, der als Handwerker gearbeitet hat, ihre ganze irdische Arbeit so leisten zu können, daß sie ihre menschlichen, häuslichen, beruflichen, wissenschaftlichen oder technischen Anstrengungen mit den religiösen Werten zu einer lebendigen Synthese verbinden; wenn diese Werte nämlich die letzte Sinngebung bestimmen, wird alles auf Gottes Ehre hingeordnet"[19].

---

[18] Gaudium et Spes, Ziff. 35, in: *Rahner, Vorgrimler,* Kleines Konzilskompendium, a. a. O., 481 f.

[19] Ebd., Ziff. 43, in: *Rahner, Vorgrimler,* Kleines Konzilskompendium, a. a. O., 491 f.

3. Ethik und Sinnfrage

Die „Hinordnung auf Gottes Ehre", der alles einende Schnittpunkt und Leitgedanke menschlicher Leistung im christlichen Kontext, wirft auch ein klärendes Licht auf die *Begründung* der Ethik bei Erich Fromm und Thomas von Aquin. Thomas verzichtet auf die Legitimation ethischer Normen durch den Rückgriff auf die Offenbarung oder auf den — unbegreiflichen — Beschluß des göttlichen Willens. Er sieht zwar als christlicher Ethiker keinen Gegensatz zwischen natürlicher und geoffenbarter Moral, im Gegenteil, sucht aber die Geltung ethischer Normen und Postulate aus der empirisch feststellbaren und metaphysisch interpretierbaren Ordnung des Seins, auf die sich die vernünftige Natur des Menschen richtet, zu begründen, also aus dem „Naturgesetz" (lex naturae)[1]. Die moderne Kennzeichnung „autonom" kann deshalb, so verstanden, auch für die thomanische Ethik benutzt werden, da für die Geltung ihrer Sätze die integrale Ordnung der Vernunft des Menschen als analogia mentis = analogia entis den zureichenden Grund abgibt für die Orientierung im sittlichen Urteil. Integral heißt näherhin, wie wir bereits gesehen haben, Teilhabe und mikrokosmischer Ausdruck der ganzen Ordnung des Seins, d. h. autonom in urteilender und theonom in konstitutiver (creatio continua) und sinnhermeneutischer Hinsicht. Teilhabe bedeutet Identität und Differenz, analogia entis. Die Spannung und den Zusammenhang in dieser Teilhabe umreißt Thomas von Aquin mit dem Begriffspaar: lex naturalis und lex aeterna. Das Naturrecht, d. h. die Normativität der geschaffenen Ordnung, bildet die unmittelbare Grundlage für die theoretische und praktische Vernunft. Ihre Urteilsautonomie wiederum gründet in der relationalen, d. h. partizipierenden Verankerung der Ordnung der Dinge und der menschlichen Vernunft in der absoluten Autonomie der göttlichen Schöpfungsideen. Diese bestimmen als analog regulierende Grundstrukturen die Schöpfung, die menschliche Vernunft und auf diese Weise die Normfindung. Thomas spricht vom „Plan der Regierung aller Dinge, der in Gott als dem Herrscher des Weltalls besteht"[2], und bestimmt den Verbindlichkeitsanspruch dieses Plans als „Gesetz": lex aeterna. Thomas fährt fort: „Und die Teilhabe am ewigen Gesetz im vernunftbegabten Geschöpf wird natürliches Gesetz genannt[3]. Der Aquinate knüpft hier an die platonisierende Theorie der

[1] Zum folgenden vgl.: *W. Korff,* Norm und Sittlichkeit, a. a. O., bes. 42 ff.: „Der naturale und theologale Gründungszusammenhang des Normativen nach Thomas von Aquin."

[2] S. Th. I, II, 91, 1 c: „Manifestum est autem ... quod tota communitas universi gubernatur ratione divina. Et ideo ipsa ratio gubernationis rerum in Deo sicut in principe universitatis existens, legis habet rationem."

[3] S. Th. I, II, 91, 2, c: „Et talis participatio legis aeternae in rationali creatura lex

„rationes seminales“ an, wie sie systematisch bereits von Augustinus in dessen Symbol der „illuminatio“ entfaltet wurde und als wohlbekanntes Traditionsgut vorlag[4]. „Autonome Ethik“ spiegelt deshalb bei Thomas, ganz im Gegensatz zur streng immanenten Theorie der autonomen Vernunft, den objektiv vorgegebenen und vom Menschen zu erkennenden und so gewollten und befolgten Gesamtzusammenhang der Schöpfungsordnung mit den göttlichen Schöpfungsideen. Es ist entscheidend, daß dieser Zusammenhang eine ontologisch und deshalb auch ethisch nicht zu fragmentierende Grundlage für die Normfindung ist. Welt-, Gott- und Selbstoffenheit des Menschen sind aufeinander angewiesen und bilden eine „relational — autonome Einheit“[5], bedingt durch die einheitsstiftende Ordnung des Seins: Die integrierende Aufgabe der Ethik setzt die integrale Ordnung der Schöpfung voraus.

Thomas entwirft wie Erich Fromm ebenfalls eine „biophile“ Ethik. Sie ist, wie wir gezeigt haben, offen für die Wirklichkeit, läßt sich durch diese informieren und entnimmt der Isomorphie von menschlicher Vernunft und objektiver Seinsordnung die ethischen Leitlinien für die sittliche Tat. Sie „liebt“, wie bei Fromm, das „Leben“, jedoch noch aus einem anderen Grund: weil es vorgängigen, umgreifenden und transzendierenden Sinn im Konkreten enthüllt, der nicht der produktiven Einhausung des Menschen ins Dasein entspringt. Die theologale Sinnachse der Welt, ihr Hingeneigtsein auf Gott, prägt als Horizont jede Frage nach dem Wovon und Wozu, *auch* der ethischen Werte und sittlichen Normen. Sie darf aber nicht als Metanorm in oder über den „natürlichen“ Normen der Ethik verstanden werden, derart, als rechtfertige erst sie die Geltung z. B. der Grundsätze: Du sollst nicht töten, oder: pacta sunt servanda. Vielmehr eröffnet sie den umfassenden Kontext für jede Ordnung, insbesondere der ethischen. Für Theodor Steinbüchel wird gerade auf dem Hintergrund dieses theologalen Grundzusammenhangs deutlich, daß der entscheidende weltliche Schlüssel zu seinem Verständnis dort liegt, wo er seinen sich selbst einsichtigen Ort hat, nämlich im menschlichen Geist. Dieser kann die Ordnungszusammenhänge erkennen und wollen und kraft seiner Personalität und transzendierenden Tendenz den Sinn des christlichen Imperativs verstehen: „der Mensch werde

---

naturalis dicitur.“ So dient der Begriff des „Gesetzes“ dazu, um „alle Normativität in ihrem Geltungs-, Gründungs- und Wirkzusammenhang aus der einen, alles umfassenden und als solche allein Gültigkeit stiftenden Vernunft Gottes als des Schöpfers und Vollenders zu reflektieren“ (*W. Korff*, Theologische Ethik. Eine Einführung. Unter Mitarbeit von *Walter Fürst* und *Josef Torggler*, Freiburg, Basel, Wien 1975, 80).

[4] Vgl. dazu: *M. Wittmann*, Die Ethik des hl. Thomas von Aquin in ihrem systematischen Aufbau dargestellt und in ihren geschichtlichen Quellen erforscht, München 1933.

[5] Zu dieser Kennzeichnung vgl. *A. Auer*, Ein Modell theologisch-ethischer Argumentation: Autonome Moral, in: *A. Auer*, *A. Biesinger*, *H. Gutschera* (Hrsg.), Moralerziehung im Religionsunterricht, Freiburg, Basel, Wien 1975, 27—57, bes. 37 f.

Mensch an Gott"[6]. Ein solcher Sinnhorizont übersteigt das streng autonom-ethisch Ausdeutbare und Verbindliche, aber nicht in einem äußerlichen Mehr, sondern als innerste, nur metaphysisch und theologisch zu fassende Grundtendenz des ganzen Seins, vornehmlich des Menschen. Daher empfiehlt es sich, von der relationalen Autonomie der Ethik[7] zu sprechen, die für das tiefergehende Verständnis ihrer Koordinaten der Offenbarung bedarf, die insbesondere die geschichtlichen Aufgaben des sittlichen Lebens im göttlichen Heilsplan entfaltet und am vorbildhaften Leben Jesu Christi erhellt. „Glaubensethik" und „autonome Moral", will man diese in der aktuellen Diskussion umstrittenen Kennzeichnungen[8] beibehalten, sind nicht zu sich einander ausschließenden Positionen gezwungen, sondern können, bei sauber zu trennender ethischer und heilsgeschichtlicher Perspektive auf der Ebene der Geltungslegitimation, in der Zusammenschau des integralen Humanismus eine förderliche Einheit bilden[9]. Vom theologalen Letztsinn aus lassen sich Anregungen und auch beispielhafte Modelle entwickeln, in denen Ethik und weltimmanente Eigengesetzlichkeiten eine Überhöhung durch das Wozu im „Metanoiete" gewinnen, z. B. in zeitgemäßen Formen von Armut, Bedürfnisselektion und Askese in der heutigen Wohlstandsgesellschaft. Für solche Umorientierungen gibt es sicherlich viele gute Gründe, die sich auch aus der „reinen" ethischen Kritik am Bestehenden ableiten lassen. Weite Teile vor allem der Gesellschaftstheorie des Neomarxismus und der ökologischen Bewegung leben davon, wie wir gesehen haben. Und doch bleibt der Neomarxismus in den Verengungen seiner humanistischen Anthropozentrik gefangen, ist gezwungen, sich am eigenen

---

[6] *Th. Steinbüchel,* Religion und Moral im Lichte personaler christlicher Existenz, Frankfurt 1951, 156.

[7] T. Styczen schlägt den Terminus „gottbezogenes Ethos" vor und meint damit die auf Transzendenz bezogene Reichweite der ethischen Urteilsfindung. Die Autonomie in diesem Ethos besteht dabei in der Eigengesetzlichkeit des sittlichen Aktes, der nichts anderes als die ursprüngliche „Würde" der Person, ihre Substantialität, in einem entsprechend ursprünglichen Urteil: „persona ab altera affirmanda est (das humanistische Prinzip)" (62 f.) ausdrückt. Styczen folgert: „Wenn die bisherigen Analysen zutreffen, so ist die Ethik als Theorie lediglich in Gestalt allgemeiner Aussagen über das sittlich Gesollte ... methodologisch autonom, d. h. von anderen Disziplinen unabhängig" (62), nicht aber auf der Ebene der „richtigen" propria des Menschenbildes, d. h., „die nähere Bestimmung ... einer gegebenen ethischen Theorie vom Menschen, die die determinierende Grundlage für die Urteile über das sittlich Richtige abgibt" (63). Alle Zitate beziehen sich auf: *T. Styczen,* Die Unterscheidung „das sittlich Gesollte — das sittlich Richtige" und das Problem einer autonomen Ethik, in: *N. Hupperts* (Hrsg.), Die Wertkrise des Menschen. Philosophische Ethik in der heutigen Welt. Festschrift für Hans Reiner, Meisenheim 1979, 53 ff.

[8] Zur aktuellen Kontroversdiskussion vgl.: *R. Funk,* Mut zum Menschen, a. a. O., 194—204, bes. 197, Anm. 148. Vgl. die Beiträge von Auer, Stoeckle, Schwartländer, Kustermann, Dautzenberg und Oeing-Hanhoff in: Theologische Quartalschrift, Tübingen 1/1981.

[9] Verdienstlich herausgestellt von *V. Eid,* Zum Verhältnis von Autonomie und Theonomie im christlichen Ethos, in: Theologische Quartalschrift, Tübingen 3/1980, 191—203.

Schopfe, und nur an diesem, zu ziehen. Seine „Weite" des Aufbruchs reflektiert die prolongierte Enge des Prometheus Mensch. Umgekehrt gilt für die christliche Ethik: So sehr auch das christliche Proprium im Sittlichen nicht in weltethischen Weisungen zu suchen ist, so hält doch den Christen ein im Glauben gründender spezifischer Sinnhorizont zu einer bestimmten weltethischen Einstellung an und motiviert gerade von der Transzendenz her die irdische Aktivität. Die autonome Moral spricht für den Prozeß der ethischen Normfindung deshalb zu Recht von einem stimulierenden, kritisierenden und letztlich integrierenden Effekt dieses Sinnhorizontes, der sich mit Jesu Leben und Lehre für den Christen aufgetan hat und der nicht mehr relativierbar ist. Streng ethische Normfindung kann aber nur aus der objektiven Ordnung der Wirklichkeit und ihres erschließenden Prinzips, der Vernunft, ihren Anspruch herleiten, will sie sich nicht auf den schwankenden Pfad „heteronomer" Sicherheit begeben und sich damit der interkommunikativen Kontrolle entziehen. Ihre Natürlichkeit, allgemeine Verstehbarkeit und ihr Verbindlichkeitsanspruch in den wichtigsten Fragen hängen davon ab, auch wenn das konkrete Wert- und Normbewußtsein und die jeweiligen „ethischen Präferenzen" Schwankungen unterliegen.

4. Der Mensch, ein „Zigeuner am Rande des Universums?"

Die integrale Ethik erschöpft sich aber nicht in der Autonomie ihrer natürlichen Normfindung. Diese genügt zwar für die notwendige Apodiktik, auch hinsichtlich der sozialen Orientierung bei weltanschaulicher Pluralität in säkularisierten Gesellschaften. Darüber hinaus verweist die integrale Ethik auf die Frage nach dem Sinn, nach dem Ganzen von Mensch, Natur und Gesellschaft. Der zeittypische Auseinanderfall von Ethos und Logos repräsentiert die Geschichte des modernen Menschen, die Abkoppelung der Metaphysik vom Katalog möglicher Antworten auf die Sinnfrage, die spätestens seit Kant dazu geführt hat, die Ethik zur Betonung ihrer Eigenständigkeit von empirischen Anthropologien und Weltanschauungen scharf abzugrenzen. Eine solche Ethik beansprucht voraussetzungslose *und* erschöpfende Allgemeingültigkeit, die man nur im Rückgriff auf die autonome Normativität einer allgemeinen Vernünftigkeit der Menschheit glaubt leisten zu können. Die darin enthaltene Exklusivität, der Rückzug auf das alleinige Prinzip Mensch und der Verzicht auf materiale und metaphysische Seinsprinzipien wurden zwar mit dem raschen Wandel der Ideensysteme in Frage gestellt. Hinterlassen aber hat der Niedergang der Metaphysik eine horizontale Wissenschaftlichkeit und eine daraus entspringende Berührungsangst vor Grund- und Sinnfragen, die dennoch das Pathos der sektoralen Beschränkung zu erschüttern droht, weil sie kehrseitig an den Menschen als weithin vergessenen Schnittpunkt von endlichen und unendlichen Sinndimensionen erinnert, die nicht im Namen der Wissenschaftlichkeit von vornherein in erlaubte, bzw. unerlaubte Bedürfnisse und Fragen sortiert werden können. Die sicherlich auch für die Ethik bedeutsame Feststellung, daß „der Mensch kein für sich seiendes Subjekt ist, sondern daß er in einem Geschehenszusammenhang steht, den er ebenso zu vermitteln hat, wie er durch ihn vermittelt ist"[1], kann sich angesichts der permanenten Orientierungskrise[2] als immer noch anstehende und nicht zu verdrängende Suche nach der Bestimmung des Menschen nicht mit der Auskunft beruhigen: „die Idee der Sittlichkeit, formal als die einer uneingeschränkten Verbindlichkeit zu interpretieren, ist inhaltlich nicht in theologischen oder metaphysischen Begriffen als solchen zu umschreiben"[3]. Sicherlich gibt es keinen Alleinvertretungsanspruch solcher Begriffe, um das sachliche Anliegen von „Sittlichkeit" auszudrücken; mit dieser Einschränkung werden aber nicht die

---

[1] *W. Schulz,* Philosophie in der veränderten Welt, Pfullingen 2. Aufl. 1974, 249.

[2] Zur aktuellen Diskussion vgl.: *H. L. Ollig,* Philosophie und Zeitdiagnose. Aspekte deutscher Gegenwartsphilosophie, in: Theologie und Philosophie 3/1982, 348—389.

[3] O. *Höffe,* Sittlichkeit, in: Handbuch philosophischer Grundbegriffe, Bd. 5, 1974, 1345.

ethischen Implikationen von Theologie und Metaphysik hinfällig. Und gleich, wie man Metaphysik im Blick auf heute weithin geltende wissenschaftliche Kriterien auch bewerten mag; es kann der „letzte" Bescheid: „letzter Maßstab menschlichen Handelns ist kein Trans-Humanum, sondern eine den Menschen, seinem Tun und Lassen immanente Verbindlichkeit, das Menschsein, das Humanum selbst"[4] auf Dauer nicht von der Frage nach dem Wesen dieses "Humanums" abhalten. Die gilt vor allem dann nicht, wenn man sich die offenkundige Sprachlosigkeit der auf Soziologie, Psychologie oder Verhaltensbiologie hinfunktionalisierten „Ethiken" oder die Resignation mancher Neomarxisten angesichts der historisch ausgehöhlten und so ad acta gelegten, aber immer wieder ersehnten Einheit von Mensch und Ethos vor Augen hält. Ralf Dahrendorfs Anmerkungen zum gegenwärtigen Selbstverständnis der Soziologie treffen genau das bestehende Vakuum. Sie sei zwar dem „rationalen Verständnis der Tatsache der Gesellschaft um manchen Schritt nähergekommen, habe dabei aber den autonomen Menschen und seine Freiheit aus den Augen verloren"[5]. Seine anschließende Frage: „Ist der Mensch ... ein je einmaliges, zur Autonomie und Freiheit fähiges Wesen?[6], bleibt aufgegeben und knüpft dort wieder an, wo im Namen emanzipatorischer Relativierung von Sinn, Ethos, Moral und Politik der Mensch sich als noch völlig ausstehender (Bloch) oder als schon geschichtlich gescheiterter (Adorno) in der Konsequenz dem jeweiligen Mosaik von partikulären Auskünften der sich selbst als zuständig ernannten Wissenschaften anvertrauen muß. Metaphysik ist zwar offiziell verpönt, hält sich aber bis zur Unkenntlichkeit verbogen dennoch durch in den bis zur negativen Utopie entleerten Versprechungen einer absoluten Zukunft auf Erden, in den nur zu erahnenden „wahren Bedürfnissen" des dann wohl möglichen „humanen Menschen" in der „Stadt des Seins" oder aber als ansonsten tabuisierter Grenzwert im Geflecht sozialer Interaktionen.

Unsere Bemerkungen zur gegenwärtigen Situation anthropologischer Wissenschaften verkennen keineswegs, im Anschluß an Dahrendorf, ihre informativen und kritischen Erweiterungen unserer Kenntnisse über den Menschen und die Gesellschaft. Sie fordern auch kein Zurück in gehabte Systeme und schon gar nicht eine nostalgische Neuauflage von unberührter Welt und heilem Menschen angesichts zutiefst unheiler Zustände. Wir erinnern nur daran, daß im christlichen Bemühen um den Menschen die Idee des integralen Humanismus von der „Sache" Mensch her nicht ausgespielt hat, daß vielmehr die krisenhafte Unruhe und Unzufriedenheit vieler Menschen mit sich und ihrer Zeit, ihre „ängstliche Suche in einer eisigen, verlorenen

---

[4] Ebd.

[5] *R. Dahrendorf,* Homo sociologicus, Opladen [10]1974, 83.

[6] Ebd., 84.

Welt"[7], keinen endgültigen Abschluß bedeuten, sondern die in der Geschichte fabrizierte Selbstüberschätzung des Menschen mit allen ihren seelischen Auswirkungen widerspiegeln. Stellt sich das Junktim wirklich zwingend, das der französische Biologe Jacques Monod behauptet: Strenge Wissenschaftlichkeit auf allen Gebieten „zerstört alle mythischen oder philosophischen Ontogenien, auf denen ... die Werte, die Moral, die Pflichten, Rechte und Verbote beruhen sollten"?[8]. Seiner Meinung nach verkünden die „liberalen Gesellschaften des Westens als Grundlage ihrer Moral nach außen immer noch eine abstoßende Mischung aus jüdisch-christlicher Religiosität, ‚wissenschaftlicher' Fortschrittsgläubigkeit, ‚natürlichen' Menschenrechten und utilitaristischem Pragmatismus"[9]. Dieser „alte Bund" des Obskurantismus müsse dem „neuen Bund" einer „Ethik der Erkenntnis"[10] weichen, die auf der ethisch relevanten Entscheidung beruht, die soziobiologisch angelegten Bedürfnisse des Menschen nach „Mut, Nächstenliebe, Großmut und schöpferischem Ehrgeiz"[11] durch wissenschaftlich objektive Antworten zu befriedigen, ohne auf „animistische" oder metaphysische Lösungen zurückzugreifen. In diesem Kontext versteht sich Ethik als Reflex der ideellen Evolution der Menschheit zu einem „wissenschaftlich sozialistischen Humanismus"[12], in dem Aggression und Destruktion ihren Schrecken verloren haben und mit prognostizierbarer Sicherheit vermieden werden können. Das naturwissenschaftliche Pathos bei Jacques Monod kann über zwei Merkmale seiner Ethik nicht hinwegtäuschen: Erstens: sie ist sekundär, konsekutiv. D. h., sie verzichtet bewußt auf die Frage nach dem eigenständigen Wesen des Menschen. Die Personalität weicht der humanen Funktion, die Frage nach der Bestimmung des Menschen der Angabe seiner biologischen Herkunft und derjenigen Faktoren, die er für die soziale Befriedigung seiner physischen und ideellen Bedürfnisse benötigt. Mit dieser Relationalisierung des Menschen eng verbunden, hängt, zweitens, der Verzicht Monods auf eine Sinnhermeneutik zusammen, die zumindest in der Möglichkeitsform die geschichtlich aufweisbare kontinuierliche Suche des Menschen nach bleibendem Sinn (Das Phänomen der „Utopie" steht dafür) auf Elemente hin analysiert, die sich zwar naturwissenschaftlicher Objektivierung entziehen, dennoch aber eine verstehbare Antwort durch metaphysische und religiöse Deutungen finden können. Monods Entscheidung für den Wertcharakter von objektiver, d. h. wissenschaftlich rektifizierbarer Erkenntnis, läßt die Frage unbeantwortet, warum eigentlich der Mensch

---

[7] *J. Monod,* Zufall und Notwendigkeit. Philosophische Fragen der modernen Biologie, München 1971, 207.
[8] Ebd., 210.
[9] Ebd., 209.
[10] Ebd., 215.
[11] Ebd., 217.
[12] Ebd., 218 f.

derartige Objektivität in sittliches Denken und Handeln umsetzen soll, warum Wert- und Erkenntniskategorien an sich so auseinanderklaffen, daß die Annahme von gemeinsamen Wurzeln für Monod „eine kindliche, wenn nicht sogar tödliche Illusion“[13] ist, so daß erst der nachträgliche Zusammenschluß von Ethos und Logos durch dezisive Ethisierung von „objektiver Erkenntnis“ den dünnen Boden für die minima moralia à la Monod bereitet. Von der Sache her gilt für ihn die strikte Trennung zwischen Sein und Wert, zwischen Erkenntnis und Wertung: „In einem objektiven System ist jegliche Vermischung von Erkenntnis und Wertung *verboten*. Aber dieses Verbot, dieses ‚erste Gebot‘, durch das die objektive Erkenntnis begründet wird, ist selber nicht objektiv und kann es nicht sein: Es ist eine moralische Regel, eine Verhaltensvorschrift ... Die wahre Erkenntnis kennt keine Wertung, doch um sie zu begründen, bedarf es eines Werturteils oder vielmehr eines wertenden Axioms. Die Aufstellung des Objektivitätspostulats als Bedingung wahrer Erkenntnis stellt offensichtlich eine ethische Entscheidung und nicht ein Erkenntnisurteil dar, denn dem Postulat zufolge konnte es vor dieser unausweichlichen Entscheidung keine ‚wahre‘ Erkenntnis geben. Das Objektivitätspostulat stellt die Norm für die Erkenntnis auf und legt dafür einen Wert fest, der in der objektiven Erkenntnis selbst besteht. Wenn man das Objektivitätspostulat akzeptiert, dann triff man folglich das grundlegende Urteil einer Ethik — der Ethik der Erkenntnis“[14]. Die Kluft zwischen Wirklichkeit und Wert bleibt auch nach dem Gesagten unüberbrückbar. Nur die Lebensnot des Menschen zwingt diesen, human zu existieren mit Hilfe einer normierenden ethischen „Verhaltensvorschrift“. Warum aber das Ja zur „objektiven Erkenntnis“ — der Zugang zur Ethik — eine „moralische Regel“ sein soll, ob hier nicht Nützlichkeit und Sittlichkeit in eins gesetzt, bzw. miteinander verwechselt werden, muß Monod gegenüber kritische Fragen auslösen, denen er sich durch die axiomatische Identifizierung von wissenschaftlicher Objektivität mit ethischer Entscheidung = Wille zur Objektivität zu entziehen sucht. Der soziobiologisch „naturalisierte“ Positivismus seines eigenen Wissenschaftsverständnisses führt Monod zu dieser Ethik, die den Menschen nicht anders fassen kann denn als vagabundierenden Fremdling im Weltall, als Spitzenprodukt sich zufällig kreuzender Entwicklungsketten der Materie. Auch Monods Rekurs auf „authentisches“[15] Reden und Handeln, so wünschenswert und notwendig beides ist, beendet vorschnell die Suche nach tieferliegenden und ethisch besser begründenden Strukturen des Menschen. Habermas und Monod könnten sich beide die Hand reichen; der eine mit seinem Ideal ethisch bedeutsamer diskur-

[13] Ebd., 218.
[14] Ebd., 214 f.
[15] Ebd., 215.

siver Interkommunikation[16], der andere wegen seines heroischen Vertrauens in den postulierten Sinn von Ethik als Grundlage sozialen Überlebens. Dieser „Sinn im kleinen“ muß bei Monod allerdings zur Kenntnis nehmen, daß er rein vom Menschen entworfen und streng auf diesen rückbezogen ist, da der Mensch wiederum im Prozeß der kosmischen Evolution das einmalige, weil unwahrscheinliche Produkt von Zufälligkeiten verkörpert. Der heutige Mensch weiß mittlerweile, „daß er seinen Platz wie ein Zigeuner am Rande des Universums hat, das für seine Musik taub ist und gleichgültig gegen seine Hoffnungen, Leiden oder Verbrechen“[17]. Hier spielt Gott wahrhaftig keine Rolle mehr; er ist tot, wie es bereits Nietzsche ankündigte.

Bei Monod wie in den vorgestellten marxistisch-neomarxistischen Ethiken dient eine solche Sicht des Menschen nicht mehr der radikalen Wahrheits- und Sinnaufdeckung des Menschen, sondern ausschließlich der historisch-praktischen Erzeugung und Kombination derjenigen biologischen Bedingungen und gesellschaftlichen Einrichtungen, die der Mensch zum konfliktfreien Zusammenleben und für das einigermaßen lebensfähige Gleichgewicht seiner geistigen und körperlichen Kräfte braucht. Ohne Zweifel: Keine Ethik darf diese Ziele vernachlässigen, im Gegenteil. Sie erschöpft darin aber nicht ihr Wesen, weil der Mensch selbst nicht aufgeht in der Summe seiner konstatierbaren Lebensäußerungen und schon gar nicht im sich ad infinitum fortentwickelnden Trial and Error seiner kulturellen Einhausung in die Welt. In diesen Anthropologien hängt alles ab vom feststellbaren Erfolg, der im nachhinein über das „Humane“ meistens mit kollektiven Maßstäben richtet oder aber die Geschichte von irgendeinem Zeitpunkt an beherrscht sein läßt vom schlimmen Schatten des „Mörders Mensch“. Bei Monod verbindet sich in konsequenter Deutlichkeit die ursprunghafte Sinnlosigkeit des Menschen mit seiner Not, aus jener eine Tugend zu machen, zum einzigen Zweck von Ethik: die Geschichte des Menschen zu stabilisieren, ihm die tiefe Angst angesichts der „Gleichgültigkeit“ des Universums zu nehmen und in der fortschrittsgläubigen Gegenwart zur erträglichen Erkenntnis seiner „totalen Verlassenheit ... und radikalen Fremdheit“[18]

---

[16] Ebd.: „Die Ethik der Erkenntnis zwingt sich dem Menschen nicht auf; es ist im Gegenteil der Mensch, der sie sich selbst auferlegt, indem er sie axiomatisch zur Bedingung für die Authentizität, die Wahrhaftigkeit aller Rede und allen Handelns macht.“ Ähnlich argumentiert *J. Habermas*, Legitimationsprobleme des Spätkapitalismus, Neuwied 1973, 125: „Erst die kommunikative Ethik sichert die Allgemeinheit der zulässigen Normen und die Autonomie der handelnden Subjekte allein durch die diskursive Einlösbarkeit der Geltungsansprüche, mit denen Normen auftreten, d. h. dadurch, daß alle Betroffenen als Teilnehmer eines Diskurses (zwanglos) sich einigen (oder einigen würden), wenn sie in eine diskursive Willensbildung eintreten (oder eintreten würden).“ Vgl. noch: *J. Habermas*, Theorie des kommunikativen Handelns, a. a. O., Bd. 2, 11 ff.: „Zur kommunikationstheoretischen Grundlegung der Sozialwissenschaften“.

[17] *J. Monod*, Zufall und Notwendigkeit, a. a. O., 211.

[18] Ebd.

zu verhelfen. Auf Sinnerhellung über diese partikulären Zwecke hinaus hat eine solche Ethik zu verzichten, weil es einen universalen Sinn, der Mensch und Welt umschließt, nicht gibt. Sie begründet sich, wie wir gesehen haben, durch allgemeine Übereinkunft über den Tugendcharakter von „Objektivität", angetrieben durch das biogenetische Motiv, „daß die Angst vor der Verlassenheit und das Bedürfnis nach einer zwingenden, umfassenden Erklärung angeboren sind, und daß dieses aus der Tiefe der Zeiten überkommene Erbe ein nicht nur kulturelles, sondern mit Sicherheit ein genetisches Erbe ist"[19].

„Aus der Tiefe der Zeiten überkommenes Erbe" auf dem Hintergrund eines gleichgültigen Universums ist somit Monods letztes Wort zur Tiefe des Menschen, das diesen endgültig aus dem vertrauenspendenden Zusammenhang des Seins löst, auf die Totalität des Bruchstückhaften beschränkt und von dort her kulturell konstruiert. Die existentielle Dichotomie des ursprünglich Heimatlosen bleibt als ständige Bedrohung erhalten, sowohl bei Monod als auch bei Erich Fromm. Ethik in beiden Fällen dient ausschließlich der Überwindung dieser Grundangst im Theoretischen wie im Praktischen. Sie ist Mittel und Krücke für die menschliche Leistung der Lebensbewältigung, abhängig vom jeweiligen Wissensstand über den Menschen und definiert von dort her Humanität und Sinn, ohne über diese Wissensgrenzen hinauszublicken. In der dezisiven Gleichsetzung von objektiver Wertung und sittlichem Wert konstruiert sich diese Ethik ihr einziges principium per se notum, ohne aber befriedigend darauf antworten zu können, warum der Mensch objektive Erkenntnis zum Parameter der Sittlichkeit machen soll. Die Zwecke biologischer und kultureller Lebenssicherung und Entfaltung könnten ja auch — in Anlehnung an Descartes und Pascal — durch eine ausgeklügelte und erfolgreich inszenierte Organisation erreicht werden, deren Drähte ein „malin génie" des perfekten social engeneering oder eine sonstige Instanz mit wenig ehrenhaften Absichten geschickt zu ziehen wüßten. Ethik wäre dann als „autonome" gerade nicht mehr gefragt, als möglicher Reibungsfaktor eines störrischen, „objektiven" Gewissens vielmehr unerwünscht und würde gerade mit dem Hinweis auf den jeweils überlebenstechnisch erfolgreichen Konsens der Mehrheit diesem angebunden und somit ausgeschaltet. Auch Monods Hinweis auf die „soziologischen Bedürfnisse" nach Mut, Nächstenliebe usw. verdrängt die notwendige Angabe ihrer ideal-humanen Ziele durch die Evaluierung sich evolutiv steigernder Überlebenschancen von Systemen.

[19] Ebd., 216.

Schluß: Ethos und Leistung

Die entscheidende Differenz zur integralen Ethik im christlichen Kontext liegt nach dem Gesagten in den Grenzziehungen. Sicherlich können wir Zeitgenossen des 20. Jahrhunderts nicht mehr unbesehen die Kosmologie und auch Teile der Anthropologie und Gesellschaftslehre Augustins und Thomas von Aquins übernehmen. Der Gang der Naturwissenschaften und der immer stärker sich ausdifferenzierenden Humanwissenschaften hat irreversible Umwälzungen und Einsichten hervorgebracht, die jegliches Zurück in „geschlossene" Systeme von vornherein zum Scheitern verurteilen. Es geht auch im Tiefsten nicht um die konkurrierende Bewertung von Wissenschaft damals und heute, sondern um die Frage nach dem Sinn und Ethos des Menschen und seiner sozialen Äußerungen. Eine derartige Reflexion darf nicht reduziert werden zum Anhängsel einzelwissenschaftlicher Perspektiven und Aussagemöglichkeiten, die dazu noch teils durch Übereinkunft, teils durch die Wahl ihrer Methoden und Formalobjekte keinen Anspruch mehr auf transgredienten Sinn und auf die Entwicklung transzendentaler Ordnungs- und Humanitätsdeutungen stellen können und dies auch nicht wollen. Umgekehrt gilt: der Versuch, solche Fragen und Strukturen zur Sprache zu bringen und „integrale" Perspektiven zu entwerfen, muß exogene Informationen der einzelnen Wissenschaften aufnehmen, muß sich dem „authentischen" Forum der kritischen Erörterung stellen und offen sein für Korrektur. Die christlich integrale Position verliert sich aber in dieser Offenheit nicht ins Grundlose, kann sie sich doch auf einen Befund stützen, der in der geistigen Natur und personalen Würde des Menschen wurzelt, die zwar über den Menschen hinausweisen, gleichermaßen aber für ihn und in ihm konstitutiv wirksam sind und so die anthropologische wie ethische Explikation des Menschen über den Menschen hinaus zu seinem eigentlichen Grund hin ermöglichen. Dieser integrale Humanismus bedeutet näherhin:

1. die fundamentale Wert- und Sinnhaftigkeit des Menschen und der Welt als von Gott geschaffener Schöpfung (kreatürliches Prinzip);
2. einen Totalitätsentwurf des Menschen zu wagen — in aller Vorsicht und ganz gewiß ohne triumphalistische Besserwisserei —, der diesen als selbstbewußte Einheit derjenigen Strukturen begreift, welche die theozentrisch begründete Einheit der Schöpfung ordnen (Prinzip der mikrokosmischen Sinnfindung);
3. die Möglichkeit, mit allen Weisen erschließender und verstehender Hinsicht den Hintergrund und Zusammenhang solcher Positivität des gesamten Seins zu bejahen und zu verdeutlichen im Prozeß „offener" Überlegungen (Prinzip der reflexen universalen Biophilie);

4. Ethos als Achse personaler Würde zu verstehen und die Grundnormen der Ethik in der sinnvollen, vernünftigen Natur des Menschen als Isomorphie von Sein und Geist, von Selbst-, Welt- und Gottoffenheit zu erheben (Prinzip der autonomen Ethik im christlichen Kontext); und
5. die soziale und kulturelle Ausstrahlung des integralen Ethos aufgrund des Schöpfungszusammenhanges im Konkreten ernst zu nehmen und eine Ethik des Respekts und der Verantwortung gegenüber Natur und Gesellschaft zu entwickeln, bzw. immer wieder „prophetisch" und zeitkorrektiv ihre Notwendigkeit zu betonen (Prinzip der konkreten Weltverantwortung).

Aus diesen und nicht aus anderen Quellen schöpfen der integrale Humanismus und seine „autonome Moral", und von ihnen her kann er einen Anspruch erheben, der nicht dem ständigen Wandel und der Auflösung von Anthropologien und Weltanschauungen ausschnitthafter Geltung unterliegt oder aber die unübersteigbare Partikularität, die Sinn- und Wertneutralität der Lebensbereiche oder ihre inneren Dichotomien zum schicksalhaften Prinzip erhebt. Eine solche zusammenschauende Sichtweise hat den zeitgebundenen Ausdrucksformen der großen Denker des Christentums, denen wir bei Augustinus und Thomas von Aquin exemplarisch nachgegangen sind, zugrunde gelegen, und sie ist uns als zeitlos verbindliches und kreatives Erbe hinterlassen für das Verständnis des Menschen in unserer Zeit bei veränderten Umständen.

Die christliche Bewertung von Leistung und ihrer Tochtertugenden und Untugenden, die christlich inspirierte Stellungnahme zu den Krisen der modernen Gesellschaft können als ethisch und sinnhaft gebundenes Bemühen auf die Verläßlichkeit des hier vorgestellten integralen Humanismus vertrauen, ohne deshalb vorgeben zu müssen, sie hätten fertige Lösungen für jedes Problem und ins einzelne gehende Weisungen für die Praxis. Die schon angesprochene Offenheit für die Beiträge und Interpretationen der einzelnen Wissenschaften drückt im wesentlichen nichts anderes aus als die Erkenntnis, daß humaner Fortschritt die instrumentalen und ideellen Dimensionen des Menschen geschichtlich immer wieder ins Lot bringen muß, derart, daß der humane Dienstwert jeder Leistung, sei es in Wissenschaft, Technik oder Wirtschaft ernst genommen und die Transparenz und Dominanz ihrer Sinn- und Wertbezüge in allen Lebensbereichen vermittelt und verdeutlicht werden müssen. Die im Entstehen begriffene wissenschaftlich-technische Weltgesellschaft mag ihre Fortschritts- und Steuerungskapazitäten noch so sehr steigern; wenn dies nur um den Preis der humanen Substanz möglich ist, müßte jeder weitere Schub die Selbstzerstörung der vereinheitlichten Individuen und ihrer so perfekt beherrschten Lebenswelt nach sich ziehen. Der Christ resigniert nicht vor der Zerrissenheit des Menschen als genetisches Datum oder als Ergebnis geschichtlicher Fehlentwicklung, und er reduziert nicht Sittlichkeit und Ethik auf die evolutionäre oder revolutionäre Kreativität der aufklärerischen Vernunft, ebensowenig wie er dem Verzicht auf wesenhafte, in der „Natur" des Menschen anklingende ursprüngliche und wegweisende Normativität und Sinnhaftigkeit zustimmen kann. Die gerade für den Christen bedeutsame fundamentale Biophilie des Menschen und ihre produktiven Orientierungen lassen sich im christlichen Kontext nicht erschöpfend erklären durch das Argument der Einsamkeitsvermeidung und der vielfältigen Not des Lebens, obwohl diese Tendenzen elementar wirken und vom Blickpunkt der empirischen Anthropologien mit ihren spezifischen Kategorien auch stringent gedeutet werden können mit einem hohen Informationswert für das christliche Bild vom Menschen. Der christliche Humanismus bestimmt das Welt- und Selbstverständnis des Menschen deshalb positiv, weil Gott die Welt will, ihr darin Sinn verleiht und dem Menschen einen ursprünglichen und sicheren Ort für sein Bemühen um Identität in und durch Geschichte. Dieses Vertrauenkönnen erschließt sich nur der Zusammenschau von kontingenten und absoluten Konditionen konkreter Ordnungen, autotransparent und insofern einmalig konzentriert im Mikrokosmos Mensch. Seine transzendierende Sinnsuche braucht nicht auf phänomenale Befunde zu verzichten, denn Transzendenz zeigt sich schon in der Ganzheits- und Endgültigkeitstendenz seiner biophilen Orientierungen, vorzüglich in der Liebe. Der Mensch liebt das Leben und seine aktive Entfaltung als etwas Positives, Vervollkommnendes und Erfüllendes und will ein Sein, das dieser latent oder ausdrücklich entgrenzten Sehnsucht entspricht. Die ernüchternde Endlichkeit seiner Existenz, ihm schmerzhaft bis zur Verzweiflung bewußt, führt nicht mit Notwendigkeit zur Desillusionierung seines Unendlichkeitsstrebens auf die Ebene aufgeklärter Endlichkeit, sei es mit liberalen oder marxistischen Vorzeichen. Augustins „Inquietum est cor nostrum" verkörpert in leidenschaftlicher Tiefe das unendliche Verlangen des Menschen nach Erfüllung seines Lebens durch lebendige personale Positivität und kann nicht mit dem Hinweis auf nachträglich herangetragene Metaphysik des Illusionären bezichtigt werden. Menschliches Leben selbst enthüllt Unendlichkeit, trägt in seinem Kern ewigen Sinn, elementare Gerichtetheit, Richtigkeit und Gutheit, die der Mensch aber nicht ursprunghaft aus sich heraus leistet, sondern als Gottes Stiftung und Geschenk erkennt und ver-antwortet. Hierin unterscheidet sich der christliche Humanismus endgültig von allen anthropozentrischen Konzepten einer neuen Gesellschaft und eines neuen Menschen, die alle den Grundgedanken variieren, „daß niemand und nichts außer uns selbst dem Leben Sinn gibt, wobei diese radikale Unabhängigkeit und Nichtheit die Voraussetzung für eine volle Aktivität sein kann, die dem Geben und Teilen gewidmet ist"[1].

[1] *E. Fromm,* Haben oder Sein, a. a. O., 167.

Literaturverzeichnis

Adorno, Th. W., Minima Moralia, Reflexionen aus dem beschädigten Leben, in: Gesammelte Schriften, hrsg. von R. Tiedemann, Bd. 4, Frankfurt/M. 1980.
— Zur Logik der Sozialwissenschaften, in: Maus, H., Fürstenberg, F. (Hrsg.), Der Positivismusstreit in der deutschen Soziologie, Neuwied, Berlin 1970.
— Negative Dialektik, in: Gesammelte Schriften, hrsg. von R. Tiedemann, Bd. 6, Frankfurt/M. 1973.
Allensbacher Jahrbuch der Demoskopie Bd. VII, 1976—1977, hrsg. von E. Noelle-Neumann, Wien, München, Zürich, Innsbruck 1977.
Altner, G., Der Sozialdarwinismus, in: Altner, G. (Hrsg.), Der Darwinismus. Die Geschichte einer Theorie, Darmstadt 1981.
Ambrosius, De Nabuthe, in: Migne, Patrologiae cursus completus, series latina, (PL), Bd. 14.
Amery, C., Das Ende der Vorsehung. Die gnadenlosen Folgen des Christentums, Hamburg 1972.
Andresen, C., Bibliographia Augustiniana, Darmstadt 1973.
Auer, A., Autonome Moral und christlicher Glaube, Düsseldorf 1971.
— Ein Modell theologisch-ethischer Argumentation: Autonome Moral, in: Auer, Biesinger, Gutschera (Hrsg.), Moralerziehung im Religionsunterricht, Freiburg, Basel, Wien 1975.
— Erich Fromms Anatomie der Destruktivität aus theologischer Sicht, in: Reif, A. (Hrsg.), Erich Fromm. Materialien zu seinem Werk, Wien, München, Zürich 1978.
Augustinus, Opera, in: Corpus scriptorum ecclesiasticorum latinorum (CSEL) und: Migne, Patrologiae cursus completus, series latina (PL).

Baader, F. von, Gedanken über Staat und Gesellschaft, Revolution und Reform, Darmstadt 1968.
Bachofen, J. J., Das Mutterrecht, Frankfurt/M. 1975.
Bacon, F., Neu-Atlantis, übers. von S. Gerber, Berlin/Ost 1959.
Bahro, R., Die Alternative. Zur Kritik des real existierenden Sozialismus, Frankfurt/M. 1977.
— Plädoyer für schöpferische Initiative. Zur Kritik von Arbeitsbedingungen im real existierenden Sozialismus, Köln 1980.
Baldwin, A. L., Theorien primärer Sozialisationsprozesse, Weinheim, Basel 1974.
Balmer, H. P., Befreiung von der Destruktivität? Erich Fromm in der Debatte um die menschliche Aggression, in: Reif, A. (Hrsg.), Erich Fromm. Materialien zu seinem Werk, a. a. O.
Becker, W., Die Freiheit, die wir meinen. Entscheidung für die liberale Demokratie, München 1982.
Bell, D., Arbeit, in: Bernsdorf, W. (Hrsg.), Wörterbuch der Soziologie, Stuttgart 1969.
— Die nachindustrielle Gesellschaft, Frankfurt/M., 2. Aufl. 1976.
Bendix, R., Herrschaft und Industriearbeit. Untersuchungen über Liberalismus und Autokratie in der Industrialisierung, Frankfurt/M. 1960.
Bentham, J., An Introduction to the Principles of Morals and Legislation, London 1822.
Bergmann, J., Technologische Rationalität und spätkapitalistische Ökonomie, in: Habermas, J. (Hrsg.), Antworten auf H. Marcuse, Frankfurt/M. 1968.
Beyme, K. von, Die politischen Theorien der Gegenwart. Eine Einführung, München 4. Aufl. 1980.

Bienert, W., Der überholte Marx. Seine Religionskritik und Weltanschauung kritisch untersucht, Stuttgart 1974.
— Über Marx hinaus zum wahren Menschsein, Frankfurt/M. 1979.
Biser, E., Auf der Grenze zweier Welten. Zur Frage nach den Grenzen des Menschen und der Anthropologie, in: Stimmen der Zeit 197/1979.
Bleistein, R., Therapie der Langeweile, Freiburg 1973.
— Freizeit wofür? Würzburg 1978.
Blin, M., Die veruntreute Erde. Der Mensch zwischen Technik und Mystik, Freiburg 1977.
Bloch, E., Atheismus im Christentum. Zur Religion des Exodus und des Reiches, in: Bloch, E., Gesamtausgabe, Bd. 14, Frankfurt/M. 1968.
— Freiheit und Ordnung, Hamburg 1969.
Böckerstette, H., Aporien der Freiheit und ihre Aufklärung durch Kant, Stuttgart, Bad Cannstatt 1982.
Borst, A., Lebensformen im Mittelalter, Frankfurt, Berlin, Wien 1979.
Bracher, K. D., Ende des bürgerlichen Zeitalters? Betrachtungen zur antibürgerlichen Welle der Zwischenkriegszeit, in: Aus Politik und Zeitgeschehen. Beilage zur Wochenzeitung „Das Parlament" 48/1978.
Braun, H., Leistung und Leistungsprinzip in der Industriegesellschaft. Soziale Normen im Wandel, Freiburg, München 1977.
Broszat, M., Der Staat Hitlers, München, 6. Aufl., 1976.

Calvin, J., Institutio Christianiae religionis, übers. und bearb. nach der letzten Ausgabe von Otto Weber, Neuenkirchen 1955.
Campanella, Th., Der Sonnenstaat. Idee eines philosophischen Gemeinwesens, Berlin/Ost 1955.

Dahrendorf, R., Gesellschaft und Demokratie in Deutschland, München 1967.
— Homo sociologicus, Opladen 10. Aufl. 1974.
Dempf, A., Sacrum Imperium. Geschichts- und Staatsphilosophie des Mittelalters und der politischen Renaissance, Darmstadt 2. Aufl. 1954.
— Ethik des Mittelalters, in: Howald, Dempf, Litt, Geschichte der Ethik vom Altertum bis zum Beginn des 20. Jahrhunderts, München, Wien 1978.
Descartes, R., Discours de la méthode, übers. und hrsg. von L. Gäbe, Hamburg 1960.
Dobb, M., Entwicklung des Kapitalismus. Vom Spätfeudalismus bis zur Gegenwart, Mönchengladbach 1970.
Dönhoff, M. Gräfin von, Leben ohne Glauben. Auf der Suche nach einem Wertsystem für die Industriegesellschaft, in: Die Zeit 52/1979.
Dreier, W., *Kümmel, R.* (Hrsg.), Zukunft durch kontrolliertes Wachstum. Naturwissenschaftliche Fakten, sozialwissenschaftliche Probleme, theologische Perspektiven. Ein interdisziplinärer Dialog, Münster 1977.
Dritter Familienbericht der Bundesregierung, in: Deutscher Bundestag, 8. Wahlperiode, Drucksache 8/3120 vom 20. 8. 1979.

Eid, V., Zum Verhältnis von Autonomie und Theonomie im christlichen Ethos, in: Theologische Quartalschrift, Tübingen 3/1980.
Elias, N., Über den Prozeß der Zivilisation. Soziogenetische und psychogenetische Untersuchungen, Bd. 2: Wandlungen der Gesellschaft. Entwurf zu einer Theorie der Zivilisation, Baden-Baden 1976.
Engelhardt, P. (Hrsg.), Sein und Ethos. Untersuchungen zur Grundlegung der Ethik, in: Walberberger Studien. Philosophische Reihe Bd. 1, Mainz 1963.
Engels, F., Brief an J. Bloch vom 21./22. 9. 1880, in: Marx/Engels, Studienausgabe, hrsg. von I. Fetscher, Bd. 1, Philosophie, Frankfurt/M. 1966.
— Die Entwicklung des Sozialismus von der Utopie zur Wissenschaft, in: Marx/Engels Werke (MEW), Berlin/Ost 1972 ff. Bd. 19.
Engels, W., Soziale Marktwirtschaft, verschmähte Zukunft? Stuttgart 1972.

Eppler, E., Ende oder Wende. Von der Machbarkeit des Notwendigen, Berlin 1975.
— Wege aus der Gefahr, Reinbek 1981.

Fest, J., Hitler. Eine Biographie, Frankfurt/M. Berlin, Wien 1973.
Fetscher, I., Arbeit, in: Fetscher, I. (Hrsg.), Veränderung der Gesellschaft — Sechs konkrete Utopien, Frankfurt/M. 1970.
Feuerbach, L., Das Wesen des Christentums, in: Ludwig Feuerbach, Sämtliche Werke, Bd. 6, hrsg. von Wilhelm Bolin, Stuttgart, Bad Cannstatt, 2. Aufl. 1960.
Fischer, Th., Städtische Armut und Armenfürsorge im 15. und 16. Jahrhundert. Sozialgeschichtliche Untersuchungen am Beispiel der Städte Basel, Freiburg i. Br. und Straßburg, in: Göttinger Beiträge zur Wirtschafts- und Sozialgeschichte hrsg. von W. Abel und K. H. Kaufhold, Bd. 4, Göttingen 1979.
Fischer, W., Gewinn- und Leistungsorientierung in sozialhistorischer Sicht, in: Hartfiel, G. (Hrsg.), Das Leistungsprinzip, a. a. O.
Fischoff, E., Die protestantische Ethik und der Geist des Kapitalismus. Die Geschichte einer Kontroverse, in J. Winckelmann (Hrsg.), Max Weber. Kritiken und Antikritiken. Die protestantische Ethik, a. a. O.
Forrester, J. W., Der teuflische Regelkreis, Stuttgart 1971.
Fräntzki, E., Der mißverstandene Marx. Seine metaphysisch-ontologische Grundstellung, Pfullingen 1978.
Freud, S., Das Unbehagen in der Kultur, in: Freud, S., Abriß der Psychoanalyse, Das Unbehagen in der Kultur, Frankfurt/M., Hamburg 12. Aufl. 1965.
— Die Zukunft einer Illusion, in: Freud, S., Massenpsychologie und Ich-Analyse, Die Zukunft einer Illusion, Frankfurt/M., Hamburg 5. Aufl. 1971.
Freyer, H., Die Bewertung der Wirtschaft im philosophischen Denken des 19. Jahrhunderts, (Repro. der Habilitationsschrift Freyers aus dem Jahre 1922), Hildesheim 1966.
Fromm, E., Psychoanalyse und Ethik, Stuttgart, Konstanz 2. Aufl. 1954.
— Der moderne Mensch und seine Zukunft. Eine sozialpsychologische Untersuchung, Frankfurt/M. 1960.
— Das Menschenbild bei Marx, Frankfurt/M. 1963.
— Die Entwicklung des Christusdogmas. Eine psychoanalytische Studie zur sozialpsychologischen Funktion der Religion, in: Fromm, E., Das Christentum und andere Essays, München 1965.
— Psychoanalyse und Religion, Zürich 1966.
— Das Menschliche in uns. Die Wahl zwischen Gut und Böse, Zürich 1967.
— Die Furcht vor der Freiheit, Frankfurt/M. 1970.
— Die Herausforderung Gottes und des Menschen, Zürich 1970.
— Über Methode und Aufgabe einer analytischen Sozialpsychologie. Bemerkungen über Psychoanalyse und historischen Materialismus, in: Fromm, E., Analytische Sozialpsychologie und Gesellschaftstheorie, Frankfurt/M. 1970.
— Haben oder Sein. Die seelischen Grundlagen einer neuen Gesellschaft, Stuttgart 1976.
— Anatomie der menschlichen Destruktivität, Stuttgart 3. Aufl. 1978.
— Die Kunst des Liebens, Frankfurt/M., Berlin, Wien 1979.
— Sigmund Freuds Psychoanalyse — Größe und Grenzen, Stuttgart 1979.
Fromm, E., Maccoby, M., Psychoanalytische Charakterologie in Theorie und Praxis. Der Gesellschaftscharakter eines mexikanischen Dorfes, in: E. Fromm, Empirische Untersuchungen zum Gesellschaftscharakter, in: E. Fromm, Gesamtausgabe, hrsg. von R. Funk, Bd. III, Stuttgart 1981.
Fromm, E., Xirau, R., The Nature of Man. Readings selected, New York 1968.
Fürstenberg, F., Einleitung, in: Fürstenberg, F. (Hrsg.), Religionssoziologie, Neuwied, Berlin 1974.
Funk, R., Mut zum Menschen. Erich Fromms Denken und Werk, seine humanistische Religion und Ethik. Mit einem Nachwort von Erich Fromm, Stuttgart 1978.
Funke, G., Aufklärung — eine Frage der moralischen Haltung? in: Schoeps, H. J. (Hrsg.), Zeitgeist der Aufklärung, Paderborn 1972.

Galbraith, J. K., Die Tyrannei der Umstände, München 1978.
Gall, L. (Hrsg.), Liberalismus, in: Neue wissenschaftliche Bibliothek, Abt. Geschichte, Bd. 85, Köln 1976.
Gehlen, A., Mensch und Institution, in: Gehlen, A., Anthropologische Forschungen. Zur Selbstbegegnung und Selbstentdeckung des Menschen, Hamburg 1961.
Global 2000. Der Bericht an den Präsidenten, 10. Aufl. Frankfurt/M. 1981.
Grebing, H., Geschichte der deutschen Arbeiterbewegung. Ein Überblick, München 1966.
Gremmels, Ch., Fragen der Ethik und der Arbeitswelt, in: Handbuch der christlichen Ethik, Bd. 2, Freiburg 1978.
Grenner, K. H., Wirtschaftsliberalismus und katholisches Denken, Köln 1967.
Groethuysen, B., Die Entstehung der bürgerlichen Welt- und Lebensanschauung in Frankreich, Band 1: Das Bürgertum und die katholische Weltanschauung, Band 2: Die Soziallehren der katholischen Kirche und das Bürgertum, Tübingen 1978 (Nachdruck der Ausgabe Halle/Saale 1927).
Gruhl, H., Ein Planet wird geplündert. Die Schreckensbilanz unserer Politik, Frankfurt/M. 1975.
Guardini, R., Das Ende der Neuzeit. Ein Versuch zur Orientierung, Würzburg 1950.
Guzzoni, U., Werden zu sich. Eine Untersuchung zu Hegels Wissenschaft der Logik, Freiburg 1963.

Habermas, J., Diskussionsbeitrag, in: Bedingungen und Organisation des Widerstands. Der Kongreß in Hannover, in: Voltaire Flugschrift 12, Berlin 1967.
— Technik und Wissenschaft als Ideologie, Frankfurt/M. 1968.
— Legitimationsprobleme des Spätkapitalismus, Neuwied 1973.
— Zur Rekonstruktion des Historischen Materialismus, Frankfurt/M. 2. Aufl. 1976.
— Theorie des kommunikativen Handelns, 2 Bände, Frankfurt/M. 1981.
Haffner, S., Anmerkungen zu Hitler, München 1978.
Harich, W., Kommunismus ohne Wachstum? Babeuf und der „Club of Rome“, Reinbek 1975.
Hartfiel, G. (Hrsg.), Das Leistungsprinzip. Merkmale, Bedingungen, Probleme, Opladen 1977.
Hartmann, N., Das Problem des geistigen Seins. Untersuchungen zur Grundlegung der Geschichtsphilosophie und der Geisteswissenschaften, Berlin 1962.
— Ethik, Berlin 4. Aufl. 1962.
Haug, W. F., Das Ganze und das Andere. Zur Kritik der reinen revolutionären Transzendenz, in: Habermas, J. (Hrsg.), Antworten auf H. Marcuse, Frankfurt/M. 1968.
Hayek, F. A. von, Individualismus und wirtschaftliche Ordnung, Zürich 1952.
— Die Verfassung der Freiheit, Tübingen 1971.
Hegel, G. W. F., Phänomenologie des Geistes, in: Hegel, Sämtliche Werke, hrsg. von J. Hoffmeister, Bd. 5, Hamburg 6. Aufl. 1952.
Heidegger, M., Die Frage nach der Technik: die Künste im technischen Zeitalter, München 1954.
Heller, A., Aufklärung und Radikalismus. Kritik der psychologischen Anthropologie Erich Fromms, in: Reif, A. (Hrsg.), Erich Fromm. Materialien zu seinem Werk, a. a. O.
Hemmer, H. O., Hindrichs, W., „Nicht Stillstand, sondern Fortschritt in der Sozialpolitik soll unser Kampfruf sein.“ Grunddaten zur Geschichte sozialer Reformen in Deutschland, in: Gewerkschaftliche Monatshefte 7/1981.
Hentig, H. von, Der nekrotope Mensch, in: Beiträge zur Sozialforschung, Heft 30, Stuttgart 1964.
Herion, H., Utopische Intention und eschatologische Perspektive. Marcuses Herausforderung an die christliche Sozialethik. Mit einem Vorwort von Wilhelm Dreier, Frankfurt/M. 1979.
Hobbes, Th., Leviathan, oder von Materie, Form und Gewalt des kirchlichen und bürgerlichen Staates, übers. von J. P. Mayer, Zürich/Leipzig 1936.

Höffe, O., Sittlichkeit, in: Handbuch philosophischer Grundbegriffe, Bd. 5, München 1974.
— (Hrsg.), Einführung in die utilitaristische Ethik, München 1975.
Hofmann, W., Ideengeschichte der sozialen Bewegung des 19. und 20. Jahrhunderts, Berlin 1962.
Horkheimer, M., Dämmerung, Zürich 1934.
— Zur Kritik der instrumentellen Vernunft, Frankfurt/M. 1974.
Huizinga, J., Wege der Kulturgeschichte, München 1930.

Ichheiser, G., Kritik des Erfolges. Eine soziologische Untersuchung, Leipzig 1930.
Inglehart, R., Wertwandel und politisches Verhalten, in: Matthes, J. (Hrsg.), Sozialer Wandel in Westeuropa, Frankfurt/M., New York 1979.

Jay, M., Dialektische Phantasie. Die Geschichte der Frankfurter Schule und des Instituts für Sozialforschung 1923—1950, Frankfurt/M. 1976.
Jensen, O., Unter dem Zwang des Wachstums. Ökologie und Religion, München 1977.
Jochmann, W. (Hrsg.), Adolf Hitler. Monologe im Führerhauptquartier 1941—1944. Die Aufzeichnungen H. Heims, Hamburg 1980.
Johannes XXIII., Enzyklika „Mater et Magistra", in: Die Sozialenzyklika Papst Johannes XXIII. Mater et Magistra. Mit einer Einführung in die Soziallehre der Päpste von Leo XIII. bis Johannes XXIII. von Prof. E. Welty OP., Freiburg 1961.
Johannes Paul II., Enzyklika „Redemptor Hominis", in: Verlautbarungen des Apostolischen Stuhls, hrsg. vom Sekretariat der Deutschen Bischofskonferenz, Bonn 6/1979.
Jonas, H., Das Prinzip Verantwortung. Versuch einer Ethik für die technologische Zivilisation, Frankfurt/M. 1979.
Jouvenel, B. de, Jenseits der Leistungsgesellschaft. Elemente sozialer Vorausschau und Planung, Freiburg 1971.

Käsler, D., Einführung in das Studium Max Webers, München 1979.
Kahn, H., Vor uns die guten Jahre. Ein realistisches Modell unserer Zukunft, Wien, München 1977.
Kant, I., Werke, hrsg. von W. Weischedel, Frankfurt/M. 1964.
Kellenbenz, H., Deutsche Wirtschaftsgeschichte, Bd. 1, München 1977.
Kerber, W., Manipulierung des Menschen durch die Werbung? in: Stimmen der Zeit 186/1970.
Ketteler, W. E. von, Die Arbeiterfrage und das Christentum, in: Texte der katholischen Soziallehre II, 1. Halbbd., hrsg. vom Bundesvorstand der katholischen Arbeitnehmerbewegung (KAB) Deutschlands, Kevelaer 1976.
— Christentum und Sozialdemokratie, in: Texte der katholischen Soziallehre II, 1. Halbbd., a. a. O.
— Wie ist Bismarck ein Feind der Kirche geworden? in: Birke, A. M., Bischof Ketteler und der deutsche Liberalismus, Mainz 1971.
Kirche und Arbeiterschaft. Ein Beschluß der Gemeinsamen Synode der Bistümer in der Bundesrepublik Deutschland, in: Heftreihe: Synodenbeschlüsse, Heft 15.
Klages, H., Technischer Humanismus. Philosophie und Soziologie der Arbeit bei Karl Marx, Stuttgart 1964.
Klose, Th., Quaerere Deum — Suche nach Gott und Verständnis Gottes in den Bekenntnissen Augustins, in: Theologie und Philosophie 54/1979, Heft 2.
Klüber, F., Katholische Gesellschaftslehre, 1. Band: Geschichte und System, Osnabrück 1968.
Kluxen, W., Thomas von Aquin: Zum Gutsein des Handelns, in: Philosophisches Jahrbuch der Görresgesellschaft 87/1980, 2. Halbbd.
Kmieciak, P., Wertstrukturen und Wertwandel in der Bundesrepublik Deutschland, Göttingen 1976.
König, R., Die Familie der Gegenwart, München 1974.
Kofler, L., Zur Geschichte der bürgerlichen Gesellschaft, 6. Aufl. Darmstadt 1976.
Kolakowski, L., Vom Sinn der Geschichte, in: Neues Forum 13/1966.
— Der Priester und der Narr, in: Kolakowski, L., Der Mensch ohne Alternative, a. a. O.

— Die Hauptströmungen des Marxismus. Entstehung — Entwicklung — Zerfall, Bd. 1, München 1977.
— Der Mensch ohne Alternative, München 1960.
Korff, W., Norm und Sittlichkeit. Untersuchungen zur Logik der normativen Vernunft, Mainz 1973.
— Theologische Ethik. Eine Einführung. Unter Mitarbeit von W. Fürst und J. Torggler, Freiburg, Basel/Wien 1975.
Kosellek, R., Staat und Gesellschaft in Preußen 1815—1848, in: Wehler, H. U. (Hrsg.), Moderne deutsche Sozialgeschichte, in: Neue wissenschaftliche Bibliothek, Abt. Geschichte, Bd. 10, Köln/Berlin 1966.
Koslowski, P., Gesellschaft und Staat. Ein unvermeidlicher Dualismus, Stuttgart 1982.
Kraus, J. B., Scholastik, Puritanismus und Kapitalismus. Eine vergleichende dogmengeschichtliche Übergangsstudie, München, Leipzig 1930.
Krieger, H., Krank an Besitz, in: Reif, A. (Hrsg.), Erich Fromm. Materialien zu seinem Werk, a. a. O.
Krockow, Ch. Graf von, Warnung vor Preußen, Berlin 1981.
Krolzik, U., Umweltkrise — Folge des Christentums? Stuttgart, Berlin 1979.
Kulischer, J., Allgemeine Wirtschaftsgeschichte des Mittelalters und der Neuzeit, Bd. 1: Das Mittelalter, München, Wien 3. Aufl. 1965.

Lampert, H., Sozialpolitik, Berlin, Heidelberg, New York 1980.
Landmann, M., Das Ende des Individuums. Anthropologische Skizzen, Stuttgart 1971.
Lassalle, F., Offenes Antwortschreiben an das Zentral-Komitee zur Berufung eines allgemeinen Deutschen Arbeiter-Kongresses in Leipzig, in: Lassalle, F., Gesammelte Reden und Schriften, Bd. 3: Die Agitation für den Allgemeinen Deutschen Arbeiterverein, Das Jahr 1863, Polemik, Berlin 1919.
Lay, R., Grundzüge einer komplexen Wissenschaftstheorie, Bd. 2, Wissensschaftsmethodik und spezielle Wissenschaftstheorie, Frankfurt/M. 1973.
Lenk, H. (Hrsg.), Technokratie als Ideologie. Sozialphilosophische Beiträge zu einem politischen Dilemma, Stuttgart, Berlin, Köln, Mainz 1973.
— Technokratie und Technologie. Notizen zu einer ideologischen Diskussion, in: Lenk, H. (Hrsg.), Technokratie als Ideologie, a. a. O.
Leo XIII., Enzyklika: Über die Arbeiterfrage (Rerum Novarum), in: Die sozialen Rundschreiben Leos XIII. und Pius XI., hrsg. von G. Gundlach, Paderborn 1931.
Leontovitsch, V., Das Wesen des Liberalismus, in: Gall, L. (Hrsg.), Liberalismus, a. a. O.
Liedke, G., Von der Ausbeutung zur Kooperation. Theologisch — philosophische Überlegungen zum Problem des Umweltschutzes, in: Weizsäcker, E. von (Hrsg.), Humanökologie und Umweltschutz, Stuttgart 1972.
Lohfink, N., Priesterschrift und die Grenzen des Wachstums, in: Stimmen der Zeit 192/1974.
— Macht euch die Erde untertan, in: Orientierung 1974.
Lorenz, K., Das sogenannte Böse. Zur Naturgeschichte der Aggression, Wien 25. Aufl. 1970.
— Die acht Todsünden der zivilisierten Menschheit, München 1973.
Lorenz, R., Zwölf Jahre Augustinusforschung (1959—1970), in: Theologische Revue 38/1973.
Lotz, J. B., Von der Einsamkeit des Menschen. Zur geistigen Situation des technischen Zeitalters, Frankfurt/M. 2. Aufl. 1956.
— Die Religionen in ihrer Bedeutung für die technische Kultur, München 1979.
Ludwig, H., Die Kirche im Prozeß der gesellschaftlichen Differenzierung. Perspektiven für eine neue sozialethische Diskussion, Mainz 1976.
Lübbe, H., Bemerkungen zur aktuellen Technokratie — Diskussion, in: Lenk, H. (Hrsg.), Technokratie als Ideologie, a. a. O.
— Theorie und Entscheidung, Freiburg 1971.
Lüling, H. Ch., Freiheit und wirtschaftlicher Liberalismus. Die innere Freiheit des Men-

schen — ihre Unentbehrlichkeit für die Zukunft einer freiheitsorientierten Gesellschaft, Göttingen 1979.

Lütge, F., Deutsche Sozial- und Wirtschaftsgeschichte, Berlin, Heidelberg, New York 3. Aufl. 1966.

Lukács, G., Die Zerstörung der Vernunft. Der Weg des Irrationalismus von Schelling zu Hitler, Berlin 1955.

Luther, M., Werke. Kritische Gesamtausgabe, Weimar 1883 ff.

Machovec, M., Vom Sinn des menschlichen Lebens, Freiburg 1971.

Mackenroth, G., Bevölkerungsweise und Wirtschaftsweise, in: Tjaden, K. H. (Hrsg.), Soziale Systeme, Neuwied, Berlin 1971.

Mandel, E., Entstehung und Entwicklung der ökonomischen Lehre von Karl Marx, Frankfurt/M. 1968.

— Marxistische Wirtschaftstheorie, Frankfurt/M. 1971.

— Der Spätkapitalismus. Versuch einer marxistischen Erklärung, Frankfurt/M. 1972.

Marcuse, H., Die Gesellschaftslehre des sowjetischen Marxismus, Neuwied, Berlin 1964.

— Zur Kritik des Hedonismus, in: Kultur und Gesellschaft, Bd. 1, Frankfurt/M. 1965.

— Existentialismus: Bemerkungen zu Jean Paul Sartres L'Etre et le Néant, in: Kultur und Gesellschaft, Bd. 2, Frankfurt/M. 1965.

— Triebstruktur und Gesellschaft, Frankfurt/M. 1967.

— Repressive Toleranz, in: Wolff, R. P., Moore, B., Marcuse, H., Kritik der reinen Toleranz, Frankfurt/M. 1968.

— Der eindimensionale Mensch. Studien zur Ideologie der fortgeschrittenen Industriegesellschaft, Neuwied 3. Aufl. 1970.

Maritain, J., Christlicher Humanismus. Politische und geistige Fragen einer neuen Christenheit, Heidelberg 1950.

Marquard, O., Wie irrational kann Geschichtsphilosophie sein? in: Marquard, O., Schwierigkeiten mit der Geschichtsphilosophie, Frankfurt/M. 1973.

Marx, K., Einleitung zur Kritik der politischen Ökonomie, in: MEW, Bd. 13.

— Zur Kritik der politischen Ökonomie, in: MEW, Bd. 13.

— Thesen über Feuerbach, in: MEW, Bd. 13.

— Zur Kritik der Hegelschen Rechtsphilosophie, in: MEW, Bd. 1.

— Das Elend der Philosophie. Antwort auf Proudhons „Philosophie des Elends", in: MEW, Bd. 4.

— Kritik des Gothaer Programms, in: MEW, Bd. 19.

— Ökonomische Schriften, hrsg. von H. J. Lieber und B. Kautsky, Bd. 3: Das Kapital. Kritik der politischen Ökonomie, Darmstadt 1964.

— Ökonomisch-Philosophische Manuskripte, in: Fetscher, I. (Hrsg.), Marx/Engels Studienausgabe, Bd. 1: Philosophie, Bd. 2: Politische Ökonomie, Frankfurt/M. 1966.

Marx/Engels, Die deutsche Ideologie. Kritik der neuesten deutschen Philosophie und ihrer Repräsentanten Feuerbach, B. Bauer und Stirner, und des deutschen Sozialismus in seinen verschiedenen Propheten, in: MEW, Bd. 3.

— Manifest der kommunistischen Partei, in: MEW, Bd. 4.

Mathias, P., Wer entfesselte Prometheus? Naturwissenschaft und technischer Wandel: 1600 bis 1800, in: Musson, A. E. (Hrsg.), Wissenschaft, Technik und Wirtschaftswachstum im 18. Jahrhundert, Frankfurt/M., 1977.

Maupertuis, P. L. Moreau de, Recherche des lois du mouvement, in: Oeuvres, Bd. IV., Hildesheim 1965 (Nachdruck der Ausgabe Lyon 1768).

Maus, H., Arbeiter, in: Handwörterbuch der Sozialwissenschaften, Bd. 1, Stuttgart, Tübingen, Göttingen 1956.

Meadows, D. u. a., Die Grenzen des Wachstums, Stuttgart 1972.

— Wachstum bis zur Katastrophe? Pro und Contra zum Weltmodell, Stuttgart 1974.

Mering, O. Frhr. von, Inhärente Schwächen des älteren Liberalismus. Ein Beitrag zur Erklärung der nachfolgenden Entwicklung, in: Zeitschrift für die gesamte Staatswissenschaft, 119/1963.

Mesarović, M., Pestel, E., Menschheit am Wendepunkt. 2. Bericht an den Club von Rom zur Weltlage, Stuttgart 1974.
Meyer, H., Thomas von Aquin. Sein System und seine geistesgeschichtliche Stellung, Paderborn 2. Aufl. 1961.
Mitscherlich, A., Auf dem Wege zur vaterlosen Gesellschaft. Ideen zur Sozialpsychologie, Berlin 1963.
Monod, J., Zufall und Notwendigkeit, Philosophische Fragen der modernen Biologie, München 1971.
Morus, Th., Utopia, Übers. von G. Ritter, Darmstadt 1964.
Muck, O., Die transzendentale Methode in der scholastischen Philosophie der Gegenwart, Innsbruck 1964.
Müller, A., Die Elemente der Staatskunst, Berlin 1968.
Müller, J. H., Das wirtschaftliche Wachstum und die Kirche, in: Böckle, F., Stegmann, F. J. (Hrsg.), Kirche und Gesellschaft heute. Franz Groner zum 65. Geburtstag, Paderborn, München 1979.
Muhs, K., Geschichte des abendländischen Geistes, Grundzüge einer Kultursynthese, 2 Bde., Berlin 1954.
Mumford, L., Mythos Maschine. Kultur, Technik und Macht, Frankfurt/M. 1977.

Napier/Whitaker, Tatort Familie, Beispiele einer erfolgreichen Familientherapie, Düsseldorf, Köln 1979.
Nawroth, E., Die Sozial- und Wirtschaftsphilosophie des Neoliberalismus, in: Sammlung Politeia, Bd. 14, Heidelberg 1961.
Nell-Breuning, O. von, Wirtschaft und Gesellschaft, Bd. 1: Grundfragen, Freiburg 1965.
— Soziallehre der Kirche. Erläuterung der lehramtlichen Dokumente, Wien 1977.
— Das Recht auf Arbeit, in: Stimmen der Zeit 196/1978.
— Zukunft durch kontrolliertes Wachstum, in: Stimmen der Zeit 196/1978.
— Eigentum in der katholischen Soziallehre, in Stimmen der Zeit 197/1979.
Nietzsche, F., Menschliches, Allzumenschliches. Ein Buch für freie Geister, erster Band, in: Friedrich Nietzsche, Sämtliche Werke, Kritische Studienausgabe in 15 Bänden, hrsg. von G. Colli und M. Montinari, Band 2, München, Berlin, New York 1980.
Nipperdey, Th., Geschichte als Aufklärung, in: Die Zeit 9/1980.

Oelinger, J., Christentum und Neomarxismus. Konfrontationslinien ihres gesellschaftlichpolitischen Denkens, in: Die Neue Ordnung 3/1978.
Oelmüller, W., Was ist heute Aufklärung?, Düsseldorf 1972.
Offe, C., Leistungsprinzip und industrielle Arbeit, Frankfurt 1970.
Ollig, H. L., Philosophie und Zeitdiagnose. Aspekte deutscher Gegenwartsphilosophie, in: Theologie und Philosophie 3/1982.

Pasolini, P. P., Die anthropologische Revolution in Italien, München 1978.
Paul VI., Enzyklika: Über den zu fördernden Fortschritt der Völker (Populorum Progressio). Übersetzt und eingeleitet von L. Berg und M. Rock, Leutesdorf 1968.
— Die Arbeit im Dienst des Menschen. Ansprache an die Hauptversammlung der Internationalen Arbeiterorganisation in Genf am 10. 6. 1969, in: Texte zur katholischen Soziallehre: Die sozialen Rundschreiben der Päpste und andere kirchliche Dokumente, Kevelaer 1975.
Pesch, O. H., Kommentar zur Quaestio 94 der Summa Theologiae I. II., in: Deutsche Thomasausgabe, Bd. 13, Heidelberg 1977.
Pius XI., Enzyklika: Über die gesellschaftliche Ordnung, ihre Wiederherstellung und ihre Vollendung nach dem Heilsplan der Frohbotschaft. Zum 40. Jahrestag des Rundschreibens Leos XIII. „Rerum Novarum“ (Quadragesimo Anno), in: Die sozialen Rundschreiben Leos XIII. und Pius XI., Paderborn 1931.
Post, W., Zum Tode von Herbert Marcuse, in: Herder Korrespondenz 9/1979.

Rachfahl, F., Kalvinismus und Kapitalismus, in: J. Winckelmann (Hrsg.), M. Weber, Kritiken und Antikritiken, a. a. O.
Rahner, Vorgrimler, Kleines theologisches Wörterbuch, Freiburg, Basel, Wien 3. Aufl. 1963.
Ramm, Th., Die großen Sozialisten als Rechts- und Sozialphilosophen, Bd. 1: Die Vorläufer, Die Theoretiker des Endstadiums, Stuttgart 1953.
— Der Frühsozialismus, Quellentexte, Stuttgart 1968.
Rast, M., Theismus, in: Brugger, W. (Hrsg.), Philosophisches Wörterbuch, Freiburg 9. Aufl. 1962.
Rauscher, A., Die Bestimmung der Erdengüter für die Menschen und ihre Verwirklichung in der modernen Wirtschaft, in: Oeconomia Humana. Beiträge zum Wirtschaftskapitel der pastoralen Konstitution, Köln 1968.
Rawls, J., Eine Theorie der Gerechtigkeit, Frankfurt/M. 1975.
Reif, A., (Hrsg.), Erich Fromm. Materialien zu seinem Werk, Wien, München, Zürich 1978.
— Charakter und Aggression. Aufzeichnungen nach einem Gespräch mit Erich Fromm, in: Reif, A. (Hrsg.), Erich Fromm. Materialien zu seinem Werk, a. a. O.
Remmert, G., Schöpfungsauftrag und Umweltkrise, in: Stimmen der Zeit 194/1976.
Richter, G., Der Gotteskomplex. Die Geburt und die Krise des Glaubens an die Allmacht des Menschen, Hamburg 1979.
Rock, M., Ökologie aus sozialethischer Perspektive, in: Trierer Theologische Zeitschrift 5/1974.
— Umweltschutz. Eine Herausforderung an die christliche Ethik, in: Aktuelle Information, Mainz 8/1979.
Röpke, W., Die Gesellschaftskrise der Gegenwart, Zürich 4. Aufl. 1942.
— Civitas Humana. Grundfragen der Gesellschafts- und Wirtschaftsreform, Zürich 1944.
— Die natürliche Ordnung. Die neue Phase der wirtschaftspolitischen Diskussion, in: Kyklos 2/1948.
— Jenseits von Angebot und Nachfrage, Zürich, Stuttgart 1958.
Rohrmoser, G., Das Elend der kritischen Theorie. Theodor W. Adorno, H. Marcuse, J. Habermas, Freiburg 2. Aufl. 1970
Rolfes, H., Der Sinn des Lebens im marxistischen Denken, Düsseldorf 1971.
Ropohl, G., Zur Technokratiediskussion in der Bundesrepublik Deutschland, in: Lenk, H. (Hrsg.), Technokratie als Ideologie, a. a. O.
Rousseau, J. J., Der Gesellschaftsvertrag. Oder die Grundsätze des Staatsrechts, hrsg. und eingeleitet von H. Weinstock, Stuttgart 1966.
Rüstow, A., Wirtschaftsethische Probleme der sozialen Marktwirtschaft, in: Der Christ und die soziale Marktwirtschaft, Stuttgart 1955.
Ruf, K. A., Werbung und Ethik, in: Die Neue Ordnung 28/1974.

Sachsse, H., Technik und Verantwortung. Probleme der Ethik im technischen Zeitalter, Freiburg 1972.
— Der Mensch als Partner der Natur. Überlegungen zu einer nachcartesianischen Naturphilosophie und ökologischen Ethik, in: Kaltenbrunner, G. K. (Hrsg.), Überleben und Ethik, Die Notwendigkeit, bescheiden zu werden, in: Initiative 10, Freiburg, Basel, Wien 1976.
Schachtschabel, H., Geschichte der volkswirtschaftlichen Lehrmeinungen, Stuttgart, Düsseldorf 1971.
Schapiro, J. S., Was ist Liberalismus?, in: Gall, L. (Hrsg.), Liberalismus, a. a. O.
Scheler, M., Vom Verrat der Freude, in: Ders., Schriften zur Soziologie und Weltanschauungslehre, Bd. 6, Bern 2. Aufl. 1963.
— Der Formalismus in der Ethik und die materiale Wertethik. Neuer Versuch der Grundlegung eines ethischen Personalismus, Bern 4. Aufl. 1964.
Schelsky, H., Demokratischer Staat und moderne Technik im Atomzeitalter, Köln 1961.
— Auf der Suche nach Wirklichkeit, Düsseldorf, Köln 1965.
— Die Familie — ein Stabilitätsrest in unserer Gesellschaft, in: Filser, F., Einführung in die Familiensoziologie, München, Wien, Zürich 1978.

Schilling, O., Die Eigentumslehre des hl. Thomas von Aquin und Leos XIII., in: Xenia Thomistica, Rom 1924.
Schiwy, G., Der „schöne Schein“ des Dritten Reichs. Warum Hitler gerade die Deutschen faszinierte, in: Stimmen der Zeit 179/1979.
Schmucker, J. F., Adorno — Logik des Zerfalls, Stuttgart, Bad Cannstatt 1977.
Schneider-Flume, G., Leben dürfen oder leben müssen. Die Bedeutung der humanistischen Psychoanalyse Erich Fromms für die theologische Anthropologie, in: Reif, A. (Hrsg.), Erich Fromm. Materialien zu seinem Werk, a. a. O.
Schoeck, H., Ist Leistung unanständig? Osnabrück 2. Aufl. 1971.
Scholder, K., Grenzen der Zukunft, Stuttgart 1973.
Schopenhauer, A., Die Welt als Wille und Vorstellung, in: Werke (Zürcher Ausgabe), Historisch-kritische Ausgabe von A. Hübscher, Bd. 2, Zürich 1977.
Schraepler, E., Quellen zur Geschichte der sozialen Frage in Deutschland, Bd. 2: 1871 bis zur Gegenwart, Göttingen 1957.
Schulz, W., Philosophie in der veränderten Welt, 2. Aufl. Pfullingen 1974.
Schumacher, E. F., Die Rückkehr zum menschlichen Maß. Alternativen für Wirtschaft und Technik. „Small is beautiful“, Hamburg 1977.
Schumpeter, J. A., Kapitalismus, Sozialismus, Demokratie, München 4. Aufl. 1975.
Schwan, G., Die Gesellschaftskritik von Karl Marx. Politökonomische und philosophische Voraussetzungen, Stuttgart, Berlin, Köln, Mainz 2. Aufl. 1975.
Seeberger, K., Rousseau. Der Weg zum Ruhm, München 1978.
Seidel-Höppner, W., Wilhelm Weitling — der erste deutsche Theoretiker und Agitator des Kommunismus, Berlin 1963.
Smith, A., Theorie der ethischen Gefühle, bearb. nach der letzten Auflage von H. G. Schachtschabel, Frankfurt/M. 1949.
— Entstehung und Verteilung des Sozialproduktes, Buch 1, aus: Der Wohlstand der Nationen. Neu aus dem Englischen übertragen von H. C. Recktenwald, München 1974.
Sombart, W., Der Bourgeois, München, Leipzig 1913.
— Der moderne Kapitalismus, Bd. 1, 1. Hälfte, München, Leipzig 1924.
— Der moderne Kapitalismus. Das Wirtschaftsleben im Zeitalter des Hochkapitalismus, 1. Halbbd., Die Grundlagen — Der Aufbau, München, Leipzig 1928.
Sonnemann Th., Die Menschheit hat noch eine Chance. Alternativen für die Welt von morgen, Hamburg 1977.
Sontheimer, K., Die verunsicherte Republik. Die Bundesrepublik nach 30 Jahren, München 1979.
— Der unbehagliche Bürger. Vom deutschen Umgang mit der Demokratie, Osnabrück 1980.
Speer, A., Erinnerungen, Frankfurt/M. 1969.
Spinoza, B., Die Ethik, revidierte Übersetzung von J. Stern, Stuttgart 1977.
Sprondel, W. M., Sozialer Wandel, Ideen und Interessen, in: Seyfarth, Sprondel (Hrsg.), Seminar: Religion und gesellschaftliche Entwicklung, Frankfurt/M. 1973.
Spülbeck, W., Neomarxismus und Theologie, Freiburg 1977.
Staudinger, H., Behler, W. (Hrsg.), Chance und Risiko der Gegenwart. Eine kritische Analyse der wissenschaftlich-technischen Welt, Paderborn 1976.
Steck, O. H., Welt und Umwelt, Stuttgart, Berlin, Köln, Mainz 1978.
Steinbüchel, Th., Religion und Moral im Lichte personaler christlicher Existenz, Frankfurt/M. 1951.
Strauss, W., Wer Schmarotzer ist, bestimmt die Partei. Erscheinungsformen des Parasitismus in der Sowjetunion, in: Schmarotzer breiten sich aus. Parasitismus als Lebensform, in: Initiative 43, Freiburg, Basel, Wien 1981.
Stuke, H., Philosophie der Tat. Studien zur „Verwirklichung der Philosophie“ bei den Junghegelianern und den Wahren Sozialisten, Stuttgart 1963.
Styczen, T., Die Unterscheidung „das sittlich Gesollte — das sittlich Richtige“ und das Problem einer autonomen Ethik, in: Hupperts (Hrsg.), Die Wertkrise des Menschen.

Philosophische Ethik in der heutigen Welt. Festschrift für Hans Reiner, Meisenheim 1979.

Tawney, R. N., Religion im Frühkapitalismus. Eine historische Studie, Bern 1946.
Thomas von Aquin, Summa Theologiae, in: Deutsche Thomasausgabe, Salzburg, Leipzig 1934 ff.
Toland, J., Adolf Hitler, Bergisch-Gladbach 1977.
Troeltsch, E., Die Soziallehren der christlichen Kirchen und Gruppen, Aalen 1977 (3. Nachdruck der Ausgabe Tübingen 1922).
— Soziale Wirkungen des Protestantismus, in: Fürstenberg, F. (Hrsg.), Religionssoziologie, Neuwied 2. Aufl. 1970.
— Die englischen Moralisten des 17. und 18. Jahrhunderts, in: Ders., Aufsätze zur Geistesgeschichte und Religionssoziologie, Tübingen 1925.
— Die Kulturbedeutung des Calvinismus, in: Winckelmann, J. (Hrsg.), M. Weber, Kritiken und Antikritiken, a. a. O.

Utz, F., Kommentar zu Bd. 18 der deutschen Thomasausgabe, Heidelberg, Graz 1953.

Vatikanum II., Die pastorale Konstitution über die Kirche in der Welt von heute (Gaudium et Spes), in: Rahner, Vorgrimler, Kleines Konzilskompendium, Freiburg 2. Aufl. 1966.
Ven, F. van der, Sozialgeschichte der Arbeit, 3 Bde., München 1971.
Verpaalen, A. P., Der Begriff des Gemeinwohls bei Thomas von Aquin, Heidelberg 1954.
Vilmar, F., Kißler, L., Arbeitswelt: Grundriß einer kritischen Soziologie der Arbeit, Opladen 1982.
Vonessen, F., Die Leistung der Danaiden. Prinzipien und Probleme der sogenannten Leistungsgesellschaft, in: Sinn und Unsinn des Leistungsprinzips, München 1974.
Voslensky, M. S., Nomenklatura. Die herrschende Klasse der Sowjetunion, Wien, München, Innsbruck 1980.
Voss, R. von, Von der Totalität der Politik, Ein Beitrag zur politischen Ethik in der Demokratie, in: Aus Politik und Zeitgeschichte. Beilage zur Wochenzeitung: „Das Parlament“, 1/1980.
Vranicki, P., Geschichte des Marxismus, Bd. 2, Frankfurt/M. 1974.
Vries, J. de, Der Zugang zur Metaphysik. Objektive oder transzendentale Methode, in: Scholastik 36/1961.

Weber, M., Die protestantische Ethik und der Geist des Kapitalismus, in: Ders., Gesammelte Aufsätze zur Religionssoziologie, Bd. 1, Tübingen 3. Aufl. 1934.
— Wirtschaft und Gesellschaft, Tübingen 5. Aufl. 1972.
— Antikritisches zum „Geist“ des Kapitalismus, in: Winckelmann, J. (Hrsg.), Max Weber. Kritiken und Antikritiken, a. a. O.
— Gesammelte Aufsätze zur Wissenschaftslehre, Tübingen 3. Aufl. 1968.
Weizsäcker, C. F. von, Die Geschichte der Natur, Göttingen 1962.
— Die Tragweite der Wissenschaft, Bd. 1: Schöpfung und Weltentstehung. Die Geschichte zweier Begriffe, Stuttgart 1964.
— Der Garten des Menschlichen. Beiträge zur geschichtlichen Anthropologie, München 2. Aufl. 1977.
Wellmer, A., Kritische Gesellschaftstheorie und Positivismus, Frankfurt/M. 1969.
Welte, B., Der neue Humanismus und die Dialektik von Integration und Fortschritt, in: Welte, B., Zeit und Geheimnis, Freiburg 1975.
Wertenbruch, Eigentum und Verfassungsrecht, in: Eigentum und katholische Soziallehre, Köln 1970.
White, jun. L., The Historical Roots of Our Ecologic Crisis, in: Science 155/1967.
Wiedenhofer, S., Christentum — Bürgertum — Liberalismus. Zum zweifachen Dilemma eines neuzeitlichen Verhältnisses, in: Stimmen der Zeit 197/1979.
Winckelmann, J., (Hrsg.), Max Weber. Kritiken und Antikritiken. Die protestantische Ethik II., 3. Aufl. Gütersloh 1978.

Wingren, G., Luthers Lehre vom Beruf, München 1952.
Wittmann, M., Die Ethik des hl. Thomas von Aquin in ihrem systematischen Aufbau dargestellt und in ihren geschichtlichen Quellen erforscht, München 1933.
Wohlfarth, K. A., Der metaphysische Ansatz bei Augustinus, Meisenheim 1969.
— Wilhelm Emanuel von Ketteler, in: Die Neue Ordnung 5/1977.
— Die Umweltkrise als Bewertungsproblem, in: Stimmen der Zeit 197/1979.
Wolgin, W. P., Campanellas kommunistische Utopie, in: Campanella, Th., Der Sonnenstaat, Berlin/Ost 1955.
Wulff, M., Die neoliberale Wirtschaftsordnung. Versuch einer dynamischen Analyse der Konzeption und Realität, Tübingen 1976.

Xhaufflaire, M., Feuerbach und die Theologie der Säkularisation, München, Mainz 1972.

Zorn, W., Einführung in die Wirtschafts- und Sozialgeschichte des Mittelalters und der Neuzeit, München 1964.

Sachregister

Adäquanz, sinnhafte 55, 82
Aggression 172 ff., 203, 242
Arbeit
manufakturelle — 44 f.
— als Mühsal 36 f.
— im Marxismus 104 ff.
— und Leistung 72, 76, 141
— und Spiel 23
Arbeitsteilung
— bei R. Bahro 129 ff.
— bei E. Fromm 173 ff.
— bei K. Marx 114 ff.
Armut 46
Askese 162, 164, 180, 185, 195, 238
Aufklärung 41, 45, 50, 59, 61 f., 64 f., 70, 101, 144 f., 150, 153
Ausbeutung 77
Automation 159

Basisdemokratie 131 f.
Bedarfsdeckungswirtschaft 38 ff.
Bedürfnisse 32, 46, 63, 90, 133, 151 f., 162 f., 176, 179 ff., 185, 238
Behaviorismus 170
Berufsethik, reformatorische 53 ff.
Bildung 129 f.
Biophilie 168, 172 ff.
Bourgeois 70, 77, 79, 102
Bürgertum 35 f., 61 ff.
Bürokratie 95, 128 f., 130 f., 136

Calvinismus 53 ff., 62, 64
Citoyen 70, 101
Civitas Dei 47
Club von Rom 22, 26 ff.

Déclaration des droits des hommes et du citoyen 65
Deismus 67 f.
Dialektik 124
negative — 141 f., 165
Dritter Stand 63 ff.

Egalismus 51
Eigentum 51, 65 f.
— im Marxismus 113 ff.
— im realen Sozialismus 120 ff.
— in christlicher Sicht 185 ff.

Entfremdung 112 ff., 144, 151
Erfolg 14, 84 f., 92 ff., 97, 196
—sgesellschaft 15, 93 ff.
Ethik
autonome — 232, 236 ff., 245 ff.
neue — 33 f.
protestantische — 53 ff.
— des Liberalismus 65 ff.
— und Metaphysik 241
— und naturwissenschaftliche Erkenntnis 242 ff.
Euphorie im Unglück 153 f., 169
Expertokratie 157

Familie 207 f.
Fortschrittsideologie 126
Frage, soziale 86 ff.
Frankfurter Schule 94, 135, 138 ff., 143, 167 f.
Freiburger Schule 88
Freiheit 84, 86, 89 f., 93 f., 109 ff., 134, 147, 152, 191, 193, 232

Genesis 30 f.
Gesellschaft
Konkurrenz — 59 f.
Konsum — 163 f.
leistungsfreie — 157 ff.
repressive — 138 f.
Gewalt 164 f.
Global 2000 27, 133
Glück 64, 150
Gottesebenbildlichkeit 30, 111
Gotteskomplex, kollektiver 48 f.
Gutheit
ontologische — 231
sittliche — 231 ff.

Haben 183 ff., 205
Harmonie, sekundäre 170 f.
Hedonismus 163, 166, 180, 184 ff.
Humanismus
integraler — 155, 246 ff.
— bei E. Mandel 132 ff.
— im Marxismus 105 ff.

Illuminationstheorie 223
Inclinationes naturales 228 ff.

Individualismus 40 ff.
Instinkttheorie 169 ff.

Kapitalismus 80 f.
Manchester — 99 f.
— und reformatorische Ethik 55 f.
Kathedersozialisten 87 f.
Klassenkampf 85
Kommunismus 115 f., 123
Konsum 27, 163 f., 169, 179, 195, 201, 234
Konvergenztheorie 139, 143, 151, 154
Krise, ökologische 14, 21 ff., 25 ff., 127
Kulturtheorie, neomarxistische 145, 148 ff.

Leistung
destruktive — 140 ff.
funktionelle — 69 ff.
humane — 23, 97 f.
persönliche — 16, 43
Konsum — 16
Nutz — 15
soziale — 17
transgredient progressive — 16, 177 f.
wirtschaftliche — 17
—sbegriff, Etymologie des 23 f.
—sprinzip 72 f.
Leistungsgesellschaft 13, 15
humane — 21
Krise der — 14, 20 ff.
Kritik an der — 13 ff., 19 f., 136 ff.
Lex aeterna 236 ff.
Liberalismus 47 f., 61 f., 65 ff., 74 f., 79 ff., 86 ff., 92 ff., 99, 101, 104, 124, 131, 150, 152, 161, 191, 242
Liebe 205 ff.
christliche — 218 ff.
egozentrische — 207, 209, 211
Ordnung der — 210, 219 ff.
— und Freiheit 209
— und Gesellschaft 206 f.
— und Wissen 210 f.
— zum Nächsten 217 f., 223
Lohngesetz, ehernes 77 f.
Lustprinzip 148, 162 f., 165 f., 174 f., 180 ff.

Macht 120 f., 126, 193, 204
Manifest des Futurismus 202 f.
Markt 91 f.
—charakter 178, 193 ff.
—wirtschaft, soziale 90
Materialismus 67, 215
Merkantilismus 44 ff.
Mittelalter 35 ff., 48 f.
Moral, autonome 232, 236 ff.
Mythos und Wissenschaft 146 f.

Nationalsozialismus 139, 167, 196 ff.
Nationalstaat 45 ff.
Natur 27 ff., 53, 63, 67, 95, 105 ff., 113, 119 f., 124 ff., 144, 146 f., 154 f., 157, 161, 171, 174, 201, 205, 212, 217, 228, 234
Naturalismus, marxistischer 105 ff., 123 ff.
Naturrecht 47, 61, 187 ff., 236
Nekrophilie 169, 176, 178, 196 ff.
Neoliberalismus 88 ff., 95 f.
Neomarxismus 76, 82, 122, 125, 128, 134, 138 ff., 153 ff., 158, 167, 177, 202, 215, 219, 238, 241, 244
Nominalismus 71, 81, 94

Ordo
sittlicher — 231 ff., 237 ff.
— amoris 219 ff.
Orientierungen
natürliche — 172, 228 ff.
nichtproduktive — 169, 178 ff.
produktive 169

Prädestination 56 f.
Pragmatismus 146
Prinzipien
ethische — 230 f.
logische — 229 f.

Rationalität, wirtschaftliche 80 f.
Rationes aeternae 222
Reformation 36, 50, 53 ff.
Religion 31, 47, 49, 52, 54 f., 62, 68, 71, 105, 155, 211 ff.
Renaissance 36, 41 ff.
Romantik, politische 74 f.

Sadismus 180 ff., 205
Säkularisierung 32, 62
Schöpfung 31, 42, 61, 67, 72, 105, 236 f.
Scholastik 42 f.
Sinnfrage 96 f., 233 ff.
— und Ethik 236 ff., 245
Sozialcharakter 79 ff., 175 ff.
hortender — 178, 183 ff.
Markt — 178, 193 ff.
nekrophiler — 196 f., 200 ff.
rezeptiver — 178 ff.
Sozialdarwinismus 84
Sozialgesetzgebung 89
Sozialutopien 50 ff., 62
Sozialismus
real existierender — 120 ff., 127 ff.
utopischer — 99 ff.
wissenschaftlicher 103 ff.
Staat 45 ff., 66, 70, 84, 90, 122, 157
Sterilisation, institutionelle 39, 45

Taylorismus 118
Technik 32 f., 48, 94 f., 97, 100, 110, 125 ff., 134 f., 138, 149, 154 ff., 160, 166, 194 f., 201 ff., 234 f.
Theologia negativa 214
Tod 149, 163
Toleranz 45, 52
repressive — 144, 153
Transzendenz 161, 215 ff., 225 ff.
Tugenden, bürgerliche 79 ff.

Unternehmer 58, 79 f., 82 ff., 88
Utilitarismus 47, 67, 69, 86, 94, 242
Utopie 50 ff., 62, 178, 242

Vaticanum II. 95 f., 225, 234 f.
Verantwortungsprinzip 23
Vernunft, instrumentelle 145 ff.

Werbung 81, 163 f.
Wohlfahrt, allgemeine 67 ff., 89

X-Erfahrung 215 ff.

Zunft 42, 48

Personenregister

Adorno, Th. W. 138 f., 142, 146, 149, 153, 160, 168, 241
Altner, G. 84
Ambrosius 187
Amery, C. 29—32
Andresen, C. 221
Aristoteles 42, 188
Astray, M. 200 f.
Auer, A. 173, 232, 237 f.
Augustinus, A. 219, 221—224, 234, 237, 246 ff.

Baader, F. von 74
Babeuf 62, 100
Bachofen, J. J. 173
Bacon, F. 50, 58
Bahro, R. 116, 124, 127—132, 135 f., 161, 173 f.
Baldwin, A. L. 183
Balmer, H. P. 169, 175
Bastiat 66
Baxter, R. 60
Bazard 100
Becker, W. 135
Behler, W. 146
Bell, D. 25, 73
Bendix, R. 44
Benedict, R. 13, 174
Bentham, J. 64, 69
Bergmann, J. 156
Beyme, K. von 139, 167
Bienert, W. 105, 127
Biser, E. 27
Bismarck 75, 89
Bleistein, R. 184, 196
Blin, M. 37, 61
Bloch, E. 52, 153, 214 f., 225, 241
Bodin, J. 47
Böckerstette, H. 61
Borst, A. 37
Bracciolini, P. 43
Bracher, K. D. 86
Braun, H. 16, 39, 44, 64, 92, 177 f.
Brecht, B. 69, 134
Broszat, M. 198
Bruno 44 f.
Buonarotti 100
Burckhardt, J. 200
Busch, W. 46

Cabanis 70
Calvin, J. 55—60, 68
Campanella, Th. 50 ff.
Casanova 166
Cervantes 201
Chalmers 66
Cicero 36
Colbert 46 f.
Comte, A. 71, 83, 102, 123
Condillac 70
Condorcet 70

Dahrendorf, R. 79, 241
Darwin 84
Dautzenberg 238
Dempf, A. 35, 49
Descartes, R. 44, 111, 123, 245
Dewey 146
Dobb, M. 46, 48
Dönhoff, M, Gräfin von 13
Dreier, W. 27, 30

Eid, V. 238
Elias, N. 37
Enfantin 100
Engelhardt, P. 229
Engels, F. 36, 99, 102—107, 111 f., 114 f., 118, 120 ff., 125, 159
Engels, W. 91
Eppler, E. 25, 28
Erasmus 43
Erhard, L. 88, 90

Fest, J. 198
Fetscher, I. 158 f.
Feuerbach, L. 103, 212 ff.
Fischer, Th. 46
Fischer, W. 55 f.
Fischhoff, E. 56
Forrester, J. W. 30
Fourier, Ch. 100
Fräntzki, E. 105 f., 108, 112
Freud, S. 148, 162 f., 167 ff., 173, 176, 183, 194, 198, 202, 212 f., 225 f.
Freyer, H. 73

Friedmann, G. 95
Friedrich der Große 47
Fromm, E. 23, 48, 77, 79, 95, 112, 122, 138, 166—180, 192—198, 201 ff., 205—219, 221, 224 ff., 228 f., 233, 236 f., 245, 248
Fürstenberg, F. 62
Funk, R. 168 f., 173, 176, 212, 238
Funke, G. 72

Galbraith, J. K. 84
Galilei 44 f.
Gall, L. 62
Garaudy, R. 155
Gehlen, A. 137, 162
Godwin 62
Goethe, J. W. von 21, 130
Grebing, H. 79
Gremmels, Ch. 53
Grenner, K. H. 75
Gruhl, H. 29 ff.
Guardini, R. 39 ff., 47, 49, 126, 154 f., 193
Guzzoni, U. 114

Habermas, J. 55, 139—142, 147, 156, 167, 243 f.
Haffner, S. 198 ff.
Harich, W. 132, 164
Hartfiel, G. 13, 15
Hartmann, N. 83, 195
Haug, W. F. 167
Hayek, F. A. von 70, 89 f.
Hegel, G. W. F. 83, 95, 97, 105, 114, 123 f., 179, 186, 215
Heidegger, M. 155
Heine, H. 151
Heinrich VIII. 51
Heller, A. 169, 175
Hemmer, H. O. 78
Hentig, H. von 197
Heraklit 64
Herion, H. 161
Hess, M. 100
Himmler 198
Hindrichs, W. 78
Hitler, A. 196—200
Hobbes, Th. 60, 63, 71, 84
Höffe, O. 69, 240 f.
Hölderlin 155
Hofmann, W. 101
Holbach 70
Horkheimer, M. 33, 126, 138, 146, 155, 168, 202
Howald 49
Huizinga, J. 38, 42
Husserl, E. 215

Ichheiser, G. 15
Inglehart, R. 137
Ionesco, E. 29

Jay, M. 138, 168
Jensen, O. 32
Jesus Christus 187, 218, 238 f.
Johannes XXIII. 93, 191
Johannes Paul II. 25 f., 95
Jonas, H. 23, 38, 106, 126
Jouvenel, B. de 25

Käsler, D. 53 ff.
Kahn, H. 18
Kant, I. 61 f., 65, 67, 166, 214, 240
Kellenbenz, H. 64
Kepler 44
Kerber, W. 163
Ketteler, W. E. von 74 f., 96
Keynes, J. M. 94, 152
Kierkegaard 196
Kißler, L. 137
Klages, H. 126
Klages, L. 23, 154
Klose, Th. 221 f.
Klüber, F. 190
Kluge, A. 22
Kluxen, W. 233
Kmieciak, P. 137
Knox, J. 59
König, R. 207
Kofler, L. 38, 42 f., 53 f.
Kolakowski, L. 100, 106, 112, 114, 123 f., 127, 155, 215
Kopernikus 44
Korff, W. 172, 236 f.
Kosellek, R. 79
Koslowski, P. 93
Kraus, J. B. 58, 60, 188
Krieger, H. 193
Krockow, Ch. Graf von 79
Krolzik, U. 47
Krupp, A. 78
Kümmel, R. 27, 30
Kulischer, J. 38, 42
Kustermann 238

La Mettrie 70, 166
Lampert, H. 89
Landmann, M. 87
Laotse 205
Las Casas 47
Lassalle, F. 77 f.
Lay, R. 229
Leibniz 44
Lenin 118

Lenk, H. 157
Leontovitsch, V. 65 f., 69
Lessing 213
Lessing, Th. 158
Liedke, G. 31
Litt 49
Lohfink, N. 31 f.
Lorenz, K. 28, 137, 169, 203
Lorenz, R. 221
Lotz, J. B. 154 f.
Louis Philippe 101
Ludwig, H. 62
Lübbe, H. 65 f., 157
Lüling, H. Ch. 62, 67, 70
Lütge, F. 46
Lukács, G. 95, 204
Luther, M. 53 f., 57

Mably 62
Maccoby, M. 197
Machovec, M. 155, 215
Mackenroth, G. 39, 45
Malinowski, B. 13
Malthus 77, 128
Mandel, E. 112, 132—135
Mandeville B. de 68
Mann, Th. 181
Marcuse, H. 23, 67, 95, 128, 138, 140, 142—169, 177, 179, 202, 205, 225
Marinetti, F. T. 202 ff.
Maritain, J. 225 f.
Marquard, O. 61
Marx, K. 35 f., 46, 52, 54 f., 64, 75—78, 81 ff., 95, 99, 103—132, 134 f., 138, 142 f., 147, 150 f., 153, 157 ff., 161, 167, 169, 172—176, 183 ff., 194, 205 f., 213 ff., 218, 225 f.
Mathias, P. 47
Maupertuis, P. L. 72
Maus, H. 46
Mead, M. 13
Meadows, D. 22, 27
Mering, O. Frhr. von 88
Mesarović, M. 22, 26 f.
Meslier 62
Meyer, H. 231
Mill, J. St. 66, 69
Mirabeau 69
Mitscherlich, A. 179
Monod, J. 242—245
Morelly 62
Morus, Th. 50 ff.
Muck, O. 229
Müller, A. 74
Müller, J. H. 152
Müller-Armack, A. 90
Münzer, Th. 53
Muhs, K. 48, 53, 70
Mumford, L. 160, 174

Napier, A. Y. 208
Nawroth, E. 87 f., 91 f.
Nell-Breuning, O. von 27, 78, 86 f., 91, 188, 190, 226
Newton 44
Nietzsche, F. 23, 166, 203 f., 244
Nipperday, Th. 61
Noelle-Neumann, E. 137
Novalis 203

Oeing-Hanhoff 238
Oelinger, J. 155
Oelmüller, W. 61
Offe, C. 140 f.
Ollig, H. L. 240
Ortega y Gasset 137, 161
Owen, R. 100

Packard, V. 81
Pascal, B. 44, 47, 245
Pasolini, P. P. 163 f.
Paul VI. 187, 191 f.
Pesch, O. H. 232
Pestel, E. 22, 26 f.
Petraca 35
Pius XI. 96, 191 f., 208
Popper, K. 153
Post, W. 143
Proudhon 76, 186

Quesnay 71

Rachfahl, F. 57, 59
Rahner, K. 68, 225
Ramm, Th. 100
Rast, M. 211
Rauscher, A. 192
Rawls, W. 69
Reich, W. 176
Reif, A. 177
Remmert, G. 31
Ricardo, D. 65, 104
Richter, H. E. 48 f., 101, 166, 184 f., 193, 195
Riesmann, D. 95
Robespierre 165, 181
Rock, M. 27, 94
Röpke, W. 70, 89 f., 92
Rohrmoser, G. 138, 145
Rolfes, H. 155
Ropohl, G. 157
Rousseau, J. J. 70, 170, 174
Rüstow, A. 89, 91 f.
Ruf, K. A. 163

Sachsse, H. 32, 163, 165
Sade, Marquis de 166
Sahlins, M. D. 174
Saint-Simon, H. 100 f.
Sartre 171
Schacht, H. 200
Schachtschabel, H. 45, 71
Schapiro, J. S. 62
Scheler, M. 184 f., 196
Schelsky, H. 157, 207 f.
Schilling, O. 188
Schiwy, G. 203 f.
Schmidt, H. 22
Schmucker, J. F. 142
Schneider-Flume, G. 217
Schoeck, H. 19 f., 22 f.
Scholder, K. 27
Schopenhauer, A. 23, 29, 178, 181 f.
Schraepler, E. 78
Schulz, W. 240
Schumacher, E. F. 28 f., 32
Schumpeter, J. A. 79 ff., 84, 86, 186
Schwan, G. 106, 109, 112
Schwartländer 238
Seeberger, K. 59
Seidel-Höppner, W. 102
Sieyès 63 f.
Skinner 170
Smith, A. 62, 66 ff., 74 f., 104
Sombart, W. 38 f., 43, 53, 55, 59, 76, 79—83, 186
Sonnemann, Th. 34
Sontheimer, K. 136
Speer, A. 198 f.
Spencer, H. 84
Spinoza, B. 180
Spitz, R. 180
Sprondel, W. M. 55
Spülbeck, W. 155
Stalin 198
Staudinger, H. 146
Steck, O. H. 31
Steinbüchel, Th. 237
Stoeckle 238
Strauss, W. 121
Stuke, H. 100
Stumm-Halberg 78
Styczen, T. 238
Sumner, W. A. 34

Tawney, R. N. 58
Terentius 36
Thomas von Aquin 37, 42 f., 188—192, 228—234, 136 f., 246 f.
Troeltsch, E. 39 ff., 53 ff., 57 f., 60, 186

Unamuno, M. de 200 f.
Utz, F. 190

Ven, F. van der 36 f., 54
Verpaalen, A. P. 190
Vilmar, F. 137
Vogt 67
Voltaire 59
Vonessen, F. 15
Vorgrimler, H. 68
Voslensky, M. S. 116, 118, 121 f.
Voss, R. von 21
Vranicki, P. 138
Vries, J. de 229

Weber, A. 63
Weber, M. 15, 32, 49 f., 53—57, 60, 79, 82, 95, 186
Weitling, W. 100, 102
Weizsäcker, C. F. von 14, 44, 147
Wellmer, A. 141
Welte, B. 161
Wertenbruch, W. 186
White jun., L. 31
Whitaker, C. A. 203
Whitehead, A. N. 145
Wiedenhofer, S. 96
Wingren, G. 53
Winstanley 62
Wittmann, M. 237
Wohlfarth, K. A. 27, 75, 221
Wolgin, W. P. 51
Wright, Q. 174
Wulff, M. 88 ff.

Xhaufflaire, M. 214
Xirau, R. 172

Zorn, W. 38